御製

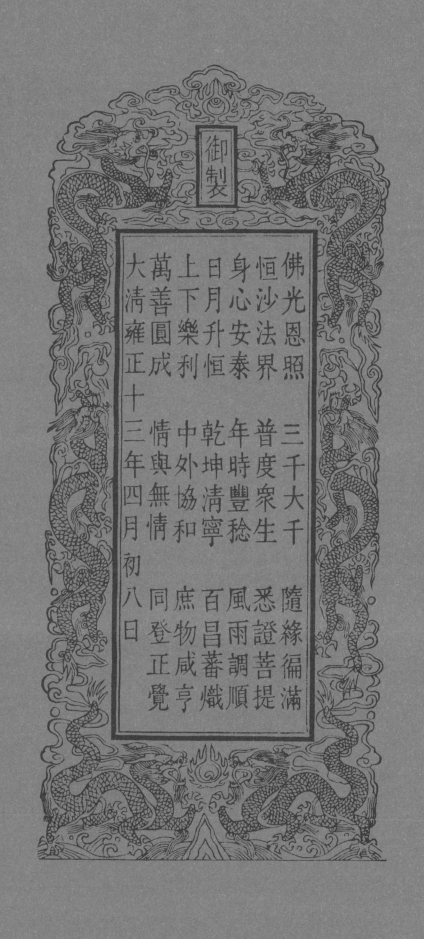

佛光恩照　三千大千　隨緣徧滿
恒沙法界　普度衆生　悉證菩提
身心安泰　年時豐稔　風雨調順
日月升恒　乾坤清寧　百昌蕃熾
上下樂利　中外協和　庶物咸亨
萬善圓成　情與無情　同登正覺

大清雍正十三年四月初八日

大法炬陀羅尼經

隋北天竺三藏法師闍那崛多等譯

清刻龍藏佛說法變相圖

大法炬陀羅尼經卷第一

隋北天竺三藏法師闍那崛多等譯

緣起品第一

如是我聞一時婆伽婆在王舍城耆闍崛山中與大比丘衆千二百五十人俱皆阿羅漢諸漏已盡無復煩惱咸得自在心善解脫慧善解脫悉能調伏猶如大龍所作已辦棄捨重擔獲得已利盡諸有結隨順正教具足解脫能入一切自在之地其名曰慧命須菩提慧命大迦葉慧命舍利弗慧命大目揵連如是等大威德神通聲聞而爲上首爾時娑婆世界主大梵天王與十億梵衆及無量梵居天等各與眷屬皆悉來集爾時復有光音諸天衆及少光天衆大光天衆無量光天衆端正天衆乃至淨居諸天衆如是等無量億諸

天衆各與眷屬亦皆來集爾時復有賞主天衆（此賞王天是魔王五百菩薩子中最長他經名導師者是）兜率陀天衆釋提桓因忉利天衆乃至四天王天衆如是等無量諸天衆各與眷屬亦皆來集爾時諸天衆咸作是念願得世尊隨爲我等說一法門令我得聞豈非善也作是念已前詣佛所頂禮佛足退住一面爾時善威光天子在於佛前整理衣服偏袒右臂右膝著地合十指掌頂禮佛足白佛言世尊我爲憐愍諸衆生故今欲請問如來應供等正覺世尊云何衆生得知法律於佛功德隨順修學依世尊教如法奉行世尊云何衆生得不懈惰勤修經典總持文義隨順義趣如法思惟速疾讀誦因法獲力世尊云何衆生得入諸字根本智慧法門住法門已能分別知因此知故入初思惟門得諸法義乃至得入甚深十二因緣法皆當覺知世尊云何衆生不生倦心不起亂心解於自心攀緣境界善知勝法能隨順入世尊我於今者欲令衆生覺如來藏得如來智故敢請如來宣說如是陀羅尼門甚深經典何以故世尊得人身難雖得人身其壽復促於短命中更有三惡何等爲三一者心性很弊不受善言二者常懷慳嫉憎他勝已三者設知勝已恥不諮問是名三惡以是義故我今諮問如來世尊陀羅尼典世尊如來先說無量億經或因問而說或不問自說世尊我等今者見有九那由他諸天大衆皆已集於如來應供正遍覺前是故我今於如來陀羅尼究竟法中請問經典世尊若有人能學此最上陀羅尼門者諸餘佛法自然增長

不用多功爾時世尊得彼善威光天子如是問已即告慧命阿難言阿難汝見善威光天子以法義辯乃至諮問如來出世及得如來因緣初問此陀羅尼法門經典不阿難此善威光天子已於過去十四億諸如來所問此陀羅尼經阿難我今為汝說善威光天子初所問佛及陀羅尼名汝當諦聽阿難此善威光天子於往昔時生一大婆羅門家為彼婆羅門子具足威德家内富饒恒為諸天圍繞衛護聰明多智博通外論於四鞞陀具解文義既自讀誦復能教人初問彼佛此陀羅尼善能通達初論法門伏諸外論復能建立諸字根本巧說種種字差别義爾時阿難白佛言世尊我等願聞彼佛名號是善威光天子於過去世從誰初問陀羅尼經及彼聖衆天子功德出世利行我皆願聞爾時世尊即入大力莊嚴三昧入三昧已過去所有一切境界皆悉現前爾時慧命阿難即從座起整理衣服偏袒右肩右膝著地合掌向佛作如是言世尊我從昔來初未曾見如來應供正遍覺入此三昧佛告阿難如是如是我未曾入如此三昧何以故阿難此三昧者非餘下地能入亦不為彼諸餘經典故入所以者何阿難過去諸如來莫不皆先入此三昧已然後說是陀羅尼經亦此善威光天子初所問佛是故阿難汝當諦聽彼佛及彼經名我今為汝說此二種阿難白佛言善哉世尊今正是時唯願世尊為我等說善威光天子所問佛號及所說經亦說此天辯才功德令我等聞世尊今此一切天人大衆悉皆歡喜樂欲聽

聞此諸梵衆及天子等一心樂聞善根若此復告阿難諦聽諦受善思念之我今解說阿難復言善哉世尊唯願爲說我當聽受佛告阿難我念過去無量無邊時有一劫名曰賢天於彼劫中有轉輪王號祭火光統四天下戒行具足如法正治王大夫人產生一息名曰放光阿難時放光童子者乃是後身菩薩其生既經二千餘歲然後方始出家修行漸至道場菩提樹下成等正覺既成佛已仍號放光彼佛眷屬弟子有九十億那由他聲聞衆等一切皆是大阿羅漢復有一億大菩薩衆阿難時彼放光如來處大衆中爲諸菩薩及聲聞等說此陀羅尼甚深經典然此陀羅尼門則能總攝諸餘經典若有受持此陀羅尼者一切佛菩提事雖未聞見自然明了得名法師阿難時彼諸菩薩摩訶薩衆白放光佛言世尊所言陀羅尼門者義何謂也何等是陀羅尼以何義故復名爲門爾時彼放光佛告衆菩薩言諸摩那婆諦聽諦聽吾爲汝說如此大地建立出生一切衆寶即能任持又能出生一切藥草卉木樹林華果種類悉皆任持又出一切小山大山諸池河水乃至大海悉能任持又亦能有四生之類二足四足人鹿鳥獸亦皆任持此陀羅尼亦復如是諸摩那婆所言門者即是如來如來藏門出生一切諸法寶藏不可思議如是摩那婆此陀羅尼妙法門中出生一切諸修多羅一切章句一切分別義一切諸波羅蜜故名爲門摩那婆又陀羅尼者悉能任持一切法故亦名爲地佛告阿難時彼放光如來應供正遍

覺說此法時聲震世界上徹梵宮爾時閻摩境界及諸地獄餓鬼畜生諸苦惱處聞此震聲皆大叫喚亦聞梵宮阿難時彼大梵天王及諸梵衆聞叫聲已悉皆往詣放光佛所問其因緣世尊向者叫聲從何所出阿難時彼如來將欲說故即便微笑先以神力令諸梵天悉見地獄諸惡道中受苦衆生已然後語言諸梵天輩即是斯等地獄餓鬼畜生飢渴所逼生大苦惱以苦迫故發此叫聲於是梵天復白佛言善哉世尊以佛力故令此衆生暫除諸苦少時安樂爾時彼放光佛即從眉間白毫放一光明遍照地獄餓鬼畜生閻摩等界諸惡衆生滅除苦惱所有地獄變成園池是諸池中妙水盈滿池有諸華所謂優鉢羅華波頭摩華拘物頭華分陀利華池水香美清冷輕便乃至放光如來入涅槃後法住半劫園池亦爾阿難爾時梵天問彼佛言世尊何因緣故如來微笑而復放此白毫光明佛告梵天我以念此地獄餓鬼畜生及閻摩界諸衆生等過去業緣受是果報及本願故我便微笑又以知此諸衆生等過業因緣墮三惡道亦知業因多少苦盡時節故我放光爲作方便放此光時彼等一切受苦衆生蒙光照身心得安隱各作是念此是佛光以念如來惡業得滅亦蒙世尊慈悲力故捨諸苦惱尋得命終生於人間或生天上以是因緣令大地獄變成園池其水清冷妙華普遍爾時彼佛告梵天言梵天汝應善思如來方便不可思議以神通力放希有光能滅一切三惡道苦梵天如來世尊所言弘普如來所出

故名如來應供正遍覺佛告阿難爾時彼諸菩薩摩訶薩衆復白放光佛言世尊如來前言陀羅尼陀羅尼門中有諸句義如來未說我今諮問唯願宣說令我等解阿難爾時彼佛告諸菩薩言摩那婆汝等欲聞陀羅尼門諸句義耶諸菩薩言如是世尊我等欲聞佛言摩那婆諦聽諦聽善思念之吾爲汝說諸菩薩言世尊我今一心唯願善說佛告諸菩薩言摩那婆此陀羅尼一法句中總攝無量億數修多羅是決定義當知如來一力所說無有邊際汝等亦得多種法門若使汝今隨力堪受我亦即能爲汝多說復次摩那婆如來若當盡力說者少智之人尚不能受諸餘衆生况能宣說何以故諸佛世尊有無量威德力有無量精進行摩那婆如人善射心自思念我今若發必穿梵宮如是念已持弓執箭上射虛空而彼射矢尚不能至地天風界寧能遠及上界梵宮何以故是無智人心不節量故摩那婆一切衆生亦復如是尚不能知如來智力乃至少分豈能稱量如來境界何以故諸佛如來阿耨多羅三藐三菩提無量力用難可測量故是故汝等但聽如來一力說也摩那婆如來有無量力若使如來盡力說者一切衆生則不能受亦不能持何以故摩那婆是諸衆生愚惑無智諸如來力無量無數同如虛空於是法中不能行故復次摩那婆我今爲汝更以譬喻顯示此義如此大地東西南北不可稱量如是摩那婆如來諸力無量數劫無量功德善根所熏以是義故不可得知不可得量汝應當知此修多羅

一句門中則能總攝無量修多羅句義也爾時彼諸菩薩復白佛言世尊云何無量修多羅方便入斯一句義耶佛言摩那婆一句義者所謂般若波羅蜜句若入般若波羅蜜現在前是名一切入是爲諸佛世尊不空法具足無缺若一心思惟無間念者如一舉手時即得無量無邊波羅蜜義此智慧句則是陀羅尼根本句我今欲說陀羅尼邊際彼岸令得入是陀羅尼門是初入處不斷根本汝當敬慎莫起亂心一心謹聽正意思惟斷諸疑網我爲汝說阿難爾時彼佛如是說已於彼衆中有一菩薩摩訶薩名曰燈明本是婆羅門種亦常隨彼放光如來而彼菩薩白佛言世尊先說陀羅尼根本一句中則能出生無量億數修多羅其義粗顯世尊而我未知何等是一句門惟願爲我分別解釋時放光佛告燈明菩薩言摩那婆汝等當知我今更以譬喻顯示陀羅尼義何以故此陀羅尼門邊際彼岸唯是諸佛最上勝妙不思議智之所證知非諸無明少智凡夫而能知也若凡夫知者無有是處如凡夫人唯知晝分是晝夜分是夜何以故以見日月光明故見日光故即知是晝見月光故便知是夜摩那婆於意云何彼凡夫智得言實不不也世尊何以故眼見非智故佛言如是摩那婆外光照故是諸凡夫說見爲智諸佛如來智則不然要因觀察然後說智摩那婆是故諸如來以自證智覺知實法如空中跡已然後攝他教導令知復次摩那婆汝曾聞不此根本義凡四十句是中最初句者其名曰阿當知此句攝餘

三十九句皆入阿中摩那婆如是諸句攝入阿巳凡是一切世間語言及以義趣藥草林木乃至所有口業教誨音名説相種種諸類亦皆入中又彼一切衆生種類有足無足二足四足乃至多足飛鳥走獸及胎卵等水陸之屬人與非人一切入中彼攝入巳諸是口業方便語言音聲及以文字麤妙寬略説等一切皆從摩得勒伽藏字本中生字本爲首即是摩得勒伽藏之所攝也諸摩那婆譬如阿那婆達多龍王能於一彈指間興雲普覆七千由旬降微細雨遍閻浮提又如彼龍所住大池出四種河周流四方入於四海自餘小河陂池溝瀆隨須潤澤悉能充滿如是摩那婆是陀羅尼二法門中有無量億數修多羅彼一句義亦復如是汝當聽受聞巳奉持普爲他説莫生祕悋汝等當知於此義中惡阿二字常須相續隨順不斷恒念如來亦因語言教義具足滿彼諸波羅蜜復應當知不斷教義方便隨順義得增明故雖身有大闇散滅無餘如是方便不斷絶故增長佛法得開陀羅尼門心莫餘念莫作餘業唯念斯義莫捨此信獨坐思惟觀省分别若是若非與多聞者善共諮論如來法教從虚空生應當隨順如來教誨復次摩那婆我之爲汝引諸譬喻方便顯示此陀羅尼一句法門如然少草爲明未設衆炬如秉一炬未懸千燈何以故我恐汝等心生驚畏是故今更爲一句門作諸譬喻摩那婆譬如有人至大海中取一渧水於意云何此人少智知彼海水所未減不不也世尊佛言如是如是摩那婆汝等所

聞如向一渧我所不說如未取水摩那婆汝等應當隨力聽聞吾爲汝說汝旣聞已嚴固其心如著大鎧然後可得入一句門了達無疑心不驚怖是名心鎧安固不動如彼諸根安於四大汝於如來言教方便次第信入亦應如是阿難時彼燈明菩薩摩訶薩復白放光如來言世尊阿迦者二字一義義旣是一不可爲二如來於此二字無差別處而說是義以微妙難入故但方便說由先證知然後可說作諸譬喻然如來於彼說少譬喻是中信根必定牢固阿難彼菩薩如是問已時彼放光如來告燈明菩薩言善哉善哉摩那婆汝已善知譬喻深義摩那婆汝於往昔生婆羅門家自解諸論鞞陀等典復能敎他無量百千種種句義分別諸論汝經論處最初言教攝入義者根本所從梵天中來汝婆羅門法有一句義名娑毗帝利者一切婆羅門咸作是念此一句法秘密微妙不欲傳他令外人知若他知者我等便爲失大利益汝等於是五種句義次第而入復須敎人爲他演說如是摩那婆此譬亦爾皆從字本而生入陀羅尼說一句等智聚法門因此得知自餘諸法平等無二於是字本應知十二因緣等法入陀羅尼法門方便如是當知一切智因緣中得入智慧法門爲首正信無疑當令汝等知眞實義汝等莫謗阿迦二字二字方便亦不得捨汝取阿迦義時阿迦於汝即入如來正教方便應當受持汝等若學此法要須六月事師從學言教得言教已復爲他說無有疑心即能到於辯才言論文句彼岸又摩那

婆或時有人以諸譬喻更問勝教或於阿闍梨及和尚所問已彼皆爲説聞已思惟從此句義言教成就成已即能問上勝法然而彼人未速成就大勝光明若於般若波羅蜜大句義中思求大智勝光明者是人於一彈指頃能解無量億數諸句義門決定了知無有疑惑復次摩那婆若有比丘比丘尼優婆塞優婆夷或天龍夜叉乹闥婆阿脩羅迦樓羅緊那羅摩睺羅伽人非人等入此道分合十二因緣專念一事陀羅尼門法句阿迦二字相同虚空能善持者彼人如一彈指頃即能受持二千句陀羅尼文義無有忘失摩那婆汝等今者勿疑是事此諸句義非魔眷屬所能得聞亦非魔黨堪行斯事若不能修習懷疑心者當知此是魔之所化

伏魔品第二

佛告阿難時彼諸菩薩摩訶薩衆及彼九億諸聲聞衆等皆以一心合十指掌向放光佛接足頂禮何以故以魔事隱密欲諮問故恐當來世有諸衆生不能得免微細魔事多受苦惱乃至不能讀誦受持一句一偈以是因緣諸菩薩等一心請問善哉世尊如此惡魔多作障礙滅諸善法非沙門法開未來世惡道因緣爲欲斷除諸魔事故唯願世尊演説如是陀羅尼門及其句義令彼未來諸比丘等聞佛所説不生疑惑解其義趣如法修行猶佛在世如是説故復令一切諸衆生等得與供養恭敬尊重讀誦護持亦令一切沙門婆羅門若天若人及阿脩羅等即能尊重一心供養於一切多聞中發勤方便以多聞故

於佛法中便得成熟既成熟已便能速證阿耨多羅三藐三菩提以是義故如來應觀未來世中衆魔怖畏爲此佛法而作護持令諸衆生悉得安樂阿難爾時彼放光佛聞是語已告諸菩薩言摩那婆以是義故汝等億數菩薩九億聲聞及彼無量天人大衆乃至有諸衆生於此法門或信不信一切皆應專心諦受聞已思惟普爲他說不應祕悋何以故若生祕心是人即便斷滅佛法故若欲行者應當普說所以者何爲欲普現佛法光明勝妙圓滿故摩那婆佛法圓滿無諸過惡譬如日月光輪離諸雲翳清徹圓滿號爲明淨摩那婆諸佛如來法門顯現宣揚微妙亦復如是彼諸菩薩摩訶薩衆聞是說已即白佛言世尊今正是時唯願如來宣揚顯現如是法門我當頂受阿難爾時放光如來即爲宣說法句呪曰

多咥他一　阿多隸二　波多隸三　波迦多隸四　波迦裒留篩五　伽帝伽陀利六　旃陀利七　蘇陀利八　何利九　甝虎甘切　波利十　訶帝波囉陀訶帝十一　波囉迦囉摩帝十二　伊低尼梯十三　多梯阿毗多梯十四　阿迦隸十五　波曷耶十六　迦婆羅蘇曼十七　阿波質利十八　畀質利十九　比遮拘致禰二十　迦那迦二十一　摩犁遮泥二十二　摩那娑婆低二十三　婆羅摩提多二十四　阿那那囉二十五　那訶禰耶帝二十六　那跋地耶二十七　阿醯婆訶耶二十八　毗沙婆耶二十九　摩奴沙婆婆訶耶三十　薩利婆婆訶夷毗喻呼沒遮低三十一　阿迦舍三十二　尼迦舍三十三　那迦那舍三十四　娑恒伽三十五　婆訶跋姤四三十六　佛多羅毗三十七　莎訶凡七唱

摩那婆是爲方便守護我說汝等宜應一心諦聽我今更聞過去諸佛所說陀羅尼典說此呪時彼三千大千世界諸大魔王及其眷屬魔軍兵衆皆大叫呼其聲亦滿三千世界阿難爾時放光如來應供正遍覺念眉間白毫已即從眉間放大光明遍照世界世界所有一切諸魔及魔宮殿種種莊嚴盡皆闇昧無復威光諸魔見已心大怖懼共相謂言此爲何相將非我等壽命欲盡去離此耶爲當劫時將壞火災起乎阿難時諸魔衆復共觀察見彼光明從放光佛眉間而出心疑未了皆各相率往詣閻致大魔王所白言大王今者光明誰之所有威力若是蔽迫我宮猶如金山對於墨聚乃令大小諸鼓箜篌笳吹諸種妓樂無復音聲又令諸天歌讚五欲歡欣娛適之事寂然不起如重病者心無所爲令我宮殿喪失威光諸事虛曠亦復如是阿難彼大魔王聞是語已告諸魔言汝等知不今此世界有佛世尊名曰放光如來應供正遍覺出興於世欲除魔業故放光明掩蔽我宮奪我威力椽梠離散四壁圮開故令一切音樂歌舞五欲之事自然無聲諸仁者汝等今日非但不知彼放光如來應供正遍覺神通威德放一光明能令一切魔宮音樂喪滅不現耶其亦不覺神通光明令諸地獄皆悉空寂苦惱衆具變成園池其水涼冷清淨輕便又於池內諸華充布所謂優鉢羅華波頭摩華拘物頭華分陀利華園池樹木叢林鬱茂遥觀遠覩若在目前魔王復言諸仁者彼地獄處所有衆生蒙佛威力悉生人天受諸快

樂無所乏少阿難時彼闍致魔王最爲上首引諸魔衆詣放光佛至佛所已頭面禮足右繞三帀在如來前合掌端身猶如畫像如是阿難時放光佛問魔王言闍致汝今何故與無量百千諸魔軍衆來至我所頂禮端默都無語言阿難闍致魔王聞佛語已即白佛言世尊我等今者有大緣故與諸軍衆而來至此以見如來放眉間光令我宮殿破壞分離音聲五欲心不樂著是故我等今皆至此請問如來如是因緣世尊如來今者說陀羅尼呪欲令諸魔不得安隱伏諸魔故亦爲憐愍聲聞弟子沙門衆故世尊是故我等從今乃至盡形歸依佛法大衆僧寶世尊我從昔來以愚癡故於佛法僧造三業罪所有衆惡今對如來誠心懺悔唯願如來及以大衆悲愍我等受我懺悔世尊我從今日如佛所教聞悉奉行住正思惟不敢放逸

大法炬陀羅尼經卷第一

音釋

很胡懇切很戾也　諮津私切訪問也　鞞駢迷切　粗坐五切麤也　陂波爲切畜水曰陂　渧都歷切與滴同　鎧可亥切甲也　咥虛記切　褢博毛切　揥都計切　蔽迫蔽必袂切隱也迫博陌切逼也　梠力舉切楣也　圮部鄙切毀也

大法炬陀羅尼經卷第二

隋北天竺三藏法師闍那崛多等譯

授魔記品第三

阿難爾時放光如來告魔王言闍致汝今乃能發大勇猛具足精進當固汝心勿違本志如護戒者自誓莊嚴心所願求莫不成就阿難時放光佛知諸魔衆精進淳固一切不退菩提之心以是因緣即便微笑佛微笑已時彼衆中有一菩薩摩訶薩名爲月上此菩薩者亦是放光如來爲菩薩時同行善友常相隨逐時彼菩薩從座而起偏袒右髆右膝著地合十指掌白言世尊何因緣故而復微笑諸佛世尊凡爲微笑必有因緣若無因緣終不笑也唯願世尊爲我解釋阿難時放光如來即告月上菩薩言汝今見是諸魔衆不月上答言唯然已見佛言摩那婆此諸魔衆見我眉間放大光明雖居欲界發寬大心以是因緣過恒河沙劫當得成佛皆同一號名無思光其佛住世大作利益若有衆生見彼佛者一切不退菩提之心作利益已入般涅槃佛涅槃後世界諸魔大興供具供養彼諸如來及聲聞大衆是諸魔等在諸俗人所住之處於其夢時隨所應見現種種形或現長者或現居士或現沙門或現婆羅門或現梵王或現菩薩現如是等種種形已若彼衆生心懷迷惑爲說法要除其疑網因而告曰汝等捨家汝等出家如來世尊出於世間應受供養天人所尊能拔諸苦等與快樂我蒙佛故今亦獲安彼魔如是現大神通化諸居士優婆塞等增信歡喜然後說法教令發心尊重

供養如來大衆發大誓願具修精進所作功德一切迴向無上菩提終不墮於二乘之地凡所教化唯勸修行六波羅蜜云何復有諸魔事也當爾之時一切衆生受大安樂如忉利天衆諸衆生中佛弟子者身心安樂如帝釋天王爾時魔衆皆成佛已一切衆生等受大樂於彼剎土具諸香華皆如天上波利耶多拘毗陀羅樹華一切莊嚴無有缺減彼諸衆生乃至無有魔事恐怖何以故是時衆生無復亂心煩惱微薄不爲煩惱之所侵迫皆常一心念空無相無願法門於是法門發大精進修行無量空三昧行無願三昧行無相三昧行滅覺觀除睡眠斷掉悔離諠雜常樂空閑阿蘭拏處恒乞食但三衣無爲諍絶伴侶畢竟如是行菩薩行於諸佛法能決定知

菩薩爲友無復恐怖師子虎狼諸惡猛獸毒虫之類終不能害爾時諸魔得菩提已此諸世尊及聲聞衆具足功德諸餘衆生不加謗毀無能降伏一切外道不能破壞一切衆魔不能違反能令衆生滅除恐怖遠離邪道心得自在爾時月上菩薩摩訶薩復白放光佛言希有世尊不可思議如來具足無量功德有大慈悲有大神力一眉間光能多利益佛告月上菩薩言善哉善哉汝能善知如來世尊智慧功德摩那婆如來如是具足大悲安樂利益諸衆生故如來如是成就說法欲令衆生如說行故於是事中誰能信解唯有諸佛及不退轉諸大菩薩摩訶薩等自外一切聲聞辟支佛及四種人尚非境界況餘凡夫邪見外道生死惡魔行無智道入深黑闇無

明穀藏行於非義住顛倒道迷失正路常樂非法不孝父母不敬沙門及婆羅門好遊邪徑破諸禁戒恒住如是諸不善法迷惑覆心習惡邪智一切外道常爲愚癡之所覆蔽不能信受諸佛正法又以瞋毒猛火熾然燒故於佛法衆不能和敬更相侵迫起諸諍事以是因緣速墮地獄畜生餓鬼具受無量百千大苦經於無量百千萬世設生人間或生旃陀羅家或生惡呪師家或生屠宰家或生竹作師家或生網捕家或生獵師家若或得生有佛法世好與聲聞諸弟子衆恒起鬬諍既忿諍已增長惡業便能喪滅諸餘善事是故未來多受苦惱

三乘行品第四

佛告阿難爾時放光如來復語衆菩薩言摩那婆汝等當念如來十力無有缺減具足威儀不斷所作善能分別彼四聖諦方便教誨成就聲聞行亦當善說六波羅蜜勸進菩薩發行一切波羅蜜心受持心信修心行施精進牢固勇猛無諸虛僞如是方便入於智門汝等亦知三十七種助菩提法方便證得沙門果印又於十二因緣法勤修觀行成辟支佛或作聲聞如是一切諸法相應不相捨離若行辟支佛者此是如來方便教誨顛倒說法示現此義是人出於無佛法世獨念思惟十二因緣得獨覺涅槃如是獨覺不同如來及與聲聞何以故是辟支佛思惟因緣得斷疑惑不從他聞自然獨悟又唯戒行清淨故專求智力求智力故得不放逸到於智岸無諸佛法唯戒具足得入涅槃名辟支佛爾時

月上菩薩復白放光佛言世尊以何義故彼辟支佛具足智慧然復不能說法度人既不能說云何而得於福田中勝聲聞也阿難時放光佛告月上菩薩言摩那婆此等過去初發心時但取菩提之名而無勇猛不能修行檀波羅蜜尸波羅蜜羼提波羅蜜毗梨耶波羅蜜禪波羅蜜般若波羅蜜聞思修等悉不能行是故不能獲得如是無上菩提何以故於此法中初聞菩薩行六波羅蜜而不能行以不具行六波羅蜜故於一切菩薩法中不能諮問又復不得樂難持戒非持無上大菩提戒但持中戒亦非下戒行中法故本願成就得中菩提名辟支佛摩那婆是故菩薩常應諮問諸佛如來所說法要既聽聞已勇猛修行何以故菩薩不捨勇猛精進疾證無上大菩提故常修多聞發勤方便亦常不捨求諸佛法遠離外道勿受邪法莫捨重擔如善馭者諸佛世尊所說法門微妙密語應當奉行復次摩那婆云何菩薩能入諸佛深密秘藏方便說門繫念安住心既住已然後得入陀羅尼門月上菩薩復白佛言世尊云何當入陀羅尼門佛言摩那婆我已爲汝說是句義如從虛空生諸事業未曾斷絕復應當知阿迦二字句義脚足是初方便隨順得入十二因緣次第知已彼人雖更識餘法句皆因初二摩那婆是陀羅尼方便法門普遍一切汝等若欲入此法門應當發心於無量法中修習無邊善巧方便摩那婆諸佛如來智無有礙於此法中云何障礙所謂執著一切諸法摩那婆若諸菩薩摩訶薩若欲入彼諸如

來智先當自捨一切執著亦須遠離諸障礙處善巧修行智慧方便阿難爾時放光如來復告月上菩薩言摩那婆所言著處及以著者謂於諸有不能捨離於無爲處未有智慧恒念受生及求生處皆是無明作生有根本是故我說雖阿那含於生猶著不能遠離摩那婆是中何等是大著處所謂不能順教修行於餘事中顛倒讚述斯由財事愛取因緣不得自在違佛正教作不應作於諸境界發起貪心貪心生已誑惑他人婬他妻妾復起瞋恚瞋恚發已或時煞害斷他命根亦因愚癡邪心覆蔽顛倒取法若常樂與極重惡人而作伴侶以是因緣造作種種諸不善業或殺父母及以師長或害羅漢及諸聖人或毀諸佛或謗正法或行破僧造作如是諸惡業已生於極惡非人之處墮破戒中何等名爲墮非人處摩那婆我已爲汝略說斯事如彼愚人專樂惡業以是因緣生於惡趣是則名爲非人處也摩那婆智慧之人應當善知諸佛如來微密妙語

問法性品第五

佛告阿難時彼衆中有一菩薩摩訶薩名曰無畏本是醫方救世家子昔常與彼放光如來共相親友時放光佛於大衆中直視觀察無畏菩薩無畏菩薩既蒙顧已遂於佛前偏袒右髆右膝著地一心合掌以是世尊未成佛前同意親善復蒙瞻察是故兢兢於世尊所唯增敬重心無疑慮但欲請問放光如來修多羅藏法性虛空陀羅尼門甚深義處阿難時放光佛知無畏菩薩欲問如是甚深句

義即告之言無畏汝今何故住在我前心生惶懼不速問也阿難無畏菩薩聞佛告已即白佛言世尊我誠欲問如來大義是以我心豫生憂恐何以故於此大衆有諸衆生聞是法已於諸佛法不能悟解亦無敬信或起誹謗退没善根世尊我知衆生有如是事故不敢問阿難時放光佛復告無畏菩薩言無畏汝但諮問如來應供正遍覺出現世間隨汝心疑當爲除斷是爲一切諸如來業何以故如來正覺慈悲憐愍利益一切諸衆生故以是因緣我於往昔行菩薩時爲此法句具受衆苦況於今者所作已辦一切諸法明了通達得一切智證大菩提唯爲安樂諸衆生故阿難爾時無畏菩薩聞佛語已白言世尊如來今說一切諸法同於虚空應當證知是故我今欲問斯義世尊言虚空者義何謂也與修多羅一切法門異相云何阿難時放光佛告無畏言善哉善哉汝於今日爲求法故於佛法中問如是義無畏夫虚空者名爲如來亦名應供正遍覺也無畏復問以何義故名曰虚空佛告無畏虚空者即無所有以無所有故名虚空無畏復言若言如來即虚空者如來虚空云何二别佛告無畏是爲大智所行境界難知難證若能解知則於法性三世平等無復疑惑無畏若欲窮盡陀羅尼門甚深源底者如彼大池水性清淨底有金沙與土泥合時有智人取池底沙隨其多少聚之一處以水洗濯簡取精者内於鑪鍋置之火中用功陶錬是人不久必除沙石得淨妙金堪任爲用彼人爾時隨意造作餘莊嚴具靡

不充足如是無畏如來世尊應供正遍覺離貪瞋癡滅除塵垢一切煩惱及諸習氣成就清淨無礙智慧出過一切四生衆生天人大衆最爲第一世稱上首擊大法鼓口自唱言仁等可來汝諸衆生或起疑網無有智慧闇於諸法或於世間出世間事不能解了或時一切天龍八部乃至無量億劫已來所有疑心迷倒失正造作諸業墮墜諸有不能自出此等速來問佛世尊如來皆能爲汝說法明了顯示斷除疑惑復次無畏譬如明鏡見諸色像如是無畏如來世尊無有惡行諂曲煩惱穢濁嫉妬諍競垢汙淤泥染著唯有無礙無邊智慧辯才所可示現言教方便皆爲開發世間衆生一切皆從虛空所出住於虛空語言教詔講說談論猶如虛空離諸染著無有住處無有邊際亦無有對及以語言復次無畏若有人來作如是問如是虛空云何可說何處有說誰能爲說對何而說以虛空性本來清淨無垢無染離諸障礙無畏如來亦爾無言無對無染無著離諸障礙如此言說即是入於虛空三昧無畏譬如涅槃本性寂靜假以無量言辭演說求其體相了不可得如是無畏汝所問我虛空義者先已宣說如此說者當知即是如來方便微密法要若知如來微密教者是則名爲得大利益汝等當思如來何見說何等法是如來性復說何等是如來智同於虛空今於如是如來教中方便略說無畏我今復以種種譬喻喻如來智或以涅槃或以實際然而彼智及與涅槃俱無可說無有分别無相無念無名無字去來

現在三世皆無乃至世間一切諸法亦同涅槃不可見說當知是中實無凡夫能得知見言凡夫知者無有是處但諸凡夫以愚癡故自心所見言我證知今我已說了義法句及無證處如是所說不在彼此不在兩間是平等中無證知者既於三世去來現在斯皆平等不可證說云何而言是誰所說對何而說何處有說云何可說復次無畏如來世尊於彼已說汝當觀察言教方便應善思惟既思惟已即得成就無量智聚無畏佛智無邊不可思議凡所攝受亦不可思議開示言教應善分別亦當思惟前所問者即此義也復次無畏我今問汝隨汝意答汝謂一切後身菩薩從何所來而處胎耶無畏白言世尊我知菩薩從兜率陀天降入母胎佛言無畏今重問汝汝善答我於意云何是後身菩薩從天來者有所取法而入胎乎無畏答曰不也世尊非取法故入於母胎佛告無畏如是如是一切諸法皆無所取但從妄想分別故生汝於如是分別法中既以三事請問於我何謂爲三一問虛空名義有無二問虛空諸法同異三問虛空平等無差無畏如汝所問何者虛空如是虛空有依止耶無依止乎無畏復問實有虛空可依止耶佛言無畏亦有虛空是依止法若凡夫人見有依止若離依止則不能知亦不可說有無名字無畏若有虛空不依事現者則無名字以依事故得有名字與事和合入於數相無畏復言世尊何等虛空與事和合則有名字入於數中佛告無畏汝寧不聞而今此身依止地界地依水界水

依火界火依風界如是四種及與識界悉依空也無畏白言唯然世尊我皆已聞佛言無畏是謂虚空依止入於數中此即如來爲諸凡夫譬喻方便開示教授因於名字令其得知是故名爲虚空依止復次無畏若智慧人思惟觀察而能知者此平等法世間普證但有名字如是知已彼諸智人復欲教他令得實義摩那婆有智之人應當思惟如來自證爲衆生故説此法門摩那婆我已爲汝隨順分別應如是知如來方便於我所説受持念誦思惟義理如法修行如是修已過去所有功德願行皆得增長成就具足所以者何如來先已爲汝等説一切諸法無有去來是故如來所言眞實無有虚妄爲欲利益諸衆生故分別顯示是最勝法隨其所應皆得具足

若言如來有所言説不能顯示是大乘法願行不具者無有是處菩薩應思非我境界復次摩那婆如虚空界名曰可行衆生依住如彼衆鳥飛行虚空翺翔自在如履於地雖以翅力及風因緣往來遊處而跡不可得摩那婆復有衆生依空界住如須彌山頂三十三天已上諸天宫殿皆依於空而得安住乃至兜率他化自在欲界諸天所有宫殿依空亦爾摩那婆如彼色界從梵天住處乃至色究竟天依於空住亦復如是摩那婆如我略説自此已上盡於有頂名無色界從有頂外無有依止虚空行者唯有一種别風輪界厚六十八千由旬過是以往更有空界即是二界中間亦無依處摩那婆從是已上復有風輪名曰不動厚六十四俱致百千由旬任持水

界彼風輪界無有衆生往來依處何以故彼空及風各不動摇故而彼空界不可見知無有名字不可得説摩那婆汝今當知我所説法如彼虚空無有異也復次摩那婆譬如有人夜中闇坐執持弓箭漫射虚空以闇發故不知方所如是如是摩那婆一切凡夫愚無慧目又不師受雖修業行無諸方便不得成就亦復如是摩那婆又如生不學射雖擬埻的尚不能中況前無埻云何言著摩那婆是諸凡夫於甚深法自心分别捨離師諮不能解悟亦復如是摩那婆汝前問我三種義者所謂虚空平等諸法此三種法雖難説聞我知是處有所依止亦非依止摩那婆汝問諸法平等今當解釋汝應善思前以譬喻顯示虚空諸有智者知此譬喻言教方便示現平等遠離依止言説分别故又如空界無邊佛法亦爾如是法界皆依平等無有别異如彼虚空無有依處法與非法亦無依處當知是中悉皆平等彼虚空譬方便示現此乃但爲智者所知非是一切凡夫境界彼諸凡夫執取一相不善分别不能了達妄想取故智慧之人於此深法乃能了知作利益故而諸凡夫妄生執著於深佛法不信不解不諮智人於世間事妄起分别執著不捨所謂此即是地是水是火是風等如是乃至分别取著諸天宫殿住處往來及取地天諸龍夜叉緊那羅摩睺羅伽地居之類又亦分别諸佛如來初成道時大聲説法彼等聞已即於地中發大聲言佛生説法天人增道其聲上徹色究竟天皆説如來轉法輪事摩那婆世間之人

以愚癡故執著此事著是事已如乘空輪作大車想凡夫取著其事若此復次摩那婆譬如有人希求射術無師就學雖苦身心終不成藝如是摩那婆三法亦爾若不方便施功修習難可證知摩那婆如是三法如來若說終無有盡若一劫若十劫若百劫若千劫若無量劫亦無有盡如來於此劫數時節多少增減隨意欲說種種名字種種義味即能解說然於如來口業言教亦無有減此三句義爲是億數諸菩薩等得受持故是句義處如來或時於一句中能以無量種種名義差别解說若此法句及所攝義乃至字本所有出生語言音聲是色法者假令於是三千大千世界盡除土地山石草木東西南北上至有頂悉爲虛空不能容受設此世界滿中芥子有時取一盡諸芥子以如來辯演說一句亦不能盡乃至少分摩那婆汝等當知此一句義陀羅尼門其有必能善受持者於一彈指頃盡能分别摩那婆此句義門終亦不可以言說盡假使無量衆生起種種問然是菩薩盡分别答喻如流水以心不亂故此陀羅尼名爲大事能爲一切諸法根本故言陀羅尼此一法句出無量句是大總持通說諸義何以故欲令一切衆生易受解故又以一句難解知故引多譬喻方便言辭令人得悟如是諸法悉不可見自體本空遠離語言故摩那婆若諸菩薩初發大心欲行大事大事者謂大乘法然此菩薩空發其心不問不修終無成辦摩那婆如行聲聞乘者雖聞三十七助菩提法無意念修即自唱言我得羅漢所作

已辦如是摩那婆若有欲行佛法事者應發是心如須彌山安住不動隨順修行

菩薩行品第六之一

阿難爾時無畏菩薩復白放光如來應供正遍覺言快哉世尊大慈愍我及餘未學諸衆生等如我無異世尊我等頻重諮問是義如來悲愛教誨我等猶如父母然我今者於佛所說更加尊重不敢毀謗爾時放光如來告無畏言如是如是摩那婆如汝所說若有菩薩於如來所起尊敬心不斷絶者一切世間天人衆等於是菩薩亦深敬重如是菩薩於我法中大弘利益何以故如是菩薩住諸佛法順於佛教當來之世大作佛事是故如來知此菩薩爲佛法器堪受一切諸佛記證方便令彼速得成熟無畏菩薩復白佛言世尊所言極愛義何謂也佛言摩那婆我言極愛即是顯示哀愍世間無救衆生教入佛法令不斷絶以是義故如來說言是爲大事是大重擔無畏復問菩薩久如當捨此擔佛言無畏此菩薩作是念我要當令一切衆生度生死海入無餘涅槃若衆生盡者此擔方息無畏復問所言重擔若同世間頂戴背負則可見知今不如是云何可信佛言摩那婆如汝所言在頂髆者是謂世間愚夫力負非菩薩擔菩薩擔者誓願荷負一切衆生出離世間非頂背也無畏復問悲願荷負既非頂髆以何義故名之爲擔佛言摩那婆如東方一切無邊世界所有衆生菩薩發心荷負悉當令入無餘涅槃南西北方四維上下盡虚空界所有衆生菩薩安處亦復如是摩那婆十方

所有諸衆生界若現不現菩薩皆令住涅槃中以是因緣名之爲擔無畏復問以何義故復名荷負佛言摩那婆譬如長者家内豐饒多諸珍寶種種資財倉庫充溢具足僮隷唯有一子然彼長者於是子所心常愛念終不暫捨見其所爲亦無違逆以愛念故財寶樂具悉給與之無有疲倦如是摩那婆菩薩摩訶薩憐愍衆生亦復如是一切樂具盡皆與之乃至令入無餘涅槃是故名爲荷負重擔如是菩薩愍諸衆生行大精進亦令衆生行菩薩事速疾成熟諸波羅蜜亦滿自身精進莊嚴無畏復問何謂成熟佛言摩那婆所言成熟者是謂菩薩於諸衆生起大慈悲與究竟樂離自憂惱是名成熟又於諸佛不生謗毀常加讚歎亦名成熟無畏復曰若如是者諸佛如來於衆生中最爲殊勝皆由憐愍諸衆生故佛告摩那婆我言成熟者謂於一切善法具足圓滿乃名成熟摩那婆譬如陶師欲造諸器先取好土雜以石沙用水和治手揉足践令泥精熟堪任爲器置諸輪上執杖轉輪極令迅急以手搏拍隨作何器坏皆成就何以故以泥先調故而彼陶師將諸器坏或置日中或在陰處漸令乾燥然後更以雜色塗之暴令牢實或積陶中若聚平地兼取薪糞晝夜焚燒於是陶師與其眷屬周遍觀察遮共防守不令惡人挾持青豆及以胡麻擲置陶中毀壞諸器比達天明火勢方盡器皆成熟此時陶師方大歡喜却坐思念衆器得成我事已辦如是摩那婆如來常教諸菩薩等次第修行六波羅蜜欲令成熟亦復如

是

大法炬陀羅尼經卷第二

音釋

㲉苦角切 馭牛倨切 髆補各切肩髆也 內諾合切與納同入也 鑪鍋鑪落胡切治鑪也鍋古禾切溫器也 翅矢利切鳥翼也 埻之允切射的也 垜丁果切射壿也 揉而由切以手挻也 搏拍搏補各切手擊也拍普陌切拊也 遞徒計切挻更迭也

大法炬陀羅尼經卷第三

隋北天竺三藏法師闍那崛多等譯

菩薩行品第六之二

復次摩那婆我先已說教諸菩薩方便修行諸波羅蜜攝衆生法凡教授菩薩令不退轉有二種波羅蜜何等爲二所謂精進波羅蜜般若波羅蜜諸佛世尊復爲世間說餘四波羅蜜更爲諸餘衆生說助菩提法方便成熟故摩那婆汝等當知彼四波羅蜜中檀波羅蜜尸波羅蜜此二波羅蜜與彼聲聞辟支佛乃至外道五通神仙共同行故摩那婆若羼提波羅蜜者此唯阿羅漢成就捨事故其禪波羅蜜者此中總說能生六波羅蜜故摩那婆此諸波羅蜜如來如是差別說之汝等當知一切諸法虛空所生相同虛空摩那婆若此前上二波羅蜜地彼聲聞辟支佛二乘聖人尚不能成就何況外道神仙諸餘凡夫也摩那婆若菩薩欲成就此二波羅蜜者應當一心念勤精進摩那婆若人欲思如來譬喻巧說辯才應先學觀此陀羅尼門無畏復問我等云何當能成就此陀羅尼觀耶佛言摩那婆我今爲汝更以譬喻顯示此義令易解知摩那婆譬如漁人生子以貪利故早教其子水底潛行於嬰孩時即取器水日三沉之不令致困如是漸沒從旦至暮能訖一日在於水下或經二日或三日若十二十若一月乃至一年住於水中而能不死然彼小兒漸漸長大即入大河觀是河中所有水族衆生品類了了分明是兒後時身雄氣爽觀水明利遂能入海大海之中多諸異類奇蟲怪獸

巨魚妬龍毒物雖多終莫能害又見衆寶清徹分明非餘凡人所能瞻覩是人於是在大海中具取珍寶造作衆事凡有所欲隨意即成如是摩那婆菩薩摩訶薩若能入是陀羅尼甚深法門則能成辦一切佛法亦復如是摩那婆言大海者即陀羅尼門若初入此陀羅尼門應當修學速令成就如漁人子漸漸長大習業成就摩那婆若是菩薩能入陀羅尼佛法海中自在成辦一切佛事如漁師子處大海中建種種事摩那婆汝應當知諸佛菩提不可以少行少緣而能成就要須入此陀羅尼法門於此陀羅尼一句義中有種種音聲種種語言種種辯才種種方便無方便處悉皆能知有諸衆生心行差別亦皆能知又復衆生或現不現或可見或不可見皆從陀羅尼句方便力中明了證知或天龍夜叉乾闥婆阿脩羅迦樓羅緊那羅摩睺羅伽人及非人乃至禽獸四生種類或音聲或語言或心慮事或作業事或誓願事或無願事或多事或少事或惡事非惡事或怖畏事或無怖畏如是等事皆悉了知於此作處一切悉知乃至授記事或身業或口業或衆生業或爲自身或欲教他悉皆能知若菩薩在阿蘭拏學方便行即得成就所作善根所爲事業乃至欲成不退轉事亦悉能知云何得辟支佛果亦悉了知云何得聲聞果地亦悉能知或在家諸人種種事業語言或盜他財惱他求財若麤若細亦皆能知或地獄餓鬼畜生心意倒錯行惡不信故生畜生等中亦悉能知或以業行墮餓鬼中亦以諂曲慳貪嫉妬

我慢貢高因緣故生阿脩羅中或因五戒十善業故得生欲界人天之中自過生悔不見他過總說如是諸方便智他作他受自作自受一切四生衆生及五道處所有造業方便及業名字業相成熟及受報處種種心行種種言說種種忍樂種種諸見無善法處如是等事盡皆拔除是故名曰陀羅尼門摩那婆若必有能如是行者是則名爲方便成就摩那婆若以自智慧力決定成就此事者當獨坐思惟遠離諸欲摩那婆如是法中有種種音聲種種語言種種辯才種種行行種種生處種種作業汝當諦聽善思念之受持奉行莫令忘失天人作事方便和合故有語言畜生衆生種種口業音聲差別乃至生處名字亦殊彼等衆生皆悉隨其形類音聲而置名字以名其身如鳥雀等而彼餓鬼衆生之中無有決定差別名字何以故彼中不得聞名依止故亦如地獄中唯言地獄衆生等摩那婆汝等勿謂天定天也人定人也餓鬼定餓鬼也摩那婆我已爲汝總略說訖今當爲汝具分別說名字義處摩那婆如一事有種種名如一人有種種名如一天乃至餓鬼畜生有種種名亦復如是亦有多餓鬼全無名字於一彈指頃轉變身體作種種形摩那婆如是衆生於一時間現無量色身云何可得呼其名也若餓鬼等有生處名字受食名字及壽命名字若地獄衆生無有名字生處者則其形亦無定彼中惡業因緣未盡故於一念中種種變身爾時無畏菩薩復言世尊如是人中語言相承近習我等已知而彼四道衆

生言音名字云何可識是故我今請問世尊唯願解說阿難彼無畏菩薩如是問已時放光佛告無畏言此是諸佛菩薩神通智慧境界非諸聲聞辟支佛及餘菩薩智慧所能分別也摩那婆若菩薩不知衆生言音則不願生彼衆生中若菩薩解知一切衆生言音及諸事業便願生彼欲覺悟彼說法教化隨宜利益故摩那婆如是菩薩以知衆生言音心業故於處處諸有受生欲令衆生發解修行斷諸業故摩那婆於彼三道有知故可化二道衆生中無知解故當知菩薩亦不願生彼也摩那婆若菩薩摩訶薩必知地獄餓鬼衆生中有知解可化者如是菩薩爲一一衆生故住大地獄中經恒沙等劫要令衆生得彼法利摩那婆諸菩薩摩訶薩成就如是大慈大悲成就具足如是精進故必定當得三十二相摩那婆是爲如來略說菩薩慈悲因緣也

相好品第七之一

阿難爾時無畏菩薩摩訶薩復白放光如來言世尊唯願爲我具說菩薩成就諸相無有缺減又復如來應供正遍覺先爲我等說波羅蜜方便教菩薩行我等未解是故更問此波羅蜜世尊波羅蜜者義何謂也如是問已彼放光佛告無畏菩薩言摩那婆所言波羅蜜者不可度量不可數知無有邊際故名波羅蜜又波羅蜜者最爲尊勝一切凡夫一切聲聞辟支佛等非其境界故名波羅蜜如汝所問波羅蜜句有如是義所謂無有數量故言波羅蜜無畏復言如世尊說無有量故名

波羅蜜我今現見行檀波羅蜜但依資財及以已身是旣有限云何無量佛告無畏菩薩言摩那婆於意云何汝今知彼凡夫人心取著何等而行布施耶世尊我知凡夫取著於事而行布施佛復問言何謂爲事無畏言世尊我知現在諸陰是名爲事佛言無畏汝謂諸陰是事耶汝應諦思如來所說然後答我莫如世間凡夫所見摩那婆汝今若取陰爲事者於五陰中何者是事爲色是事耶受是事耶乃至想行識等是事耶摩那婆是等諸陰不名爲事何以故本性空故汝今云何取爲事也復應當知如來方便總相說此五陰諸法事非事耳摩那婆諸凡夫人於五陰中取和合相故復執著十二入等凡夫如是縛著世間所謂取著眼是爲縛如取著眼如是取著耳乃至取著鼻舌身意等斯爲大縛以能分別取著諸事無邊執持密緻牢固深入故無畏復問世尊所言縛者是復云何佛言摩那婆復有六縛處能縛衆生故名爲縛何等爲六謂如眼色爲縛是諸凡夫著此處已難得解脫諸欲因緣墮於惡道生死相續故名爲縛如是乃至意法爲縛以意思念故即願求稱意之所故名爲縛摩那婆如是菩薩摩訶薩等以諸善根清淨故則得成就三十二種大人之相而我今者更爲汝等說清淨善根成就相法若諸菩薩摩訶薩唯修一善根便能成就一大人相若更具足清淨一善根然後成就三十二相無畏復問諸菩薩等修一善根云何當能成就三十二大人相時放光佛告無畏菩薩言摩那婆汝今不應取

彼諸相爲如來也何以故汝寧不聞轉輪聖王成就衆相乎無畏答曰我聞世尊佛言摩那婆而彼輪王實具衆相而不能證無上菩提亦不名佛是故汝等莫謂衆相爲如來也摩那婆若菩薩摩訶薩取彼衆相著彼衆相者當知是人未離我相及衆生相也摩那婆是故菩薩不以成就諸相成就色等爲不著也摩那婆夫佛菩提者無有著處無有想處無有說處無有合處非如世間諸凡夫人於相法中歡喜執著摩那婆以是義故汝當諦聽吾爲汝說修諸相法摩那婆若有成就一善根已更立誓願必當具足三十二相無畏復問何謂一善根也佛言摩那婆若有菩薩摩訶薩捨家出家於修行處忽見世尊舍利塔廟將欲破壞即作是念今此尊塔我若不治便成毁壞如是念已遂行乞食既得食已然後求人以已供施請令治塔告彼人曰此是如來舍利寶塔福田尊重今成毁敗汝爲丈夫氣力康健我當與汝共營斯福作是言已隨辦所須即事治補如是菩薩自忍飢餓以食惠人尚輕已身況重餘食更發勝願口唱誓言我今希有成就寶塔此功深厚豈愛一食以貪食故世間著我既求遣我寧當念食我今唯應如是精進於諸飲食捨念著心如是菩薩以食施故莊嚴塔故發誓願故便得滿足三十二相摩那婆若諸菩薩摩訶薩等以斯次第具足當得三十二種大人之相如彼菩薩修治如來舍利塔故是菩薩身即得成就三十二種大人妙相莊嚴亦爾摩那婆若菩薩摩訶薩成就心業則能具足滿菩

薩道何以故摩那婆一切諸相皆是心業如彼造業當發願者亦得如是諸佛菩提而不可見摩那婆復有無量微妙善根可分別說具足種種無量方便無量心聚而諸善根應速成就但諸如來亦爲憐愍諸菩薩故不具說之所以者何是中有諸菩薩聞是事已心生恐怖以恐怖故便有退心以退心故不能速證不退轉地於不退轉菩薩功德不成就故即便違背是謂菩薩捨本願已隨宜願樂住彼聲聞辟支佛地如是人等漸次違背以違背故於此法門無有愛心唯得成彼世間之業而彼因復造作種種諸不善事墮於地獄餓鬼畜生輪轉往來備受生死以是因緣如來見此諸菩薩等及未來世恐怖過故不具足說諸善根事但隨順說彼所堪能應受行者除彼見實及佛法中得決定者若佛如來見諸菩薩於佛法中未得決定終不爲彼具說善根復次摩那婆汝當聽是三十二種大人相法我當更說諸餘善根爾時無畏菩薩復白佛言世尊何等名爲三十二種大人相法如是衆相有現不現然此會衆有鈍根者尚未得聞三十二種大人相名何況能解唯願如來憐愍衆生具足演說三十二相衆生聞已得了是義於如來所生尊重心因此速證大般涅槃阿難時無畏菩薩如是問已放光如來應供正遍覺告無畏菩薩摩訶薩言摩那婆諸佛如來凡有三十二相三十相現二相不現摩那婆今宜諦聽吾當爲汝辯明諸相現不現義摩那婆如來有十相在足摩那婆如來復有六相在手摩那婆復有四

相在髆復有二輪相復有四相在頭摩那婆復有四相遍諸身體摩那婆諸佛如來有如是等三十相現餘有二相不顯現者所謂馬陰藏及舌闊長相復次摩那婆如來今當更爲汝等分別如是諸相功德摩那婆如來有七處滿相兩手兩足兩髆及頸等摩那婆如來有網縵相在手足指摩那婆如來有白毫相在眉間猶如月光有四十齒相寛長舌相及住大功德相如是舌根辯諸言音具足宣說復有目不瞬相摩那婆如來頂相一切人天乃至有頂不能覩見摩那婆如來手足二十指爪如赤銅色薄如蓮華光澤分明勝於餘色摩那婆如來臑足跟相赤如華葉塵水泥垢不能點汙摩那婆如來髀蹲端直牢固猶如金剛經途近遠終無疲極摩那婆如來身金色相勝於一切無能動揺摩那婆諸天宮殿紫金所成取是紫金如芥子許勝諸七寶滿閻浮提如是摩那婆若以天紫金聚滿如來前而佛常光令天金色悉皆暗昧無有光澤摩那婆譬如日出諸螢火蟲光明悉滅無能見者如是彼天金光非日能蔽唯佛常光乃能蔽耳如是摩那婆汝等應知諸佛世尊如是分別顯示諸相復次摩那婆如來今當分別諸相善根因緣汝應一心正念無亂調伏諸根攝耳靜住勿念他事欲得勝智莫隨餘緣生慇重心發希有意於如來處起至誠心應善分別諸相功德當於如來應供正遍覺前諦聽諦受其兩足下千輻輪相一一相中放千光明於彼兩足所蹈之處此光明網直至下方所有世界彼中衆生見是光已

生希有心起尊重意於彼如來應供正遍覺前辯論法相彼佛復告無畏菩薩言摩那婆是爲如來足輪相光功能力用遠至他方教化衆生令發善根汝當諦聽我今分别彼諸善根成就之事摩那婆若諸菩薩爲佛世尊於山林中造經行處除諸瓦石掃灑治飾以柔輭草敷置其上既成就已奉獻如來如是菩薩若見如來在彼經行或見往來或見宴息隨意威儀如是菩薩若見如來足千輪相徹過草下分炳地上妙如蓮華衆光莊嚴如是菩薩見此相已則於已身無慳悋想所以者何今此如來有如是等圓滿相法希有之事尚不悋惜況我此身穢惡充滿屎尿盈溢皮裹血塗筋肉骨等更相纏縛九孔常流癰膿臭處是不淨聚諸蟲所居云何我等不速猒離如是菩薩發精進心求菩提分成就輪相心口稱讚入無相法如是菩薩晝夜思惟便生歡喜以歡喜心即念如來或在經行或坐或立或入禪定如是菩薩分别此已復作是念我今不應取著諸相若有菩薩不取相者則離我想及衆生想菩薩如是思惟此已則能具發無緣精進復次摩那婆菩薩摩訶薩云何得發無緣精進摩那婆如空中風無有方所是風不住東方及於餘方如是不住即名無住既無所住云何可名無畏白言如是世尊實無可名佛告無畏若法無名云何可說無畏復言是無相中亦無可說佛告無畏若無相中不可說者云何有念若無念者即無所有若無所有云何有入既無入處云何有陰及與諸大若無陰大云何有有若無

有有云何有生若無有生何有生處若無生處云何而有名色諸相摩那婆若無諸相即是無相無相爲相者是名無我摩那婆若人能作如是説者當知即是不退菩薩何以故善説無相行於無相故摩那婆如來輪相成就如是次第分别諸善根義復次摩那婆於意云何後身菩薩菩提樹下坐於道場獲三明時證何等法復以何義名爲證耶無畏白言世尊彼時證者見已法身故名身證具足明力斷除無明離無明故爲衆生説是諸衆生遠離大智爲彼無明愚闇所蔽是故如來以諸明慧及無畏力知諸衆生爲彼無明黑闇所覆我慢貢高所渇瞋恚闘諍所燒顛倒失心盲冥無目被他所使違背正道破壞正念迴復妄行迷惑亂心深入邪徑是故如來爲説八道告諸衆生汝等皆可乘此正路安意而行是道無畏安隱快樂能相應者攝取大利若有衆生行此道者皆與無邊大利相應及諸菩薩法行精進世尊菩薩摩訶薩發如是心斷除疑網然後乃證阿耨多羅三藐三菩提阿難彼放光如來告無畏菩薩言善哉善哉摩那婆汝今乃能隨順如來方便説也復次摩那婆如來二手掌中有千輻輪相寛大分明成就二相善根因緣汝等諦聽我今當説摩那婆若諸菩薩現處居家有教誨師實阿羅漢諸漏已盡所作已辦如是羅漢眞爲法師能如實説諸佛正法雖常法施而不求報如諸漏盡無所著故後時彼師遇二重病一者上吐二者下痢篤病既久身甚羸弊如是菩薩於彼師所常生希有尊重之心

覩師患苦專念求治晝夜孜孜未曾遠離右手承吐左手除糞雖多臭穢無猒惡心菩薩如是愛師命故手持衆藥内師口中以羸瘦故藥不能下菩薩親用兩手摩捫扶抱將侍終日乾乾乃至除愈菩薩以是躬自摩洗師長功德善根因緣故於手掌内輪相分明若諸智人見彼菩薩供養師長生希有心令彼比丘重病得滅或有諸人發心聽法於聞法時起尊重心如法師說隨順奉行復令多人皆得聞法具足歡喜如彼菩薩盡命報恩一心求治師病除愈以如是等善根因緣輪相具足無有缺少摩那婆此手輪相善根因緣我已說竟復次摩那婆如來髆有三輪滿相善根因緣汝等諦聽我今當說摩那婆若有菩薩於如來滅後覩佛正法垂欲滅壞時此

菩薩起大悲心發勇猛志斷除世務捨家出家與諸外道而作怨敵何以故爲欲建立住持正法守護正法攝受正法欲令正法得久住故正法增長故是故菩薩獨以一身必欲摧伏一切在家出家諸人及外道等故於國王大臣無量衆中種種方便稱揚讚説諸如來名亦説功德勝妙之事又説空無相願一切法門復説正念諸餘善根降伏一切諸外道等如是菩薩建立荷負諸佛正法善根因緣成就具足三輪滿相是相微妙悉能照曜一切世間見者歡喜若有衆生聞諸如來衆相願時當生敬信復應慶喜摩那婆是爲如來以一善根攝諸功德成三滿相復次摩那婆如來諸指網縵相者猶如鵝王間無缺漏薄如蓮華三畫分明能令衆生見者歡喜如

是諸相善根因緣我今當說汝宜諦受如我過去無量劫中修諸善根爲成就此一切智故摩那婆若有菩薩摩訶薩處大王位國富民繁凡諸庫藏莫不盈滿事業宮殿盡皆充足是菩薩王國化之內種類衆多農賈工估及諸仕類或境内衆或他國來皆懷瞋毒共相論說或時忿諍各有怨心詣菩薩所辯訟求勝菩薩爾時見彼衆生瞋覺所惱爲救解故以自在力而誨責曰汝等衆生勿得鬭諍夫鬭諍者豈爲人法是畜生事而諸畜生癡恚亂心故求鬭諍共相觝觸或相齧蹹更相伺便互相殺害即是地獄衆生惡法汝諸衆生勿學地獄勿習畜生造諸惡業汝等皆應歸依如來歸依法僧盡形不殺受持五戒我攝受汝以我攝故令汝今身常受安樂捨此身已則生天上如是菩薩知諸衆生捨諸惡事各相慈愛無復惡心在佛塔前即便授與三歸五戒教導皆令斷惡生善如是菩薩以能和合衆生善根業因緣故成就如是網縵等相摩那婆是爲如來手足網縵善根因緣我已說竟復次摩那婆如來指爪直長纖客無有踈減成就因緣我今當說汝等一心莫念他事摩那婆若有菩薩摩訶薩所在諸方或獨坐思惟或與衆談論以無餘念心常歡喜如是菩薩凡處世間隨何等類即能同彼而行教化於彼彼衆若復賊盜若旃陀羅若獵師若屠膾復有造作諸不善業菩薩悉能隨類覺知以悲愍故爲說法要先教衆生遠離種種諸不善事及以惡心然後教令合十指掌口唱是言我今歸命世間所有尊重福

田應受供者爲物出現智人所讃所謂諸佛如來應供正遍覺及有正法僧寶之處我皆等發無量敬心如是菩薩化彼無量諸惡衆生皆令廻心修諸善業以是因緣成就妙甲猶如赤銅指直纖長輭密光澤摩那婆是爲如來指瓜諸相功德因緣我今説竟摩那婆汝於是中當深敬信摩那婆若諸菩薩或時爲彼善行衆生經無量劫説法教化或復有爲不善衆生一時説法乃至一彈指頃所得功德非復前比何以故摩那婆如來常説有人少時供養如來敬事尊重即便爲彼智者所歎復次摩那婆如來應供正遍覺成就身紫金色善業因緣汝等諦聽我今當説摩那婆如來在世若諸菩薩爲聽法故詣如來所諮問如來大乘經名菩提行法時佛世尊默然不答起而遊行適至一所寥廓艱險唯多禽獸無有人民不見城隍聚落居室乃至無有樹林衆草設欲停憩無有敷施時此菩薩常隨佛後不憚危阻共入磧中值天布雲震電大雨時彼如來衣服盡濕菩薩覩此增敬重心遂自解衣奉覆佛上乃至雨止取衣暴曬還自服已從佛而行世尊因此始爲菩薩説大乘經名曰身願時彼衆中有諂曲菩薩及以初學出家沙門或未具戒如是人等衣鉢資須隨時趣足無諸積聚清淨身心即得正念喜悦充滿菩薩爾時得聞經已於菩薩衆及比丘前具爲解釋大乘經典教除諂曲及破戒心緣此善根得是果報獲金色身何以故以能滅除破戒諂曲垢及不惜身解衣覆佛是故後時身紫金色映蔽世間而能久

住摩那婆是爲如來身眞金色善根因緣我今說竟

大法炬陀羅尼經卷第三

音釋

緻 直利切堅密也　瞬 舒閏切目動也　⿰月庸 丑恭切直也　跟 古痕切足踵也
髀 部禮切股也　⿰足專 市兗切腓腸也　輻 方六切輪轑也　筋 舉欣切　癰 於容切疽也　捫 莫奔切撫也　齧蹋 齧五結切噬也蹋徒洽切踐也　舐 都禮切相抵觸也　輭 而兗切柔也　憇 去制切暫息也　憚 徒案切畏難也
磧 七迹切渚中有石曰磧　暴 薄木切與曝同

大法炬陀羅尼經卷第四

隋北天竺三藏法師闍那崛多等譯

相好品第七之二

復次摩那婆如來有常光相成就因緣我今當說汝等諦聽無令心亂摩那婆若諸菩薩於如來所凡有造業終不虛也假使發心莊嚴修行莊嚴資財莊嚴作如是等諸莊嚴事發心備辦於如來所種諸善根即得具足一切世間無能勝者諸煩惱垢不能染汙復次摩那婆如來世尊如此常光假使世間所有一切日月光明不能覆蔽乃至諸天所有光明亦不能障蔽復次摩那婆假使大梵天王放大光明普照三千大千世界如是梵光悉能覆蔽世間所有日月光明除如來光餘無能比復次摩那婆置一梵光假使東方恒沙世界諸梵天王盡放光明以衆梵光合爲一光可謂極大以此大光置於佛前如來常光皆能覆蔽無復遺餘復次摩那婆置衆梵光假使十方恒沙世界諸梵光明如來常光盡皆覆蔽亦無遺餘摩那婆諸佛如來於一切時唯有常光自餘奇光無緣不放何以故佛若常放殊異光者世間則無日月星辰晝夜時節晦朔弦望乃至無有春夏秋冬及以歲等是故如來要待因緣然後放光彼常光恒在以住持故摩那婆如來光明寬大無量功德微妙修行善根得是安樂復次摩那婆若有菩薩發心修行捨家出家歸佛世尊正值如來始坐道場將成等覺即往佛所頂禮尊足立住一面瞻仰如來作如是念世尊有教我乃敢坐時彼如來結跏趺坐菩薩立住經

於七日欲爲未來無上道故過七日已時佛世尊從菩提樹道場處起告菩薩言汝眞丈夫欲學諸佛行耶汝善丈夫欲受佛語隨順佛教汝今乃能於我座前立住七日都無睡眠汝捨無常不牢固法欲求常住同虛空身能求此者眞爲丈夫汝今已入諸佛法中若諸菩薩欲決疑網當如是學亦如是行摩那婆此是如來常光初修善根因緣若有菩薩在菩薩地初見如來爲一切衆生請佛說法欲修行清淨諸功德故修行清淨戒行故修行清淨禪定故修行清淨布施故此菩薩修諸功德勝一切衆生修行善根摩那婆是爲如來常光功德善根因緣我今說已摩那婆譬如幻師手持幻寶眞珠瓔珞莊嚴化人凡夫觀見莫不皆言此爲實寶唯有智者知其非眞如是摩那婆如來常光善根因緣唯諸如來及彼不退菩薩摩訶薩等信能成就如是善根諸餘衆生非其境界無能信者若人於此懈怠懶惰不能修行成就善根云何能得無上菩提大智相好如是衆相尚不能求寧能證會微妙甚深無相法耶若諸菩薩於最後身畢竟通達甚深法時即能令此三千大千世界大地六種震動一切魔宮諸天世人皆大恐怖四散馳走如來昔日坐道場時以手按地大震出聲一切魔軍悉皆破壞及諸外道邪見毀謗於佛法僧乃至一切非法違諍語言心想盡皆摩滅摩那婆以是因緣菩薩摩訶薩在於道場震地破魔滅諸違諍然後方證生死智明摩那婆是爲菩薩摩訶薩以無畏力震地出聲未成佛時已住持法

及本願力故一切所有十方諸佛皆亦護持道場菩薩復次摩那婆如來福德善業因緣故身毛上靡其色紺青如孔雀項如是功德不可思議汝等諦聽我今當說摩那婆一切衆生隨心清濁若聞如來應供正遍覺成就諸相及以隨好種種功德兼諸願行能至心聽彼諸衆生於念念間增長功德無有損減摩那婆過去之世有辟支佛既證果已在阿蘭拏獨處空閑遠離聞見少欲知足是辟支佛身患瘡苦時有在家菩薩詣辟支佛所頭面禮足退住一面合掌白言唯願大德受我明朝所設供食時辟支佛報菩薩言我今身瘡周遍若是豈能赴汝明朝供食在家菩薩聞此語已復言大德唯願去衣我暫觀視辟支佛聞已即便解衣告言仁者觀我此身我以先世餘業報故令我今身瘡苦如是仁者於意云何身瘡若是堪應供不菩薩復言大德是瘡應須合藥塗治今所須藥名旃陀羅那此藥希有難可合和而我今當躬往求辦若得此者瘡必除愈皮肉可生身早平復時辟支佛報言仁者審能如此欲相存濟願爲速求時彼菩薩即便還家以衆藥物和合令成置寶器内持至辟支佛所頭面禮足白言大德是妙良藥我今奉獻唯願納受早用塗治辟支佛報言仁者當知無明爲衆苦本菩薩爾時親自持藥塗辟支佛身以殷重故令辟支佛苦痛即除於三日中三遍塗治衆病斯愈平復如故摩那婆而彼菩薩以是因緣今受果報身毛上靡紺色柔輭摩那婆是爲如來身毛上靡善根因緣我今說已復次摩

那婆如來應供正遍覺有眉間白毫相大功德聚善根因緣我爲汝說摩那婆譬如夜闇無有月光於意云何彼夜巨闇無月光明得爲善不無畏白言不也世尊佛復告言摩那婆如是如來眉間毫相猶如月輪光明普照是故名爲大功德聚功德聚者饒益世間令滿足故摩那婆是名大擔云何大擔以大慈悲平等荷負名爲大擔亦名非擔復以何義名爲非擔雖能荷負無荷負相故何等名爲無荷負相實相無爲離有爲相故是故名爲無荷負相何謂荷負彼有爲故摩那婆言有爲者即是天人地獄畜生餓鬼及阿脩羅諸輪轉者無畏復言世尊以何因緣是等流轉佛言以渴愛故受諸有生如是渴愛無明爲本是故我言貪愛爲母無明爲父往來輪轉生老病死受種種苦憂悲共會父母妻子眷屬宗親死別離時衆惱纒縛莫能解脫以如是等諸苦煎迫爲無明愛之所覆蔽長夜輪轉不可覺知以是因緣諸菩薩等見彼衆生常受大苦更以無明起諸邪見增長無窮生死果報菩薩知已起大悲心欲度彼故遂求如是大智方便身心勇猛發大精進爲證阿耨多羅三藐三菩提無取著法成熟一切諸衆生故無畏復問世尊何等名爲無取著法佛言摩那婆無著法者謂大涅槃若有取著則常輪轉往來生死受種種苦若離取著能滅苦源菩薩如是不取著故具足成就三十二相復能爲人說無住法摩那婆我今問汝汝當正答於意云何彼月輪光依何而住無畏言世尊依大地住佛復問言地依何住曰

地依水住復問水依何住曰水依火住復問火依何住曰火依風住復問風依何住曰風依空住復問彼空依何而住曰虛空無相無有依住佛言摩那婆以是義故彼月光明亦無所住無畏答言誠如聖教月輪光明實無依住佛言如是如是摩那婆一切諸法皆無所住而諸衆生横於如是無住法中妄生住想彼如是見色有住相乃至受想行識皆有住相如是諸陰有住相故乃至十二入十八界等皆有住相如陰入界有住相故乃至地水火風空識皆有住相如地水等有住相故及與彼身皆有住相如是取色與身皆生住想已於一切有身處皆有住想如色身一切諸法皆有住想摩那婆若有菩薩能學如是離住想者當知是等增長實慧慧光普照猶月盛明則能成就眉間白毫莊嚴己身亦能圓滿一切衆相摩那婆我今爲汝說眞實義若能於此離著清淨即得圓滿一切衆相以得法故心無高下由是業緣得是眉間白毫相光不增不減摩那婆汝當正念今爲汝說斷無明智汝等若知無明智者即不造諸行諸行不起則名色不生名色不生則一切諸相皆不可得摩那婆如生盲者被他問言汝頗曾見轉輪聖王千柱殿乎設有是問盲何所答彼若答言我曾見者甚爲虛妄何以故既曰生盲本無所見云何能覩千柱色也彼若答言我不見者當知彼問亦爲虛妄何以故彼若有眼可問其見彼既無眼問何用爲摩那婆於意云何彼生盲人是二種語何者爲實無畏答言世尊如我所解彼生盲人言

不見者是真實說佛言摩那婆汝已解知本不見色名曰生盲而有目者方問於盲汝見殿不豈非虛妄假使無智之人實有是問然彼盲人欲何所說摩那婆前已告汝今復引喻汝等當知如來方便微妙密語復次摩那婆諸佛如來二相不現所謂陰藏及與舌根是二相者為功德聚我今當說二相功德善根因緣如是摩那婆若諸菩薩愍眾生故發大誓願欲生如是諸畜生中代彼眾生受種種苦或生師子猛虎惡象之中或生鴻鴈孔雀諸鳥之內既受雜類禽獸身已即得最勝不思議力得勝力已堪忍眾苦所謂繫縛鞭打楚毒殺害是諸禽獸或在人間或居山野或遇獵師諸放牧人或值種種樂行殺者而彼彼等行惡眾生常求作業備造眾惡更以種種苦具因緣方便加害或以刀矟弓箭或以瓦石椎杖或用網羅羂繫或持繩索罥繫或以籠檻或以坑穽或以毒藥或以幻術乃至種種惡風暴雨若恐若驚於如是等諸苦惱中愍彼眾生悉能堪忍然此菩薩荷負如是大重擔已發起增上精進熏修以是因緣陰相不現亦成舌根復次摩那婆有人發願未必能行如是菩薩願行相隨以本願行皆具足故雖受種種諸畜生身而能堪忍眾苦不捨精進為諸同類種種說法教化安處令住法行是故獲得舌相不現兼復成就陰藏相故復次摩那婆如來頂相肉髻圓滿一切天人所不能見譬如眾蜂遊戲諸華所謂優鉢羅華鉢頭摩華拘物頭華分陀利華愛玩躭著不能捨離日沒華合諸蜂不現摩那婆

如來如是頂圓滿相秘密精微天人莫覩善根因緣我今當說若諸菩薩供養父母奉事師長深敬諸佛及與法僧三乘聖衆尊像塔廟五體投地至心頂禮以此因緣獲得如是不見頂相具足圓滿復次摩那婆如來頂上肉髻光明我今當說令汝知解摩那婆譬如秋天十五夜月光輪圓滿無諸雲翳衆生覩者莫不愛樂如來如是頂上光明晝夜常現蔽日月光以是義故如來頂髮光螺右旋端嚴可愛摩那婆頂光明相功德善根我今當說菩薩往昔有三善業何等爲三一遠離嫉妬隨喜教示二爲他作時不求果報三不壞損他以成已善菩薩昔日自行是業亦常教人如是修行以是因緣得如是報所謂天人不見頂相及坐道場證菩提果摧破魔軍伏諸外道摩那婆菩薩往昔有餘願業一者護法二者善說言護法者所謂法欲滅時菩薩於中方便護持令法久住以此因緣復得頂相言善說者菩薩爲彼比丘比丘尼優婆塞優婆夷宣說法時若彼四衆乃至一念爲諸煩惱覆障因緣不得正聞不能正受或雖聞受而復忘失如是菩薩於彼四衆或待隨順重復演說教令憶持或時呵叱發如是言何故散心忘我所說菩薩如是方便引導要令解知無復時節凡所生處悉能如是濟度衆生荷負重擔復能勇猛不捨精進緣此善根得四念處得念處已得歡喜智得此智已悉能覺察過去現在未來所修三世善根乃至一切生死因緣總相別相略說具說略具等說隨諸因緣各差別說種種諸事無量作業

若等若勝上中下品皆能演說生死處所一切天人地獄餓鬼畜生如是一切上中下業隨業所作斯有果報如是業果如來一念盡能覺知隨而演說摩那婆如來如是知衆生業於中復有種種無量最細微業於一時間發身口意如十二因緣所生行業種種衆生無量心數依分別心所轉諸法亦分別知隨能演說阿難彼放光佛如是說已時無畏菩薩復白佛言世尊如來往昔更修何業而於涅槃焚身之時大火熾然唯骨不燒色亦不變能現種種勝神通事隨諸衆生心所樂見神通大小悉爲現之唯願如來說是牢固善根因緣令我得聞阿難時放光如來應供正遍覺告無畏菩薩言摩那婆若有菩薩摩訶薩於如來所正信不壞如是菩薩信具足已爲彼無量貪欲衆生演說法要令除欲心彼諸衆生既聞法已棄捨欲事修於梵行精懃護持終不毀犯以梵行故恒無病苦摩那婆汝等當知多欲之人身體羸瘦顔色損減衆人見之不生愛念壽命短促能令身心無有歡樂以貪欲故遠離梵行乃至不得生天人中況生上界禪定妙處多生地獄畜生餓鬼諸不善趣隨流生死往來輪轉常與貪俱摩那婆若有衆生修持梵行現身歡悦顔貌熈怡體肉充實筋骨休强菩薩如是爲衆生說法令修梵行斷除貪欲以是因緣如來全身大力牢固闍毗之日唯骨不燒本願滿故遺身餘骨猶能普現種種佛事阿難時彼無畏菩薩摩訶薩等聞佛所說皆大歡喜

四念處品第八

阿難爾時放光如來應供正遍覺說是法已從師子座安詳而起即以佛眼觀察十方還復本座結跏趺坐入於師子奮迅三昧放大光明遍照十方無量無邊一切世界爾時十方無量無邊一切世界大梵天王及諸梵身梵輔梵衆天等皆作是念希有世尊今忽入此師子奮迅三昧放大光明我等天衆咸可往詣放光如來應供正遍覺所問其因緣爾時諸梵天王各與梵衆上至淨居下及六欲并諸魔天將諸魔衆各從住處往詣闍致大魔王所到已問言闍致大王今何變異而有此光闍致答言仁等當知此是放光如來應供正遍覺入大師子奮迅三昧之所爲也如是說時從地居天上至有頂皆悉聞聲既聞聲已悉共往詣放光佛所爾時復有轉輪聖王名祭火光前後導從大衆圍繞有八萬首領八萬象乘騰空而往放光佛所到已頂禮退住一面爾時三千大千世界諸衆生等聞彼天聲咸皆驚歎發歆離心各作是言何因緣故有是音聲必當如彼諸梵天言放光如來入師子奮迅大三昧也阿難爾時放光如來知諸世界天人大衆皆悉集已念欲說此陀羅尼經即告無畏菩薩摩訶薩言摩那婆汝今知是一切世界大衆盡集咸共一心無餘念不無畏答言世尊我今悉知大衆盡集咸共一心不念餘事佛復告言汝云何知大衆一心不念餘事耶無畏白言我承世尊威神力故見是三千大千世界所有衆生若天若人若龍若阿脩羅乾闥婆等大衆斯集不念餘事不作餘業唯以一心在此衆會我皆

見彼彼亦見我此彼相知心想不亂世尊先入師子奮迅大三昧時佛神力故令一切衆悉見過去所作業緣是諸衆生先世修福願生天上或生人間或作惡業生於地獄畜生餓鬼或能修集出世善根所謂求聲聞果及辟支佛果或時願求無上菩提諸佛大果造作種種無量善根或復修行諸波羅蜜所謂檀波羅蜜乃至般若波羅蜜如是種種無量善根此諸大衆佛力故知如是阿難時彼闍致魔王於大衆中從座而起一心合掌復白放光佛言世尊如佛前說此諸魔衆一切多是不退菩薩如世尊說過去諸佛說過去事我如實知如世尊說往昔所修功德善根我如實知如世尊說過去所發大誓莊嚴我亦念知皆無忘失世尊我於過去諸佛世尊一切智所恭敬尊重奉事供養起卑下心莊嚴大施如是憶念如是見知猶如淨鏡明見面像世尊我今分明見過去事亦復如是阿難爾時彼大衆中有梵天王名眉間白毫住於佛前爲聽法故不復餘念聞此魔王說不思議希有之事問魔王言闍致汝今頗知自身往昔所修行願善根以不若汝所修善根戒行必清淨者云何今日更生魔宮而爲魔業闍致報言梵天汝不知我過去因緣今生魔界作魔王乎梵天然我自知於往昔日修福不精持戒不潔以我所修不具足故今居魔界作魔王耳如我往昔所有因緣蒙佛力故明了皆見仁者諦聽我今當說梵天乃往過去無量劫時有佛出世號曰名稱如來應供正遍覺時彼世尊有四萬億大聲聞衆皆阿

羅漢復有無量大衆皆是學人復有十四億大菩薩衆梵天我於爾時爲求法故遂恒事一比丘法師而彼法師實是菩薩今在此衆明了見我我亦見彼梵天我於爾時爲彼徒衆隨逐不捨而彼法師慈悲具足心常憐愍剎利婆羅門毗舍首陀一切大衆故遊行國邑及諸聚落皆爲班宣種種法要所在大衆既聞法音皆大歡喜至心敬信諸佛法僧於彼法師復加尊重以尊重故大興供養所謂種種衣服食飲湯藥房舍卧具牀褥帷帳乃至一切資生之具凡是所須悉皆奉上然是法師一切不受唯納食飲及以衣服量身趣足亦不過受爾時大衆復於我所生敬愛心送往迎來禮拜承事盡心供養唯不施我資生之具我於爾時心懷妬恨於法師所發如是心云何獨蒙種種利養反更不受而我希望都無所獲又於大衆及四輩所復起是念何故偏心以諸所須供養一人不施我也我念往昔於法師所唯有此業更無惡心毀謗諸佛以是忿嫉業因緣故今生魔界作魔王耳梵天我於往昔若不值遇放光世尊發大誓願求菩提者當於地獄畜生餓鬼往來流轉無有窮已梵天是爲我說往昔因緣佛告阿難爾時眉間白毫梵天白放光佛言世尊唯願演說此修多羅一句法門本願因緣世尊若得聞此一句法門者則爲已說無量億數修多羅義世尊我等今者皆願樂聞佛口所宣一句法義何以故大衆咸集樂欲彼法故亦是如來入彼師子奮迅三昧威神力故阿難爾時放光如來即告白毫梵天言梵天

汝欲聞是一句義耶梵天且置斯事汝應先問此第四門菩薩行法梵天汝頗曾聞三十七助菩提法不梵天白言聞也世尊佛復問言汝云何聞梵天言我曾聞有四念處法佛語梵天且勿復言我方欲說四念處法而汝心中決定知是四念處者汝云何知復云何修梵天言世尊四念處者非身受心法耶佛言如是梵天汝復云何觀察身行梵天言世尊我見是身從頭至足不淨充滿九孔常流臭穢可惡甚於糞屎世尊我觀是身唯見此事佛言如是如汝所觀即身念處梵天復言世尊而我心中愚闇少智無有光明不能遠察是以今日於如來所更求諮問阿難爾時放光如來即舒右臂真金色手摩彼衆中一童子頂此童子者幻家之子年始八歲聰悟超常既蒙摩頂即從座起詣如來前合掌恭敬而白佛言世尊今日如來親摩我頂非無因緣將必導我深勝大利是故如來手摩我頂如是問已阿難時放光佛語童子言汝知人乎童子白言我知世尊佛言童子汝若知者爲知生耶爲知死乎曰生死俱知童子若如是者夫彼男女壽命終已或經一日乃至七日如是死屍香臭云何曰是氣極惡不可忍聞童子如是臭氣誰所持來從何而至曰是可惡氣無有持來亦無來處如是阿難爾時放光如來告梵天言梵天汝見童子向所說不如是問者當以何答如是答者爲實爲虚梵天汝先亦言是身不淨唯有臭惡難可見聞梵天我於是中亦有斯念如童子言汝說亦爾有何差異梵天是爲略說第一念處

阿難時彼白毫梵天復白放光佛言世尊一切諸法佛爲根本佛是法母一切善法佛巳得之善哉世尊今是句義我皆樂聞唯願解釋如佛所說我如是持今此大衆亦皆信受佛告梵天有四念處何等爲四所謂身受心法云何名爲身念處耶身念處者謂觀四大和合假名爲身何謂四大夫四大者即是地界水界火界風界是等四大和合共成梵天於意云何如是地大爲香爲臭梵天白言世尊無香無臭佛言梵天自餘諸大爲香爲臭天曰如彼地大無香無臭水火風大亦無香臭佛言梵天汝今云何作如斯說此身如是種種不淨臭惡盈滿非倒說耶梵天白言世尊比丘云何觀身念處佛言梵天我亦不爲諸比丘等作此說也梵天復言世尊若我所說四念處法非隨順者比丘何緣觀身不淨佛告梵天如是比丘見有身相由取身故彼非正想何以故梵天若四大聚合成一相者即是假想若有假想即非正想若非正想是則名爲福伽羅想梵天是故我此四念處義不如是說今我說者說若無邊四大非有若見四大和合一處共成此身是亦身見彼必不得如實想見梵天若有比丘見身念身覺身是身以見念故彼不能得解脫世間及有頂處是故若觀身念處者見身非身也梵天如來亦說汝諸比丘觀察此身即是隨順涅槃之道是名觀身正念處者梵天夫念處者有二種義何等爲二一者念義二住處義云何念義當知是念無有違諍隨順如法趣所平等遠離邪念無有移轉及諸別異唯是一

心入不動定若能如是名爲念義言住處者心所依法是内證義隨身業事現前知故壞無明網如觀身相如是得見身念處法云何觀身不著身相如是觀身若不著者如覺身證覺身證者身相可知如説身念乃至一切諸入門中亦復如是若能如是觀於身相不生身想則入平等第一念處如是念處應當依止復次受心二念當知一義若念此心則知是受若念是受亦不離心云何爲念所言念者意行於事如是受念即是心業是故受念爲心業事是心作事有無量種不可稱計和合因緣隨順世間同行於事所攝入者一切皆生五種有處彼五有生入和合已名爲麤澀亦名牢强亦名苦擔如是種種觸受相依作有生事應如是知梵天是名隨順世間心行次第依止十二因緣念念相續無有斷絶復次梵天如來所説正念處者即是出世勝妙光明亦是如來分別智義無量無邊虚空所生隨順趣向大涅槃路爲諸菩薩證一菩提能生種種順義精進能滿智慧所作業行諸法平等猶如虚空梵天當知二念處義我今説已梵天第四法念處者開涅槃城此是如來甘露法門亦是諸佛如來法藏亦名光明破除黒闇法相平等性同虚空梵天白佛云何證知同虚空性梵天隨於何法能起想處彼中如是無有語言梵天復白是義云何梵天我先不説一切諸法同虚空耶若有人能如是知者是則名爲觀法念處梵天若人於是内外諸法如虚空住當知彼人解脱諸有

大法炬陀羅尼經卷第四

音釋

矟所角切兵器也 羈縶羈居宜切縻也縶之入切絆也 罥古泫切繫也

穽疾政切陷也 翳於計切蔽也 叱昌栗切呵也 褥如欲切裀也

大法炬陀羅尼經卷第五

隋北天竺三藏法師闍那崛多等譯

四聖諦品第九

佛告阿難爾時放光如來復告眉間白毫梵天言梵天汝今將非自以具足辯才問斯義耶汝豈不知此菩提門順諸聖諦乎梵天言世尊云何名爲順於聖諦佛告梵天可不用此諸助道法與彼聖諦和合相應耶梵天復言世尊如來所說四聖諦者即是諸佛隨順次第而說無異一切菩提覺法佛如是說已佛復告梵天言汝知佛說四聖諦不梵天言世尊我亦少知四聖諦義佛言梵天汝云何知四聖諦義梵天言世尊我所知者謂苦聖諦苦集聖諦苦滅聖諦苦滅道聖諦世尊我如是知四聖諦義佛言梵天汝言苦諦其義云何梵天言世尊我親從佛聞如是說非此五陰名苦諦乎聖人觀察除斷我見證彼無我以證知故見此五陰如賊如怨即便捨離五有生處世尊我如是知苦聖諦義世尊若我不聞佛所說者我終不能作如斯說何以故如是義者唯佛證知非我境界所有疑惑唯佛能斷所以者何唯佛能知一切諸法無障礙故如佛所說我如是知世尊我今欲聞四聖諦義唯願世尊爲我解釋何故名聖云何名諦佛告梵天所言諦者名之爲實實名一體聖名方便方便證知故名聖諦梵天復言世尊云何名實佛言梵天所言實者名順隨義汝當諦聽善思念之吾今爲汝分別解說梵天汝知諸阿羅漢得漏盡時所捨事不梵天言世尊我不能知諸阿羅漢得漏盡時

所捨之事梵天諦聽吾爲汝說於有漏法一心猒離不受生死是名爲捨是名漏盡亦名畢竟畢竟捨故住彼實中一切捨故名之爲實梵天所言聖諦即是五陰當知五陰是苦因緣是故五陰名爲怨賊一切聖人如實覺知故能捨棄以是義故名苦聖諦是故世尊說此五陰爲衆苦本名爲怨家亦名欺誑聖人觀察如實知故名爲聖諦復次梵天言集諦者是無知滅此集滅者是佛世尊爲諸賢聖方便而說此若實者無有是處何以故梵天所言集者即是虛妄若是虛妄則不名滅所言滅者則非虛妄非虛妄者是爲聖諦言聖諦者謂阿梨耶阿梨耶者名知五陰聖人諦知諸陰非實是故能捨名爲聖諦以捨著故名殺大怨所有集者當知非實若見集生是爲常見若見集滅是爲斷見諸佛如來作如是說非集非滅是爲聖諦此即名道道者所謂眞實之道即諸聖人深達五陰應如是知復次梵天趣求義故名之爲道梵天當知譬如有人作是思念我於過去作何等身我於過去作如是身彼二種念則是虛妄更復思惟我於過去從何所來我於過去曾如是來亦爲虛妄梵天當知一切諸法皆是分別無有眞實亦復如是是則名爲清淨道也

忍校量品第十

阿難爾時彼放光佛復告眉間白毫梵天言梵天此陀羅尼法門寬大無邊今當爲汝開顯初門菩薩行法少分之事當知如來方便密教梵天譬如賈主爲求寶故欲入大海於先積集種種資裝所謂船櫂帆柂生熟餱粮

凡是海中供用諸物咸悉備之置於海岸唱如是言誰於今日欲入大海求諸所須以除貧乏若有能者宜同此行時衆多人爲求利故若十二十乃至百千俱願入海時大賈主見衆已多即自思念是大衆中其有身羸力少怯弱小心不堪經險難與從事我應遣還如是思已遂宣告曰諸人當知今此大海深闊無邊不可期以時月歲數而剋迴還方復海中有八大難何等爲八一者惡波二者旋流三者摩竭四者鰭魚五者諸餘大魚六者夜叉羅刹七者惡風八者惡龍如是八難難可過度脫當逢遇船壞命終誰能堪忍無怖畏者宜於今日共處此船若疑不堪荷負險阻各隨意還衆人聞已多即還散如是梵天今此衆中有無量人聞此陀羅尼甚深法門寬大無邊心生驚恐作如是念此陀羅尼但說一句無量歲數尚不能盡若具說者誰堪聽受如是無量無邊衆生或生退心或起種種愚癡惡邪煩惱障礙輪轉生死如是梵天如來世尊爲欲增長彼等衆生諸根欲力亦令成就不退轉心故如彼賈主見諸賈人怯弱不堪慮其敗壞明說海難乃至命終諸恐怖事遣還本所梵天當知彼大賈主能有如是密謀深智大方便力如來亦爾以大方便爲此億數諸菩薩衆欲開發彼無量無邊億那由他不可思議大智慧忍而諸世尊所有不思議大智慧忍之所行處但爲阿毗跋致菩薩摩訶薩說令得成就不退轉忍如是甚深大功德忍一切衆生無能知者唯除深樂大乘法者彼當能住如是忍中爾時眉間白

毫梵天復白放光佛言世尊彼忍何故名爲無量無邊也佛告梵天是忍功德不可筭數故言無量不可窮盡故言無邊諦聽梵天譬如此閻浮提周遍充滿無價衆寶於彼須彌山頂復有一摩尼珠名曰威華以此滿閻浮提無價衆寶與彼山頂一威華珠本非稱量寧可爲比復次梵天置無價寶假使此威華寶滿四天下彼須彌頂復有一寶名釋迦毗楞伽以四天下滿威華寶亦不敵彼一毗楞伽也復次梵天置威華寶假復聚積彼毗楞伽上至有頂猶亦不如補處菩薩更有妙寶名曰寶精此寶能爲補處菩薩諸莊嚴具隨彼菩薩凡所受用欲入胎時而於母腹先爲宮宅菩薩然後從天降入受最後身如是菩薩福德力故感得此寶生身常用菩薩身大寶亦隨大是寶能成無量福聚從初發心乃至十地諸功德聚是寶所生梵天當知如是勝寶過於一切世間出世間勝功德力所生之寶復次梵天彼出世無價功德大寶集大善根開發教化勝出衆寶云何名爲大功德聚及大善根如是梵天彼最勝上功德善根者我先爲汝説此法門一句之義無有價量無有筭數出世勝寶差別説已復次梵天又以無價最勝寶故今更引喻梵天譬如此閻浮提除去諸山及衆瓦石其地平正無有丘墟自閻浮提地上至三十三天滿中諸人皆獲初禪成就一心名上凡夫梵天於意云何彼得初禪勝上凡夫心所念智所知之處名爲何等梵天白言世尊名爲世間智慧境界佛告梵天於意云何一須陀洹人心所念智

所知之處復名何等梵言世尊名爲出世智慧境界佛言梵天假使滿閻浮提勝上凡夫盡其心力能知一須陀洹人心智境不梵言不也世尊何以故凡夫不知出世事故如是梵天一切凡夫尚不得知云何能得稱量言說是故雖滿此閻浮提已得初禪勝上凡夫終不可比一須陀洹梵天白佛實爾世尊何以故彼諸凡夫唯得初禪猶尚未得二禪已上乃至四空世間勝法云何能知須陀洹等所知出世法也梵天當知是爲第一無價衆寶譬喻差別復次梵天置一天下勝上凡夫假使滿四天下皆是須陀洹盡其智力亦不能知一斯陀含心之所行智之所證乃至不能思惟稱量少分邊際梵天是爲第二勝寶譬喻差別復次梵天置四天下滿須陀洹假使滿四天下皆斯陀含終不能知一阿那含心之所緣智之所證乃至滿四天下諸阿羅漢亦不能知一辟支佛心智境行梵天是爲第三第四第五寶喻差別復次梵天置阿羅漢假使滿四天下皆辟支佛共盡智力若欲思量一生菩薩入母胎時心智境界證入次第大願深忍問答演說及諸威儀終不能知不能思量不能分別不能聽說乃至不得彼法少分唯除如來應供正遍覺乃能知耳梵天是爲菩薩第六勝寶譬喻差別復次梵天此閻浮提滿中天寶如上喻說乃至須彌頂寶名曰威華我今爲說此寶威光及以德用更引諸喻顯其少分此言難信唯除證者梵天若取威華勝寶置於須彌山頂是大海水深八萬四千由旬其下乃有諸龍宮殿住所

及阿脩羅迦樓羅等宫殿住處所有衆寶及大海中種種寶珠彼大德龍神通力故珍寶瓔珞皆有光明諸阿脩羅雖多諂詐神通瓔珞亦有勝光如是一切光明若遇威華衆寶光明皆滅不現梵天猶如日輪現時悉能映蔽諸螢火光喪没不現其事若此梵天當知此日輪光繞須彌山餘方現時彼山頂寶於閻浮提作大照明爾時梵天白佛言世尊是威華寶從何而來誰德所感佛告梵天大海最下有金剛際於彼際下有一火聚名爲多日光明熾盛此即大鐵圍山根本出處彼有金地名曰解脱是威華寶從此而生梵天復言世尊彼威華寶云何無價佛告梵天此四天下一切所有小大諸山樹木叢林及諸藥草皆悉熾然遍燒欲界猶如劫盡彼火盛時若於梵宫取一威華投置火内如一念頃大火即滅猶如大雨能滅小火此寶威神亦復如是梵天此寶現時誰福所致梵天復言世尊我以不知先問此義是威華寶威力住處唯願善説令我得解佛告梵天如劫盡時三千世界百億天下各隨本所一切炯然當於是時取威華寶置於梵宫是寶威光能令欲界諸天宫殿下及地獄凡所至處猛火即滅皆得清涼如秋九月夜後分時劫火皆滅能作清涼亦復如是梵天是時衆生以福盡故諸摩尼寶隱没不現衆生無計能得是寶彼威華寶不可得見如辟支佛出世甚稀復次梵天從海下至第四風界彼有風輪名曰極駃彼風輪上有火輪界名曰不壞恒常熾然猛焰不絶彼火輪上有一威華安住在一摩

尼寶上以彼二寶威光德力能持火輪熾然不絶亦復能制令彼火輪不得燒壞大地諸方大鐵圍山須彌山王及大海水如是一切皆以依彼威華寶珠及勝摩尼光明德力乃得安住復次梵天所言毗楞伽寶者純眞金色善根所生自然彫瑩乃能出過須彌山頂忉利天處夜摩天處兜率天處住於梵宮菩薩從閻浮提生兜率已善根力故此寶自然生於篋中作降魔事何以故梵天若有諸魔及魔眷屬發大惡心趣兜率天作諸障礙壞亂菩薩雖共盡力而不能動所以者何由此摩尼寶莊嚴具在菩薩頸珠威力故所有魔事自然壞滅魔王波旬深生憂惱又是菩薩初從天降入母胎時彼莊嚴具亦常隨逐乃至初生出家坐於道場菩提樹下彼寶恒在是時魔王與其軍衆無量億數現百千種大恐怖事奮其威猛諸鬭戰具菩薩端坐寂然不動破魔軍已成等正覺梵天當知彼釋迦毗楞伽勝摩尼寶有如是力何況菩薩處兜率時魔王獨能爲障礙也假使餘天及兜率天亦不能損以寶常隨菩薩身故時彼梵天復白佛言世尊彼釋迦毗楞伽摩尼寶唯有是德更有餘力耶佛告梵天彼寶威力乃有無量非唯此也梵天此閻浮提縱闊七千由旬其地形相北闊南狹如婆羅門車時彼天下有四王治處何等爲四一者人王二者蛇王三者惡馬王四者惡龍王梵天此閻浮提毒蛇遍滿咸有瞋心盡吐毒火更相噓螫已及他身皆爲灰燼當於彼時鳥獸及人觸此毒火即便喪滅如是瞋毒諸惡龍等自相燒

滅況復餘類梵天此閻浮提蛇毒充滿於意云何如是蛇衆可謂多不梵天言世尊甚多甚多佛告梵天於此三千大千世界所有惡龍及諸龍王有大神通於虛空中起大重雲奮大電光震大惡雷放大霹靂雨大雹雨出種種聲現種種威梵天於意云何如是龍衆可謂大不梵天言世尊甚大甚大佛告梵天於此三千大千世界所有惡人惡馬諸惡毒等住於邪道然後遣令觸彼惡蛇惡龍惡馬乃至惡人皆起瞋心惡心惡力惡行惡事乃至惡道具足如是諸恐怖時如是菩薩於兜率天開發顯示彼摩尼寶令彼惡毒衆生等見衆生覩已惡事消滅世界清淨惡心自息柔輭和順慈愛歡欣皆以見彼摩尼寶故梵天當知此釋迦毗楞伽寶乃有如是無量無

邊大威德力若具說者終不可盡時彼梵天復白放光佛言世尊如佛先說菩薩身寶名寶精者有何功德唯願開示令我等聞佛告梵天汝今不應問斯大事何以故一生菩薩善根深重凡諸果報非彼世間所堪知見所以者何如是菩薩欲入胎時是寶先導隨菩薩身而作佛事出時亦爾是故此寶寶中最勝乃有如是無量勢力汝等梵天若知寶處則往供養恭敬禮拜不應問我有何功德梵天白言世尊我於此義無復疑心爲諸衆生故發斯問欲令聞者生歡喜心以是義故我諮世尊如此問者欲於將來具行佛事增長菩提世尊是菩薩寶下閻浮提時威德力故日月光明尚皆喪滅而況星宿諸火光等能不滅乎是故此寶最爲殊特常依菩薩摩訶

薩所一切梵天應將是寶安置梵宮尊重恭敬禮拜供養作希有事世尊此實光明能蔽日月星宿火光令不復現而彼日月星火等光無滅没者皆是如來神力所爲不使世間常處闇冥所以者何如來世尊有大慈悲加被一切諸衆生故若無如來威神加者乃至一切梵天光明亦皆失滅佛告梵天言加護者義何謂也梵天言世尊加護義者以上被下劣依勝故諸佛世尊一切諸事勝出世間諸人天等譬如日光出時諸螢火光悉皆失滅如來威力若不加者一切人天光明喪滅亦復如是世尊我於如來威神德力無復疑心何以故我觀如來心無猒足是故我今爲未來世諸衆生等敢問斯事佛告梵天汝今頗知有諸外道五通神仙所得四禪四空三

摩跋提入出心行不梵天言世尊我今少知外道諸仙所得禪定三摩跋提然此衆中有未解者來世衆生復不能知是故我今問如是義欲令衆生不知者知亦令將來未解者解梵天世間無有語言及義文句名字而能離此陀羅尼門修多羅者梵天所有諸修多羅或祇夜或授記一切他所問者或有此三十七助菩提法所攝乃至顯說行者皆悉入此妙陀羅尼深法門中是以今此陀羅尼門即爲三世諸佛已說當說我今現在亦復演說若有人能如我所說憶念受持是陀羅尼者此人未來還得如我說如斯法我於往昔亦曾供養恭敬尊重無量諸佛彼諸佛等亦以此陀羅尼修多羅法門教化成就無量億數諸大菩薩摩訶薩衆佛告梵天我念過去

無量億劫有佛世尊名勝三昧如來應供正遍覺出現於世彼最後身所生之處其父輪王名大精進七寶具足統四天下菩薩即是寶后所生第一太子常處深宮與八萬四千衆美女俱如是諸女皆以種種名寶瓔珞摩尼天珠而爲莊飾前後圍繞遊觀園林無量妙音以娛菩薩猶如帝釋歡喜之園然是菩薩有大人相一切世間無能及者梵天菩薩後時問衆女言汝等誰有赤檀箜篌如其有者今宜前進時有一女以赤檀箜篌奉授菩薩菩薩彈已作是思惟如此聲者從何所來爲從弦生爲從柱出爲棍有耶爲槽作乎如是思已知聲無定復作是念我若不觸即不出聲如是聲者應從手出作是念已即便以手觸於虛空聲亦不出因此方知手無定聲知無定已即復思念今此聲者虛妄不實假衆因緣和合而有彼諸衆生甚大愚癡常爲無明迷惑所覆不知見覺躭著此聲因爲放逸具造衆惡墮三惡道菩薩如是深猒離時即入三昧入三昧已悉捨世間五欲衆具凡是所重如棄涕唾身昇虛空住虛空已復作是念我今此身必定成佛如是念時即便獲得大勝三昧三昧力故足步虛空詣菩提樹至樹下已結加端坐身不動搖梵天菩薩如是結加坐時有一魔王名拘知舍住菩薩前以偈讚曰

丈夫速成佛　爲世安樂故　無憂甘露句
滅盡諸煩惱

佛告梵天我於爾時作婆羅門名速疾身覩彼菩薩坐道樹下將成正覺内自思念我今

要當在菩薩前一心合掌恭敬而立彼成佛時乃可休息於是七日七夜住立諦觀更無餘念不念飢渴不覺疲勞亦無睡眠過七日已菩薩方證無上菩提轉大法輪梵天我於爾時彼佛法中起增上信捨家出家願我當來亦成正覺如今莫異梵天彼佛世尊知我發心精進勇猛堪能荷負無上菩提便授我記告言仁者汝於未來過無量劫當得作佛號曰放光如來應供正遍覺汝最後身其所生父轉輪聖王名祭火光即於生世捨家出家修行未幾成正遍覺梵天我於爾時與菩薩衆十四人俱我等並於十四年中專精讀誦此陀羅尼彼勝三昧如來於十四年中有所宣說唯一法句我等聞是法句義已即時獲得不退轉忍以此忍故無復一切煩惱怖畏梵天時彼如來爲十四菩薩於十四年中教化成熟令住不退轉地不壞不動猶如金剛其心牢固衆善熏心於諸法中得不退轉時彼梵天復白佛言世尊我今已知彼諸菩薩不退轉行猶未審知此陀羅尼修多羅說一句門其義云何佛告梵天此修多羅一句門者即如來藏此一句門若具說者假使三千大千世界所有諸聲及衆音樂所謂四天王聲忉利天聲夜摩天聲兜率天聲化樂天聲他化自在天聲乃至魔王宮殿一切諸聲皆爲法音演兹一句猶不能盡何以故由一句門顯示佛藏深寬大故梵天此如來藏寬大無量無際無邊不可窮盡若宣說者令諸衆生身心清淨安隱快樂昔所未得今悉得之斯皆由彼如來藏故

三乘教品第十一

佛告阿難時放光如來於大衆中命一婆羅門子毗舍佉言汝毗舍佉若聲聞人凡欲教化云何能令他人歡喜先當自淨身口意業發誓精進善學法義常多思惟成就智慧然後教他令生歡喜增長善法若不如是不能令他於彼義中分別解說應如是住如是念如是學何以故若無智慧即非善學尚不自知況能教他毗舍佉譬如世間剪角特牛無有鬪事既不自護亦不護他何以故無鬪具故如是毗舍佉若沙門婆羅門諸衆生等不勤學者不能思義不如說行不能爲他談說議論何以故無智慧故但有憍慢憎我所心自他善法皆悉損減是故有智慧者不起憍慢無我所心我想不生亦無執著不貪已身何以故見聖諦故不生煩惱惡毒滅故無有諍論離怨敵故無我所心不自讚故除欲煩惱不念餘事唯觀因緣亦教他觀十二因緣一切生滅毗舍佉是則名爲聲聞行人善自防護身口意業亦能教他遠離三過復次毗舍佉辟支佛人則不如是無有說想但自覺悟不能教他所以者何是人斷絕大願深行唯樂寂靜不願化生一向不能宣說諸法亦不能說善惡業報乃至生死過患涅槃安樂一切不說唯觀他心知有樂欲即便普現神通變化自在無礙令他信解爲物福田生大功德隨其所願即能成滿勝聲聞人以得自在神通力故毗舍佉彼亦丈夫以於過去久遠修習少欲知足今如是行如是業如是願以本願故於佛法中但取少分唯現神通隨

宜利益而實不能說法度人令他歡喜毗舍佉是人但以自覺彼法是故不能說法教化而彼亦有如是方便憐愍衆生示現神通出生善根世若無佛則住世間若佛興世便取滅度是人出時無有師教唯以自力出家修行内心思惟而自證覺是故勝彼聲聞福田毗舍佉是爲辟支佛所行事業復次毗舍佉化衆生耶我今略說菩薩學處若諸菩薩自所學處先觀世間所有漏法即見有爲皆從緣起無暫時住念念自滅本性空寂如是知已欲令一切生歡喜故應先自行六波羅蜜亦化衆生令行六波羅蜜令捨離慳著彼若無物菩薩給與教勸行施令心歡喜又以持戒慰喻開示如是忍辱精進禪定智慧諸波羅蜜等菩薩摩訶薩常應勤行亦令衆生如是修學菩薩行已身心歡喜亦令衆生身心歡喜而彼菩薩乃至命盡不捨如是勤精進心又彼菩薩以多慈悲精進力故無量衆生願從其學皆自思念我等何時得如是行毗舍佉上至諸天猶皆樂彼丈夫所行何况人也是故汝等應當勤學大丈夫行

大法炬陀羅尼經卷第五

音釋

櫂 直教切楫也　挽 無綰切引也　餱 户鈎切乾食也　鯌 倉各切魚名　烔 徒東切赤熱貌　駛 踈士切疾也　彫瑩 彫丁聊切琢文也瑩烏定切潔也　篋 苦協切箱屬也　狹 胡夾切隘也　嘘螫 嘘休居切吹也螫施隻切毒也　燼 徐刃切火餘也　霹靂 霹芳辟切靂郎擊切霹靂雷之急激者　棍 古本切開緄棍子也　槽 昨勞切

大法炬陀羅尼經卷第六

隋北天竺三藏法師闍那崛多等譯

三法藏品第十二

爾時放光如來復告毗舍佉言毗舍佉如我所説三種業藏若善思義則能得入一切法門毗舍佉若人願樂成就此法當勤精進何以故懈怠之人終不能到所以者何是人不能具足愛樂如是正法是故應當依善知識深心勤學毗舍佉譬如妙寶或玻瓈珠或瑠璃珠并餘淨寶置池水邊能令其水同於寶色何以故以此寶珠清淨力故遥相映發能令彼水隨逐寶色如是如是毗舍佉一切衆生近善知識其事亦爾又彼水中隨投餘物亦作寶色此寶威光能變餘色異此寶外不能變也毗舍佉今此三種方便業藏亦復如是若人自學若教他學一切人天無能壞者毗舍佉此三種藏乃是諸佛如來言教一切所有吐發語言音聲詞辯論難解義及諸譬喻皆悉從此三教藏生毗舍佉若人受持三藏義者終不爲彼外道邪論之所破壞假使滿閻浮提無量衆人一切皆是聰明外道諸大論師一切悉來種種問難終不能屈毗舍佉置閻浮提滿中論師假使此四天下滿中衆生乃至皆能論議問難亦不能屈復次毗舍佉置四天下假使遍滿三千大千世界衆生一切皆是大論議師若佛經典及外道書籍盡能受持彼等咸來一時問難悉皆能答無有滯礙何以故由佛法中先經學此三方便故是故毗舍佉有諸法師若在家若出家但能受持此三法藏一切問難隨意能答何

以故此法即是無量無邊智根本故毗舍佉此法希有不可思議名一切世間難壞經典我今略說汝尚不解何況多說毗舍佉其有久習智慧方便乃能分別此三業藏何以故佛智深大衆生心小不能容受如此大智若能解知則得斷除一切衆生無量疑網又毗舍佉若人雖能持此三種業藏言教若不知方便則不能知入之方便云何而能解釋此也佛告阿難彼放光如來應供正遍覺如是說已時毗舍佉復問放光如來言世尊如此三種業藏根本云何得生從何所來去至何所佛言毗舍佉我還問汝隨汝意答毗舍佉於意云何如此風界從何而生爲大爲小爲狹爲寬爲長爲短爲麤爲細從何而來去至何所何姓何家何村何落何城何國乃至如

是生處分齊形量大小去來依止皆可知不毗舍佉言不也世尊如此風者不可得知無處所故不可得見無相貌故乃至家姓生處皆不可知世尊如此風者從虛空生無所依住無有方所遍一切處如是毗舍佉風從空出無有方所家姓生處實不可知如是如是三種業藏言教方便亦復如是無有方處無所從來亦無所去無生無滅何以故佛法無量唯佛智知摩那婆此三業藏實不可知終無有能得其邊際及以數量若一劫若減一劫若百劫若百千劫若百千億那由他劫乃至無量無邊不可數劫亦不可知唯佛世尊乃能知此三種業藏隨其根性而爲說耳摩那婆是故汝等應當知此三種言教無有住處無有邊際何以故諸佛菩提無有住處亦

無依止乃至行業因縁體性無所從來亦無至處若能知此即知業藏無有住所無量無邊爾時毗舍佉婆羅門復白放光佛言世尊云何業縁佛告毗舍佉於意云何初入胎時名爲何等毗舍佉言世尊是謂水界名迦羅邏佛言此迦羅邏過初七日復名何等名頞浮陀佛復問言是頞浮陀過七日巳復名何等名蜱羅尸佛復問言是蜱羅尸過七日巳復名何等名曰伽那佛復問言此伽那者過七日巳復名何等世尊是迦羅邏頞浮陀蜱羅尸及伽那等過是巳後名之爲受佛言毗舍佉當知此受本來無實唯有虛妄虛妄因縁和合而生因由此故一切身分支節得生所謂五皰生故皮肉生皮肉生故筋骨生筋骨生故髓腦生髓腦生故髮毛生髮毛生故甲齒生甲齒生故一切身分支節等生如是一切身分支節皆無所從來無有住所悉從因縁和合而有如是五陰十二入十八界相貌形色大小長短皆亦無所從來無有住處彼若實有應有去來如是一切無有住處悉不可知旣無有名云何可說毗舍佉若以父母因縁和合當於是時識支託胎成迦羅邏大名爲藏者如是毗舍佉若彼父母不和合時是則無有迦羅邏大乃至無有皮肉筋骨及諸髓腦髮毛爪齒一切身分云何得有色形長短五陰十二入十八界十二因縁住處往來也又若此識不與一滯精水和合處胎中者形色等物皆不得成又若不與十二因縁相和合者乃至老死亦不得生若無生成云何而得有名有說如是毗舍佉但以十二

因緣相續力故色受想行識等和合而生如是毗舍佉此三種言教方便業藏無有方所無有邊際亦無去來當知此法無生無滅無有根本不可窮極復次毗舍佉應當知是三種言教方便業藏何等名爲三種藏也一者人言教藏二者天言教藏三者非人非天言教之藏婆羅門所言人言教者彼等皆以語言相應當知是名人言教也毗舍佉所謂天言教者事相異故得有見聞如實不異生如是心如是思惟方便知已能得禪定天眼天耳及天心智皆由一心攝念力故則得如是清淨智生是名最上清淨天言教也毗舍佉所言非人非天言教藏者大慈悲生攝三言教出三乘道及一切法是故名藏此教方便依大悲果遍一切處觀於惡道諸衆生等唯有衆苦一心拔濟無異思惟故名大悲利益彼故故言言教毗舍佉此三業藏所生住處諸佛菩薩常一心念作彼護持

法師相品第十三

復次婆羅門更有加持力因常精進生云何名爲加持力因精進生也若有沙門婆羅門欲得具足如來辯者皆由勤心精進所致而能於一時間說百千萬億修多羅章句無有窮盡何以故以彼善能成就口業因加持力得無礙辯以是辯故於一切問答不可窮盡無有斷絕譬如高岸峻流下注雖欲遮止終無斷絕彼流下時乃至小水尚難斷塞豈況大河如是毗舍佉若有法師於此三種言教業藏修習辯才乃至一日若聞若誦或復思惟彼精進故隨宜演說猶無斷時諸餘問難

寧能沮壞毗舍佉譬如泉流但入於河不至海者無有是處若人久修精進於此陀羅尼中休廢者無有是處我今少說如大海中取一微滴豈能損減我今說此大陀羅尼精進辯才法門少分亦無損減如是毗舍佉汝應當知得彼三種業藏辯才能照一切諸法根底於諸問難不可窮盡何以故以此法門無邊際故復次毗舍佉其有得是精進加持辯才藏者當問難時或他毀辱應生歡喜起大慈心不見罵辱不觀自他無有我所亦無怖懼何以故一切内外諸有畏惡悉滅無故毗舍佉是爲法師口業成就復次毗舍佉若諸法師處座說法或有比丘比丘尼優婆塞優婆夷四衆圍繞如是衆等或經久學或有始聞或有信心或不信者其中衆生若覩女人形貌端正生染著心忘失法念爾時法師應善觀察以巧方便調伏彼人明示罪相令其覺悟内生慚愧勿令彼瞋何以故若彼瞋恨起不善心是人或時毀辱法師誹謗經典障礙佛法過患轉增是故毗舍佉若諸法師欲行呵責調伏事者應先自除欲瞋癡慢然後教訶令他除斷若自不斷令他除者無有是處是故法師要先自行然後正人不應先取他人之過自虧己德何以故毗舍佉一切衆生欲縛深厚貪境現時不顧自身若捨方便先行呵責唯增瞋垢如火燒薪瞋恚盛時癡更增長三毒煩惱一時俱作而諸衆生三毒盛發不聞外言不憶已事善法惡法一切不知假或暫聞不能納受毗舍佉彼諸衆生三毒發時猶如盲人不識道路平夷艱險亦如

聾人不聞音聲麤鄙精妙又如醉人不醒方所東西南北如鬼著者不安其處猖狂妄言一切衆生毒火燒心不覺善惡亦復如是毗舍佉如是衆生煩惱盛時法師應爲說對治法不淨觀等令彼速疾得無漏智燒彼衆生三毒諸結如是毗舍佉是爲大智辯才法師能於比丘比丘尼優婆塞優婆夷等四部衆中方便開導令皆歡喜滅彼衆生諸煩惱病復次毗舍佉若諸法師欲說法時應先觀察衆生根宜然後隨順而爲演說若知衆生聞於布施獲利益者法師即應先說布施令彼歡喜當知此時不應更說諸餘法門或復有人樂欲持戒法師則應爲說持戒亦不得說餘深法也如是衆生或時樂行忍辱精進禪定智慧乃至樂聞種種法門即皆爲說令速開解毗舍佉如是法師應勤精進方便說法何以故若欲成佛要於無量無邊劫中勇猛精進勤修苦行乃至捨身手足頭目髓腦如餘經說又諸法師不應諍論夫諍論者即是無明煩惱根本是故法師應勤精進速滅無明亦勸他離毗舍佉是諸法師要先具備如上功德然後爲衆方便說也毗舍佉法師常當如是思惟我今所處即是如來師子之座宜應忍默何忽起瞋隨彼衆生一切問難我當解釋皆令歡喜作是念已諸有諍論彼我之心自然消滅復次毗舍佉夫法師者常應慈愍愛語謙下將護衆心何以故若懷瞋妬心存勝負獲大重罪慈心說法成大功德能令佛法久住於世凡所生處常得值遇諸佛菩薩及衆聖賢能消世間種種供養假以高

大師子寶座又以億數無價名衣奉上法師豈能報彼法師恩德而彼法師雖受是事應深慚愧勿起貪心應生慈愍不得我慢無令消滅施主善根當令衆生咸得歡喜復次毗舍佉若諸法師凡欲說法調伏衆時必須聰慧利根多聞博識形貌端雅正見家生三業清白衆德具備著淨潔衣威儀齊整如是法師衆應勸請然後說法何以故諸佛如來具足修集三十二相功德圓滿然後方始轉大法輪衆生聞已勤修大人丈夫相行是故法師凡說法時應當次第說三十二相果報如是善根如是亦次第說三業清淨業清淨已然後爲說布施行等諸清淨法乃至種種差別義門云何復名次第說也毗舍佉譬如童幼初受教時彼師先授摩帝迦字次授頞字後授阿字如是次第教十四音已復次第教三十四字具教如是五十二字已然後分別一切音聲字體名言諸教藏事乃至顯說不思議力若人成就彼無礙辯便能隨意次第差別說諸教義成就不忘能知諸佛三十二相及餘功德具足圓滿爲衆普宣一切諸法名句味身心善思惟必定不虛而彼法師當說法時諸聽法衆乃至得聞一句法相隨順而解一切顛倒異想不行何以故能知諸法如實說故是名清淨次第說相復次毗舍佉譬如射師教諸童子初射法術先於平地置七步垜然後量力授弓與箭告童子言我當教汝汝今宜可學射彼垜爾時童子雖受師教以初學故其所放箭若至不至終不能中師教無倦稍得近垜是見後時年漸長大爲

學不已隨放便著無落塹者如是毗舍佉彼說法師教徒衆時亦應如是宜察衆生上中下根漸次教授不可一時頓說深法何以故若不知根妄說法者令他失利增長顛倒是故應當先爲說彼六波羅蜜次第修已然後爲說空解脫門若爲衆生說此空法或有得聞或有思惟或能證者是亦不應但有言說何以故如是空法不可唯以心想知故若彼空法但以心想能證知者一切衆生未修道時亦應即是阿羅漢也毗舍佉彼空法者亦不可說相貌形體若可說者則是作相若有作相則有願求若有願求則是三世何以故毗舍佉無相法中一切三世皆不可得所以者何過去未來現在等事皆寂滅故云何起願復次應觀是色作無相想云何觀色作無相想當知此色生滅轉輪念念不停毗舍佉如是色相不可眼見當知彼是心識境界唯意所知是故不可以眼得見毗舍佉一切衆生所有心意不可言說唯佛智知雖可慮知而不可見念念不住猶如幻化云何可取而可得見如是毗舍佉不可以彼衆生心識取心眞相既不可取云何可說何以故以愛憎事違平等故毗舍佉若欲滅除愛憎想者當勤精進觀一切法悉皆空寂無有取著復次婆羅門若能如是滅除愛憎不取法相當知即是無相解脫門知無相已如是次第不起願求無願求處當知即是無願解脫門如是復觀一切諸法皆悉平等無有取著所謂不見眼及色乃至不見意及法若能如是不取不著斷滅憂喜得平等心當知此是空解脫

門以能得此三解脱門三世平等爲方便已然後得入無生觀中復觀彼色從何而生因於邪念不淨而生知從邪念起男女想男女想故起愛著心愛著增已和合欲事名破梵行彼和合時即成胎藏是名迦羅邏大此迦羅邏時不可說有男女形相毗舍佉當知如此迦羅邏相唯佛如來聖智所知是故如來於彼時中教諸弟子汝等今應正觀色相云何觀色謂如實知是無常等彼既聞已即時所有欲想色貪皆得除滅色欲滅已如是喜樂憂悲苦惱一切皆滅毗舍佉初未有人於迦羅邏始受胎時能證知彼若男若女出母胎時無有一法從餘處來亦無一法去至餘處唯有精水赤白和合成迦羅邏藏如來於彼建立爲因而實諸法無有住處何以故一切諸法無生滅故如修多羅中次第說也如是毗舍佉汝等於此當勤修學是則名爲宣說過去諸言教事既自知已亦爲他說如是次第說未來事此現在事如迦羅邏中說如水泡如沫聚如陽焰如芭蕉如幻化都無眞實如是十二因緣次第相續生至老死亦復如是譬如虚空有時雲翳有時清明豈有教者如是界大和合無有作者是中唯有如實正法無增無減然有無量業行差別法界義門當如是說爾時毗舍佉婆羅門白佛言世尊彼諸法師若他來問若自欲說去來現在三世之事忽然疲倦迷惑不解如此法障當云何除佛言婆羅門若諸法師他問疑惑若生疲倦不能說者如是法師以未通達三種言教方便藏故設知少分但得名字不關義

理如是毗舍佉此三世事無量無邊難可窮盡是故初中後際生滅旋轉喻如風輪無有邊際毗舍佉而彼風輪終無有人知其限齊形量大小去來現在亦復如是如彼時節始自一日二日乃至十日半月一月乃至一時半年一年乃至無量其實不知從何所來去至何所又如光影無有形礙時節晝夜往來可知去來現在不可數知亦復如是如是三世既不可知亦不可見既不可見則無所有既無所有則無名字若無名字云何可說毗舍佉是中以因緣故有此三種言教方便汝當善思如是法句於聽說時莫生疑惑唯念法師諸根寂靜專求智辯勿起諍論何以故知法之人無諍論故若諸法師當說法時衆中有人起諍論者法師應教念彼智力陀羅尼句滅彼魔事

謗法果報品第十四

爾時毗舍佉婆羅門復白佛言世尊若人於此三種法中生疑謗者當云何滅佛告婆羅門若有於此三種法門生疑謗者在家出家一切法師悉不能除何以故毗舍佉於佛智中深起疑謗破滅一切善法根本是故無人能爲除斷毗舍佉復白佛言世尊若人於是諸佛如來大慧門中生不信者有何果報佛言婆羅門是人造業世間極重是以一切尤重惡報皆在斯人斯人永失佛法深利三世諸佛同共放捨於甚深法無有信樂自既不信一切佛法復教他人多生誹謗恒樂隨逐極惡朋友學習愚癡增長邪見常爲已身貪嗜衣食是人未來雖聞諸佛說諸妙法亦不

生信以其現無信分善根故如是之人自於佛法起深障礙復更令他無量衆生於正法中作深障礙以是因緣具受種種無量大苦何以故以具惡業斷善根故所以者何是人皆由自習愚癡無智邪見復教多人無智邪見聞説深法不能信受而生輕慢以輕慢故不能諮問智人勝法毗舍佉若有智者常應諮問不當親近愚癡邪見無智衆生若人聞此三教藏時不信行者汝知是人乃至一切天人世間不能令其歡喜信解若聞説此三種業藏不生信解假使更聞諸餘法相能生信者無有是處當知是人去佛法遠如是愚冥無智衆生凡所行作不可隨順乃至有説亦勿聽受我實不能分别具説是謗法人所生惡趣我亦不欲説是謗人所受生處身量分齊形體容貌可畏醜惡何以故若我具説衆生聞之或當怖死故我不説如是毗舍佉若人於法乃至一句欲作障礙生謗毀者彼所得報不可具説我今爲彼未謗之人明識斯過故少説耳毗舍佉假使於此三千大千世界所有諸大地獄及小地獄彼謗法人悉生其中具受諸苦何以故以其斷滅一切善根復令無量無邊衆生起謗法心增長邪見諸惡行業是故備經惡道受殃如是衆生出地獄已更生餘趣經無量世癡騃無知若生人間不得正念諸根闇濁狂亂失心喜習邪法不識義理毗舍佉是人所受果報形量時節分齊我今略説如是三千大千世界所有一切草木樹林盡以爲籌計其罪報不可爲比身形麤醜難可具論凡所至處皆成苦緣

斯由謗法獲如是報

勸受持品第十五

阿難時放光如來告毗舍佉婆羅門言毗舍佉是故汝等從佛所聞如是三種言教藏義應至心聽專念受持勿興餘想毗舍法如來所說三藏法門無法可說無可聞見亦無一法可得開示若知如來如是說已於餘法門生疑惑者無有是處何以故諸佛世尊不空說故如是說時若有人聞不信不受復障礙他是人自起無明邪見更令無量無邊衆生起謗法心我慢貢高不知諮受不往聽聞喪失深法不知義理隨逐邪友遠離智人以是因緣多受惡報毗舍佉譬如虎子從生隨母日見其煞及身長大煞業自成毗舍佉衆生亦爾親近惡友具造邪業墮於地獄畜生餓鬼受大苦惱毗舍佉以是因緣汝等應先自正身心然後說法勿忘自正損已陷人毗舍佉以是義故如來應供正遍覺建立宣說三種言教方便業藏汝等應知一切衆生心所思念口所欲問身所欲行如是知已慈心教示衆生聞已歡喜受行是故汝等當爲攝受諸衆生故修學大慈爾時毗舍佉婆羅門復白放光佛言世尊我聞略說尚未能解唯願如來更爲具說三種業藏令我等知佛言毗舍佉我今問汝汝應正答於意云何譬如世間有異良馬生駒未幾身體柔弱氣力未成人欲乘之帶甲持仗負諸鬭具入陣決勝是人所作可稱心不毗舍佉言不也世尊是愚癡人云何能濟佛言毗舍佉如是如是如汝所說其有新發意菩薩及二乘人少智少行

未得神通聞我所説悉不能受反更迷惑生四顛倒如彼馬駒年齒未滿氣力未成猶故不堪負重入陣毗舍佉若使是駒毛骨漸成齒歲具足身雄氣猛耳目明利令人騎乘負重致遠輕行掩襲臨敵決戰不慮驚敗直入無前乃至震鼓吹螺揮刀奮矟亦無驚恐何以故年齒滿故身力成故數調習故種性良故如是毗舍佉汝等若得四無礙辯諸力無畏然後堪受三種教藏聞衆麤語不起恨心復能受持一切佛法如彼良馬身健力成然後方能負重入陣毗舍佉是爲第一戰鬬事也所謂開示佛法教化他時若必多有鬬具器仗是時外道雖有種種異端諍論皆能忍之不生怖畏汝等當知螺貝鼓者是謂説佛法時多諸留難亦能堪受不生怖畏若有精勤修習受持而行佛法則無障礙若有出家破戒愚癡不能依行則有障礙設能學者或墮聲聞辟支佛地毗舍佉若有長夜具足精勤修行佛法彼於此法猶尚難知或得少分況復不修更受惡法彼人於此大乘藏中無有信心云何能知云何能解毗舍佉汝於如是諸衆生等常起慈心不應放捨若有衆生起正念心但學一偈或唯句字乃至七日汝等亦應勤教授之隨彼衆生若成不成汝等皆獲無量功德毗舍佉諸佛世尊凡所演説皆爲利益一切衆生或信不信或行不行諸佛世尊口業成就但有所説聞必蒙益無空過者其間或有雖不現獲皆亦已作當得因緣毗舍佉汝等欲得修證如是如來藏者應於如來及如來法中起平等想行平等行

大法炬陀羅尼經卷第六

音釋

頞烏割切 蜱符支切 皰匹貌切 峻私閏切急也 毘舍佉梵語也此云別枝佉丘迦切 沮慈呂切止遏也 嗜常利切好也 騃五駭切癡也 襲席入切掩其不備也

大法炬陀羅尼經卷第七

隋北天竺三藏法師闍那崛多等譯

智成就品第十六

佛告阿難時彼衆中有一菩薩摩訶薩名栴檀那白放光如來應供正遍覺言世尊如佛所說三法藏門攝諸言教我等已聞世尊我雖聞是三種言教未達義理今更諮問惟願爲我具釋其義世尊我於如來三藏義門重請問者不爲戲論亦無是非不起執著又無疑惑我但爲彼非佛法人外道諸師或時復說三藏義門我等云何當能聽受阿難時彼放光如來應供正遍覺告栴檀那菩薩摩訶薩言善哉善哉栴檀那如是如是栴檀那非但汝於此法不生疑惑然此法中亦無可疑汝栴檀那汝應當知於此法中無彼外法彼外法中亦無此法我今解說汝至心聽若諸法師得此三種業藏義者則能解知一切衆生諸心差別亦能解知衆生業行善惡不同然彼法師欲說法時要先觀察衆生心根及以業行然後爲說栴檀那當知有諸菩薩摩訶薩具神通力無智慧力有智慧力無神通力有得神通亦智慧力彼得神通無智慧力及有智慧無神通力者皆於生死不速出離若得神通及智力者彼於後時能荷重擔摩那婆其能荷負大重擔者唯有智力則無退失所以者何摩那婆有諸外道及以仙人五通具足能作種種自在變化能分一身以爲多身而是神通有時退失以退失故還自害身何以故皆由無彼智慧力故是故若有智慧力者終不害身亦無染汙常生天上不入

惡道復次栴檀那今此會中現有無量百千萬億人衆來集皆爲聽法如是乃至十方各有無量百千萬億人衆亦悉來集復有無量諸天大衆所謂四天王天乃至他化自在天是一一天各有百千萬億衆亦皆來集復有無量色界諸天衆謂大梵天衆乃至淨居天衆亦來聽法栴檀那若有如是大衆集時彼菩薩摩訶薩於此三種業藏門中應當了知種種因緣種種衆生種種心行種種作業種種身口意若彼法師解此三種方便藏門即知衆生心行所趣知彼衆生有種種疑有種種問能種種答若不問者法師即應知彼心意有信不信從其初心乃至多心法師悉應次第了知知已爲決勿令諍論法師如是應爲衆生若略若具隨宜宣說法師先須自成智力及精進力於自學時應當念離睡眠懈怠如是學已令彼無量億百千數諸天人衆伏其聰明及與威德然後爲說復次摩那婆汝等若能成就智力精進力已應須更學大精進心何以故若不能令人心伏者云何能化欲色諸天摩那婆汝等但自思惟莫謂如來於諸法中而生慳悋亦勿謂我於衆生處起輕懱心諸佛世尊於畜生所尚不欺慢何況菩薩摩訶薩也爲衆生故如來出世若住一劫若減一劫若無量劫爲化菩薩故在中生摩那婆若使現有菩薩摩訶薩樂聽正法如來祕悋不爲說者無有是處汝善諦聽我當說喻摩那婆譬如長者唯有一子家饒財寶及諸僕使而彼父母嚴勑家人侍衛守護不令傷損無諸疾苦寒暑飢渴水火衆難不

適之事皆令遠離亦令具足種種醫藥飲食衣服房舍牀敷凡是資須無所乏少爲是兒故供養乳母上饌美味亦常豐足如是摩那婆如來應供正遍覺爲菩薩父常教菩薩行六波羅蜜將養衛護菩提之心不令退沒何以故爲欲增長菩提心故令心不慳不瞋不懈怠乃至令心不復退壞所以者何以不退故速得成就阿耨多羅三藐三菩提是故如來常教菩薩爲菩薩父亦名導師以能不退菩提道故名爲導師又不斷絶菩提道故復名導師佛告阿難爾時栴檀那菩薩摩訶薩聞佛說已即復問彼放光佛言世尊今此無量億數衆中頗有菩薩得此法不佛言栴檀那汝今何緣過深憂慮以菩薩衆重問如來斯諸菩薩皆於如來深密法中信心牢固猶若金剛何事方言此菩薩衆有得如是深法不耶栴檀那復言世尊此億數菩薩衆中有如是法如佛說不佛言摩那婆豈汝自心有斯疑慮如是問我此菩薩衆有是法不摩那婆汝於如來有誠實心何故復發如是諮問此大衆中有是法不以汝疑故今更引喻譬如祭火光王有一大臣在大衆中發如是言我今信知此火光王能行布施乃至能捨所重身命是人於後在大衆中復發是言是火光王貪惜積聚乃至少分亦不能施摩那婆汝亦如是初作是言我信如來應供正遍覺今不能信我所說法隨喜奉行便與先言自不相副唯數問我三種教藏然不知我智力精進一切諸事摩那婆有人聞說如來十力四無所畏無礙辯才即能信解諸餘衆生寡

聞少智不能諮問如是衆生難思難入此等若能信解思量分别如來諸力無畏辯才等者無有是處何以故摩那婆此業難入要於無量百千億劫修行諸波羅蜜等然後乃能信解如是力無畏等摩那婆或有衆生聞上所説諸功德事不生信者我於是人亦常教攝終不放捨是故汝等常應修學

忍成就品第十七

爾時栴檀那菩薩復白放光佛言世尊云何菩薩摩訶薩成就忍力學佛如來爲諸衆生作利益事住自忍中而能於彼外道那師一切大衆百千問難無有傾動佛言摩那婆汝問忍力忍力多種汝問我何等忍力所謂有諸如來忍有諸菩薩忍有諸阿羅漢忍有阿那含忍有斯陀含忍有須陀洹忍有八人地忍有信行人忍亦有諸外道五通神仙忍摩那婆今有如是種種忍門汝於是中問何等忍時栴檀那菩薩摩訶薩言世尊我於是中問菩薩忍世尊菩薩摩訶薩得何等忍便能具足一切佛法豈非菩薩忍力依止如來大忍力已乃得具足一切佛法耶佛言摩那婆實亦依止如來忍力成就佛法然非成就一切佛法摩那婆彼忍所作汝宜諦聽我今當説摩那婆當知一切菩薩摩訶薩具足忍力凡有四種平等之心何等爲四所謂菩薩摩訶薩若起瞋心隨起即覺覺已即能對治除斷摩那婆當知是爲菩薩摩訶薩具足成就第一忍力復次摩那婆菩薩摩訶薩若被他人惡口駡詈誹謗毀辱或以身手若打若擊種種苦惱不可耐事悉皆能受無報荅意亦

無恨心摩那婆當知是爲菩薩摩訶薩具足成就第二忍力復次摩那婆菩薩摩訶薩若見無量諸惡衆生常行惡業不知恩德不孝父母不愛親戚不順師長不敬沙門婆羅門遠離善友無有信心菩薩雖見如是等類諸惡衆生心無嫌恨不求其短而常誨誘安住善法摩那婆當知是爲菩薩摩訶薩具足成就第三忍力復次摩那婆菩薩摩訶薩若見衆生不信因果貪染現樂性多瞋恚忿恨鬭諍好求他過邪見愚癡乖背正法當起慈悲導令歡喜然後安置於正法中摩那婆當知是爲菩薩摩訶薩具足成就第四忍力汝等應知若諸菩薩住此忍中如法行者更復能起增上忍力又忍與法恒自相應若不學法則不能忍欲住忍者應當勤學復次摩那婆若諸菩薩摩訶薩成就忍者必得具足多種功能或時復有種種苦事逼迫其身所謂惡罵毀辱繫縛撾打楚毒酸切不可堪忍菩薩於中不生怨心終無恐怖亦不逃避甘心忍受具足忍時自然即得八種增上勝功德事何等爲八所謂菩薩摩訶薩成就忍已凡所生處身所經歷有大名聞衆人愛敬讚美流布遇善知識朋友親屬皆是世間尊豪勝上乃至一切天龍神鬼見此菩薩生希有心歡喜愛樂摩那婆是爲住忍菩薩摩訶薩第一增上勝功德事復次摩那婆菩薩摩訶薩於諸衆生常行恩德或時有人被菩薩德不識恩故反爲怨讎不喜聞見菩薩所作威力勝恩諸功德事起嫉惡心陷害菩薩所謂一切呪術蠱魅毒藥刀杖種種惡事圖欲中傷菩

薩以有此忍力故終無損壞摩那婆是爲具忍菩薩摩訶薩第二增上勝功德事復次摩那婆菩薩摩訶薩具此忍已便得無量智慧辯才善能宣說種種法門何以故如是菩薩得住忍已世間所有善行衆生學佛世尊若學羅漢及餘聲聞若學菩薩摩訶薩者如是菩薩爲欲攝取大菩提故皆詣彼所求問如是修多羅義更復於此陀羅尼中第十八分天宮殿事次第不斷於彼修多羅中次第能入此第六種分別修行如上所說具足決了如是菩薩復能爲他分明說此陀羅尼門三種業藏復能作彼七十二種句門差別說也摩那婆是爲具忍菩薩摩訶薩第三增上勝功德事復次摩那婆菩薩摩訶薩具是忍已處大衆會誦說經時若心散亂或念他事於所誦持無量言教文句方便有時忘失當爾之時淨居諸天爲菩薩下授所忘失令是菩薩於彼大衆無有恐怖增益辯才先所忘謬明了無遺摩那婆是爲具忍菩薩摩訶薩第四增上功德勝事復次摩那婆菩薩摩訶薩安住忍已而心悲愍諸衆生故其身常受無量諸苦所謂受彼地獄畜生餓鬼三惡重苦乃至更受人間種種諸苦及憂悲等而彼菩薩以忍力故於生死中無有恐怖變退休息凡所願求隨意而得摩那婆是爲具忍菩薩摩訶薩第五增上勝功德事復次摩那婆菩薩摩訶薩具是忍已以忍力故雖處地獄畜生餓鬼三惡道苦不生驚怖於八難中亦不驚怖生死長苦亦無憂怖而彼菩薩以忍力故雖大火聚充滿虛空身處其中亦無驚怖

而亦終無退沒之事何以故以是菩薩安住忍時不見已身亦無住處是故無有可恐怖事摩那婆是爲具忍菩薩摩訶薩第六增上勝功德事復次摩那婆菩薩摩訶薩成就忍已好樂功德而常行施於布施時先捨牀座是以未來凡所生處常生最上大姓大家尊高之所生已即得四種功德何等爲四一者飲食財物所謂穀米食具乃至衣服珍寶無所乏少故二者親友眷屬所謂父母乃至奴婢僕使無所乏少故三者安無礙辯所謂凡是生處身心快樂終無違迫不適之事於所生中常得辯才相續不斷諸所至處多以辯才妙語導利衆生四者所生爲他愛敬所謂凡所生處形體端嚴人天見聞莫不歡喜雖未出家必與衆生大利益事故常爲衆生之所尊重摩那婆是爲具忍菩薩摩訶薩第七增上勝功德事菩薩具是七功德已所修行處無有障礙所謂若人若天若梵若魔乃至神鬼不能留難復次摩那婆菩薩摩訶薩具足忍已若出家時悉能棄捨一切所有妻子家屬資財珍寶以忍力故無復染著諸餘煩惱不能障礙如是菩薩於一切處無障礙已若欲成就聲聞乘者即能證獲阿羅漢果禪定解脱無礙辯才若欲成就緣覺乘者或於佛世或無佛世正法滅後觀察因緣得辟支佛若欲成就最勝上乘諸佛所行一切智智具足圓滿者便能成就無上菩提摩那婆是爲具忍菩薩摩訶薩第八增上勝功德事

證涅槃品第十八之一

佛告阿難爾時栴檀那菩薩摩訶薩復白放

光如來言世尊如來於此陀羅尼經已說第七思量法義然尚未說此法門中一句別義故令我等不得了知世尊先說有一法門名億數入以此法門我今欲問若佛如來默然許者何不說此三種言教方便業藏妙法門也世尊是故我等欲諮問此第七法句入億數門若佛說者令此億數諸菩薩衆則能分別入於甚深無畏之處世尊亦當方便爲斯億數諸菩薩衆將來利益故說此第七句門百千億數令次第入思惟義處也世尊若當演說我等亦當隨分受持此法門義阿難爾時放光如來讚彼栴檀那菩薩摩訶薩言善哉善哉摩那婆汝今於此甚深法門巧作名字亦善受持言教業藏義亦如是摩那婆汝今爲此億數菩薩衆因緣故問我此義如是摩那婆汝今欲聞入億數法門耶栴檀那菩薩言如是世尊佛言摩那婆若佛如來說是第七思惟句義者便已攝此億數法門摩那婆如來世尊於此三種方便言教開示宣說令衆歡喜然後知此億數法門次第得入爾時栴檀那復問世尊云何入此億數法門何故復名億數法門然我須知所入之處世尊我今問此億數法門所入之處亦欲證知若覺知者必當受持復欲增長此億數門所入之處世尊如我所知是入法門爲成就忍眷屬義故世尊我實不見是大衆中有一菩薩而不成就此深忍門者世尊我見是事故問如來應供正遍覺如是義處世尊如是義處實亦非彼懈怠懶惰貪著利養無有正念樂多睡眠心常散亂躭味世事者能問如是深

大法門彼亦不能聽聞讀誦受持思惟乃至不能如說修證阿難時栴檀那如是請已放光如來應供正遍覺告栴檀那言摩那婆是故汝等今當入此億數法門念自受持相與一心莫緣餘事心不散亂身無動揺汝等復當持此法律除滅諍根摩那婆如來應供正遍覺昔在長夜行菩薩時爲衆生故備經種種艱難勤苦受彼苦時當知久已住於忍地是故勇猛精進不怠摩那婆若人入此盡際法門乃至於此語義未盡當於是中常應勤學成就忍力具足精進終莫放捨此法門者要須靜心然後證知栴檀那復言世尊是中何等名爲如來一句法門我等受持持已欲於修多羅億數法中分別其義世尊我等從佛欲聞是義云何方便教最勝法我等當入或能分別一切法也佛言摩那婆此二種義汝當證知又亦次第入億數法及盡際門句義住處若能如是具分別已其有成就如斯功德及淨持戒者方能得入彼一切門須知入處乃至亦如一一毛孔之處皆無障礙作如是心當竭辯才如法宣說也云何作心謂自生尊重建威德心勝出一切天人大衆如師子王具大自在悉能降伏一切諸獸所謂虎豹豺狼乃至野干狐狸之屬法師亦爾當說法時應生是心我於衆生常爲將導乃至一切天魔外道諸異論師我皆調攝如彼師子威制野干起是心已然後爲說復次摩那婆菩薩摩訶薩菩提樹下坐道場時願智力故右掌按地出無億數大光明網遍照下方諸佛世界彼世界中所有衆生堪受法者遇

斯光已自然即能覺法證法又是光明凡所及處一切世界其間多有無量異衆所謂若沙門衆若婆羅門衆若外道衆若天魔衆若魔所化或問或答或勸或請皆以菩薩往昔本願大誓莊嚴精進力故手按地時彼諸衆等一切所作無不散滅設有存者無復威光不能復言猶如聾瘂摩那婆如彼菩薩所有地方手按之處出光明網即現無量億數法門是爲初入盡際法門具足無缺我今說已復次摩那婆汝等欲入此最清淨盡際門者亦名千萬入亦名億入當須最先清淨深心思惟觀察斷諸疑網出妙音聲成就辯才然後得入摩那婆是名欲入盡際法門汝宜諦聽爾時諸菩薩衆咸言如是世尊佛言摩那婆汝今當知盡際法門彼入亦爾摩那婆何等名爲盡際法門所謂名字從虛空生汝等當知此言教法猶如虛空無有邊際終不可說虛空邊量摩那婆如是入義從虛空生還依虛空如彼風界依止於空如是二法無有邊量亦無住處不可得見亦不可說以二因緣故有言說乃至一切動摇去來摩那婆如彼虛空畢竟無有可作之相如是此入法門次第之處唯彼心相精勤方便求諸法義一心善思如法觀察既觀察已即爲億數入盡際門得自在處因起修行布施事業然後宣說具足成就諸波羅蜜斷除他疑開顯法義摩那婆是爲第八盡際法門諸佛十力四無所畏以無量辯才說法論議以久修故於大衆中都無怖畏摩那婆是中八種盡際法門及以菩薩右手按地此二種中說何義也謂

說此地直下過百億世界彼世界中唯以光明建立佛事若諸衆生堪受化時見觸彼光即獲利益諸菩薩等乃至不說一句法門及以業行然彼衆生已解正法摩那婆彼諸菩薩猶亦未證阿耨多羅三藐三菩提而彼衆生已證佛慧諸法師等亦已受持如是正法摩那婆此事希有不可思議彼諸菩薩乃至不說一句一字唯手按地能令無量無邊世界諸衆生等普得證法具足歡喜摩那婆彼諸菩薩復有一字不名爲空以彼往昔精進願智力因緣故手掌按地能與衆生大事利益摩那婆我於今日成阿耨多羅三藐三菩提爲諸衆生種種方便譬喻解說而此衆生不樂聽聞不解我法不能奉行亦莫證知乃至不發精進之心我今說此如虛空處所生法中猶不能知況我更說深密勝法云何能生眞實定慧也摩那婆所有法數次第名字彼四大和合亦此五陰依正及六入處此亦皆從虛空所生但由妄想分別故有名色四大等分和合宣說此義汝等當知摩那婆是中但爲攝受愚癡諸衆生故說陰入等譬如小兒初教學時而彼父母將付其師先通意本然後教餘摩那婆如是如來應供正遍覺爲彼愚癡諸衆生等故先分別此四大義爲最初處次第說彼衆生諸陰先說名字後說陰事摩那婆當知是中我但宣說色等五法合聚爲陰不說實有色等聚也衆生不解妄分別故取色等聚以爲定實摩那婆如彼世間二種足跡一蹈塵成二踐泥出然是二跡於分別中皆得跡名是謂世間分別說故又

如博士爲教授彼童蒙小兒書字於板以成章句是亦世間分別說爲假名字句其實於彼眞法界中本無其跡云何爲句如是實中求其跡句終不可得以分別故見有跡句畢竟無有跡句差別如是摩那婆如來說陰其義亦爾所言色者一切五陰於分別中初說此義故立爲陰雖言色陰但色自陰不得心等是故第二更立受陰色受雖定猶不得想故次第三更立想陰色受想三雖次第說猶須第四更說行陰雖說行已彼行一切不可得見如是行陰既不可見知云何得入五陰數也是以於中更立識陰爲第五也摩那婆如來如是種種方便譬喻言辭開示假名但爲一切愚癡衆生得證眞法故爲世間置立名字假言說耳爲彼智人亦假名說故摩那婆汝謂彼色住何處耶當知彼色無有住所何以故彼色既無云何住處摩那婆多有如是方便譬喻次第說已不能證知彼法既無云何可證摩那婆當知是中但滅盡義是滅盡義誰有證者此滅盡義亦是如來爲諸聖智如是說也摩那婆於意云何如來豈於一衆生所有悋惜耶摩那婆汝應如是思惟如來曾於何等諸衆生所悋法不說摩那婆諸佛如來宣說法時終無嫉妬祕藏之心但觀衆生受以不受若堪受者即還爲說如斯等法摩那婆於意云何此陀羅尼法門名字及三言教方便業藏亦入億數及盡際門誓願智力豈可無因妄爲他說耶不也世尊又摩那婆於意云何有人忽以輪王妙食置瓦器中是爲理不不也世尊佛言如是如是摩那

婆我昔長夜行菩薩時無量劫中受大苦惱其所願求云何令彼諸衆生等解如斯法云何復令諸衆生等自證法已受安隱樂我於今日既成菩提爲諸衆生轉大法輪豈於汝等更有愛惜而不宣説若使衆生有欲樂者我當隨宜而爲演説復次摩那婆我念往昔有佛世尊名曰寶觀如來應供正遍覺明行足善逝世間解無上士調御丈夫天人師佛世尊十號具足出現世間彼佛世尊初從兜率降母胎時放大光明遍照十方一切世界乃至涅槃恒不斷絶菩薩生時三千大千世界大地諸山樹林及衆藥草石沙瓦礫如是一切咸悉能言變成衆寶摩那婆如是菩薩初爲童兒便修梵行年滿三十方始出家時有十八億諸衆生等隨從菩薩威同出家詣於道場觀菩提樹亦觀華草盡成衆寶菩薩思惟要須草座今此無草我將何施時天帝釋知菩薩心即持九億天上妙衣詣菩提樹爲敷座已敬繞菩薩因啓請言人師子王宜昇此座菩薩報曰吾已領座汝於今者且還天宫聽我證獲無上菩提然可來此奉見如來應供正遍覺也帝釋聞已禮拜還宫如是摩那婆時彼菩薩日晚方詣菩提樹下結跏趺坐安固不動猶如金剛是夜初分獲宿命明於夜中分獲天眼明於夜後分證漏盡明

大法炬陀羅尼經卷第七

音釋

懱（莫結切輕易也）撾（陟瓜切擊也）蠱魅（蠱公戶切蠱毒也魅靡寄切鬼魅也）

大法炬陀羅尼經卷第八

隋北天竺三藏法師闍那崛多等譯

證涅槃品第十八之二

爾時魔王及其眷屬不覺不知菩薩已證阿耨多羅三藐三菩提亦既成道彼十八億諸衆生等及魔王衆咸來佛所頂禮佛足右繞三帀一心合掌住如來前時放光佛告栴檀那言於是寶觀如來思惟十八億諸衆生等信根增微煩惱厚薄如是知已次第爲說彼佛說法經三百年於此三種言教業藏中說一法句門所謂一百何者一百彼佛告言汝等今當思惟觀察此百門義何故名百何者是百爲是現在爲是未來爲是過去爲長爲短爲白爲黑栴檀那爾時彼十八億諸衆生等聞此法已於山林間思惟此義云何言百說百者誰如是百義從何處來彼諸衆生經四十歲思惟此義然後證知云何名百及百來處從何生滅證得法已名曰八分圓滿解義辯才於此三種言教業藏方便門中得證知已還來至彼寶觀佛前如所證知向佛宣說栴檀那爾時彼佛復告十八億諸衆生言摩那婆汝等初時於此三教業藏門中得此法句名曰分門既得知已即能受持六十億言教方便法門猶是前言一百義者譬如小兒初學受章始解初板如是次第乃至大解更能教人從一字句至多字句乃至義味如是具演彼十四音乃至無量字門悉皆通達摩那婆汝等於中應當正思百法門義栴檀那汝當如彼十八億數諸衆生等三念百義不久當得果報住處於此最初阿字相中名

字音聲是百義方便於十四音法爲眷屬汝等於後復當得知此迦字相及二十一字亦爲眷屬復當證知於後那字及彼七句亦爲眷屬更取前二十一句以後七句成二十八句知此二十八句已得入百億門次第即能明了證知此方便學於百億數中集諸法句能問能答終無恐怖又於百億衆中最爲尊勝世間疑惑皆能斷除摩那婆是爲菩薩摩訶薩所當荷負大重擔也何者是擔所謂一切世間出世間智汝等覺已當爲世間諸衆生等作大論師凡是疑諍皆乘此智而爲除斷如是菩薩於阿字門世無過者摩那婆若諸菩薩欲求是智應勤修習莫生疲倦遠離怖畏勿捨重擔摩那婆當知如來欲爲汝等作大利益摩那婆汝等亦應爲諸衆生而作利益云何利益汝於是中當爲一切衆生斷一切惡一切諸苦一切貪愛一切生死復應精勤爲一切衆生斷除一切無明黑闇汝等復應作如是念云何當令一切衆生滅無明闇云何當令一切衆生成就種智云何當令一切衆生得安隱樂云何當令一切衆生至無畏地云何當令一切衆生得畢竟心安置如是諸衆生已求佛正道如聞奉行以是因緣能破百千億數魔軍及諸外道一切論師所有語義雖爲勝事而終不起憍慢之心我能破魔我摧外道我能論義又亦不生分別之想佛法魔法世間出世間是正是邪無相雜亂於聽說時無勝負心乃至一切都無障礙摩那婆汝等應當荷此重擔如是擔者要須勇猛精進莊嚴衆行具備方能荷負非懈

怠者之所堪任以是因緣汝等常應攝心不亂先須爲物起憐愍意住於大慈亦常哀愴諸苦衆生發救拔心住於大悲若於衆中有行貪等三毒惡衆生者汝當成熟除滅彼等愚癡心故若有我慢疑惑心者教發善心決定令其讀誦受持成就行業汝當一心精勤修學摩那婆如上所説汝等應當不辭勞倦爲諸衆生荷是重擔歡喜奉行摩那婆若有菩薩但欲捨身速入涅槃假爲衆生分受諸苦雖有修業不能普爲無量衆生非是希有不思議也摩那婆菩薩摩訶薩常懷悲愍但爲利益一切衆生故躬自荷負鎧甲重擔是爲希有大不思議摩那婆汝當知此大鎧重甲爾時栴檀那菩薩復白放光佛言世尊我當云何而著鎧甲佛言摩那婆汝今應著如是鎧甲著此鎧已假使三千大千世界一切所有若人若非人若天若龍若夜叉若乾闥婆阿脩羅迦樓羅緊那羅摩睺羅伽如是等衆及諸外道世智辯才乃至一切衆生如是等衆皆懷惡心欲相降伏欲相折挫而來論義乃至世間出世間一切陣敵鬪戰諍奪皆不能勝是諸菩薩著是鎧已設積器仗過須彌山若弓若箭若戈若矛若刀若劒若椎若棓或斫或刺或擊或射凡所加擬莫能中傷何以故如是鎧者非餘物造非身所著實是心鎧莊嚴於心是故此鎧牢固精密非諸刀鈇所能破壞摩那婆諸菩薩等被鎧甲已然後乃能入如是等億數衆生煩惱陣中鬪戰決勝云何爲入所謂入此二際法門入此門已心無怖畏東西往來自在無礙於一切處

無能勝者如是菩薩入二際門得超過已即見大宮殿法門名曰高明而此菩薩於二際門已得解勝摩那婆是宮殿中衆事具有不假人功常有光明無黑闇處遠離煩惱清淨微妙猶如虛空除滅一切諸患相已入彼宮殿獲得寂靜住無難處摩那婆是爲初入阿字門時有如是相如前所說功用之事由是方便得入此門摩那婆於中菩薩依前際行雖得阿字門然尚未得入那字門以是更須著大鎧甲得天言教所作自在具大威德乃能入是大宮殿門摩那婆於意云何汝著如是大鎧甲已於二際中可超過不時彼如來如是問已諸菩薩衆同白佛言如是世尊何故名鎧而我著已當能荷負如是重擔又復云何名爲二際際有何相著是大鎧而於其間得超過也前言宮殿復以何義名爲宮殿世尊所言鎧甲與彼二際及宮殿等相貌云何世尊至彼宮殿當作何事著甲入際復作何事世尊如是等義我等樂聞唯願如來哀愍具說亦令當來諸衆生等聞已獲益佛告阿難彼菩薩衆如是問已時放光佛告諸菩薩言摩那婆所問鎧者持戒爲甲具正念爲竿幢精進爲器仗禪定爲椎梏智慧爲刀劍摩那婆所言二際今當具說令汝明了此二際門名字何等摩那婆第一際者名曰斷見當知即是無明爲本第二際者名曰常見與六十二見爲纏縛源如是二際前後難知於中修行斷一切見著如是鎧然後得過過彼際已能入天宮何者天宮所謂空門如是空門無有罣礙他不能障如手摸空無可執處

一切功行亦復如是同於虛空故彼天宮相貌如是摩那婆入此宮殿無異念求以是因緣故名宮殿汝復當知所言宮殿即大涅槃涅槃義者本來自有非人所爲故名涅槃諸菩薩言世尊是涅槃中有何相貌佛言摩那婆夫涅槃者所謂一切世間及出世間乃至若有若無如是一切悉名涅槃若取相分別則非涅槃摩那婆無所有者名爲證知云何證知如無所有如是證知摩那婆謂證知者亦無證知摩那婆於無所有亦不應取無所有相若人取彼無所有相當知是人則不離相若人起作無所有相則更生相相若更生當知彼則不能滅相相若不滅是則更成生死相也有生死相則於無生而有生相若無生法有生相者云何得有無生忍也摩那婆無生相者於陰入界三處不生名爲無生既無生處何處得有諸行和合諸行既無畢竟亦無聚集處也是故陰入界畢竟不可見但是妄想顛倒因緣於如是等陰入法中思惟分別故執言有諸行生滅是中皆因分別所作往來育養一切事業皆無眞實所有一切語言談說亦歸空寂摩那婆一切諸法無有生滅若法無生則亦無滅既無滅事則盡處亦無盡處既無乃至不見有盡滅處既已不見生滅盡處則見諸法皆是眞實汝等當知非以受故能得知見若以受事得有知者當知是受即無明使及以貪使憍慢使等是三種使和合因緣故能造作彼諸行業

勸證品第十九之一

復次摩那婆於意云何我今問汝隨汝意答

此陀羅尼修多羅及陀羅尼法門及三言教方便業藏及億數入及著鎧甲者及思惟智所作業及流轉無明作事及入盡際入法門及前後二際中間及常見斷見及六十二見及三十七助菩提分如是等法於如實處其義云何阿難時彼放光如來如斯問已諸菩薩衆咸即白言世尊此皆如來口業言教法也佛言摩那婆汝等觀此一切語言音聲教法即第一義也阿難爾時諸菩薩衆聞佛說已皆悉黙然即從座起敬禮彼佛右繞三帀詣一林間各端坐已共相謂言諸仁者如來今日爲我等說一切諸法無所從來令我觀察我等今應思惟是義若會法門眞爲大善如不相應更請世尊諸菩薩衆如是論已於彼林中經一日夜觀察此義思惟諸法從何所生如是聲音誰之所作從何而來去至何處如是之事我應思惟稱量此義若不能解宜還問佛諸仁者如來前已於大衆中告我等言摩那婆汝等長夜修行此法云何在此法中而不覺知是故我應與諸仁者專心思惟求證此義云何我等終日所行而不自覺深可嗟歎亦可慚鄙如先所說我若思得一十八億諸衆生等所有聲業彼已證知我亦如是深成快哉其或不能如法悟解唯當一心精勤觀察豈可使失如來意旨亦不違逆大聖誠言又佛世尊常爲我等次第開發三解脫門空無相願甚深義處而諸衆生猶尚不能正念思量精勤觀察種種諮問或時有聞種種法行或聞無常又時聞苦或聞無我寂滅涅槃如來常爲汝等說是法門汝等應

當安住是中猶如得忍諸菩薩等心安義理耳不取聲有諸菩薩樂行惠施彼亦耳聞三解脫聲若樂持戒問諸戒事乃至樂修智慧諮請般若如是法門如來常說我既聞已不當取聲不應異解應正思惟何等勝行如如來說我當依持而諸菩薩在彼林間一日一夜結跏端坐遠離睡蓋無諸亂想一心專精思此義已復相謂言諸仁者此陀羅尼修多羅典如來世尊爲我等說無有邊際亦無數量如大地喻門其義已顯又此陀羅尼深妙典中更說餘陀羅尼方便法門亦已說三種言教方便業藏法門已說入盡際法門已說著鎧甲法門乃至說彼大莊嚴事諸如是等一言教句於是三種方便業藏深法門中皆已總攝三字法門云何三字所謂如彼阿迦那字及餘種種方便言教因緣譬喻以其略故我等未解不得受持而不能知如來所說云何名阿阿在何處阿從何生云何名迦迦在何處迦從何生云何名那那在何處那從何生云何名聲聲在何所聲從何生云何名音音在何所音從何生阿難時彼諸菩薩衆皆各一心正念思惟如是法門於阿迦那字本生處所及入宮殿法門次第思惟觀察如彼小兒學初章時是中應依第一板起因初板成初章文字乃至後時依因餘板及紙葉等究竟通達一切文字如是諸菩薩等初觀法時無不皆從因緣和合而諸法生如從無明因緣故諸行生乃至因生老死故憂悲苦惱生如依初板因緣故阿字生如是乃至如依餘板紙葉因緣故餘章文字成又如從不

善思惟因緣故無明生如是依無明行等因緣故乃至老死十二有支和合具足成又如始學書板創書阿字乃至餘板及手相續和合備書一切文字如是諸因緣分次第相續生死流轉具足增長云何增長猶如四大地水火風次第漸生如是增長如彼板等衆事具足故彼五字門等亦具足如是從無明行等生五陰聚其義亦爾以是義故此生已彼生此滅已彼滅是爲十二因緣次第生非十二因緣顛倒生也諸仁當知如是十二因緣分皆悉入此阿字門中如無明分從彼不善思惟生乃至餘因緣分從無明生諸仁者是中何者是阿字何者是聲能生字何者是聲生來處摩那婆當知是中聲實不可得聲生處不可得乃至聲諸因緣畢竟不可得是處

但有名字名之爲聲實不可得聲既不可得何法爲可得若有得聲者即得一切法摩那婆是中若聲若聲處及聲因緣既不可得當知一切世間因緣所生法畢竟不可得雖不可得而有得者何以故皆由剎那間妄想分別顛倒生故如是一切法皆悉不可得是故諸法所有自性皆非顛倒我等今者不可以顛倒分別問於如來所以者何如來應正遍覺不用顛倒法又諸佛世尊所有言教不取顛倒摩那婆是故彼聲聲者俱不可得聲來處不可得阿字不可得阿字來處不可得迦字不可得迦字來處不可得那字不可得那字來處不可得如是一切無明因緣所生成法皆不可得何以故彼本無生誰執著者復次摩那婆是中若有於此三種方便言教業

藏法門一切事處起執著者是亦不可得何以故一切執著本性無故何等名爲一切事中無執著也所謂若於過去諸事見可得者是名執著以執著故則名爲縛於過去事無見得者是名無著以無著故則名解脫如過去事未來亦爾如未來現在亦然如是不取三世諸事故於三世中得名解脫若能於三處得解脫者是人得名入初阿字宮殿法門如此阿字宮殿境界彼三種方便言教業藏亦如是如此三種方便教藏彼三世諸法事相亦如是如此三世事相彼滅度相亦如是如是一切三世乃至三種方便言教及一切法一如不二以入阿字門宮殿故但爲攝受彼諸凡夫愚癡人故於三世中示有事物言說可得其實三世不可得說有諸衆生執著過去世事但爲除彼凡愚癡故示現言說過去世事而實過事不可得說復有衆生執著未來世事但爲除彼凡愚癡故示現言說未來世事而實未來事不可宣說如彼去來現在亦爾不可得說若謂是處可得說者何者是言教何者是聲音何者阿迦那字如是等事云何可說是故但於因緣分中假以言說此有故彼有彼生故此生當知一切皆從虛妄顛倒生故摩那婆是中無有如斯等事何以故於此音聲語言辭句一切求覓終不可得但是諸事因緣故有若離因緣聲無生處是故我等當應觀此三種語言方便業藏皆從緣生如是當知入億數門亦從緣生又前所說著鎧甲者亦從因緣如是因緣我於是中應當依止依止此已於彼去來現在等事

乃至三種言教藏中當應演說無有盡法譬如虛空無有障礙不可觸對亦無增減此三言教方便業藏無有增減亦復如是應當說已如法攝持摩那婆又如虛空無有邊際三言教藏無有邊際亦復如是摩那婆是故我當著是鎧已如如來說超過二邊如彼宮殿出過二邊涅槃亦爾無有邊際如是等法遠離二邊即是一相應當證知何者一相所謂即是無相相也佛告阿難彼諸菩薩於彼林間一日一夜端坐不起皆共一心談論此義如是論已復作是言我等今者於是法中唯知是義餘未知者應離此座至世尊所白言世尊如來前已爲我宣說如是等法汝當善持於所教中何等語言是應可持何等義理如我應持雖然我觀是法亦無可持摩那婆

是中所有一切諸法皆可證知有善方便於一切法當自證知摩那婆云何方便是何句義而一切法應善證知摩那婆一切法者是最勝義若能安心一切法處名爲勝義如是勝義難可證知難證知者即是涅槃是涅槃中無有一法而可得者不可得故無有言說以何義故無有言說無名字故云何無名若有名字則生執著是故無名摩那婆是無著處汝等應修若無著者亦不可取以無取故則無障礙無障礙故無能繫縛以無縛故畢竟不可以彼音聲名字句義而說以無說故亦無譬喻令他得解斷除疑惑摩那婆唯有一法所謂方便汝當憶持亦應教誨一切衆生令知方便摩那婆何等方便令他證知所謂建立一切法相但是如來於假名中方便

宣説引導衆生令入實義非實義中有是言説是名方便摩那婆我等今宜還如來所請問是法若我所問三種業藏諸法門中有少許法當聖心者我遂受持如不蒙許我當殷勤鄭重諮問唯應盡力勿辭勞倦摩那婆如來應供等正覺甚爲希有如來在昔行菩薩時勇猛精進大誓莊嚴皆爲衆生成就菩提大悲親教衆生不受而如來心未曾休息仍自殷勤教誨我等摩那婆我等今日各共一心宜於如來大智海中爲諸衆生荷兹重擔請問如來勿辭疲倦摩那婆如來世尊亦常爲我受斯重任是故汝等勿生懈慢唯當果決被是大鎧諸仁者是故我等應建大心荷負重任無量言教皆須總持今宜速詣如來足下莫放諸根無散正念住大慈悲憐愍衆生爲世間故請問如來應忍疲勞莫生猒倦摩那婆我等今者若請如來能多利益今不速請後致憂悔阿難爾時彼諸菩薩摩訶薩衆自彼林間安詳而出威容閑雅諸根靜默直詣放光如來應供正遍覺佛世尊所頭面禮足退住一方而諸菩薩以彼林中所論大義心所思惟意所觀察或時證知證已歡喜如是等事皆悉向彼放光如來具足陳説阿難爾時放光如來聞諸菩薩以微妙辯論説種種諸法門已即告栴檀那菩薩言栴檀那於意云何汝今乃能具足如是微妙智辯頗復有人能思量不恐亦無有能生信人唯有如來乃能知耳或時有人能多總持諸佛法藏如是之人少能信受若復有人能普流布是諸如來大乘妙典乃能信解摩那婆汝等

旣知三言教藏應如實持摩那婆汝當觀察如是方便是方便者於此法中爲上方便上方便者是謂無方便也此無方便自有八種言八種者所謂得是諸波羅蜜不放逸故汝等應知摩那婆是故入彼波羅蜜時無有一法可覺了者無覺了故無可言說無言說故誰能言智證斯法者摩那婆汝等當知如是一切三種言教方便藏中說眞實巳摩那婆諸法平等猶如虛空煩惱於中本無生處誰於是處能有破除誰於是中言我證覺誰於是中能有言說誰於是中敢決疑惑誰於是中能發問請唯諸凡夫愚癡所覆於諸佛法皆有疑心摩那婆以是因緣我於愚癡諸凡夫等妄想顛倒煩惱亂時然始建立三言教藏法門名字皆方便耳摩那婆若人於是無名字法妄作名字無言說中強立言說如是次第愛憎之中無行之處乃至三世方便欲出之處及盡理處皆悉不能決定畢竟求波羅蜜唯於世間共作違諍造諸戲論以戲論故邪妄分別隱覆眞實爲彼等故引諸譬喩種種說時諸衆生等各有重惑不知實義還詣佛所請問決疑摩那婆汝應諦觀如是法相正念思惟思惟是巳即應具服如是大鎧如是弓箭如是刀仗種種莊嚴旣莊嚴巳如上所說假使世間積諸鬬具如須彌山或斫或擊終無傷損若入邊中及宮殿所汝於其間莫生執著若不執著則滅愛憎摩那婆所言邊者即是斷常如是斷常無有終始汝應覺知彼過去事知前際巳即滅常邊若見未來知後際巳則除斷邊汝等旣得通達三世

遠離二邊已更當爲人具宣中道於是中義應善思惟何者是中云何爲中誰處於中汝等若能入於中道則有方便若不入者亦有方便諸菩薩衆復言世尊入於中道言有方便其義則可不入中道亦有方便是義云何唯願具說我當奉持佛告摩那婆一切諸法皆如來說今言無方便法者是佛實義彼實義中無言無說是故衆生不能知我無言說法若能知者無有是處摩那婆是中何法無言無說無言說者所謂涅槃是涅槃中無有言說亦無造作是處寂靜無有語言但諸如來爲彼世間方便說耳汝當證知云何證知旣無所說亦無覺知如是次第入方便門於一切法則無住處若有能知是方便說是爲眞說

大法炬陀羅尼經卷第八

音釋

愴（初亮切悽愴也）挫（麤卧切摧也）矛（莫浮切勾兵也）椎（直追切與搥一）棓（步項切與棒同）摸（慕各切捫也）創（初亮切始也）

大法炬陀羅尼經卷第九

隋北天竺三藏法師闍那崛多等譯

勸證品第十九之二

摩那婆若有人能入是門者則於一切法門皆得明了摩那婆汝等應證如是法相既自證已爲人演説汝等當得無量無邊樂説辯才諸佛世尊無有二言摩那婆諸佛世尊凡有所説於一切處無有障礙所以者何若他來問種種法門應時爲説斷除疑網無有滯礙故摩那婆汝等於此無礙法門若能證知若能聽受我更爲汝分別解説云何證知云何聽受摩那婆於意云何一切諸法若有若無不可見知無有處所從何而生自何所至誰於其中爲立名字諸菩薩等本於何處而得斯法復於誰所持是法來誰復與此阿耨多羅三藐三菩提法也摩那婆如是等法是如來法普明之門於一切處於一切邊求其生處了不可得不可得故乃至亦無住處可知所以者何汝於其中愚惑深故摩那婆如是佛法我今説已汝當次第入教藏中於一切法自然明了譬如有人得眞金藏漸漸而取入諸法門求眞實義次第證知亦復如是摩那婆汝於是中當如是知云何知也如一切處無所有應如是知摩那婆一切諸法猶如虛空於一切處無有障礙亦無邊際及以境界法門亦爾普遍一切無有境界然不與彼諸外道共摩那婆汝等今日欲於一切諸法相中作境界耶摩那婆亦無有人能知虛空境界邊際而爲他説今此虛空如是名字如是姓族如是色相如是形狀長短若干摩

那婆譬如有人發如是言我今善能量度虛空如是多少如是寬陿乃至如是大小長短形質等類而彼虛空終亦不能語彼人言仁者汝於何處得如是智而欲量我長短大小縱闊若干也仁者汝今不應憶想分別我量虛空然我空性本無邊際實不可量當知皆是憶想而言本無斯事摩那婆以是因緣汝今欲於三法藏門量度淺深亦復如是摩那婆以是義故我從初來數爲汝說一切諸法猶如虛空汝於是中莫生疑惑如世人言我疑虛空而虛空性本無可疑誰能於中生疑惑者摩那婆是諸法門及虛空性本無名字語言生處及諸染濁亦不可得天宮殿處亦不可得阿迦那字亦不可得乃至住處亦不可得唯除虛妄分別法中有是言說摩那婆汝於是中不應驚怖及執著想離平等也若說虛空平等法時亦勿令他生執著心及恐怖想若生怖心及執著想因是平等起斯事者當知是人甚大愚癡自爲障礙自取殃咎如是愚人終不能入三教業藏亦不能得無礙辯才不能宣揚諸法要義摩那婆彼愚癡人於一切法真實法義本非境界是法相中既不能解云何能說及能證知如是癡人因此愚癡增長邪慢以癡慢故雖復讀誦分別語言先從他聞或曾承事和尚諸師亦當教授甚深法句不能受持尋即忘失乃至世間文字語言尚皆錯謬不能記錄於佛深法寧能了知摩那婆假使一切衆生同時盡得阿羅漢果及辟支佛於甚深法亦非境界況凡愚也摩那婆以是義故如來應供正遍覺所

得法門於衆生中最勝最上非世間也何以故摩那婆諸佛如來應供正遍覺獨得如是勝妙法身是故於彼一切衆生最尊最上非世間也摩那婆又諸如來所得法身要因修行然後可得是故諸如來法非餘衆生所能覺悟唯是如來之所得耳摩那婆是中所有諸佛法門汝當善聽聞已深思依法修行終當自證是智決定無有疑也汝等應當具足深信一心奉持到於彼岸摩那婆有諸菩薩未成佛時欲取佛道應當勤修如是諸法菩提樹下坐於道場爾乃證知或有菩薩以利智故不假他說自能明了摩那婆而彼菩薩菩提樹下坐道場時於一切法自然覺了心無罣礙何以故以於往昔觀諸法性寂無取著故供養無量無邊諸佛故清淨梵行具足

圓滿故積集無量般若智門故修大慈悲憐愍衆生故以是因緣後身菩薩坐道場時昔所聞受諸法明門自然現前不由他悟摩那婆汝應於此第五教中精勤修學住持依止復次摩那婆有一法門名曰發生汝當善持是初法門云何發生譬如蓮華從淤泥生泥所不染若離淤泥終無生處如是摩那婆汝等於此言教法中以不亂心及清淨心遠離言說入無我門既證知已應爲他人普宣是義能多利益無量衆生遠離惡處捨不善念若有疑惑當爲除斷是則名爲眞實利物恒不遠離三種言教方便業藏章句法門復當爲人具說如是去來現在三世如實清淨法句斷諸疑惑令證菩提汝等應當如法受持摩那婆汝於第六法義門處初入宫殿法門

阿字相應亦當觀察云何觀察依板方便次第而入盡際教門若離語言義不可得如彼入陣必須著甲然後破敵超過二邊如是知已汝等當證心喜明門即得入彼涅槃宮殿汝云何知心喜光明法門是處無相而亦不可以相觀知彼既無相云何可知如如實法無前後際如是而知復云何知證如實時不壞一切三世事業彼前後際亦不可知云何名爲三世邊際應當證知摩那婆所謂去來現在無邊如是證知摩那婆我前所說宮殿門者汝當覺知彼非宮殿言宮殿故涅槃亦爾汝於是中莫生取著無取著者乃名涅槃摩那婆復有第七義門汝等應知我於往昔在生死中行菩薩時凡所作業猶如幻師造作宮觀誑惑他人我亦如是爲諸衆生方便說法令彼證知汝等思惟如來世尊爲我等說眞實法門如彼幻師等無有異摩那婆是爲第三善修功業方便證門是中如來教說往昔所行之事普爲憐愍一切衆生非獨爲汝一身益也汝等應當精勤奉行摩那婆汝應求證如是宮殿寶藏法門摩那婆世間藏中凡所有者多是一切錢銅金銀眞珠瑠璃琥珀硨磲碼碯珂貝璧玉乃至雖有種種妙寶摩尼諸珍猶爲世藏如來寶藏則不如是一切衆生不能得見以不見故多起疑惑更相謂言我等今者云何乃於不可見知法中而求名字而如來藏無色可見我今云何能得知解何等衆生發起此疑唯彼愚癡無智慧者摩那婆有智之人於佛法中不應分別若是若非摩那婆如來世尊智慧弟子聞說

深法不生疑惑彼復不應如是分別此等諸法從何所來然是諸法遍一切處既無方所可以從来況有住處摩那婆如來弟子善知法相於甚深處不生疑惑若有若無亦無是念疑惑者誰云何疑惑何處疑惑是故汝等於諸法相勿復生疑摩那婆譬如虛空本無疑惑若彼虛空有疑惑者是則不得名爲無礙汝等不可疑惑虛空若言虛空生疑惑者彼三業藏方便法門一切無有譬喻可說摩那婆既以虛空喻此法門是故疑惑無有住處汝等今當如實覺察摩那婆一切凡夫諸衆生等遠離如是諸法實義不能如教隨順修行當知彼等依憑顛倒如是衆生於此三種言教業藏次第法門甚深義中無有住所亦無入處何以故以彼多有垢濁亂心遍行穢惡無諸善法是故彼等於此法中無有住處摩那婆彼諸衆生從本已來爲貪恚癡不淨垢穢煩惱亂心信根羸劣雖聞法音不能聽受因是增長種種煩惱隨逐熏心成就惡業苦報熾然

法師行相品第二十

爾時彼諸菩薩摩訶薩衆復白放光如來應供正遍覺言希有世尊希有世尊善能護持諸佛法藏世尊我等於此甚深法中無復疑惑但爲當來無量衆生故欲宣揚如來世尊甚深妙典破其疑惑咸令證知世尊復有何等衆生未來世中於此法門無諸疑網復有何等衆生不背如是甚深法藏能深信解能得受行能斷疑惑復有何等衆生於當來世樂爲諍論互相是非於是法門沉没疑海不

能自拔阿難諸菩薩衆如是請已時放光如來告諸菩薩言摩那婆如是法門未來世中無有衆生能信受者何以故彼未來世諸衆生等但爲諍論聽受斯法非實尊重信受奉行或時處衆聞此法音心不愛樂棄捨而去種種方便轉教諸餘敬信之人令其毀謗如是經典爾時多有無量百千諸衆生等欲求菩提爲諸惡人破壞毀呰遂不修習如是經典彼諸惡人見多衆生墜墮疑網心大歡喜復有無量純善衆生蒙佛力故愛樂受持時彼無福諸衆生等應作是念諸佛如來遺棄我等不見哀愍我於往昔亦應聞彼諸佛世尊說是法相摩那婆諸佛世尊以大慈悲憐愍衆生長夜宣說甚深法門令諸衆生隨順修行摩那婆若諸衆生聞是深法能生信解正念思惟如是之人諸佛菩薩常來開導若諸衆生於甚深法誹謗毀呰放捨棄去者當知是等永沒疑趣大黑闇中終不能覩純善境界如是衆生於此法門無有入相摩那婆如來豈許不說是法耶諸佛世尊乃至無有於一衆生處起猒惡心遠離之想是故汝等應善思惟一心觀察專精簡選不可輒說若知衆生堪聞是法汝等即應隨聞而說若能持者亦隨持說若堪修行亦隨修說若心歡喜應隨喜說若與彼等與大利益文句分明義味具足當於如是說法分中應起正念既正念已方可宣說若是法師昇高座時不應自損及損於他當作是念諸佛世尊常爲無量諸世界中所有一切衆生界故住大慈悲起憐愍心憶念正法爲諸衆生宣揚解說此

是苦相亦是衆生所住之處應當捨離盡此苦源若彼法師説法之時勿生染著莫取法相於衆生處勿生彼此若聞善言不得過喜若聞麤語不得憎嫌若他來問莫起瞋惱怖恚之心若彼法師無瞋恨心於一切處亦無過患無過患故亦無疑惑無疑惑故所應説法悉皆現前法師爾時應當念此三種業藏甚深法門如是次第得諸法相亦當憶念如是法義云何憶念如我於先所説法門無量無邊深法句中不生恐怖無有障礙應當依止莫取名字及以音聲亦當善知名字音聲本性清淨言教義旨無有闕失若彼法師説是法時善於文義能令大衆聞者歡喜多人受行無有違逆多人聞已心生尊重多人供養善名流布同聲稱美讚揚法師若彼法師説法之時諸衆生等聞是法師音聲語言皆生歡喜遍滿身心摩那婆是故法師當欲爲他説法之時心不錯亂意無穢濁不念餘事端正身儀威容具備喉舌開通言辭微妙音調和雅世無能及聲不破散亦無斷絶吐發語言舌不外露不以鼻口一時出聲齒白齊密言論分明名字章句無有缺減時衆聽者莫不樂聞聞已歡喜增長功德如是法師自利利人若彼法師無如上説爾所功德唯有惡相諸過失事所謂形貌不端舉措輕躁齒黄參差口脣麤鄙咽喉嘶散舌根不清風痰唾涙冷熱寒苦身體羸瘠欒盛肥傷以如是等種種因縁令彼法師不得具足聲不清徹言不辯了名字不正法義不明諸聽法人聞見是已咸起嫌心既不敬人則不重法以輕

法故雖復耳聞心不信受以不信故更生誹謗便與無量無邊衆生作如是等邪見因緣彼愚癡人無智慧故終不能作如是思惟唯有智人乃能作耳云何思惟猶無價寶墮於糞中智人見已便作是念是寶無價我應取之既取得已洗令光淨增加守護尊重異常世人見者無不愛樂歎寶殊勝問直幾何當爾之時唯見寶美終不念彼在糞穢時是謂智人所爲非彼癡人見是眞寶在糞穢中棄而不取復次摩那婆假使三千大千世界充滿財寶有人持用奉上法師未足稱多何以故法師所説無量法門功德深重難可値遇滿世界寶不如法師少分功德故摩那婆其有衆生信樂是法尊重愛敬彼當應作如是思惟今是法師凡所宣吐即是世尊金言教誨無有異也所言異者唯佛世尊三十二相及金色身梵音宣發辯才具足爲天人師斯爲異耳雖曰諸相猶爲共法何以故轉輪聖王亦有衆相而不能證阿耨多羅三藐三菩提所以者何以是有漏於生死中非出法故摩那婆是故汝等應離我慢於諸衆生起大悲心發調攝意復應思惟我當云何教彼衆生遠離貪欲瞋恚愚癡三毒煩惱斷除我慢來集我所聽受正法既聽受已普爲他説今多人衆通達法門轉復開示諸餘衆生依教修行增長功德摩那婆若諸衆生不知往詣法師所者法師爾時爲利益故應當自往城邑聚落而諸衆生先有信心又見法師躬自臨教更發尊重希有之心即以一切金銀珍寶資生所須種種樂具奉養法師令多衆生

各植善根摩那婆以是義故如來應供正遍覺於餘經中作如是說若人常說法若人常來聽如是二種人咸得無量福如來世尊復如是說供養法師即爲供養諸佛如來應供正遍覺獲無量福何以故若無法師則無人說若無師說誰能解知深法藏者是故摩那婆汝於法師應起佛想莫作餘念摩那婆汝等復當於法師所生如是心今此法師則爲已於過去無量無邊億數諸如來所修行供養種善根故能說斯法彼說法者若出家若在家於是二所修行供養其福德聚等無有異汝等勿生分別之心此是出家彼爲在家應於是人起希有心隨有說處能長善根但應慶幸不得障礙摩那婆有諸衆生若道若俗爲聽法故詣法師所汝等爾時於是人所應生希有大慈悲心不應輕毀不爲說法當隨順說令彼聞已發善思惟得如實智摩那婆以是因緣如來世尊爲汝等說甚深法門微妙章句欲令汝等憶念受持亦當憐愍世間衆生普爲宣揚微密言教開示分別令其易解復次摩那婆菩薩摩訶薩發大慈悲爲衆生故護說法者猶如如來摩那婆諸菩薩等爲衆生故經於無量億百千劫常處生死煩惱海中受種種苦作利他事大悲無減智慧亦然以是因緣速證菩提乃至無餘涅槃究竟無盡如是摩那婆是故汝等自心思惟但觀於義勿著文字及以音聲於我所說其或不知勿生誹謗何以故摩那婆我先已爲汝等引諸譬喻說此三種言教藏門攝一切法我亦爲汝已說入行方便隨順次第是應

行是不應行及來去處等我亦已說得諸方便及眞實義等我亦已說去來現在三世事中方便修行我亦已說應觀淨不淨乃至歌羅邏大等入之次第如彼滯水水沫水泡我亦已說歌羅邏大等來去處事本無今有等我亦已說諸是受胎身命名色方便不淨等我亦已說諸陰入界所作事業摩那婆如是等法我皆說已汝於是中應勤思念令三言教常現在前汝等不久復當成就勝妙法門名曰牢勝建立中道不捨二邊及阿字等宫殿法門於聽說時攝心勿亂摩那婆如來今日更無餘意唯欲令汝住是法中摩那婆如來世尊若知但以一種名字一種言教一種法門教授汝等則能證者如來終不具說如斯教化重擔摩那婆如來眞欲捨斯重擔如

來不顧荷茲重擔摩那婆汝等住此阿法門中如是種種諸法門義應當體知凡所疑處皆可發問摩那婆汝於一切諸法門處應當決斷勿生疑心復次摩那婆如往昔時有一女人名栴檀那力見佛如來生尊重心生愛敬心生希有心歡喜踊躍時此三千大千世界其中一切諸衆生等雖見如來無有一人發是心者時佛如來即爲是女具宣妙法又復授其不退轉記摩那婆汝等今者應學彼女發如是心恭敬歡喜順如來法不得違背若背法者當知是人去佛智遠汝當次第證是佛智要須用功莫生懈慢應於一切波羅蜜中次第修習皆令成就滿足無缺於是法中當速證知摩那婆汝等今應如是思惟如來法藏諸佛如來尚不窮盡況復餘人復次

摩那婆若人能盡虛空邊際法門亦爾可得知邊摩那婆如彼虛空無初後際一切諸法亦復如是衆生之數不可得知亦不可量無有邊際不可得説亦不可見非是有爲亦無有色無有光明不可證知是如來藏諸佛世尊尚不能盡況餘衆生何以故彼如來藏不可得故摩那婆諸佛如來方便業藏清淨非有既非有故其數量等皆不可得但是凡夫衆生愚癡因緣於諸法中妄生迷惑既言無法云何如來爲諸衆生分别演説摩那婆即是如來爲諸衆生隨順世間方便説耳摩那婆諸佛如來隨順世間故分别世諦悉不可得摩那婆以諸衆生没在三界爲欲發動令出離故隨順説法令其受行彼雖凡夫能於一切世諦有爲猒離不樂既知猒已即自堪受智慧行處云何堪受智慧法門知一切法猶如虛空知如空已精勤思惟彼虛空性本來清淨諸煩惱垢不能染汙亦無有人能執持者彼既精勤如是思已不久當證諸佛聖道摩那婆若以世諦有爲得聖道者一切凡夫即應是佛摩那婆而彼凡夫不得爲佛何以故以有爲法體是變動是可壞法非究竟法其性羸劣無有住處以是義故世諦有爲非歸依處假使歸依得少安樂尚不應受況彼有爲無常破壞念念不住非究竟也是故汝等應當覺知莫生取著摩那婆汝等若著有爲行者則同在家諸俗人輩永不能得增上勝法誰復有人以彼衣服飲食卧具湯藥衆事供養奉給恭敬汝者摩那婆是故如來應供正遍覺不説一切有爲法也不樂一切

有爲行也亦不讚歎亦不令住亦無染著以不著故則不著欲界亦不生欲界如欲界色無色界亦爾於彼一切有爲行中本自不攝終亦不生彼若能入不攝不生如是即得超越三界滅彼憍慢除斷渴愛盡諸苦源離欲清淨殄滅衆相頓捨一切無復遺餘速證無爲寂靜涅槃既得證已能爲他說復次摩那婆是中誰當入涅槃者所謂唯彼諸佛如來觀察六界名字和合既觀察已爲他具說然後滅度是故諸佛得彼涅槃摩那婆如我於先所說法中多引虚空以爲譬喻汝意云何豈彼虚空名涅槃耶摩那婆汝於是中應善思惟豈獨慈悲憐愍世間取衆生相名涅槃耶摩那婆我今教汝如我所說是決定義汝更思惟稱量分別既思量已眞得法味亦能了達語義句門了義明故不起諍論不取著法得如實想如實想故則不復求一切諸法以不復求一切法故則亦不得一切諸法不得法故則不得涅槃不得涅槃故爾時即名得涅槃也摩那婆汝等當知若人不捨分段相者則取涅槃常現在前如是次第則永沒世間有爲法中終不捨離一切諸行彼若不能捨離諸行是則不名得涅槃也摩那婆是故汝當乾枯諸行汝若能使諸行不生爾時方名得涅槃也夫求涅槃者無有言說汝若求於有爲行法當自觀察先捨攀緣攀緣滅已則名實相當如是持亦如斯證

大法炬陀羅尼經卷第九

音釋

陿侯夾切窄隘也　躁則到切不安靜也　瘠秦昔切瘦也　羸力追切弱也　殄徒典切盡也

大法炬陀羅尼經卷第十

隋北天竺三藏法師闍那崛多等譯

遮謗品第二十一

爾時彼諸菩薩摩訶薩復白放光佛言世尊若人聞是陀羅尼經生疑惑心起顛倒想生惑倒已更起增上重誹謗心世尊彼等何因能謗此法如是衆生云何受持是法門也爾時佛告諸菩薩言摩那婆彼諸衆生不能信受此法門故即便違背起誹謗心諸菩薩衆復白佛言世尊如是遠離功德衆生當生何處受何等報佛言摩那婆汝今何緣問我是事菩薩衆言世尊有因緣故我敢諮問如來應供正遍覺如是之事世尊是中多有衆生以自心力以信行心聽受佛法而不依行更復於是說法師所起輕慢心於甚深法增誹謗事是故我今請問斯事爲令衆生斷除愚癡未來世中不受殃報爾時放光如來告諸菩薩言摩那婆若有衆生於佛世尊甚深密智最上勝智最微妙智乃至一句生毀謗者是人當受無量惡報若復有人發如是言此非佛語非如來教轉增誹謗復於如是諸佛法中既無信心自誹謗已更令無量無邊衆生於佛如是大慧門中乃至一句誹謗不信多作障礙乃至不聽他人讀誦聽受因口業故造種種惡必定當受無量惡報摩那婆寧令是人一切不聞不令彼聞起麤重謗摩那婆寧使是人以諸瓦石填塞其口滿一百年不令得造如是謗業言此法門非如來說摩那婆如是癡人住邪慢心誹謗經典與餘衆生爲大障礙摩那婆彼諸惡人非但愚癡作

如是誑復住慳嫉謗毀是經我今云何令諸衆生於是法中莫能成就摩那婆寧使是人噉食牛糞過於無量百千億歲不令是人爲飲食故誹謗是法摩那婆寧使是人卧於菅針棘刺之上過千億歲不令是人爲牀敷故謗毀是法摩那婆寧使是人裸露形體過千億歲不令是人爲衣服故謗毀是法摩那婆彼諸惡人誹謗佛法現在惡業我已說之汝先問我諸謗法人未來世中得何果報者摩那婆是謗法人所受果報我不應說所以者何我若說是果報過者或能更令無量無邊諸衆生等聞是事已復增誹謗爾時彼諸菩薩摩訶薩等復白佛言世尊今此衆中雖有衆生不堪聞是謗法果報唯願世尊具分別說令多衆生咸得聞知何以故世尊有諸衆生不聞是事以不聞故不能知解以不解故喜生毀謗爲救彼故今應演說爾時放光佛告諸菩薩言摩那婆誠如汝說諸佛如來深爲愛念一切衆生以是義故我爲汝等說一句門顯諸智義摩那婆若有衆生具足成就無量無邊諸功德聚乃能受持如是法門摩那婆汝當知彼謗法之人具足一切諸不善聚遠離一切諸善根本摩那婆如是惡衆生等謗斯法故具受一切大苦惱聚遠離一切大安樂也摩那婆彼不善人謗佛深法我已爲汝略說其事於未來世受極惡報所謂地獄餓鬼畜生種種苦惱如前略說無有異也摩那婆如是癡人謗佛法故受苦果報無有惡趣而不受者經無量劫然後乃出雖得爲人常生難處邪見之家或作天魔徒黨眷屬

其心殘害猶如羅刹及閻摩王以習惡心誹謗佛法故導諸衆生行邪業故不樂安隱受苦果故摩那婆而彼謗人造極重惡得善果者終無是處摩那婆是故汝等欲說法時若出家人若在家人躬至汝所或時汝身欲往他處是聽法人及餘施主若供養汝若稱歎汝汝於是時應當一心端身靜息如法爲說莫懷諂曲遠離瞋心捨諸過非滅除諍論如是時間應說深法令彼衆生讀誦受持彼諸衆生既聞深法乃至一句或但一字得生信心最爲希有即得無量無邊福聚愼勿令彼起不信心不信因緣當受無量無邊惡果

功德品第二十二

爾時彼諸菩薩摩訶薩復白佛言世尊若諸衆生自能讀誦受持是法起憐愍心爲人演說乃至一句令他受持如是之人獲幾功德往何善根能說是法不起疑心是人往昔修何等行發何誓願親近供養幾許如來於幾佛所聽甚深法世尊如是法師爲誰宣說如是深法而彼聽法諸衆生等亦於往昔幾如來所種何善根於今後世聞說深法愛樂聽受心不退沒如是等義我皆樂聞唯願世尊具分別說爾時放光如來告諸菩薩言摩那婆若出家人及在家人聞是諸佛甚深法門乃至一句於中即能讀誦受持起憐愍心攝受衆生爲人宣說如是法門乃至一句令諸衆生讀誦受持或爲他說我今欲說此人所得功德果報無有衆生能信受者唯有持此陀羅尼經如是人等乃能信耳或於過去諸如來所聞是法門亦能生信摩那婆汝等諦

聽我當爲汝略説如是深經功德摩那婆若有人能讀誦受持爲他解説此陀羅尼門乃至一句所得功德無有邊際不可稱量不可筭數吾當以喻少分説耳摩那婆假使百億轉輪聖王於諸生中所作功德與前受持一句善根百千萬分不及其一摩那婆假使復有千億天帝釋所修功德望前善根百千萬分亦不及一摩那婆假令復過百千億倍大梵天王所爲功德與前善根百千萬分亦不及一摩那婆且置前事假使更得須陀洹等三果功德猶亦非比如是乃至阿羅漢辟支佛所有功德終亦非比摩那婆如我向説持經功德比於世間一切善根盡思稱量無可比喻唯有證得阿耨多羅三藐三菩提時一切功德與前法師所獲善根等無異也何以故是二功德無不由此大陀羅尼法門生故是故一切諸餘法門皆不得比摩那婆汝等何須聞餘法門唯應持此大陀羅尼何以故無有一法此陀羅尼所不攝者亦無一疑此陀羅尼所不決者唯爲憐愍彼彼衆生方便更説諸餘經典而皆不離此法門也復有衆生曾於往昔諸世尊前聞是法門以此因緣復於今世聞是經典信心受持或復往昔不聞是經故於今説生別異想摩那婆如來所説諸餘經典種種法相終無離此陀羅尼門三教藏也摩那婆如先喻説地大之性普遍無邊不可度量亦無有人知其際畔唯可得言無量無邊際不有人能作無邊無數想者得爲數量摩那婆是陀羅尼法門無有邊際不可稱量亦復如是唯善男子等大智慧者

乃量之耳摩那婆彼善男子或於往昔諸如來所曾聞如是陀羅尼門以本聞故今於我前復得聞是甚深佛法爾時諸菩薩衆復白佛言世尊如來所說陀羅尼法門三教業藏我等已知讀誦受持如說奉行世尊我等得聞如是法已無量歡喜無量踊悅無量快樂無量利益唯佛世尊亦自證知一切衆生智所不及世尊頗亦有人能知如是三藏法門境界邊際不佛告諸菩薩言不也摩那婆是三言教業藏法門無人能得知其邊際假使一切衆生皆如上說大名稱者利根聰慧若經一劫若百劫若百千劫乃至無量劫終不能知不能稱量不能宣說三教藏門少分邊際摩那婆唯除如來智慧辯才能譬喻說能入是處決斷疑網

爲他悔過品第二十三

爾時栴檀那菩薩摩訶薩從座而起整持威儀偏袒右髆右膝著地合掌恭敬白放光如來言世尊我於今者在世尊前爲如是等諸惡衆生誠心悔過以彼謗法諸惡衆生於此陀羅尼門乃至一句生誹謗心若已誹謗及欲誹謗破壞訶毀乃至與一衆生於一句中而作障礙故世尊我今爲彼諸惡衆生乃至無量無邊諸世界中亦多如是諸惡衆生受行顛倒誹謗正法我爲彼故今於佛前誠心懺悔世尊爲彼衆生無救護故無眼目故無智慧故具惡口故我今爲彼至誠悔過世尊若復有人在世尊前如是悔者彼於是中得何善根獲何功德爾時放光如來告栴檀那菩薩言善哉善哉摩那婆汝能如是方便熏

心請問如來若善男子爲彼破法諸惡衆生誠心悔過當得無量大功德聚摩那婆是功德聚難可稱量今以譬喻少分開演令是衆生發歡喜心摩那婆如此東方所有世界其中衆生一切盡爲摩訶施主如是南西北方四維上下周遍十方所有衆生一切悉爲摩訶施主經於無量無邊不可說不可稱諸大劫數常行布施所謂金銀衆寶衣服飲食湯藥房舍種種衆具還以無量無邊衆生皆集一處爲受施者摩那婆於意云何是福德聚可謂大不栴檀那言世尊是福德聚眞實寬大何以故世尊若有一人於無量劫行施功德尚不得邊何況無量衆生經無數劫行檀福聚而可測量其分限也佛言如是如是摩那婆彼等無量衆生無量劫數無量行施無量福聚雖不可知然猶不如善男子善女人於前一切謗法衆中但爲一人誠心懺悔所生善根所獲功德無量無邊不可稱比況爲無量衆生誠心懺悔也復次摩那婆置此世界所有謗法惡衆生等假使十方無量無邊諸世界中所有誹謗正法衆生摩那婆如是十方世界謗法衆中但爲一人至心悔過所得福聚及所生善根尚不可限何況普爲十方衆生誠心悔也如是福聚善根住持攝受增長諸功德聚不可計算不可稱量不可思議如是功德誰能信者唯有不退菩薩摩訶薩少能信耳時栴檀那復白佛言彼善男子等如是行時欲求何等佛言栴檀那彼善男子爲菩提故荷是重擔愍彼衆生至心懺悔緣此善根復能莊嚴諸佛國土終得如是自

在受用佛告阿難爾時衆中有優婆塞名爲月上彼優婆塞家豐財寶以眞珠瓔珞價直百千億金莊嚴身頸有一妙寶亦直百千億金時優婆塞從座而起即解眞珠瓔珞奉上放光如來復以妙寶用施栴檀那菩薩時彼月上既奉獻已更增深敬大欣喜心發如是念我家所有倉庫寶藏及餘資生皆悉具足可以此時淨施如來及栴檀那復作是念今聖者栴檀那若知我發如是心已向世尊說世尊聞已即遣栴檀那菩薩親教示我我時承稟乃至盡壽自當學彼諸菩薩行長者月上發是心時栴檀那菩薩以他心智觀察知已即白放光如來言世尊我今明見此會衆中月上優婆塞復發深心作如是念我今及時盡家所有悉以淨心奉上世尊世尊此優婆塞能發大心乃有如是智慧辯才布施辯才捨棄辯才欲請如來說發心事然以如來道德巍巍威神高遠心懷慚懼不敢干請善哉世尊我今實爲此優婆塞請白世尊如斯之事爾時放光如來即告栴檀那言善哉善哉栴檀那汝今成就是他心智以於無量無數劫中久修習彼諸善根故摩那婆我亦知此優婆塞心但爲此會諸菩薩等捨置是心且默然住亦令一切諸菩薩衆於是法中學汝栴檀那之所行耳時栴檀那菩薩摩訶薩告彼長者言長者汝今實有如是念不長者報言尊者我今實有如是心念然我唯以恭敬心故尊重心故希有心故不敢諮白如來世尊今見聖者栴檀那菩薩以憐愍心乃能如是爲於世間一切衆生無救護者無正念

者無將導者在世尊前至誠懺悔爲依爲導我見是已即於聖者栴檀那菩薩生大希有心深敬重心以聖者栴檀那初未曾見謗法衆生而能爲其誠心懺悔可謂善哉而復於我有憐愍心如我所念諮請如來若不取我如是誠心則我願不滿若持我心問如來者我即依願隨教修行然而聖者栴檀那菩薩爲無量無邊世界中衆生荷是重擔誠心懺悔復能如是爲我問此重擔大事爾時栴檀那菩薩復白放光如來應供正遍覺言世尊如來亦應聞是月上優婆塞之所請問佛言摩那婆我今已聞月上所請摩那婆於意云何諸佛如來有所利欲耶栴檀那言不也世尊如來無所乏少亦無所欲何以故我昔曾聞諸佛世尊用一衣一食住過恒河沙劫一跏趺坐亦過恒河沙劫而身無羸損力無疲倦唯爲憐愍諸衆生故所以者何欲令衆生咸皆安住如實法中復令衆生悉得眞法是故如來方便示現譬喻言説耳世尊如來如是種種方便衆生親見尚不信受何況後時不見如來時放光如來告栴檀那菩薩言若復有人施衆寶物置於如來跏趺膝上而諸如來終無所受聲聞弟子亦不得受此眞寶物摩那婆汝於是中應當善教此優婆塞長夜利益身心安樂其所獻上眞珠瓔珞及妙寶等宜還付之但當教示令其行法如是衆寶雖佛如來及聲聞弟子旣不得取亦不得用唯有布施增長功德何以故令諸衆生得利益故亦應如是教諸衆生爾時月上優婆塞於如來前聞聖教已即以右手執栴檀那

菩薩臂頂禮佛足與栴檀那菩薩從彼衆出共歸其家敷座坐已此優婆塞即命家人令開庫藏親誡之曰我庫藏中諸是珍寶今宜盡出置吾目前欲視精麤筭知大數如是知已我當奉獻供養如來應供正遍覺及諸聲聞弟子大衆時長者妻白長者曰能發是心眞成大善我雖無知素念斯事未有方便不暇先白忽聞嘉命深慰本心然此寶聚非可長保長者如我愚見今此寶藏難用依恃唯當寄託諸佛福田此功希有終不虧失長者我等應作如是思惟自我先人七世珍寶藏埋地下終是虛棄自餘財物尋還灰壞設有少存誰當用之長者斯爲大事宜速及時今日雖獲奉獻如來應供正遍覺破彼積聚祕悋之心而我竊思實謂稍晩長者彼如是人難可値遇我等應須至心供養若於彼所得聞法者法心生時非餘世利也於是長者報其妻曰我見聖者栴檀那菩薩又聞其言故生恭敬大希有心亦以此菩薩獨能爲彼無量無邊諸世界中謗法衆生誠心懺悔我見此故復於其所益生恭敬希有之心又諸菩薩摩訶薩等爲諸衆生發大誓願荷負重擔常行種種艱難苦行故其妻復誡長者言仁者莫興異念宜應速隨此大菩薩詣如來所當發如是大殷重心供養如來自從先來未曾有人能起如是大供養者爾時長者躬自觀察家内所有一切庫藏及七世來地中諸藏盡出現前校計稱量不可周遍即尋白彼栴檀那菩薩言聖者栴檀那我今不能爲此財物墮於地獄受諸苦惱如彼衆蜂能造甜

蜜蜜始成就若食禾食即自害身於是栴檀那菩薩告長者言長者如是如是如汝所說長者汝之先人聚此財寶經歷年世非無勤苦然竟不能發慈愛心念一衆生而行惠施唐爲慳心守護是物及其命終生於惡道既生彼已無有善念假令彼時欲發善念大苦侵迫寧能遂心長者汝之戚屬不能救免諸餘衆生何所復論阿難時彼長者於栴檀那菩薩摩訶薩所聞是教已即於放光如來及諸大衆多設供養既供養已於如來所剃除出家盡形修行供養世尊彼諸財寶無有窮盡於是月上復白栴檀那菩薩言聖者從今更有何方供養如來我若知者皆當修作栴檀那言長者是財寶聚我實不知昔從何生今從何滅何以故以無來處及去處故長者譬如蜜蜂同共出生無量億數餅瓨等蜜次第食用是蜂不知是蜜所出從何所來去至何處如是之事誰能信者如是長者此財寶藏無常不住埋藏地下漸到水聚終歸大海長者汝於是中當更善思我之先世乃祖乃考但爲慳毒誑惑已心聚積貨財增長惡業哀哉祖考今生何處辛勤營理竟何所成徒事虛名求勝他耳妒嫉連綿貪婪味著是業因緣永淪惡道

六度品第二十四之一

佛告阿難爾時放光如來告彼善覺菩薩摩訶薩言摩那婆汝宜諦聽善思念之今當爲汝說菩薩法若諸菩薩持戒清淨無有缺減決定成就義利莊嚴如諸菩薩住正戒中最上持戒畢竟清淨入如實門隨順法智非彼

非此戒功德聚寬大無邊無有人能知其齊限假使世間一切凡夫乃至聲聞及辟支佛皆不能知爾時善覺菩薩白放光佛言世尊今正是時唯願世尊爲此億數諸菩薩等具足說是如來戒行成就真相佛告善覺菩薩言摩那婆所言戒者名不思議處戒行功德成就如是不可動摇無有垢濁清淨圓滿永盡衆惡無有住處寬如虛空不可執持復次摩那婆如是諸波羅蜜所謂檀那波羅蜜尸羅波羅蜜羼提波羅蜜毗梨耶波羅蜜禪那波羅蜜般若波羅蜜是中檀波羅蜜最爲初上而無減少或於諸有及後生中至天王處者或有減少於後生處貧窮下賤衣食乏少以乙自資常在生死流轉往來以貧窮故不能清淨檀波羅蜜是於檀波羅蜜自然損減

摩那婆無有菩薩一向在禪唯有如來一入不出非諸菩薩常在定也若常在定則避護生死然諸菩薩若欲緣彼有生處故留少染惑當知爾時暫捨智根彼精進根全無所捨是故不名捨菩薩道處彼無量生死中時此貪染心亦捨不捨彼時雖有精進而不得菩提何以故以般若波羅蜜未滿足故是故若緣有生處時不捨精進如是摩那婆彼亦無二心和合並作也摩那婆我憶往昔過於無量阿僧祇劫爾時有佛號曰寶火如來應供正遍覺明行足善逝世間解無上士調御丈夫天人師佛世尊出現於世摩那婆彼佛眷屬唯有聲聞二十四人復有六大菩薩摩訶薩摩那婆彼諸菩薩摩訶薩等所讀誦經名闍浮上波羅蜜彼六菩薩皆各住於一波羅

蜜行中第一菩薩讚歎檀波羅蜜即以檀波羅蜜而爲勝上第二菩薩讚歎尸羅波羅蜜即以尸羅波羅蜜而爲勝上第三菩薩讚歎羼提波羅蜜即以羼提波羅蜜而爲勝上第四菩薩讚歎毗梨耶波羅蜜即以毗梨耶波羅蜜而爲勝上第五菩薩讚歎禪那波羅蜜即以禪那波羅蜜而爲勝上第六菩薩讚歎般若波羅蜜亦以般若而爲勝上一心修行般若德聚更無餘念摩那婆爾時寶火佛爲欲知彼諸菩薩等心志所趣故問本修行彼諸菩薩旣蒙聖問各隨本心所行以答時寶火世尊作如是念斯諸菩薩皆爲初入發意修行我今亦須隨順其意不得違逆何以故若違其心或能退沒於是告諸菩薩言汝等知是六波羅蜜不耶諸菩薩言世尊六波羅蜜我等已知佛復問言汝等云何修持六波羅蜜諸菩薩等各各稱說已之所行諸波羅蜜復次摩那婆云何名爲第一菩薩樂行檀波羅蜜謂彼菩薩行檀波羅蜜時凡諸所有乃至居家有人來求一切皆與所施婇女其數九千諸女微妙難可具說我今略辯彼女之價如此閻浮提所有一切財寶衆物所謂若生眞寶金銀瑠璃珂貝美玉珊瑚眞珠如是等物又閻浮提所有一切象馬牛羊駝騾驢等及餘所有四足畜生如是衆類又閻浮提所有人民及餘衆生有業無業有財無財如是衆物比前所施九千女中尚不能敵一女之價而彼菩薩深心愛樂檀波羅蜜故見人來乞乃至以此九千美女盡用與之而彼菩薩在家復有九千白象及以九千無價寶

馬如是良馬騣尾毛色皆如石黛又復亦如雞翅馬王又復亦如輪王寶馬舉策一馳便度大海如是等馬悉以施他菩薩復有無價上寶亦滿九千盡用布施摩那婆自餘諸物不可具言若見求者皆持惠施摩那婆時彼菩薩如是施已即於寶火如來法中猒世出家精勤修滿檀波羅蜜摩那婆是爲第一菩薩摩訶薩樂行檀波羅蜜中復次摩那婆云何名爲第二菩薩樂行尸羅波羅蜜者謂彼菩薩行尸羅波羅蜜時常讃持戒爲欲勝彼外道五通諸仙人故具修五通得五通已於彼寶火如來法中出家持戒唯畜三衣如來教發無邊量心心得自在成如來智發生戒聚得如是身乃至成滿三十二種大人妙相以是因緣時彼菩薩讃歎尸波羅蜜具足持戒而行平等摩那婆是爲第二菩薩摩訶薩樂行住於尸羅波羅蜜中復次摩那婆云何名爲第三菩薩樂行羼提波羅蜜者謂彼菩薩行忍辱時或生王宮爲王太子具足威力劫濁世時有諸衆生多行非法不孝父母不敬沙門及婆羅門無有正信汙毀居家破散他室常行賊盜壞人印記好諍佷戾不用善言見他爲惡或讃或黙不護口過妄說是非殺生偷盜兩舌妄語具行十惡遠離十善是惡人輩漸用增多日别常有一千二千乃至數千官司捕來王子前過其間復有種種惡人或穿墻違禁或踰城越關或棄擯逃叛或侵陵他妻或欺詐他物或妄證是非諸如是等多過罪人官司執獲悉以枷鎖桎梏桁械次第將引王子前過如是經歷二十年間然

彼王子以慈忍故初無訶責恚恨之心卒亦不行刑戮之事唯出私藏財寶而施與之然後隨罪輕重訶責便放因教誡曰汝等當知我信佛故不爲衆惡復捨放汝不至苦治汝欲念恩斷惡修善摩那婆時彼王子作是思惟我今居此於諸衆生何異惡王閻摩使者治斷罪人今我能行如法忍者當應導引諸衆生等詣世尊所我雖久習如此忍法而亦不可於一切時故行刑害加彼衆生禁閉獄中乃至縛打後時但行訶責放之亦復不可重見聞是背恩無義諸衆生等惡言惡事是故當應請佛救彼皆令安住於究竟中摩那婆時彼王子思是事已即便往詣寶火佛所到已而前頂禮佛足敬繞退住具陳斯事摩那婆爾時寶火世尊聞王子言羼提波羅蜜隨順印可因而讚曰善哉善哉汝善丈夫而今乃能於是惡世非義衆中修行如是羼提波羅蜜彼佛世尊更爲王子宣說羼提波羅蜜既聞說已乃至盡壽不還本宮於此忍中轉更牢固摩那婆是爲第三菩薩摩訶薩樂行住彼羼提波羅蜜中

大法炬陀羅尼經卷第十

音釋

菅古關切茅之類也　裸郎果切赤體也　瓨下江切長頸甖也　婪盧含切貪婪也　羼提梵語也此云忍辱羼初限切　騣子紅切馬鬣也　黛徒耐切青黛也　桎梏桎之日切足械也梏古沃切手械也

大法炬陀羅尼經卷第十一

隋北天竺三藏法師闍那崛多等譯

六度品第二十四之二

復次摩那婆云何名爲第四菩薩樂行毗梨耶波羅蜜者謂彼菩薩行毗梨耶波羅蜜時或在居家若見如來及諸菩薩聲聞大衆凡有所須悉能備辦所謂飲食湯藥衣服牀敷洗塗手足揩摩身體此等衆具浴器澡水浣染衣服庭燎燈燭經行處所及餘種種作使之事如是衆務皆悉能爲彼菩薩行毗梨耶波羅蜜時於一切處所須衆具無不畢備摩那婆彼菩薩在家之時亦爲祭火焰王備辦一切驅使衆具皆是精進無休息行於出家後增修精進隨順莊嚴永除懈慢成就念根終不暫捨策勤諸事如是次第事諸世尊及諸菩薩聲聞大衆而亦不捨精進之心摩那婆是爲第四菩薩摩訶薩樂行住彼毗梨耶波羅蜜中復次摩那婆云何名爲第五菩薩樂行禪波羅蜜者謂彼菩薩行禪定時尚在居家無量妻妾導從圍繞作諸音樂入園苑中摩那婆彼園池内多有流泉及衆華果外人不見乃至飛鳥尚不能入何況於人摩那婆時彼菩薩在園林間遊樂訖已從彼衆出至一別林陰密虛靜端坐念禪思惟觀察靚見大海所有衆生共相殺害更相食噉亦見三十三天與諸眷屬無量天女作天妙音歡喜受樂復見一切大地獄中所有惡業諸衆生等受種種苦或斫或刺或剥或割或棓或打或燒或煑或以刀劒或以弓箭或以鈇鋸或以矟矛如是罪人受諸苦時發大叫聲種

種言音菩薩見已驚悸憂惱即於定中發聲大喚而諸婦妾寂然無有一人聞者唯有寶火如來舒金色手如大火光作如是言來善丈夫汝勿驚怖時彼菩薩即隨如來金手光明從園林出直趣寶火佛世尊前頭面禮足以偈白曰

世尊我今大恐怖　以獨入彼深林間
端坐安禪失正念　願天人尊爲我説

摩那婆爾時寶火如來復以偈答彼菩薩曰

汝爲丈夫未失念　汝向所見恐怖事
我故示之警悟汝　汝以昏惑不覺知

摩那婆時彼菩薩頭面禮敬彼世尊足未起之間法服著體自成沙門既出家已不捨禪波羅蜜而更發起增上精進行禪波羅蜜便得具足三摩跋提究竟禪定到於彼岸摩那婆是爲第五菩薩摩訶薩樂行住彼禪波羅蜜中復次摩那婆云何名爲第六菩薩樂行般若波羅蜜者謂彼菩薩行般若波羅蜜時於般若中一切善根成就無疑生如是想彼佛世尊問第六菩薩時彼菩薩報言世尊是中一切五波羅蜜取著於有故有窮盡不到彼岸世尊我作是念此般若波羅蜜即是一切諸如來業何以故世尊以智慧根具足滿故菩薩摩訶薩菩提樹下證初明時已得究竟過彼二波羅蜜何等爲二所謂檀波羅蜜尸波羅蜜亦得於彼宿命智證心猒於有過斯已往證第二明證此明時亦更過彼二波羅蜜何等爲二所謂羼提波羅蜜禪那波羅蜜此亦即是見諸衆生生死智也若欲證於第三明者所謂決定成就大精進根何以故

必當破壞百千億數諸魔軍故而是菩薩未破加趺以右掌按地當斯時也由彼具足大精進根力故令此大地六種震動遍動下方恒河沙等世界所有一切諸魔軍衆皆大恐怖又彼諸世界中諸佛出世於彼世界所有菩薩懈怠嬾墮者一切聞此地動之聲應時皆住不退轉忍是爲菩薩摩訶薩證第三明時能發如是大精進力令魔驚怖是爲於此般若波羅蜜中證第三明於是即見彼諸世界依二事住何等爲二所謂有無復有二事所謂斷常復有二事謂過去未來彼諸世界具有如是六種之事住世心中知見是已起大慈悲遍觀四方證第三明證諸明已而彼菩薩不離本座三師子吼曰汝等諦聽汝等諦聽我觀眞實法界已盡爾時地天聞此聲故即唱是言如來應供正徧覺今已出世地居諸天發此言已自上天衆展轉出聲乃至有頂及諸世界皆聞此聲先是外道建立幢幡高七多羅樹聲出之後盡皆摧倒爾時善覺菩薩發如是言此五波羅蜜具足滿已則皆入彼般若波羅蜜中世尊若菩薩不住如是般若波羅蜜中則不能發如是究竟大精進心何以故以能說彼一切世間難得難信希有之法無窮盡故

爾時放光佛告善覺菩薩言善覺彼六菩薩各自安住智門中已咸作如是所修行業時寶火如來爲令彼諸菩薩次第滿足六波羅蜜義故又復告言摩那婆若有菩薩摩訶薩滿足般若波羅蜜者如是菩薩則爲具證第二智明善覺復言世尊如佛所說般若波羅

蜜我等樂聞惟願更爲具分別説令此億數諸菩薩輩咸得聽聞具足佛慧佛告善覺言善哉善哉摩那婆汝今乃能諮問如來般若波羅蜜深妙義也摩那婆於意云何或時有人能供養此陀羅尼門者如來豈當於是法中有秘惜也摩那婆若佛如來於是問中説般若波羅蜜法門義者有諸菩薩或多違背不能信受摩那婆我先已説汝等應思諸佛世尊方便密教何以故摩那婆假使有人若一劫若百劫若千劫若百千億劫得聞如來所説妙法若能書寫或時讀誦或復受持乃至信解如來方便微妙密語一偈一句者是人即得無量善根復能獲彼多功德聚摩那婆般若波羅蜜者即是一切諸佛智慧甚深源底何以故以是佛智證三明時見一切法

皆無所有汝等當觀爲彼等説遠離煩惱本住處時有諸菩薩心生恐怖以漸説故還得安隱摩那婆如今彼等既樂修行能使諸根漸成牢固於如來所得不壞信信成就故當如教受受已修行摩那婆是中何者是諸如來第一勝教所謂發起不住摩那婆何等名爲發起不住謂不取著一切諸有然彼有中有諸菩薩作如是念云何令我於阿僧祇劫在有流中長夜修行而不取有彼等以有愚癡心想取著諸有依止煩惱故摩那婆以是因緣菩薩摩訶薩方便取有爲彼愚癡無智之人作如是念云何獲得勝上智已更受最下畜生之身彼愚癡人不作是念以我受此惡生身故所作究竟不可捨離此身而成於事摩那婆當知有中一切生處不可取著何

以故以彼生處本無言說是故菩薩摩訶薩坐道場時是般若波羅蜜具足滿故得第三明菩薩既證第三明已爾乃得名具足三明亦得名爲三明波羅蜜亦名清淨一切三世教藏亦名宣說過去未來現在平等如實不二門摩那婆是名陀羅尼門修多羅中根本一大句亦名大足跡摩那婆是亦七佛世尊如來應供正徧覺所轉法輪爲諸聲聞大衆說時猶未說此一大句也摩那婆於意云何是句可謂大不善覺言甚大世尊佛言是名大句善覺復言世尊一佛所說法與過去未來現在三世諸佛所說法同耶佛言摩那婆如是如是如一佛所說三世諸佛所說無差違也復次摩那婆於劫濁世極穢惡時諸佛興世說是修多羅法門彼諸邪僞諂曲衆生在如來前誹謗不信如是經典及菩提道初不思惟亦不分別永無信受不信受故則無修行不修行故不得解脫無解脫故受諸苦惱摩那婆若有衆生輕毀如來誹謗正法如斯之輩當於何處得安隱也摩那婆時寶火如來出於濁世今我亦然摩那婆又寶火如來剎土之中實有無量無邊衆生而彼但有二十四聲聞得果證者以是惡世具五濁故五濁者所謂衆生濁壽命濁見濁煩惱濁劫濁如是等種種惡法行衆生中諸佛雖說而不弘普以於彼時無大福德厚集善根諸衆生故假使諸佛如來常欲攝受開發顯示種種法門引諸譬喻方便誘導度脫彼等終不能知摩那婆惡世多有如是惡法我今當說復次摩那婆今我法中有諸比丘比丘尼優

婆塞優婆夷遠離鬪諍皆悉調柔身心快樂從佛世尊諮請深法聞已能受受已能持持已能行如我所教奉順無違滅除諸有入於涅槃摩那婆如我先說於當來世多作佛者即此衆中百億諸魔却後皆於安樂國中成佛世尊爾時無有魔軍嬈亂彼諸衆生亦不習學外道經籍多受快樂無有窮盡調柔易化少欲知足各行慈心不用多功有所成辦從佛所聞佛菩提事皆能受行摩那婆諸佛世尊觀是諸法然後出世摩那婆諸佛世尊一觀一說亦無多種汝等從今於此法中莫生恐怖汝所諮問般若波羅蜜如來世尊未解說者皆由汝等時未至耳摩那婆譬如二人一者沉深有智二者輕躁愚癡有時二人共行山野逢遇生棗是愚癡人欲取食之彼智者言此棗今時實未任食何以故此棗內外未成就故愚人復言但取食之何論生熟言訖取棗擲置口中嚼已無味方乃吐棄是人於後雖得美食亦言無味所以者何是人愚癡不別味故如是摩那婆今此衆中有諸菩薩煩惱未斷智根未成未證大地雖復聞說般若波羅蜜則不堪受猶如彼人惡先生棗棄餘美味

求證品第二十五

阿難爾時彼衆有淨行子名須達多問善覺菩薩言善覺我於今日宜共億數諸菩薩等至林樹間或山澤所得一空閑寂靜之處共論如來方便密教若得證知最爲大善如不能入當須至彼經一七日立住思惟身證禪定冀蒙如來大慈大悲啓悟我等時須達多

即與善覺諸菩薩等往詣放光佛世尊所白言世尊我等今者及此億數諸菩薩衆咸欲詣彼祭火焰王大園林中求空靜處共論如來甚深密教若合者善如不合者我等卽當於彼斷食住立七日三昧思惟觀察是義世尊我於今日決行此事遂爾相率奉辭世尊此諸菩薩如是白已時放光如來應供正徧覺告諸菩薩言摩那婆汝欲共此億數菩薩入祭火焰王園林中者謹攝汝心愼無放逸尅終斯事時諸菩薩頂受聖教入園林已作是思惟世尊教曰汝等入我方便密教如來世尊今爲我等作何方便而說斯法前爲我等作何方便而說法也而更告我於此法中我爲汝等說一句門則能顯示億數修多羅義而我請問如來世尊復不爲我說彼一句清淨般若波羅蜜亦不爲我解釋般若波羅蜜世尊又爲我等作如是言汝等當知我方便說是故摩那婆我等當共一心善觀察此三種義門何等是此陀羅尼門何等復是修多羅岸何等復是般若波羅蜜何等復是如來世尊方便密教摩那婆是故汝等應各樹下住立思惟如是義已若解一者即白世尊時彼億數諸菩薩等各各皆自至一樹下住立思惟一心觀察乃至於此三種義中必定應當證知此義是諸菩薩即經一日乃至二日三日不念食飲思惟此義復作是念此中更有何等因緣世尊但說三種句名而不爲我解釋義理今此衆中將無有人貪著我想及富伽羅或退法行或貪食無猒或樂多睡眠或多食腹滿或多有疑心或此億數菩薩

衆中於如來所生不信者或此衆中有不如法行梵行故致他譏呵或多緣覺觀或空事鬪諍或心力劣弱或心煩嬾墮或精進心薄或忘失正念或喜樂作罪或破戒亂心或心生怯怖或爲病所纏或放逸違背或不受善言世尊得無見如是人故爲秘藏不即演說如斯法也復作是念何等是修多羅何等爲億數修多羅何等是陀羅尼法門何等爲般若波羅蜜何等是如來何者爲如來密教如來依何說因何發起何謂爲語言復作是念如來依彼人故說修多羅若依彼人有言說者如是言說則爲虛妄何以故以人想故有人想者則有我想有我想者則有衆生有衆生故則有言說有言說故則世間相世間相故則受諸有受諸有故則有無明有無明故則有諸行有諸行故則有生識有生識故有名色有名色故有六入有六入故有觸有觸故有受有受故有愛有愛故有取有取故有有有有故有生有生故有死死已復生如是則爲因緣往來相也以是義故世尊如是依世間事次第說修多羅修多羅者所謂即彼盡際根本是名無明言無明者所謂我等於彼無中起念分別如是分別則是無明如來說此爲凡夫事亦愚癡業又復於彼四聖諦中不知不覺故名無明以是義故我與汝等長夜往來輪轉無窮受種種苦以不見知四聖諦故世尊所說四聖諦法彼應於此陀羅尼門修多羅中觀察一切如來所宣無有斷絕所以者何斯法甚深難可見故是中惟有如來乃知邊際若人欲於如來智慧知邊際

者是人亦應於佛所說修多羅中甚深法門知其本始是處我應如是思惟諸修多羅邊際彼岸不可得見是諸如來深密教法謂說四聖諦我等於此四聖諦中應當思惟稱量分別得諸義理是中初一聖諦者是如來所說苦及苦智何故如來說此苦陰陰名受有此爲無明力法是中所有無明力者此亦名陰陰爲苦聚即是如來所憂念事諸衆生等墮在無明黑闇藏中常被纏覆莫知自出如來見已即起大悲作是念言是諸衆生云何流轉是苦惱中而於何處受是流轉何因緣故有此往來以是往來輪轉苦聚故如來於中如是說陰陰者如來爲說障礙故言陰也云何流轉何處流轉等於此一陰而諸如來說苦聖諦五陰所攝此爲往來生滅行如來方便說天說人乃至地獄畜生餓鬼等界於五道中輪轉受苦是故如來說彼五陰輪轉往來處處受生無有休息當知如是名苦聖諦從衆因緣次第而有我等思惟生如是想所言集聖諦者是中何者爲集所謂無明滿足取彼多陰能具成就如是色性故云集也復何故集欲爲根本生造行業彼業滿足故云集也復云何集彼所作行無增無減如所造作故云集也是爲苦集聖諦所言苦滅聖諦者當知彼滅唯有名色云何爲色是中色者所謂四大和合爲色如來於中示現何義但以譬喻名字言說云何譬喻如來說色猶水聚沫於是色中無有色想是故如來凡所言說但有名字汝等當知此五陰者乃至初無生處可觀亦無一切邊際可得故以聚沫

喻此四種凡夫於中妄生色想彼是地界此是水界及以一切火風界等如是四種聖者了知但有譬喻名字示現其中更無餘物可得是諸生法皆不可得色不可得求色生時亦不可得惟是生滅行分别故彼苦聚生彼非慧滅但是自滅諸法無有生而不滅故言苦滅是中若此三種語言即苦聖諦苦集聖諦苦滅聖諦入此三處智知陰滅求道思聞故言滅苦道也

諸菩薩證三昧品第二十六

佛告阿難爾時彼諸菩薩復作是念如來所說四聖諦法我於彼義不覺不知是故長夜往來輪轉是中誰爲輪轉謂彼愚人以彼愚癡增長苦聚故令我等長受大苦如來於中種種方便爲欲除彼愚癡苦輪故開示此陀羅尼門及說億數修多羅法無有邊際無始無源不可宣說不可證知乃至一切諸佛法中皆不可以言說說故亦非隨宜少智而知唯以相似相續智知時彼億數諸菩薩等復作是念世尊知我少智力故所應作處不爲我說是故我今應觀所作如是住立乃至七日何以故我念此故雖於七日不飲不食猶安樂住可令我等未聞斯事而便命終又作是念我今應當更求此事誰爲死者誰當死苦何名命終誰造死法彼等如是於五日夜得四念處智彼等復於六日夜中思惟觀察十二因緣如實知見無有顛倒如是知已得宿命智聖道現前我想滅盡彼當如是觀宿命時又作斯念此乃我等於往昔時所見顛倒於無常中而生常想乃更分别宿命事處

熏習增長是中所有迦羅邏時諸大現前皆無有我何處復有昔時見色乃至取心我以長夜不正思惟如是身色於苦聚中妄生樂想我等不見正念處故不見因緣以不見此因緣法故則無牢固眞實信根長夜於此起顛倒心執著樂相不覺不知如是眞法彼諸菩薩復作是念我等愚癡無智慧故於如來所說億數修多羅而尚不知於般若波羅蜜亦不知於陀羅尼門所攝諸修多羅一句義亦不知而我內心如是惟忖獨彼如來決定方便善知所欲當以我等心羸弱故畧說一邊是中如來所說何義云何我等不見彼法所依云何如來爲我等輩作斯說也時彼諸菩薩思念受持此法門已得不退忍云何不退忍所謂見此世間受諸苦故云何名見世間受苦是中唯見愚惑無知何以故我等諸所有見皆即斷故我等復有何見可斷是中唯有想縛更無可見以是一句義因緣故如來於中爲我等說所應作事是處所說不離名言言說根本即是分別若無分別則無言說若無言說則是寂滅以寂滅故不可得見不可得說是中何見若無所有則不可見而彼未滅無見分別即有恐怖有恐怖故則有憂悔若有憂悔於如來所無有信心若無信心則不善思惟若不善思惟則無解脫何處不脫謂六結處不得解脫時彼億數諸菩薩等作如是念若念此身取彼地相牢持有力不破壞故更念彼三依地不動自身隨轉我等思惟觀察此地地相空故無物可著是故我等於地界中而無所著如地不著水火風

等不著亦然如是我等離彼著故則於身相得輕薄想覺身輕已即復覺知外法亦輕彼等一切過七日已各離諸樹離諸樹已一切咸更思惟是義取是智明各共詳論既詳論已一切皆得念佛三昧彼諸菩薩即從彼林飛昇虚空到須彌山頂到山頂已出大音聲三稱南無佛陀夜

召諸菩薩品第二十七

佛告阿難爾時放光佛語眉間白毫梵天言梵天汝今知彼諸菩薩衆所覺不耶白毫梵天言世尊我實不知彼諸菩薩今所覺者梵天汝可詣彼與天帝釋及此億數諸魔衆等一心尊重恭敬禮拜如法供養彼菩薩衆已俱還此會爾時白毫梵天及天帝釋螺髻梵王四大天王乃至淨居諸天衆如此三千大千世界諸天王及諸天子衆或處宫殿或住虚空一時雲集須彌山頂頭面禮敬諸菩薩足已退住一面咸共白彼諸菩薩言大士長老能於祭火焰王園林之中七日不食住一威儀立不移處爲一心專念是用勞弊爲斷食七日羸損若是爾時帝釋天王語諸天子言仁者汝今宜止且莫勞亂諸菩薩衆此等不食已經七日聽我今者爲諸大士聊設天供後對世尊乃當問耳於是諸天衆咸敬諾曰如是如是如天王言時天帝釋即便顧命主食天子言上意汝能爲此億數菩薩及此欲界諸天大衆堪能食者辦上味膳不時主食天報言如是如是我悉能爲七十二億那由他衆設諸妙食帝釋問言何時當辦答言天王一彈指間謹當畢備天帝釋言汝今速

去正爾當辦爾時食天趣向食所須臾自然施設種種天上味食已即還往詣天帝釋所白言天王所須已具幸願知時爾時帝釋天王即以天食奉獻億數諸菩薩衆及餘七十二億那由他諸天大衆彼皆食畢澡洗手已彼諸天衆皆於菩薩起希有心尊重恭敬合掌住彼諸菩薩前各作是念何因何緣斯諸菩薩大丈夫等忽能違離世尊足下入王園林經於七日立住不坐忘飲與食而復捨彼光臨此天我等今日至如來所當先諮白請佛決除如是疑惑惟諸世尊餘無斷者時天帝釋即與眉間白毫梵天將無量梵衆諸餘天子并釋天王三十三所無量天衆復有無量魔王眷屬諸餘天衆皆從億數諸菩薩衆俱詣佛所住虛空中高一多羅樹各以法言歌讚放光如來彼菩薩衆持諸香華散於佛上住虛空中變成華蓋其蓋縱闊一百由旬高一多羅樹阿難時彼香華滿四天下彼四天下所有衆生於七日中等受天樂彼等復從虛空中下住半多羅於虛空中具四威儀頭面禮敬放光世尊縱闊一拘盧舍圍遶七帀而說偈言

世尊智行法界中　最上德願久圓備
希望分別斯已除　不著如雲無窮盡

爾時放光如來告彼諸菩薩言善哉善哉諸摩那婆汝等在彼諸樹下時一心思惟如是妙義今已證於不退隨處斷除生死離諸語言破壞愛心功德已滿於解脫門獲如是相汝於今日應自覺知摩那婆是故汝等善作法聲善稱佛陀善往忉利何以故有諸衆生

雖多徃願以懈怠故不獲神通其有比丘比丘尼優婆塞優婆夷見聞汝等能作神通便捨懈怠勇猛精進發起本願勤學汝等復見汝等躬在我前爲彼無量百千億數諸天大衆尊重供養生希有心而作是言甚爲希有如是億數諸菩薩等於諸佛智隨分得證我等今日亦應勤求如是妙慧尊重恭敬供養如來如此億數諸菩薩等尊重恭敬供養如來亦願我等於是法中當得斷疑更於一切諸波羅蜜中常聞解說摩那婆彼等若能學汝所行當得大利

大法炬陀羅尼經卷第十一

音釋

揩口皆切拭也　浣胡玩切濯衣垢也　棓步項切與棒同　鈇鋸鈇方武切與斧同鋸居御切刀鋸也　穳矛穳子算切槊也矛莫浮切鉤兵也　悸其季切心動也　忖倉本切思也

大法炬陀羅尼經卷第十二

隋北天竺三藏法師闍那崛多等譯

問等覺品第二十八

阿難爾時眉間白毫梵天白放光如來言世尊如彼億數諸菩薩等發是法言佛陀佛陀者彼於是中見何義故而諸菩薩三稱佛名善哉世尊是佛名義我等樂聞世尊一切衆生惟知言佛而竟不知佛者是何何故名佛佛爲何句如是等義願爲解釋令諸聞者獲大功德佛言梵天諸佛世尊有三昧名師子奮迅諸三昧中最爲殊勝若人能入此三昧者得一法門名曰離行能具演說諸佛名字乃至具足力無畏等此等皆是師子王法不可降伏我今當說梵天所言佛者彼諸菩薩大聲唱言能於生死得覺悟者彼名爲覺故言佛也梵天復言世尊云何名爲得覺悟者彼名爲佛佛言梵天一切衆生長夜大睡是中一人能覺悟已即知衆生一切皆睡大睡深睡我今既得如是覺已云何當令一切衆生除斷睡眠同得斯覺梵天是爲第一以覺義故稱爲佛陀時彼梵天復白佛言世尊更有何義而名爲佛佛言梵天諸佛世尊有一法門名曰觀三世輪彼應先覺既覺知已然後解說云何解說所謂不著過去世也云何不著能斷三世一切障礙故名不著是諸衆生不覺知故便爲障礙彼等衆生與欲和合是故有著又以愛著希望分別即生憶念彼憶念時不能清淨云何名爲不清淨也此法應覺而不能覺不能覺故即成昏睡若昏睡者則名不覺彼於睡時更起夢想夢見覺時

所作衆事凡是過去所經歷處了了分明如是夢心不知是夢但謂是覺所作皆眞因此復生未曾有想未曾有想即是亂心以亂心故便致損害是故如來見諸衆生没在煩惱深重睡中永被昏蔽無有覺期即起悲念我當云何令彼衆生得免斯害我今惟以所覺一法覺彼衆生害自除耳如是念已次第爲說教授之法梵天是爲第二以覺義故稱言佛陀梵天何等名爲第三覺法此爲示現未來未作相故如過去事如是曾有如是處所如是父母乃至如是名姓等如是有故云何名爲未來有也以彼但有言說相故若有言說則便具足有爲諸行如來覺彼故說未來有爲具足便成障礙汝等於中莫造如是十二緣分彼因緣分是分別法如來覺已爲他

解說梵天是爲第三以覺法故稱言佛陀云何名爲現在世事謂說現在色示現過去未來故云何爲說現在世也此現在世不可得見云何不可見所謂是處但有名云此是色不可見故而亦名爲見云何名見見即不見故以是因緣此現在世無有邊際可得見也所言名者亦不可見無苦衆生故彼亦是無云何無也是中但有數故彼迦羅邏等諸大無所有云何無所有於刹那間有爲諸行無住處故何以故若彼迦羅邏住處經七日即名頞浮陀如是次第七日一數乃至滿足九月在胎住處是故如來畧說斯事一切聲聞辟支佛尚不能知何況世間一切凡夫此諸衆生本所不知未曾行處故如是此中迦羅邏住處事等今當更說於母胎中時念念不

住以不住故即生即老即死即墮以不住故即於彼彼生處受生如彼所造有爲諸行世間衆生迷惑覆故本無迦羅邏處言見迦羅邏本無頞浮陀處言有頞浮陀彼所造作有爲諸行既無云何得說有名字也如是乃至一切諸佛世尊所有菩提法皆亦不可說梵天諸佛世尊應供正徧覺過去心願力亦無住處未來教法彼亦無住處乃至今者我及一切諸如來應供正徧覺皆在無量無邊世界中現住說法梵天如是現在諸佛世尊所有教法當知亦無住處可得何況此四大身之所住處而可說也如是諸法生處出處皆不可知梵天諸佛世尊分別法義爲他演說是中一切世間衆生見彼言說即生執著云何見著諸凡夫人作如是念唯有如來能得覺法然而彼等不作斯念是中如來何所覺也其有三十七助菩提法如來如是覺耶爲如凡夫所見見有我見有人見有衆生有壽命有丈夫有作者有受者乃至見有陰界諸入如斯覺耶復次梵天於彼無生法中誰爲能覺誰受覺者梵天若佛如來作如是念我覺諸法我得諸法是則如來不捨我見梵天是故如來不覺一法亦不得一法梵天如來惟以具足大慈見諸衆生墮彼無明大黑闇中欲淨衆生心智垢故引譬喻方便示現說法名字句衆拔除世間令出生死故以諸譬喻方便爲說終不令彼執著過去未來現在三世事也梵天若彼衆生不著三世既不著已即於如是眞實法中立無我行既證無我不復退還夫退還者所謂於彼三世之中往

來輪轉也梵天彼諸衆生妄分別時作如斯念此過去此未來此現在彼若如是妄分別已則不捨我執若有我執於三世中多起妄見是故決定於一切處應捨我想何以故若有執著名爲愚癡以愚癡故爲他所縛梵天譬如網鳥之人布食於地諸鳥彼時爲食來下如是衆鳥以食喪命如是梵天若人不知證出三世是人長夜自受殃苦亦復損他何以故如彼諸鳥以少食故遭遇大殃如是如是有諸衆生躬在我前承事供養而亦不知我說何法爲誰說法何處說法然彼於此可說聞法尚不能知何能知彼不可聞說究竟涅槃是故要當發大精進熾然願求然後能於如來所說方便密法可得知解

三昧因緣品第二十九

佛告阿難時天帝釋白彼放光如來言世尊何因何緣先此億數諸菩薩等請問法門如來不即爲其解釋因此詣於祭火王園如來世尊任其所趣而亦獲斯大利益也爾時放光如來告天帝言憍尸迦汝問何因緣故彼諸菩薩請問法已如來不即爲解說者汝等諦聽以彼菩薩往有所願乃於如是無礙行處生不信心以是因緣我先令彼諸菩薩等詣王園林入大禪定自思法門何以故憍尸迦彼諸菩薩已於過去經十四億諸如來應供正徧覺所修行供養彼所作事諸菩薩等以三昧力明了見知既念知已觀諸世間唯有如是生老死墮移處轉生彼諸菩薩於十四億諸如來所請行法時亦有壞信諸菩薩等以好爲惡起願行故今處地獄仍受重殃

諸菩薩等覩斯事故心生大恐既恐怖已於有為法發猒離心咸作是言嗚呼世間大苦我從昔來躭樂懈怠不信如來謗毀法僧多興惡業無事不為以是惡故將恐同彼往昔菩薩於十四億諸如來所生不信心惡行菩薩墮地獄中願勿令我受如是法亦勿令我墮不信地彼諸菩薩發是願已於如來所正信不壞發歡喜心發是心已即得住於不退地忍時天帝釋復白彼佛言世尊斯諸菩薩從何處所能生是智知見往昔十四億數諸如來所修行事也佛告天帝釋是大智聚還是如來之所顯示云何顯示於彼如來應供正徧覺入於師子奮迅定時佛神力故令諸衆生咸得寂定發生知見皆覩過去所經諸事彼等由是三昧力故即得破除無明㲉藏

如師子王大鳴吼時悉能驚怖一切禽獸無問强弱若行若住聞彼吼聲各藏巖穴譬如雲霧徧滿虛空大風一起須臾磨滅爾時空中所有諸星乃至微小一切皆現月輪明朗威光普照如是憍尸迦如來入此師子三昧為諸衆生一切無知無明藏聚自外諸餘所有煩惱莫不咸作破滅因緣昔來所造一切善根自然清淨無復煩惱咸皆緣此三昧力故爾時天帝釋復白彼佛言世尊我等樂聞彼諸菩薩林下所入三昧名字惟願解說我當受持爾時佛告天帝釋言憍尸迦汝今諦聽善思念之我為汝說諸菩薩等三昧名字力無畏等憍尸迦諸菩薩等彼時所得三昧有三種決定斷疑何等為三所謂入世間巧方便三昧即初住大乘菩薩三昧初憶念時

後成就時轉寬大時天帝釋復言世尊云何名爲入世間巧方便三昧佛告天帝釋言憍尸迦有菩薩摩訶薩入一三昧名曰淳至以彼三昧力故如是三種方便業藏可得證知是中入世間巧方便三昧已然後復入三教業藏見一切法同於虛空言世間者所謂世間衆生所行作處往來處輪轉處著我行處著我所行處著衆生行處著有無行處昔來所作或裸露形體或熱時重覆或觀天變或察地動或占日月或視星辰或相人形貌或往還良日諸如是等妄說吉凶或習世間禮儀書數算曆一切技藝或行呪術祕方工巧種種事業或賫貫往來爲他使命或共他語議好爲諍論或所不應說輙即出言或棄正思惟起諸惡覺如是等事名世間也其有菩薩初住乘者隨順世間所行事業一心專念相續不斷亦如絲縷無有絶時以不斷故沉溺我想於我想中專心執持分別如是世間諸事既分別已即於菩薩荷負事中深生恐怖以恐怖故諸佛世尊即便放捨不爲說法憍尸迦如來云何不爲其說以諸凡夫種種受身彼等受時爲愛所縛世間之事無所不爲放逸亂心造諸逆罪以造逆故惡業具足是故如來不爲其說憍尸迦以是因緣諸佛如來應供正徧覺不記是人當來作佛憍尸迦彼愚癡人無知無解殺父害母及餘重障佛法僧所憍慢放逸躭著我想癡如小兒彼作是已佛不爲說憍尸迦汝今當知非佛世尊於衆生所有祕悋心而不爲說復次憍尸迦如是三昧於三言教阿字爲初然後方顯

四十二句阿字初句五五爲分其四十一句一切名字展轉相呼當如是知憍尸迦譬如羊毛入諸染色隨所入處得種種名或青或白或赤或黄或絳或紫或同玻瓈如是諸色隨本受名如是憍尸迦是中阿字於一切語言最爲初首餘四十二字隨助音句和合莊嚴攝持比類轉生諸字與諸語言辭辯相應勢力清淨眷屬相著彼等皆攝阿字門中憍尸迦是爲世間語言成就法亦能巧成世間三昧雖曰三昧猶是退法以退法故但損減心心損減故不能牢固成就諸根根不成故不能勇猛發勤精進以精進根不成就故則不能荷菩薩重擔而亦不能說法教化得三昧時設能成彼世間諸事然出離者不須常修復次憍尸迦更有三昧名通達法界唯不退轉菩薩摩訶薩於三世中皆能成就云何名爲通達法界如是菩薩因此三昧得念智力名曰斷染知此大地最極下際住於水上普皆柔輭破壞分裂有空缺故更以餘種山石相依合和成地如是中間無空缺處以得清淨薰修知見力無畏等故於地界中無有障礙皆悉能作種種神通一彈指頃能於大地出沒往來憍尸迦譬如城邑聚落之外有大水池於春夏日多諸女人入是池中遊戲澡浴彼於水中或出或沒或往或來自在無礙如是憍尸迦菩薩得此通達法界勝三昧時以神通力於大地中出沒自在亦復如是然彼心初不取地相唯念風輪而亦無有風輪相想彼菩薩變化自身亦復如是無有著處而見其身住在空中如是觀已即於其間

飛騰虛空然後化作微塵之身徧滿虛空人眼不見彼風輪界持心亦徧轉更增闊一切如風身雖不現然是化身滿彼空中作虛空想雖於此身作虛空想而終不離諸界覺知如是知已住於虛空住虛空已念無法想亦無爲他現身相想是故復能以彼多身合爲一身又能徹過山石墻壁無有障礙亦能履空如地於虛空中行住坐卧具足如是種種神通菩薩復念所有水界知彼水界本所住處因彼水界復如是知此身亦爾如彼水界有如是色住是中已復念水界住是中故便能更念大雲輪界知彼雲輪所從來處唯因緣生雨從何來亦復如是觀彼行處皆分別知是中有雲無雲有雨無雨皆如是知但從因緣生世諦事作如是入住是中已因放大雨彼二和合潤洽大地所有卉木樹林衆物如是一切皆依大地以水潤澤彼得生長有智之人取彼草木及加功力火遂得生彼火生已然其自體所生之處是中火業還自燒彼本生草木況復餘物是故阿字得名爲火亦名爲然而彼復以地在水上故言地界是地所有叢林樹木以水潤之故得增長然後出火彼火因風轉更增盛而彼菩薩復作是念斯皆作法所謂因地出火而住虛空是火及風二共和合故知此等但有生滅見生滅已得二神通而彼風輪即第四大非色法故眼不能見彼唯觸故是身所知耳不能聞餘無所覺不可執持上行於空下迫於地飛沙走石散土揚塵世間愚癡憶想分別言黄黒風此來彼去而實彼風不可覩見何以故彼

風從空因緣而生無住處故憍尸迦如是次第風界不可見依彼虛空無有邊際故謂之大是中菩薩依於虛空取彼風相觀見自身無有身分知身無分即是實智得彼智已入於風界處風界時除去一切皮肉筋骨解脫衆縛無有住處如空中風隨所欲作神通變化如意即成於彼風中無覺知想何以故心風和合久熏修故復作是念此虛空中都無所有無可依處云何執著如是念時隨欲生處即得往生彼能如是攝持具足於中不著亦不被縛雖生惡趣正念現前若生若死如是等處以心風故分别生死而於生死亦不覺知如彼風界不可攝持不可執捉不可眼見不可心知不可智證不可言說四大事業皆悉如是以無邊心如是覺知云何無邊謂佛如來於眞實中不說諸界彼諸法中具足而有希有之法然無說者復次憍尸迦若諸菩薩有如是等勝神通者名得神通心得自在云何名爲心自在也彼心能得自在用故復以何義心得自在知此四大無識無心是頑礙法徧一切處無際無邊然而彼心復能入是無心法中分别稱量如彼地界頑礙無邊是中能生種種草木枝葉華果復有種種寶樹寶柱復有種種衆生依住即於彼中復有可見不可見者所謂地界依水水界依火火依於風如是一切皆悉稱量是中地界者所謂皮肉筋骨爪齒乃至髮毛等水界者所謂淚汗膿血洟唾乃至大小便利等火界者所謂暖熱溫煩乃至自惱惱他令食消熟等風界者所謂語言出息入息乃至屈伸往來

等如是一切彼皆分別旣分別已而復思惟今此四大無有邊量世間衆生知見此身則有邊量云何得言無量無邊而復名爲有量有邊也彼復思惟今此諸界無邊量者以彼心界無有邊故令是業行亦無有邊乃至顧智證作語言皆亦無邊何以故以彼本來無生無邊故若彼未轉生死衆生或時可作如是分別有邊量也彼復思惟如此諸大四種界聚無邊攝持是故我今應當發彼無邊神通亦應成就無邊神通亦成就彼無邊智業乃至成就所有種種無邊語言而教化彼諸世界中一切衆生所有心行作業生死有所取時凡諸所受種種果報種種語言悉皆應知乃至於彼生死有中作業法用行事功能亦應悉知復應現彼聲聞藏印悉令成滿三十七種助菩提法亦當於彼無佛之世現辟支佛利益世間惟以如是力無畏等現彼種種神通教化阿難時彼放光如來復告天帝釋言憍尸迦若當用是三昧豈不得彼一切智也天帝釋言世尊如是法中得心自在故佛言憍尸迦汝先所問何等三昧能生智業者憍尸迦復有三昧名建立上昇此諸菩薩摩訶薩等於彼林中入此三昧入三昧已斯諸菩薩而出上故故言昇上亦是如來方便語言增長如來方便語增長已能於如來一切巧妙方便事中無不持者無不入者無不覺者彼旣覺已即於一切世間所有有爲相續諸行法中起不樂想憍尸迦云何於彼起不樂想是處無一衆生能無過者皆以有過故後時受罰帝釋復言世尊罰何事也佛告

憍尸迦此義可知而不可說何以故我今不可為是衆生具說斯事唯應為是諸衆生等畧論斯耳憍尸迦如來世尊具畧說法唯於世界假名處行非為第一真實義也憍尸迦汝於先世大樹善根而未顯發猶如猛火在深坑中厚土覆上亦難顯現憍尸迦於意云何彼火雖盛被土覆時得為火業焚燒用不不也世尊彼火既覆無所能為佛言憍尸迦汝應思惟如來所說三種言教業藏法門具足分別憍尸迦汝當思念 如來世尊師子奮迅三昧憍尸迦汝今應念寶火如來應供正徧覺出濁惡世汝於爾時已種善根方便果報於彼衆中得為第六菩薩摩訶薩阿難爾時彼天帝釋從佛得聞往昔之事即能憶念過去九億諸如來所發菩提心行菩薩事憶念是已生大歡喜由諸如來熏修力故勤行不息法義不斷故令問佛而得加持阿難時天帝釋即從座起偏袒右髆右膝著地合掌向佛而說偈曰

誰知佛教者　入此總持門　誰能分別問
巧方便無礙　知時而為說　非時聖不言
善達時宜趣　如來開法眼

阿難時彼帝釋憶念過去九億佛所諸願行事了了分明猶夢所覩晝曾更事皆能憶知此亦如是過去所有一切事業分明了知無所疑惑所謂彼時住處皆悉覺知及彼色相今雖不現亦皆了知乃至彼時思惟分別諸所作事亦皆了知不作邊界彼時復作如是憶念夢從何生彼即思惟知從緣生爾時天帝釋既知此夢從緣生已即以如夢中想觀

觀彼世間見過去世種種往事如是知已更以過去夢觀方便思惟稱量稱量何事謂我所覺我所覺者我及衆生處處流轉輪迴大苦如是受已復以現在方便悉皆觀見過去世時有如是事而於彼等諸如來所成就善根滿菩提道彼所作事所謂過去名等此亦可得若可得者而我彼身今在何處又彼過去諸佛生身復在何處亦於彼時有諸聲聞得漏盡者身及神通功德勝事復在何處若無如是名事處者如來世尊何因論說是故定知過去爲有彼復思惟我今自可以所思念請問如來決斷疑網阿難時彼如來知天帝釋心有疑念即復告言汝憍尸迦生是念者可謂疑惑未盡除故憍尸迦汝向可不如彼夢想憶知此事耶然彼夢事既不可得唯見往昔曾所更事而言說耳憍尸迦汝若如夢而知如佛如來說於往昔所經之事定如是解如是持者是爲執著云何執著所謂念過去事不可於過去事中而生執想何以故彼但是無是故不可於彼無中而生愛著汝今已於無法生分别者憍尸迦如是一切義於中思惟分别所起所說之處所有依著皆不可得應如是說如彼過去事皆是無今唯以智知彼曾有而過去實無然此三世其義已決云何已決所謂世者世也是故汝等於是法中應知印相云何印相此義眞實不可破壞我爲汝等如是種種開發顯示此有無義汝亦不可以世辯問是中唯應須作如是言教事也今汝等爲何事故在佛前坐而汝等本爲次第入我方便說中云何於今更生

疑網憍尸迦汝今猶於如來所說法處決定施作穢濁事耶憍尸迦汝等莫於如來法中施造穢濁何以故諸佛如來應供正徧覺所說清淨無有穢濁阿難彼天帝釋復白放光佛言世尊我於此座聞是方便微妙譬喻生此疑心如如來說雖然而我復疑我等前在須彌山頂於佛所說我思念時有一經典名曰曠女來現在心以是因緣我得承佛勝大威神故於今者敢興斯問如世尊說夢想譬喻知此事已除斷我等過去所有一切疑心惟願世尊說是經典今我等聞佛言憍尸迦汝所問事未可斷者但此億數菩薩少有正問事宜先決然後得說此修多羅斷汝所疑又憍尸迦爾今且還須彌山頂旣住彼已我於彼處化一蓮華名曰珠水天華汝宜少時住彼根下時天帝釋如是念如來世尊放棄遣我以我問此曠女經故我於今日當承聖旨義無違逆時天帝釋即從坐起至須彌山頂住彼處已復作是念我今且住自宮聽佛世尊垂慈念我我當歸敬

大法炬陀羅尼經卷第十二

音釋

頞 烏葛切 裸 郎果切赤體也 賁 式羊切 賈 公戶切 卉 許偉切草之總名也 洟 他計切 唾 湯臥切 髆 補各切肩胛也

大法炬陀羅尼經卷第十三

隋北天竺三藏法師闍那崛多等譯

供養法師品第三十

佛告阿難爾時有一天子菩薩摩訶薩名須夜摩白放光如來言世尊我等在於林間有所思念初來歸敬佛世尊時皆已詣白時放光佛從天菩薩聞如是語即以神力出大音聲作如是言如來今者還欲說此三種言教業藏法門其聲徧此三千大千一切國土及餘無量無邊世界所有衆生無不聞者時彼億數諸菩薩衆聞是聲已皆集一處彼大衆中諸天魔梵及餘無邊諸世界中人天魔梵一切大衆皆悉雲集以佛力故所作事業咸皆休息俱發大聲稱南無佛復同唱言頂禮諸佛爾時諸菩薩摩訶薩衆因言聲故即時獲得如虛空等願力加持時彼世尊知諸大衆咸皆大集如是唱已教念彼聲不緣餘事因是語故憶念思惟即能成就一切佛法爾時彼諸菩薩摩訶薩復白放光如來言世尊今正是時願爲我等開示如是三種言教今此大衆咸皆一心佛告諸菩薩衆言摩那婆汝欲聞是三言教也諸菩薩言如是世尊佛言摩那婆此陀羅尼經中有三種言教方便何等爲三初句方便名曰尊重能令聞者歡喜受持菩薩復問佛言云何尊重歡喜受持佛言以能斷疑事彼尊者而不頓說但於彼行印相少分漸用顯示云何彼行示現印相所未聞法皆今觀察然彼行人於三月中奉事尊者然彼始得此三言教時彼須夜摩菩薩復白佛言世尊行人求法爲彼尊者說法

大師敷設何座令三言教常現在前世尊彼藏有何相貌何名業藏又是藏中藏何等事令不減少佛言摩那婆此三方便彼說法師常現前行若行一方便即得一藏何等爲三方便行者於阿字門入第一方便藏即第一因入初言教於迦字門入第二方便藏即第二因入次言教於那字門入第三方便藏即第三因入後言教是中因教化藏三句和合令彼阿字迦字那字與人言天言非人非天言相應也是三種事皆入彼陀羅尼中第一言教事當成初方便應如是持第二言教事當成相業方便應如是受持第三言教事當成不壞盡至方便應如是持是中盡至方便者是彼法師所成就業爾時應當選擇地分縱闊正等一百由旬若二百由旬若寬博處過去曾有一億諸佛於中入涅槃者應於是中建說法處何以故彼億數諸佛入涅槃處即說法處然於後時當有法師於此出世彼說法師出現世時有何像貌若諸比丘及優婆塞已曾供養億數諸佛於如是等三言教藏即得現前既現前已具足明達三種教藏如是現前明達三藏其必能說三言教門善言教故便得藏法既得藏法亦得阿等三字句法遂能成就方便法門若有如是比丘及優婆塞爲說法師宣傳之處爾時則宜以十六侍者承給所須及以衛護其十六人分主四事初四人者主爲法師敷設牀座若敷座時不得過高不可傷下不得兩梐不得兩脚彼高座亦應當以十六重衣莊嚴綺飾次四人者常爲法師營造飲食所謂羹飯餅粥種

種上饌五味調適生熟得所冷不傷氷溫不過熱乾不枯燥膩不極肥清淨不汙營造如法次四人者主爲法師往來城邑外假所須若衣若敷若飲若食若藥若湯凡是所須依時奉上不令法師事有所乏次四人者主爲法師禦侮防非侍衞左右法師命作悉能爲之恭勤匪懈不憚寒暑隨逐往來無間明晦寧不妄舉言無詭謬常應如是恭侍法師若諸法師具足行能堪受如是種種供養當於此時則應爲物大師子吼汝輩亦應於彼師所生大希有尊敬之心何以故如是之人難可值遇所以者何以能供養億數諸佛於諸佛所種諸善根雖在凡地能說如是三教藏門若彼億數諸佛所作今此法師亦能作故摩那婆是中更有何等希有若諸如來弘宣妙法是最希有若於無量阿僧祇劫所能成就佛菩提法復爲希有或一衆生而能於中不變不異說如斯法是亦希有摩那婆或復有人但能供養如是法師即爲供養億數諸佛何以故如是衆生甚難可得未坐道場已能具作諸佛大事故摩那婆汝等應當信如來語諸佛如來言無虛妄摩那婆諸佛如來無所乏少摩那婆如來或以一衣一食隨如來欲幾所時住即能得住但是諸佛見彼當來無量劫中無量衆生故爲說斯言教法耳摩那婆世間少有直行衆生惡世衆生多行諂曲造衆惡事摩那婆以是因緣我於今日教誡汝等未來世中莫作是行汝等常當念如斯事是故我今付囑汝等復次摩那婆若彼法師說是法時得自然辯無有斷絕摩那

婆如阿那婆達多龍王不被四惱得大神通出四大河流注四海隨餘須處皆得受用摩那婆又如阿那婆達多龍王除四種惱放大水聚如是摩那婆彼諸法師解脫四種亂意之事得正定意以慈愍心為大衆說深法義時所有樂法諸衆生等悉皆充足他佛剎中樂法衆生聞此法已亦皆通達如法修行於彼法師說法之時有五種障何等為五有羅剎女名曰愛欲為欲惑亂彼法師故處虛空中以諸異言令法師惑若彼法師心迷亂者應當一心專念彼呪於說法處常須安置如來形像莫令廢闕亦勿斷絕種種香華彼女見已即自迷沒乃至說此三言教訖令彼法師及聽誦者皆得明了無有障礙爾時須夜摩菩薩白放光佛言世尊所言藏義我今欲問云何名藏藏有何相何故言藏佛言摩那婆此如來藏名為無意云何此藏名無意也摩那婆有人出世具足大力彼自思念我力能令如此大地除諸山石乃至亦令無有塵土是人念已即取鈇钁加功掊掘乃至盡形地勢無損如是次第設令一切衆生皆盡形命攻此大地終無能損大地界者如是摩那婆此如來藏其義亦爾假使一切衆生及阿羅漢辟支佛等終不能盡摩那婆所言藏者其義如是具足圓滿無有減少假使一切衆生及諸聲聞辟支佛等咸取此藏分散開示亦無減損故名為藏如此藏者本義無減何有天人世間能盡減也摩那婆假有因緣一切水界可令消竭世間風輪可使不動一切日月可令滅光一切星宿可令黒闇而如來

藏終無有變不減不盡故名爲藏摩那婆此言教藏有無量種方便業門具足成就我說少分汝應受持爾時須夜摩菩薩復白佛言世尊此三言教所有方便應當得者我等樂聞佛言摩那婆如是人天非人非天三種言教法藏門中初一言教名曰空門第二言教即無相門第三言教是無願門摩那婆今此三種言教方便業藏法門皆當可得須夜摩言世尊所言人天非人非天三種言教即是空無相願三法門者是中云何能令三種和合相應佛言摩那婆汝今問我云何可令和合相應者是謂阿迦那等三字句門今當和合是中阿字是陀羅尼方便迦字是和合方便那字是盡至方便云何阿字方便應當奉持乃至云何那字盡至方便應當證知摩那婆是中人言教者阿字爲本天言教者迦字爲本非人非天言教者那字爲本時須夜摩復言世尊彼阿句處即人言教方便云何和合是陀羅尼是陀羅尼云何復與空門和合相應世尊彼迦句處即天教方便云何和合是爲和合知是和合云何復與無相和合相應世尊彼那句處爲非人非天教方便云何得與盡際和合如是盡際云何復與無願和合相應云何阿字人教中和合云何以智知也云何迦字天教中和合是無相云何以智知也云何那字非人非天教中和合盡至云何以智知也佛言摩那婆阿字和合方便者心爲根本是大陀羅尼方便以呪力和合節損食飲無餘思惟合彼空想入空三昧爾時無復聲息應當稱量阿字入陀羅尼須夜摩

言世尊云何得入陀羅尼佛言摩那婆彼十四句入陀羅尼此等以爲受捨之句阿字與瑟吒字於此字中有二餘句奢字婆字是作語言說不動句摩那婆言教方便初入阿字及陀羅尼乃至於空是人言教汝等當學如是學已從此更當得餘言教半月思惟一心精誠當令自身肌肉損減摩那婆如是等句善思惟已若當證知天言教者爲衆生故莫起懈心須夜摩復言世尊如是等句云何當得成善思惟佛言摩那婆是阿字等十四音乃至盡於瑟吒二字皆共和合一切言教受持取證於是諸佛藏中所有諸事汝等當見須夜摩復言世尊應當分別阿等十四音云何彼時瑟吒爲障佛言摩那婆由此阿字別入餘事是故瑟吒與阿爲障汝等應知阿及空門人言教業須夜摩言世尊何者人業佛言摩那婆人言教者可知可持不耶須夜摩言世尊可知可持佛言摩那婆是中可知者云何觀彼陀羅尼門不住法義不住心智以不住故爾時即當捨於業藏此中摩等諸字五五爲分善能住持空及方便書之板上法師受持其阿字者說人言教於彼板上一切方便是皆得名爲陀羅尼所有言教不可見者板上見故彼中別有五字爲分第一句者名爲娑字若彼法師得如是義義便究竟如彼迦字和合祭祀諸天教者不入此義云何不入如迦爲第一有二十一字字爲一句如那爲初首有七字爲句三教方便如是受持此三言教阿迦那等彼義不斷能作和合若能和合即能方便言阿字者是說我也言那

字者說非我也須夜摩言是中阿我義復云何佛言阿字我者須入乃知須夜摩言如是阿字云何當入佛言如前喻說如彼幻師以種種機關現諸幻事汝等當知應如是入須夜摩言世尊彼阿字門復有何義佛言摩那婆彼阿即是最初教門應善受持勿令散失又復阿者無相無明非實解脫諸句和合用乃相應如羅鳥網衆縷和合相應繫縛當如是持須夜摩言世尊彼第三句那字門者是義云何佛言摩那婆如彼河岸不動不流那字如是當善受持應用呪法莫令斷絕若受法人欲行呪法令不斷者彼諸法師欲說法時斂容端坐先誦呪曰

怛經他　阿迦那　阿迦男迦那　迦那迦那那迦　迦迦那迦　阿迦迦那迦　迦那阿迦那迦迦那婆鼻殺帝　夜他婆鼻殺帝　多他摩迦夜他迦迦那　多他婆鼻殺帝　多他婆鼻殺帝舍　那迦舍那迦那　迦迦舍

法師爾時眷屬圍遶即得成此加護方便護方便故令彼法師心不動亂說法不斷滅除欲執須夜摩言世尊云何欲執佛告摩那婆所言欲執猶爲向時羅剎女名彼無信心既聞說法謦欬音聲即與無量諸羅剎女圍遶而來彼作是念若使斯人說法教化必定當斷我等資須永不復得華香祭祀亦不得彼飲食衆具乃至不得驚怖恐動何緣更得奪他毫氂彼懷如是媢嫉之心於說法時作諸障礙種種方便迷惑法師摩那婆汝等當知如是法師未誦呪時或被擾亂既誦呪已不可傾動摩那婆如是法師因以呪力護方便

故即得說此第一言教諸羅刹女不復更能爲作留難然彼聽衆亦當諮問法師如何致是迷惑法師爾時若覺察者大衆復當諮問法師諸有所須一切供奉若不覺者當應如是導授法師今者速須一心觀察是陀羅尼甚深法句旣能觀已則得覺了十六侍者常當如是承事法師滿足六月誦呪所須盡皆備與無令乏少斷絶呪業摩那婆爲令衆生發智根故勿以懈惰擾亂法師若於法師所須之時或爲障礙闕減供奉是人則與一切衆生爲法障礙復次摩那婆令我衆中有諸比丘勇猛精進聲聞漏盡得阿羅漢所作已辦具大神通是中最勝有二上人一名爲頂二名龍德是等比丘作神通時即能取彼四大海水安置掌中又能持此三千大千世界大地一切所有草木叢林及以諸山若須彌山若鐵圍山大鐵圍山等是中所有若人若天若畜生所攝象馬駝騾驢牛狗等若諸龍夜叉乾闥婆阿脩羅迦樓羅緊那羅摩睺羅伽人非人等如是一切皆内口中隨所欲去任意而行所應作已還從口出其間衆生都不覺知已之所處出入往來乃至無有嬈害驚恐又以三千大千世界一切魔王及諸魔衆盡内腹中往來如本然是龍德比丘所獲希有神通力無畏等假令無量無邊劫中欲說少分終不能盡是故如來入涅槃後如此世間無有威德大勢力時一切惡魔及諸外道不可降伏法師爾時應明誡告彼諸檀越及受法人汝今當能護持是法及以我身一切聽法及受持者不彼人應答我今定當守

護是法及以法師幷受持者乃至告彼十六侍人汝爲法師辦諸供調如前所許分勿違異何以故若無護法是時法師設欲施造諸利益事皆不得行若有諸人守護法師復令所須得無儉乏是人所得功德善根吾今爲汝說其少分摩那婆譬如阿耨達池及四大海所有水聚總置一所若復有人手掬此水東方過恒河沙等世界之外始下一掬如是次第所有阿耨達池及四大海彼諸水聚一一皆悉掬置掌中展轉東行擲過恒沙世界皆令竭盡南西北方亦復如是摩那婆彼諸世界所說名字一一名字皆分別知爾許世界彼諸世界滿置七寶上至有頂如是衆寶盡皆持用奉佛及僧過恒沙劫皆具三種淨心惠施如是布施所得功德持以比前守護是法及護法師功德多少百分不及一千分不及一百千分不及一百千億分不及一如是乃至過彼算數譬喻亦不及一何以故摩那婆以彼法師能成佛事是故護法及護法師獲得如是無量功德摩那婆我今爲是人言教故說阿字門如是次第入於法義須夜摩復言世尊所言義者其事云何佛言摩那婆汝等於此言教義藏所得多少隨分受持若汝受持此陀羅尼方便門者汝等不久當得成就何處成就謂虛空行處云何成就如是無量如虛空等言教中故摩那婆以是因緣如來世尊若見衆生有信根器堪受法教捨而不說或時來問復不爲解如是如來則爲不善摩那婆有諸衆生聞說如是三種方便言教之時初無識解不覺不知終不分別

如來所說然佛世尊住於大慈觀無量劫爲衆生說摩那婆是諸衆生聞法不受雖得人身而常愚苦臨終之際若受後生更增重惱是故汝等常應說法摩那婆譬如有人於盲者前多設燈燭而盲不用如失心者裸露而行終無慚恥雖施衣服彼無受心如是摩那婆彼諸疑惑愚癡衆生聞說不受亦復如是時彼世尊以偈頌曰

如狂者持蓋　若瞽設燈燭　裸形擔衣篋

彼愚夫亦爾

摩那婆是故汝等常應思惟如是法門何以故摩那婆此佛菩提甚深微妙終不可以淺智能知所以者何我今現在說如是法彼諸衆生尚不能受我滅度後云何能入難入法中摩那婆是故汝等於彼智中常當精勤勿捨重任汝等既知此法藏已當應一心枯竭血肉持是難入三種言教方便業藏於此三句阿迦那等語義不斷不捨身業不亂諸根常發勇猛大精進力護持開示如來藏已常應念作如是等事爾時彼諸菩薩復白放光佛言世尊如來曾說諸佛世尊凡所演說無有覆藏然則如來壽命半劫法住一劫世尊劫盡燒時如是等法當住何處世尊諸修多羅不現之時正法當滅如來正法當云何滅佛言摩那婆汝今莫問如斯之事但念受持如是言教阿難時須夜摩菩薩白彼佛言世尊此三言教根本不斷十二句者世尊先已爲一句門少分開示譬如有人作如是言我今獨有如是身力如是脚力能速疾行我先跨躡須彌山頂然後當步此大地邊彼人爾

時將發巳宅復作是念我今不久盡東方邊如其達者恣意極觀如是念巳即復前行計其途路亦不過有數拘盧舍便巳告之欲進不堪彼先自言支節壯健能速疾行如是諸力非但頓盡乃更破傷何以故彼愚癡人雖曾耳聽東西南北諸方之名然未思量地無邊際妄生是意步地登山是故始行二拘盧舍而彼身足皆巳傷損何能徧達一洲邊也世尊我亦如是然今於此無量無邊無有限齊修多羅中一句文義尚不堪受況復能盡諸佛如來應供正徧覺大智境界如世尊爲我等說東方無邊一切世界如是南西北方四維上下乃至十方無邊世界如來如是一念悉知又彼諸世界其中所有一切衆生一切心行一切發心一切思惟前後無窮乃至所經刼數多少如來如是一念悉知又彼一切五道衆生於中所有如是業緣如是果報如如來說無有變異於一念中如來悉知以是因緣我問斯義世尊諸菩薩等無有諸功德事而不知者世尊我等覺知如是義故所以諮問世尊我等旣覺如是義巳不捨語言世尊我等不捨斯語言故大集勝論如法成就世尊應於如是教藏法門開示我等我等亦當如教體知爾時放光如來讚彼須夜摩菩薩摩訶薩言善哉善哉摩那婆汝有如是大深淨心巧方便行今日乃能悉意問我而實能作方便譬喻善發斯問如如來心雖然摩那婆汝等應當精勤學此所謂問如來事何以故如來境界難可得知諸天世人所不能問所以者何摩那婆世間無有薄福衆生

不種善根而能值遇諸如來者如來世尊亦不爲是無福衆生宣揚法義如來於彼亦不出世摩那婆汝等前在祭火王園立於樹下入定七日彼時汝等所因發心專修精進得生此忍摩那婆汝因是句得不退忍由此忍故得受佛記汝於當來必定成佛號曰如來應供正徧覺摩那婆豈彼諸天世人有能知此深智業也唯是如來應正徧覺之所知耳摩那婆所有十二句解釋義者斯亦可以一句說盡世間無能唯除諸佛如是之事誰當信知亦唯諸佛汝等於是尚非境界況復餘人是中如來依他說法而令餘人知已修行摩那婆諸佛世尊凡所演法令如說行云何名爲如說行也於是法中讀誦受持修行作業禪定覺知諸功德等餘法句中本所不知而今悉知摩那婆所言名句者謂彼語言從他得聞聞已修得然後證知摩那婆如彼諸樹根不可得如根莖亦不可得葉亦不可得華亦不可得果亦不可得彼根葉等不可得故當知一切皆不可得既不可得云何可說摩那婆此處微妙難解難知若知是根是莖及華果等則可言說若不知根求是葉等則不可得摩那婆是中唯一假相可得摩那婆如是一切汝等當知無取世間作第一義相如來要當爲聲聞人說戒行業如來復當更爲他說如是等法摩那婆汝等應於如來所聞當如是聞如來所見當如是見乃至得證當如是得亦如是證摩那婆如其彼樹有可得者彼根彼莖乃至華果皆亦可得若使彼樹不可得者根莖華果云何可得如是摩那

婆若彼一切法中諸助道法以名字故是可得者乃至涅槃亦皆可得若彼助法不可得者如是涅槃云何可得摩那婆於彼十二句中我爲汝等已數宣說令多人衆少分開解摩那婆於意云何彼持呪人云何得名持呪人須夜摩言世尊我知持呪人曰何因緣故得持呪名世尊以能持呪故名爲持呪人曰持何等呪得名持呪世尊持此三呪故名持呪云何三呪所謂一者瞿梨呪(此言嚴惡)二者揵陀利呪(此言奪香)三者摩登祇呪(此言惡業)世尊持此三呪故名持呪佛復問言摩那婆於意云何彼持呪師經幾所時能成業也須夜摩言世尊經十二年業方得成世尊言十二年業得成者謂於業中得巧妙故佛復問言彼作如是事業成已得何等利須夜摩言世尊彼

命終已墮於地獄畜生餓鬼及閻摩界何以故以爲世間作諸惡業無有正見常行殺害劫盗他財邪婬放恣飲酒妄語及餘惡業諸是智人所不爲者而便故作摩那婆若人樂行如是邪法乃至一句呪者當知是人不解我法摩那婆汝觀是人十二年中惟造地獄畜生餓鬼諸魔王等一切惡業摩那婆汝應觀是世間盲人於黒闇中往來輪轉摩那婆是人所爲應得善處以於我法隨有作處不得正信不能正行故此人若能正信行者則得上生摩那婆是持呪人但爲洟唾屎尿聚故十二年中受彼嚴熾無益苦已捨身即生大地獄中摩那婆汝於是中應念成就諸如來智欲求一切諸佛慧者應當成就諸佛正法摩那婆如有二人一爲清廉三日不食腹

中飢虛一爲貪嗜三日之中口手不住食過腹滿摩那婆於意云何如是二人後若食時何者最美須夜摩言世尊飢者獨美佛言如是如是摩那婆如來世尊善知時宜凡所宣說無有妄也要觀衆生諸根調柔易堪受法然後隨順爲其開演而成熟之如彼食已增加色力安隱身心無所患苦若有衆生聞佛說法多起疑網迷惑亂心彼爲大患如是衆生生疑惑已無有信心無信心故則不能得眞實正法不捨本心疑惑此法如是衆生深可憐愍捨離正法不受三昧諸功德等以是義故如來待時摩那婆於是三種言教方便業藏之中說十二句無有變動當應入彼言教方便須夜摩言云何名爲無有變動佛言摩那婆所謂初來一切文句次第方便因彼四十二字莊嚴音句不以餘音共相雜合不以餘字更相隱覆摩那婆自阿至迦此爲初分是中迦字身受五分以陰數分別作富伽羅相故五分說彼那字等不復更說

大法炬陀羅尼經卷第十三

音釋

梐（傍禮切牀梐也） 钁（居縛切大鉏也） 掊掘（掊蒲溝切杷也掘其月切穿也） 謦欬（謦苦定切欬苦蓋切謦欬逆氣也） 媢妬（媢明袐切妬當故切） 筐（曲王切）

大法炬陀羅尼經卷第十四

隋北天竺三藏法師闍那崛多等譯

入海神變品第三十一

佛告阿難時放光如來應供正徧覺捨是師子奮迅大三昧已即以大慈及一切智徧觀四方及以大衆時彼衆中有一菩薩摩訶薩厥名井宿本是作寶摩尼家子時彼世尊即告之言井宿汝今能與如來應供正徧覺俱往入彼大海不耶爾時井宿菩薩摩訶薩白佛言世尊如來應供正徧覺於彼海中欲行何事將作何業顧命乃爾放光如來告井宿言摩那婆大海東邊有一水口名爲燋熱彼燋熱下有阿脩羅宮殿住處彼今現有十四菩薩生在其中我以彼等受大苦故又欲令彼生猒離故又不令彼久受如是阿脩羅身故又欲令彼不復造作阿脩羅業故又欲令彼不造種種地獄業行故佛說是已井宿菩薩白言世尊度海何住放光佛言摩那婆彼燋熱處有阿脩羅王名曰善臂十四菩薩爲彼王子井宿菩薩復言世尊更何因緣斯諸菩薩生彼中也佛告井宿言摩那婆汝今不煩重問是事我等惟應速疾詣彼爾時放光世尊如是言已即與井宿菩薩摩訶薩乘化金翅鳥遊空而進及彼億數諸菩薩等亦乘化金翅鳥隨從世尊復有九十億大阿羅漢亦各乘彼化金翅鳥隨從世尊又彼一切人中大衆及祭火光王將諸兵衆二萬八千大將爲首又乘八萬調善香象隨從世尊陵虛而往其王自在有大威德彼諸臣衆二萬八千皆乘白象隨從而行自外無量無邊諸世

界中一切天龍夜叉乾闥婆阿脩羅等先在放光佛世尊所聽聞法者各各亦以神通之力從佛而行爾時放光如來先至大海飯食訖已度海南岸東漸而行至燋熱處遂便停止阿難時彼世尊住海岸已即從眉間放一細光如破一毛爲百千億分其光直入阿脩羅宮徧照阿脩羅宮殿已時善臂阿脩羅王遇斯光明不覺驚起莫能自安一切脩羅皆大恐怖速疾馳詣善臂王所白言大王宜時觀此阿脩羅宮忽有如是大盛光明大王今者將無劫災非常火事從上起耶故先見此熾然猛焰極盛光明暉赫若斯大王如其不爾何緣今日阿脩羅宮忽有如是異相現也時善臂阿脩羅王告諸阿脩羅衆言諸仁者汝等當知放光如來應供正徧覺今在海岸欲來臨顧阿脩羅宮諸仁當知以是因緣放光如來遂從眉間白毫藏處放一光明如破一毛爲百千億分是彼光明現此宮耳諸仁者如來光明甚難值遇不可得見爲汝等故今來至此諸阿脩羅住大海下境界周圍皆置水道一一隄防若須彌山時彼世尊作如是念此阿脩羅唯以驚恐設險自衛非有他故即便命召一金剛神名曰火焰告言汝爲大神能變化不金剛白言世尊我能變化佛復問言汝化云何金剛神言我以神力於水道前一一皆現兩巨壯人大力可畏住彼道口令阿脩羅忽見如是偉壯大人恐怖轉增自然降伏佛言金剛汝必能者速爲是化時金剛神承佛教已即以神力於水道前皆各化現有二化人其形高大若多羅樹而彼化

人以手打拍是諸水道皆令陷没直至水輪時諸脩羅皆大恐怖各相謂言希有希有我此宮城深密難至加以諸大羅刹周衛圍遶是何怖事而復現前諸仁共觀欲何逃竄也復作是念我等今者亦可共往至彼海岸爾時善臂阿脩羅王知諸脩羅皆大恐怖遂即命彼十四兒言汝等觀此阿脩羅宮競出如是種種怪異童子我等當今宜作何事時彼童子白父王言大王當知今諸脩羅皆已處於栴檀林中有何可怖善臂王言童子今放光如來欲有所作至此海岸以威德故令阿脩羅陀那婆等生大恐怖彼諸童子復白父言大王審知如來應供正徧覺所由來此脩羅宮耶王言童子我今何處有是心想彼如來應供正徧覺口初未説我復何事能豫知也童子復言大王自從昔來頗曾見聞世尊來入脩羅宮不王言童子我從生來未聞見也諸阿脩羅不信三寶寧能見佛童子我初未曾見有因緣而今如來到脩羅宮唯彼諸天共阿脩羅大戰鬪時諸佛世尊方出現耳以於彼時見諸天勝阿脩羅屈諸脩羅等以不如故驚怖奔波迷失方所避害藏竄逃入藕根我於今日以如是想言佛威靈而諸如來終亦不於一衆生處生不善心起怨憎想不求過失惟有哀矜見阿脩羅心如刀劒慈悲普覆現是神通令諸脩羅捐捨惡念得本心耳爾時放光如來爲彼億數諸菩薩衆九十億諸大羅漢及祭火王所將六十萬兵將人民乃至一切天龍夜叉乾闥婆等如是諸衆皆爲化作一金剛神執杵隨後侍衛守護

又皆化爲諸金翅鳥以爲乘具作是化已趣燋熱口至彼住處復皆變作非人圍遶令阿脩羅增恐怖故時善臂王在殿經行見彼世尊以無量億百千那由他衆前後圍繞所謂菩薩聲聞祭火王衆乃至無量天龍夜叉乾闥婆八王衆等如是見已告童子言童子汝當觀此如來應供正徧覺今以如是大威神故令諸脩羅栴檀林中生是恐怖童子白言大王我等已見時彼童子覩世尊已作是念言此等衆生非以隨宜少分力故能致如是唯有具足精進力者乃能若斯衆力來此阿脩羅宮我等今觀如是希有實未曾見如是奇事所謂一一人後皆有如是大可畏人持金剛杵彼諸比丘亦各一人執持金剛一切皆乘金翅鳥上復有無量諸天諸龍夜叉乾闥婆等衆前後圍遶復有娑婆世界主大梵天王各與無量眷屬天衆侍立左右復與無量釋提桓因四天大王及祭火王乃至無量千數小王一切圍遶我等今應投敬如來世尊足下爾時善臂阿脩羅王知諸子意即告之言童子汝等今宜隨所樂往時諸童子白父王言大王今者欲爲何事善臂王言我諸脩羅不信三寶彼諸童子復白父言大王若不去者佛當自來王言童子吾聞佛者有如是智不從他聞皆自能知斯言信乎諸童子言大王實有是智雖不聞説咸自然知何以故大王諸佛如來於彼三世一切衆生所有心念若生未生若滅未滅皆悉了知是故一切諸佛世尊無不知者無不見者無不證者無不覺者無不忍者諸佛如來是一切知是

一切見時善臂王語童子言必如汝言我此殿小云何得容若斯大衆諸童子言大王我等意見如是衆生無有住處王復問言何緣若此諸童子言大王於意云何此脩羅宫住在何處王報之曰住在水中童子復言大王且觀今有爾許諸大人衆處此水中乃至無一衆生及一衣角被沾濡者是故我等作如是念如是衆生無有住處大王又觀我等所見一金翅鳥王於中即有無量億百千那由他數金翅鳥王而爲乘也阿難時放光如來念彼善臂阿脩羅及念童子言已告井宿菩薩摩訶薩言井宿汝宜速往善臂阿脩羅王殿上坐已即應入是大精進三昧也於是井宿菩薩承世尊教直趣善臂阿脩羅殿到已昇殿端身正念結跏趺坐即便入彼大精進定時井宿菩薩既入如是精進定已三昧力故即令彼殿東西寛大六萬四千由旬南北一萬六千由旬莊嚴奇特七寶所成而彼衆寶多是無價摩尼眞珠如是勝寶微妙端嚴流布乃至如來足下衆寶羅網彌覆其上復於諸處皆懸繒綵又燒天上種種妙香彼宫殿外周帀皆有七重濠塹以無價寶間錯莊嚴岸高齊等風聚其間八功德水具足盈滿其水清淨無諸汙濁於其塹内多有衆華所謂優鉢羅華波頭摩華拘牟頭華分陀利華如是諸華滿彼塹内彼華芬馥猶如天上曼陀羅香其塹兩岸多有衆樹所謂天妙香樹天妙華樹天妙果樹天衣服樹天飲食樹天衆寶樹天瓔珞樹天音樂樹又彼諸塹兩岸多有赤栴檀樹周帀圍遶如兜率天宫爲補

處菩薩之所莊嚴此殿亦爾皆是化作爾時井宿菩薩摩訶薩一心正念從三昧起即便往詣放光佛所到已頂禮如來足下白言世尊我蒙聖教所作已辦咸爲此衆嚴敷座訖爾時放光如來告井宿菩薩言善哉善哉摩那婆汝諸菩薩知如來念將說斯法既了知已依如來教如是作耶時善臂阿脩羅王告諸童子言諸童子汝觀此殿何忽乃有如是事業自然起乎時諸童子即白父言大王於是事中不應驚怪何以故如來世尊具足神力如來復有不思議智今此所作神力少分何足生怪此又如來弟子所爲非如來作如來世尊別有不思智業尚非一切衆生境界豈一衆生而能知也阿難時諸童子即總發心念如來時如來即知彼諸童子心之所念遂便告彼諸大衆言汝等今者一切皆可入彼青相三昧爾時一切大衆蒙佛力故皆得入於青相三昧入三昧已不覺不知忽昇彼殿猶如有人夢中遠行彼諸大衆不動不覺以如來力即昇彼殿亦復如是爾時善臂阿脩羅王見彼世尊及諸一切聲聞菩薩天人大衆一切皆居金翅鳥上一切皆有金剛窓迹隨逐其後見此事已各作斯念如是幻化諸誑惑事惟我等有餘人則無復作是念我今亦應普現如是諸幻化事作是念已即時欲作種種幻化雖發是意悉不能成乃至於彼一彈指頃亦不能化而亦不能現一色相彼身所經出沒之處莫不皆見金剛力士可畏大身手執金剛放光神杵欲擊其頭彼見是已即便還攝幻化之事設欲有作終亦不

成爾時復作如是心念我曹今日云何忽遇若斯苦惱令我喪滅是幻術法我常以此爲嚴身處今定失者何所歸趣我身不久亦自磨滅爾時彼諸童子即白父言大王願於今者莫生恐怖王今宜速敬禮世尊若離如來何所歸依凡所至處皆是恐怖是故惟速禮拜如來時彼阿脩羅王問諸子言如斯境界是誰作也童子報言大王此等皆是如來境界如來方便大王當知諸阿脩羅雖有千數諸幻術法不及如來而諸如來乃有無量不可稱數不可思議諸幻化法大王今者欲何所趣假使即時更入海底燋熱口中望免如是諸大人者終不得脫大王今日且少時住如來足下勿過自憂大王且觀弟子神通尚現如是不思議事況如來也爾時彼佛作如是念斯諸童子於正法中無有錯謬我今應當覺以正法而令成就即彼如來如是念時諸童子等便自覺知既覺知已如是思惟今此如來憐愍我故而來至此我於今日應強扶持我父大王詣如來所彼等思已各於父所生大敬心歡喜之心手執父臂或捧身分競共扶侍詣如來所至佛所已如彼知足諸菩薩等敬心禮拜此亦如是時十四童子及其父王一切皆以四支布地頂禮放光如來足下如是慇懃至於再三禮已胡跪以手扣頭從座而起右遶七帀具尊重心發希有意時彼童子便白父言大王於意云何如是衆生寧當爲彼微少因緣入是海底燋熱口耶是燋熱口未曾有人能至斯者所以者何此燋熱口如是臭穢如是麤鄙是極惡行衆生

居處是最不信衆生住所不順父母不事師長不敬沙門及婆羅門諸如是輩具足非法衆生之中今者世尊何爲來此大王以有大事重因縁故遂使如來應供正徧覺自然降臨此弊宮殿時彼善臂阿脩羅王聞是事已告諸子言諸童子我今當集諸阿脩羅陀那婆等設諸供具奉獻世尊如是語已即便勑語一阿脩羅名曰上軍汝今可往燋熱上立吹千音螺幷擊大鼓召諸脩羅陀那婆等悉令來集所以者何如來世尊及弟子衆今既顧此吾當辦供奉佛及僧是時上軍阿脩羅承王勑已至燋熱上吹千音螺幷擊大鼓出大音聲時大海内及燋熱處一切脩羅及陀羅婆諸龍夜叉羅刹惡鬼乃至海中所有衆生聞是聲已皆大恐怖作如是念何縁今日諸阿脩羅出是大聲將非諸天與阿脩羅興大鬬戰乃於今者吹貝擊鼓有是大聲如是念已一切皆集善臂王所白言大王今日何縁吹貝擊鼓得不有彼諸天事乎爾時善臂阿脩羅王即便告勑諸阿脩羅及陀羅婆等言汝等當知如來正覺今既降此吾將獻供故命汝等無他事也爾時諸阿脩羅陀那婆等聞王教已即共上殿皆見彼殿希有莊嚴假使一切諸天及人乃至龍宮亦未曾有如是殊特微妙嚴麗彼既見已心生歡喜歎未曾有白言大王何故今日此宮殿中乃有如是大莊嚴事我觀諸天及龍宮處初未曾見若斯事也王時答言汝今雖見尚未覺知誰心願力所能爲此大王我實不知誰之所作善臂王言汝應當知今此有佛號曰放光及

諸聲聞大菩薩等乃至一切天人大衆皆來住此彼佛弟子名曰井宿是大菩薩摩訶薩也坐此殿上惟心願力能於一彈指間即便化作是莊嚴事爾時善臂阿脩羅王與九十億那由他諸阿脩羅及陀那婆諸龍等衆乃至大海所有衆生聞是鼓貝出大聲時心無異慮不作餘業各作是念今日海中欲有何事彼善臂王吹是大貝擊此大鼓爾時善臂阿脩羅王及大兵衆昇殿徧觀見彼如來乃爲無量百千大衆周帀圍遶左右前後有千數衆無量億數無量百億數無量千億數無量百千億數無量那由他數無量百那由他數無量百千那由他數復有無量聲聞大衆人衆天衆無量梵天衆無量淨居天衆亦左右圍遶彼佛世尊復見所有諸聲聞衆若出家若在家若天若龍一切皆有金剛力士執金剛杵光明熾然甚大可畏隨逐其後守護彼等復見各乘金翅鳥王如是見已心生奇特歡喜踊躍各作是念是等皆悉大神通力故能來此汝等當觀此希有事是佛世尊有一弟子於彈指間以心願力能爲如是大莊嚴事亦此放光如來有大神通具力無畏能爲斯耳彼聞是已一切皆起未曾有心希有之心殊特之心發是心已一切皆悉同意同心至心敬重在如來前身體布地禮敬尊足阿難時放光如來知阿脩羅陀那婆等皆有如是至誠心故於少時間即便入於水澄三昧彼佛如來入三昧時諸阿脩羅及陀那婆蒙佛力故得宿命智皆得自見過去所作諸阿脩羅業因緣事既見此已生大苦惱各作

是念我於往昔造諸惡故今日生此阿脩羅宮由此種種不善業故得如是等可畏大身然此三千大千世界無有衆生能造如是可畏恐怖大惡業者而諸脩羅各自入定皆悉覩見往昔本業既覩見已生大恐怖慮命終後必墮地獄生地獄時身量大小及諸苦報咸悉明了所謂獄卒諸罪人等手持刀劒斤鈇矛戟穳矟杵棓種種苦具競來迫身又復覩見鑊湯鑪炭炎熾猛火山河灰糞皆悉充滿除地獄已其餘更無如是嚴赫熾然苦具彼見是已復生大怖假使世間七日並出天地萬物盡皆消融比茲猛火不得爲喻覩是事已各相謂言我阿脩羅及陀那婆須臾之間悉皆滅沒今日之計將何所出而可獲免阿難爾時放光如來舉金色手令諸脩羅及陀那婆皆悉起立各各皆見放光如來以金色手親摩其頂以見如是大神力故於如來所更起重心於是皆共右遶七帀合十指掌復遶七帀住於佛前爾時善臂阿脩羅王整理衣服偏袒右髆右膝著地合掌一心而白佛言世尊惟願如來及諸大衆憐愍我等受是微供爾時佛告善臂王言諸阿脩羅如是如是時諸脩羅既蒙許已皆大歡喜踊躍無量從彼衆出詣佛足下白言世尊蒙垂哀許隨宜備辦

佛昇須彌山頂品第三十二

阿難爾時放光如來欲從大海燋熱口出昇須彌頂忉利天宮時天帝釋即便命一主食天子名曰慢上作如是言汝所造食得成辦不食天答言唯然天王食皆辦具天帝復言

汝辯幾何食天答曰隨須多少我能應時於是天帝聞食天言如一瞬頃已住佛前白言世尊願知此時爾時放光如來告善臂阿脩羅王言善臂汝今欲見須彌山頂忉利宮不善臂白言世尊今日誰當聽我至彼須彌山頂受天樂手佛言善臂汝可來也乃至一切阿脩羅陀那婆等我悉能令至彼山頂天王帝釋善法殿上隨諸所須恣意而食時善臂王即白佛言世尊彼上諸天與阿脩羅及陀那婆等世興鬬諍今日云何得有斯事佛告阿修羅王言善臂汝今當知如來言教正汝心念我於今者能令汝等諸阿脩羅與彼諸天和合聚集共處宮殿無令一人有苦迫者爾時世尊告天帝釋言憍尸迦汝宜速還當爲爾許諸大衆等敷設牀座時天帝釋即白佛言世尊謹承聖教於是天帝自燋熱處没於須彌山頂出爾時天王勑一敷設天子名曰氐宿汝今速詣善法殿所敷諸牀座以擬世尊彼敷設天奉天王教趣善法堂欲敷牀座已見如來與諸弟子及諸天衆諸梵天衆諸阿脩羅陀那婆衆一切人衆皆先坐訖爾時敷天見佛大衆先坐已定便欲設食白帝釋言天王當知今者如來與諸弟子天龍大衆咸先坐於善法殿訖時天帝釋作如是念希有希有此忉利天極成迷謬世尊今有如斯神力而我天等不覺不知又見如來幸其宮殿歡喜踊躍不能自勝於是天帝釋尋即告一筭天之子名跋利沙汝今速往擊是天鼓令此忉利諸天及時雲集跋利沙天受天王勑遂極其力撾擊天鼓時諸脩羅陀那婆

等聞天鼓聲悉皆驚怖發如是言苦哉苦哉我等今者大厄時至汝等當知是天帝釋以大幻術誑誘我徒而令至此時天帝釋知諸脩羅心生恐怖重復告彼阿脩羅王汝等勿怖我向爲集忉利諸天擊是天鼓幸無他慮爾時三十三天各與無量百千億數眷屬天女詣善法殿到已頂禮彼世尊足心大歡喜各相謂言汝今當觀如來世尊大神通力諸阿脩羅及陀那婆常居地下今乃能令至此天上爾時天帝釋勑三十三天曰汝諸天衆咸各一心勿念餘事惟思供養如來大衆彼天帝釋如是勑已以自所食諸供養具奉上世尊與弟子衆及祭火王一切人衆諸阿脩羅陀那婆衆欲界天衆諸餘天衆無有算數不可稱量如是等衆皆來會坐彼等一切食衆天味悉得充滿如彈指頃飯食咸畢當爾之時帝釋天王立食不坐覩佛世尊飯食訖已喜踊徧滿不能自持斂容合掌住於佛前爾時世尊告善臂阿脩羅王言善臂汝來從今已去與此天王解除宿怨生歡喜心汝亦是吾聽法弟子汝等二人常應和合行如來法勿復戰諍也時天帝釋及善臂王共白佛言世尊諸阿脩羅及以諸天恒有鬬心終不能得自生歡喜幸蒙世尊威神德力令阿脩羅至此天宮時彼二王如是語已彼放光佛告天帝言憍尸迦汝於今者莫作是語何以故今日之事乃是汝斯十四童子菩薩摩訶薩慈悲力也是故憍尸迦汝當知此十四菩薩往昔因緣過去於此三十三天中生見此諸天常念與彼諸阿脩羅與大戰諍更相殘

害受諸苦惱起大慈心願我未來得生於彼阿脩羅宮與善臂王七大夫人各爲二子既生彼已我應教化彼阿脩羅與此諸天常生歡喜無復怨心如果所願假令於彼住壽經劫亦不敢辭憍尸迦以是因緣斯諸菩薩於此天沒爲善臂王子然而此等自度智力不能獨成如是大事是故今者請求如來應供正偏覺令彼速出燋熱之難此等在彼發如是言願諸世尊哀愍我等我等今在大厄難處雖有本願不獲尅成令所生處多諸大苦大險巨難設我生彼大地獄中終不捨離本誓願心憍尸迦汝今應知此諸菩薩於彼昔時有如是願憍尸迦於意云何如來世尊能護持是諸菩薩不天帝釋言如是世尊如來能爲一切畜生豺狼狐犬乃至蚊蟻而作護持何獨菩薩摩訶薩等斯輩能爲一切衆生無救護者爲作救護猶如生盲處於無明大黑闇中不能自出彼能散除亦復如是爾時放光如來告天帝釋言憍尸迦汝今問此阿脩羅王汝今樂住此天處不時天帝釋承佛聖旨即問善臂阿脩羅王曰仁者汝聞世尊言教以不善臂王曰如是如是惟大天王帝釋復言仁者汝今實願處此以不善臂王言天王如是之事不應致問何以故我諸脩羅今所生處假使亦有諸栴檀林及餘別所惟甚臭惡寧敢望是諸天宮殿直以世尊大慈威靈普及一切令我至此須彌天宮天王汝之問我我願如是我應問汝汝不應問我何以故是三十三天自然福報無所乏少我諸脩羅不能爲福多事諂誑自茲已外餘皆乏

少是故我今貪樂此處復次天王我今重白諸阿脩羅長夜願樂須彌山上食諸天味飲蒲萄漿爲此三事常與天諍以是義故亦有乏短以短乏故受諸苦惱於鬭戰時彼有四王以種種杖擊害我等退走本處天王以是因緣我應問汝不應問我復次天王譬彼丈夫貪欲女人以諸財寶多爲方便彼雖相許未會求心是人爾時長夜憂苦後時彼女果獲一來天王於意云何彼時丈夫既獲是女爲極歡不天帝釋言如是如是阿脩羅王善臂復言如是天王諸阿脩羅恒有是心令我得居須彌山頂諸天之事我盡見知是故我今願樂住此若不樂者何事須問復次天王如彼賈主欲入大海求諸珍寶不顧危險是人棄家始達海岸忽值衆舶載赤栴檀自然而至或種種船異寶充滿一時競來天王於意云何彼時賈主不經險難多獲異寶復極歡不天帝釋言彼大賈主喜成無量善臂復言如是天王諸阿脩羅及陀那婆不植善根不造功德今者忽獲難至之所若不歡喜無有是處時天帝釋與阿脩羅王二俱歡喜共詣世尊頭面禮足住於佛前爾時世尊語帝釋言憍尸迦汝與脩羅大鬭諍事得寧息耶又與脩羅及陀那婆鬭諍因緣得斷除未時天帝釋白言世尊我蒙佛教已成一味唯然世尊而我初無如是惡心害諸脩羅但是脩羅甚可憐愍煩修苦行得少身力心懷不忍好與我諍世尊彼輩不知我有乘象其名億項若使此象一奮怒者即能乾竭彼大海水如其交陣大戰鬭時復能化作巨壯大身如

須彌山住持大地四足及鼻隨以一足亦如須彌世尊當知彼象其身幾大彼大海水復多少耶佛言憍尸迦如是如是時天帝釋復白佛言世尊我於爾時作如是念我有如是不思議象我既乘已復如是念觀諸脩羅陀那婆等誠大愚惑不能覺知我有如是不思議力世尊今且置茲身外大象不思議力而我復有右手所執大金剛杵我復作念若使我今試放手中所執金剛其所往處四大海內諸阿脩羅及陀那婆所有宮殿一時滅壞世尊我今雖有如是神力終不起心欲壞彼等世尊其有不退轉地菩薩摩訶薩被他縛時若他打時若他割時若他截時欲報害者終無是處惟佛世尊自知是事世尊若彼菩薩摩訶薩對是事時自應常作如斯善念我捨自身一切樂已世間所有欲離壞者我要當令彼還和合彼時菩薩常當念行如是慎意不亂其心恒須念法世尊我從今日順世尊教如世尊教又如諸佛弟子各還供養諸佛弟子我等亦當各各自相恭敬供養世尊我從今日凡是飲食悉皆與此善臂阿脩羅王分張共食諸餘阿脩羅陀那婆等咸施無畏不令恐怖也

大法炬陀羅尼經卷第十四

音釋

竄（七亂切匿也）濠塹（濠乎刀切塹七豔切濠塹遶城池也）跽（巨委切與跪同）矟（所角切兵器也）撾（陟瓜切擊也）舶（白蒲陌切大船也）

大法炬陀羅尼經卷第十五

隋北天竺三藏法師闍那崛多等譯

天伏阿脩羅品第三十三

爾時世尊告天帝釋言憍尸迦汝今善能以四種法開示攝受諸所須者寬大開覺皆能令彼自獸生處不令退轉菩提之心時天帝釋白佛言世尊我今能令諸阿脩羅陀那婆等獸離生處世尊然我無智不能知彼退不退也爾時天帝釋有一主兵天子名曰善面天帝告言善面汝今疾至我常所乘億頂大象王所當以左手拍其脇上明告之言億頂令者天王令我勑汝當現自身莊嚴之事時善面天承天王勑即向億頂大象王所如天王勑即以左手拊其脇上而告之曰億頂今者天王令我勑汝宜自現身大莊嚴事爾時億頂大力象王見善面天傳王勑已於是便念大身力通念身通已先以四足滿四大海四大海水一時涌波與須彌山高下齊等復於四方徧四大海化作四頭一一頭上各有一鼻四海所有四脩羅宮及四焦熱所攝境界爾時象王即以四鼻周圍卷取擎置頭上其餘一切阿脩羅等住在忉利天王宮者亦皆以鼻周圍卷取置之頭上置頭上已象身即時出大聲言汝等被縛汝等被縛如是至三爾時象王頂持前事隨意而行地不陷沒諸阿脩羅各作是念嗚呼嗚呼我等一切悉當喪沒諸是眷屬宮殿城隍悉爲他有時彼脩羅復見焦熱悉入象口既見如是可畏衆生則於自身生失没想遂大迷亂莫知本心失本心故是諸脩羅過去所有諸諂誑事皆

現在前見此事已復生猒想我身須臾當自磨滅願我更莫見如是類可畏衆生爾時十四童子菩薩白父王言大王我等今者欲作何方而得脫斯大象之難爾時善臂阿脩羅王及陀那婆一切皆悉生大恐怖遞相咎責悔先所作時諸童子各作是念此諸脩羅及陀那婆今既到斯大困厄處我等試觀彼能斷是諂幻惡不如是念已遂白父言大王當知我今所見大恐怖事將不同彼諸幻夢耶時彼阿脩羅王於少時間便自覺悟童子復言大王是何事也時善臂王告童子言我等惟合見如斯事何以故諸阿脩羅陀那婆等素無善根專行惡業常於衆生起毒害心不於一人生慈善念惟思殺害惱他衆生增長一切不善之行恒住如是瞋恨心中但行如是戰闘諍事破戒因緣今受是報童子復言大王我等今日以何因緣令象歡喜脫諸脩羅陀那婆等困厄事也善臂王言童子除此神已更有何神大於是者童子白言更有大神所謂如來王等今者皆應起立爾時大衆皆從坐起立象背上復令一心合十指掌作如是言南無善神南無勝神南無大神我等今者咸共歸依勝一切神是無上神我從今日終不復作如是諂誑願不更見如是大厄爾時彼諸童子菩薩復作是念我今當令諸阿脩羅恭敬合掌自悟諂幻既自覺知即除諂幻如是念已復告彼諸阿脩羅言汝今可來歸佛法僧諸童子等自相謂言我已令彼於佛世尊深信不退當得解脫如是大難爾時天帝釋知諸阿脩羅陀那婆等悉調伏已

告一天曰汝今宜往彼象王所密宣此呪
訶訶滯　迦耶婆訶滯　難陀阿浮底　曷
薩多曷多　阿揭車答梵　婆婆禰鞞舍南
爾時象王聞是呪已即便收攝如是變化諸
莊嚴事還至本處以鼻卷取諸阿脩羅陀那
婆等悉持往詣天帝釋前爾時世尊告天帝
釋言憍尸迦此大象王與阿脩羅作何事也
天帝白言世尊我等諸天雖有如是化神通
力而我更無殊異神通調彼諸根佛言憍尸
迦汝今信佛如來不耶天帝釋言我等今日
深信如來歸依如來世尊然今此等諸阿脩
羅及陀那婆亦須教示此是如來大智境界
非我所知佛告天帝釋言憍尸迦汝於今者
當應教示諸阿脩羅何以故諸阿脩羅陀那
婆等皆受天報彼受報時多有亂心是故應
須開示彼等二種悔法

阿脩羅本業品第三十四

爾時天帝釋復白佛言世尊以何因緣諸阿脩羅乃生如是焦熱口中寧當無有諸功德法出彼焦熱至四大王宮殿住處而彼獨有往昔惡願無一善法其後壽終生於惡道世尊我等於中如是思惟彼既專造諸不善業生於惡道得如是身云何而得有大神通世尊以是因緣我於是中心生驚疑是故我今問佛世尊如斯義處當云何識佛言憍尸迦以是因緣我今爲汝作諸譬喻以譬喻故令汝得解憍尸迦夫著生處者即是凡夫貪染住處言此是畜生由造此業彼等分別諸有生處今捨此處當生彼處有人命終受後身時或勝或劣然作業時即起大願令我彼身

長時受報勿使後身壽命短促彼等或生畜生道中所有受身因種種業得種種名而彼生身及與名字乃至過去種種諸業凡所成就皆現在前彼畜生身還得如是畜生名字稱實自名所謂我是鳥也我是奢拘尼也我是龍也我是乾闥婆也我是阿脩羅也我是陀那婆也我是金翅鳥也我是象也我是馬也我是駝也我是驢也我是牛也我是水牛也我是狗也如是乃至一切畜生凡所受身一切皆是依身立名憍尸迦我於彼時作如是言汝等諸天所得名字亦因業緣憍尸迦諸阿脩羅所受生處皆由往業今得是身汝應諦聽昔在人中違背正法由違背故今生此處或復當生或時生已憍尸迦如是等業應當諦聽聞已奉行爲人解說何以故不欲令彼更造是業復生此故惟欲令其斷惡業故佛復告彼天帝釋言憍尸迦汝今應知若諸比丘比丘尼優婆塞優婆夷依佛如來正教修行於佛滅後作富伽羅相行異種法彼若住於富伽羅相行異法時或念奢摩他事不能依於如來正教自心分別富伽羅相妄念現前若百若千若過是數遂樂住此富伽羅相中而即用爲奢摩他事爲世間說法又亦不依如來所說毗婆舍那事不能分別富伽羅相亦不依止毗婆舍那然彼衆生但爲一切衣服卧具飲食湯藥往來遊止聚落城邑或有具足五神通者或四或三乃至不得一二通者皆毀正行行如是法彼既如是違背聖教破毀禁戒佛諸弟子能說空者終無復有以諂誑心荷負一切佛菩提事若有不

依如來所說無相法者則亦不能通達如是無相之法彼既不達如是法相便應入於大邪見路當知彼人著於此處如是住著終無有能教化之者亦無可以遮障之事彼等住此執於諂幻若諂誑行即還得是不現形報如是等人永於一切佛菩提中不能顯現如來所說四雙八輩丈夫大人隨僧寶者彼人於中永無其分何以故以彼喪失如是法行猶亦受他承事供養若人於是諸世尊所讀誦受持乃至一四句偈解其義理彼等如是不可承事乃至盡壽共一處坐命終之後生是惡處以彼恒常修習諂幻發願彼處故彼等於彼修習不捨而彼人以諂誑心故生人間時於如來所說不能通達亦不具足唯行惡行乃至盡壽生如是處以其往昔作如是業盡壽生彼大地獄中憍尸迦是爲諸阿脩羅受身因緣汝應憶持

雜類本業品第三十五

爾時佛復告天帝釋言憍尸迦諸餘所有畜生之類業行果報者如彼受身既受身已復捨心藏隨受何身造業願求復受彼身從何所來得受此身彼心所作行差別事我今當說汝應諦思時天帝釋即白佛世尊今正是時惟願具說四衆聞已依教奉行佛言憍尸迦若欲遠離諸如是等畜生身者於此法中應當依行若有能於如來所說少分開解即得斷除畜生身中諸苦惱事爾時佛復告天帝釋言憍尸迦云何夜叉言夜叉者隨所受身得夜叉名云何知也彼於往昔在餘世界造作惡業受得如是不安樂身故名夜叉彼

時少分造作惡行生如是心若彼諸師教誡之時作如是言善哉尊者如是之事我自能爲尊者何須數教導我彼人很戾忘失本心彼時既發是惡心故得夜叉身不受餘報雖似人身不與人同以能具足夜叉因緣受是惡身不住一處憍尸迦是爲夜叉受身因緣汝當憶持爾時天帝釋復白放光佛言世尊我今更問羅刹因緣云何得受是羅刹身復以何義名羅刹也惟願爲我分別解說佛告天帝釋言憍尸迦若出家人若在家人聞佛世尊所說經教不能隨聞如法修行惟諂誑心爲人說法作如是言汝今應當護持此法而自不能順教修行但爲名聞利養徒衆故發是言終無實行復發是言汝護此法此法可護雖作是說本心惟求多人識知多獲財利遊行聚落往返城邑見他比丘先處城邑或見後來告求衣服飲食醫藥懼其勝已侵奪名利覩是事故心生熱惱欲求傷害或時鬬諍於彼比丘及檀越所並生惡心以惡心故命終便墮羅刹鬼中憍尸迦是爲羅刹受身因緣汝當憶持憍尸迦是故若彼出家在家樂法之人聞是法已爲他正說何以故於惡世中說如是法復能行者斯人難得憍尸迦於十方世界中如來應供正徧覺出現甚難帝釋復言世尊如來應供正徧覺若不出世誰當說是受身法耶佛言憍尸迦汝今不應問如是義何以故如是之義諸世間中恒常充滿然於彼時無是問者何以故當知爾時多大恐怖諸佛世尊不出世故帝釋復言世尊若諸辟支佛出於世間作何利益佛言

憍尸迦若其諸佛無所說時彼辟支佛出世間耳憍尸迦如轉輪王知命將終集諸大臣徧觀衆子無有堪紹聖王位者彼時衆內若有具足聖王相者不應待問即自陳說何以故恐彼臣衆於此大事有疑惑故如是憍尸迦如來應供正徧覺亦復如是見此世界無復威光欲知法故爲彼辟支建立功行爾時天帝釋復白放光佛言世尊諸阿脩羅及陀那婆等所有名字其義云何佛告憍尸迦汝等諸天亦得名爲阿脩羅也天名脩羅言脩羅者即阿脩羅云何脩羅即阿脩羅憍尸迦諸阿脩羅見諸天等於勝宮殿受五欲樂見此事時常作是念願令我等得作脩羅作是念已即自思惟更於何處別有脩羅如我所見我眞脩羅我是脩羅爲是事故復立別名名阿脩羅天帝釋言世尊阿脩羅等實有是事爾時天帝釋復白佛言世尊陀那婆陀那婆者義何謂也佛言憍尸迦是陀那婆立名因緣及受身法今當解釋若人於佛教法少有違背是故建立如是名字帝釋復言世尊所言違背其義云何佛言憍尸迦有人往昔曾爲沙門行不淨行受納施主衣服卧具飲食湯藥於行施時復教施主多作障礙或有欲施大衆之時誹毀施事以不隨喜布施事故成不善根是人壽終必定生彼陀那婆中毀施行故名陀那婆憍尸迦是爲陀那婆受身因緣汝當憶持爾時天帝釋復白放光佛言世尊所有諸龍及毗舍闍幷餘畜生凡受身者所謂飛鳥若烏若鼠狼若馬若牛若驢若師子若虎若象若熊若羆若豹若兔乃至

微細受身衆生有何業行得此等形佛告憍尸迦是諸畜生造作惡業獲如是身多受苦惱憍尸迦此三生處更不須思亦不假見復何用問憍尸迦若有衆生或人非人不信佛法謗毀僧衆設有信心不能清淨以無淨心還生濁處何以故如彼野干不作師子及師子事惟除方便慰喻斷諍分別二名得名師子如是憍尸迦若有衆生不知分別如是諸法既不生信亦不思求如是癡人必墮惡趣

說無相品第三十六

爾時放光如來復告天帝釋言憍尸迦若人分別如是法句於眞如中終不可得何以故彼眞如中人不可得天不可得阿脩羅不可得陀那婆不可得諸神羅刹亦不可得乃至一切諸趣皆不可得如是一切既不可得寧當復有是誰所說云何而說何故有說也何以故憍尸迦於中乃至不見不見者及餘一切生句處所唯除彼諸如來方便念時於此陀羅尼法門脩多羅中方便說耳若有說者應當先作如是思惟彼終不離此十二句云何十二謂阿字門及迦字門是中當須識知已行帝釋言世尊我今云何能知已行佛言憍尸迦彼迦字者當用長聲結大法藏所有音句此爲億數諸菩薩等於結集中誰有誰無誰成誰壞其阿字門者徧入一切文句音中平等開發所謂不見能見見已則能顯示光明是中光明當知即是此陀羅尼修多羅法門中出帝釋復問是中何者名之爲然佛言憍尸迦是中阿字名之爲然迦字出光那字能見帝釋復問云何能見佛言憍尸迦應

以他境界智願樂故見若能如是起求樂者自然入是三句方便得不斷絶如前譬喻及方便說應當如是信行如來清淨不清淨根本處所此根本處無根無句無有枝葉故能示現如是言說云何無根無句能示現說云何無根無有枝葉以無處可求根句枝葉故應如是說復次憍尸迦譬如衆鳥無神通力然能飛騰於虛空中彼鳥在空以自業習乘風力故便能遊行而亦能知所行遊處分齊多少如是憍尸迦此三法句汝等亦當知其限齊何等句長何等句短何等句中何等須持云何得知此等和合是和合句其量寬陿若是方便但如化者其間云何得有言說復何因緣而不可說若欲破此三種句門彼若問時云何解釋時天帝釋復白放光佛言世尊此陀羅尼修多羅法門三種句義我今云何能以智慧分別解釋惟願如來方便開示得令我等分別知也佛言憍尸迦吾已爲汝分別解說此三句門直是汝等聞已不持還即忘失而復鄭重諮問於我帝釋白言世尊如來誠已爲我宣說此三句義然是三種有十二句以爲眷屬得是根本方便業藏而我今者不善受持尋致忘失世尊我等咸以不奉聖教是故莫知如來所說若使如來更爲我說十二句者我當依教一心奉持佛言憍尸迦汝知如來方便分別解說句門義不而汝方便設如是問我亦爲汝悉分別已

勸修行品第三十七

爾時帝釋復白佛言世尊如佛所說我如是解實即不離三種言教業藏行法如來所說

阿字等門我已少分能得解了而更於中思惟決疑不及世尊一切明了佛言憍尸迦如來世尊智慧明了無有斷絕亦無疑網如來智辯非汝所知如來所行若經無量時節劫數乃得明了如我先已爲汝等説汝當精勤修行此業六日六夜心念阿字又於六月當念迦字復於六年念彼那字復次憍尸迦彼菩薩摩訶薩若於六日六月六年專心念是阿迦那等三字法門所獲功德超勝於彼億數劫中行一切施何以故憍尸迦假使菩薩億數劫中所行布施詎能有幾假復億劫恭敬供養諸佛如來一切所須福亦無幾設復億劫多修業行心不散亂所得果報斯亦可言憍尸迦其有行此三教業藏阿迦那字經於六日或復六月乃至六年所有功德無問多少一切當得成就佛慧憍尸迦我今所説三教業藏若有行者若受持者若知見者悉皆得入如來智地諸如來智皆從是出諸佛如來莫不歡喜以能隨順諸佛所行故復次憍尸迦且置斯事若人六日六月六年持此三法又復於前歳數修行此法心無異念不作餘業不論餘事專修此業受持不捨思惟義理能自了知假使億劫供養承事諸佛世尊所獲果報終不及彼復次憍尸迦若菩薩摩訶薩發大精進過彼時數念是三門攝受諸法所獲果報無量無邊非復前比若人於此不能修行不發心念當知是等甚大愚癡無有智慧復次憍尸迦如是等義云何知耶譬如電光出時無所從來亦無住處然爲眼見又如放火風力等持衆緣和合火光乃盛

而彼火界終不離風如是憍尸迦若欲成就深利智慧要必當應精勤觀察三教藏法深智乃成如是深智不離三法復次憍尸迦如人用功積集草木安置小火或吹或扇須臾之間成大火聚普徧世界諸火及風因緣和合出此火光用是心力精勤觀察三教藏法出大智光徧照一切亦復如是爾時天帝釋復白放光佛言世尊如來所說此三句義當於六日六月六年至心念是阿迦那字世尊於六日中當云何念如是念已見何相貌佛言憍尸迦何名阿字言阿字者謂一切言教於此出生所有句偈或時忘失音義闕少若心念時若於板上書寫入此阿字門時句偈諸法先所忘失皆自憶知所不知者悉簡上現如是書字皆因手力心不散亂不住於空而得成字猶彼大炬是諸字中阿字最初最上最勝云何最初最初稱之故名最初憍尸迦諸餘衆生無智慧者當須諮問久行菩薩如是一切句義言論阿字發起是初宮殿憍尸迦汝等善持此阿字門

三字門品第三十八

阿難爾時彼佛衆中復有一菩薩摩訶薩號上名意從座而起偏袒右髆右膝著地合掌恭敬白放光佛言世尊如來已說是三字門阿迦那等言阿字者是人言教言迦字者即天言教言那字者即非人非天言教如是三法如來雖作種種譬喻方便顯示欲令我等少分開解然此三字法門義趣深遠我實愚闇未能明了惟願世尊具分別說如天言教異人言教非天非人異二亦爾以是三義和

合於彼阿迦那字當令我等善分別知此爲人言此爲天言此爲非人非天言也阿難爾時放光如來告彼上名意菩薩摩訶薩言摩那婆彼諸菩薩摩訶薩等終亦不可以世間智能知如是法門義處摩那婆若有菩薩摩訶薩但爲憐愍諸衆生故求勝一切世間智慧如是諮問佛世尊時然後乃知三藏義處摩那婆汝今能知如是大衆住何處也上名意言世尊我知此衆今皆住於須彌山頂佛更問言是須彌山復依何處上名意言依於大地復問彼地依何而住上名意言地依水住復問此水依何而住上名意言水依風住復問此風依何而住上名意言此風與火共相依住世尊如是諸界各相依住此火與風以多力故住虛空中住虛空故還歸虛空如是諸界住虛空故得與諸法共相依持摩那婆是中所有人間言教及天言教乃至非人非天言教等一切皆能出生此三種行又亦不離彼方便中汝應諦知彼法義處摩那婆汝向問我天言教者今此帝釋住在我前汝能問者便自知之摩那婆如來若說一切語言及決定義誰能知也摩那婆如來智異菩薩智異聲聞緣覺智業亦異摩那婆彼天言教若以人智故難可知摩那婆汝今知是天言行不上名意言世尊我知天言行處所謂神通即天耳智等世尊如是法門我等及此億數菩薩摩訶薩等先已通達今者唯畏將來世事故請問耳世尊如來現在大衆雲集有諸衆生親聞如是三種法門尚不能受何況如來滅後而能知者世尊於彼末世所有

衆生皆處盲冥大黑闇中無歸依處當復問誰唯除信解如來教者能於彼時依如來此修多羅諸法門中得修行也世尊以是因緣我今請問如來世尊此修多羅決定義處今者如來應照我心我於此法無有疑網不起誹謗樂問世尊心無猒倦智慧辯才亦無猒足世尊我等如是問如來時有諸菩薩摩訶薩等所應作者皆即能作所應辦者皆悉能辦所謂得彼無礙智通獲智辯已於他一切音聲語言皆悉明了不令彼等或於禪定恩惟法門所見境界得已還失以是義故我問世尊頗有方便能得如是不失神通復知一切語言音不佛言摩那婆有七方便能成就神通亦知一切語言音聲上名意言世尊我今樂聞是七方便不失神通惟願解釋佛告上名意言摩那婆於意云何如持呪人具彼十業以呪力故能行虚空蹈須彌頂摩那婆彼實愚人寧有神通但以呪術能昇山頂令身不現亦以是呪知諸聲論盡解一切衆鳥語言亦通一切蟲獸鳴叫如是等事皆由成就彼呪術故復次摩那婆更有一呪名曰隱藏若有受持滿七日已乃至他人内心智業皆悉能知摩那婆此等但是爲世間故方便示現而言知彼言説音聲云何能成一切通也摩那婆世間呪術於佛法中不得爲善如來正教無如是等無智愚人持呪之處既不顯明亦不開許如來有時亦生隨喜雖或隨喜亦不應行摩那婆如來世尊既不許此何事須行上名意言世尊世間之人尚不應行何況世尊諸弟子等佛言摩那婆以是因緣

如來應供正徧覺說如是等唯是損害非利他也復次摩那婆諸佛世尊無上菩提境界懸遠要假長時久涉勤苦方乃自證非但語言而能得至若但口言而欲入者終不得入何以故摩那婆是諸衆生無有能行大慈悲行如如來故摩那婆諸佛如來住於大慈而常念言我要當令是諸衆生受畢竟樂常生歡喜摩那婆是中或有諸衆生等思惟分別如來大智既思惟已至如來所如法諮問求所應作求所應喜求所應樂如是等義我云何成如是問時是中衆生或有信樂聲聞乘者或有信樂辟支佛乘者或有信樂菩薩乘者故作斯問然終當證阿耨多羅三藐三菩提摩那婆諸佛世尊久已成就圓滿大智能知東方所有無量無邊諸世界中五道衆生四生所攝如來悉以無邊智慧觀彼衆生所有無漏之法已生未生欲生方便及以生法皆悉知之又復觀彼對治藥法已生未生欲生方便及用藥法皆亦知之又復觀彼所治有漏煩惱已滅未滅欲滅方便及以滅法皆亦知之摩那婆如來具有如是智慧能知東方所有衆生無漏漏處其事既爾自餘南西北方四維上下十方一切無量無邊諸世界中一切衆生具足如是諸煩惱病以何方便須何藥治悉用佛眼具足觀知摩那婆於意云何諸佛世尊具足如是大慈悲已得於衆生懷嫉妬意捨憐愍不不也世尊摩那婆莫作斯見何以故如來智聚異彼二乘智聚異故摩那婆一切凡夫亦有智慧有諸衆生唯求成就如是凡智摩那婆世間亦依外道說

智於彼智中莫念如來汝等勿於執著智中分別如來如來自有大智慧也摩那婆諸佛世尊不說顛倒而亦不說富伽羅相除爲世間建立是法何以故有諸衆生行如是處隨順世間故行其中諸菩薩等於彼端坐如實思惟諸佛如來有斯大智然此大智受者甚難摩那婆若諸菩薩爲欲滿彼六波羅蜜行者常應端坐一心正念如是法門受持修學摩那婆是中更有何等衆生如來世尊應爲說法令是會中無有衆生堪能負荷如來說者唯諸菩薩於修行中精勤求學具足衆事堪受無疑亦能說於聲聞地中一切諸禪解脫三昧隨彼所欲皆即得成復次摩那婆譬如世間善巧戲人於諸博弈樗蒱投壷種種雜戲莫不明曉是人後時入諸戲會謀取他人錢財珍寶與彼戲時欲行詭詐先示其負多輸財寶或至千萬或盡家財及餘資業悉入他手要令前敵意滿心奢是人然後漸以取勝所謂分形布勢轉變任情出没浮沉皆令不覺長轡遠御傾彼家財是人如是終致全勝摩那婆於意云何當彼戲時豈以呪術而取勝耶對曰不也豈技藝耶對曰不也豈以神藥耶對曰不也豈以方論耶對曰不也以經籍耶對曰不也世尊佛言如是摩那婆然而是人終能制勝者是人直以心精技藝手有巧便久服其事是以全勝如是摩那婆菩薩求學其事亦爾當如彼人專精久習自然得成後證法時豈有障礙

大法炬陀羅尼經卷第十五

音釋

很戾　很胡懇切戾郎計切很戾不聽從也　熊羆　熊胡弓切羆彼爲切熊羆並獸名　陿　胡夾切隘也　摴蒱　摴丑居切蒱薄胡切摴蒱博戲也　轡　被義切馬轡也

大法炬陀羅尼經卷第十六

隋北天竺三藏法師闍那崛多等譯

將護法師品第三十九

阿難爾時上名意菩薩白放光如來言世尊如來說一切諸法少分名字若人學已得成就者彼離世間諸波羅蜜於此法中云何相應世尊若無相智知一切法者此一切法無有一相若法有相可得聽受何者是相復云何相以何相故能知世間出世間相復云何知方便業藏時放光佛告上名意菩薩言摩那婆以方便智知諸法相自當得是業藏來處上名意菩薩復白佛言世尊如來雖復畧說諸法方便解釋一切諸佛方便言教能受持者及能入證能覺知者然是三種方便業藏我等從今當勤修學如如來說我等皆已如是聽受如是聞知世尊是中復有諸餘衆生聞是說已不能了知此方便義惟願今者具爲是等宣揚如是三種業藏方便言教阿難爾時放光如來應供正徧覺復告上名意菩薩言摩那婆於意云何汝頗知有幾所衆生能得知此三教業藏汝復知有幾所衆生不能知者時上名意菩薩復白佛言世尊頗有衆生如如來說三教業藏如實知者又於所說三言教義能盡持不佛言摩那婆如我向者已先問汝有幾衆生能聞是法及能受持汝今云何更問知此三種言教我實不見如是衆生時佛復告彼菩薩言摩那婆如來說此三言教時汝等能解能知復能爲彼若人非人如是等類開解演說不唯有如來能知三種方便言教或時爲他具解其義或時

爲他少分開發摩那婆我觀如是無量無邊諸世界中終不見有如是衆生初未成就阿耨多羅三藐三菩提而能得說三教藏者唯除如來應供正徧覺乃能說耳摩那婆如來所說已諸餘衆生或時少解然終不稱如來所說如是而解此等三種方便業藏於如來前不能解說亦不能知初阿字門亦不能入三言教藏設以種種思惟方便亦不得入何敢言知是故我說惟除如來獨能清淨如是業道上名意復言世尊如是業道當云何淨佛言摩那婆今爲此問可謂非時汝智不淨事宜然也摩那婆我已三告不許於汝云何復問如來復能如是教我知此三言教藏諸餘衆生不能知也摩那婆如是三種方便教藏阿迦那等三字所有句義汝但能說云何得知此諸句義摩那婆然亦有是一種方便若諸衆生清淨持戒則能知此三言教藏爲他演說上名意言世尊是何方便而能得知摩那婆無餘方便唯有如來德力加持如是衆生乃能知耳上名意言世尊如來若當入涅槃者從誰復聞如是業藏誰更當能爲他解釋佛言摩那婆誰於我前親聞受者彼於未來凡所生處淨居諸天躬往教知或餘世界諸佛威神來加彼人如先所聞終不忘捨此三教藏如爲現前能作光明摩那婆汝於爾時當大欣悦起隨喜心此諸衆生能爲他說如是言教斯皆是此如來神力所加持也汝今當知若能如是對如來前問是義者非下劣人何以故終無復有愚劣衆生能爲他說如來終亦不爲破戒一惡衆生說是義門何

況乃於無量無邊諸世界中破戒不淨惡衆生中而當宣説如是義處必無是事復次摩那婆是中實有無量妙義無量妙言若爲如是愚癡衆生輕即説者更令造業非爲光顯是陀羅尼文句義味摩那婆此陀羅尼唯是諸佛如來能作此等諸法光明最勝上智具足諸法所應演説清淨之處皆悉依此陀羅尼經而當爲彼樂聞者説彼樂聞者當應詣彼善丈夫所至心聽受如如來前聽聞正法何以故是善丈夫能説如是修多羅者皆是如來威神力故是故樂聞法者應作此心樂聞於法摩那婆當爾之時慎莫令有惱亂法師若彼法師無嬈害者當爲世間與大利益摩那婆此言教藏非少智衆生所行境界亦非供養少佛而能得聞乃於無量無邊諸世尊所修行供養方始得聞方乃得學然後能知此三教藏爲他解説摩那婆於意云何彼諸衆生若無法師自力能得如是法不而諸衆生不得法者以無法師故不得法設有法師其受法人若不先請則不得説是故要須先請法師以已身力供給供養然後得説若受法人爲弘法故勸請法師是人爾時應當躬往詣法師所將養衛護若受法人在法師所則惡行之人諂媚誹毀不信法義不喜法師求過短者不能得便若聽法人欲樂堪受發大勇猛具足精進隨時能問法師所説方便言教時所聞法則無闕少若無問者爾時法師不能具宣諸佛法門終不弘顯亦無衆生知有佛法不知如是三藏法故彼諸無智生盲衆生皆墮無明大黑闇處以不能知諸

法門故無有智者無有行者當知世間盡皆晦冥摩那婆諸衆生等皆由嫉妬我心垢蔽是以不能諮聽法所設復往諮亦不聞法以不聞故不知善惡業行之事是所應作是不應作當知爾時世間多有如是衆生

放光佛本事品第四十

爾時放光如來告上名意菩薩摩訶薩言摩那婆我念往昔初有一劫名曰難伏復第二劫名曰除樂過是劫已復有一劫如是三劫空無有佛於彼劫內一切衆生凡所生處乃至不曾聞一法音況復得有如法行者若能修行無有是處彼諸衆生生無法世專造惡行不孝父母不事師長不敬沙門及婆羅門遠離持戒依止惡法常樂放逸墮沒闇冥不識是非不知善惡不別尊卑不懷恩養乃至不知何者是父何者爲母云何兄弟及以姊妹如是等法以不知故各各皆入愚癡黑闇失入善根及樂行法墮於地獄深遠苦中終不覺知何者是佛何者是法何者是僧亦復不識一切善根如是劫時有一菩薩名曰香上示現生在婆羅門家其生未幾父母並終如是菩薩身漸長大成就諸根具精進力善根純熟捨家出家既出家已苦行精勤依一林樹四十年中食果飲水更無餘食其所食果在樹雖熟終不先取要因鵄鴞鸚鵡猨猴諸禽獸等啄食之餘雖無蟲食有時熟已風吹自落然後乃取其食時節要經七日然始一食七日之內終無二食如是菩薩食時雖至地無餘果便爾空過亦無所食四十二年或食不食長夜精苦修習禪定以修定故獲

五神通然是菩薩經四十七年因神通力即以天眼過於人眼觀視世界所有衆生不持禁戒全無福德專造惡業嫉妬毀謗不事父母不敬沙門長夜熾然增長衆惡更相恐害甚於怨讎爾時菩薩見如是等惡衆生已生大憂悲如是歎曰嗚呼哀哉嗚呼哀哉此等衆生極成大失寧能於此寬大剎中無一衆生有片善根況具足者復如是念我於今日應以天眼觀此三千大千世界求一衆生具足善根我若見者應大歡喜何以故我於彼所得斯大利若不知處即宜因此更相教告生長善根時彼菩薩如是念已即於林中宴坐入定思惟觀察見其南方過二十世界有一佛土名曰善光彼土有佛號曰寶幢如來應供正徧覺摩那婆彼佛何故名曰寶幢以其生時即於頂上放大光明大光出時其世界中無一衆生能知彼光從佛頂出亦復不能分別彼光相貌形色為青為黃為赤為白為黒為紫為玻瓈色諸餘色相乃至一相皆不能知彼光出已其佛剎土咸成寶色時諸衆生見其剎土如是莊嚴各作是念此必當是菩薩出世建立寶幢故使世界變為寶耳摩那婆以是因緣彼佛如來名為寶幢摩那婆爾時寶幢如來從頂出光直來臨照香上菩薩在頂而住時彼菩薩於禪定內見佛光明住在其頂生希有心發如是念我今宜應捨此三昧如是念已即從定起觀彼光明所從來處見從南方善光世界寶幢世尊頂出光已直指自身既不淪没亦無障礙而復見彼寶幢世尊以九十二那由他聲聞大衆前

後圍遶復作是念我於今日可詣彼佛世尊足下恭敬禮拜佛及僧衆香上菩薩生是心時寶幢如來還攝光明光明沒已菩薩爾時如常宴坐無所見知深自咎責我今寧可長失斯利時彼菩薩復作是念我今還應入是三昧如是念已即復入定既入定已光明復來住菩薩頂還見彼佛無量大衆左右圍遶時彼菩薩復作是念我今應詣彼佛世尊如是念時光明復沒其光沒已菩薩復念我今自應還入彼定既入定已何須更出乃至不應到彼佛所摩那婆時彼如來作如是念今此菩薩有大勇猛具足精進我亦不應令是菩薩放捨斯願不成大利或來我前或棄身命愼勿令彼捨精進心莫使彼身於是法門而作損減我今應當令其安住如是正法教

令覺知使是菩薩一切法中咸得開解滿其本願摩那婆時彼如來如是念已於彼界沒忽來至此菩薩前住摩那婆爾時菩薩忽然覩見寶幢如來應供正徧覺身相莊嚴三十二種殊特微妙狀若金山生大希有重尊敬心於彼佛所猶如父想而彼菩薩心生如是尊敬事已起愛重心不自勝任慚愧悲泣前詣佛所雙膝長跽頂禮佛足右遶三帀退住一面如是菩薩慚愧悲泣禮敬佛時彼佛即以手摩其頂然此菩薩被摩頂已尋自念言過去諸佛初未聞見行是悲願而欲於彼生死空野無佛劫中爲大利益濟度如是不識恩養非法衆生不信三寶不敬沙門及婆羅門不孝父母不友兄弟不知尊卑諸如是等失心衆生墮空劫中專行惡法我於今時須

作法因不憚勤苦先揚教化咸令具足發斯
誓願摩那婆時彼如來知此菩薩內懷如是
大誓願精進即便爲說三種業藏既聞說已
曾於過去諸如來所聞此三種教藏法門皆
現在前是菩薩從寶幢佛聞此三種言教藏
故遂於佛前發大誓願我必於此大空劫中
如世尊教施作佛事時彼如來知是菩薩具
足如是牢固誓願即便慰喻弁誡之曰摩那
婆如汝心願愼莫放捨汝應悲愍諸惡衆生
汝當勤學諸佛所作終不得捨三種方便汝
恒念此三藏法門摩那婆汝若有緣生亂心
者唯當正念諸佛世尊汝於爾時但作是事
摩那婆時寶幢如來如是教誡彼菩薩已以
大神通還本世界復次摩那婆爾時香上菩
薩摩訶薩從寶幢佛聞三教已常轉常念常
現在前我於今者作何方便爲諸衆生宣揚
解說咸令彼等知佛現存菩薩自念惟有神
通大事可辦即以神通下至第七風聚之處
發大聲言汝等衆生如是破壞云何而得不
自覺知摩那婆爾時菩薩所出音聲徧滿三
千大千世界一切衆生聞是聲已悉捨諸惡
晝夜端身正念而住爾時菩薩見諸衆生悉
起正念復更思惟云何而得出一音聲徧諸
世界菩薩爾時即作是念此諸衆生最極惡
行我今應當如法教示摩那婆時彼菩薩次
第教示一切衆生皆令安住於正法中過七
年已彼諸衆生得住法行種諸善根然是菩
薩能令此一切衆生行種種行得種種法摩
那婆以是因緣汝應當知彼時衆生於諸法
中無有缺減然皆由彼寶幢如來過二十佛

刹見有衆生堪爲法器又此香上菩薩能有如是勇猛精進大誓莊嚴故爲敷演三教法藏摩那婆又彼如來捨置於彼九十二億那由他衆自來臨教香上菩薩爲成就故摩那婆汝今不應妄生憶想謂彼香上爲別異人當知爾時香上菩薩即吾身是摩那婆我念無量無邊世界種種名字彼世界中所有衆生彼諸衆生所有心念於一刹那間我悉能知是諸衆生心所念法意所住處億百千種於一念中我悉知之若使世間諸佛國土隨有衆生善根成熟堪受三種言教業藏我當往彼示現成佛專爲宣說三教藏門摩那婆假使無量無邊諸世界中無有佛處但有衆生堪能受持三教藏者我即於彼現爲佛身教化開示是諸衆生何以故不欲令彼善根衆生喪失如是智慧處故摩那婆我常如是周徧觀察若見衆生毛髮善根即往教化何況衆生躬在我前歸依於我仗我爲師而不攝受不爲宣說乃更祕藏無有是處復次摩那婆我今爲汝更爲譬喻以譬喻故智人速解摩那婆如蓮華池其水盈滿蓮華開敷現於水上日光没後冷露降時是衆華葉自然相合夜分既盡日光將現而彼諸華復還開敷當知是華應須二事何等爲二一者池水常盈不令乾竭二者節量其水不令華没如是摩那婆如來亦爾爲諸菩薩摩訶薩等速離怖處於二事中應深加護何等爲二所謂斷常若諸菩薩於是二見無執著者心智行處不假多功自然能滿若能極滿心智行處即得入彼三藏智門摩那婆今者如來已爲

汝等方便解說三言教藏而汝尚未捨離重擔更問如來此三言教業藏因緣

教證法品第四十一

阿難爾時上名意菩薩復白放光如來言世尊如來曾說菩薩求法不捨重擔有所不知還問世尊以是因緣我今不捨精進重擔數請世尊世尊雖欲捨置於我然我仍願諮問世尊譬如婆羅門大衆會時卒然有一異婆羅門寡見少聞不被呼請而輒自來求最上坐衆人諮問莫知所答經於七日而不得食世尊然婆羅門法寡於見聞問不能答假令七日不得一食而尚不免爲他驅擯其會衆中無哀憐者世尊我等如是數被如來諸所說中不爲盡解如被驅擯今雖被棄不敢盡言然而我等誠願慇懃猶自不捨求法重擔諮問世尊何以故世尊無智愚人現雖多惡然其久後亦當作佛若當作佛要須諮問若不諮問則闇於法門若闇於法門則不得佛慧亦復不得力無畏等乃至不得佛陀羅尼方便言說乃至不得道成號佛若不請問佛世尊者云何得成當來佛事世尊我於今日雖被驅遣在法門外然我要當請問世尊如是三種言教藏處阿難爾時放光如來聞是菩薩如是問已作是思惟此大菩薩精勤勇猛內具信心智慧深利今我不欲爲其解釋誠棄捨之然是菩薩終無恐怖亦不休息唯求諮問我於今者應爲說此阿等法門譬喻解釋令漸學此三言教義因是字門以入宮殿亦此億數諸菩薩等思惟分別此法門故當自證知諸波羅蜜方便行處是波羅蜜所

有義理從此方便言教門中當應自見彼諸菩薩如是問時思惟不亂心盛分別不憚勤勞而得問辯即於爾時生大歡喜生歡喜已漸得入此三教藏門阿難放光如來正思惟時諸菩薩衆承佛力故知如來心阿難爾時諸菩薩摩訶薩衆發如是心我等今者誠可思惟此三句義何者是此三教業藏所謂即此阿迦那等諸字門耳言阿字者云何最初方便開導言迦字者云何中間我應入知言那字者云何復能最後普證我於今者從阿字門思惟分別憶念受持更不諮問如來是義亦知如來方便教示諸菩薩衆作是念已各於衆中端然立往於一時間思惟觀察阿字法門方便義處於其中間不念餘事時諸菩薩如是思惟滿足七日即得證知彼阿字門宮殿義處云何證知言證知者如如來說猶如扠板方便執持不破不壞善加刮削平治令淨量度長短然後色塗暴曬令乾乾已揩摩摩已持筆書置板上方得成字摩那婆於意云何彼板如是善治理訖當於爾時板中已有色相可見名字可說耶諸菩薩言不也世尊佛言如是如是摩那婆是時無有色相可取名字可說唯有言說如是我聞等修多羅文句次第摩那婆汝等聽我方便解說此譬喻門還如是持可不正以治理彼板令無塵垢或以色塗即於書時無復有物於文字句能爲障礙耶如是如是摩那婆是故我說四大身中得入宮殿猶如彼板摩那婆入宮殿者云何而入摩那婆然此諸界有二種事方便教授故言宮殿何等名爲二種事也

摩那婆猶如彼板精好治理即是如所聞已分別思惟云是我身而得安住又如彼板善治理故不用多功而得書字彼人見已心生歡喜如是如是摩那婆一心正念除諸煩惱思惟所聞普知所作正住清淨亦復如是摩那婆又如彼板善治理已得好筆墨思惟方便點畫分明文字章句皆悉成滿摩那婆若令彼板不善治理筆墨不精彼之所書文字章句不甚分明不可辯了如是如是摩那婆若人心不清淨煩惱穢濁意業不善則於所說不能照明如板筆不精文字不顯摩那婆汝等應當如是解說彼阿字門漸入宮殿如彼板喻應當善持若不解了即應更往諮問如來爾時諸菩薩言世尊以是因緣我等皆應更善思惟此方便門世尊我等但知思惟一邊不知一邊今當奉教更審精思若得知者便爲大善如不知者還請世尊爾時放光如來復告諸菩薩言摩那婆以是因緣我今於此須彌山頂不盡解釋如是義處須後還下至大地時然後可得盡說是義憐愍一切諸世間故諸菩薩言世尊假使如來住於億劫我終不捨是精進心要須諮問此三句義佛復告彼諸菩薩言摩那婆汝等莫捨大慈悲心亦勿生念今日如來遺棄我等何以故如來口言無有虛妄如來口業終不虛發所以者何諸佛世尊口業所出無不皆令一切安樂摩那婆諸佛如來具足慈悲但爲憐愍諸衆生故凡有所作乃至一切舉動語言無不皆爲一切衆生甘露良藥摩那婆如來世尊知時爲說何以故摩那婆是諸凡夫於如

來所無有定業假使後時得少微緣還起亂心是故汝等於是法中莫生疲懈

大法炬陀羅尼經卷第十六

音釋

鴝鵒 鴝其俱切鵒余蜀切鴝鵒鳥名 刮削 刮古滑切摩刮也削息約切刻削也 暴曬 暴蒲木切曬所戒切暴曬日乾也

大法炬陀羅尼經卷第十七

隋北天竺三藏法師闍那崛多等譯

說無住品第四十二

阿難時諸菩薩摩訶薩衆於放光如來前陳白已心所念六事向如來說爾時彼佛知諸菩薩心有所念即復告言摩那婆汝等意念所入境界寬大無量汝於是中莫生猒惓摩那婆如彼大地所依住者求其邊際終不可得諸菩薩言世尊如是等句說何義理而如來說所有依彼大地住者無有邊際世尊此說謂何等法住於大地又世尊先說一切諸法無有住處我於是中欲問如來此微密義如來今乃說彼諸法一切皆住或言無住是義云何阿難時放光如來復告諸菩薩摩訶薩言摩那婆諸衆生等凡有如是八種住處一切衆生住此八處轉諸行輪無有窮已何等爲八一者斷常所謂著我不捨我等諸事業故摩那婆是爲第一世間衆生之所住處二者眷屬所謂父母兄弟姊妹妻妾男女如是乃至宗族親戚等摩那婆是爲第二世間衆生之所住處三者生處所謂三界五道所生之處直就人中自有三品上者王公尊貴中者豪族富勝下者貧窮下賤餘亦如是生家因緣具足我想故摩那婆是爲第三世間衆生之所住處四者資財所謂奴婢作使象馬駝騾牛羊豬狗倉庫穀米綾羅錦綺金銀瑠璃摩尼眞珠乃至世間種種衆寶如是一切貪愛保著故摩那婆是爲第四世間衆生之所住處五者容貌所謂身體端正色澤光華氣力雄猛威儀具足諸如是等爲我財故

摩那婆是爲第五世間衆生之所住處六者種類所謂四族卽彼刹利婆羅門毗舍首陀等咸有種習氣類風俗各以爲能我心成就故摩那婆是爲第六世間衆生之所住處七者作業所謂習禮修仁仂農勤圃工巧衆技賫賈往來諸如是等世間作業久習精便增長我慢故摩那婆是爲第七世間衆生之所住處八者尊重所謂守護卽是天龍夜叉阿脩羅乾闥婆迦樓羅緊那羅摩睺羅伽羅刹毗舍闍鳩槃茶薜荔多山神樹神地水火風乃至種種諸神鬼等皆來承事禮拜防護此亦世間凡夫事業摩那婆是爲第八世間衆生之所住處摩那婆當如是知此八種事一切世間諸衆生等皆具足住摩那婆何因緣故名爲住處當知彼等皆依無明我慢結使而生住著故言住也復次摩那婆彼諸衆生長夜熏修增長如是無明我慢諸結使故彼既熏習增長是事已終不捨離顛倒妄心以心倒故更於是中思惟分別作定實想云何實想於受想時卽生實想然復於此四大之中著如實相而實不知眞實之處而復於中作大我想作衆生想亦作常想生常想已卽住此想彼以癡故墮於無明極深闇處而不自覺我等今日常没惡胎不能自出摩那婆若諸智人於生滅中無如是想何以故如是智人已滅我想故是故智者常應勤作如是思惟是中無有生滅及生滅者但是世間愚癡人等不捨如是顛倒事故縛著迷惑終不覺知一切諸法本性空寂凡夫於中妄生我想以我想故彼因具足初顛倒法而復於是

受想聚中不正觀察不善思惟不知是身無常臭穢更於其中生清淨想以是因緣彼復具足第二顛倒以先成就常我想故即生淨想起淨想已復於苦中而生樂想以是因緣復當具足第三顛倒以於諸苦根本之中生樂想故何謂苦本云何生樂摩那婆所謂名色初生是苦根本名色具故即爲父母兄弟姊妹宗親眷屬之所圍遶復爲妻妾男女恩愛之所纏縛復爲朋友儕類諸知識等之所牽連復爲良家大姓形容色貌等之所亂惑復爲奴婢僕使供侍左右等之所煩擾復爲象馬駝騾牛羊豬狗穀米倉庫生熟厨宰金銀摩尼種種財寶之所妨礙或復後時果報離散於如是等大苦聚中愛著我心而生樂想然彼終無暫時生念我今住是大險難中我常爲彼生老病死之所摧辱我今被壞被破被滅而我現前所有衆具競來圍遶盡是我賊能劫害我彼諸癡人應作是念此所圍遶甚於虎豹豺狼野干鵂鶹鵄梟烏鵲異鳥及諸怪類爲我眷屬我今住此大恐怖處常溺如是衆苦輪中以我愚癡反生樂想摩那婆譬如世間蜜塗利劒愚人貪味舌受其殃如是摩那婆凡夫亦爾以愚癡故於彼大苦無常法中獲得是身生常樂想是故住彼四顛倒中住顛倒已於不實中生於實想而不能知昔施因緣今日得報爲衆苦本摩那婆此是衆生世間住處彼諸衆生皆悉住著此破壞中滅九種分摩那婆一切凡夫皆悉共有如是住處然此住處非眞住處是諸凡夫但以不正思惟邪想相續顛倒住此非眞住

處摩那婆汝若復問不住法者云何解釋摩那婆不住法者即一切法無住處故復次摩那婆於意云何彼迦羅邏時所有諸大有住處耶不也彼成就業有住處耶不也彼名色時有住處耶不也初入胎時有從來處耶不也彼迦羅邏諸大所有支節名色如是一切有從來處而受胎耶不也摩那婆世間所有一切四大有住處耶不也彼五受陰成就諸根有住處耶不也摩那婆如是乃至往昔所有一切布施因彼受此和合業果皆有住耶不也世尊佛言如是如是摩那婆彼一切住即是非住但是思想移來次第相續故有生耳若有人問當云何答此但名字成就集聚諸物不是造作於彼無常破壞事中不能觀察正思惟故何故不觀以依顛倒造諸業故云何不得正思惟者不說諸有皆因緣生不依住故若正思惟一切皆是無住住也如是觀者名為正觀若能如是順正見時於所生色身即自能知來處去處於所住二著法中得解脫時次第捨離而心不亂心不亂已更復得具大歡喜心得喜心已如前次第分別文字得文字智名入阿字宮殿法門如是次第皆當覺知摩那婆彼於入時無有煩惱能成就者觀本不生然後得入是宮殿處摩那婆以能如是正思惟故入彼宮殿爾時方得明了證知其心本來迷沒之處既得證知心亂處故爾時便得真見純直既得純直見心量故即得光明得光明故於諸因緣無有住想無住想故即得諸法無住真處

說聽功德品第四十三

復次摩那婆是諸法師不應住彼一切法也應作不住一切法想應如是入如是入已則當覺知無量名字所說諸法彼名字法應當自然而得增長如是法師住幾種法幾種名字當能觀察諸法次第乃至文句種種次第然彼法師還應如是護持是法念常現前住是法中不失不忘句義次第以不亂心住句義中雖住其中住無住處摩那婆譬如妙巧織師善用絲縷於織作時或失其縷是人但以善巧方便次第尋求不用多功衆縷百頭一時俱得如是摩那婆若諸法師當說法時或失法門章句次第法師爾時應當念是入宮殿門何以故摩那婆若彼法師登即憶此宮殿法門所忘句義不明了者無有是處摩那婆又如善磨清淨明鏡隨所現像若一若二若五若十乃至衆多皆悉明了摩那婆此宮殿門亦復如是法門章句不可但以一相二相三五十相若百若千或復億數乃至無量諸相名字而可得也何以故是中所可宣說但爲凡夫分別諸法斯皆安住如實想中欲令知此諸法生處滅處既得觀知生滅處已爾乃得知虛空少分終無有人能徧知空而諸凡夫以我想故於法師所及法門中生少分想然而此想不知是義何以故是阿字門宮殿處所能有如是無量光明照曜開顯方便宣說法師既得如是無量光照法門其所說法或經一劫或減一劫乃至盡其壽命如是成就具足說是法門終不能盡復次摩那婆是中五字義次第說應當受持若於如是方便言說得證知者彼三言教次第得說

摩那婆云何持此五字法門或說初一五字法門或時盡說阿難爾時彼諸菩薩復白放光如來應供正徧覺言世尊云何說一佛言摩那婆所言一者即是先說初五字法能令一一文句相續其阿字者初不亂心相續次第和合囉字法門相會其迦字門行行別觀相續不斷遮字法門種種行中應知摩那婆猶如四方各有一人是四種人欲觀須彌并觀四海及以四洲如是四洲繞須彌山自須彌外無第五洲應當知此邊際境界作如是想彼中多有衆生住處摩那婆當知是說通數須彌以爲五洲其間所有皆是大海應如是觀何以故若攝住處彼之五洲如是次第當知如是五字法門其事亦爾月於其間增減往來當知此即五字門義其阿字者無所偏著猶如山王四面周帀有彼四洲四海圍遶其間所有日月光輪及諸星宿等一切皆是無所依著運繞須彌爲衆生用以是因緣諸衆生等作如是想此晝此夜此是晝夜摩那婆今者世間有如是法日月星宿繞須彌山輪迴而行以日月故言是晝夜半月一月半年一年以有如是次第故作如是覺知覺已安置世間事相亦即參會諸佛語言法行不合若不能知應請法師問其可不以不問故毀謗正法無有信根以不信故諸佛世尊徒出世耳摩那婆自從昔來無量百千諸衆生等在於衆中不能信受如是經法於是法中乃至不能請問一字一句一偈心不清淨唯有疑惑毀謗法師及如是法以是因緣墮於惡道我今爲汝說彼癡人以毀謗故墮於

地獄畜生餓鬼備受衆苦輪轉往來無有邊際摩那婆我今語汝此大衆中若有如是不信心者速須捨棄不得停留何以故摩那婆於佛法中無如是事諸如來法無量寛大不可思議摩那婆若如來住世經無量億那由他劫者能爲衆生說種種法義何以故摩那婆諸佛如來見有受持是正法者必欲令其不顛倒故復次摩那婆我今畧說一切菩薩摩訶薩利益法者於此法中一切世間無有諍事何以故摩那婆諸衆生等長夜憶念富伽羅想思惟分別漸當寛大而作常想常著有想於三界中心生顛倒住顛倒故不知觀此諸行無常是中我心顛倒迷惑不能如實觀於無常而作常想即成常見住是見已熏修種種煩惱衆結增長嫉妬嫉妬盛時即生斷見住著如是常斷見故入諸見林熏習不已墜墮空曠大黑闇中惡見成故即此生中於諸如來應供正徧覺所無有信心何由能有敬心聽法及知法師說法處所乃至聞說起隨喜心摩那婆汝應當知是中平等無有二也若諸法師講宣法時有人聽受如是法門彼說法師及聞受者二人獲福等無差異但當教彼如法住也摩那婆如來說法有無量種而愚癡人等不知思惟如來所說法門句義隨諸衆生根宜而說如是法義隨聞信受長獲大利摩那婆如來於法終無秘藏如衆生界無有藏處如來如是爲諸衆生降注法雨無有斷絕摩那婆如來若知唯說一句衆生則解終不重說摩那婆如來既知是諸衆生心無藏處是故如來常注如是不藏法

雨摩那婆如來若不爲諸衆生常注法雨爾時世間應大憂怖何以故諸衆生等喪失深故摩那婆如來若知億百千數諸大衆中有一衆生於功德門一法句義少證知者如來爲彼一衆生故住世宣説過恒沙劫何以故摩那婆能受如是法器衆生世間難值故摩那婆汝今不應起驚怪心若諸如來説一法句而衆生等不能解者假使聞説諸餘法門亦不能解何以故摩那婆以其久於煩惱生死流轉之中造作如是無量無邊諸不善行當知悉由放逸根故摩那婆汝於是中莫生變退若諸衆生聞説斯法能受行者當知是等久習信根及大智業力摩那婆是故汝今應當學彼過去丈夫名曰善賢復次摩那婆汝等應觀阿迦那等三字法門云何觀此三字門也何因緣故彼阿字門爲十四句中間分齊摩那婆是三言教方便生處以阿字門方得入故何因緣故彼迦字門以二十一字爲境而得説三言教故乃至彼那字門於七句中而爲境界通達業藏盡攝取故摩那婆彼章所有四十二字義句門者此即名爲世間心中出入息事是中丈夫四十二息從一一息依數取之智者應當分别解釋何故言阿云何名息摩那婆若諸衆生息往來時彼衆生等壽命得住往而不還是名息滅當知爾時則爲命盡摩那婆彼既滅盡復何應觀以息滅故得知如是諸衆生命摩那婆息若滅時云何應觀息若存時復何應觀摩那婆汝等當觀彼阿字句心爲根本無有文字初方便故應如是觀汝應知彼心業和合及與

氣息出入往來始從阿字乃至叉字摩那婆云何叉字爲盡句數此虛空數勝出入息若有觀者當應善觀不得增減於中若能知叉字相不斷不亂至於第十出入息中亦當不斷若如是數至第十息相續不斷次第不亂當知爾時則得住也既得住已即觀諸法生滅破壞爾時既滅出入息故即生安想得安想故復得無量身心歡喜既住歡喜復得樂想不離功能及以方便即得入彼阿字宮殿入宮殿已還得如是隨順之法住心所行摩那婆於是法中既無思想云何名識復於何時心住一處即於爾時思惟彼心非滅非非滅何以故摩那婆彼人爾時心想若滅誰復能入彼虛空者但彼心想既住一處所有法門自然現前一切文義無隱藏者意欲多說隨意則能摩那婆復於何時出入息住云何衆生作如是想此人存活此人退墮此人始生此人終死摩那婆出入息者即是風氣於何時中知彼風住復於何時知彼風滅摩那婆所言風者即是攝在出入息中此但身我方便言說云何名爲方便說也譬如一切出入息滅則名爲死如是摩那婆說法息滅當知即是正法滅也法不轉故說言法滅衆生唯見此諸法滅言正法滅然是正法實無滅也摩那婆汝等不應憶想分別謂正法滅汝等於此正法之中莫生疑惑當如是知復次摩那婆於意云何後身菩薩坐於道場將成阿耨多羅三藐三菩提時如是菩薩假師教不不也世尊菩薩爾時無有人教自然得成阿耨多羅三藐三菩提摩那婆應如是知菩

薩爾時無有師教自然證知何以故爾時將爲一切世間作自然師誰復當堪爲彼師者是故汝等當如是知又復由證第三明已爾乃得名阿耨多羅三藐三佛陀於一切衆生大衆之中最勝最上於說法時若有沙門婆羅門若人若天若魔若梵一切來問是般若波羅蜜無能勝者於諸法門無有障礙若說一句經恒沙劫終無窮盡以是義故稱言如來又復摩那婆無有等故名爲如來一切世間難可得知云何而言此是如來夫如來者既不可以眼相知故云何可見摩那婆當知此乃一切諸法虛空處也

諸菩薩證相品第四十四

阿難爾時放光如來爲諸菩薩摩訶薩衆說是虛空宮殿門時有四那由他衆生於諸漏法中心得解脫時彼億數諸菩薩衆皆得入是大宮殿三昧阿難彼諸菩薩摩訶薩衆以皆入是三昧力故令彼佛土一切無有山陵堆阜石沙瓦礫荆棘惡草及諸坑穽地平如掌阿難爾時放光如來應供正徧覺告天帝釋言憍尸迦汝宜觀此億數菩薩摩訶薩衆皆得入是大宮殿三昧生歡喜心以是菩薩三昧力故令此佛刹一切成就猶如三十三天宮殿阿難彼放光佛住世久近及佛刹莊嚴亦復如是阿難爾時天帝釋白放光如來應供正徧覺言希有世尊爲獨由此諸菩薩摩訶薩等大精進力及其三昧威神力故令此佛土一切成就如是莊嚴爲由世尊道德威神加持力故致得如是阿難爾時放光如來告天帝釋言憍尸迦汝意云何此三十三

天及其眷屬微妙莊嚴各處已宮自在受樂此時爲但天王威力能令若是爲彼諸天往業因緣令受斯報阿難時天帝釋答彼佛言世尊我已知也我已知也阿難爾時放光如來欲具宣此諸菩薩等往昔因緣故復告天帝釋言憍尸迦我憶過去無量世時有一大劫名善行路彼劫有佛號曰山上如來應供正徧覺出於世間其佛壽命於彼劫數四分之一過是已後入般涅槃佛滅度已有一菩薩出生其刹名曰明相成就諸根身漸長大聞山上如來入涅槃後於此三千大千世界一切住處皆悉興起舍利寶塔爲是事故躬自徧行閻浮提中盡於海際從閻浮提次欲往詣第二洲處多諸海難無由得過即復停住如是思惟我今發趣求大利益方將徧觀大千國土甫此洲間少許留難尚不能度況餘天下無量洲渚及大鐵圍所有巨難云何可過且亦無有世間衆生輕微身力率爾即能從此至彼亦無有能從彼來者今日如是自餘洲渚如來寶塔云何可得往彼供養復作是念而我今者唯以神通移此洲中懈惰衆生安置餘洲觀諸寶塔隨有何供所在徧奉無令有乏又此三千大千世界所有如來舍利寶塔以我三昧神通力故皆成瑠璃衆寶莊嚴令此世界皆悉平正無諸瓦石荊棘毒刺乃至無有如芥子許沙礫瓦石亦無毛髮溝坑塹若諸衆生居此土者一切所有功德果報莊嚴樂事皆悉如彼忉利天宮又復願令諸寶塔中咸有五種天妙音聲娛樂供養無有斷絕如是乃至三千大千世界所

有舍利寶塔彼諸供具亦令常有五種音樂無斷絶時又願此世界徧佛刹土衆寶所成亦常雨天曼陀羅華憍尸迦時彼菩薩如是念已於彼洲間即便入於火住三昧入三昧已彼界所有悉如心願一一切成就憍尸迦彼佛刹中諸菩薩等咸覩如是不可思議世間希有殊特之事彼佛刹中乃至所有百億日月百億須彌山百億四大海百億四大洲彼諸洲渚晝夜常見佛刹土中是諸如來舍利寶塔亦皆得見彼諸塔中所有舍利殊妙莊嚴是諸衆生見此事已皆生歡喜踊躍無量各作是念今此境界誰所作也憍尸迦爾時閻浮提中有一比丘是阿羅漢具六神通諸漏已盡時諸衆生各作是念我等今應問此比丘如是境界誰之所作憍尸迦爾時閻浮提一切大衆皆共往詣彼比丘所到已白言尊者大德今何因緣忽見如是未曾有瑞此閻浮提嚴淨若是惟願爲我解釋斯事如此奇妙誰之所爲憍尸迦時彼比丘告衆人言諸人當知此閻浮提有一菩薩名曰明相能發如是大精進力云何當令一切衆生得受安樂如是念已即於洲間入於三昧住大神通神通因緣現如是事憍尸迦時諸衆生於比丘處聞是言已皆即共詣彼菩薩所到已恭敬禮菩薩足右遶七帀生大尊重更復頂禮住菩薩前復次憍尸迦時彼菩薩摩訶薩端身正念從三昧起告大衆言諸仁者汝今可來與我遊歷行此三千大千世界徧觀如來舍利寶塔憍尸迦時彼菩薩摩訶薩將諸大衆從洲至洲觀如來塔禮敬供養時彼諸

洲所有衆生以尊重心隨從菩薩而彼菩薩所將大衆隨諸所須皆令充足終無闕少憍尸迦如汝於三十三天中隨諸天衆所須之具皆令充足亦復如是彼諸衆生當爾之時一切無有耕墾田疇商賈求利行諸惡事不淨活者彼時衆生因菩薩故具足皆受如意快樂憍尸迦爾時明相菩薩摩訶薩周行徧歷三千世界觀如來塔令諸衆生咸起殷重尊敬之心供養寶塔自亦興造種種供養因即教彼三千世界所有衆生皆悉趣求無上菩提乃至盡壽修菩薩行憍尸迦彼菩薩摩訶薩有如是等大願威力憍尸迦明相菩薩摩訶薩去此佛土過千億世界有佛世尊號娑羅王處衆說法如是菩薩今現在彼然是菩薩亦於將來過四十阿僧祇劫得成正覺名無量壽如來應供正徧覺時彼菩薩得菩提已諸有衆生得聞名者皆悉隨意得般涅槃皆各於彼所住世界成就本願證阿耨多羅三藐三菩提憍尸迦以是因緣汝當知此諸菩薩等自有三昧力無畏等非如來與威神德力憍尸迦若有菩薩欲學諸佛行欲入佛境界或時值遇如來現前時彼菩薩即應諮問彼佛如來而彼如來爲彼菩薩爲將爲導如法而說教令修行憍尸迦諸菩薩等更作何事而於諸佛如來法中不欲學行憍尸迦諸菩薩等必當勤學若欲求學心自在者不於一切諸佛法中學幻化相云何當得爲於世間是故應當善自學已然後爲人憍尸迦一切世間外道神仙彼等但以少持戒行精苦攝心尚具五通隨所應作如意得成何

況菩薩多劫具行六波羅蜜滿四神足而更不能作如是等少分變化憍尸迦汝於是中何所驚怪且即斯事無有神通所以者何一切諸法皆如幻化憍尸迦汝於是處勿復生疑何以故憍尸迦如來弟子見諸世間猶如幻化無有疑網所以者何彼信如來即自見法是故自信不唯信他何以故若世間人旣自見已彼人終不更取他言憍尸迦如人裸露在道而行設有一人語衆人言此人希有錦衣覆身憍尸迦於意云何彼雖有言自餘衆人信此言不不也世尊何以故眼親見故佛言如是如是憍尸迦諸佛如來諸有弟子自見法故不取他言其義亦爾

大法炬陀羅尼經卷第十七

音釋

仂六直切與力同勤也 儕牀皆切等輩也 鵄梟鵄赤脂切怪鳥也梟古堯切不孝鳥也 穽疾政切陷也 墾口很切耕田攵工也 疇直由切

大法炬陀羅尼經卷第十八

隋北天竺三藏法師闍那崛多等譯

如化品第四十五

阿難爾時天帝釋復白放光如來言世尊我於是中都無疑惑世尊亦當先體我心然我今日冀得如來久住於此忉利天宮哀受我等輕微供養以是義故我問如來世尊今者將諸大衆不見遺棄臨顧我宮我心欣踊不自勝任何以故我從生來初未見聞諸阿脩羅及諸天衆歡樂共住今蒙世尊加持威力今我諸天共阿脩羅歡娛受樂阿難爾時放光如來應供正徧覺告天帝釋言憍尸迦汝豈不知我今爲此十四菩薩摩訶薩等滿宿願故增長善根故成其慈惠故我今要欲攝此菩薩教示之故又爲此等得坐道場熏修因故阿難爾時十四菩薩隨從其父善臂阿脩羅王在善法殿於放光如來前整理衣服偏袒右髆右膝著地合十指掌白言世尊我等自從有所聞說盡力尋思未能開解但於如來生敬重心故敢諮問如是義處世尊已證三種言教方便業藏我等今日全未受持是故我今欲知此義惟願演說三法藏門佛告諸菩薩言善哉善哉摩那婆汝等欲聞如來法藏耶諸菩薩言唯然世尊願樂聽聞阿難爾時放光如來即自舒其金色右手置於空中告諸菩薩摩訶薩言摩那婆汝今當觀如來世尊手在何處諸菩薩言世尊我等惟見如來世尊手指虛空佛復告言摩那婆於意云何此虛空者可得作耶不也世尊可得見耶不也世尊可得聞耶不也世尊佛言如

是如是摩那婆若是虛空可作可見可聞可觸者便可證知如來藏義亦復如是汝應善知摩那婆但是如來應供正遍覺證阿耨多羅三藐三菩提已見諸世間猶如幻化假說諸法方便示現引導衆生何以故是中衆生有著法想是故如來爲其說法其實如來亦無所說摩那婆若必有此三教藏者彼不可動亦不可說說於無說不可成就摩那婆若是虛空有增減相無有是處惟彼如來有是境界所謂建立諸法是中如來見諸世間猶如幻化住大慈悲說如斯法令諸菩薩摩訶薩等得如斯法無有損減復次摩那婆一切衆生有四十二出入息等爲四十二出入息句令彼學知說字根本是中若有菩薩摩訶薩具得如是四如意足而彼菩薩亦不能爲諸衆生等說如是處所謂初阿字門四十二句如是次第數至八分於八分中所有分段即是爲諸衆生說八思惟處於世間中說此八法不令斷絕是爲第二教藏法門汝應思惟修行此法摩那婆如阿字門不縛不解當知一切諸法所有語言可說可見彼等一切不縛不解云何名爲不縛不解摩那婆不縛不解者謂一切法性本自空誰能於中爲縛爲解摩那婆如彼板上文字章句乃至言說亦無住所若不方便有是言說無一衆生知一句者摩那婆是爲總解藏法門義時諸菩薩復白佛言云何總解佛言摩那婆汝應受持此入法義汝於是中莫生疑惑此解說中無有疑網云何無疑一切諸法皆如幻化摩那婆世間所有諸語言法如來世尊悉知悉

見是中衆生有疑心者如來所說如是等法能令彼等斷疑惑心云何斷疑爲作方便譬喻解釋故如說於此中住是則還令住阿字門得相生法摩那婆汝等惟應六日正念成如來業當思惟時更莫他念汝若思量法相義時但當如是正念現前念如來故爾時若有所說若無所說於是法中無有疑心因是六日念如來已即能覺悟阿字法門於六月中不思飲食以是念故於如來前更得無量無邊辯才如是念已若得迦字法門名者即亦能得成就思惟此第九分於一心中云何得生惟有如來住處故能知此亦即不離如是說處一切諸法猶如幻化汝摩那婆勿生二想亦莫致疑亦不須作宮殿想也但於六月念迦字門因此即復思念如來若能成就三昧定者假使如來不現在前亦即得見莫生疑惑如來未爲汝等作究竟斷疑之語是故汝疑未能斷絶又復如來雖爲汝說終不得盡何以故摩那婆譬如有樹華時出華果時出果摩那婆於意云何彼樹若其華時未至求華得乎不也世尊果時未至求果得乎不也世尊佛言如是如是摩那婆如來亦爾說時未至故不說耳摩那婆於意云何又如彼樹可知來處乃至華果知來處乎不也世尊佛言如是如是一切所有能說所說俱無來處摩那婆或時有人發掘彼樹拔其根莖枝葉出已復以刀斧斐剉令碎乃至無有如棗栗許摩那婆於意云何彼樹如是被分散已求本華果有可得乎不也世尊何以故既破散已乃至無有樹相可見焉得華果佛言

如是如是摩那婆一切諸法無有相故云何可說復次摩那婆若諸法師昇法座已爾時先當念阿字門亦念如來三言教藏不得放捨如是諸行於彼三門相續念處念已復念作是事時乃至不起諍論言說摩那婆若諸法師欲說法時應當念彼六日事業不得捨離亦無休息一切諸法可得證知摩那婆彼迦字門語言解說相續不斷當於彼中阿字爲初與智相合二十一句方得具足摩那婆夫言教者即是其中二十一句次第不亂摩那婆以是事故諸佛世尊希出現耳何以故彼時無有如是法行雖有多人終亦無能如法行者是時亦有無量衆生初亦起心愛慕是法及其臨事多生驚恐終無所獲摩那婆若復有人作是思念我如是行即得成就諸佛法者彼爲執著若此執著是佛法者何故往昔劫初時人於內外物無我我所不著諸法不假造作果報自然意須即至其後漸漸起諍競心喪失自然衆味果報摩那婆以是因緣汝等當知諸佛世尊終不執著佛菩提也汝於是中不應生著若執著者不得受樂何以故夫執著者衆苦根本摩那婆汝等當觀鬱單越人雖與三方同受人身果報最上彼於生中雖無施等然壽終後皆得上生欲界天宮摩那婆汝應當知無爲之事乃至能得多時受樂若彼有爲著我我所是人無有一不善法而不受者摩那婆不善法者所謂一切諸行生死是故如來常誡勿著有爲諸法摩那婆不作不著有爲法者即是如來究竟宣說修行施等五波羅蜜是故於一切處

說諸波羅蜜共相熏修云何熏修修行施已則能聽法至聽法所便能諮問於諮問時見有勝法即便求學彼等若知諸法無勝無我無執無生無出即於一切有爲法中能如實知爾時則於諸如來所得眞信根彼等復能發勤精進云何能起勤精進心以有如是大方便故則能速發阿耨多羅三藐三菩提心願令我等於此法中常得修行終自證知聞說如是般若波羅蜜時不生驚怖摩那婆是中云何能無驚怖彼於一切皆有捨想云何捨想所謂於諸法中無有希望亦無諍心何以故如幻化想故摩那婆是爲顯示說義於如是等諸波羅蜜即解脫因如來說法因斷諍故不起諍競故雖斷於生而不斷故

緣生法品第四十六

爾時諸菩薩復白放光佛言世尊云何名爲令生不斷不全斷故佛言若如是者一切諸法如實說中無有疑處無疑處故如是證知當於爾時令生不斷亦非不斷持是法行得度彼岸我今如是說不斷時諸衆生等猶不能知何況能有受持法者摩那婆譬如大海常能容受一切大河及以衆流億百千數悉歸大海而彼大海無滿足時如是一切諸衆生等具足三種貪諂衆惡諸佛世尊恒爲宣說佛菩提等一切法門初無斷絕尚不能受何況有時斷而不說摩那婆以是因緣諸佛世尊降大法雨未曾斷絕何以故不欲令彼當來愚惑盲冥無目諸衆生等墮陷非道摩那婆譬如因於日月光輪一切世間知有晝夜一切法輪亦復如是若諸法師爲他說法

是人求法讀誦通利復能徧說作世證明爲彼昏睡盲冥衆生不能斷絶生死網輪說令斷絶又復爲彼嫉妬不信常被三事覆纏羈繫墮於惡趣障礙衆生然大法炬因是明故衆生見法若諸衆生墮在惡道即得速出既得捨離險惡道已彼各共求平坦正路摩那婆平正路者若能遠離險惡道者即平正路摩那婆汝等若於如是說中不信行者難得解脫能信行者是人當爲一切世間開大利門彼得法已轉相教授衆生聞者盡作燈明而諸衆生各相謂言如來爲我說眞實法復示我等不顛倒說摩那婆汝應如是清勤不懈成就正業正業成故遠離塵垢無有染著無染著故得清淨見見清淨故無復冷熱一切世間所有衆事皆得成就正善業故諸餘衆生更作異說種種邪法不善業行於彼人所當起捨心應自思惟修對治法若得修學如是法已即能於彼六十二種惡邪見中得實知見成就眞法滅除一切如實障礙復次摩那婆若說法師常爲如是億百千數信根衆生具說法要或復有人但爲一二破戒邪見重惡衆生一彈指頃少時說法隨彼惡人受與不受其說法師所得功德勝前福聚無量無邊因此善根於當來世所生常得精勤勇猛供養諸佛彼時雖有多種衆生若人非人聞正法已心生恐怖汝等但當爲說正法摩那婆汝應觀察諸衆生等常有如是無量惡欲諂誑我慢無明黑闇覆蔽纏縛以纏覆故於是法中生大恐怖自恐怖故不能行法假有所說亦復不能令他受行或時自知煩

惱障礙更相謂言我等今有如是衆惡雖聞正法不斷諸見如是諸見我應除斷云何應斷我今自知須斷諸見若受衆見而不斷者即入黑闇邪見叢林以邪見故常爲生死繫閉纏縛我若能斷根本衆見自然解脫生死繫縛摩那婆若佛世尊爲他說時若人聽受終不生怖何以故如來世尊以自無怖於諸佛法無有缺減爲他說時令彼聞者增長善業故摩那婆當聞法時汝等莫著於是法中但當一心勿生餘念如來應供正徧覺爲斯事故出世間耳摩那婆諸佛世尊唯有是事所謂爲利一切世間淨世間眼斷除遮障諸非道故摩那婆諸佛世尊但一音說令彼衆生隨類各解斯是如來神力加持故得爾耳如來一音演諸法義能以一義得無量智若以一智即能破除六十二種邪見根本令諸衆生悉皆遠離一切塵垢若有最惡極怖畏處衆生受身所作諸業如來於中說法教化拔濟衆生無有休息教誡衆生汝若不造如是惡業終不生此如來世尊更無餘致唯教示彼斷除行業陰入界等皆是諸行受生亦然一切世間所有諸行及以受身我皆教示不令行此爲是衆事我常宣說無天無人乃至無有壽命資財世間事業一切皆無若有作者即有受生云何作者所作諸行即是受生若受後生當知是中無有衆生不受生者汝等當知造諸行者即是受生復次摩那婆如大龍王普興大雲徧覆一切降注大雨潤洽大地咸令一切樹木叢林鬱茂滋長百穀果實皆得成就是諸衆生資此活命乃至諸

畜亦同增長摩那婆若諸牸牛食肥美草飲以清流常令豐飽然後得乳從乳出酪酪出生酥從生酥出熟酥從熟酥出醍醐如是摩那婆汝於一切緣生法中不應生怖亦不應言云何得說有諸衆生無諸衆生唯當善觀因緣諸行摩那婆如人睡時夢中所見或作不作彼皆寤時曾所經事又如種子無有定相論其形質不可說壞亦非不壞何以故若言定壞牙則不生若定不壞牙亦不出一切有爲因緣生法亦復如是妄念思惟分別故生是中實無能成就者亦無見者如是摩那婆如來不說定有衆生亦復不說定無衆生如來唯說一切諸法從因緣生從因緣滅云何諸法因緣生滅所謂因彼故有此彼生已此生彼無故此無彼滅已此滅若一切法從

緣生者云何定說有富伽羅以是因緣如來不說定有衆生諸天及人自外諸趣亦不說滅唯說不得放捨執著顛倒分別謂有衆生則墮無明極深闇處唯令棄捨示以正路勿復愛樂是富伽羅摩那婆彼眞實法不可破壞諸佛如來乃至小草尚不欲壞況當令滅富伽羅也若滅壞者無有是處以是因緣諸佛世尊常如是說無有一法可成就者然復不無因緣生法而亦不無執著顛倒摩那婆無有一法離因緣者以有因緣是故說有富伽羅相及有事物顯示世間善法惡法勸令知也復次摩那婆是中物想即是板想以板想故知諸物想何者是物何者是板所言物者以妄分別住物想中造作未來一切諸行摩那婆以何義故復名物也以如是想作多

種事故名爲物彼前後際不可知故猶如風輪若復有人乘風輪想彼等則爲住板想中應如是知摩那婆如彼風輪乃至無有一念時住諸衆生等乘彼業風亦復如是彼諸衆生造業行已還作諸行如是成就彼成就已未曾生彼一念覺心我等昔來所作非善以想分別空事輪迴流轉生死未曾暫住而我不覺不見其邊不知闊陿不識小大不見不覺常處如是業行風輪往來旋轉莫能自出猶如生盲未曾見色若他來問當云何答又如愚導不達前途設有人來問道相貌彼既不知復云何答假彼有言定無理趣摩那婆諸衆生等乘諸行輪旋轉不住不覺不知亦復如是而彼衆生乘是風輪來往之時乃至無有初中後際不得其邊全不覺知不見不念復次摩那婆彼時盲人作如是念今我宜在此風輪住我有思想此風輪中可得停住如是念已從始至終念念增長無有斷絶彼盲後時或得暫住即欲從是風輪中下而復不下更作是念我今若得見此道者便有下處我即得住既得住已我應自得暫時息止彼盲後時復作是念我於今日若見不見但少時住如是念已便得暫住住已思惟今我得住即生樂想勞弊亦除然猶不見下時道路云何從此風輪而下我若見者即知風輪往來之處摩那婆彼盲當作如是念時即於其所遇一良醫善能治目彼雖有遇而眼不見是時良醫愍彼盲人爲治目故即往其所問盲者言汝目如是能見色不盲人答言我眼若此云何見色我若見者便知正路良醫

語言且開汝眼吾試觀之如可治者當爲汝療盲人聞已即大開眼示彼良醫爾時良醫具觀是人眼中病已即知是疾根本所因應其所須爲設治法或鉀或鍼或刮或藥作如是等療眼方已告盲者言我今爲汝施善方治除汝目病令覩衆色若得見者汝歡慶不時彼盲人白良醫言我此生盲恐非所救脫如醫教慶幸何言良醫復曰此事誠難我力能辦汝於我所但生信心是吾家業汝不須疑汝欲見驗當問衆人我治是患功効云何盲者復言大師是中欲作何事醫告之言汝無多憂我於是中無過造作但假少時吾當合藥事須詳審不可忽遽若忽迫者事或難成時彼良醫如是教已即與是盲和合衆藥藥成就已置之眼中眼微清淨旣清淨已遂從醫所速疾而還時彼盲人藥治未幾眼中胎膜皆悉消除胎膜除故眼即精明頓覩生來所不見事亦見衆盲乘彼風輪往來流轉不能自止方嗟歎曰嗚呼哀哉此等衆盲亦久居是風輪之內循環往來未嘗停息初無有人爲說斯事亦無有教療治盲者即作是念如此衆盲與我何異我旣遭遇得大醫王除去生盲遂有今日我今云何獨受斯福我當從此還請醫王令是衆盲盡蒙救療彼人爾時復作是念今我但且先告衆盲說斯大事先令體解然後導引往求大醫如是念已即告彼盲汝等諸人宜少停住我今於汝欲有所宣時衆盲等答彼人言我不得住彼人復問汝今所住爲何處乎衆盲復言而我今日不能得住汝今豈能獨有住也彼人復謂

衆盲人曰汝後見時自然應知誰有住處誰無住所衆盲復言汝今獨知豈能出我衆人意計彼人復言我於往昔亦曾如汝以無目故乘彼風輪往來流轉無有窮極世間之人多以此患乘無住輪長夜勞苦而我幸會遭遇醫王大師哀憐除我目疾以是因緣我如是見我如是知我如是言汝等今日沒此風輪不見不知不覺不信汝等若有一人共相領解乃至須臾暫時停住我當爲汝求彼醫王醫王降意汝自知信奉行師言必蒙大利爾時諸盲衆中有智人等聞是語已即作是念我等今應受是人教少時停住亦何所損若必如教吾慶特深假不如言我亦無患且我暫住所得亦多既得交遊善人又亦自除疑惑以是因緣今我決住不復疑也時有智盲如是念已即與衆盲共詳進止告彼衆言我久勞弊忽辱善言自當暫停今不去也如是言已遂便答彼先盲智曰仁若知時隨所應作爲我等作時先智盲本雖生盲既蒙得眼已成光明隨意而往無復障礙即作是念今已許彼無量盲衆出如是言我當爲汝開眼光明今當先造大師足下厚謝先德因白是事先智始發彼大醫王已在前路智既遥見深生歡喜踊躍無量即作是念是大醫王先愍我眼導我光明除我患苦與我無量無邊快樂今我歡喜解我疲乏我今應當速至其所頂禮其足苦身供養妙言稱美起希有心尊重恭敬隨諸所須皆應奉上如是念已即往其所如其先念荷德謝恩盡虔供養復欲爲彼諸盲啓請更發希有清淨敬心復起

慇懃憐愍深念白大醫言我先蒙恩見惠明眼復令我得諸方便智今日乃有無量無數生盲衆生乘不住輪受無窮苦惟願大醫爲除生盲施其眼藥令彼歡喜與我無異爾時醫王愍諸盲故即與是人躬至其所到其所已即告之曰汝等衆盲生便無眼今者實願見物以不時衆盲人白醫王言大師我等昔來未曾見物今日思覩何足復論醫王復問汝從昔來未見何事今欲見者復是何等彼復白言大師我從昔來於所行處唯謂是道然實不見此路短長及與近遠乃至不見初中後相醫王復語彼衆盲曰然此路也非是正路汝等昔來所行非道衆盲復言然我於中已生路想醫王復言汝等不應生是想也即便指彼盲智者曰汝知是人昔亦同汝後乃知非久已捨棄復告衆盲汝等今日若信此人昔似汝者我即治汝我便次第造作治事於是衆盲白醫王言唯然大師師自知時敢不從命時彼醫王還合如是先治眼藥療諸盲人咸皆同得如是淨眼彼眼開故皆大唱言嗚呼我等今得大樂而我昔來處大闇輪非路狂走摩那婆汝等當知是中治眼大醫王者即是如來應供正徧覺也如彼初盲醫先爲治即蒙淨眼者是彼諸善男子說法師也自餘衆盲得淨眼者即是受持此經法門諸衆生等摩那婆以是因緣如來應供正徧覺普爲汝等譬喻開示如示義處摩那婆汝於是中應學如來應供正徧覺若人欲學如來應供正徧覺者當如是學摩那婆以是因緣如來應供正徧覺具爲汝等引斯譬喻

解釋義耳摩那婆汝等若學如來世尊應當學是諸法相門復應先作如是思惟我今云何作諸方便爲彼黑闇生盲衆生作大光明開其眼目摩那婆是爲解釋第一大慈大悲行事汝若見彼幽盲衆生復應須作若斯治法如是治已彼自見法不從他行不行何處謂風輪也摩那婆是爲凡夫諸衆生等未得正法無住處者

大法炬陀羅尼經卷第十八

音釋

芟剉 芟所咸切刈也 剉七卧切斫也
羈 居宜切羈縻也
牸 疾置切牝牛也
療 力嶠切治也
鞞 邊迷切掠器也
鍼 職深切與針同
膜 慕各切胲膜也

大法炬陀羅尼經卷第十九

隋北天竺三藏法師闍那崛多等譯

信解品第四十七

爾時彼諸菩薩白佛言世尊若諸菩薩摩訶薩將欲爲他解說法時應先請佛若他來問無邊法門我當云何爲衆生說又衆生等若問不問復云何說復當爲他多少說也我今請問惟願如來爲我解釋世尊若復有人昇師子座欲說法時是中應當以何方便決定得是如來業藏無量辯才旣未曾入此三言教亦無有人爲其解說亦不讀誦修習受持云何而得自然現前具足辯說爾時放光佛告諸菩薩言摩那婆世間無有如是方便唯還於此三教業藏陀羅尼門修多羅中讀誦受持乃可得耳或時有人爲佛世尊加其威力及法力得者摩那婆若有如是陀羅尼法門者還由說此修多羅故而得成就非遠離也若從他聞如聞速解而不忘失所有語言及有餘所說一經於耳乃至盡壽終不忘失若人由來未曾聞者彼初聞說亦不能知應爲具釋摩那婆若人不持此三言教如來業藏如說受持而能具足一切辯者無有是處摩那婆若諸衆生具足受持是法門者自然當得無量辯才汝今應當知是德藏摩那婆若復有人親聞佛說若加持力若彼自有信根慧力躬造法師求問法者摩那婆當知此等皆是厚集三乘善根若有隨趣一一乘者彼時法師應爲是等施設佛法何況於彼具三乘者摩那婆或時復有百千萬億異類衆生一時雲集是法師所彼彼各問種種法門

種種義句種種文字法師爾時於彼無量異衆生所無疑惑心亦無怖畏以無礙辯隨問酬答解釋法門無有障礙復次摩那婆譬如有人從生作賊有大膽勇及賊智方便雖復處在百千人中都無危懼何以故以久成就賊智慧故摩那婆彼說法師亦復如是當說法時雖復處於無量百千億那由他大衆之中解釋深義隨問能答無有滯礙皆令歡喜乃至不起一念怖心何以故以先成就無礙辯故復次摩那婆譬如阿那婆達多龍王能雨衆流滿四大海如是摩那婆彼說法師成就三藏充足一切亦復如是摩那婆又如阿耨達多龍王有大方便能出河水隨順一切衆生意願如是摩那婆彼說法師以先成就三言教藏能爲一切方便教示令諸衆生斷

除疑心皆悉通達滿彼願海亦復如是爾時諸菩薩復白佛言世尊此三言教方便業藏爲當唯此陀羅尼門修多羅中具足有耶爲更於餘修多羅諸法門中亦得有乎我等今者諮請世尊爲欲了知此決定義世尊我等咸共作是思惟如來世尊有大方便今日將無更說他義而令我等疑惑不解何以故如來大智境界深遠是故我等預生驚怖世尊譬如有人欲以兩臂浮度大海登於彼岸當知是人必喪軀命何以故世無有人但以手力能過大海故世尊我等亦爾如彼愚人不能隨順仰信如來欲以自心測量佛智爾時放光如來告諸菩薩言如是如是摩那婆但能勤求豈有不獲汝向所問誠合時宜汝於是中勿念疲怠莫生恐怖當以無礙智慧辯

才分明義理辯正文字善修三業出離世間淨持禁戒一心思惟積集眞智勇猛精進不捨重擔莫退本心求一切智於諸法門斷除疑網具足如是善巧方便數諮如來亦自觀察當以四種攝受正法於諸佛所聽受未聞若佛滅後護持正法於末世中多惡衆生誹謗毀辱是經典者汝等應當如法苦治乃至命終常須求請不得放捨懈怠懶惰摩那婆汝等於中學是大事若如來所或弟子所常當諮請如是正法既自學已復成就他因是展轉教化無量無邊衆生入此法門復次摩那婆若諸菩薩摩訶薩於求法時世間無有一衆生所而不至者何以故欲令法界一切衆生一切皆入究竟涅槃是故菩薩於求法時常作是願我從今日凡所生處但令我得聞所未聞乃至一偈一句一言我於是中不惜身命頭目支節一切身分皆用奉上何況身外所有財物輒欲實愛而不捨者復次摩那婆若諸菩薩摩訶薩爲求法故但有法處即皆造求或時往詣旃陀羅家或時至彼羅刹住處乃至鳥獸所居之處聞已皆往請問求法或時彼等要菩薩言能住我家足滿千歲然後我當爲汝說法菩薩聞已即住其所滿足千年隨彼所須供承給使要聞法已重報而還復次摩那婆若諸菩薩摩訶薩爲求法故如是精進尚能奉給諸旃陀羅乃至羅刹惡鬼畜生滿足千歲而況不能於住正法善根衆生及以智慧大法師所聽聞正法斷惑決疑復次摩那婆如是菩薩摩訶薩既聞法已心大歡喜念欲往報說法者恩當知爾

時非以貨財可用報答說法者恩何以故摩那婆以恩重故設於諸佛如來正徧覺所亦無方便能報之者所以者何爲其重故云何爲重所謂法施夫法施者於諸施中最爲第一最勝最妙最爲無上爲無上上無數無量無有邊際不可以彼財施爲比何以故無取著故摩那婆夫財施者即是生死有漏有爲執著取相煩惱施也其法施者一向出離無漏無爲無礙無相智慧施也又法施者無人能毀亦無能讚若有訶毀此法施者當知是人即謗三寶摩那婆汝於是中應深思念慇懃諮請聞已修學旣自學已爲人普說以具宣故法得久住亦令世間善法增長復次摩那婆譬如賈家以少貨財販賣求利是人資產歲月漸增庫藏充實拯濟多人若不賈販財則不增後值飢荒喪失家累摩那婆彼說法師亦復如是應常宣說不得休懈何以故若常宣說法住增長利益人天成熟善根滅除衆惡若不宣弘法則衰殄熾盛惡道損減人天故復次摩那婆譬如賈導多將徒侶莊嚴器仗持諸貨財經涉險難適於中路更遇餘賈時彼導師分明約束强弱相保首尾相衞分部如法於險難中雖逢寇賊不損貨財安隱得過摩那婆彼說法師亦復如是雖處無量百千大衆具宣如是正法門時彼大衆中多有如來世尊弟子聰明利智善解其義讀誦受持誦持力故無有障礙假設外道世智辯聰百千邪論種種呪術種種辭辯種種問難無所申展自然喪滅云何而能作諸妨礙摩那婆汝應當知彼百千數大衆之中雖

有邪見世智辯人然彼一切諸比丘等勿受其言莫行其事不得供養不應親近何以故以彼無有增長成就利益諸事唯有損減破壞善根

離惡友品第四十八

復次摩那婆如有人家施設種種上妙美膳人間所無等輪王食如是妙食味中最上然雜微毒如芥子許摩那婆於意云何有人飢虚思求麤食忽逢毒膳爲取食不諸菩薩言不也世尊佛言摩那婆如是如是如汝所說若人讃說世智辯聰所爲事業乃至讀誦一偈一句斯人不可在僧衆中何以故以彼即非諸佛弟子故復次摩那婆譬如有人得惡癘病是人不得入淨衆中謂刹利衆婆羅門衆長者居士一切衆中乃至不應暫時立住況聽久坐清淨衆處摩那婆世辯邪人亦復如是尚不應令清淨衆前須臾立住況得久坐同其事業復次摩那婆譬如野干鄙賤腥臊身形疥瘦時食糞穢豈容得在師子衆中摩那婆世辯邪人亦復如是是人惡極無有善根終無得在諸佛刹中假令先有亦應驅擯何以故不令衆生學習惡見長夜增長無量惡業墮諸惡趣受大苦故復次摩那婆寧與怨家旃陀羅等屠膾之人共爲親友終不與是邪辯惡見暫時同住摩那婆寧以利刀劈破舌根不與惡見論說佛法摩那婆寧忍飢苦千歳不食莫因惡見受他信施摩那婆寧豎鐵鏘以爲鋪榻卧經千歳不與邪辯惡見謗毁之人暫同坐卧摩那婆寧以灰火覆地足蹈千年不與邪辯惡見之人受經行處

何以故摩那婆千歲蹈火若止少時若學惡見永墜惡道何以故摩那婆凡夫愚癡心力尠少親近邪黨積習其惡同惡相扶破毀佛法既自作已復令無量無邊衆生學習邪見復次摩那婆於意云何若人毀佛及謗法僧彼人長夜得安樂不諸菩薩言不也世尊佛言摩那婆以是因緣如來應供正徧覺殷勤顯揚如是法義摩那婆如來世尊有大慈悲於一衆生未曾捨離永斷惡心無有嫉妬遠離妄語亦無錯言摩那婆如來應供正徧覺是眞語者是實語者凡是衆生欲受何法皆即爲其方便演說令彼無量無邊衆生隨類得解得智解故速入涅槃摩那婆汝等若見邪辯宣說愼莫聽聞亦勿禮拜不須隨喜應如是知摩那婆汝等當知設對百千諸佛經

典不讀不誦不受不持數百千歲默然而住不與邪辯共住談論讀誦所作或暫聽聞摩那婆汝等從今於一切處愼莫與彼非法衆生共爲朋友勿與同居亦莫親近何以故若有親近非法惡人從其事業是人長夜不得安隱所以者何是人知已還以惡法轉教他人去來現在常行邪法以行邪故輪迴衆苦摩那婆汝等當知未曾見聞行世間法能知出世勝上人法豈況行邪而得證者復次摩那婆彼惡衆生無能爲物作淨福田獲果報者如來世尊亦不開許彼惡邪人受他供養復不聽彼諸餘衆生奉給惡人衣食衆具何以故以彼癡人不如法行終不住是如法中故不求解脱終不住是解脱中故彼等愚盲不行我法住邪法中應如是知摩那婆諸佛

世尊常作是說若諸衆生未入正法亦未入於聲聞法中若供養者果報減少

辯田讃施品第四十九

爾時彼佛告諸菩薩言摩那婆若人供養或須陀洹乃至養飼畜生餓狗隨其品類悉有功德是故應當一切處施隨施主心得報差別摩那婆施持戒人得果報異施破戒人得報亦異施者受者其事皆異乃至餓狗得報亦異摩那婆是故一切皆應勤求住清淨戒忍辱精進禪定智慧乃至所有力無畏等一切功德咸應求之復次摩那婆以是因緣如來世尊爲諸菩薩摩訶薩等受衣食故開許四事何等爲四所謂若諸菩薩摩訶薩不自爲已受畜財物乃至飲食及諸湯藥凡是所須如法乞索若得供養如來聽受是爲菩薩摩訶薩開許初事若諸菩薩摩訶薩常行教化一切衆生遠離惡法成熟善根若有所須如法乞求得供養時如來聽受是爲菩薩摩訶薩開第二事若諸菩薩摩訶薩於一切時常爲供養諸佛如來及如來塔若有所須如法求乞得供養時如來聽受是爲菩薩摩訶薩開第三事若諸菩薩摩訶薩常樂讀誦讃說經典開示衆生若有所須如法求乞得他供養如來聽受是爲菩薩摩訶薩開第四事摩那婆若有菩薩摩訶薩能住如是四種法中當知彼行長夜增長無有損減亦爲無量無邊衆生說菩提法生長善根而彼菩薩如是行已堪受誰供所謂堪受長者居士若婆羅門若諸國王乃至轉輪聖王勝供養故受何等供所謂房舍卧具衣服飲食療病湯藥

乃至種種財寶衆具充給所須如是菩薩住是威儀受供養時功德無減復次摩那婆若諸菩薩摩訶薩等隨順成就四種行已以此善根獲四果報何等爲四一者若彼菩薩念欲居於轉輪王位行十善法教化衆生隨意即作轉輪聖王無量千世二者若彼菩薩意欲念作忉利天王說法教化三十三天隨意即得無量千世三者若彼菩薩意欲捨家出家修道證沙門果隨意即得沙門果證四者若彼菩薩欲得當證阿耨多羅三藐三菩提藉此善根斷除顛倒次第住於諸善根中必當得成阿耨多羅三藐三菩提摩那婆此四種法爲諸菩薩摩訶薩最上修行能住此法堪受供養及能施者是二皆名著大鎧甲應如是知何以故摩那婆是中不可以懈怠之人少精進者失正念者無威儀者樂睡眠者長夜不捨懈怠懶惰遠離勇猛恥不問他者受此供養如是之人乃至不堪受他六年糞置糞中一腐木片何以故摩那婆若諸衆生不住正法於三界中不消一物以是因緣如來世尊不爲如是愚癡邪見諸衆生等不住威儀不依佛戒宣揚弘說如是法事復次摩那婆一切菩薩初求法行有四種事退欲法心何等爲四摩那婆若有菩薩爲衆經紀或時往詣聚落城邑若至王都入王宮殿爲物去來營理衆務然彼衆中無一比丘淨持禁戒亦無一人勇猛精勤多是愚癡不知經典時彼菩薩見諸徒衆多行非法便即退捨求法意行我今云何與是等人同止共居學習是法摩那婆汝等當觀惡世比丘假得僧名

令他營護知事人等無有尊敬欽仰之心以是因緣令彼菩薩見如是等無行衆生速捨善欲摩那婆是爲初行菩薩摩訶薩退求法心第一事也復次摩那婆若有菩薩欲學菩薩諸功德行故往他所聽受正法至他所已先即請問諸菩薩行精進勇猛依所聞行觀彼衆中無一比丘能說如是所諮問法而彼菩薩於法有疑無人能決即起誹謗退捨本心摩那婆是爲初行菩薩摩訶薩退求法心第二事也復次摩那婆若諸菩薩念捨世閒有爲之事所謂若衣若食乃至湯藥種種衆具欲學如是菩薩所行如是菩薩至僧衆中見諸比丘坐高大牀貪嗜飲食悉多受畜不淨財物常樂睡眠喜論世事無猒離想不善思惟順生死流增長魔業時彼菩薩見是事已退捨本心摩那婆是爲初行菩薩摩訶薩退求法心第三事也復次摩那婆若諸菩薩欲行最上樂欲阿蘭若法欲行空三昧行彼自未有如是解慧云何當行阿蘭若法復云何念空三昧門而彼菩薩作是思惟我於今日應速往詣若出家人若在家人所諮求請問如是行法或時有人能解此事爲我說者則得依行如是思已即便往詣出家在家一切人所諮問所疑無能決者更復思念我於今者應當往詣比丘衆中請問此義如是思已至大衆中見諸比丘請問此義然彼大衆無有一人能教示者亦無一人生隨喜者菩薩見已壞其本心然彼無行諸比丘等方爲菩薩說如是事汝等從今常應受是高好牀敷種種衣服種種美食言佛不許者爲待他

請故摩那婆而彼諸人雖教菩薩如是等事然復不知受法云何受他衣食得不損已受此物已得清淨不彼皆不知如斯之事摩那婆彼諸癡人具足非法破沙門行懈怠懶惰不淨臭處沙門枯草遠離戒服常懷貪欲瞋恚愚癡寧知如是空無相願既無慧解云何能行既無解行云何能說假雖有說云何斷疑時彼菩薩見是事已起毀謗心即便退轉善欲法心摩那婆是為菩薩摩訶薩退求法心第四事也復次摩那婆令此衆中得無如是諸惡人不諸菩薩言不也世尊佛告諸菩薩言摩那婆如是衆生計不合受七日臭穢投棄惡食何況更受淨妙食也是人本無出家受具比丘體相何緣得彼比丘僧名復次摩那婆此天妙食本不為彼行非法人破淨戒人墮諸見人不如法等而施設也摩那婆汝當正念汝今住此須彌山頂食是忉利天王妙食此食最勝上妙第一假使人中轉輪聖王尚不應得況復如是假被袈裟臭穢不淨行非法者而堪受此天須陀食摩那婆以是因緣如來應供正徧覺先語汝等如是妙食食斯食已當令施主獲大果報摩那婆我已處處開顯宣說破戒之人尚不得受正信檀越如手許物況能消此天妙食也所以者何食此食者無有衆惡所謂無有大小便利宿食不消噦噎上氣乃至無有悶亂衆病摩那婆假令受彼七日棄捨臭爛諸食猶須清淨善行之人能令施主得大果報況受如是天須陀食如此食者世間所無是故不可以彼人中麤澁觸等相比類也摩那婆若彼破

戒不正念人食此食者斯人必獲大不善果阿難時諸菩薩摩訶薩衆聞是事已即白放光如來應供正徧覺言善哉世尊今此衆中諸比丘僧無有塵垢沙礫瓦石秕稗乾枯枝葉摧折乃至缺減煩惱衆病不假諸藥此比丘衆唯有牢固清淨持戒善入禪定離諸怖畏世尊今此衆中有須陁洹有斯陁含有阿那含有阿羅漢有辟支佛有發摩訶衍心有諸菩薩摩訶薩亦有人中師子具足神通得度彼岸此處復有常行空三昧者無相三昧者無願三昧者復有常行最勝上上檀波羅蜜最勝尸波羅蜜最勝羼提波羅蜜最勝毗梨耶波羅蜜最勝禪波羅蜜最勝般若波羅蜜乃至常行力無畏等世尊如是清淨諸比丘衆受天帝釋如是妙食我知此衆於一切處受諸供養無所不消何以故一切世間若食異食即生病苦此等食之尚能無病況是微妙清淨食中乃至無有大小便利食此食者云何當有更生病苦若生病者無有是處阿難爾時放光如來應供正徧覺告諸菩薩言善哉善哉摩那婆汝等今日乃能令是帝釋天王心生歡喜摩那婆今此衆中應有衆生生是疑心以佛威力令此大衆昇須彌頂以是因緣今者如來應供正徧覺爲此忉利諸天大衆決除疑網故作如是演說正法以諸譬喻皆令覺知阿難放光如來如是說時彼天帝釋即白佛言世尊若人布施諸佛弟子若復漏盡諸阿羅漢若諸辟支佛若諸菩薩摩訶薩衆若諸佛如來應供正徧覺如是布施能無差別耶世尊今者說一法相顯示

一切一解脫義是中布施云何有異如是之義惟願具解令此衆生得無疑念佛言憍尸迦汝今於此諸佛世尊說法之處莫生疑惑憍尸迦然我爲汝種種譬喻顯示此義令諸智人決定得解憍尸迦若人欲行布施之時應作是念今我修行如是施故當得無量功德智聚亦令受者當得無量功德智聚憍尸迦汝今當知如來曾說一布施已迴向無量如是願者乃至布施畜生餓狗尚皆獲得無量果報何況布施是須陀洹是斯陀含是阿那含是阿羅漢是辟支佛是諸菩薩摩訶薩等況復如來應供正徧覺憍尸迦以是因緣莫生疑惑雖以少物布施如來獲無量福以迴向無量故如是布施諸佛弟子亦應還得無量福聚汝莫爲疑憍尸迦諸佛世尊弟子衆等譬如大海難可測量汝等今者勿復如是問於如來諸布施者得無量報若諸聲聞若諸辟支佛若諸菩薩摩訶薩若諸佛世尊也憍尸迦我於是中令汝斷疑諦聽諦受善思念之吾爲汝說時天帝釋即白佛言善哉世尊願爲解釋時天帝釋一心聽受彼時所有忉利諸天在斯會者聞佛說已皆從座起合十指掌在彼佛前恭敬而住爾時放光如來應供正徧覺告天帝釋言憍尸迦汝今觀此三十三天往昔造業受報處所及彼所作善根因緣皆悉知不憍尸迦今此三十三天子中頗有自知所作善不天帝釋白佛言世尊我今悉知此諸天等過去所造善業因緣諸天子不能自知往昔所作佛言憍尸迦汝今應觀此天衆中可者天子善根最少時天

帝釋蒙佛教已一心觀察諸天衆中見一天子善根最少而彼天子過去之世生在人中時佛如來有一弟子是行須陀洹者次第乞食遂入其家適遇彼人端坐而食彼人見已即從座起指座授與行須陀洹人洗手取食施以一摶時乞比丘即從彼人受食食已住經一日然是天子往昔唯有如是善根從座恭起奉施一摶以此善根壽終之後生此天中受今果報爾時天帝釋見彼天子如是善根已即告彼天子言善男子汝今可來在世尊前自陳往昔所修善業時彼天子聞帝釋命即從衆起便往帝釋天王足下阿難時天帝釋復告彼天子言善男子汝於今者在如來前自說往昔所作業緣令餘天子心生歡喜於如來所起尊重意生愛敬心阿難時彼天子承帝釋教即於佛前爲諸天子自說往昔所造善根而諸天等聞彼天子自說往昔所作善根各各相語生大歡喜阿難爾時放光如來應供正徧覺告天帝釋言憍尸迦於意云何今此天子所有宮殿諸莊嚴具及以食飲諸餘衣服凡所受用於諸分中乃至取一華屣微末之物假設大集此閻浮提一切衆生共聚一處能得稱量最下華屣價數多少知貴賤不不也世尊佛言憍尸迦且置閻浮提所有衆生假使復以四天下衆生皆有智慧具大巧便亦不能知最下華屣價直多少何況能知自餘諸物何以故若使閻浮檀金如芥子許有價量者彼閻浮提一切人衆及諸財寶二足四足乃至多足所有價直不及少分我且方便說斯價直實無價也憍尸

迦汝今但觀一食布施如是衆生尚得如是無量果報況多施也憍尸迦汝當知彼如是布施還得如是無量果報帝釋復言我知世尊此諸天子所有一切果報莊嚴假使於此三千世界滿中諸人亦不能知況四天下爾時放光如來應供正徧覺告天帝釋言憍尸迦於意云何如此三十三天所有衆具取夜摩天中最小天子所有一切果報衆具此彼昇降事復云何帝釋復言世尊若此三千大千世界一切人中身莊嚴具及四天王身諸莊嚴具乃至今此三十三天身莊嚴具悉聚如是身莊嚴具與須夜摩最下天子而彼天子於前衆具本無欲心豈云取受又復世尊譬如轉輪聖王周行四海忽然有人奉上麤飯王本不受何論噉食世尊彼須夜摩最下天子亦復如是望此忉利乃至人中一切果報諸莊嚴具本無欲心何況貪取而復受用何以故由彼自有勝妙五欲果報精微此非情願故佛復告天帝釋言憍尸迦於意云何如兜率天所居宮殿莊嚴衆具以夜摩天三十三天四天王天自餘一切諸天及人所居宮殿受用衆具復得同彼兜率天不天帝釋言不也世尊佛言憍尸迦如是次第上上轉勝梵居諸天過六欲天乃至摩醯首羅勝餘衆天憍尸迦以是因緣布施果報差别無量我今爲汝畧解說已

大法炬陀羅尼經卷第十九

音釋

臊（蘇遭切豕膏臭也）劈（普擊切裂也）榻（託盍切牀榻也）尠（息淺切少也）飼（祥吏切餧也）噦噎（噦於月切嘔也噎於結切食塞也）秕稗（秕補領切不成粟也稗蒲拜切似穀穢草也）屣（所綺切革履也）

大法炬陀羅尼經卷第二十

隋北天竺三藏法師闍那崛多等譯

付菩薩品第五十

阿難爾時放光如來復告天帝釋言憍尸迦其有異施得無量報如菩薩乘無量無邊此乃諸佛如來莊嚴之事所謂於如來前聽聞正法得如是等無量善根說此經時一切衆生所有疑心悉皆永斷憍尸迦以是因緣諸佛世尊出現於世斯諸菩薩摩訶薩等應當學習諸佛所行從佛聞已如說修行憍尸迦汝於如是可證知處勿復生疑當勤精進一心勇猛無有休懈憍尸迦汝等不可令一衆生於虛空中而生嫉妬汝等亦應自捨嫉妬此虛空者名爲共法非一衆生及以一法而能獨有一切諸法猶如虛空衆物莊嚴應如是持有智慧人於是法中自當永斷一切疑惑憍尸迦終無有人知虛空已復迷虛空憍尸迦如是法門最爲第一最上最勝最妙最深若復有人於是法門能相續緣乃至一念心生隨喜汝於是中應深慶幸作如是念當知此是不退菩薩已曾供養無量諸佛故能聞說如是法門不驚不怖不退不沒法施清淨猶如虛空入虛空數或說如是虛空譬喻方便法門總說別說聞已不生恐怖疲倦作隨順行則見如如復次憍尸迦如菩薩摩訶薩等一切世間天人阿脩羅乃至一切諸龍神鬼皆應愛敬皆應尊重皆應供養皆應守護何以故憍尸迦彼諸菩薩摩訶薩等在生死中猶有無量餘殘惡法然能具行如是深忍行是忍時假使無量百千萬億那由他數

天魔大衆以種種形以種種說或驚或怖或誑或誘令是菩薩退没本心然是菩薩本心逾固身相坦然一毛不動憍尸迦以是因緣吾爲汝等譬喻方便種種解說應當一心善思念之當如是知即如是學汝當思惟令合正義爲滿一切諸佛法故憍尸迦如是菩薩摩訶薩等行此法時假使其身自須彌頂墜於大地還從大地投擲須彌是菩薩心終無念著亦不懈怠復無一念捨衆生心憍尸迦如是菩薩心念法時假使上從梵天宮殿投擲其身沉於大海菩薩於中亦無暫時起住著念生懈怠心何以故遠離我想故憍尸迦菩薩如是心住法時假使大梵天王若天帝釋欲驗其心各執其手一時投擲大叫地獄然是菩薩方問於彼苦衆生言汝等是中誰有若斯惡果報耶如是問已端坐正觀起大悲心願即住彼救苦衆生所行若是誰能於中令生恐怖憍尸迦於意云何若人於是甚深法中具能成就如是忍者行聲聞人行辟支佛人頗能發生如是忍不天帝釋言不也世尊佛言憍尸迦以是因緣如來應供正徧覺說諸菩薩摩訶薩等能得具足如是忍門出過一切聲聞辟支佛上乃至一切初發大乘菩薩摩訶薩中此最爲勝憍尸迦汝應當知是爲智業及心業也復次憍尸迦如最後身菩薩摩訶薩菩提樹下坐道場時自然能辯如是方便解釋問難證菩提已普爲世間住大慈心以佛眼觀見諸大惡邪毒衆生墮於黑闇大地獄中輪迴衆苦以慳嫉故遠離施心以恚害故破諸戒行以愚癡故深入闇

冥被惡知識之所牽引爲諸不善之所纏縛衆縁具故陷墮三塗憍尸迦於意云何彼菩薩摩訶薩在道塲時猶於如是具足不善惡衆生中有怖畏不天帝釋言不也世尊後身菩薩昔在如是具足煩惱生死中時尚無恐怖何况今坐菩提樹下將成正覺而方恐怖憍尸迦菩薩爾時爲一切衆生勇猛精進如自己身爲他衆生作救護已自然當得成就大樂復次憍尸迦汝應觀此三十三天但爲一人施少樂故今得如是勝莊嚴處汝當觀是一一果報應生歡喜適悅身心憍尸迦汝今現住如是莊嚴亦應思惟聲聞勝處辟支勝處菩薩勝處如來勝處汝莫餘觀但如教住我今爲此億數菩薩說是三種方便業藏汝等宜應善自思惟復應深念我今云何得

巧便智斷衆生疑復次憍尸迦今此億數諸菩薩衆所有信願我今當說憍尸迦汝今觀此諸大菩薩摩訶薩衆一心欲爲一切衆生求斷疑處於意云何今此億數諸菩薩等終能弘護是所說不時天帝釋復白放光如來應供正徧覺言世尊如來自知此諸菩薩摩訶薩等勇猛精進威神德力我等於中無有智慧惟佛世尊自當知耳時放光佛告天帝釋言憍尸迦若如是者汝自問此億數菩薩如是等事志意堪不時天帝釋蒙聖教已即問諸菩薩言大士仁等應聞如來教也諸菩薩衆荅天帝釋言憍尸迦汝今應知此爲第七方便教說我等先已諮問如來如來于時亦爲我說如是智處雖爲我說尚未窮盡惟願如來垂慈惠及爲我說此三教業藏利益

安樂諸衆生故憍尸迦非我自爲求如是法我今乃爲一切菩薩所任弘多何以故憍尸迦有諸菩薩摩訶薩等但爲一人精進勇猛發大誓願常處生死要當救拔是一衆生先成大覺何況方爲無量無邊諸衆生等經於無量阿僧祇劫煩惱所熏生死業報惡法住處皆欲斷除憍尸迦彼未來世諸菩薩等成就忍者尚不可以少事少緣隨宜能成何況志求諸佛如來大智慧聚隨宜得也憍尸迦若諸衆生已於無量阿僧祇劫常爲生死惡法所熏妄心攀緣邪念分別造作諸事可斷除者我要當破一切無知闇冥之處憍尸迦我等既得住一處已如是無知所生之處先未寬大未斷除者及未說處未思惟處次第難知我復別爲諸衆生等若信不信皆悉須知何等衆生今信如來知彼信已不作損減而爲說法攝受衆生自成佛法故

付天帝釋品第五十一

阿難時天帝釋白放光如來應供正徧覺言世尊諸佛如來凡所教誨要觀其信耶佛告天帝釋言憍尸迦汝謂是中何所教誨如來當復云何教他憍尸迦汝於是處應當善知言教誨者但有文字名爲教誨無色可見因板方便則能知彼人言教處憍尸迦是迦字門爲二十一文句之主又迦字者爲二十一句之初也汝等於中應分別知此義及語當作是念此二十一句云何當攝汝等於後爲他說時内自堪忍莫生亂心應常正持憍尸迦我已爲汝方便解釋彼迦字門與天言教相應不斷汝當解說不應默然云何迦字門

云何天言教阿難時天帝釋即白放光如來應供正徧覺言世尊今此迦字法門與天言教相應不斷當須解知此迦字門爲二十一句之主於二十一句和合相應無有斷絶如那字門言教境界最在於後彼十四句一處相續世尊又迦字者譬如四大天王所居宮殿忉利天王所居宮殿夜摩諸天所居宮殿彼所居中帝釋爲主如是迦字門爲前二十一句後十四句前後參合三十四句之所圍遶世尊是爲譬喻方便解說知此境界如是方便解釋之已則得名入天言數中世尊我今自爲諸餘衆生作是開示非如來也世尊是處皆是諸佛如來智慧境界如來自知世尊所有迦字文句宮殿住處我等當以觀板方便得知此事世尊譬如三十三天住於須彌山頂是中忉利天王以億百千數天女圍遶如是世尊其阿字門盡於迦字乃至盡於那字是中無量聲音語言皆可論說世尊於迦字門眷屬圍遶云何可說世尊譬如阿耨達池流出諸河水注不絶滿彼四海世尊如是池海有人常以百千億數毛頭取水而望乾竭大海及池是事可不何以故世尊假使更出無量大河而彼池海尚無損減況以毛滴能竭盡乎世尊不可過引一切譬喻諸喻雖多終無可比若可比者無有是處如是世尊我等諸天於世尊前雖復多作譬喻解說如毛取水當何所得世尊我今既蒙如來顧問不敢欺諂亦無懈慢我等但以愚心少智率爾解釋世尊如來問時諸餘世人或爲欺諂及餘衆生或起懈慢世尊我終不敢令者

唯以少智所知隨分說耳世尊如來應供正徧覺諸有口業音聲語言宣明辯釋諸法義理一切世間若梵若魔若天若人若諸沙門若婆羅門無能測量無能知者世尊如來所有善巧方便譬喻解釋一切衆生不能得知義趣少分世尊我未聞見世間有人能於如來方便義門譬喻解釋得解知者世尊我等今者於如來前親聞此義受持憶念不敢忘失或有衆生於如來所聞已能知佛菩提事世尊已曾數說此義是中衆生或時聞已不復憶念亦不解知徒聚一處欲問世尊豈能得知此三教藏如來數爲具足演說彼諸比丘不能依行有優婆塞若諸天人在阿蘭若處爲諸衆生種種方便譬喻解說令知此義世尊此大方便譬喻解釋所謂三教方便業藏世尊於是藏中我等無有一念修行況復能知爲他解釋惟願世尊獨爲如是渴仰衆生演說斯義令斷疑心

法師弘護品第五十二

阿難爾時放光如來應供正徧覺告天帝釋言憍尸迦我說如是方便譬喻汝能知耶憍尸迦是故應先知此語言爲是十四菩薩摩訶薩何以故是等先生此諸天中以何義故發如是願顯示此等無懈怠故以是因緣捨身即生阿修羅宮爲斯義故於少分中尚不能知況復於此三教業藏能聽受者復次憍尸迦今此無量無邊大衆在是山頂忉利天宮汝爲久居頗能得知住此衆生其數幾何復能得知住是衆生依人間數年歲幾何復知是天衣服飲食諸事幾何天帝釋言世尊

我已盡知佛言憍尸迦若人來問今此大衆食調衆具須功幾何彼問如是汝云何答天帝釋言世尊我無所報何以故世尊今我此處三十三天凡是所須衣食衆具隨念現前非造作故佛言憍尸迦一切諸法亦復如是皆住心中隨所念時即得成就憍尸迦猶如卵生諸衆生等但以心念即便受生一切諸法亦復如是皆由心念法即現前憍尸迦又如一切濕生之類所謂魚鼈黿虬坻彌宜羅此等皆是卵生所攝此等或唯行一由旬或二由旬或至三四或復過七逹彼地已安處已卵不令疲乏故能成熟憍尸迦此三教藏亦復如是隨憶念時彼業現前次第不亂相續不斷與彼句義和合相應復應當知我以何故爲汝等說阿字門者以板喻說故迦字門者以文字說故那字門者以平等文字章句說故如是說時應共持此更無有法而可缺減然須知此四十二句在於板上如是知已彼諸法師處於大衆在法座上將欲說時法師於此三法門中初念阿字現前相續當應和合既和合已即應宣說四十二句如是分別得二百句還得十句如初五分眷屬和合得出五音而彼法師以此五音和合五句諸眷屬已足一百句音聲圓滿即能分別如是知故所有文字念欲現前即得現前相續持已如彼即得具足音聲出生文句如是能說是中更無異聲可作而彼法師依法出生五音文句法師分別阿字之時以大辯說空業成就爲千數衆生斷除疑惑若人問時亦無怱迫安詳來問譬喻解釋而其先說大宮

殿中百數義門如是解釋令一切衆皆生歡喜如佛世尊所集大衆彼亦復爾令得諸根具巧便智爲諸衆生如是而說復次憍尸迦汝當一心信受是法如來應供正徧覺音聲言說方便譬喻解釋之處云何當念應須六年作如是念如所說法當入禪定思惟修行既修行已不復放逸一心正念分別思惟與此意合六年方得具足圓滿如那字門亦以六年修種種念眞正滿足如是念已即得證知一切言音差別之事憍尸迦此三句門若善持已無有人能知其邊際憍尸迦諸佛如來所有言說方便譬喻解釋義門若虛妄者無有是處憍尸迦譬如農人善營田作先於異時聚集農衆而告之曰汝等諸人應作是言我等從今既下種已願莫生芽勿成子實

時彼農衆咸相謂言嗚呼我今願汝種子莫生莫成亦無懶惰憍尸迦於意云何彼諸種子善營事已得不生耶不也世尊得不成耶不也世尊憍尸迦是三法門亦復如是虛空所生無量義門諸法次第名字具足假使或於無量時節隱蔽不現遂滅沒者無有是處復次憍尸迦一切衆生若於善男子所若如來所聞此修多羅法門或誦或說次第修行轉相教授者是諸衆生於此智門他問難時不可降伏亦不默然何以故此諸智業無量無邊彼教授者能爲無量無邊衆生未曾聞者咸令分別成就辯才亦自成就故若人來問是法義時我能於彼所問義處闡揚分別如是解說如是辯答而彼復作如是思念若有人來問我是義我當相續爲其解說若有

依如來教而發問者我便於彼諸所疑處分別解釋亦爲當來一切衆生得安樂故若有人能念此法門或恃學習或復修行當知彼人不久成就憍尸迦於是法中非但彼諸非器衆生於佛法中不生信心或有衆生雖亦信心而復不能依教行者憍尸迦非但世間無說法師法即消滅若無聽法請問之人當知是時法亦不久何以故世無問者以無習學無習學故則不能知既不能知云何奉行不能行故世皆盲冥無導知者如是無知誰當作法若無法則世間無有孝養父母敬大愛小長幼尊卑使命慰勞褒譽美言世事咸盡誰能作者憍尸迦若人不知世間之法云何當能分別論說世間事義既不信解亦不能行世善尚無云何能學諸佛智慧是故一切世間之事不可休息復次憍尸迦若諸法師欲講說時當須四種莊嚴說處何等爲四憍尸迦時說法師當先選擇如是方所其處寬博地形平正無有高下瓦石沙礫荆棘惡刺亦無穢草蚊虻蛇蠍諸惡毒蟲其地和美柔輭淨妙多有園池華果樹林其處清淨遠離喧雜夏無盛暑冬不祁寒四衆雜居並皆安隱法師聽者咸受悅樂憍尸迦是爲第一爲彼法師莊嚴說處復次憍尸迦若諸法師欲講說時其地方所有護法者若聽法人爲重法故應爲法師施設莊嚴高闊法座多取種種上妙褥席柔輭敷具講時所須皆置座上衆人觀覩增重法心法師處之安隱說法憍尸迦是爲第二爲彼法師莊嚴說處復次憍尸迦若諸法師將說法時彼護法人及聽

法者爲重法故應當至心精勤勇猛守護法師不得令彼諸惡衆生毁壞誹謗障礙正法乃至勿令男子婦人童男童女往來喧雜妨亂法師憍尸迦是爲第三爲彼法師莊嚴說處復次憍尸迦若諸法師正宣說時彼護法人及聽法衆爲敬法故應選五人若十若多恭謹知法住法師後觀察大衆勿令妨亂一取法師意旨教令如法施行匡正其衆或時有人語言亂衆即須問彼語言所因如法禁止若人戲笑動止乖違即應窮詰訶責令斷恒令大衆寂靜諸根清禁身口如教而住然彼諸人觀察衆時舉措審詳不可急卒應行愛語勿出麤言凡所發言但令前人共相解領即須靜默不應大語高聲動衆使人覺知何以故不欲令人因緣他事與多衆生爲法障故憍尸迦是爲第四爲彼法師莊嚴說處若能以是四事莊嚴說法方所令彼法師所說經典無有衆難畢竟流行復次憍尸迦若諸法師於欲說時先觀彼衆云何樂欲須何法義如彼衆欲隨時充滿令諸衆生成就善根亦令增長言辭才辯徧一切處無礙清淨令諸智者易得解知可觀可證無有垢汙遠離蓋纏身口諸根悉皆安靜三昧思惟相續不絕若人於法師所聽知法已長夜熏修未曾捨離三教業藏文字言說無不通達復次憍尸迦若諸法師於說法時應當誓願成是義門爲諸衆生而作依止法師既覺如是義已復應當作如是思惟今我既覺如是法門云何令我得好口業所出語言清辯無濁不破壞聲無哀哭響常得微妙不斷辯才但爲

開發顯示此經法門義故若彼法師如是說時無不知者無不解者復次憍尸迦若諸法師欲說法時衆既集已法師先當以三種心觀彼大衆無量諸相何等衆生聰明利智以如是等三心觀故或以神通知彼衆中具如是相而彼法師應當先爲彼諸大衆宣說布施功德等事如是說時多有衆生讀誦受持歡喜奉行而彼法師於此義門相續顯發空無相願不得斷絶如諸如來應供正徧覺說是法時能於無量百千門中顯示如是清淨義相法師爾時還說此義終不得捨如來法藏憶念住持阿字法門最初言說相續不斷爲他施設迦字法門次相續說那字法門最後究竟如是念已如如來辯當自現前於此言說應更善巧方便牢固既牢固已自然成就如是智聚猶須彌山不可破壞諸外道等不能動揺一切論師莫能傾拔復次憍尸迦若諸法師於說法時應當勇猛發大精進諸根明了衆事具足然後爲彼世間四輩弘宣如是諸陰等法善方便知彼板相故既覺知已常念現前無量辯才分別解釋五陰等聚云何得知彼諸陰聚以何義故名爲陰也復以何相善通陰聚巧說如是諸陰聚已即應次第宣說諸法無相義門入於眞實憍尸迦我已曾說此四大相總攝義處復次憍尸迦彼時法師應如是說是中若有諸色聚者於彼復有何忍可住而言彼有如是忍住先時已有如是經典當令現前亦復有人恒常相續爲他解說如是義門云何相續說如斯法如彼衆生心生歡喜愛樂欲聞如彼衆生一

心在法無復亂想如彼衆生有受法器如彼衆生堪可成熟者如彼衆生得聞法已有慚愧處如彼衆生既能聽受如是經典如其次第如修多羅如其威力如想分別如是受持而彼衆中無有一人生退轉心不聽法者憍尸迦彼諸法師當應如是成就法事諸佛如來咸如是說復次憍尸迦彼諸法師於說法時當須顯發奇特之事假使有人從此聚落或復餘村或復城邑及他方至至已便問如是法義語法師言我今所問云何能解然彼法師於是義中先常思惟須令純熟隨問悉能方便解釋既無恐怖亦勿留遲如彼所問皆令滿足如是法師說法之時莫爲他說散亂之事以是因緣當得大利其有衆生於彼聽者皆生歡喜常來聽法憍尸迦以是因緣時彼法師當應普說成就大利復次憍尸迦諸法師等有能通達如是法者於說法時雖不能說諸佛菩提但能令此法義分明巧知方便通達寬大亦時爲他聽受者說如是法師善通達已若復有人非時來聽非言來問即應開示若比丘比丘尼優婆塞優婆夷四部衆等或餘衆生非時非言不即爲說彼等於是更不來聽以不聽故不能爲他弘宣法要開示衆生憍尸迦以是因緣令是法門不得具顯復次憍尸迦若諸法師於此法中心不正住妄起思惟妄思惟故遂成邪見如是法師邪分別故不能會彼修多羅義即住無知無明聚中而彼法師住邪見故昔來所有諸天神等一時棄捨不復守護以諸天神不守護故無有威德勢力光明無威力故一切

所行不依戒律諸餘善根悉皆減損如是法
師先當爲他解說法義修多羅等所有聽衆
尚皆誹謗棄而不受況於戒律不復依行而
能更來聽其說者憍尸迦若世間人無信行
者其家所有妻子眷屬尚皆不順況彼大衆
復來聽也復次憍尸迦如是法師無有信分
所謂如來常說不依戒律如教行者憍尸迦
是諸法師無信分故彼非善根而可說者惟
惡增長必受果報如是果報若諸如來如實
說者彼人聞已便從口中多歐熱血因此患
故即當命終復次憍尸迦如來應供正徧覺
爲欲令彼一切世間諸衆生等覺了諸法而
彼癡人於是法中起嫉妬心然終不能如是
思念我若慳法秘而不說以慳惜故法漸艱
難或能隱沒我若不說聽法之人云何能得

如說而聞如聞而受既無聞受云何奉行若
如是者即便令他無量衆生不知是法云何
於法生希有心以是因緣我今不應於是法
中與諸衆生作慳悋事憍尸迦如是之人於
佛法中終必不可立爲證人憍尸迦汝應當
觀如是癡人欲於無價眞法寳中自作價量
憍尸迦復應當知如是癡人欲於如來三種
業藏無相法中建立諸相憍尸迦是亦法師
無信分處如來如是方便解釋復次憍尸迦
若有法師能於如是修多羅中善巧取義住
於正念以諸方便開揚法門爲諸世間與大
利益汝於彼時應善觀察當於何處有好園
林於彼林間多種樹木及諸華果相狀名字
皆應令彼諸衆生等修治莊嚴乃至以彼一
摶牛糞塗樹林地既莊嚴已然後應請法師

演說而彼法師當說法時林間即有護林天神地神樹神及以上界所有諸天一切乾闥婆緊那羅迦樓羅摩睺羅伽諸龍夜叉如是衆類遞相告知歡喜嗟讚彼莊嚴人能以牛糞塗飾林下憶念守護未曾暫忘敬繞彼林如奉塔廟憍尸迦若彼法師普爲世間不斷法故去離是處欲詣餘方爾時此地護林諸天及諸神等猶常供養如是地林復次憍尸迦若有法師如是行者斯人獲得無量福聚凡所言說人皆傳受何以故以彼法師奉行佛教隨順法門無有違異終不斷絕法義門故憍尸迦以是因緣爲法師者於是法中當自精勤然後教人若不自勵人誰信者憍尸迦以是義故彼說法師應當善入如是法門深智方便開顯法藏故以不放逸能得大力故方便巧知定不受報故起慈悲攝成心業果故爲諸衆生知時節故當至巧智不動眞處故時彼法師得如是已須知衆生善根方便智行差別然後說法法師若得住是方便說法藏時便得無量無等大功德聚復得如是無量無邊大智慧聚當住大施正智聚中而彼法師得到無量精進彼岸爲一切衆生亦令住於慈悲普攝方便智中爾時世尊說是經已時須波多天及尊者阿難諸天世人阿修羅等一切大衆聞佛所說頂受奉行

大法炬陀羅尼經卷第二十

音釋

黿愚袁切大鼈也　虬渠幽切龍無角者　坻彌宜羅梵語也此云大身魚　坻都禮切　祁翅移切大也　歐烏后切吐也

大威德陀羅尼經

隋北天竺三藏法師闍那崛多等譯

清刻龍藏佛說法變相圖

大威德陀羅尼經卷第一

隋北天竺三藏法師闍那崛多等譯

如是我聞一時婆伽婆在舍婆提大城祇樹給孤獨園與大比丘衆千二百五十人俱復有無量天龍夜叉乾闥婆阿脩羅迦樓羅緊那羅摩睺羅伽人非人等四部大衆左右圍遶爾時世尊告長老阿難言阿難有陀羅尼法本過去諸佛已曾顯示略廣解釋爲諸侍者及以衆生受安樂故憐愍世間諸天人等廣利益故我今亦欲說此陀羅尼亦令衆生受安樂故哀愍世間諸天人等廣利益故阿難汝既是我親承侍者我今爲汝說此法本諦聽諦受善思念之當爲汝說爾時阿難而白佛言唯然世尊願樂欲聞佛告阿難一者神通二者根本又復一者是欲具足二者見

具足不入涅槃所謂斷見及以常見復有二見不入涅槃謂於我見煩惱著見以一智者而言無智復次應知俗事及與執著世俗言詞應知事及與非事應知有爲事及無爲事應知生應知滅則應知入處應知非入處應知去處應知斷去處應知處所應知愛應知愛因緣應知境界道應知發去處應知入處應知至處去勝應知別離應知別離住處應知攝非事應知非義語應知聚集事應知緣應知緣住處應知緣合應知緣生處應知緣生應知緣所生法應知行應知勝行應知住國土處善根應知攝閑預成就應知得閑預分應知得佛出世善根應知作防護事應知信欲滅應知閑處應知一自在二分別生三種得因緣應知三學行二種淨戒三種聖教

一愛著瞋恚一眞實謂如來教一朋友不可破一伴可共入怖處一切衆生自在非善知識一切衆生具自在難不信發行一切衆生本性破壞一切衆生共同一行一切衆生不得愛故與愛爲奴一切衆生自過不見故不入涅槃一切衆生各相障礙不得解脫一善根不能斷故入般涅槃與造諸業而不失壞入一欲故入惡處入二三四五欲故入地獄中一種不欲一種印二種觀察一種勇健一道七處五破壞五力五語道處五世間法五生趣五聚陰五病五無病五根五時五三摩耶分五摩呼多五最後心生處持來五不勝法五儜怯五優婆塞五種多貪性五種宰官五無量五勝作五戲論五恐怖五怨讎五不共心分五不敬五尊重五重五誓五怖畏五

宰官和合五種滅依身五種滅依口五種滅依意五種想因緣五受五受斷五闇五闇盲五翳障眼五羅刹五淵五迴轉五窟五窟斷五分第一禪五種聲五種世法行五種共法舉罪五教示五善知識教五種言說法音生處五種論法五喜根五喜生處五憂生法五怯弱怖畏應當解說五種功能應當解說五種世間功德行五種漏法和合五種勝世行五種觸生五種惡道五種惡眼五種惡耳五種惡鼻五種惡舌五種惡身五種惡意五無功德法五種獨住持因緣五種離敎師隨緣流轉五種法應隨順衆五受因緣五受不斷滅五法當作憂五痛著不遍知故受苦痛五種蓋不可取五種障分別五一向行法不應取五種事物應當離五相不斷滅五乾燥無因起五作惡處滿五種烟五姧猾欺誑言說五種賊長命難打五作時行五種衆生塚間平等五種在空處因緣五窟處不恐怖隨心所欲五嚴熾不作惡五巧行境界處五無中間五法不作別異五住處五惡住處五種得錢物得宿命得念智現證見巧因緣隨轉五無毒五濕波耶那五善根大果報隨轉五功德捨法五嬾惰事五信滿五法具足當入正位五根前受業報五種智聚欲滿隨轉五時施善根成熟增長五施當滅諸有五種戒超越五道滿足五戒俱善覆護滿足五種戒當轉法輪五戒具足已得四十種歡欣法五種戒俱受已羸劣戒不具足缺減破戒謂優婆塞優婆夷五種剌恚命終時得五種行巧解脫當具足滿五中等邊五種戒羸五戒句顛

倒行無有别異五戒羸當爲説五戒俱當轉十二相法輪五種時一法時五種言一法言五種衆一衆會五種道一善妙五命終一是斷五智者一最勝五境界我歎一五道無别異相五解脱一無有出五實言一真實五種滅一真滅五種惡無可淨五踊躍五自恣五治罰阿蘭那宿處具五讚歎一坐頭陀得五讚歎常乞食行頭陀五讚歎五種入聚落當教示五縫衣功德五多聞者功德樂欲法五功德五種惡魔波旬作障礙五種患障法言法言斷具五惡解脱事五障礙得五破壞五世間賊五攝受語言五妄語事五不共住五捨智五破戒惡五破戒處五應知分别破戒五事持毗那耶應知五分别不持毗那耶應知五比丘不知正威儀不持毗那耶言語因緣自説多聞彼如是如是梵行者不問五法持毗那耶健瞋當向惡趣五持律者有煩惱而不慚恥得五種乾燥自行欲不淨而自説淨欲行持律時得五種罪五種非時語求報施法有五種過惡五種諍論根本令比丘恐怖五臭穢法非學者語五種論師逼切故毁佛五種毁法五種毁僧法師有五種不淨比丘應知各别不各别五種法墮調戲不持戒處破戒在身成妄語者復有妄語者戒如糞穢比丘五法具足心躁如風比丘五法具足説外道語比丘五法具足不巧知修多羅比丘五法具足捨佛菩提比丘五法具足能生瞋恚瞋恚生已捨佛語俗人五法具足於出家法師如法和合五下分結五上分結五損五惡五身結五惱法五因五緣五頂墮五不

自在作法五三十三天於先墮相五四天王大集會法五三十三天受取五三十三天不受取五三十三天如業果報勝酒五勝法天女捨己天子面向他天五三十三天作業釋迦提婆那民共一萬二千天女出善法堂五三十三天集會欲破阿脩羅五三十三天鬪諍相至園應知五三十三天發鬪五三十三天具足法降阿脩羅五三十三天具足健法初生即有此念得自業智五種欲行諸天大集會五種夜摩天内信巧方便生得見諸佛五種往昔善根夜摩諸天遊戲而不迷惑五種往昔善根夜摩諸天各無輕慢亦無嫉妬五種法具足夜摩諸天過有閑預五法具足兜率陀諸天子當得九十九種歡喜法五種兜率陀諸天子往昔願法不失正念五種兜率陀諸天子往昔願法而不迷惑五種往昔勝願戒滿足故兜率陀諸天子神通成就願滿足故分別得成五種法具足兜率陀諸天子值佛出生不捨離已得信具足故捨家出家得近如來既出家已得解脫智五法具足兜率陀諸天子五於先死相法生而不恐怖死死已不假作念知所生處能生猒離而不放逸七十五種相具足兜率陀天子勝取欲行十五種相具足兜率陀諸天子值佛出生親近不離不生悔心若不值佛命終已後而生人間當得出家證緣覺道五眼根相兜率陀諸天命終已生人間智者應知五根相夜摩諸天命終五根相三十三天命終五根相四天王天命終三根相地居諸天命終八種根相人間命終還生人間智者應知六種根

相合會大地獄死還生人間智者應知應取是相九根相活大地獄中死七根相黑繩大地獄中死十三根相速轉速滅速生寒地獄中死還生人間四根相畜生中死四根相獼猴中死還生人間六根相野干中死還生人間十六根相眞正師子中死還生人間四種彼日初分時根相四種日中時根相四種日後分時根相四種瞋根相阿難我且略說若欲廣明是義有十二俱胝百千等數根之勝相彼佛如來知諸衆生各各根數阿難有人日初分時應漏盡不被敎示以放捨故於日中時作無間業成就滿足以是因緣故背佛世尊墮大地獄阿難有衆生日初分時教授佛法以貪欲具故彼人是處座坐已正念得如是心如謗諸佛及毀菩提墮落邪中阿難

有衆生有欲取衣離欲著衣阿難有衆生有欲舉足離欲下足阿難有衆生念欲睡眠旣坐牀已即得漏盡阿難有衆生貪欲就卧頭未到枕於其中間即得離欲有衆生不出家時於佛敎中應生天上旣出家已墮大地獄至不喜處有衆生不出家故應墮大地獄中到不喜處彼出家已得勝漏盡智者應當知如是相阿難如殊帝迦長者若七日過已不出家者應墮阿鼻大地獄中大不喜處阿難如來有如是等知諸根智各各不同是故如來能知衆生去處來處亦復巧知諸根別處阿難汝觀女人有歡欣法知染欲知不染欲以根增上視面故知況復如來阿羅訶三藐三佛陀證阿耨多羅三藐三菩提而不能知衆生諸根如是勝相如來有如是大力有如

是大智阿難有衆生如來於日初分入舍婆提大城乞食時即至第二四天下在彼閒處日初分時以四十種相方便敎化一衆生故猶在舍婆提大城次第乞食時舍婆大城乃有六十衆生諸根缺壞作無間業爲欲殺母作非法事彼等衆生若出家者即得阿羅漢果作是語已時長老阿難白佛言世尊何因緣故如來爲一衆生於彼處中以四十種相方便敎化猶能於彼舍婆提大城令諸衆生於聖法中作無障礙耶佛告阿難彼一衆生在第二四天下大洲世界如來世尊以四十種方便敎化者唯佛能度非聲聞耶如來於彼日初分時若不敎化彼一衆生則能具造三無間業當墮阿鼻大地獄中墮地獄已九十九俱胝百千年歲受大苦惱彼等衆生唯佛能化非餘如來阿難彼一衆生最後應度唯佛能化阿難如來爲彼一衆生故住九十九俱胝百千歲何以故阿難此是諸佛境界阿難如來所應作業要必當作而不廢捨阿難如來住壽若一劫若減一劫應以佛身度衆生故或復過彼阿難以此因緣故彼一衆生如來以四十種敎化日初分時住聖法中得阿那含果又復阿難時彼衆生說此偈言

前際及後際　現在不知故　造作於惡業
亦不知諸法　前際及後際　現亦無所有
三世皆平等　於中無所得　分別故有得
若離則無得　諸法無所有　如是隨如見
所說離欲想　空想亦復然　想斷無分別
此說無所有　說身有所有　以取故示現
諸法不可得　於中無滅者　若取於涅槃

思念即顛倒　取故說有物　說想還顛倒
無想說有想　無想亦復然　一切想離故
比丘成無有　說欲有所有　瞋癡亦是有
此無有知已　是說法眼者　我已知彼欲
如是實無物　不生亦不滅　此是彼自想
大智者善說　諸法無有想　世俗故有言
於中不可得　虛空空說已　彼得則所有
不生名與色　本性是法空　功力於涅槃
復有衆生得　若有想涅槃　彼見則是惡
諸想皆滅已　法想亦復然　不取亦不捨
是上丈夫說
阿難此等六十衆生舍婆提住者皆於往昔
迦葉佛所諸聲聞人供養佛已於後復作非
法事業非阿羅漢數爲利養因緣自稱自舉
而不自知不得法味造惡業已諸根缺減復

次阿難有五種惡根不平等故非善友作善
友行阿難有衆生五種根相具足種種承事
而不能修行於已母邊亦行欺誑況餘衆生
也五種根相具足一眼不得出家此法律中
五種根相具足可畏眼不得出家此法律中
五種根相具足赤眼不得出家此法律中五
種根相具足大赤眼不得出家此法律中五
種根相具足跛人不得出家此法律中五種
根相具足脚脛曲不得出家此法律中五種
法聾人不得出家此法律中五法曲脊不得
出家此法律中五法瞇眼不得出家此法律
中五法九指及十一指不得出家此法律中
五法節分斷不得出家此法律中五法割耳
不得出家此法律中五法割鼻不得出家此
法律中五法具足眼根闕不得出家此法律

中五法具足睗眼不得出家此法律中五法具足瞅眼不得出家此法律中五法具足不正見墜陷識不得出家此法律中五法具足瞎眼不得出家此法律中五法具足黄門人不得出家此法律中五法具足二根不得出家此法律中五法具足割根不得出家此法律中五法具足共丈夫行欲不得出家此法律中五法具足亂心人不得出家此法律中五法具足太長太短過黒不得出家此法律中五法具足太白不得出家此法律中五法具足白癩不得出家此法律中五法具足熟身不得出家此法律中五法具足踈齒不得出家此法律中五法具足豎髮不得出家此法律中五法具足赤頭不得出家此法律中五法具足緑髮頭不得出家此法律中五法

具足太黄不得出家此法律中五法具足斫面不得出家此法律中五法具足少髮及無髮不得出家此法律中五根相具足山羊眼矘眼小不眗眼䁩眼極深眼睽眼睒眼電䐡睉眼（謂小）長眼睛相逼眼轉精眼睍睴眣眼眅眼驢眼鷄眼尸利陀眼漚婆陀眼低彌魚眼婆迦利陀眼（已上無正名可譯）鷹眼鞞薩羅眼（亦無正名）猨猴眼狗眼阿荼迦羅眼（亦無正名）薩多泥去多眼尸陵伽羅眼（義云角）汗眼黄眼删由迦多眼娑賀賀那眼缺眼雉眼瞿利多眼（闕）删提多眼（續）毗跋眅多妬羅眼（轉患露白）婆稚多眼毗盧婆眼阿舍羅摩那眼删泥奚多眼毗鉢羅毗羅眼闍妬婆眼（一本云禪妬婆義似蚍）緊陀羅眼毗囉伽眼漚那帝囉眼三鉢囉朱帝囉眼憂娑陀囉眼婆荼婆馬眼婆囉陀眼婆羅伽眼低視

眼豬眼網眼眦察多眼(彼傷)皺眼青黄眼不得出家

阿難復有九萬九千彼彼衆生根如來悉知如來悉見阿難如來應正遍知有如是等無量無邊知見阿難復有二十二根相詐善比丘貴重資財諸佛如來皆如實知復有二十二根相詐善比丘所有語言臭如死屍又有十根相阿蘭若比丘所出語言邪命詐善有五根相邪命比丘詐修善故衆人識知五根相破戒比丘諸天唱告有五聲言於持戒比丘告言尊者某甲比丘戒聚墮戒聚遠離五種受法語出若有比丘自戒聚墮彼時諸天白善比丘持戒者邊名某比丘令戒聚破五種讚歎歡喜法於比丘邊所住諸天及三十三天知比丘勝已於四方讚歎五眼根相比丘外現善相內心邪命比丘五種見法各自有患和合共住更互相信比丘五有迦婆具足少法諸比丘應當知捨仙聖幢相而轉墜下五法具足比丘不尊重戒亦不尊敬佛法僧寶五法具足比丘尼不敬重佛法僧寶五法具足比丘尼不敬重大比丘五法具足比丘尼速墮戒聚五法具足比丘尼受他教令依他功力破壞人胎五法具足比丘尼實不敬重和尚阿闍梨詐爲親相示現無怨貪著利養當墮惡處五法具足比丘尼應知譬如門閫五法具足比丘尼若有智者若在家若出家應當遠離如利角牛謂妬嫉瞋恚無恩惡口諂曲如是五法具足比丘尼應當遠離五法具足比丘尼還俗戒聚墮落更欲出家諸比丘不得聽何以故彼比丘尼不能住法

汙染比丘彼墮地獄比丘五法具足於比丘尼邊作諸過失當墮地獄不值四佛五法具足諸有智者見比丘尼生過患想五法具足度女人出家與已正法三分損減比丘五破壞法於比丘尼邊汙染者五法具足殺害衆生五法具足諸俗人等作不聞法業五法具足或有俗人心思出家而彼不得聽令出家五法具足俗人富伽羅等以不正信而墮地獄五法具足能令婦人墮地獄中五法具足諸衆生等先已和合後還破壞五種言語法斷鬭諍根五大地獄根力故應當演說五因五緣妄言取生五散睡法五怖流轉五朋友法而相損害五朋友如母五法捨五法取五法聖者訶五法富伽羅應治罰五自知不由他五如金剛想五不定想五住想五同心富伽羅五不同心富伽羅五富伽羅諂曲五富伽羅無明五富伽羅有疑意五富伽羅度諸憂惱五富伽羅如輪山五富伽羅諸智所讃歎五法具足富伽羅供養如來五法具足富伽羅樂破僧五過去增上言五未來增上言五現在增上言五法合道五聖言之非聖言五身證者地五見到地五證相聖地五取別相五富伽羅如杵五富伽羅如石五想具足富伽羅如杵至盡五想具足害母及父五想具足於佛所生惡心出血五想具足造五無間業於一劫住大地獄中五想具足從大地獄死生於人間當得斷見五想具足當得邪見五想具足當捨重擔五想具足墮不定聚及離重擔五想具足富伽羅如優鉢羅不假善友而善根增不損不減五常善讃法得親

近住增長善法五法具足不親下人然其境界亦非聖境五種惡心者誑惑虛無五毒蛇人空無物者五法具足不得上開預處五過患根五常不和合五無攀緣如來不迎況諸聲聞五梵行者法五癡法五欲事五非欲事五斷者五如巩法作所作已令魔減損五渴愛無義語令生疑意五決了智能滅渴愛五不消過患五富伽羅利智五富伽羅部分分別智五富伽羅決了智五法將墮餓鬼五法於他邊毀謗五法具足若有得法者天等世難知唯我能知五順轉五逆轉五想滿足虛空想五想滿足世界中間住五想滿足斷見轉五分別想五不分別想五種說想五觀想五度觀想五攝取想五折伏想五不可得想五瞋想五不瞋想有不和合想有味想有愛想有憎想有想當作想有想當不作想有非想非想想有離想想者非想想者阿難於中非想想者以五種方便當作離想於中離想想者彼亦當作五種方便何以故阿難毗婆舍那智有攝取想不折伏有折伏想不攝取阿難於中有攝取想不折伏者彼五種想當作戲論阿難於中折伏想非攝取想者彼七種想當作懈怠阿難此二想中非攝受想當作受滅其受滅中眞實想不墮於非想乃至未增法想中斷盡生已生死寂滅是則最後離天流轉五種善而有爭鬪五顛倒意疑不見語者五根法入煩惱五業報故諸衆生等得大名聞五速入作不善根然比丘作想住已入於修多羅五惡攝取法令衆生命終五種生處依自身蟲生令諸衆生當成熟眼事

及憂惱事頭似白瘡有五法患頭命終當苦惱死五法被刀患五法不可治即取命終五寂滅不離住五法不善根具足當成無子丈夫五種蟲依身體在齋下胞邊住得無子丈夫數既無有子使脚繚戾語言麤澀彼人根中有五種蟲名無子男二無子丈夫三無子婦女彼有蟲名波羅株博迦住在彼人大小便道中其形微細頭如針孔彼等食已能令衆生一向絶欲於受欲中嬾惰懈怠有五蟲名瞿祇羅依住於齋衆生死時蟲飲血故得上氣病於一刹那一半休多即便命終有五蟲名娑婆底野目佉依於人項衆生臨欲命終喘息之時搦人咽喉飲咽喉血有五蟲名鴦者羅尼伽羅（此言吞吐）住人咽喉人食若食彼蟲即動彼蟲動已舌根即動其味處處令散

以業報故喉生息肉若熟即死若不熟者於眼及喉即成患苦有五蟲名僧鳩吒迦住衆生脚掌食肉食血阿難時彼僧鳩吒迦蟲食足下肉血已有筋名毗羅途羅是筋連續眼根彼筋爲僧鳩吒迦蟲食已眼即上舉行時筋關不轉即成瞎跛彼等衆生如來知無利益無有善根彼生眼根生已還滅阿難一衆生有五千要節分如來悉知彼要節分中有芥子分觸者即盲或瞎或跛或聾或作傴脊或有節分如芥子物觸者觸已即便命終阿難此身如是受生如是羸劣無有勢力阿難五種想如來不說憐愍衆生故有五種他廣作慢諸衆生等所生慢處有五慢不滅有患有五種自身不觀者慢彼大慢故當作無間業慢事慢瞋事慢受慢種種稱量慢順流慢

逆流慢詐善慢稱譽慢見慢力慢色慢語言慢辯才慢壞滅羞慚親近等事有五種富伽羅如破星秤有五富伽羅如猫兒有五富伽羅如糞有五富伽羅如風有五富伽羅如火有五富伽羅大患比丘有五處具足當作舉罪羯磨五如法問當令舉比丘舉已當不合捨以五法當捨五法報最堅若比丘衆和合被舉者至他方入比丘衆五種法比丘犯已當得舉比丘共和合作法事若食若作羯磨若語言若布薩若自恣或覆藏五法具足比丘不令與他作舉羯磨五種法舉者比丘自身作罪其作羯磨事壞不成五法具足比丘爲舉比丘作佐助或作朋黨彼還如此作羯磨五七住處令憶念有諸比丘被他舉者若更來入彼若不入彼等皆合舉五事持律者

當應斷五事持律者巧能斷言我是彼知不知者有忘失無有疑刺處應問彼七聚分處應問受具戒處應問四初學者四種恭敬處應問四恭敬處所四闕少攝門應問四闕攝所四依羯磨應問四依羯磨等四丈夫障治罰語應問四種丈夫障治罰者四無智作者如有事犯罪及道所生處應問彼若問時爲說是如來印彼處依修多羅說力四五二八四轉犯道應問彼若堪解依義應示彼人得成眞持律者無諂說法者五種法壞本性不應作阿難此是四攝持律者大勢力持律者若於是中所學持律七戒聚墮二十千數善能解釋智者讚歎隨順所見阿難說此四攝而無多人許可所說何以故魔當覆藏如是說故阿難優波離知此四攝彼名最勝持律

行者阿難持律者五法具足應施他法阿難持律行者五勝具足當向勝處當得勝處持律行者五法具足當墮地獄被他猒賤迷本行業五種論師說迷惑言四種論師作人言語一種論師不歎言說若說一迷語彼二種見身譬如百歲衆生仰面向上不見前後如是如是有一論師不得滿足外道功德亦不能滿沙門功德阿難譬如有一盲人又復一人得天眼者如是二人未失人名並是人也阿難如是如是有一種論師不捨論師名共沙門行婆羅門行然彼等人乃至不及似獮猴戒阿難有現獮猴句教示彼等彼等學已得辟支佛道五種憂事五種憂具五種折伏憂五種得禪道五種生明五滅明五出明五行虛空五同行事五觀察五說勝法令歡喜五忍五降伏五背面五愚癡五處所衆生各各破壞衆生死時有五種心生有一最後心受生處五生處有二樂五生處一切無樂五種戒五忍五調伏欲五頭痛五眼痛五鼻痛五面痛五面門痛五食道五耳疑五眼根疑面門得欲歡喜已速得瞋恚十種惡耳忘失音聲五法具足舌根薄五種善根口業清淨他信受語五蟲依頭名優羅蒲亦名鉢盧亦名那羅瞿亦名波羅瞿亦名婆帝虱都彼五法令眼筋羸弱復有五蟲噉食頭腦名三暮瞿亦名摩瞿踰亦名尼帝踰逐都亦名婆陀藍蒲亦名娑途馱奴若數發已食項筋斷令諸衆生所有言音衆生不受五種名字說法能令衆生言語不滿五離惡平等知故轉五根本一切衆生各各鬪競五得伏藏賊不能

奪五寄付而不欺誑五爭競本二十二種相眼當滅此身中有二萬二千筋有一筋攝更別有十筋入項中五筋入懸臃五筋入肩膊五筋入咽喉此身有五十七百千數筋纏縛此身一如彼筋數頭髮還有如許一一頭髮復有五百五百名字阿難彼諸如來於一名中安置建立五速根二攝根二略二共根二無根彼五處應分別天道人道地獄道畜生道閻羅王道五種根相最後出入息衆生應知此處捨已當墮阿鼻大地獄中有四種根相縛清淨不缺不濁若於最後出入息時不墮惡道智者應知是人此處捨身命已生三十三天三種根相應墮畜生二種根相當墮閻摩羅世七種根相彼最在後出入息時如是根相智者當知如此衆生捨是身已得生人間

大威德陀羅尼經卷第一

音釋

儜女耕切弱也　䀹火協切閉一目也　睗弋赤切急視也　矘他朗切直視皃　瞔一決切目深皃　睒式冉切暫視也　睉昨戈切小目也　睍下顯切小目皃　睴古困切困視皃　眣徒結切目出也　眅普板普班二切多白眼也　臃於容切

大威德陀羅尼經卷第二

隋北天竺三藏法師闍那崛多等譯

阿難有根名爲勝復有根名爲堅勝宫根生已當發十心所謂一離慢心二生愛念心三生歡喜心四生作業心五生踊躍心六彼現前念心七彼惡色不入鼻不窊曲八臨命終時心不懷惡九於愛物中不生慳悋十彼眼目狀如鬱金根色歡喜微笑其面向上觀自宫殿若有衆生具足如是諸根狀貌智者當知是人即生三十三天宫殿之中又有十根相及十種身所作相智者應知此等衆生捨此身已當墮阿鼻大地獄中何等爲十所謂惡心觀已妻子手捫虚空不受善教流淚墮落屎尿汙穢閉目不視以衣覆頭無食空噍身體羶臭命欲終時其足破裂鼻根傾倒左右縮伸而取命終伏面思惟而動左眼眼色焰赤有如是種如是狀貌如是處所智者應知此等衆生從此捨身當墮阿鼻大地獄中又有衆生五相具足智者當知從此捨身生畜生中何等爲五於妻子所愛心所牽手足指等悉皆癢縮腹上汗出作白羊鳴口中沫出如是五種如是相狀如是處所智者應知此等衆生從此捨身生畜生中有八種相智者當知此等衆生捨此身已生閻摩羅世何等爲八轉舌舐上及舐下脣身體惱熱求欲得水論說飲食而但口張眼目青色如孔雀項瞳人乾燥放糞無尿右脚先冷而非左足口言燒我亦云炙我以右手作拳何以故如是慳貪諸過患故不捨施故而取命終有如是種如是相狀衆生具足命終之時智者應

知當生閻摩羅世復有衆生十相具足智者應知從此捨身當生人間何等爲十有一衆生最後三摩耶時有如是心安住不動繫縛緣中端正可喜所欲可作無痛無憂彼臨命終於最後息出入轉時求父母名求兄弟名求姉妹名求朋友知識名其心不亂其心不迷其心不諂其心惇直付囑父母囑累朋友及與知識相喜樂者所發業事皆悉付囑所有藏伏藏皆悉示人若世有佛信如來者彼稱南無佛陀若非佛世當信外仙彼稱其名作是希有乃至如是微妙園林河池住處亦不張口仰卧端身不作荒言不受苦惱不恐不驚身不皴裂亦無惡色身體柔輭轉縮任心有如是等有如是種如是形相智者應知此等衆生從此捨身當生人間往還七返如地獄衆生從地獄還已還生地獄彼轉業已地獄捨身當生畜生彼轉身已從畜生捨身還生畜生中彼轉業已從地獄畜生捨身已當生閻摩羅世彼轉業已從閻摩羅世捨身命已還生畜生及以地獄十四業有三十種相衆生旋轉從地獄出生畜生中從畜生出生閻羅世從閻羅世還生畜生從畜生還生地獄二種三十具足此六十勝業如來悉知彼發業處亦知寂靜發業處各各有相如來悉知業各别處如來悉知寂靜别處如來悉知戒行别處如來悉知各别師導亦知非師如來已知一切衆生諸名各别如來悉知如來名號十力名號佛陀名號知自生智非師智名亦知帝釋所有名號亦知梵名亦知大自在名亦知不可稱名亦知善月名亦知普

眼名亦知導師佛名主將亦名勝導師亦名世親亦名不離福亦名勝陣亦名勇健亦名善丈夫亦名最丈夫亦名最極丈夫亦名最雄猛丈夫亦名商主亦名師子亦名須彌山亦名不動者亦名普眼亦名金剛亦名如金剛亦名善宿亦名宿王亦名月亦名日亦名離闇亦名閻浮金光亦名普光阿難此是諸佛名字猶如華鬘如來不可以百千那由他俱胝劫而可宣說盡極其邊際復次阿難唯有如來於此修多羅法本中五百如來名號說已爲日爲月略說五百名號日亦五百月亦五百諸宿五百破壞五百諸見五百頭名五百眼名五百耳名五百鼻名五百舌名五百身名五百手足名亦復五百乃至略說有五百善根若有一善根純熟故滿足人相諸根無缺無減亦不可降亦不可伏他不能勝不可得邊當有無量當有無稱五十二百千等最勝功德如來足下於脚指間有一毛畫文(或言一毛聚)出生何故名毛畫文更不於彼死身中住故言畫文復名畫文入虛空相當說此業所有三千大千世界名曰佛刹如來以彼畫文住如來指下者欲舉須彌山王無量無邊百千等數乃至梵天而彼如來不盡示現一切無畏大神通力於彼神通五處最勝出第一明中五不離別五棄捨五行風輪四界於中所有地界以四種相於色中說何等爲四麤大虛空涂十方涂虛空同色攝以往業積集故五種水娑羅伽色水多毗沙色水薄酪漿色水玻瓈色水瑠璃色水是爲五色水五忘失事五善根增長五事句五邪行五

道流轉生死五無益語日月名有五百聖諦亦有五白彼處語彼處所説五如法呵責五百頭患乃至有五百手脚患五百非善丈夫成秃患丈夫有五百勝事婦人所無五分具足婦人不成丈夫有蛆蟲室故婦人多欲婦人有五膓處而丈夫所無女人五法具足不自由衆生有五勝六意取法六作淨法六寂處丈夫具足六法轉男已得婦女身何等爲六妬嫉故强婬他婦白法減少非道分行意樂謗法是爲六婦人有六種法具足轉婦女身得丈夫根何等爲六歸依佛歸依法歸依僧護己夫主不妬嫉心發願爲先有惡比丘六法具足當墮阿鼻大地獄復背七佛何等爲六讀誦外道論持戒比丘尼令墮戒聚以非梵行法謗梵行比丘菩薩乘比丘令退菩提心自造佛言詐衆演説婬五戒優婆塞妻是名六法令墮阿鼻大地獄復背七佛比丘尼有六法具足當生驢身常負苦重食糞噉穢多有鬪諍不能生忍烏鳥啄蹋爲人所乘脚行繚戾多被杖捶何等爲六有比丘尼墮人胎或令他受胎或汙他家令持戒比丘墮失戒聚誹謗持戒比丘尼共惡比丘多結朋友謗佛菩提此具六法比丘尼當墮驢中優婆塞有六法具足不覺往昔住持當成惡優婆塞何等爲六無忍與諸比丘少時愛敬以一惡事一切皆捨恒作俗事吉凶説佛爲惡共惡比丘雜合同聚散三寶物此六法具足成惡優婆塞六法具足惡優婆夷當作二根事何等爲六説佛爲惡令比丘墮戒聚説法爲惡復作是言無有涅槃説僧爲惡復作是

言無有聖僧不信業果將持戒比丘詣於酒處如來塔中所施華鬘及香奪已自用此六法具足惡優婆夷能成二根六種所作無行應知六種作平等應知六緣應知六四雙應知六三應知二十百千俱胝說聖諦應知種種言音如言苦聖諦四十一百千俱胝聖諦依義演說六不迷六迷六言斷六上滅六心恐怖無歸依六戒果六聞果六施果六智果六攝爭競六一切衆生懈怠事惟除如來六勝諸羅漢以是故言阿羅漢也婦人六種幻具足故言婦女也六作道法六作無親法六說論六斷論六常論六次第行六法具足諸衆生四大盛壯時命終六身痛六種法具足衆生面門臭六法具足他不受語六法當麤脣六法當輭諂曲六法當不希望六法當傴

六法當跛六法不知母六法不知父汝母汝父如是不知朋友六法當生旃陀羅家六法當販豬六法當生獮猴中六法當作婦女六法婬欲不避尊卑六法當生王家六法當得王六法當少分行六法戒至邊當失六法當受畜生六法當得天堂六法當得象頭六法當得熟眼六法當得白羊眼六法肚當有毛六法當早老六法世間毀他六法屬他一切法六法不著一切法六衆生直心六稱量六作朋友法六不詐聖法七菩提分七根處七行七行勝七梵業七脫業七天業七阿脩羅業七未來七名業七種意八分聖道八界業八語業八諸衆生方便八種衆生友一切衆生非衆生一切衆生化一切衆生無有疑一切意無意一切聲作已無有一切無實病一

切病非語言道一切語道苦一切苦無智一切無智盲一切盲非眼若無眼於中無智若無者彼是凡愚若凡愚者彼有恐怖以凡夫故則有恐怖其智慧者則無恐怖何以故名爲智者以有無邊故言智者言無邊者彼無所有若無所有彼滅渴愛渴愛煩惱共丈夫合彼彼處無是故言無言無者滅生何名有生若彼處斷滅彼無有生若住彼滅復名邊者所作皆離若於彼中作斷想故彼名捨離何者捨離若於中無初亦無有邊彼何處有中是故如來說於中法彼中無處亦無住持亦無住處無色無想彼法可捨何者可捨捨貪欲捨瞋恚捨愚癡故言可捨何者捨名若於是中無有鎧甲於鎧甲中凡夫等輩於五欲功德中苦痛疲乏何者是五欲功德如來說五欲功德已彼諸凡夫愚惑受用八迷惑行八聖勝諦八受八道勝八行力勝八種辯才閻浮提中八辯才發業八辯才戒聚和合八和合法名字八名字和合作業八種八相別名不能說一切語言名八意事八無有發業於中得慢名八非住處住已說法八眞實八別眞實八虛妄事十一種有色住八有色恐怖住處丈夫七舌根相當得色八心痛不愼故發時不可知不得現見八虛妄事八欺誑事八初後乏少八衆生八法衆生具足妄語應知彼多作業有欺誑者共會集聚好數相看互拍手作如是言彼舍有物應當施我復共相命詣檀越家更相讚歎使知有德別離去時種種語論求物方便又復遣使向彼求物云我有所須復有八法作詐誑名如是

諸法當有分別當有分剎八衆首八朋黨破壞八少福處八善根種善根成熟故得智具足此一勝根次第智慧八發一切法無諂曲一發起合邊際門二發起合忍至第三發起合結憂四發起合根主第五發起合集六發起合苦滅七發起合壞印八發起合降化八難調伏八易降伏八是想衆生八作作八斷滅事八守護伏藏八不愛八癡網八法具足衆生墮邪見八可捨想八作業墮八丈夫法具足於此捨身當向賢處八破智者應知八種諍競法智者應知阿難此等印句不錯句眞實句不顚倒句業作入句聚集和合句勝句智句佛句現見句和合句最勝句若如此相諸句作義能解入者過去已入今現在入未來入者彼爲一切衆生意所信樂能取勝智取最勝法當得成就最上勝智當轉法輪得勝支提當得八百千數諸佛法門當得入舌根謂如來舌根具足五十七百千功德如來以字說一切衆生各得歡欣若有一衆生於如是法如是清淨如是光明若受持讀誦修習於阿耨多羅三藐三菩提種諸善根如來說彼得阿耨多羅三藐三菩提不以爲難何以故所有諸菩薩行諸菩薩心菩薩所作十二根本善根具足五千種辯才具足六十四俱胝善根增長當淨佛眼東方南方西方北方無有障礙如來萬俱胝善根莊嚴如來住金色身彼如來身於一切三千大千世界中作大光明然彼光明石壁無礙非山非燈非須彌山樹林之所障礙破一切闇已如來光明最爲微妙若是相智當欲得者佛知彼

人於是法中當得勤求九衆生居處九種過患九悔死九攝衆生九法具足侵他婦已當受女身九受供養患九前後離九有爲印九可信樂九朋友無信處九十九百千俱胝所有諸人文字淨九供養他法九別異九法具足衆生於佛不淨信九法具足衆生於佛法中不淨信九法具足衆生於衆僧邊不淨信九法具足衆生誹謗法九法具足衆生當盲二十一百千種病誹謗法者衆生當得九作不和合如來分別業處九分具足地分所有果樹不與果實九樹相九地相九婦女相九丈夫相九時相九淨相九道相九地獄相九畜生相九閻羅王世相九蛇家九治九頭脉九輕九外取九眼相九分工巧二十二百千治身病九毒往昔迦葉佛敎中顯示耆婆醫王以此修多羅句於治病師中最勝第一阿難此入根本於一切法令作歡喜故一切諸法攝取故如來十力如來十因十種如來所説十種如來生處十如來寂靜十如來三昧十眷屬印十作廣法十明力十根處住十共知名十見道十面門十觀比丘十法具足當勤受持比丘一切闕減比丘十法具足至阿蘭若比丘十法具足墮於四禪墮已當入阿鼻大地獄中比丘十法具足阿蘭若何處有事物分別非事物分別比丘十法具足速疾早下不復重迴十七種事誹謗佛十六相誹謗法三十一相誹謗僧六十九因緣比波婆瞿稚婆婆比低夜六十七相當不得衆阿難十詐善相十詐善衆具十詐善思相十詐善行何等爲十詐善憍慢詐善難共事詐善難

得意詐善多作聲詐善出家形色詐善力慢詐善如騾爲相詐善住高原詐善家得名稱詐善現病詐善此等十詐善邪行活命彼不見好狀如塚墓亦如野干如大毒蛇破戒沙門猶釣魚鉤如蛇獮猴生盲之者滅佛菩提十相似說法師十持律相似十持修多羅相似十住阿蘭若相似十知僧事相似十優婆塞相似十優婆夷相似十住房相似十施非大施十施是大施十斷施十先施下十慳面相十與已面相悔十告說面相十怖告諸尊長十言下十於先告十告先相相續繫縛事十事行希望得菩提十信得菩提十取已疑十勝事十功巧處十知事十聰明法十諸健者行十捨事十水壞十作患法十滅過患十攝受十說者十十者十業十世喜十癡法十時十法具足當滿足黃門中十大過患十住處十種種墮十亂十捨法十衆生欣十龍家娑闍度阿尼佉摩奴一阿波佘帝舍二羅婆諦婆三攝吉盧婆四娑囉氈耶五蘇暮瞿阿陀陀途住六阿你柘七波施舍八迦車烏阿九十發十惡道十婦女瓔珞一婦女瓔珞十無節十小節十初後乏少十跛行一婦女過失勝一切過失謂婦女欲行不知猒足寧以酥油滅大火聚以獮猴作轉輪王寧以狗行於虛空寧以諸阿脩羅至善法堂寧以糞穢作栴檀香而彼女不可以百丈夫若千丈夫乃至俱胝丈夫令其婦女欲情滿足

佛說是語已阿難白佛言世尊我聞婦女如是惡事攪擾我心佛言阿難汝豈不於此處生希有耶阿難白言如是世尊於此處中可

作希有佛言阿難於是處莫作如是希有事也於恒河中可作文字然後婦女不可以欲令其猒足復次阿難復有噉蟲名曰荼舍迦微細於尸棃迦多可得虛空中示其足跡見其行步而彼婦女不可以欲令其滿足一幻二三四五阿難略說婦女有無幻法何故名爲母村以人世間語言故名母村非如來耶謂大人者略說此語亦名母村如來知彼故亦言母村阿難丈夫有八萬四千諸過患令丈夫隨順婦女有五十七種事具足婦女於丈夫邊作奴僕想丈夫有十幻過十失十觀入法十丈夫治罰丈夫有十法具足戀著婦女已作羊鳴十法具足丈夫著糞穢應知十法具足丈夫從高墮阿鼻大地獄十法具足丈夫當發一心生得聖人捨家出家若有捨家出家者彼當得五十七丈夫法若有不捨家出家者彼當得六十九種百千惡法十住阿蘭若業十未來生道十嫉妬法十住阿蘭若功德一世間印十眷屬十因處十趣事十世間希有法十一切事十尼乹子語十世智辯何等爲十無諂平等世辯不觀世辯妄失世辯勝衆具世辯常恕幾世辯當勤求世辯勝成熟世辯抖擻事世辯斷語言世辯普衆具世辯衆生十法具足如實自身過患不知而得財利十分具足處應取於中如來爲降伏世辯故建立五事何等爲五謂聖諦事因緣中生巧方便事於思惟處憶念事一切法作成就事於智慧中勝印事十瞎患十過患十僂患十青眼患十羊眼患十少指患十一指患十黃門患十津流患十城患十王過患

不畏佛者十病患十指過長患十流轉患十八身節患於外道言中一句安置於佛言中不迷佛語離惡過患於佛言中更無勝者佛語無上若於佛言中有如是念求過惡者彼等不得取如來爲師何以故如來世尊無有上者如來世尊無有疑惑如來所作皆悉爲善無不善故於佛語中無有鬭諍滅盡作業如是等處無少方便若有如是不缺少者如是圓滿如是具足如來如是說一切作一切法和合於一切法平等修行一切法稱一切法印一切法母一切法選擇一切法集一切法相一切法淨一切法觀察若比丘若比丘尼若優婆塞優婆夷受持讀誦修習者彼等當得十種處何等爲十當得勝智得念不忘當得勝慧得生好處遠離諸惡諸外論師來趣向者如法事中善能調伏於一日中當能誦持得四千偈如心所念心所願處若聲聞乘中若辟支佛乘中若佛乘中彼處彼處得度彼岸於善中無所闕少聞他所說而不忘失於義辯中於法辯中於辭辯中於樂說辯中而作勝因當得好色形體端嚴他不能伏

大威德陀羅尼經卷第二

音釋

窊 烏瓜切不滿也
噍 才笑切嚼也
瘻縮 瘻巨員切縮所角切瘻縮手屈病也
尿 奴弔切與屘同
皴 七倫切細起也
蛆 七余切蟲名
蹋 徒合切踐也
鞕 魚孟切強也
分劑 分扶問切劑在詣切分劑限量也
柘 之夜切

大威德陀羅尼經卷第三

隋北天竺三藏法師闍那崛多等譯

於中何者名爲一其一者非二非三此是閻浮提人一作因緣又言一者無績此是鬱單越人一作因緣又言一者非此作此是弗婆提人一作因緣又言一者二種作相此俱耶尼人一作因緣又言一者滅可愛此是沙門釋子一作因緣又言一者善生面此覆蓋足夜叉一作因緣又言一者彼歎此是常醉夜叉一作因緣又言一者阿鞞羅蒱此是持髮夜叉一作因緣又言一者臏磨瞿此是四天王一作因緣又言一者不合此是三十三天一作因緣又言一者比栖那榆(非軍也)此是阿脩羅一作因緣又言一者涅闍阿奴(捨也)此是夜摩天一作因緣又言一者比婆大奴(諍鬪也)此是兜率天一作因緣又言一者比比迦多(離也)此是化樂天一作因緣又言一者伽闍流波象形色此是他化自在天一作因緣又言一者婆沙大那悉陀(彼財成也)此是魔身天一作因緣又言一者比磨帝車(昌兮切)陀(斷倒意也)此是梵天一作因緣又言一者臏蘇奴此是梵身天一作因緣又言一者阿那奴賒悉帝(不順教也)此是梵輔天一作因緣又言一者娑陀利嵬都(常空也)此是梵衆天一作因緣又言一者阿伽囉磨娑他奴此是大梵天一作因緣又言一者娑婆浮帝此是光天一作因緣又言一者刪帝隸此是少光天一作因緣又言一者蘇目羅此是無量光天一作因緣又言一者憂羅此是光音天一作因緣又言一者波囉榆伽(方便也)此是淨天一作因緣又言一者臏

祇此是少淨天一作因縁又言一者波流荼此是無量淨天一作因縁又言一者憂四陀此是徧淨天一作因縁又言一者娑彌帝此是麤大果天一作因縁又言一者婆施此是無熱天一作因縁又言一者盧吉迦世也此是善見天一作因縁又言一者謨舍此是善現天一作因縁又言一者娑婆此是阿迦膩吒天一作因縁又言一者阿盧伽無病也　此是虛空想天一作因縁又言一者帝利此是識處天一作因縁又言一者阿伽囉前也此是無所有處天一作因縁又言一者蘇蒲此是非想非非想天一作因縁又言一作者名爲不作故名爲一此是諸天一無作相亦無有事若因此文句內心恐怖欲求解脫無有是處何以故如來但以言辭演說作字句說如來於此一事以是字句各各名字方便敷演若一劫若過一劫不可窮盡諸佛世尊有如是等無邊辯才雖然阿難且冥一作事如閻浮提人一作因縁如是名相一一名字能知百千俱胝等數又言一者蘇流低此是不信衆生善不作故言一作也如是如是比榆比榆阿何囉拔帝發作也　有時丈夫或被人逼逐若復狗逐于時丈夫叫復重叫驚怖熱惱於彼時中何所歸趣無所控告但作是說惟唱來來是名人中所有苦惱如是最苦如是極苦如是一作者彼彼辯才彼彼名字具足知巳八種法則

蘇婆囉拏烏荼婆　闍荼婆　佉囉荼　三目陀囉　波憂羅娑徒舍　阿子那三迷那憂婆離沙憂佉羅

如是如是以此法用語言字句知是人相如是等語教令知覺當令正知當令正覺云何如來爲彼衆生施設聖諦阿難如來爲彼諸衆生等如是如是演說聖諦如此處言

毒佉　毒佉三摩耶　毒佉尼流陀　毒佉尼流陀　伽彌你

如是聖諦而彼等言

阿叔隸三目隸　三迷舍　波囉婆

此等四聖諦我爲彼衆生說聖諦時五十七千衆生遠塵離垢於諸法中得法眼淨又言一狗驢鞞囉離野干作是聲音所謂狗聲驢聲鞞囉離聲野干聲此四衆生一種聲音如來悉知如是阿難如來知彼衆生所有言音譬如彼狗驢鞞囉離野干一種言音如來知彼爲說聖諦如此言苦苦集苦滅苦滅道爲彼等說言

阿侯囉　阿舍　跋多囉　婆囉摩

此四聖諦如來世尊爲彼衆生作如是說阿難如來慈念此閻浮提界北方有一城名曰娑婆伽提舍難可降化邊地惡王於彼處中如來到已說作聖諦如此言苦苦集苦滅苦滅道而彼處言伊荼施荼伽盧那婆陀此等四種聖諦如來彼城爲是諸人說此法時六十九千衆生遠塵離垢於諸法中得法眼淨阿難有四聖諦如來作前後說或有不作阿難言世尊云何如來作前後說或復不作佛言阿難如來世尊說四聖諦或爲衆生先說苦道後說苦苦集苦滅或爲衆生如來先說苦滅聖諦然後說苦集後說苦滅道後說苦聖諦或爲衆生如來於先說苦集聖諦然後

說苦然後說滅於後說苦滅道或爲衆生如來先說苦聖諦後說苦集後說苦滅後說苦滅道阿難設此語句爲彼邊地衆生荷負我三千大千世界中所說聖諦彼等入此

阿摸䭾奴　三摸䭾奴　鼻地輸　鼻地婆蒱阿伽輸瞿　毗娑輸　伽娑囉　阿婆伽多　嘅泥咩　泥多皻　多荼皻　阿盧婆遮盧婆　阿邏磨　多囉磨　阿犂奢　者犂奢　阿嘍舍利　摩嘍舍利　嘅邏婆地伽邏　伽啼伽　尼侈䭾　拔陀邏嗚啼　娑嗚邏　多車地　摩阿頭摩阿奚妬　三摩陀　婆伽邏　皻邏阿哆阿䭾舍　首奚　舍犂那　阿犂那　施犂𩖋吒　尼施犂𩖋吒　阿𣈆舍　摩𣈆舍阿怒摩　娑那摩　阿邏婆　尼首伽　娑憂地哆　阿那摩　優嘍娑　阿男摩　毗車陀　毗婆伽　阿嘍遮　尼嘍遮　娑優陀　摩優陀

阿難復有𡊮方有城名曰鎧甲其城縱廣一由旬阿難彼鎧甲城有三十俱胝人住如來至彼說四聖諦如此處說苦苦集苦滅苦滅道（然此四諦皆應存彼語音但此邊易故稱此語）而彼城言

阿荼婆　那荼婆　娑尼舍　娑那磨

此四聖諦如來爲彼城衆生說此聖諦時七十千衆生遠塵離垢得法眼淨阿難復有𡊮方邊地聚落有城名禰耶伽漫妬阿難彼城長半由旬阿難彼城有二十百千俱胝人住如來至彼處已說四聖諦如此處說苦苦集苦滅苦滅道然彼城言

頗羅　毗棃伽　阿奴漫　毗浮伽

此四聖諦如來爲彼城衆生説聖諦時彼處三萬衆生遠塵離垢得法眼淨阿難北方復有城名支嵐阿難彼城縱廣二十由旬如來至彼城説四聖諦如此處説苦苦集苦滅苦滅道然彼處説

毗浮多　阿那磨　多迦　多羅迦

於彼時二萬衆生遠塵離垢得法眼淨阿難未來世如來滅後此中國所説四聖諦然彼處時當有如來聖諦名字阿難東方有城名多主縱廣一由旬彼城有十四俱胝衆生住如來至彼城爲彼衆生説四聖諦如此處言苦苦集苦滅苦滅道然彼處言

彼稚目陀羅　毗摩帝車馱　莎尼伽黎沙

毗伽黎沙

彼時三萬衆生遠塵離垢得法眼淨阿難有諸龍諸龍王等所謂阿耨達多龍王如來至爲彼龍王説四聖諦如此處言苦苦集苦滅苦滅道即彼處言

阿娑護　毗舍瞿盧　多毚侈婆　娑波羅

賀奴

阿難爲彼説法時彼龍王共六十八千龍受持五戒還以此四聖諦如來爲端正龍王於彼處五千龍受持五戒還以此四聖諦如來爲調伏龍王説即於彼處有十二五百千龍受持五戒還以此四聖諦如來爲删達叉龍王説彼處四十百千龍受持五戒還以此四聖諦如來爲當來龍王説於彼處四十百千龍王受持五戒還以此四聖諦如來爲常神通龍王説即於彼處五十二百千龍王受持五戒還以此四聖諦如來爲普色龍王宣説

示現阿難其普色龍王端正可喜人所喜見
阿難彼普色龍王宮殿縱廣七十二由旬微
妙莊嚴人所喜見七寶所成謂金銀乃至硨
磲第七略說何故名普色龍王阿難彼普色
龍王宮殿處中有高臺縱廣四十由旬青瑠
璃所成端嚴顯曜威相成就阿難彼高臺中
有八千座七寶所成金線爲間清淨衣覆其
座上褥廣半由旬阿難時彼座上於一切處
有諸龍女坐端嚴可喜人喜觀矚於彼臺中
現阿耨達多龍王阿耨達多龍王所受果報
於彼臺中皆悉顯現彼普色龍王所受果報
阿耨達多龍王皆悉了知阿難彼二龍王各
各相見各各遊戲各各受報阿難彼普色龍
王亦名難降伏阿難彼龍王亦名阿耨達龍
王長子如來至彼還爲說此四聖諦彼處四
十百千龍王受持五戒阿難如來若彼龍王
不降伏者人無飲食施諸聲聞如來世尊爲
衆多人大利益故爲衆多人受安樂故調伏
彼龍王令受五戒阿難阿耨達多龍王有十
千諸子彼一切中有阿耨婆達多龍王所處
宮殿如來爲彼皆令彼龍受持五戒阿難有
龍王名多羅珠如來爲彼還說此四聖諦於
彼處六十千龍王受持五戒阿難有龍王名
毗跋珠如來還爲彼說此四聖諦於彼處有
六十四千龍爲受五戒阿難有龍王名多羅
蒱如來爲彼還說此四聖諦於彼處三萬龍
還受五戒阿難多囉蒱龍王有大宮殿縱廣
二十四由旬二十四由旬水池盈滿好色端
嚴人所喜見其池涼冷清淨不濁極爲甜美
阿難彼池四方有四臺起金銀瑠璃玻瓈高

七由旬彼在上懸成一臺住猶如重閣善化善住如來爲彼亦說此四聖諦於彼處有九十百千龍王亦受五戒阿難有乾陀羅王界有龍王名伊羅鉢怛囉如來爲彼還說此四聖諦於彼處有三十百千龍王受持五戒阿難如來爲優波難陀說此四聖諦於彼處二十百千俱胝龍王受持五戒阿難如來還以此四聖諦爲娑伽羅龍王說彼處六十八俱胝龍王受持五戒於彼住處如來爲滿足龍王百千俱胝頭首居閻浮提者所有受戒如來還同說此聖諦法然如來知諸龍王等龍言龍辭龍說還同此辭說四聖諦阿難於中覆盔足夜叉等說四聖諦如此處言苦苦集苦滅苦滅道即於彼處言

阿何薩致迦（此言苦）　波何薩迦（此言集）　阿那槃那（此云苦滅）　娑陀槃那（此云苦滅道）

爲覆盔足夜叉等說此四聖諦於彼中爲常醉夜叉等說四聖諦如此處言苦苦集苦滅苦滅道即於彼處言

阿余伽　多流伽　毗醯那　波囉波捨

又爲此長柴夜叉等說此四聖諦阿難於中爲彼持髮夜叉等說四聖諦如天此處云苦苦集苦滅苦滅道即於彼處言

貫那波裟　波裟呵　阿呼　阿底唎

爲持鬘夜叉等說是四聖諦阿難於中爲彼四大天王輩說四聖諦如此處言苦苦集苦滅苦滅道即於彼處言

伊泥　迷泥　答波　多瞿波

爲彼四天王等說此四聖諦阿難說此聖諦時四大天王及七千諸天子遠塵離垢得法眼淨阿難三十三天說聖諦如此說言乃至

苦滅道彼處言

阿那婆奴（苦）婆陀婆奴（苦集）比求蝨吒（苦滅）鉢囉鼻栗諦車馱（苦滅道）

阿難如來說此聖諦時五十七千諸天遠塵離垢於諸法中得法眼淨阿難爲彼兜率陀天說聖諦如此處言乃至苦滅道聖諦即於彼處言

比磨婆　阿那鉗　哆哆囉婆你　差波浮彌

阿難說此聖諦時兜率諸天六十七百千諸天遠塵離垢諸法中法眼淨阿難諸如來以神通說法諸佛如來以此法教爲上諸天兜率諸天等說此聖諦阿難諸天子及諸天王諸夜叉及夜叉王等諸龍及諸龍王等如來知彼等所有言辭所有口業彼等一切如來善知阿難阿脩羅所說聖諦如來悉知如此處言苦乃至苦滅道聖諦於彼處言

三無達奴　比皺囉逾瞿　阿薩盧　比尼跋途

如是說聖諦如來爲阿脩羅說是聖諦應當解知阿難時有一城名曰住邊彼城中如來說四聖諦如此處言乃至苦滅道聖諦彼處言

比磨陀悉他奴　阿那夜悉恥都　娑羅初娑磨遮利

如是四聖諦如來爲彼城中諸衆生輩說此聖諦之時七千衆生遠塵離垢諸法中得法眼淨阿難此閻浮提有五百洲渾眷屬圍繞各百由旬瞿耶尼亦有五百洲渾眷屬亦各百由旬東弗婆提五百洲渾眷屬各百由旬

鬱單越亦有五百洲渾眷屬各百由旬阿難此閻浮提所有五百洲渾眷屬者彼非人住處多有諸龍諸夜叉諸餓鬼諸鳩槃荼諸象皆有眷屬圍繞常共鬬諍而諸獸等互相遊戲彼等五類如來不爲説聖諦何以故彼等衆生墮不閑處雖然彼輩所有語音氣息相喚如來悉知如此處言父母彼處言阿盧伽簸利迦利沙如此處言食飲彼處言薩他那密都盧如此處言朝廷朋友彼處言密多羅吐梨夜如此處言敷施彼處言鉢荼伽目訶那唏彼處無佛聲無法聲無僧聲何以故彼等到不閑處如是四洲眷屬如閻浮處應如是廣説乃至彼等不閑如是次第如來種種言辭爲閻浮人輩如來悉知阿難此閻浮提北方酥名油名蜜名鹽名沙糖名婦女名衣名國名處所名如是等如此處言薩比酥彼北方如來知　波囉珊奴　阿訶利喻　薩奴帝犂　伽舍闍盧　伽鞞阿偷哆那比多提毗吒　瞿盧驅　你囉哆囉比唏都伽　途皵囉皵　帝嘻奴　闍荼盧毗婆蹉皵囉　餘祇毗嘻奴　哆哆囉步路都

如來知如是等北方酥名已知種種名字彼等言辭知已復彼北方油名

孟囉哀　俱輸至烏　訴彌都盧　毗濕婆都毗陀婆都　地舍奴　路馱諸　珊你舍奴雞舍利　鞞荼度烏　比頻盧　訴虎兔薩陀奴瞿　比舍具盧　三磨都羅

如是北方等油名如來悉知種種名字種種言辭彼處蜜名

磨差逾 磨杜薩囉剎 地舍悉他 阿囉
莆薩摩多 具羅 皺利多 皺薩多 比
訴婆致 那伽摩你 比磨致尼舍奴馱伽
羅破
如是北方等蜜名如來悉知彼處乳名
鼻薩多羅 尼舍耻 你盧是 帝那他
必利迦 剌沙拏 必利迦 晞曼伊 薩
烏舍羅 阿比羅迦 栖奴婆呼 恥致
訶那羅門度 阿訴蜜多羅 阿舍迦 比
度曼
阿難北方如是等乳名字如來悉知阿難彼
處沙糖名
尼晝彌 訴曼 可多羅 熾眴拔 七曼
多 於首多 比闍 鉢持 薩馱首多帝
闍拔多 阿薩遮 速迦邏迦盧破具荼

阿難如是等沙糖名頗尼多名如來悉知於
中更復衆多阿難彼處鹽名如來悉知
鞞闍若 舍訴具沙吒 比夜他 致羅彌
嗷 那多訴訶薩 拘沙吒 没馱囉 烏
婆舍囉 薩那迦 支力枳哩 黙盧婆瞿
舍婆薩他吒 婆眞迦 盧那
阿難彼北方人輩如是稱鹽名字如來悉知
更復衆多阿難彼處人輩有如是酪名如來
悉知
个囉比 度達地 速鷄嘻 速鷄世 娑
那梯 娑伽帝 比怖帝 阿泥晞 伽婆
荼 羅婆莆 簸舍頗犁 娑馱世 達地
阿難如是等彼方人輩語言如來悉知更復
衆多所有文辭所有語言所有名字所有證
處彼處彼處如來如是言辭而爲說法阿難

有如是色名
拔勒拏拔帝婆無訶　薩馱曼多囉烏囉遲
夜訴度無　多馱奴伽都　比婆伽無　阿
多磨婆蒱遮利都盧　憂波夜　訖利致醯
都　迦途皺邏　地皺馱利舍如　阿始生
那逾簸致瑟吒　皺致訶暮邏　比蒱殊哆
瞿　烏邏瞿　折馱吒　提舍　提舍恥
尼沙奴　莎底夜馱利始　尼蜜都枳者奴
盧裒

阿難如是處所色等名字彼人等輩所有聲音彼彼言語彼彼名字所有證處所有人中彼處彼處國土所有人等語言音辭彼一切處如來悉知世間語言世間名字於此復更增多阿難此五陰聚爲諸衆生暗無眼者信增故說謂彼色如來如是如實知見云何如來如實知色謂無色是色是名如來如實知色如實見色如是如是凡夫等輩以無眼故不能知見色之實相何者名爲色之實相謂一切色無有常者以無常性故言一切色無常是色如來不說爲生譬如有人身患惡瘡爲治彼瘡成就諸藥如是如是凡夫等輩以不正念增長色生以業煩惱無明覆故阿難睡有十名

比磨致　悉恥那民徒　莎鞞荼　阿邏婆
夵致比斫初　阿室利　阿那皺利舍烏
皺利逾馱奴　訶尼

阿難此十睡名如來知已於中更增阿難若有比丘比丘尼優婆塞優婆夷知如是處知如是事如是名身如是句身當知彼人不至亂地具足成就清淨口業阿難依於此處如

來世尊有四辯才種種語言種種音辭如來於此悉知悉覺於此事中名字句中學已當得多種智慧得無邊智慧得正憶念得正心意得正趣向得正知足得無上多聞不從他學猶如大海不可窮盡何以故阿難我念往昔於此坐處虚空界中有六十八百千俱胝諸佛世尊説此修多羅彼諸如來有諸聲聞應受法者如來爲彼敷演説此經阿難若有比丘比丘尼優婆塞優婆夷受持此陀羅尼品極善修習讀誦通利彼則能受四千偈句聞已能持持已不忘阿難若能受持是文句已百年不念於後欲念還得辯才佛作是語已長老阿難白佛言希有世尊如來證如是法已爲諸衆生增智增念增慧增辯增趣世尊若有人能受此法本彼受持已得幾許福

阿難作是語已佛告長老阿難言汝莫於如來所及如來教中作限量想若於此如來教中若在家若出家乃至四句偈諸佛所説受持讀誦爲自調故爲自照明實性理故如來於彼福聚不作限量何況具足受持此陀羅尼法本文義不缺爲他敷演彼之福聚不可限量何以故阿難此法本如來滅後於百年中時閻浮提極善顯現而帝釋天王常來於此閻浮提中有是法本修多羅處滅壞失者時帝釋天王助彼等故得受修習不令失滅阿難今此法本以魔事故書寫是已當四百年墜沒於地阿難於彼時間後五百年多有衆生造諸福業於世間生時有比丘名曰月有大威德有大威力彼月比丘於我生處迦毗羅婆大城之中從彼地處出此修多羅廣

爲衆生流通顯現而彼於後法滅盡時顯現照已還速隱没阿難譬如油燈油盡炷在兩頭俱然顯照明已當速滅盡阿難如是如是如來教法於後五百年中出現於世顯照明已還當速滅阿難彼時多有百數非法惡法出現世間於彼時中若在家若出家所有男子女人爲魔波旬纏擾其心彼等衆生於圓滿具足佛菩提中生不實想生邪見想於邪見想中生正見想阿難汝觀乃至彼等非善丈夫輩若出家若在家有大損減阿難譬如有人欲自利益欲自歡樂欲自無畏自用鐵棒自打其頭阿難於汝意云何彼人爲有利益無利益也阿難白佛言世尊彼人何處而有利益而彼癡人以彼鐵棒自打頭已即便命終斯有是處佛復告阿難如是如是於彼時中若在家出家欲修福業應誦佛語欲增長智彼等乃捨菩提讀外道經典攝受憶念以誦習外道經故誹謗佛語捨是身已當墮地獄愚癡無智到阿毗支大地獄中入不閑處彼等罪人無所能作阿難假使非前非後於閻浮提中百千俱胝諸佛世尊出現於世爲彼墮阿毗地獄者演說佛法不能覺知是故阿難有智丈夫勿以隨心誹謗佛法阿難以是因緣若善男子善女人欲自利益者一向不得受持誦習外道經典如是比丘亦應一向不得親近

大威德陀羅尼經卷第三

音釋

鞞府移切 甄居延切 咩綿婢切 皺補過切 嘍落侯切 蝨所櫛切 甥巨九切與舅同 矚之蜀切視也 紫即委切 貰始夜切 鉗巨鹽切 潬音但 唏香衣切

大威德陀羅尼經卷第四

隋北天竺三藏法師闍那崛多等譯

阿難於中應知一入應知二入應知三入應知四入應知四聖諦應知眼四聖諦乃至意證知四聖諦阿難以此因緣汝應證知如知眼故應當證知四聖諦義如我告憍陳如言憍陳如眼是無常耶時憍陳如即答我言世尊已知已解如來教知眼時即已廣說教知四聖諦義是一句中亦說四念處四正斷四如意足五根五力七覺分八聖道分三十七品助菩提法如是等一切諸法如是說眼無常時即已廣說一切諸法故不更說餘陰界入名爾時阿難白佛言世尊如來作如是說豈不眼入中即說入耶佛言如來不教眼入說眼無常不說眼入於眼入中佛作捨說若佛如來作此捨說彼無常法如來教知若已說眼彼入應知若於中眼滅色想不欲乃至意滅法想不欲阿難於汝意云何於彼入中豈復有入可得滅耶阿難答言不也世尊若於入中入可滅者應當自性捨離自性以物滅物是故阿難此惟有名所謂入名是故如來爲世言語說入名字復次阿難所名眼入者眼不動作是故言眼不動作者名之爲忍又言忍者名中虛空又言忍者名不覆虛空又言忍者名上虛空彼彼沙門法如不覆虛空如上虛空阿難於汝意云何頗有沙門婆羅門作如是言於不覆空中於上空中有眼耳鼻舌身意者不阿難言不也世尊佛復告阿難言如來說此眼是常想故是遠離相故是輕虛相故是空相故不覆虛空相故上虛

空相故空行相故阿難此最勝因緣所謂無作若言眼作其眼無物即涅槃性何者眼之自性其眼無有微細等量而可得者若有常者不失滅者若不破壞者是故其眼性不可得以彼空故無有物故不可著故諸陰界入有項生者無有眼性若復如來所說涅槃何者涅槃無有諸法有可涅槃者何故眼耳鼻舌身意如來所說是世間語言然第一義中眼不可得乃至意不可得何以故以意空故於中意空猶如幻化誑諸凡夫阿難是故眼是凡夫小人乃至意非聖人耶爾時長老阿難白佛言世尊云何眼是凡夫輩乃至意非聖人耶唯然世尊如來應正徧知說三種眼肉眼天眼智眼世尊何者名爲肉眼何者名爲天眼何者名爲智眼爾時阿難作是語已佛告阿難言阿難如此等義汝自解說何者是肉眼何者天眼何者智眼阿難言唯然世尊我承聖旨今當解說然此三眼我當分別言肉眼者依四大生何者四大所謂地大水大火大風大此是四大此等四大離有非有故言四大阿難以是義故汝等應知如非有四大而阿羅漢亦不離大地界亦大水界亦大火界亦大風界亦大阿難於汝意云何阿羅漢見實以不阿難白佛言世尊見實見非實阿難復問言世尊彼阿羅漢云何見實云何見非實佛言阿難見非實者是四顛倒見非實者是三界見非實者一切世間見非實者諸凡夫輩執我執衆生執命者執福伽羅執阿難此等是凡夫法諸阿羅漢已知彼等何者是阿羅漢如實見耶知一切法離知一

切法空知一切法不定阿難阿羅漢見是等實然於是中所有四大彼凡夫輩取爲眞實所取實故彼等有轉諸阿羅漢無法可取以是義故彼阿羅漢於有不轉何者是物貪欲是物瞋恚是物愚癡是物無有物者彼則不取其阿羅漢於渴愛脱而不和合是故阿羅漢名無物者名空行者何者空行不取眼故乃至不取耳鼻舌身意不取我不取衆生不取命者不取福伽羅不取過去現在未來如是阿難其阿羅漢不分别過去不分别未來不分别現在其羅漢於三世中已覺知平等去來現在三世空故如是等空空性不捨何以故去來現在不捨離故於是法中誰得涅槃者惟餘苦滅所有苦者彼即寂靜所有苦者彼即爲没何者爲苦所謂無智何者無智謂不正念何者不正念阿難若無常中常想不淨中淨想苦中樂想無我中我想四種顛倒如是名爲不正念耶以是義故以四顛倒而生三界言四倒者彼等無實阿難以彼無實四顛倒而生四大以是義故四大無實如是阿難如來所説肉眼是即爲疑即是爲惑於中何者天眼所有眼者天身所攝天所有眼天修念者是名天眼於中何者是智眼能覺本性除滅惡道遠離惡處并及一邊正向涅槃不依諸見智者所歎能與無畏善能與力及與辯才清淨戒聚滿足戒聚能作堅牢能護藏戒最勝戒聚起涅槃道能轉世間捨欲恚癡能作實觀滅諸生趣能作見智於正道中善能穿達方便智眼智根智力選擇諸法念正覺分正見正道解脱智慧覺成熟果

能斷疑心及與生老除斷渴愛不復流轉
毗羅舊安多僧腧驅致　優波鉢帝　尼頗
羅婆彌暮　浮多盔帝　阿毗伽他婆　蘇
都阿地那婆賀尼　叉耶地輸　婆利呵牟
地舍阿婆車度　烏奢伽摩　因陀盧遮那
摩伽馱陀此云與道　能毗彼式迦此云能觀阿隸數帝
利師那制地迦此云能斷渴愛多摩制地迦能斷暗阿
鞠六波不瞋跋陀羅賢賀羅迦叉毗帝守護王迦
羅度叉音語諂切此云時無畏婆祁羅金剛毗須尼帝尼
尸波羅般遮不可說帝栗他福處阿勒叉守護阿摩
陀不醉阿鉢羅摩陀不放逸不由他能觀割斷教
示無礙不分別帝醯　尼師鉢利耶跋陀那
盡印　阿波娑多雲主堅行曾住閃電作明
日面奪解脱隸那迦離作室力護無有疑不及
不超越生斷邊愚癡不可說不可攀無癡勤

劬觀察無憂無言無愁無劬不了無癡不墮
常鳴月三年遮耶不亂不瞋亂及震娑那途
娑那莎帝尼跋陀無上以至無畏巧智勝最勝
不可行不可行處斷諸行住處不受果避婆
摩帝阿蘭若住行無住處祇羅波力者純直
行發一切處可信彼慈帝帝叉焰蘇途那音
力暗切除憂阿毚舍闍羅婆迦除老觀時可知毗浮
多決了印毗求羅作邊界思惟無上明明閃
波羅婆地利沙跋帝婆羅尉羅多婆那頡他
兜羅阿地沙那不可降薩婆豆多無相別相能
斷邊無物尉伽他三句伽他因頗蘭那跋帝
吽無吽勝縛拔斷器仗不分別離分別無分
別處不可得處不染智足大勝一切處打阿
難如是智處名爲如來之所宣說分別顯示
於三千大千世界中廣説智名阿難若人能

知此智是名智眼諸菩薩所有智眼皆因般若波羅蜜故今於此處如來已說復次阿難般若波羅蜜者菩薩摩訶薩之所學處般若波羅蜜中我當廣說彼般若波羅蜜菩薩所住學已當住十地當至勝處至勝色處至般若勝處至智勝處至戒勝處於一切法得不退轉阿耨多羅三藐三菩提當速覺悟阿耨多羅三藐三菩提於多衆生善巧解脫阿難何者是諸菩薩摩訶薩般若波羅蜜一般若波羅蜜二般若波羅蜜三般若波羅蜜乃至無量般若波羅蜜乃至有諸衆生各各諸根各各相續如是阿難乃至有各各諸根相續如是如是應知應行復次乃至應知應行如是如是教示乃至教示如是如是般若最勝應當證知如是阿難菩薩一切般若最勝當具足有復次阿難何者是諸菩薩般若波羅蜜菩薩所學處阿難於中菩薩應生意行阿難云何菩薩當生意行譬如利益菩薩阿難云何彼利益菩薩當生意行阿難我念往昔過去世時然燈如來出現於世彼佛教中有一童子名曰利益時彼童子已發菩提心爾時有大魔王名曰染汙爾時染汙魔王詣利益童子所到已告彼童子作如是言童子汝莫發菩提心何以故諸佛菩提難可覺悟諸佛菩提難可成就諸佛菩提大受苦惱諸佛世尊不示現菩提時彼汙魔作如是語已爾時利益童子告染汙魔言云何諸佛菩提大受苦惱爾時利益童子作是語已染汙魔王即答利益童子言諸佛菩提大受苦惱我乃至譬喻而不能作雖然童子我當示現少分

譬喻如我往昔爲菩提故曾受苦惱我本欲得阿耨多羅三藐三菩提我於彼時旣不能成如此事故尋即退還受大苦惱不成已利是故即退阿難爾時淶汙魔王向利益摩那婆作如是等種種破壞已令捨離故不令受故欲迷惑故即以兩手牢捉彼臂示現大海作大神通如此大海諸所有水令彼見血時淶汙魔王即告童子言童子汝見大海滿血以不摩那婆言我今悉見魔王復言汝今見此滿血以不摩那婆言我今已見魔王復言汝見此滿血大海東岸已不如是乃至南岸西岸北岸已不童子言我實不見我今唯見所住地處魔王復言童子此是我行菩薩行時於一劫中割捨頭目所出流血滿此大海阿難時淶汙魔王復作神變示大頭聚如須彌山復告童子言汝見此大頭聚已不此頭悉是利刀所斫種種形相或有髮者或無髮者或剥皮者惟見赤色或唯髑髏猶如珂雪或齒墮落或不墮落童子答言我今悉見魔王復言童子此等悉是我於往昔過去世中行菩薩行時被利刀所斫被斫之時所有出血流滿此大海童子汝見去此不遠有三十百千衆生手執利劒住彼已不如是東方南西北方皆悉見不童子言我今悉見時魔王復言童子汝復見此四方有三十二千諸大夜叉住在虛空復有數千諸惡羅刹形色可畏能奪他威汝悉見不童子言我今悉見魔王復言童子汝今復見有如是等諸惡人輩手執戎仗汝悉見不童子言我今悉見魔王復言童子汝見此等諸大夜叉及惡羅刹在

於虛空汝悉見不童子報言我今悉見魔王復言此等諸人住諸方者作如是念若當有人發菩提心我等今者以此利劒當害其命童子此等諸大夜叉及惡羅刹所奪他威力者形色可畏者作如是念若有住彼菩薩道者我等今者奪彼威勢當隨所去何以故童子彼諸人等作如是念諸菩薩輩是布施者是布施主然我等今極饑困以是故我等今者斫菩薩頭便以將去菩薩爲我必施我身得續命根令我富足其夜叉等作如是念我等今者是奪他威勢所有羸瘦衆生我等奪彼威力而去若有菩薩發菩提心令多衆生當住於白法以是因緣其奪威力諸夜叉等奪菩薩威隨心而去童子汝見四方有三萬二千諸羅刹女甚大可畏執人死屍食噉人肉彼等觀看於汝汝悉見不童子報言我今悉見魔言童子此等三萬二千諸羅刹女念觀菩薩此處捨身當趣何生隨其生處或在母胎我等必當殺害彼命或復如是在母胎中以刀割節從產門出或作如是在在處處在彼腹中受如是苦彼等若從產門出當害彼命童子汝見在於虛空中有四火聚熾盛以不報言我見魔王復言童子此等行菩薩行諸衆生等以諸苦具當隨身上損壞彼命童子汝見四方有執鞭弓其箭勁利猶如剃刀手執鞶舉汝今見不報言我見汙魔王言童子有如是等若有菩薩發菩提心有如是等用剃刀箭隨其行處以箭射彼時魔王復言汝見去此四方不遠或有三十二由旬或三十三由旬大熱鐵鑊其下猛火悉皆熾盛

一一鑊邊各有三萬二千諸羅剎女拔水以不報言我見汙魔王言童子此等大鑊猶如火熾此等拔水童子我今語汝我今教汝汝今取我善知識教我等今欲與汝利益與汝善教欲與汝樂欲拔汝苦若有發菩提心發已重發彼當墮此大熾鑊中童子此等住菩薩乘諸衆生輩墮此鑊中燒煑沒於湯火舉手叫喚揚聲汝見以不報言我見汙魔王言童子汝於今者發菩提心汝若迴心則無是苦而觸汝身阿難爾時汙魔復作如是等大神通力於上虛空出現八萬四千諸大夜叉手擎滿鑊沸熱灰汁在虛空中告言汝避作利益者不取汝語不取如是善知識教我以如是沸鑊灰汁寫注頭上阿難爾時汙魔告彼夜叉等言汝等莫卒作是惡事我更勸化彼童子秉復慰喻當復重語令其憶念思惟我復教示令彼心得清淨復作如是言我於今者發菩提心時時彼惡魔重復語彼童子言汝於先曾發菩提心已不童子答言我先已發菩提之心如心所發當如所作阿難爾時汙魔復語利益菩薩作如是言仁者汝能當受如是我所示現諸苦以不阿難爾時利益童子告汙魔言若如此者我等應當共詣然燈佛所彼佛世尊當教示我我當隨教應如是信爾時利益童子作是語已汙魔復告童子言我心不喜至彼佛所如汝諂問阿難爾時利益童子告汙魔言汙魔假令滿此三千大千世界一切如是可畏恐怖極大熾盛受諸苦惱復有如汝作利益者滿此三千大千世界我於彼處不取教示我亦不畏如是

恐怖我亦不驚如我今者惟當隨順然燈如來阿羅呵三藐三佛陀之所教示其利益童子作是語已爾時於虛空中百千俱胝大夜叉衆作如是言童子汝今顛倒迷惑童子隨我等語及善知識教汝今應當如是如是得大安樂爾時彼處有惡魔子名斷惡者將三萬天女前後圍繞詣利益菩薩所告彼童子言童子我當與汝此等天女以爲侍奉汝共此等受諸欲樂自在遊行若共此等天女受樂相隨行者彼等當不老不死不墮亦不命終令汝童子應共此等諸天女衆嬉戲受樂當相隨行汝復當觀住菩薩乘者諸髑髏聚今在汝前童子是故汝捨如是惡見是故汝捨如是行心莫復發趣向菩提阿難爾時利益童子告彼汙魔及魔子言我曾如來應徧知所聞此三千大千世界寬廣無量假使有許極大地獄如是徧滿熾然大火同爲一焰而彼焰起如須彌山如是焰聚滿彼世界是大地獄如劫燒時然此三千大千世界彼時火焰俱成熾然彼焰上起乃至梵世我能如是可畏焰聚一墮已住經恒河沙等大劫爲一切衆生受大燒煑如是次第乃至所有衆生界可說中說我爲彼等一一衆生如是等苦皆悉能受盡彼大地獄我無一悔恨之心亦復不能捨菩提心亦不能離亦不能迴亦不生懈怠之心亦不言我不證阿耨多羅三藐三菩提汝今且止我決當成阿耨多羅三藐三菩提汝今爲我作諸障礙竟有何益阿難爾時汙魔復語利益菩薩言童子汝今見此大血頭聚如須彌山王以不童子報言我

今悉見魔言我今所見諸菩薩等行菩薩行所有頭數此等菩薩今有如是極大頭聚我見是等諸大菩薩行菩薩行彼皆退還童子汝莫如是乘於此乘阿難爾時利益童子復告汙魔言希有乃至汝今作我如是大利益事乃至增我乃至汝說令我反得最勝當勤精進以我成就如是精進已有諸菩薩於阿耨多羅三藐三菩提欲退還者我爲彼等作大勸助不退轉中我當爲彼一切衆生令得安住不退轉地彼等一切皆令得樂有諸菩薩發於阿耨多羅三藐三菩提我爲彼等應教此行當令安住得不退轉我今爲汝更作譬喻假使如來在我現前作如是言今汝童子當二十劫中成阿耨多羅三藐三菩提住安樂道於遠道中汝必當上得諸天身復作人中轉輪王正法治化但住懈怠汝今當發大精進於十劫中大地獄出已當成阿耨多羅三藐三菩提我能十劫受大地獄種種極苦我不用作轉輪聖王亦不用生天之身及與天王我惟欲成阿耨多羅三藐三菩提如是我今不用天樂若如來在我現前作如是語若有衆生墮大地獄彼住地獄一日一夜復有忉利天中鋪天寶座汝坐彼已於六夜中當成阿耨多羅三藐三菩提汝若爲彼地獄衆生大利益故住大地獄乃至一日一夜於彼出已後日即成阿耨多羅三藐三菩提若坐彼座當受天樂而我不用彼天勝樂我寧在彼大地獄中爲一衆生作諸利益我發如是弘誓精進我於此處如是勤修我於是處如是渴仰我於是處能住地獄意不樂坐

乃至當爲得佛法故速欲成就大神通故成就四無畏故成就十力故寧住於彼大地獄中盡一日一夜何以故彼佛世尊長讚歎少欲知足讚歎易滿减省財利不被譏訶不作有爲恒常修習頭陀功德威儀庠序具足禁戒彼世尊長夜讚歎發精進是故我今成就如來讚歎之處信佛入行入履佛跡如是成就堅固之心當成阿耨多羅三藐三菩提假使有人來在我前即以利刀破我身分或以百穳穿穴我身復爲我作如是等語汝受百年如是等苦過百年已然後當成阿耨多羅三藐三菩提我寧甘受此苦不迴於阿耨多羅三藐三菩提更復有人來作如是語謂我言汝來仁者五欲功德遊戲快樂而彼宫殿懸繒雜綵及敷寶座莊嚴一切果報具足快樂汝過百年後當得證阿耨多羅三藐三菩提於諸佛法中得到彼岸我今不用受是快樂我今寧爲大利益故受諸苦楚刀仗打捶及餘多種極大苦惱我能忍受我終不捨阿耨多羅三藐三菩提速成正覺汙魔若汝示我大熱鐵鑊如是恐怖以恐嚇我假使隨爲一事因緣此三千大千世界爲一鐵鑊而彼焰合成一火我能爲諸衆生等在鐵鑊中受其燒煑等苦而能荷擔誓不捨阿耨多羅三藐三菩提阿難爾時利益童子語汙魔言行矣汙魔共詣佛所而彼如來教示我等當如是住阿難爾時汙魔隨利益菩薩往詣然燈如來應正徧知所阿難爾時利益菩薩頂禮佛足却住一面住一面已白佛言世尊我欲得阿耨多羅三藐三菩提以是因緣惟願如

來敎示我等令我速成阿耨多羅三藐三菩提爾時利益童子作是語已然燈如來告利益童子言童子汝觀此法何者法是汝所問而言我當成阿耨多羅三藐三菩提耶彼法不可得若成阿耨多羅三藐三菩提於中誰當成阿耨多羅三藐三菩提譬如有人作如是言我今在虛空之中當令滿跡若象足跡若馬足跡若駱駝足跡若牛足跡若諸鳥足跡童子於汝意云何此人能得上虛空中或象足跡乃至諸鳥足跡得滿以不利益言不也世尊佛告言如是如是童子若汝言我當成阿耨多羅三藐三菩提彼法不可見當成阿耨多羅三藐三菩提者此等諸法離覺觀相此等諸法自性遠離猶如虛空阿難佛作是語已其利益童子復白然燈佛言世尊彼法頗有相似以不彼佛報言如是彼法似虛空佛復告言童子似虛空者彼無有似童子彼佛菩提無有似者以是義故彼佛菩提似虛空童子譬如有人作如是說我於上虛空中無有住處而作畫印童子於汝意云何彼人能得上虛空中無有住處作畫印不童子言不也世尊佛言如是如是童子於中無有法可成阿耨多羅三藐三菩提者童子此唯有聲唯有響我當成阿耨多羅三藐三菩提童子有我者無有阿耨多羅三藐三菩提阿難爾時彼佛作是語已利益菩薩復白佛言世尊頗有我所有阿耨多羅三藐三菩提不彼佛答言有去我所有阿耨多羅三藐三菩提童子報言希有世尊有我念者當有煩惱去我所者而無煩惱阿難爾時童子作是語

已然燈佛復告利益童子言童子我所我所念者無有煩惱何以故若有實此非我所無一物者無有一物是我所作以是義故言我所作童子譬如有人作如是言我有諸聲若象聲若馬聲若駱駝聲若牛聲若驢聲若騾聲若妓樂聲若婦女聲若丈夫聲若種種鳥聲拍鼓大鼓及貝角等種種音樂之聲及以談話之聲世間所有音聲者皆安置篋中我若須時各於篋中取聲而作童子於汝意云何彼人是正語不答言不也世尊何以故世尊聲不可取故聲不可見故世尊彼聲不從東方不從南方不從西方不從北方不從上方不從下方世尊聲若可見者應有聚積佛言童子是音聲雖不可見而生耳識覺知之相亦起愛憎聲不可見但以聞時而生苦樂

童子如是如是以無智故當生苦樂彼不可見若不可見彼即無色若無色者彼應不著童子汝莫如是於彼聲中而生染著謂我當成阿耨多羅三藐三菩提童子譬如有人作如是言我以氣吹令滿魚網童子於汝意云何彼人此言是正語不答言不也世尊佛言童子我如是辯若欲菩提者作如是說分別我我所當得成菩提童子我念往昔過去有人行涉遠道爾時非時起大雲雨是時彼人困苦疲乏極大衰損於後時間還已家已聚集柴木及乾糞穢毒藥炭火聚著崖上作大烟焰更取糞穢及諸毒藥柴木薪等擲著火中作如是說虛空苦我虛空苦我我今在此欲害虛空以烟熏殺童子於汝意云何此上虛空可熏殺不答言不也世尊佛言如是如

是汝童子以著我故欲求菩提何以故童子此業虛妄若以著我故求索菩提童子汝於般若波羅蜜當作勤進何者是般若波羅蜜一切諸法無量一切諸法無邊一切諸法無礙是名般若波羅蜜何故名般若波羅蜜無欲無樂捨二業不作二相若我若菩提無所塵染遠離塵染是名般若波羅蜜復次何故名般若波羅蜜無善故名般若波羅蜜何以故與聖智根同相和合而般若波羅蜜不離聖智根故有聖智根之所度量何者思量若心所思出生等法一切合集衆緣合者彼皆無實若心所生法尚無有實何況心法和合轉生諸法而當有實何以故名心思量生諸法耶緣境思念能生增長以是義故名心思生法童子譬如有人名蜜瓶酥瓶然於是中無有蜜瓶亦無酥瓶如應名酥如應名蜜彼即言酥瓶也言蜜瓶也童子此義一物而得二名若作二名即是無智若無有智不可以無智當成阿耨多羅三藐三菩提童子復問言何故名無智佛答言童子言無智者隨心思生非善等法無智牽攝取非事物故言無智童子譬如有人於春後熱時被燒思涼冷水若冬冷時還思熱水然彼人春冬寒冷更無別界唯諸行轉變以不善法故種種愛念以愛念故而生分別若生分別彼即非善摩那婆汝莫爲菩提因緣而作分別童子所有分別是非菩提童子譬如有人在大池岸諦觀彼池見自身影在池倒懸見已恐怖中舉兩臂而大叫喚其大喚時有諸人衆聞彼叫聲各疾走赴至彼池岸時彼大衆告彼人言

咄哉癡人汝今何故作是叫聲爾時彼人告彼大衆作如是言謂諸人輩我今在池倒懸欲死爾時大衆告彼人言我等不見汝在池死惟見汝在陸地爾時彼人復告大衆作如是言希有汝等悉皆迷惑咄哉人輩汝等可來我示汝等如我所見在大池死彼等衆言咄哉人者今可示我爾時彼人於彼池中諦觀察已舒舉兩臂告彼大衆復作是言咄哉人輩汝等看我在池中死時彼大衆告彼人言咄哉丈夫汝今顛倒迷惑所致汝今在陸此是汝影顯現在池汝觀我輩所有形影亦現池中爾時丈夫告大衆言咄哉人輩我今不獨憂自已身汝等今者皆在池死時彼丈夫搥胷唱叫速疾走至村見多人衆即復告言彼村人衆等言人輩今我自身及諸人衆皆在池中倒懸將死咄哉人輩汝等可來詣彼池中拔出我身及諸大衆我等當知汝等恩德彼村人言丈夫我等唯見汝在陸地不見在水而取命終爾時丈夫告彼大衆咄哉人輩汝來觀看即知驗實童子時彼人衆作是思惟此人成狂我等可詣彼池所躬自觀察彼當云何教我驗實爾時人衆詣向彼池到已告彼人言咄哉癡人何者大衆死於此池而取命終爾時彼人見彼大衆在池岸已自身諦下審悉觀察告彼人衆復作是言出哉人輩汝等皆悉在此池中而倒懸死爾時村人告丈夫言咄哉癡人此是形影非眞實身何故如是迷惑爾時彼人不思成狂因遂命終童子如是如是彼法無有二相不得作二童子以有二故當有疑悔既有疑悔即生

二想童子若取諸法猶如形影如實知者彼
等不作起我分別於上虛空非烟可死不可
以聲安置篋中亦不可以影現池中而言我
死亦復不可作如是分別名菩提也若我當
覺也童子若有菩薩能知是事者若有菩薩
以三千大千世界所有衆寶滿已布施而此
福業倍不及彼摩那婆應如是學豈可地界
當成阿耨多羅三藐三菩提乎豈可水界火
界風界當成阿耨多羅三藐三菩提乎若地
界水界火界風界當成阿耨多羅三藐三菩
提者應依佛世尊具滿不空何以故此身體
實四大成故以是義故一切衆生無非是佛
摩那婆既是地界不成阿耨多羅三藐三菩
提亦非水界及火風界當成阿耨多羅三藐
三菩提摩那婆是故彼法不可得故不可作
名字無有名字亦不可得而作名字諸佛菩
提亦不可得而作名字諸佛如來亦不可言
亦不可分別摩那婆不可言中汝今莫作如
是分別言我當成阿耨多羅三藐三菩提也

大威德陀羅尼經卷第四

音釋

劬（其俱切勤也）　頡（胡結切）　穳（子算切短矛也）　嚇（許陌切怒也）　篋（苦協切箱屬）

大威德陀羅尼經卷第五

隋北天竺三藏法師闍那崛多等譯

此大神呪能令衆生出生辯才若有受持此大神呪彼於此處最爲殊勝當令歡喜決定生力爲自爲他復當得於四處無所缺減何等爲四一者口業清淨二者意念清淨三者能斷疑網四者不作盡邊上生善道復當得四種不缺之處何等爲四一者當得持識二者現得受記三者於動亂時不生恐怖四者斷疑不滯彼復當得四處不缺何等爲四一語量中持六十三偈分量能以此隨順授與如法實作倍量受持所説法義所持法義永不忘失乃至命盡於中二種根無明有愛復有二根名慰喻方便受渴愛發處阿難復有二種根名一和合集愛二不見渴愛復有二根名一無明愛二無明成就愛阿難復有二種根名禪定愛譬如優陀羅阿羅摩子若有如是受生之者將墜於惡道他亂渴愛不能知緣所言根者一切分異於中如來住已而爲説法戒及三昧有四根本彼等知已生於梵行苦苦集苦滅苦滅道聖諦

闍荼地一阿泥奚囉二婆婆哆毗逾三伊曇破盧四尼耶摩破盧五三目陀逾六毗蒲伽七

復次阿難有非世辯之所和雜如來世尊知彼言説如來入已示現諸事比丘學已知言説處知所攝處知破戒聚知語過失知過去世增上語知未來世增上語知現在世增上語知婦人增上語知丈夫增上語知黃門增上語知一增上語知二增上語知多增上語

知觀察增上語知細意增上語知比丘五種作法知初戒聚所出七事知所覆藏處知不可覆藏處知滅省口業知妙善口業知捨離印以此言教成此義理世辯語言除滅煩惱持讀修習復有世辯名曰怖輪智慧成熟如來知已此陀羅尼修多羅文字句中之所繫屬若比丘持已巧知言辭知衆如法亦知時節知語言住處以此語言當令安住彼之所作亦知說此言已彼無復辯復知彼處應當請問此處當問此已自知能決此事如是六處問已我等而當爲作報答亦復能知不應報處知問時節知任力處知問般若發果之處亦知四種作因之相住於彼處當共語論不得亂語亦復不得欺誑於他不得自取亦復不得作毀他語若欲共他之所語論當住四處何等爲四攝有攝無無發語處現在無餘故欲作語言復住四處當作語言何等爲四不得瞋恚正心無倒方便攝取之不誹謗諸佛菩提具足成就八解脫禪欲作語言復住四處應當共語論何等爲四而不違背諸阿闍梨不說有我知衆住處及世間道之所住處欲顯示涅槃於彼之中何者世辯如如來於此修多羅句中之所宣說爲莊嚴彼義故降伏外道故有路伽邪多名曰阿囉多囉鞞蔚復有路伽邪多名曰郁瞿盧伽囉迦利逾復有路伽邪多名曰奚羅葚多羅瞿復有路伽邪多名曰三摩多尼舍叉般摶此等四種路伽邪多事於彼之中妙行比丘若復觀見爲諸外道欲共論議來詣其所應作是言長老汝何所須若彼當作如是之言我今故

來欲共言論時彼比丘應語彼言汝當用何印欲有語論爲當用戲論印爲當用問答印爲當用斷印爲當用路伽耶多印彼若聞已作如是言我於四印一亦不知時彼比丘應語彼言若欲言論無印論者不護語者欲作語論隨意出言而汝今者無印語業出自意言無有次叙汝可速去我不共汝平論法事阿難有異比丘散亂心者如是法相不知方便無此口業能如法語若能斷者無有是處阿難若彼外道作如是言我已印竟不印印竟當作語言比丘應語彼外道言若汝無印即無諍論何以故汝口門印已若更不語即自破印而語若破印語彼名爲賊我不共賊而共論義此則名爲報答彼語於彼之中不取外道之所語論以是因緣應如是知如是遮斷

闍那拖一蘇摩都二阿奴摩都三阿句曼都四掣陀婆句五漫陀囉浟他六陀舍羅七毗波羅伏娑多八伊舍私鬚多九蘇尼口摩十帝叉那摩啼十一阿盧句十二阿提兒沙那十三

復次阿難復有呪名曰三模提多復有名毗舍荼伽名梨丘摩名籌憂浟羅名彌多羅浟他名三拔陀名夜叉童女阿難彼等有守護夜叉五萬七千善守護彼彼等守覆護故彼夜叉等說此呪句然此呪句於閻浮提中未曾流行諸天之中亦未流行自餘一切諸夜叉中亦不流行彼等如來已說守護此陀羅尼故阿難若有比丘比丘尼優婆塞優婆夷如是等處善轉利已持者身中當受持者彼當得地名曰普徧阿難問言世尊何者名爲

普徧地處佛言所未曾聞諸修多羅中聞已善知入方便智善知言辭知惡之辭知前根本及後義味知顛倒言知相續處非節斷處於千比丘衆中五百比丘非前後問辯答彼等當能受持順義相續善能解釋不失正念善能自護亦能護他得淨說意於瞋惡中自他得淨得正念心得正意得正行得正住得淨心無能障礙亦不由他所行之處少病少惱無能伏者有來諮問能決無盡不多遊行雖在遠處多人毀呰若來對現即便讚歎如是之等不被毀辱未入王宮有人說惡若入宮已即便讚歎亦復當得衣服飲食湯藥所須種種諸事多人愛敬語言輭美先言問訊不重方土所行之處多得利養若欲離者亦不言說如所去處任其自由若欲來者亦復隨順背去復來承事供給而不樂著何以故一向增長諸善根故諸衆生等於是法中生實想住令發心已而不破壞阿難我念往昔迦葉世尊教法之中有一比丘名曰娑摩婆陀那跋馱彼有此修多羅句陀羅尼法本時有五百比丘來詣其所爲陀羅尼故復有五百比丘尼復有五百優婆塞復有五百優婆夷俱來詣彼爲陀羅尼故阿難我不見彼二千人中乃至無有一人愛此陀羅尼法本者唯有至誠發心觀已背彼比丘彼等諸人是比丘所罵詈呵責阿難如是七反來詣其所還復背去不能習誦亦不受持阿難此陀羅尼法本難可修習如是難信如是多礙如是多有魔業此陀羅尼法本中難可得住阿難是故若有善男子善女人欲自得利益欲自

攝取諸善根故欲自破壞一切魔業彼諸比丘於此法本應作勤劬巧知說義若得此陀羅尼法本已不應放逸復次阿難於彼法中何者名爲一欲於善法中應生欲心欲滅一切所有相故欲滅婬欲欲滅瞋恚欲滅愚癡應發欲心超過有結應發欲心於無欲中欲無欲事亦應當知於彼法中何者是欲何者無欲言有欲者有結法中之所縛著言無欲者能滅結縛又復何者是滅諸結縛謂四聖諦實事句故名爲聖諦於中苦名是苦聖諦彼所執著是故名爲苦集聖諦滅一切苦是故名爲苦滅聖諦八分聖道是出離處如是教授如是究竟如是門戶如是道路滅諸戲論故言苦滅道聖諦也此等四聖諦是諸聖諦故言聖諦何者諸聖三結滅故故言諸聖及住上地如實能知四聖諦義是名須陀洹不墮地獄畜生餓鬼及閻摩羅世亦終不作無間之業彼是見法佛子故言聖也作是語已長老阿難白佛言世尊是諸凡夫有聖諦不作如是語已佛告長老阿難言阿難但以語聲名凡夫人所說聖諦名然彼凡夫而非是聖亦非聲聞當知此是見法者言若聖若聖聲聞復次阿難我於今者爲汝作譬如有智者以譬喻故能知是義阿難譬如有人自不見彼三十三天於他人所聞有三十三天阿難於汝云何彼人聞已即便知見三十三天以不阿難白言不也世尊佛言如是如是阿難有別凡夫聞說聖諦亦復不可以聞說故而言此是聖聲聞也當依波羅提木叉正行具足微細罪中見生恐怖成就學戒彼於

是中亦不可言聖聲聞也以見法故名聖聲聞復次阿難未來世中有諸比丘自恃有力以有力故憍慢愚癡不見四諦自作是念我是須陀洹彼等所作爲利養故惟教在家及出家爲當作是言仁等丈夫汝今已得須陀洹果仁者汝今不虛得人身此是眞義於佛教中彼等以聖言故則名聖聲聞當如是知於彼時中有諸比丘有深智者於空法中無所得者於空法中能巧知者彼等彼邊聞深法已而生恐怖當生悔没當有迷惑然彼非丈夫者不能作如是念我等正是最無智慧煩惱所制不能自由於凡夫法而得自在聞甚深法已而生恐怖如是阿難於彼時中妄語之人徧滿世間有高慢者還復教示高慢之人令彼人等於佛菩提而不信樂若有欲者彼等爾時爲人輕忽種種調弄種種呵責毁其名字以是事故爲人呵辱不聽彼人住於寺舍於彼時間若在家者及出家者染著魔王以貪著已教示在家及出家人捨佛菩提阿難其佛菩提難可得知難可覺悟微細甚深唯有巧智乃能證知不可以彼破戒之人及墮顛倒見者及無行者所能知耶於彼時中多有衆生爲欲所縛貪著躁動嬈亂不定恐怖邪曲阿難於彼時中多有出家持世法者棄捨正法於彼時中多有出家在家作如是事彼等當没此佛菩提以誹謗故阿難於彼時中有諸比丘在彼空閑蘭若處住彼等比丘多求利養愛樂名聞亦有比丘證入實際行者是等彼時爲他輕慢猶如破戒如是毁謗彼時出家者爲調善比丘等當至於

俗人邊説非善事俗人聞已則不親近亦不供養復不承事作如是念如破戒者如是彼實言比丘爲他毁謗自身知已當住空閑阿蘭若處阿難以是因縁於彼時中多有持戒比丘説真如者至彼邊壃人民之處此中國人不受佛教故如是彼時多取邪見捨離正見阿難於彼時中若有能知一切諸法皆悉空者於彼人邊起外道想起邪見想彼等作如是論長老若汝今者作如是説一切諸法皆悉空者誰信汝言而今我等現於此處親自覩見彼來彼去彼與大施彼取大施若其爾者施者受者豈無利益阿難於彼時中或有衆生生欲心者彼等衆生少行布施少行施故自念我今是大施主作是念已則失大施以恐怖故則取尼乾諍論之義於説空者多生瞋恚捨佛菩提取尼乾諍論之義阿難此品名破壞散諍義阿難若有比丘比丘尼優婆塞優婆夷於此陀羅尼佛法本誦持攝受故彼爲攝受過去未來現在一切諸佛菩提彼爲如來言説守護作圍繞眷屬如此佛菩提法當令久住復攝受諸破戒者阿難是故汝今應好至心受持讀誦爲四部衆廣利益故阿難乃至令三千大千世界中衆生爲入最上最勝明地過去三藐三佛陀之所宣説我今亦説受持正法故亦不爲彼名聞利養故爲諸天勸請故爲攝受諸族姓子故難降伏者爲降伏故爲不羞慚者覺治罰故而説呪曰

寫地夜梯曇一 册地末帝二 比盧迦婆帝三 波羅呵哆四 迦吒捺哆五 捺哆末帝六 比伽

七比蒱哆婆帝八黟荼九計邏帝十比利哂
提十一訢具蝨嚌十二佛提十三佛陀未帝十四壹都
彌十五晡利婆簸囉呵棃十六阿知多佛陀十七阿
那伽哆佛陀十八邏帝鬱般那佛陀十九胝山柘
顚舍囉婆迦二十逾柘帝汝那伽僧伽二十一夜
室遮帝沙提婆僧伽二十二逾卑壹呵那伽僧
伽二十三逾卑壹呵提婆僧伽二十四逾壹彌喜
鉢提喜二十五珠地多二十六菩地多二十七三魔
利多二十八提婆阿提鉢多夜二十九那伽阿地
鉢多夜三十夜叉阿地鉢多夜三十一羅剎娑阿
地鉢多夜三十二躬槃荼阿地鉢多夜三十三畢
棃多晡多那阿地鉢多夜三十四佛陀馱利賒
比那三十五
阿難我不見若天若龍若夜叉於此佛功德
變化所說實化說巳具足語言若有比丘能

受持此陀羅尼若阿蘭若空閑處若露處欲
作惡者彼時當有帝釋天王梵天王娑婆世
界王及四大天王當作護助受持此佛菩提
故阿難若有比丘比丘尼優婆塞優婆夷受
持此陀羅尼法本彼人即當攝受過去未來
現在諸佛世尊正法教巳如是等修多羅面
門所說當善受持爲自護故爲護他故當自
具足復能具足守護他人所有善根當得具
足牢固之身復能具足牢固威力當得具足
普徧智慧當復具足普至口業當得三種清
淨口業當得巧便知見之行當得如意當得
具足如意攝受當得正行當得正意當得正
住當得正念當得柔輭善持禁戒當得同行
堅固善友當得善巧於法不疑當得決定滿
足語言當得具足能破疑意當得具足普利

益智當得具足清淨廣智當得具足普徧際辯有四辯才彼於此處少用功力而得滿足彼所生處當得清淨不墮惡處供養諸佛世尊不多用功而得淨信以自辯才住如來前讃歎如來早得出家雖在學處而無毒箭受他供養當於半月證四辯才譬如上座舍利弗如來所說一切智慧最爲第一般若波羅蜜故能爲衆生作大福田譬如未來世上座末田底諸天人等皆來迎接以具足福德波羅蜜深佛菩提方便度已令多人住譬如未來有上座名阿濕婆趜皺多爲最勝功德之所圍繞熾然如來所有教法以無餘涅槃而般涅槃作如是語已時長老阿難白佛言世尊我不知此如來教法有如是等大威神力諸比丘衆差我爲佛世尊侍者我於彼時自言不堪作是語已佛告長老阿難言阿難若善男子善女人求利益者假令雨火滿閻浮提要當於中行過爲聞如是大利益故我拔除生死及煩惱故阿難汝觀若有比丘有爲此法實生羨樂者彼於來世當捨彼衆生等知見示現福伽羅等能示現知見不空法於彼時中若有比丘勤修行者遠離如是所聞空法彼受具足二十夏已以凡夫故而取命終阿難問佛言世尊彼等比丘有何具足佛言阿難彼等唯有具足之名具足名已唯滿貪欲瞋恚愚癡有沙門印於當來世不得作佛阿難汝等應當勤捨我執及與疑悔應生歡喜踴躍之心此是清淨離欲盡際阿難如來說此出離之地汝等應當受持讀誦佛告阿難二見具足不入涅槃何等爲二謂斷見

常見何者是斷見此最後有從此後有當更無有有是名斷見所有斷見即是邪見以何義故名爲斷見彼如是見無有施報無遮會無有祠祀無有善惡及業果報無父無毋無有此世及與他世無有衆生及化生者無有沙門婆羅門信正住者復作是見若此世他世自證神通自證知已向他廣説此閻浮提所有衆生彼等一切以大利刀斷其壽命於彼因緣無有罪業無有來處作如是已不名作罪此閻浮提所有衆生彼等一切善事尊重皆令歡喜若以供養若復奉獻若加愛敬雖作如是無有福德無福來處雖爲如是不作福業不作罪業是名斷見何者常見此身常恒此身常住此身日日常有是身此身惟一無迴轉法此身不動此身住持是故此身無有中間斷絕之處無有損減無有異相無有別相無有衰老無有流轉無別歡喜無有墮法無有破壞無別處生無有他有無有老處無有聚破如是唯常唯住唯樂唯日日有唯不屬他是名常見如是所有斷見所有常見彼等一切皆名爲見以得見故所謂邪見如是如來不説可得以不取故不生憶念不憶念故自入涅槃窮盡生際以何義故名爲盡生不過去生盡不未來生盡不現在生盡故名盡生如是如來不得滅故説法不念故説法不念已故説法離欲故滅故寂故説法佛所説法彼非天非龍非夜叉非乾闥婆無有名字不可攝持不可得作語言名字爲賊繫縛滅貪欲故滅瞋恚故離愚癡故無有陰聚若於此法如是實入越度行信不没不疲

不住不悔彼是如來不轉還說離渴愛說離煩惱說若於是法身觸行巳得名爲忍得鎧甲地得發業事當得遠離貪欲瞋恚癡中彼知作業差别無離彼知種種語言名字

度鉢闍那帝一倏帝闍那帝二鼻邏婆帝闍那帝三瘫那闍那帝四味那闍那帝五吒皺闍那帝六哆茶皺闍那帝七

所有此四聖諦如來知苦苦集苦滅苦滅道聖諦彼等名與毱虱吒名鼻毱虱吒名三菩多名爲鼻浮多如是辯知種種言音知身遍切知顛倒意道知生疑惑處知渴愛名

鼻鉢羅婆寫一鼻娑婆二鼻薩利鬚迦三陀捨四訢訢摩五

當知如此所說智辯

與迦一世羅二叉魔三跌利瑟吒四鉢邏欝邏五那娑六鼻地腧七帝　那八盧夜九羅哆邏十魔豆曼十一娑那陀十二

當知如此智辯名字阿難若有比丘能知如是處彼第二四天下大洲世界中能知智轉善知書印巧知行行如是名字滿足法式滿足受記滿足憶念智慧法手具足凡所有物一切常滿如是二世界中善知言辭巧知名字勝智成就無能敵者能說正義所未滿者能令滿足受取方便滿足百偈善能成熟能爲一切敷演解說如是正趣如是正住皆悉攝受而無有悔佛告阿難别有二種二見具足不入涅槃何等爲二謂我見不定住見何者是我見言我見者若離諸陰而證知我復次言我見者若見諸陰淨見樂見常若復見住見日日在復次言我見者取於我所當有

我見爾時尊者舍利弗白佛言世尊若取他想故有我見世尊若復然者應隨彼數所有他想還應復有爾所我想作是語已佛告長老舍利弗言舍利弗汝爲何事作如是語然此等法諸阿羅漢無如是義所謂我想他想舍利弗若彼他想即是我想舍利弗若是我想即衆生想舍利弗若婦女想即丈夫想如是眼耳鼻舌身意舍利弗若有色想即有我想舍利弗若有聲香味觸法想彼即我想舍利弗若有道想實想佛想法想僧想涅槃想彼即我想舍利弗如是種想如是種行阿羅漢無是故諸阿羅漢除於地想水想火想風想解脱想觀察想舍利弗於汝意云何頗有阿羅漢若來若去若住若坐若復經行語言想不舍利弗白佛言不也世尊佛復告舍利弗以是故汝應當知譬如世間有二依處有中無中如是如是世間有無世間不離有無如是欲是世間不離欲是世間如是念是世間不離念是世間如是語言是世間不離戲論是世間如是思覺是世間不離思覺是世間如是分別種種分別分別是世間不離分別種種分別分別是世間是故我見有彼分別由彼不實以是故言一切見不實舍利弗是故佛說正見非見何故言正見無物分別故言正見誰物分別何等物不可得耶謂諸色諸聲諸香諸味諸觸諸法如是等物實不可得於無物中有所分別如來說彼分別是貪欲是丈夫欲所有彼欲彼物欲諸煩惱欲於彼中有諸物欲彼即無欲彼中所有諸煩惱欲彼亦非欲何以故彼欲無常若無常者

彼等非欲若無常中生於常想彼名我見如是不定住見即是我見我見者即是不定住誰所有見彼見即是不如所見不如所見即是邪見所有邪見彼即是我是名我見以何義故名我見邪見彼不實見於無常中分別爲常不如實知彼五受陰猶如聚沫如泡如餤如芭蕉形如幻如寱於彼法中虛無在於不實法中所有染著分別我者染著貪執增彼欲求是名我見以我見故即生貪欲即生瞋恚即生愚癡若於空想生貪欲者無有是處若生瞋恚即生愚癡亦無是處如是如是生欲貪使故有我見復次阿難何者名爲不定處見不能曉了方便語故於處不定是即名爲不定處見又復何者不定處見所謂墮見不定處見何者墮見墮無智中是即名爲不定處見又復何者是無智處於苦中無智於集中無智於滅中無智於道中無智於業中無智於報中無智於業報中無智於緣生中無智於黑白諸法中無智於緣無緣諸法中無智於形影無形影諸法中無智於有罪無罪諸法中無智於承事不承事諸法中無智於所有中無智無見亦無有明不證智道不能穿徹不善巧方便是名無智從無智生疑從疑生不定處是則名爲不定見處言不定處者墮於惡中何者名爲墮諸惡中言惡者是不善因彼復當生阿鼻地獄或復墮餘諸地獄中是名爲墮若生於彼不閑之處若住彼處若住不停不承事諸佛世尊不聞正法不見僧寶不取白法慢緩懈怠不得自在於諸蓋中常懷憶念是則名爲不定之處不

定處中所有貪著不如實見住顛倒心是即名爲不定住處何故名爲不定處見無因緣故言不見故是即名爲無定處見復次無定處見者乃至唯有識名具足惡義執受著義不觀察義著眷屬義如是等法諸句墮落墮已復墮不正墮故名分別故不定處見如是義雜語雜物雜言雜

阿棃耶一 鼻摩帝二 摩頭三 姿鉢羅首陁四 阿木叉五 帝嘻那六 鼻婆劬七 鬱盧八 如盧早九 伽羅姿馱瞿婆十 阿奴絁失吒十一 鼻摩帝鉢頭十二 物陀你迦沙十三 鬱豆留十四 度除十五 蘇留十六 步留十七 鼻偷十八 鼻摩帝十九 遮迦囉二十 呵娑帝耶二十一 鉢囉何姿帝耶二十二 那娑帝耶二十三 棃婆二十四 蘇蘇囉二十五 阿奴摩二十六 那二十七 提鼻呵咄二十八 阿那咄二十九

如是等文字句味誦持受已

你失毗虱吒婆囉摩泥一 波囉若鞞提夜二 阿那摩醯哆泥三 阿伽哆蘇尸黎虱吒鼻浮哆泥四 娑羅叉五 阿伽囉婆哆婆提那六 鼻書地波羅七 阿伽羅娑羅鉢羅婆羅拏八

復次說此傳受門月三十句之處身輪言輪意輪婦女輪丈夫輪天輪人輪刹那輪行輪憶念輪聞生信淨聽受有力不諂曲心斷顛倒超出疑海增未來果不分別行般若智行所行憶念造作諸善善惡堪忍心不顛倒得無所畏善能攝受及與於辯才處分別見處其身勇健究竟口業心不濁亂離縛解脫擁護正法無諍鬬根無有怨害言語輭媚禁戒無減少三昧無減智慧無減親近般若所求印尅能誦受持二百偈頌出生方便當得值

遇如是正法此修多羅句善思惟已當得示現如是功德當得如是功能增長阿難是名除斷遠離分别放逸之見以一智當言無智者謂執著言語故何者一智當言無智於有爲行中漏智生轉以彼一智當言無智爾時世尊作是語已慧命舍利弗白佛言世尊若有算印徧巧書智醫藥等智種種方便智言教智巧智而彼諸智是諸衆生亦愛亦憶樂由彼求得受用果報世尊彼智寧復説爲非智作是語已佛告慧命舍利弗言舍利弗彼智當有利益成就受用果報非諸如來所爲説如實法智利益舍利弗復次有智名曰阿婆娑羅舍利弗何者是阿婆娑羅智與造家事我相衆生相壽命相福伽羅相婦女相丈夫相地相水相火相風相眼相耳鼻舌身意相色聲香味觸法相及我所相漏愛徧滿等不等壽命施杖施刀施拳打搭施十不善業三不善根二十種惱一心煩惱貪著色欲貪欲執縛邪念思惟令心黒闇懷抱瞋恚巧器杖巧弓箭地巧威儀巧賣身巧諂誑他巧作惡業巧作執者我如是作彼如是我當作我當作此如是作已彼如是作已作如此已如是當有彼如是當有此如是如是漏業漏心及怨業及怨心不爲滅度不爲離欲不爲除斷不爲寂靜不爲菩提不爲沙門不爲涅槃因轉得轉勝因是名爲阿婆娑羅智因此智故令心濁穢地獄滿足畜生滿足閻摩羅世滿足違背閑處至不閑處如是此一智當言無智

大威德陀羅尼經卷第五

音釋

㩣丑居切　掣昌列切　模莫胡切　輭而兗切柔也　壃居良切界也　吒捺吒陟駕切捺奴曷切　黟郁洛切　哂式忍切　晡博孤切

胝陟離切　顊以之切　賒式遮切　羨似面切慕也　⿸疒垔因兮切

跌徒結切　絁始移切　媚靡寄切悅也

大威德陀羅尼經卷第六

隋北天竺三藏法師闍那崛多等譯

爾時彼衆中波斯匿憍薩羅王有一算師大臣名曰財主而來會坐即從座起整理衣服偏袒右肩右膝著地合掌向佛而白佛言世尊我以一錢爲初入於百千算數於彼一錢次第解入百千算數已從彼一錢破作半已解入俱胝百千算數然世尊我有如是微細智慧寧復說言無有智也作是語已佛告財主大臣算師言汝若取芥子破爲百千俱胝分算數分已於彼百千俱胝分復作百千俱胝分入算數之分汝時於彼如是智慧應當無智作如是語已其波斯匿憍薩羅王白佛言希有世尊我等所於彼有智中生羡樂想如來今者說爲無智作如是語已佛告波斯匿憍薩羅王言大王諸佛如來不讃此智所謂有漏諸佛如來讃歎無漏智所謂滅諸有智一智當言無智何者是一世間語言執著何者名世間語言執著世間語言者名字等智若有執著彼諸名字便生瞋恚是名世間執著名字是爲一智名無智者乃至彼智彼一切有爲若有爲者是即無實如是有爲語言無實亦無名字亦悉無實以何義故名字無實此名欺誑以是義故此名無實以無實智當向惡趣以是義故此名無實所言一者和合集渴愛言無智者憶念未來生有以一無智當言無智若於聚想而生於智於界想中於入想中於身想中諸所有智中生於智想彼智有爲是有爲中不名最勝是故此智當言無智言無智者以三種根知彼衆生從

合會大地獄中捨身何者三根二睛聚視上瞋轉環若瞋恚時兩目俱赤此是有漏和合等智以如此智應當無智時波斯匿王白佛言世尊復以何智當言有智若於中等智世尊若如是有者寧可復言無有智也佛答王言於有中無智是故於彼無處有智若無有智彼無有有彼無有取彼無無爲彼無有爲彼無戲論彼即除斷如是非讚歎非不讚歎於彼之中讚歎涅槃於彼時間閻浮提人當作是念若第二四大洲世界之中閻浮提人輩讚歎涅槃作如是言彼即無聲彼即遠離彼無分別彼無和合彼即求念彼即讚歎無惡煩惱不可破壞無想離想彼即無悔彼即爲吼於彼第二四大洲世界中所有諸天諸龍夜叉諸有勝者於彼等輩守護攝受此佛菩提於彼處中有一夜叉名曰三摩婆陀那（此云和合）說此諸句爲生般若故作不顚倒意故作智慧者作彼清淨般若根故作智慧力勝精進故隨所有處正修習巳當得正趣當得正意得正堅固當得正念當得大智無畏辯才能破壞他諸論師等令受其語譬如月輪初出之時映蔽一切星宿光明能滅闇障如是一切諸論議師既覆障巳威光獨耀於彼之中有此呪句

多遲他遮多 一 憂婆耶陀 二 黎婆 三 阿浮薩黎 四 鼻帝底 五 雞迷帝 六 婆步荼 七 娑那伽 八 烏瞿盧 九 鼻步瞿 十 阿囉他 十一 阿那囉他跋帝 十二 阿羅耶 十三 鼻薩囉 十四 娑伽那 十五 阿那呵帝 十六 波呵帝 十七 伊舍哆囉 十八 多都哆囉 十九 耶多哆囉 二十 多伊呵 二十一 伊舍 二十二 伊苦制

婆二十三　多哆二十四　多哆制婆二十五　婆婆帝婆盧二十六　婆帝婆盧二十七

說此守護之時有八萬四千諸夜叉衆同時驚懼爾時彼八萬四千諸夜叉衆樂斷殺生於彼等邊付囑言教彼等攝受如是三種護地三品覆護地歡喜信樂勤斷貪愛阿難如是勝法欲隱没時諸比丘等無有威力若有比丘比丘尼優婆塞優婆夷能讀誦此修多羅者能令彼人乃至壽命具足守護具足守護已常得守護於彼時雖有奪威力諸夜叉等不生信樂於彼等邊不能嬈亂亦復不能奪其威力何以故以彼衆生福德攝受故爾時此修多羅當至彼手以彼衆生自福力故當得守護若於彼時如是法中有生信者彼諸衆生福德不少具足善根於如來所當生實想阿難若於如來邊生實想者彼諸衆生於諸法中能生歡喜信敬之心諸法能生歡喜信敬心者彼即當得隨順於法若能隨順諸法者彼等於甚深佛菩提中不生怖畏若於甚深佛菩提中不生怖畏者彼等自不怖畏復能安慰餘怖畏者阿難此諸善法先令是人增長般若增長憶念增長心意增長色增長力增長果報增長名聞增長名稱增長正行增長受記當得長舌損減地獄損減畜生及閻羅王世阿難當得解脱於不閑處當成就一切諸善根本阿難然如來所說爲多聞故增長智慧者阿難如來依此故說阿難如來作此讚歎之說汝當善受持阿難譬如電後即有浮荼浮荼雷震之聲阿難如是如是如是等諸法轉讀之時當得大智不以爲難阿難

因此法故現前證見清淨般若清淨意清淨念行得無所畏得清淨法阿難以此法教現前證法及未來世亦復如是阿難此之一智及餘眷屬如來所說不染著無明亦復不爲無明所熏遠離修多羅分別之相及嚴熾惡分別之處能令發覺諸外道等自得受持三百偈句既受持已即能巧知解脫之處所有諸患即能捨離若善男子善女人見如是等諸功能已於此佛教應作勤求今少有衆生於此無名法中生樂欲者若有衆生勤修學者當知彼等已於往昔曾事諸佛有一欲行當墮地獄乃至五種欲行當墮地獄何者欲行當墮地獄所謂我想此一欲行當墮地獄有想無想欲行是諸如來作多種說乃至有眼境界所緣諸法以意識觀察彼等一切諸物名字佛悉能知於彼中所有欲行丈夫彼丈夫所有名字於中一切皆入貪欲執著執著已行彼即爲因緣意欲中彼閻浮提人於彼丈夫有如是等種種名字

福盧沙一 鉢盧他二 布摩三 摩奴沙四 因陀羅五 首羅六 多吒首七 婆盧八 那都九 娑婆盧十 鼻摩十一 福伽羅十二 頻頭十三 瞿盧十四 羅慰盧十五 鼻伽模十六 摩納蒲十七 善都十八 烏絺十九 施吒陀呼二十 婆盧慕二十一 阿跋羅二十二 阿伽娑二十三 波若二十四 提呵摩二十五 陀烏羅二十六 娑婆娑二十七 烏伽羅二十八 頭叉摩二十九 形都他三十 阿娑婆三十一 摩呵三十二 婆舍三十三 提舍三十四 形都破三十五 阿伽羅三十六 薩那破三十七 破求沙吒三十八 摩留婆帝三十九 摩帝婆頭迦四十 阿歌摩四十一 于頭摩四十二 摩頭迦四十三 他婆

拏伽那四十四伽摩那四十五鼻地婆四十六那娑四十七迦摩陀四十八形盧陀四十九黎婆波五十鼻留波五十一帝形那五十二那羅五十三摩地五十四帝娑醯帝五十五紇利鉢者五十六著迷帝五十七帝利伽娑多五十舍陵那五十九那娑者六十俱利舍六十一那形摩六十二帝物利六十三阿訖夜迷六十四阿訖夜迷六十五娑伽梵六十六那婆羅烏何六十七鼻摩滿陀六十八羅婆六十九婆者七十鼻羅伽七十一提婆羅梵七十二斯摩都七十三娑烏叉七十四波羅梵七十五娑蘇伽七十六舍叉七十七憂伽多七十八紇利耶破七十九鼻羅婆八十烏奴羅八十一蘇迷頭八十二俱闍若八十三瞿都摩利婆娑多八十四薩他阿囉婆八十五婆囉鞞帝八十六蘇目多羅八十七帝羅瞿荼八十八鞞羅伏多八十九初婆那九十雞摩羅九十一緊陀羅九十二蘇目陀九十三鉢利耶迦九十四叉滿哆九十五俱偷紇耶九十六鞞留鉢陀九十七鞞留破羅九十八伊歧你九十九娑木他一百樹提摩多一百一娑那羅一百二娑婆囉一百三尸婆他一百四施梵一百五慰伽梵一百六阿那他夢一百七阿伽拏一百八帝伽羅一百九娑羅破一百一十迦摩沙一百十一毒怯羅一百十二鼻偷那一百十三薩羅婆一百十四

諸如此等是丈夫名如來已知已見已證於欲行中安置如是種種名相名字分別名字執著得見名字滿足一切名字句裏於有分中染著爭競墮愚癡中求索果報此欲行名名字生轉若我若我所若復我中如是空物輕無有物於空自在若以名字著欲行者彼是邪行隨所欲行隨彼邪行彼欲行不斷滅故當墮地獄有二欲行如來所說能作光明

作光明法於彼物中隨彼所有生名著於彼中何者是能作光明作光明法如言月名金脂（此云兔）亦名星宿主亦名婆奴（此云光者）亦名嘔廚波帝（此云星主）亦名虛空主亦名善見亦名上行亦名淨主亦名滅闇亦名太白婦亦名宿王亦名不少亦名滿地亦名普鏡亦名團合喜亦名勝方亦名大有眷屬亦名大廣亦名方面亦名等觀亦名宿門亦名圓圍繞亦名明勝亦名慈放功德亦名限量隨勝亦名作虛空亦名直度彼亦名天子此等月天子名宇屬閻浮提諸人輩欝多羅越諸人輩瞿耶尼諸人輩弗婆提諸人輩一切四洲諸人輩平等共名名爲事愛亦名心喜普邊行於須彌山王生起光明以是故彼名普行亦名離翳亦名虛空功德亦名端正亦名最極醫師亦名求縛亦名決定物亦名次第流亦名次第增長亦名滿足身果亦名顧行亦名端正亦名勝色如是彼中所有光明依彼處已於彼法中思惟念生若欲心若染縛著發覺心生彼作念已彼依倚已由多意喜生彼合煩惱若合煩惱彼即非聖若非聖者不可讚歎若不可讚歎彼非丈夫法若非丈夫法彼是邪見若邪見若邪見者彼當生向惡處若向惡處彼名墮地獄者如是得欲故生欲以有欲故有無明有無明故作惡業作惡業已墮地獄中此第二欲行當墮地獄中彼中何者是第三欲行當墮地獄所有諸法若可讚歎而更毀呰何者諸法是可讚歎所謂戒聚三昧聚智聚解脫聚解脫知見聚四念處四正斷處四神足四禪五根五力七覺分八正道

三十七助道法入於彼法中若復謗毀如是法相惡欲行作是語已長老阿難白佛言世尊彼等衆生有何等相忍何境界若如是相甚深微細正和合法當作毀謗作是語已佛告長老阿難作如是言阿難若有衆生於外道言中於摩娑迦利義中專精貪著世間工巧尼乾論議具足愚癡法中爲彼義味名字所著身心不解眞義雜非法行不正丈夫不能入此甚深微細佛教之中如是業法既不能入以不入故以於如來教當作誹謗彼等爲欲慢被所覆雜外道語禮日者禮月者禮風火者當墮地獄亦復不知一切日名彼等以空名聲欲取邪見之念於彼閻浮提中所有諸人稱日名字如來悉知如日名須梨耶(此云日)亦名百光亦名毗脂多婆多(此云勝者)亦名賢亦名熾盛亦名無上亦名圓形亦名普化亦名令喜亦名勝意亦名不瞋亦名作日分亦名無畏處亦名破闇亦名色主亦名火亦名明亦名除闇亦名淨光音亦名鏡者亦名持地亦名多名亦名不可取亦名讚歎不墜亦名呪力亦名朋友亦名鏡皺亦名滅翳亦名普燈亦名圓意亦名常成熟亦名諸方鏡亦名威主亦名滅塵亦名與熱亦名眞成亦名衆生成就業亦名上力亦名光發亦名常境界亦名諸方面亦名迴向亦名初出亦名斷顚倒意亦名清淨力亦名陀那婆主(此云施主)(此阿脩羅名字)亦名毗揄遮囉那(此云觀者)亦名不定住亦名常精進亦名普受報亦名精進向亦名不可降亦名圓增長亦名仙人放逸亦名無病亦名不缺最勝意亦名多幢亦名光攝亦

名作熱惱亦名諸方顯現亦名嚴熾意亦名脫怨讎亦名住劫迴向亦名與眼亦名不失利亦名滿一切望亦名一切堅牢莊嚴主阿難此等日名字國土分中一切諸方所說若有衆生如是名字所演說中若有聞此日名若一切持解知義業不生爭競觀察思惟阿難彼等衆生難得難有何以故彼等名字難可覺悟彼等句行不可教知如來爲彼諸衆生等起憐愍故斷疑網故增長智故思惟意行持智慧行辯才根諸力覺分智慧增長故不隨他行增長智故宣說如是諸法相等憐愍心攝受心利益心清淨心故阿難是故此等月日名字不缺不減若干邊際更相繫屬從安慰出生勝印向生阿難如是之處如是清淨若比丘比丘尼優婆塞優婆夷能受如是相者彼即當知日之名字無有邊際及月名字亦無邊際丈夫名字婦女名字彼人當知最勝之處於語業中而得成就於語業中得成就已當至成就勝授記業成就勝授記業已當至成就勝言辭業至言辭業成就已復當得至最勝相續非相續處至勝相續非相續處已當至最勝斷絕語言既至最勝斷絕語言已當至勝善言辭辯才既至勝善言辭辯才處已當至最勝最大之行彼所有行速向涅槃向涅槃道得涅槃岸彼行如來說爲最勝說最妙說最極說最精若此行不得者當得無智當得不正念得不正行不得無畏以不成故謂戲增長疑惑懈怠於佛教中佛法中佛覺道中佛力無畏中智中大悲中皆悉遠離彼等衆生失於往昔所作善根於

現在中速疾增長彼未來世地獄陰聚阿難如是一切行業所作皆由無智故得得無智已得不善根得不善已貴重利養爲麤澀言攝取諸物貪愛執著以取諸物愛執著故當有守護因守護故當有多欲以多欲故成就邪見如是隨順邪見故當入迷黎此第三業當向地獄何者是第四欲行當墮地獄謂無有善根何者是無有善根衆生樂行欲種種欲事爲欲之所覆蓋欲是稠林處是河池處酒店處惡莊嚴處殺事處屠兒殺牛處飲酒處婬女處嫉妬他家嫉妬他色嫉妬房舍嫉妬衣服嫉妬他法誹謗他法不敬重佛不敬重法不敬重僧不信業報親近破戒之人讀誦外道言教憎嫉持戒之人持戒比丘令彼戒聚破壞墮落淤泥中淤穢若比丘比丘尼優婆塞優婆夷取我爲教師者知佛菩提棄捨遠離及如是等甚深諸修多羅當欲讀誦外道婆羅門所有經典因彼外道婆羅門諸經典故及欲誹謗此佛菩提彼人不得說我爲師亦復不得受他信心檀越惠施何以故彼等衆生如來說是地獄之人如來所說非我聲聞不歸佛者當墮地獄或向畜生或向閻羅世譬如有人有兩童子一子從彼旃陀羅家捨是身已來生於此第二子者從梵天宮彼墮落已來生於此若是旃陀羅家中捨彼身已來生此者彼不似母亦不似父亦不持戒亦不忍辱亦不精進從梵天宮來生此者彼人諸根皆悉輭弱孝敬隨順似母似父如彼旃陀羅家捨彼身已來生此者猶如旃陀羅不似父母如是如是若有比丘破戒行

諸外道論議境界彼不似如來亦不似如來聲聞弟子亦不似在家出家者譬如彼旃陀羅童子不能具足父母功德亦不具足人中語言如是如是破戒比丘無所能成如彼善人從梵天宮墮已來生於此者似母似父隨順語言隨順承事如是如是若有比丘具足不破戒聚具足最勝戒行如彼佛教如是住如是持彼人攝取諸佛菩提能於善根行中能作自利阿難彼人不著種種欲行故如彼旃陀羅家捨彼身已來生此者勤作不善當知彼人受種種欲行以受種種欲行已當受種種婦女家名字於彼彼中有如是等婦女名字故亦名婦女亦名波迦婆帝亦名尼奢遲亦名毗盧迦帝亦名尸嗤虛奢帝亦名優多羅亦名多優阿波亦名毗摩帝亦名尼浮多亦名他娑摩亦名婆修陀亦名摩拔荼亦名摩耶摩亦名摩耶遲亦名伊羅摩亦名毗摩佉帝亦名阿初尼夜帝亦名烏婁馱帝亦名毗多羅優帝亦名婆祇摩帝亦名三蔓多末帝亦名婆蘇達帝亦名優鞞佉帝亦名婆闍羅帝亦名侈梨婆多帝亦名娑善娑帝亦名阿帝隷奴帝亦名三曼多瞿帝亦名何羅曼帝亦名三曼帝亦名多曼帝亦名避摩頭亦名阿帝尼羅跋帝亦名迦摩跋帝亦名毗羅婆達帝亦名三慕波帝亦名尼丘摩帝亦名鳩摩帝亦名毗優荼帝亦名溲伽曼帝亦名求摩都曼帝亦名婆婆羅帝亦名他彌多羅帝亦名摩蘇都婁帝亦名破羅帝亦名奚婁遮曼帝亦名三牟達帝亦名伽奢馱帝亦名阿羅婆那帝亦名烏蘭那帝亦名删那達

帝亦名阿羅跋帝亦名斯婆尼帝亦名婆波羅輸婆帝亦名阿奴婆他那帝亦名帝哂曼帝亦名婆伽陀伽曼帝亦名避婁優馱帝亦名婆尼哂馱帝亦名婆羅摩馱帝亦名多羅伊摩帝亦名阿廚多摩帝亦名阿瞿摩帝亦名摩帝亦名波羅末多羅帝亦名婆耶那帝亦名破羅婆帝亦名哂那佉帝亦名阿哂他帝亦名阿驅摩帝亦名寐迦婆帝亦名祇牟帝亦名迦年陀帝亦名羅細帝帝亦名迦摩羅帝亦名蘇都那帝亦名婆伽那帝亦名毗舍佉帝亦名跋陀羅帝亦名尸利帝亦名畢離馱帝亦名婆耆茶帝亦名迦地夜帝亦名那伽盎帝亦名多陀皃侯曼叉帝亦名阿哂波羅耶婆帝亦名俺婆羅也如是等彼婦女名字分別故生欲印繫縛心歡喜處若有如是行業之中所繫縛者彼等我說如旃陀羅彼等我說猶如糞除彼等我說至於塚墓何故我說至於塚墓者阿難我念往昔過去無量時於此舍婆提有一婦女名曰賢意向他丈夫心生愛著時彼丈夫有緣事故從城向外聚落之所經十五日辦彼事已還來入城於本處住然彼婦女困憊下分困苦著牀時彼丈夫喚別女人告言汝來汝可爲我語彼婦女時彼女人即向賢意婦女之家到已告言某甲丈夫向汝有語時彼婦女即便報言我今病患身體痛苦我不能去作是語已時彼女人從彼家出欲報彼人于時賢意尋即命終安置牀輿多諸眷屬左右憂惱啼泣將向屍所置彼露地而不燒埋擲棄而還時彼丈夫聞彼婦女尋已命終安置屍處時彼丈

夫詣向彼所哭泣憂惱以其右手按婦女肚按彼肚已時彼婦女即從產門出汙肉片爛臭可惡爾時彼人觀屍處已以愛欲渴逼手取肉片安置面門以是因故得散愛欲阿難汝觀彼人幾許無智幾許癡迷乃於可惡棄捨屍處身所出肉以欲事故意中欲食阿難若有如是富伽羅等可棄捨者彼人可言與死人身住處無異阿難爲惡不善種種諸法以欲因緣作不善業增長成就心求彼等諸惡欲行以具足故當入迷黎阿難此第四欲行能令衆生向於地獄阿難何者是第五欲行當向地獄拔除善巧有無智慧不見不覺不能穿徹不善巧便生長無明於中損減在於無明黒暗之中不能了知諸名字法所謂佛名何等是佛諸名字法名佛者亦名如來亦名自然亦名爲健者亦名大勇健者亦名勇健光者亦名健勝破陣亦名勝他亦名勝他幢亦名普香亦名天帝主亦名地王天亦名世間帝主亦名天帝主亦名天帝主幢亦名帝主功德亦名功德所生亦名向功德亦名師子亦名大師子亦名等香亦名香上亦名商主亦名大商主亦名金剛亦名石山亦名鶖祁何羅娑亦名婆祁囉娑亦名勝光亦名蓮華亦名大蓮華亦名上蓮華亦名天亦名支提亦名寶火亦名普光亦名日亦名最亦名大最勝亦名善眼亦名帝沙亦名弗沙亦名多因亦名因上亦名多衆亦名勝衆亦名須彌婁亦名大彌婁亦名最上行亦名持衆亦名導師亦名須彌婁羯波亦名大力亦名最大力亦名名聞亦名月亦名睛月亦名

寶幢亦名無能降亦名大智海亦名梵天亦名大梵天亦名迦葉亦名大迦葉亦名牟尼亦名牟尼上亦名釋迦牟尼亦名火明亦名持大火光明亦名大妙光亦名持妙光亦名持大意氣亦名最勝主亦名圓宥亦名須彌婁亦名覺知上亦名幢王亦名諸宿王亦名諸星宿主亦名娑羅樹亦名大娑羅樹亦名娑羅樹王亦名難思亦名持慈亦名除怨亦名除暗亦名妙光亦名一切處自在降伏亦名寂靜亦名得財所亦名安隱亦名無怖亦名華亦名大華亦名王亦名最王亦名不亂亦名成音亦名觀世音亦名大天亦名無稱亦名普功德亦名最上亦名衆生調御師阿難如來如是知佛名號知佛吼聲知佛遊戲阿難於彼處中諸佛名髮宣說之時若有衆生一名字中二名字中三名字中一切名字中敷演之時當不愛樂亦不歡喜阿難此等衆生當知一向造諸欲行割斷善根當墮暗冥從暗入暗行暗暗道阿難若有衆生聞說如是諸佛名字瓔珞之時當起愛樂得清淨心彼諸衆生非小善根彼等衆生當得非少福聚具足於中何者諸宿和合諸菩薩輩從毋右脇生有宿名鬼有宿名歡喜亦有宿名曰普燈亦有宿名光焰亦有宿名衆聲亦有宿名善名聞亦有宿名常焰亦有宿名蘇迷低（此云善意）亦名意亦名別上縛亦名多靁車亦名伊覆多亦名阿尸羅婆那（女宿）亦名頗求那（張宿）亦名阿朱多（不墮）亦名藥亦名善喜亦名過患主亦名滿足電亦名牢徧亦名威力亦名百光亦名陀奢那伽亦名翼宿亦名不墮亦

名阿囉婆名亦名歎供養亦名牢速亦名娑陀羅多亦名善喜亦名提耆毗囉那亦名住處亦名喜流亦名友開亦名令成亦名婆伽亦名次第入最亦名道合亦名梵力亦名勝主亦名二依亦名都羅婆伽等宿阿難此是彼星宿名字一夜中住者於一夜中有出生者菩薩從母右脇生時一切和合俱悉有出現如是等星宿名字如是等廣多名字而不知者彼當作惡墮鬪諍中誹謗如是應可讚歎陀羅尼法彼誹謗已身壞命終當墮惡趣諸地獄中阿難我滅度後諸如是等修多羅法棄捨遠離阿難於彼時中諸衆生等各各鬪諍不相攝持其魔波旬於彼時間當作勤營除滅如是諸佛法故阿難當有如是諸比丘輩共諸比丘不相攝持比丘尼共比丘尼輩不相攝持優婆塞共優婆塞輩不相攝持諸優婆夷共優婆夷輩不相攝持阿難於彼時中有諸比丘受持讀誦如是等修多羅爲佛教久住因緣故而作諍競彼等比丘以各相競故誹謗是等諸佛言教修多羅典於彼時中復有比丘於此修多羅中起尊重者然彼別有諸比丘輩以爲調戲而作誹毀彼等攝持外道語故常作諍競阿難於彼時中少有能作如法語者多有樂作非法語者亦復各各自相憐愍此等當墮地獄此當向地獄阿難如來安置此神通事諦不虛誑爲增長菩提故增長般若故增長憶念行智故阿難於彼時中有諸比丘聞如是等修多羅經生佛語想不違背者我說彼等富伽羅輩過去佛邊曾作供養阿難若復有人聞如是等修

多羅而生誹謗不生善心不生踊躍者我說彼等助護諸魔我說彼等往昔曾作外道沙門我說彼等共破戒者更相親近我說彼等外道經者我說彼等未得聖果得聖果想增上慢者阿難若於彼時當誹謗佛菩提者爾時彼人命終已後於拍手間即墮惡趣何以故不能順行佛教故阿難是故彼族姓子族姓女善得利益於如是等修多羅文句味中而勤進者有生信者阿難若不勤進不生信者彼等被邪所覆至最斷處若至最斷處者彼等至最邪見若至最邪見者彼墮不正行若墮不正行者彼等以被惡欲所降若被惡欲所降者彼等我說向地獄趣此是第五欲行當向地獄阿難若有比丘比丘尼優婆塞優婆夷此五欲行能學誦已有能受持於義行中作歡喜心者得方便言具足憶念意行堅住復當憶念方便受持二百偈句至彼命終然後乃捨命根具足所作多聞恒不忘失阿難是故彼時爾所衆生若有聞已出生如來於彼時中少所衆生信實如來少所衆生親近如來有歸向者少所衆生禮佛已親近如來少所衆生歸向佛法欲聽法者少所衆生得聞佛法少所衆生得辯才智方便言辭少所衆生聞法受持少所衆生受五戒者少所衆生通達聖諦者少所衆生得漏盡處阿難如來今者現在住世少所衆生知此佛教何況如來涅槃之後阿難如來已知彼等衆生於彼時間當有受持此佛菩提阿難譬如汝今與我對坐不疑有無阿難比丘如是如是於此處中我無有疑如是等輩諸比丘衆

有能受持此佛菩提者雖身不端嚴多被謗毀爲他輕賤然彼於後多得果報以能受持此佛菩提故阿難於彼時中如是等諸比丘輩思惟憶念於自身中當作疑念如來知我佛告阿難我今語汝彼等比丘如來已知自作疑念何以故於彼時中此等句味自當現證阿難此如是相如來不爲少精進衆生輩令作歡喜阿難我以是相方便令彼族姓子等有所堪能阿難汝今當觀是不壞印有幾許義利所應作者已作彼等亦當依增上心供養我已當至勝處作是語已長老阿難作是語已白佛希有世尊乃至此法本如是微妙作是語已長老阿難涕淚悲泣復作是言如是名相一切徧知一切見者彼等衆生當不得見雖然世尊彼等比丘善得利益能至如來根本之處此陀羅尼法本當入其手轉已復轉世尊彼等衆生最爲極勝譬如世間亂絲團轉未徧之頃若於彼時愛樂是經於衆生中而作廣說如是修多羅世尊彼人成就幾所善根作是語已佛告長老阿難言阿難若能於是修多羅中作廣說者彼人攝取無量善根阿難如四大藏中所有珍寶於初日分悉能布施若有比丘比丘尼優婆塞優婆夷以此陀羅尼法本爲一衆生說意欲念持安置建立於彼善根此倍多於彼若爲一衆生建立安置阿難我少分說喻若我具說廣生善根更多無量阿僧祇作是語已長老阿難白佛言世尊若有攝受此法本彼人生幾所善根佛告阿難我今爲汝更作喻證明此義施者受者故阿難如恒河中所有沙還

有如許恒河沙彼諸恒河沙等有若干實藏阿難彼諸實藏於一日初分時皆悉布施日中分時日後分時皆悉布施若有爲一衆生授此陀羅尼法本以此善根倍多於彼阿難猶是如來少分説喻阿難如是次第百千俱胝劫數如是布施者阿難我猶爲説彼無有多福聚不如受此陀羅尼法本受已爲一切衆生建立安置何以故阿難不聞如是法故無量阿僧祇劫數欲作無智發無智業阿難若有正語者言般若種子般若根本最勝般若當欲令熾盛因緣法故阿難此陀羅尼是正説者言阿難汝應受此陀羅尼法本向他建立作是語已長老阿難白佛言世尊如來爲我作親近者世尊我等當受此陀羅尼法本復爲他人建立安置

大威德陀羅尼經卷第六

音釋

瞚（式閏切目動也）　絺（丑知切）　紇（下没切）　嘔（烏后切）　揄（雲俱切）

嗤（赤脂切）　抆（文粉切拭也）　慢（莫官切）　涕（他計切）　俺（於劔切）

霤（力救切）

大威德陀羅尼經卷第七

隋北天竺三藏法師闍那崛多等譯

阿難何者是一不欲爲一切世間廣宣說故是一不欲何者是一切世間眼耳鼻舌身意色聲香味觸法此名一切世間言說法此中無有法可別離者於彼之中所有樹名皆入於此所有畜生名皆入於此於彼之中何者是樹名有樹名阿奢婆薩他復有樹名那棃澤迦復有樹名金富婁沙復有樹名那嚧復有樹名奚荼迦復有樹名羯揵荼復有名何囉多何羅他復有名拔達羅目羯多復有名羯淡婆復有名毗闍頗羅復有名毗度鉢囉婆復有名闍浮復有名尸羅摩多復有名優拔囉尸羅復有名波棃那呵牟羅復有名闍耶薩他牟羅復有名毗囉槃多復有名久舍婆復有名鉢羅舍婆帝復有名阿囉鼻多羅復有名摩訶波羅稗復有名摩訶蘇至怛羅鉢荼犂復有名阿勃嚧闍復有名娑醯多拔都復有名阿嘔斯逋嚧挐復有名鉢囉婆邏拔薩怛邏復有名羯稗娑復有名闍耶羅復有名叉夜多波尸多復有名毗履沙婆復有名阿尸毗沙尼雞多復有名頗羅牟羅復有名毗尸瑟吒牟羅復有名跛尸多婆羅復有名嘔陀耶尼鞞舍復有名毗數婆邏復有名鉢覆何邏門頭盧高百由旬枝葉徧覆滿五由旬其根縱廣有七由旬復有樹名多棃娑牟囉復有樹名娑陀怒伽復有樹名佛境界其彼大樹高百由旬枝葉徧布覆滿五由旬其根縱廣具七由旬然彼大樹最初生葉亦廣長一由旬葉形端正而彼大樹出奇香氣

普徧諸方滿二百由旬彼樹根下鋪師子高座名曰阿舍摩那彼是天帝釋王所化左右廣一由旬高一由旬依倚樹根其有觸者猶如迦耶隣提衣於彼處如來至已日日行住豈可衆生知在何處阿難我念有如是天衆聚集如天衆來已五由旬內皆悉徧滿如來爲彼演說法要阿難復有樹名曰善香復有樹名那荼毗闍多復有樹名那闍多復有樹名那稺羅復有樹名那迷荼復有樹名嘔叉毗利叉毗闍復有樹名瞻波牟羅復有樹名阿地目竭怛迦(去聲)復有樹名目提憐馱牟羅復有樹名阿輸迦牟羅阿難如是說有次第

跋達羅　鉢羅叉　阿舍婆他兢(吉真切)　手迦
何利多迦(阿梨勒)　阿羅施　多羅　舍勒嘍
婆毗耶都　迦毗他　婆邏　伊囉叉婆尼
拘盧徒　達梨荼尼摩　佉殊利　迦毗他
波邏奢尼磨　迦梨夜　尼遮辟　盧你毬
豆留尨留丘栴檀那　栴檀那　鬱鉢都
揭闍毗揭闍　何毗利器　波那娑　迦娑
波履　利多邏呵羅那比利叉　毗婆提
婆娑醯多　多羅尼(小薔薇)　婆邏(百葉薔薇)迦娑嘔
多　尼臂帝夜　娑多臂帝夜　婆梨馱迦(去聲)

阿難此等是彼所生之樹所受用者覆蔭受用故華受用故果受用故寂止受用故彼當取名字故自餘更有草所生樹受用藥故爲治病故而作名字彼等如來皆悉能知復有最勝清淨一切阿沙摩那底諸名於彼處中墮畜生行諸衆生等種種名字隨業分異如業所造所謂

叔迦（鸚鵡鳥）奢黎迦（鸜鵒鳥）拘翅羅（鵄鷗鳥）時婆時
婆迦（命命鳥）恒娑（鵝）拘嚧安遮（穀祿鳥）摩田邏（孔雀）
求求娑姤迦（鵚鳩鳥）迦荼迦　迦賓闍邏　野
多奴磨　迦迦（鳥）迦荼恒娑（鴈）謨邏（山鷄）斫迦
羅婆迦（鴛鴦）婆嗜邏婆邏　迦荼　恒娑迦（鴻）
提都羅　瑟吒羅　拘拘婆（白鴿）陀那婆利夜
舍磨　尸揵雒都大　迦逋大（班鳩）迦迦婆迦
頻闍邏（雉）奚陀那磨　揵遮　鳩鳩吒（鷄）地
那䭾䭾那磨　迦伽　迦迦　鳩邏邏　揭
利闍（鵰鷲）槃多捨　迦柘邏　奚摩蘇多　阿
黎耶（鵄）嘶那夜（鷹）鞞提那　嘔盧伽（鵂鶹鳥）至
至夜婆致夜（鶉）末蹉利也　迦嚧磨伽　迦
婆優婆伽
阿難如是等彼所生諸鳥名字阿難彼中更
有餘畜生所生四足衆類名字所謂

迦迦婆　迦俱荼　嘔嚧嚧嚧磨　荼鞞㴵
囊　奚邏　施那㑩　何履㑩（山羊）舍舍迦（兎）
毗羅荼（猫）烏四夜　迦四夜　娑都迷夜
麽迦吒（獼猴）帝邏破邏　娑陀怒揄伽
此等復有自餘畜生中生四足者阿難於彼
中復有水中之類名字所謂
末蹉（魚）麽迦囉（舊稱摩竭）帝彌（民陵切）祇邏（舊名低彌魚）
嘔達邏伽　叔　叔摩邏（虬）䭾大磨阿揄詫私
鼻多　毗囉拏　羯車婆（龜）漫塗迦（蝦蟇）三目
呵　達嚧那盧荼　雞婆邏　呵悉帝目呵
（象面）毗娑那那伽　阿囉輸䭾鞞他　毗荼波
阿難諸如是等水生衆類彼閻浮提諸人等
輩語言所喚彼等所有名字於彼之中作事
入者已取訖竟阿難自餘復有飲血衆類名
字所謂

摩舍迦蚕奚邏渧夜　臂荼娑　臂夜多嘔馱　吒舍　富帝夜　跋詑那磨　婆那呵囉　鉢履婆囉婆底　黠囉吒格蜂底棃富婆赤蜂磨器夜蠅摩徒迦利夜蜜蜂拔囉摩囉黑蜂蜱棃輸婆蚤鳩馱　倈帝夜　娑婆那婆姤婆醯波利婆羅　雞利荼多都彌夜　臂卑履也蟻子

此等是彼飲血衆類所生義中之所攝入於彼中有如是等句味有呪方便名曰一切移行於此之中皆悉攝入普平等入一切總入多緻他系渧一臂利渧二薩帝渧三尼羅渧四乾馱尼五迦那迷六阿羅迷七娑羅迷八娑婆羅迷九阿陀迷十摩陀迷十一摩帝迷十二娑尼呵收隷十三一怛羅娑那伽十四娑夜叉阿脩羅十五提婆那伽尼留吉底十六波利婆邏尼留吉底羅斃十七波羅若波履婆羅十八波羅若羅斃十九悉寐利底波履婆羅二十悉蜜利帝波羅帝羅斃二十一磨帝二十二揭帝二十三地利帝二十四波履婆羅二十五婆羅陀㑚波邏波多二十六富利摩雞避三藐三佛提避二十七遮利多漫多二十八阿毗薩他那漫多二十九輸羅漫多三十遮利波羅𧿹羅磨漫多三十一毗奢何羅地夜漫多三十二娑夜叉已下並是諸天及神持呪所得利益供養迦葉佛

彼等已於迦葉如來應正徧知供養尊重親近承事爲增長智故增長無畏故阿難譬如有一丈夫智巧方便共他親善得大分陀利華得已思量分陀利華端正希有示彼一朋彼第二朋者有勝智慧告彼言此好泥中生長此華以何因緣而不端正阿難有大海名

曰鬱地耶奴迦縱廣十二由旬於彼海中所生分陀利華高十二由旬如是如是阿難若有善男子善女人當受持此等修多羅若讀若誦彼等一切皆增長智智長思念增長意行增長受持增長般若增長無畏辯才增長授記增長普遍分別語言增長果報親舊眷屬增長佛法僧寶增長好行眷屬施戒禪定般若之聚精進豪勢富自在主增長阿蘭若增長出家增長無量種種宿命智慧作證增長諸衆生輩生死證智慧增長漏盡作證智慧如是增長聲聞智增長勝聲聞智阿難其陀羅尼所生比丘不以少智入於涅槃若勝聲聞地取般涅槃若辟支佛地取般涅槃唯發阿耨多羅三藐三菩提心彼因此善根當得不生不閑之處不隨他行不曾顛倒生疑悔意於諸法中常說決了然其法師決了語言正觀語業語言決斷節節部分多知少聞不假觀他所有言說乾竭憂愁令他歡喜善御大衆能善教學五百徒黨當有利智發精進中不捨重擔於諸佛邊常不遠離當得成就轉輪王業得勝天行自智他智天智人智自因他因天因人因自利他利天利人利自莊嚴他莊嚴天莊嚴人莊嚴滅自煩惱滅他煩惱滅天煩惱滅人煩惱捨離貧窮值遇果報如是無上般若辯才自得好行復令他人如如建立如是如是至最勝行到最勝處最勝禁戒最勝禪定最勝般若最勝辯處最勝無畏最勝辯才最勝如來所有法力復至最勝諸佛大悲當得最勝殊特智慧智慧寂靜不動牢固勇猛所熏戒力所熏施力所熏精

進力所熏智力所熏聞力所熏慈力所熏悲力所熏喜力所熏捨力所熏所修事業不諂力所熏如言所作力所熏知恩報恩力所熏利益智慧不住言説遠離憂愁割斷毒箭當得攝受一切果報當得阿耨多羅三藐三菩提善能演説一切諸行皆悉無常如實説法如是一切所知之中佛無常智善能轉入故言一不欲阿難若有此無常句如是眞正廣説諸法已能受持者彼當不誑當能攝受諸佛言教及佛所説諸功德已彼等諸法皆悉當得比丘欲勤學者此無常句中百六十偈印應當習誦阿難彼中何者是一印知一切世是一印婆羅門家呪術是一印何者謂實言語也如問婆羅門已實言語有婆羅門法此是諸婆羅門一印波梨婆羅闍有一印波梨佉因陀羅尼乾陀輩有一印無諂離諂瞿曇輩有一印最勝有沙門輩有一印謂因緣生也諸賊輩有一印謂暗夜行婦女輩有一印謂瓔珞莊嚴旃陀羅輩有一印謂畜狗吠是爲一印阿難如是印勝故口業亦勝口業勝故音聲亦勝音聲勝故義辯因亦勝於彼勝印中所有印者彼印當住是諸沙門釋種子印所謂因緣也如是算數書典印是一切衆生心印於彼之中何者是心謂諸物所熏是心非諸物熏是心眼是心非眼是心耳是心非耳是心鼻是心非鼻是心舌是心非舌是心身是心非身是心意是心非意是心色是心非色是心聲是心非聲是心香是心非香是心味是心非味是心觸是心非觸是心法是心非法是心何故名非眼是心非耳非

鼻非舌非身非意是心非色非聲非香非味非觸非法是心無有一法名意者緣眼緣色生眼識如是有眼識非是意識所有彼識彼非意若有彼意者彼意應無分別阿難如是若眼識彼非識界可言如是緣耳緣聲生耳識如是所有彼眼識不移向耳識中彼亦不別亦不即是緣鼻緣香生鼻識所有耳識不移向鼻識中彼亦不別亦不即是緣舌緣味生舌識彼所有鼻識不移向舌識中彼亦不別亦不即是緣身緣觸生身識所有舌識不移向身識中彼亦不別亦不即是緣意緣法生意識所有身識不移向意識中彼亦不別亦不即是阿難所有意識彼非身識彼非舌識彼非鼻識彼非耳識彼非眼識阿難如是彼意不從身出不從毛出乃至不從便利所出略說乃至不從髮出彼亦不別亦不不別阿難如是彼意本不可得從何所起彼亦不可得誰是彼意彼亦不可得是誰不求彼亦不可得阿難如是一切法不可得故有意印耶何者彼意言意者所有心意識六種識身七種識界於彼之中何者是心過去心無所有其過去心唯有名字何以故如來曾說六種識身如來不曾說六種身識以是義故如是有實六種識身及意七種識界如來不曾說七種識界以是義故此是實有七種識界是意阿難如是以意離意以識離識以界離界本無所有虛空自在若本來離何故如來作是數耶爲邪取故彼中所有邪取彼即非取若非取者彼即不受若彼不受彼無戲論若無戲論彼不聚集彼無所有虛空自在於

中何者是心想心何者是想我想衆生想命想福伽羅想婦女想丈夫想童男想童女想座想牀想過去想未來想戒想三昧想智想解脫想解脫知見想地想水想火想風想念處想正斷想神足想根想力想覺分想道想助道想佛想法想僧想須陀洹果想斯陀含果想阿那含果想阿羅漢果想得果想三明想涅槃想阿難如是一切想我想然彼我想本不可得是故一切非實是故言想如陽焰如是所有若想若識若意彼等和合所和合者彼等一數中一切或勝或劣若想如陽焰者當知彼識亦如陽焰若識如陽焰當知是意亦如陽焰何故言如陽焰無因緣故言如陽焰無道理可說無方便可說以是故言猶如陽焰其陽焰者有何眞實如意有實性有眞性者何者是意自性何者意眞性若意有眞性自性彼即無物即爲是虛即是爲空即爲自在乃至略說故言本性清淨心若有本性即是涅槃何因緣故言有本性無作者故言本性是爲沙門釋子所印若得是印當盡生死流轉作是語已長老阿難白佛言世尊豈可生死流轉別耶彼印復別耶爲當彼印盡生死流轉耶作如是語已佛告長老阿難言生死流轉者所有初何者初所有後何者後所有中故言生死流轉如是三世平等是生死流轉若有衆生能證知者彼等不取如此句義故言生死流轉若衆生輩有初中後彼得未來生陰聚轉若彼等初所攝受以不取故如來說法於中無法是舊物名者何以故一切諸法新新無舊故若是法生彼法還

滅於中何者法生謂無常法生如是若無常生彼生時無常若生時無常者彼生已無常若生已無常彼不成就若不成就者彼不可說若不可說者彼則爲空若爲空者彼不可得不空如是畢竟空畢竟無物畢竟無處畢竟自在故言一切諸法不生一切法應如是見或言相或言印或彼如是名如彼相何者彼非相如剎那云何剎那若不染著如是如是示相攝持諸法相等於彼之中諸凡夫輩而生染著此名一印何因緣名一印無印印故言一印阿難何者二羅叉謂無明及渴愛復有二羅叉愛縛及見縛復有別二羅叉煩惱住處及觀察煩惱地復有別二羅叉名字及言說復有二羅叉不實行及濁煩惱行復有二羅叉欲念覺及瞋念覺復有二羅叉欲及滅復有二羅叉不善念及懈怠復有二羅叉雜瞋眠不實行求欲復有二羅叉無明流及有流復有二羅叉不隨順及不信復有二羅叉不問自浪言及著瞋恚復有二羅叉取漫及自煩惱復有二羅叉各別想及不順取復有二羅叉趣煩惱住處及事物復有二羅叉有爲諸法及無爲諸法復有二羅叉諸聖法及非諸聖法復有二羅叉世間諸法出世間諸法復有二羅叉諸勝法及無勝諸法復有二羅叉三昧言說及攀緣言說復有二羅叉行施想福事及一切思惟所發作福事復有二羅叉愛及憎復有二羅叉漏境界及無漏遠離復有二羅叉置言處及開示法復有二羅叉欲及堪能何故名爲二羅叉作叉那此云不功夫及分別諸事於中何者分別事眼是

事耳是事鼻舌身意是事色是事聲香味觸法是事地界是事水界火界風界是事如是二十一心濁煩惱事三不善根是事十不善業道是事不離迷惑是事如是等諸事彼等非事作如是語已長老阿難白佛言世尊所有此等諸事云何此等非事佛告言阿難於此中有眼想者生眼事所有眼想彼即眼事耳想者鼻想者舌想者身想者意想者生意事所有意想彼即意事彼即非事如是諸衆生輩所有非事攝取爲事取事已即生瞋恚心以瞋恚故生重瞋恚以重瞋恚故即住於害母及於害父及作無間業阿難以是義故汝應當知如有事想者當生瞋恚阿難譬如有一丈夫幼稚之年母所生育長養乳哺增長諸根諸根增長故諸根成熟故得熟煩惱

然彼於他家婦女身中生於無明然入無明已父母爲取納以爲婦納已歡喜依時非時欲染所牽於彼婦邊有愛縛心於父母邊不生敬重以不敬故而罵父母及以毀辱於彼婦女不生猒惡而反繫縛於父母邊應生敬重應作報恩而反毀辱逐遣令出此由欲染煩惱令當來世趣脩羅身若有想者應須猒惡此等諸欲如是以眼事是欲者耳鼻舌身意事是欲者非是眼諸欲亦非眼事亦非耳亦非鼻非舌非身非意諸欲亦非意事亦非色諸欲非色事非聲非香非味非觸非法諸欲非法事亦非色欲諸欲非受非想非行非識所有諸欲然諸衆生作諸欲想彼婦女非眼非眼是婦女非諸欲是婦女亦非婦女是諸欲彼所有諸欲以分別生若分別生彼等

諸欲於中迷惑愛染執著惡分別所起彼等向造地獄之業彼等向造畜生之業彼等向造閻羅世業如是爲地獄諸欲所牽向地獄中爲畜生諸欲爲閻羅世諸欲所牽向畜生中向閻摩羅世如是欲濁將向惡趣於中若有大惡不證知者彼爲無智以無智因緣生諸煩惱及以分別是故名爲分別諸欲丈夫所有貪愛染欲作分別已於已親邊而行欲事於中何者是丈夫非眼是丈夫乃至非意是丈夫非色是丈夫非聲非香非味非觸非法是丈夫如是眼非婦女亦非丈夫耳鼻舌身意非婦女亦非丈夫聲香味觸法非婦女亦非丈夫色非婦女亦非丈夫乃至法非婦女亦非丈夫如是若婦女若丈夫皆不可得唯有分別所有分別者彼不從東方來不從南方不從西方不從北方來不從上方不從下方來亦不從方不從非方如是如是若不來者彼當何處去如是既不來者彼非來相若無所去彼來亦不可見若非去相彼即無相是故言一切諸法無有相耶復有二羅叉何等爲二證事想羅叉思惟已增長諸行羅叉於中何者實捨增長若有衆生作實想已如來於中作不實想然復如來無有一法而可得者所有衆生作實想已於彼之中如來非有衆生想況復諸衆生輩作是想如是如來一相具足所謂無想智爲衆生還說此業說何等業若彼業行涅槃業誰作涅槃業若業若煩惱誰作業誰作煩惱謂無明及不正思惟如是所有無明及不善思惟彼即是苦彼若有苦彼一切世間心不喜樂以心不

樂故有生轉雖有生轉亦非意喜所謂地獄畜生閻羅世中譬如糞除上有糞汁如是所有糞除上所有糞汁彼等一切皆悉臭穢如是如是若以苦緣所生者彼等一切亦皆是苦譬如毒樹彼之所有若根若莖若葉若華若菓彼等一切皆悉是毒如是如是苦所生者彼等一切皆悉是苦阿難譬如有人爲大利鐵之所斫害復有一人被他鈍鐵之所斫害如是阿難若爲利鐵所害所受苦惱若被鈍鐵所害彼亦受苦惱彼一切皆亦悉是苦如是如是若有苦受之所生者彼等一切亦皆是苦於彼之中八聖道分名字言語於此閻浮提中以名字喚如此處言正見正思惟正語正業正命正勤正念正定然此北方邊地之處有惡行人城彼城實大縱廣二由旬如此處言正見乃至正定即彼處言

彌多羅拔題一偷羅奴佛提二娑羅拔都三那那頗四斯呵那陀五奚羅奴嗚六毗伽羅呵波題七三摩多闍奴八

是名八聖道以此名字語復次阿難八聖道言語名字阿難於此南方有城名曰嘶途娑題嚧阿難彼城實大於彼處八聖道名字所說如此處言正見乃至正定於處處言

除荼布一多荼布二尼劫利三毗低祇四阿嵬流他五波羅婆他六婆摩波題七娑地尼嗟八

如是等八聖道彼處名字語言阿難於此東方有城名曰阿那婆嵬彼城實大彼處八聖名字言說如此處言正見乃至正定即彼處言

毗摸呵一三摸其叉摩題二毗地拔提三多彌那四尼呵摸五優求多六低呵陀七薩婆僧其叉夜八

彼處八聖道如此名字言說阿難此等所作名字於諸法中名字和雜阿難於四大天王處八聖道分所有名字如來曾說如此處言正見乃至正定即彼等言

毗荼晡一波奢嘶多囉毋嚧二婆陀那三三摩低舍四優頭符五毗娑摩尼舍六尼尸棃沙扠褚罵切七尼沙波利耶耶八

阿難此等彼處所有名字如來所知餘名字中所有語言教勑此等衆生今住而如來知彼等衆生諸根各別已還當如是而爲說法阿難如來爲孫陀羅龍王及爲阿那婆達多龍已說此八聖道分如此處言正見乃至正定即彼等言

囉低一囉吒婆低二嚘嘆求三嚘囉求四迦曼低五三曼低舍六婆俞殺吒七波奢多扠尼八

阿難此等八聖道分名字爲諸龍廣說以此言說降諸龍王及摩伽陀處所有衆生令得解脫阿難復有一城名曰普熱彼城廣大彼處如來說八聖道分如此處言正見乃至正定然彼等處言

阿羅符一七嘶使二毗曼都三三曼都四尼蘆度五阿蠘者六浮寐鉢低七尼波輸扠奴八

阿難此等彼處名字言說所有如來悉知演說八聖道分阿難如是善行事言觀察事斷事毗尼印事名行轉智知彼名字如世間處

所有語音所有言語各各言說語業授記音聲此名字言說如國土方俗名字應當證知名字語言於彼處中諸事句持印我今欲說如彼所有名字語言印應當知當令得彼不住之眼所有疑行當令除斷所說聖諭應當證知當善受持

大威德陀羅尼經卷第七

音釋

藪（蘇后切）駛（踈士切）鸜鵒（鸜其俱切鵒俞玉切鸜鵒鳥名）鵄（赤脂切）

鶉（常倫切）緻（直利切）哺（薄故切口飤也）咤（陟駕切）嗄（於求切）

嘶（先稽切）

大威德陀羅尼經卷第八

隋北天竺三藏法師闍那崛多等譯

阿難何者一猛健從凡夫地來一切衆生中若能迴向發菩提心彼名爲猛健爲一切衆生所歸依處爲一切衆生於中當觀菩薩之行於中應觀菩薩之智於中應觀以何事故言菩薩行云何名菩薩行若有菩薩作菩薩行相彼人不得名爲菩薩是亦不發彼如是行凡所有行一切世間不可信者謂菩薩行耶云何名爲菩薩行如一切行中當不生實想何以故如來曾說以菩提故名爲菩薩言菩提者非婦女非丈夫非衆生非養育非命非福伽羅阿難如是若非婦女非丈夫非衆生非命非養育非福伽羅非菩薩以是義故彼非衆生不名菩薩也彼等所行不可得說何以故然彼等善丈夫於施戒中於調伏中禪定中行彼等衆生住於彼中若有施因若有調伏因有持戒因所有禪定因彼名菩薩耶如是因者彼不從東方來亦不從南方來亦不從西方來亦不從北方來如是菩薩行不可思議以何等諸法名不可思議所謂以布施不可思議以調伏不可思議以發誓不可思議以戒定智不可思議彼人長夜行於持戒以是義故名戒衆生也以何事故名不可思議以調伏故彼於長夜行調伏故是故彼言調伏衆生不可思議彼何故名不可思議以彼人長夜行誓願故是故彼名發誓衆生不可思議彼復以何事名不可思議以智慧故名不可思議何以故彼人次第行般若次第學般若彼何者次第學般若名毗鉢舍

那般若中彼人次第曾學故名毗鉢舍那彼已學復名成就印業入學般若是故彼名成就業也已學普明所作智中故彼名彼世間光明也彼人已學不共他智故名不共智法也彼人已學不破戒智故名拔毒箭也彼人已學斷諸疑智是故彼名能斷一切疑也彼人已學海等業智故名彼等爲多聞海彼人已學一切成就作業巧智是故彼名大有眷屬也彼人已學無畏之句不破壞智是故彼名摧他論師不爲他論所摧伏也故名能破他論耶阿難菩薩已學如是般若中當向成就於阿耨多羅三藐三菩提而彼如是般若智慧當斷渴愛當得深心當得如帝釋幢不動不轉當得無畏成就業故名彼無畏者彼等已學故名無畏勇健也阿難我念過去無

量世時在曠野中闇夜獨行無有伴侶時有六十許夜叉奪他威者隨我後行彼住我前作如是説謂咄丈夫我等今者欲奪汝威故隨汝行彼夜叉等説此言已我於爾時入諸法性而作是念誰名爲夜叉誰奪威力何法名威者彼向誰語復有何言隨其所有如是方便如是諸法唯有音聲唯有一相所謂無相爾時我念彼地方中住三日三夜以其三昧住彼地方時六十夜叉即於我邊心得清淨我念彼等夜叉以彼善根因緣力故迦葉如來阿羅訶三藐三佛陀入教法中而作比丘無餘涅槃而般涅槃阿難如是菩薩初發菩提心以決定故即名爲勇健阿難菩薩得初發心者有如是處阿難假使三千大千世界有諸衆生彼等皆作夜叉奪威力者可畏

可怖無有是處無有容處阿難若有菩薩初住乘者正心發行者彼等一切奪威夜叉乃至令彼毛豎無有是處況復無生諸法中彼得忍者何以故阿難彼如是等善丈夫輩不著色聲香味觸於諸法中亦復不著何以故彼善丈夫得成就最勝上故阿難如是菩薩是等諸法成就最勝於厄難中已得解脱何等諸法當得具足最勝智慧開示故令歡喜故不詐作威儀爲利益他事故捨愛著故忍辱柔和勤精進故不等怨故不嫉妬故不慳惜故言語依實故禪定行故以般若觀察故所作地中空無相願行故不捨重誓故凡有欲行能勤進故請問法故敬重法故有所聞法受持故遠離詐誑威儀心故柔輭純直故行布施故大悲故成就閑業故以慈徧滿一切衆生故如是等行方可證成阿耨多羅三藐三菩提若能於此法中學者彼等名爲猛健彼名勇猛彼名師子彼名帝釋彼名爲梵應當於此陀羅尼法本中應先作願言先願者若無有願彼等諸法無有願處當得道者此最爲希有當無著處彼亦不當而作願也如是彼等衆生成就最勝第一勇猛若能入此作業處者如是等諸菩薩輩於凡夫地中爲一切衆生故名最勇健也故名最勇猛也名最無上也證阿耨多羅三藐三菩提已可言爲一切衆生師以無畏故爲一切衆生作師也以是故彼等可言健者可言勇猛者於中何者是一道言一道者是八聖道是名一道復名一道者若更無作處如來所説正見乃至正三昧於中正見者無有顛倒所有正

見處彼如來說無有見故是名正見若正分別彼如來說非分別故名爲正分別乃至略說乃至正三昧如來所說非三昧故名正三昧何以故如來說法皆離諸見如來不說執著諸見故說法爲離染著如來說法如來不爲所染著故說法於中道者若無分別何以故若分別道則於五欲處渴愛分別以五欲功德是言道也是故無不有道者如來說以分別故生欲如來恒說諸法根本猶如筏喻應如是知若證知者法尚應捨何況非法於彼時間於大衆中有一比丘名曰阿波羅（此云別）來在會坐即從座起乃至白佛言世尊莫作是說言正見非見也然彼比丘作是說已應時舌根墮落在地現身即入阿鼻大地獄中爾時世尊告長老阿難言阿難於未來世有比丘比丘尼優婆塞優婆夷是等彼時當有如是猒離分智彼等當得道相當得戒相當有多聞放逸之相彼時所有諸比丘等住阿蘭若者彼等以惟得四禪故當作得想彼等誹謗如是修多羅經典各自恃見不共評論彼等身壞命終即墮地獄阿難於汝意云何如來爲何利說法阿難答言世尊乃能爲一切衆生安樂故爲涅槃故說佛復告阿難言阿難汝觀如來境界阿難此涅槃名如來所說爲世間故如來所說爲上智故若能知者則於如來生尊敬心阿難於未來世有如是不隨順不調伏諸惡比丘等於我阿僧祇俱胝劫中所成就阿耨多羅三藐三菩提當令隱沒是故如來爲斷彼等說如是法如來不念涅槃不思涅槃於涅槃處亦復不念不

生念言此是涅槃亦不念言此涅槃處亦不憶念我欲涅槃阿難如來如是拔斷一切思想故說法爲向涅槃第一道故若於如是行中有修學者彼等當得般涅槃耶若於是中不修學者彼等於賣買中而作勤求於呪術中爲他所使處處遊巳行方便活命或種田業或作俗業造屋營舍當作活命當起鬪諍各相破壞更相言訟各各背面更相指麾惡口罵詈各不相敬不生慚愧共作朋黨規奪他物輪轉生死雖手持蓋如旃陀羅阿難是故此法本應以智根善思善念應當觀察是故如來以種種語言說此八聖道分若有能知此種種語言彼等人輩猒離他道謂相言說此是道此非道阿難言道者於中無所生者是名爲道阿難何等爲七處沙門諸釋子住於彼處當趣涅槃何者七處戒處三昧處般若處實處捨處寂滅處一切縛脫處阿難是名七處復有別七處何等爲七往昔所作福德得閑處值佛出世寂靜所得利養不生貪著得出家故親近善知識於彼中發勤精進是爲七處復有別七處有諸比丘應當安住何等爲七應當決定捨離世間語言破壞語言應不染著於修多羅中應巧勤求亦不得說我應當尊重阿蘭若處不應信一切三界亦應當求出離之處是爲七處若有受此七處之者即當受持一切善法如依此處即得受持向一千偈於彼中何者是五種破也於生死流轉中有五種破何等爲五眼破耳破鼻破舌破身破意破色破聲破香破味破觸破法破如是五道生死流轉中凡有生處

趣破五陰故名爲五破三十三天墮落時有五衰相法故言五破閻浮提人輩命終之時有五種衰相法若有如是相如是形類當知不久畢當命終其脚足冷爲他奪心身作黄色鼻當曲戾眼黑深入或作青色此等名閻浮提人五衰破相復有五種破婦人命終之時糞道胎道破婦人命終之時咽及兩喉脉轉動或丈夫或婦女命終之時依身所有八萬户蟲彼等住者亦如是破若丈夫婦人命終之時彼之所有守護神天隨後行者作威力者令彼勝者命終之時將彼威力背之而去彼背去已語言音聲即皆滅盡如是一破當有二破然彼世間本來破壞共行不離數數破行破已復破是名别壞五破復有五破破朋友破和合破戒聚破佛塔破僧此等名爲别五破壞復有别五破壞破器破水漂破和合父母破作無間大黑闇等破呪術破此等名爲五破於中諸比丘復有五破何等爲五背戒爲破背正見爲破背行爲破住處破及戒破此等名爲五破於中如來有五破何等爲五以無量智聚決破一切衆生疑網以無量智聚破一切生死流轉生老病死以無量福事故於一切衆生中勝故知一切衆生種種信行以解脱智説法故以最妙金剛三昧破一切漏至一切衆生最勝妙智故知已斷一切衆生疑故破無明嶮惡相根本如此説法故有是五破如所有事當如是持何者是五力信前行力戒無悔力般若於一切諸法邊爲最勝妙最初調伏力於此世他世無慳惜力菩薩初發心勝信生故於一切衆生

爲最勝力此發誓心生爲首爲微妙爲殊特不可降伏爲最爲最大爲首此名爲五力於中所有信力者彼如來説爲種子爲誰種子爲諸善法何等善法若一切有爲信爲非善不染著故於中何者是世間戒力若知凡夫家戒不正邪見何以故如來不説一切凡夫有戒具足於中有别戒者唯除垂發阿耨多羅三藐三菩提心者以此因緣如來不讚歎生雖復凡夫戒具足故彼以善行則生天中以彼生故雖得善身後退下生譬如墮阿鼻地獄中衆生受苦時一向苦惱彼等肉血散已還生生已還有樂想如是如來不説以爲勝生如是此戒聚應欲清淨何者戒聚當欲清淨若不取戒而生想心此是如來説戒清淨何者是彼多聞力也聞人聲聞非人聲聞婦人聲聞丈夫聲聞童子聲聞童女聲鷹聲鶩聲烏聲舞弄聲歌聲法聲非法聲福德聲非福德聲聞是聲已如所聞義觀察了知何者爲聞無有聞者是故名聞及彼説者亦不可得是故言聞復次何者是彼實聞若無有實是故言實何以故此是梵言故名爲實若釋種子等言實者名色名字彼不可得而不執著如是名字法於中何者是名字作者名名字又復何者是名字作者作者不可得若所作者不可得故於彼亦不可得若有名字無有是處爾時長老阿難白佛言世尊若復有人作如是言若一切諸法不得名字語言亦不可得於中不可名及與語言此豈非名字語言耶謂一切諸法不可得名者作是語已佛告長老阿難言善哉善哉阿難若有智

慧比丘彼比丘當作是言汝若難我名義汝當自說何以故我作是說言一切法不可得也我還問汝隨汝所解爲我解說頗有一微細法若色耶受耶想耶行耶識耶所有常耶不動耶自在耶不變易法耶當和合不破壞及有命者其沙門釋子得是難已有自體性應作是答無有是色若色常者不動者不自在者不變易法者亦無彼受想行識若常者不動者自在者無變易法者復問言頗有是色若色聲得名者彼答言無如彼色若色聲可得名者無彼受想行識如彼識若識聲可得名者應語彼言如是汝長老無彼色可得者若常若不動若自在若不變易法彼亦無耶誰是彼色若受想行識乃至略說以是義故色空誰有是色色者亦空色之音聲名字亦空受想行識亦空誰有彼識彼識亦空隨彼所有受之名字亦復空耶如是義故諸法畢竟空汝應爲我當如是解一切諸法不可得耶更於諸見中無有諍論長老汝取得邊際所謂無也何以故如來已說有無見處長老我意欲令一切諸法無成就者一切諸法既不成就於彼之中無有有無是故我等當有正見汝是邪見阿難於彼說中若更起諍無有是處唯除瞋恚故當誹謗如是等修多羅經典譬如現在外道論師不解如來所問答事而作瞋心從座起去阿難如是如是不受我法起瞋恚故從座而起當背面去以是義故若有多聞眷屬有決了眷屬以多聞故則有智慧是故於此閻浮提人輩言般若者復次阿難復此閻浮提東方邊際有一城名

天生彼處般若名曰薩婆多羅婆帝此云至一切主阿難復此北方有一城名曰不慢彼處般若名曰比羅婆檀底於彼北方復有一城名曰比羅魔彼中般若名曰比利羊迦利阿難於此南方復有一城名曰伏怨彼中般若名曰比伽多磨帝覆盋足夜叉般若名曰怖邏掣馱持鬘夜叉般若名曰薩馱邏多那常醉夜叉般若名曰波邏舍娑多梭帝四大天王所生諸天般若名曰波利都瑟吒夜三十三天般若名曰蘇遮利多阿難如是等諸法如來已證種種言辭種種名字種種音聲種種語言名字閻浮提人輩所有語言喚呼名字如來於此中悉已說訖於彼之中何者捨耶若有捨施言捨者天所乏少復言捨者所謂共知難捨能捨復言捨者捨陰聚捨煩惱捨生

復言捨者一切捨中最爲勝上所謂捨法此最爲勝具一切捨若能發阿耨多羅三藐三菩提心何以故阿難住菩薩乘者彼處諸生死中已捨妻子及以男女金銀珍寶國土王位城邑聚落頭目眼耳乃至捨自身命世間所有衣服飲食種種戲具皆悉已捨世間所有一切樂具亦悉捨已此最爲勝請一切聲所謂若菩薩發菩提心於三千大千世界中請諸衆生欲施法故若有於此世間利養行布施者是有限分此中菩薩不作第一義想所謂世間利養也何以故是菩薩了知於自身中無所利益乃至不能證得阿耨多羅三藐三菩提此是菩薩諸愚癡中盡邊際也乃至未轉無上法輪彼當滿足一切力也乃至當來轉無上法輪如是住於如來十力爲一

切衆生滅貪欲故當爲說法滅瞋恚故當爲說法滅愚癡故當爲說法如是如來所說之力當知聲聞無有是力所有東南西北方恒河沙等世界中所有衆生彼等一切衆生所有善根隨彼善根有諸聲聞辟支佛善根具足勝出於彼若復彼一切衆生所有善根及辟支佛所有善根其初發菩提心菩薩所有善根於前百分不及一分千分若百千分不及一迦羅分伽拏那分譬喻分憂波尼沙陀分不及一如是大勇健力勤大精進得度彼岸菩薩阿難於彼之中何者是五種語言事過去語言事未來語言事現在語言音聲事證知語言事一切衆生與無畏語言事是爲五種語言事阿難所有過去語言事者彼於二處隨眠何者爲二有見處隨眠未來隨眠

於中有未來語言事者彼二處不可作名說不在現前故亦不得物故於彼處中有現在語言事於一切語言事中當作第一於中此等總結已和合已作已觀見知已眞觀見已迴觀見已算數印已於算印中眞實印中入算數中作已言一耶言二耶言三耶言四耶言五耶此是閻浮洲人一二三四五數業事見十數事及非事因緣次第中至百數至二百數乃至千數此等一切處以語言事中入已而說如是百乃至百千當知此等一切處語言事說已如是入矜迦羅數中從矜迦羅數至頻婆羅從頻婆數至阿逾多從阿逾多數至那由多於彼中復有一數名曰烏壇梁多比步迷此是鬱單越人數名若有閻浮提人輩從一起數乃至千數百千數從百千數

至俱胝數從俱胝數至阿由多數從阿由多數至那由他數從那由他數至壜迦邏數從壜迦邏數至頻婆羅數從頻婆羅數至黝羅破數唯上座舍利弗能知此數閻浮提中無有一衆生知此數者從黝羅破數至帝持婆籃婆數如是唯上座舍利弗能知於帝持婆籃婆住處名字至醯都醯羅從醯都醯羅至迦羅波從迦羅波至醯都因陀羅從醯都因陀羅至娑磨多羅婆此娑磨多羅婆數行至尼羅婆遮從尼羅婆遮至牟陀羅波羅從牟陀羅波羅至阿伽羅牟陀羅從阿伽羅牟陀羅至薩婆婆羅從薩婆婆羅至比薩闍婆帝從比薩闍婆帝至薩婆僧若從薩婆僧若至比步登伽磨從比步登伽磨至婆羅叉如是以此婆羅叉數中須彌山王可得入數然上座舍利弗以一雄迦時皆能悉知如是於此之上復有數名幢頭安置從幢頭安置復至數名滅從滅復至數名伊吒從伊吒復至數名迦留拏吒畢多從迦留拏吒畢多復至數名一切總入彼數中總入恒伽河沙數而上座舍利弗還知此數及上座目揵連亦知此數於彼數上復有數名最堅實於彼數中作百俱胝羅叉恒伽河沙皆總入彼數中於彼已上上座舍利弗不知如是上座舍利弗希有大智若如是最小蔓菁子能令入此俱胝百千數復入彼數如來了知而一切衆生不能了知上座舍利弗等無有知者謂彼一切語道事總入者復有語道事總入衆生名數滿足父母所置名所謂

跋陀囉（賢）跋陀囉婆羅（賢力）跋陀囉婆睺（賢臂）跋

陀囉婆帝賢主施羅首施囉優都施囉婆都大首難陀喜修難陀善喜阿難陀歡喜婆難陀如是等如是色如是相似衆生名言語道事業境界然復有言語道事出世依住處依彼已住梵行知眼耳鼻舌身意於彼中何者名眼言眼者眼根奚羅那避奚羅那波施羅避波施羅阿婆施羅阿嚣奚姤都陀寐帝摩阿陀摩阿目睺阿帝優授富囉帝奚羅那地舍目佉瞿柘囉因地麗夜逋利婆波施迦葢施朱波陀低黎膩泥低囉拏叔婆優波叔婆柘姤利陀姤鉢囉娑陀那豆留波陀那豆留波陀豆囉奴泥夜阿難此等爲眼名如世名所喚於彼之中此眼一名然此眼又說名爲眼以眼應捨眼何者以眼捨眼以智眼應捨肉眼云何應捨也如棄捨云何棄捨如不應取以取故爲眼以見得故爲眼若無有取則無有得既自無有當何可得何者無有眼無有耳鼻舌身意無有爲捨故說名眼如是事業觀察發動當有智慧當有憶念當有辯才何以故彼眼不作限量所謂慧眼阿難若有比丘比丘尼優婆塞優婆夷於此語言品如是說已如是字相名味句等如是所說當受當持及三輪品初作業者淨菩薩地福德聚行智慧聚行勝念聚行禁戒聚行如是辯才三輪清淨一心之力諸菩薩力具菩薩力者當取爾許智聚然彼不能而作限量然阿難我今爲汝更作譬喻以譬喻故有智之人知所說義阿難所有三千大千世界中所有衆生衆生攝者乃至細微塵等彼輩皆得人身一一衆生有如是等力勢具足以此三千大千

世界取置肩上隨心所去阿難若有初作業菩薩以三輪清淨勢力具足以一發心所得福聚彼福德聚若有形色彼諸衆生滿足負重取已而去彼一發心取福德聚不可限量阿難汝意云何於初發心菩薩以一發心取福德聚有幾所耶阿難乃至彼等諸衆生輩皆悉如是勢力具足以如是等福聚將去一一衆生如恒河中沙數重擔荷負將行如是次第我今顯示說如是義如恒伽河中所有沙數於彼沙中取一沙而去而彼等恒沙可作限量有若干去若干猶在阿難而彼福聚不可作限量言有若干福聚也阿難我少譬喻顯示此義爲入此義故阿難我今更欲辯說此義阿難此三千大千世界中百俱胝諸恒河百俱胝五大河阿難然彼所有百俱胝諸河中沙假使東方有若干世界如是南西北方四維上下亦各有若干世界阿難彼之世界所有河沙於中取一沙阿難彼餘殘沙猶可作限量而彼福聚所餘之者不可限量謂所有三輪清淨菩薩一發心者所取福聚阿難且置菩薩摩訶薩大商主者著大鎧者大導師者具足不可思議智者阿難若有女人若丈夫於如是等三輪清淨具足菩薩之所以一慈心觀察憶者我少說喻亦不具足而彼善男子善女人於彼三輪清淨菩薩之所起一慈心觀察念已攝取若干善根阿難是故我今告汝我今語汝彼等衆生善得利益若復能發阿耨多羅三藐三菩提心彼等衆生大得善利若能發阿耨多羅三藐三菩提心已能發三輪清淨心故彼等衆生善得

利益若有衆生於如是諸菩薩邊能起慈心觀察念已將來當行也及現行已如是阿難彼等丈夫以有無量功德法具足阿難若能發此三輪清淨者及此五種語言事當能如是正觀察已應當受持一切行處當得勝出當得不思議辯才當得無量無邊辯才當得無等辯才於此品中若一聞時彼應當受滿足百偈

大威德陀羅尼經卷第八

音釋

評 符兵切品論也 麾 許歸切與撝同手指撝也 黙 於糾切 蔓菁 蔓無販切菁子盈切蔓菁菜名 拏 女加切

大威德陀羅尼經卷第九 第十同卷

隋北天竺三藏法師闍那崛多等譯

阿難於中何者是五入入地獄入畜生入閻羅世入天入人是名五種入於中所有地獄畜生閻羅世入是惡行衆生入若言天人等入是善行衆生入何故名入耶彼受諸生流轉故言入身惡行具足口惡行具足意惡行具足以彼具足故當入地獄畜生閻羅世是故名入以善行業果報信已當受未生是故名入是名五入於中何者是五趣地獄畜生閻羅世天人等是爲五趣於彼之中何者是五陰聚色受想行識是爲五陰聚復有五陰聚地聚水聚火聚風聚識聚是爲五陰聚復有五陰聚戒聚三昧聚智聚解脫聚解脫知見聚是名五陰聚復有五陰聚力精進聚離生聚離三有聚離貪著聚無畏毗婆舍那聚是名五陰聚復有五陰聚聲聞智生聚辟支佛智生聚三藐三佛陀智生聚衆生發力聚滅諸縛聚是名五陰聚此等五種說中一所說未證當有疑謂何者所說未證當有疑謂名滅諸縛聚於中彼善男子等應如是出如來曾已說涅槃界涅槃有何界有爲涅槃界無爲涅槃界也汝等於此修多羅句中應當宣說義業莫作障礙是爲五陰聚於中何者是五病謂欲病恚病癡病損心病助魔病若諸善法不能廣說是名五病復有五病聲聞乘人不順聞故病欲諸法者障諸法故病住菩薩乘諸衆生輩俱胝百千事中不聞三輪清淨故病復有菩薩魔障礙故病如來說生色亦說似生色有如來說法亦說似法於中

所說似法者彼於行聲聞乘若行菩薩乘者見於世間說障礙彼若住於菩薩乘者魔作障礙不爲行聲聞乘者於中如來爲諸菩薩廣說諸波羅蜜於未來世是魔波旬於此閻浮提中當說似波羅蜜諸修多羅彼等諸修多羅多有諸人當受持者阿難而爾時說彼相似語言似波羅蜜者住菩薩乘諸衆生輩於諸法中當棄捨遠離此是菩薩相似之法聞故當病猶如聲聞乘行人顛倒教授當知菩薩聞似波羅蜜者亦復如是阿難是故如來見諸菩薩於未來世有如此障礙故以言辭辯說諸波羅蜜但有言音此是波羅蜜此波羅蜜家修多羅也復次如來有成就滿足爲諸菩薩說成就滿足勝淨法輪菩薩篋藏菩薩學處彼如是等以不聞故住菩薩病處於諸佛法而得損減阿難是故若有淨信諸善男子及善女人欲求阿耨多羅三藐三菩提當成就諸佛法於二種修多羅中應勤求修學何等爲二普發菩薩篋藏及陀羅尼修多羅中何以故如來有如是智知彼過去有諸如來阿羅呵三藐三佛陀彼等諸佛世尊入此事已說此一切法優陀那菩薩篋藏已於彼等諸波羅蜜當得諸佛眞實智慧皆入是中於未來世有諸如來阿羅呵三藐三佛陀彼等諸佛世尊亦當說此一切法優陀那菩薩篋藏法本及現在世有諸如來阿羅呵三藐三佛陀現世住者及我現在如來阿羅呵三藐三佛陀亦如是說是故我今亦說此一切法優陀那菩薩篋藏法本我所說法於此修多羅句中無有法不能滿足佛菩提者

皆悉攝入無不說者阿難是故若有善男子善女人欲取利益者欲隨我學者欲成就諸佛法者欲領比丘僧者應求如是等修多羅如此修多羅中所示現法應如是住何以故如來爲諸菩薩說淨三輪法已菩薩篋藏純直名爲速疾淨菩薩地篋藏名爲住持戒處一切諸義相續和合智地爲行諸菩薩乘諸衆生輩初作業力者彼於菩薩篋藏中今已說訖阿難於菩薩篋藏法本中已如是次第說百俱眂無所作地爲住菩薩乘諸衆生輩法無所減阿難若有欲成阿耨多羅三藐三菩提者彼諸如來於此修多羅中已共作耶若有於此能隨學者彼等當能清淨彼智彼等以智淨故亦當於大衆中能說法如我今也阿難是故我隨因住和合因緣如來如是說法是菩薩道場諸菩薩輩當自齊集應善受持阿難若復有人於如是等一切相具足勝妙菩薩篋藏陀羅尼中正念正行正得處能增廣智慧處總攝諸善根處心不順入不生淨信而不受持或不讀誦亦不溫習亦不欲當成阿耨多羅三藐三菩提我即說彼住魔事業阿難我念過去無量時有佛名曰燈明如來阿羅呵三藐三佛陀我時於彼燈明佛教中爲此菩薩篋藏修多羅六萬歲中隨一比丘承事供養我時於彼比丘之所以一切樂具若干年歲供養承事而不與我此修多羅隨於何處復三月安居我於彼比丘所發三輪清淨心中如諸菩薩有清淨心如彼如來所說如是彼三月中時彼比丘直教我聽亦不教讀我於彼時不生異心而我於彼

聞已過彼三月即便命終以我淨彼地故當速淨般若以是故燈明世尊速授我記汝於來世當得作佛多他阿伽多阿羅呵三藐三佛陀阿難我今若見彼比丘今生在地獄中者阿難乃至如來阿羅呵三藐三佛陀知報恩故能爲彼比丘於大地獄中經恒沙等劫受大苦惱若於此比丘衆中現前有者當以金色二手取已若一月若半月荷負而行以一切安樂具當承事供養念彼往昔報恩德故而我雖作如是事時於彼比丘猶亦不能具報彼少恩阿難於汝意云何如來是知恩者報恩者不阿難言如是世尊佛復告阿難言阿難於當來世有諸比丘比丘尼優婆塞優婆夷若聞如是諸波羅蜜聲當度險岸阿難如來知此未來恐怖已彼及諸處於此修多羅句中已說亦不作語言名字中說阿難是故聞如是法已應住如如阿難如來已說此病住魔業者是諸法中當不生實想雖生實想不勤讀誦何以故阿難於白法中多有障礙故阿難若於彼時於如是諸修多羅聞已能受持讀誦溫習之者如來以佛智慧知彼丈夫故曾於往昔供養諸佛彼魔波旬不能作礙阿難如來今者但如是說阿難若彼等衆生今在現前者如來爲彼示現此修多羅我今應當親執其手勸請彼輩爲有慢者安慰心故於未來勸受持故爲是諸法不斷滅故所以者何彼人得自利故亦供養我故我所勸請不虛假故彼等若能善受正法彼等所說皆悉不虛所有衆生請說法者爲彼等故當於實智慧中住若是法中能善住者

彼至道場應作是念我等已曾爲釋迦如來阿羅呵三藐三佛陀之所勸請如是次第應脫彼病阿難何者是五患耶謂生身患心患受業果報患被他呪詛患無智患所謂身患者彼以種種緣起各相爭鬭遞相繫縛連續不斷假使無病以惡人居故即便病生或食不消故癨亂或被强壓捺而生濕瘡或頭痛腦痛額痛口痛舌痛齒痛眼痛耳痛咽喉痛出入息髆痛背痛脇痛腹痛心痛或依彼等而起風痛或不正住齋下疠痛因大小便塞而致痛也髀痛膝痛脛痛踝痛脚痛諸節疼痛此等麤痛何因而起一切以不謹愼故起住惡處故起不善將衛故起以生冷故起何者是生冷也以多食脂膩是故生冷以被冷故所以冷生以冷生故故冷增廣以增廣故即生氣上即自唱言我不正卧我食不知足我飲不知足所以風起所以黃起痰癊冷癊眼暗或因得物貪是故病起最大病者謂貪諸欲其餘諸病在世間醫師容可能治此惡貪欲一切衆生終不能治唯除諸佛如來阿羅呵三藐三佛陀而此貪欲顚倒妄生以妄生故住於顚倒而懷信樂旣懷信樂於佛法僧邊捨於信樂於佛法僧邊捨信樂者彼即無有乘行彼於何處捨信樂謂於佛邊法邊僧邊乃至於天上亦無信樂彼人何處信樂執著於肉血中信樂執著如是次第相續於骨髓中生信生樂如是如是次第相續腸肚之中及以隱處而生信樂爾時衆中有一長者名曰選擇在彼會坐然彼選擇長者有妻名曰光勝立世主時彼光勝婦女爲世間最

勝色端正殊特衆人樂見身體光澤最爲第一爾時選擇長者從座而起白佛言世尊莫作如是言所有丈夫執著欲者彼即執著大小便處何以故世尊我等增長世主者少年盛壯名曰光勝世尊然我寧捨一切財物頭目終不能暫捨光勝世尊猶如婆黎師迦華如是如是我於彼邊恒作是想世尊譬如有一丈夫取金鬘已而不羞慚置已頭上世尊如是如是我彼光勝足下所有塵土我時即取置已頭上然我因彼無有慚悔爾時世尊現神通力現神通已即於座處去衆不遠化作光勝所居屋宅於屋宅中見化光勝爾時彼長者知已妻已速起愛著於世尊前從座速起詣向彼處化婦女邊爾時所化婦女見彼長者即起走避爾時長者更審知彼實是已妻而作是言謂增長世主如在已家所作諸事如是如是共相語論爾時世尊復作如是變化神通令化女在長者前取彼衣角敷地而坐時彼化女於衣角上放惡糞穢如是世尊彼三摩耶復作神通令彼糞穢出無量百千諸蟲爾時大衆聞此糞臭時各各捻鼻爾時長者亦不能忍四方觀看何處有此如是臭穢爾時座中有一釋種子名曰婆難陀爾時彼長者觀彼婆難陀釋種子觀已各相瞻面爾時彼長者觀婆難陀釋種子已告婆難陀釋種子言尊者婆難陀何處有此糞氣而大臭穢爾時世尊作是神通然彼婆難陀釋種之子見彼長者衣角之處有是糞穢告長者言希有乃至鈍癡長者既是爾增長世主光勝於衣角中出是糞穢而不見也復觀

他面更作是言大有糞穢氣甚臭惡然此長者愛增長世主光勝故猶不能捨可惡糞穢故彼即報言尊者婆難陀我此增長世主無有糞穢即報彼言長者汝今起著衣角中所有糞穢彼復報言有誰疑我妻有是糞穢之惡可令彼起爾時婆難陀釋種之子告彼長者言長者若爾汝今應自觀衣角彼亦不觀爾時婆難陀釋種子起瞋恚心忽然從座而起即告彼言癡鈍長者汝豈不知如來世尊在我前坐不應以此糞囊而來此處時婆難陀釋種之子即以右手捺長者項令就衣角糞穢之中時彼長者即便叫喚時婆難陀釋種之子以右手抱持復以左手挺彼長者從彼衆内擎持將出擲置遠處此非長者誰作此名是長者也當知此是糞穢長者爾時彼長者尋大羞慚告化婦言汝今何故來在衆中令我羞恥彼即報言長者若汝愛著是糞穢坑其中沉没生樂想者汝於往先應可慚愧時彼長者生猒離意念欲捨衣以羞愧故不能棄捨如汝長者彼糞穢衣不受不取而已自著爲彼糞穢汙染是身爾時婆難陀釋種之子告彼長者言長者汝增長世主有屎尿不彼即報言如是尊者婆難陀有然我今者不能出氣欲取命終爾時婆難陀釋種之子告彼長者言長者汝應如是以不出氣當取命終是則順理若我等以他糞故不能出氣而取命終是則不順今汝長者此地方中宜可速去我等亦以汝增長世主臭穢惡氣作是苦惱長者言尊者婆難陀頗有方便令使我等於無智中當得解脱不彼即報言有

是方便若我等眼前不見汝者可得解脫爾時彼長者語婆難陀釋種子言希有婆難陀釋種之子乃能出是麤澀語言爾時婆難陀釋種之子告彼長者言希有此長者乃至有如是癡鈍爾時彼長者復言尊者婆難陀汝莫於此大會衆現前罵辱於我時彼化女如服轉藥在彼地方爾時長者告彼增長世主言汝於今者有是事耶令我於大衆前受大羞恥即報彼言汝應當羞汝愛著糞尿囊故爾時四大天王在上空中住已告彼長者言希有乃至有是癡鈍長者乃能如是諸天衆前見自已婦没糞聚中爾時彼長者告婆難陀釋種之子言尊者婆難陀我今已知自婦諸惡過患尊者婆難陀願我於如來所離家出家彼即報言若汝俱胝百千歲以一切香塗熏已身滅糞氣故若如是者汝方當得於如來邊離家出家彼復報言尊者我出家已當住空閑阿蘭若處不在於此比丘衆中尊者誰能知命或死或生爾時世尊展金色臂告彼長者言汝長者能盡命清淨行梵行不彼即答言我爲一切衆生而行梵行我尚能行況復自利而不能行以是因緣世尊以柔輭語告彼長者善來比丘行於梵行作是語已時彼長者即成剃髮身著袈裟即持應器彼即應時成就出家得具足戒爾時婆難陀釋種之子告彼長者言來汝長者今可取衣彼即報言尊者婆難陀我非長者我是比丘彼復告言不但剃髮名爲比丘彼即問言云何名爲比丘也尊者婆難陀即以偈告言

若斷欲希望　復斷諸漏已　諸法無希望

不可說有法　隨順向涅槃　隨順趣猒離
入信到彼岸　彼成爲比丘　若順於毗尼
入於境界處　能住戒聚中　當得脫諸縛
爾時世尊爲彼長者比丘廣說苦聖諦令得安住開示顯揚分別廣演言教正說苦諦苦集苦滅苦滅道聖諦向說名字令得安住開示分別宣揚顯說爾時彼比丘聞說勝法已即於彼地方生無漏法心得解脫爾時彼比丘從座而起作如是言我於今者於欲糞穢而得解脫世尊是諸毛道凡夫輩當何所作以惡信故爾時彼比丘過彼夜已日在東方彼三摩耶身著衣服入舍婆提城巡行乞食時增長世主於路遇見告言長者汝出家也此處捨我棄我離我猒我別我及捨家已彼時答言我已出家最爲第一聖中出家汝於我所已作利益然汝於我大衆之前用彼糞穢汙洿衣角女告彼言長者汝謗我也彼告女言我不謗汝如來世尊是我證明及婆難陀釋種之子於大衆中捉我及汝擒捉抱持擲著遠處爾時惡魔波旬在上虛空作如是言此非是彼彼是所化如來如是多種化已而令衆生得出家也爾時彼比丘告彼魔波旬言波旬如是如是汝及婦女及彼所化一切如化一切諸法猶如陽焰一切諸法猶如幻也爾時彼女聞空法已如實於彼地方之處思惟此義彼思惟時遠塵離垢於諸法中生法眼淨爾時彼女已見諸法得入諸法證入諸法無復有疑知教師法爾時彼女告彼比丘言汝已作善最有所作比丘若汝離家不用家法而出家者而我今者亦隨出家爾

時婦女捨家離家出家學道復作是念彼諸空法思惟是已即得作證阿羅漢道最勝上果世尊相續隨時說法知法相續故其修多羅文句不斷壞故即告長老阿難言阿難如來所說法爲滅順眠煩惱故是最病者所謂於欲順眠此中執著廣起諸苦所言苦者是五道流轉生死所起受者彼名爲苦何者是受所言受者謂墮落何者色墮落謂染著以誰爲染著謂有顛倒誰爲顛倒謂妄語何者妄語謂無實何者無實謂無事分別何者無事分別所謂諸空法而作我想彼名無實如是次第於不實中而生起色名順眠處是名病患希望處也所言苦者所謂五聚陰若有染著五聚陰中受諸聚陰是爲無智如是次第苦及五聚若於五聚中無智彼爲大患何故言患順向地獄畜生閻摩羅世於地獄中於畜生中於閻摩羅世中一切三界中住不能分別身惡行口惡行意惡行故名爲患此爲五患於中何者是五根謂信根精進根念根三昧根般若根是爲五根復有五根何者五根謂眼根耳根鼻根舌根身根於中意根者彼是內根彼三處和合而行於法入中說名爲入是爲五根復有五根何者爲五根謂婦女根丈夫根順忍根心轉根有心滅已故即生女根又有一根須臾時即生女根於須臾時生丈夫根此等爲五根復有五根何等爲五根謂地獄根畜生根閻摩羅世中根人中根天中根是爲五根於中應知根之勝處若從阿毗脂大地獄中滅已出生者有二種根一名普熱惱根二名樸得根如是色如是

形相譬如殊提華於合會大地獄中滅已出生者有二根相一名左行根二名轉果根如是色如是形相譬如甄首迦華從叫喚大地獄中滅已出生者有二根相一名多五根二名常超越根有如是色如是形相譬如毗離那迦華活大地獄中滅已出生者有二種根相一名墮落眼根二名事境界根如是色如是形相譬如目真隣陀華孔雀華或如孔雀色從黑繩大地獄中滅已出生者有二種根相一名有憂愁根二名尼私多波帝陀焰此云出生如是色如是形相譬如瞻波迦華此爲五根相大地獄中滅已出生者又何故言根以境界故諸相生故若於此處言根者彼處處依國城名伊梨耶提亦名胡求摩帝言亦名多寐帝也亦名尼西毗多也亦名作處也亦名作相也亦名般若林也亦名想林也亦名生也亦名勝也亦名稠勝也亦名盧脂耶亦名阿波荼婆娑那阿難是等諸根名者如來所知種種言辭應分別演説

大威德陀羅尼經卷第九

大威德陀羅尼經卷第十

隋北天竺三藏法師闍那崛多等譯

阿難若有比丘比丘尼優婆塞優婆夷知此言辭者彼則名曰不隨他智以何義故名不隨他智如是諸法聞已誦習如是受持現在諸法當得諸天龍神夜叉畢梨多及富單那鳩槃茶等常隨守護如是如是彼現見法當得一切功德諸法於未來世因彼不向地獄畜生閻摩羅世亦復不墮不閑之處何以故阿難無有是處如是文句諸莊嚴法若無福德諸衆生輩至彼手中無有是處若往昔曾供養諸佛諸衆生等如是諸修多羅方至彼手當得正信解脱之處證眞實義現在法中及未來世尚得證清淨阿難世間無有如是彼諸如來出現於世彼如是等諸善丈夫有違背者何以故此當與智手値遇閑處能與果報寶手自在及諸財利由彼信行善根廣大此悉熾盛清淨作業如是如是善受持故當得捨離一切不閑之處所發事業當得究竟阿難彼等衆生行此行者善得利益若有受持讀誦修習之者斷滅一切不善之印當持一切諸善成就阿難汝今應當憐愍於我及諸衆生何以故言憐愍我及諸衆生者若汝等於如是等諸修多羅法各各顯示各各相教是則憐愍阿難此諸根命入眞勝處汝今應當爲四部衆諸天人等分別演説（上來廣明諸根竟）阿難何者是五時謂行時住時去時步時來步時涅槃時是爲五時何者是五三摩耶一名曰初分三摩耶二名曰中分三摩耶三名曰後分三摩耶四名教説誦習三摩耶五

名作衣三摩耶此等名爲五三摩耶何者爲五摩喉律多一名人摩喉律多二名天摩喉律多三名他想摩喉律多四名顛倒想摩喉律多五名過時摩喉律多是爲五摩喉律多於中何者五種最後心生若取彼生處從人中捨身有餘殘死（謂於餘趣）彼處死已所有生處若天中若人中若地獄中若畜生中若閻摩羅世中於彼處取生從天中捨身已有餘殘死若生於彼處若於天中若於人中若地獄中若畜生中若閻羅世中於彼處取生於地獄中捨身所有生處若於天中若於人中若於地獄中若於畜生中若於閻羅世中於彼處取生從地獄捨身已所有生處若於天中若於人中若於地獄中若於畜生中若於閻羅世中於彼處取生從畜生中捨身已所有取生若於天中若於人中若於地獄中若於畜生中若於閻羅世中於彼處取生閻羅世捨身已所有取生若於天中若於人中若於地獄中若於畜生中若於閻羅世中於彼處取生此等五最後心取生處於彼中何者是五無有勝取生處無勝意智無勝各各智和合及解脫無勝一味因不善諸法無勝取生中意無有勝無作譬喻故是爲五無有勝於中何者是五險謂不閑處險煩惱險饑餓險作無間業成就具足爲大險於地獄中難得脫行路險是爲五險於中何者是五灾禍若有於三寶中偷盜物故彼等羸瘦爛已極爛當取命終此是第一灾禍於持戒比丘不知不見以三種瞋謗若破戒中若邪見中若威儀不正中智者知見應當遠離身壞命終方

墮於惡處生地獄中此是第二災禍復次有一人誹謗佛法以魔所持文句味中不正之道所説之法教他令住勸使令學因是業故生於人間當爲狂顛此是第三災禍復有一種人作刹利灌頂王以四種兵共我隣國王欲相逼切彼多諸人身被傷害受諸苦惱以彼業成就故身壞命終生地獄中彼命終已還生人間共彼一時以刀杖等遞相加害或被火燒或被夜叉所害或得極惡重病觸彼身心世間希有當取命終是爲第四災禍復次於彼劫燒之時此大千世界熾然焰火一向洞然壞大千世界是爲第五災禍此爲五災禍何者是五種多貪性諸狗多貪性爲搏食故婆羅門多貪性爲受請故王多貪性爲得王位故丈夫多貪性爲求利故婦人多貪性爲求丈夫故彼多貪性難滿之中我説婦人因欲貪性最爲難滿是爲五多貪性何者爲五神通種種神通勝證知中智慧神通知種種往昔念證中智慧神通一切衆生生死證知中智慧神通天眼中智慧神通天耳中智慧神通是等名五神通何者五可信義可信非是文字如來可信信可信精進可信證諦發阿耨多羅三藐三菩提心彼亦可信此如來説陀羅尼修多羅法本彼亦可信轉已復轉是爲五可信何者五不可信於一切事中諸婦人不可信比丘不可信謂惡比丘有破禁戒者於須陀洹果中外道婆羅門不可信於聖教中比丘尼不可信謂未證實諦者閹人不可信是爲五不可信何者是五種恐怖沙門釋種子於彼他家愛樂執著嫉妬恐

怖諸婦人等婦人恐怖諸王等他輪恐怖外道婆羅門輩沙門出生恐怖諸龍等熱沙恐怖是爲五恐怖於中何者是五怨婦女怨舍宅怨欲貪性怨諸王等各各相伐怨諸沙門輩各相鬪怨此爲五怨此五種怨中沙門怨最爲可惡何以故云何已捨五欲功德捨家出家而愛著他家而生怨嫉此無義利此可棄捨是爲五怨何者是五共分色受想行識是爲五共分何者爲五順攝謂正見心解脫當得果慧解脫當得果心解脫當得果功能慧解脫當得果功能言正見者以持戒攝受多聞故當有攝受正念故當有攝受奢摩他故當有攝受毗婆舍那故當有攝受此等爲五順攝何者是五尊重於佛尊重於法尊重於僧尊重於戒尊重於三昧尊重是爲五種

尊重何者是五重擔謂五陰聚何等爲五陰聚謂色受想行識復有五重擔先所許可是爲彼大負重擔隨他持是爲彼負重擔煩惱重擔數數死爲重擔負重物爲重擔是爲第五是爲五種重擔復別有五負重過多食爲重過饑爲重懷妊婦人爲重失利重多貪欲重是爲五種負重何者是五諍事求決斷也若有比丘作兩舌語以破壞事假被於他無語妄傳彼諍事生是名第一諍事求決斷也有比丘或不隨順教是名第二於諍生求決斷也復次一人多作賊盜於彼他物不與自取於彼求故而生諍事求決斷也復有一人從家捨家既出家已求活命具爲財利故隨順他人爲他事業不滿所願以彼因緣故於諍事生求決斷也復有一人常作妄語然彼

作是言我與此物彼後不與彼諍事生求決斷也是爲五諍事生求決斷也何者是五涅槃身相續繫縛最勝義中身可猒惡最勝義中此身被他所食最勝義中此身非爲我所最勝義中此身無量種蟲之所居住最勝義中此身能作欺誑是爲五涅槃相續繫縛身復有五滅身相續縛謂丈夫見婦人產時而於彼中生猒離想是第一滅身相續縛復次有一丈夫見婦人被身分患生猒離想是爲第二滅身而住相續縛復次有一丈夫於女人邊見臭穢已臭於丈夫即生猒離想是爲第三滅身相續縛復次有一人若於婦人邊若丈夫邊或腋下或大小便中聞臭氣已即彼中生猒離想是爲第四滅身相續縛復次有智丈夫於婦人邊生不歸依想是爲第五滅身相續縛此五法處常有心生即於一切處當作思惟念是滅身相續縛於是法作思念時此五種滅身法乃至意相續縛事當有利益相續縛法何者是五取著想取著者貪欲想瞋恚想欺誑想不去離想邪見取諸物想是爲五著想若有此欲想者以何事故而取著也以不實生故以顛倒想故諸欲不順而生順想諸欲可棄生美味想諸欲苦報生樂報想如是次第顛倒取故而生妄語以不實取故以凡夫取取非聖處故當生是想是想生已作無間業彼身壞命終生地獄中墮地獄已受極苦惱既受苦惱無有喜樂無喜樂故更增苦惱是故名爲取執著也言瞋恚想者彼住妄語彼住顛倒住不實中自住無利益處令他住無利益處亦住無利處已而

生瞋恚以無慈心故生諸患縛不自利益亦不利益於他彼最惡患具足如是如是復當作無間業身壞命終生地獄中墮彼中已受極苦惱不喜不樂無喜樂故此是第二瞋恚之想不喜樂處有欺誑想者彼因貪欲想故生貪而生無明爲首年在盛壯而生歡樂生樂想已而恣情欲盜取他物取他物已爲他所執當斷其命以瞋恚故如是於最後心而取命終當墮地獄墮地獄已受極苦惱不喜不樂不喜樂故一向無喜是第三欺誑他想無喜樂處於中所有不出家想者彼因欲生彼因欲出因多欲想多欲想故爲欲所縛爲欲所覆親近不淨信樂不淨喜樂妄語如狗齩枯骨卧不淨處常住欲中是名不出家想彼在家已受諸欲時以欲因緣多貪欲故爲諸欲故當作如是種種惡業身壞命終生惡趣中或地獄中是於彼中受極苦惱受苦惱故不喜不樂無喜樂故一向不樂不喜是爲第四不出家想不喜樂處於中所有從分別起邪見想者此想大惡非爲不惡若非不惡是最極惡若極惡者彼取邊見若取邊見彼即邊見若有邊見彼即破戒若破戒者彼壞善根於不善根而順眠也若順眠者彼即爲取若爲取者彼即造取若造取者彼即恐怖若恐怖者墮地獄中墮地獄已受極苦惱既受極苦不喜不樂無喜樂故則著邪見是則名爲從分別起邪見想是爲五不喜想於中此等諸想中能生不喜樂者惟有一想何者一想能生所謂於諸法中不生敬重以不敬重故當不修學以不學故於般若中而不增

長彼無智已當成愚癡凡夫此是凡夫所謂五種不喜想此五想行名爲不善阿難當知彼時於五百年中正法滅時有諸比丘於正法中無有恭敬彼於法處無有心想當非沙門非沙門已爲摶食故自言如是我有信也我有信也彼等如是佛正法中說生樂心時魔波旬爲滅其善心故當作勤劬彼等於般若中當不增長以般若中不增長故彼即當得如是之法謂無有智無有智故如是法中而不知因亦復不知功德之處既不知已當成無智如是於諸勝法中當得遠離當得疑惑而不誦習若於如是諸正法中有遠離者彼不受持諸佛正法彼不受持諸佛正法彼等不名受佛法者若當不受諸佛正法彼等於佛教中當得墮落若於佛教當墮落者彼等當没於三惡道阿難是故我告汝我語汝若有衆生於如是等諸法之中但生信心而彼如是佛菩提中若不修習彼諸衆生應當盡心作是思惟我於往昔八千佛所曾已毀損諸佛菩提而作誹謗正法之業是故我今於無上佛智之中還復墮落及違背也阿難非不作福諸衆生輩如是諸法次第等行當至彼手或至於身彼等於如來教中當顛倒墮落於如來教中而得違背阿難譬如此三千大千世界劫波樹上有種種衣皆悉具足時有一人身著毛毿爲取衣故詣劫初衣所彼人是時見劫初衣便以手觸觸已驚怖即時悔没彼驚怖已虚言妄說此是何也如是微細如是柔軟而彼恐怖速疾馳走復有一人見彼馳走而語之言謂汝丈夫何故如是

驚怖馳走彼即答言丈夫汝若欲知我爲何事故如是馳走報汝此事汝不能辯亦不能見彼人復告之言善哉丈夫如是之處但爲我說汝爲何事如是馳走時彼答言我不能住爲汝解說我爲何事而馳走也然汝今者我馳走時汝隨我後隨從我行然我於後能爲汝說時彼丈夫爲巧方便順其馳走隨逐而行時彼丈夫如是走時不休不息而作是言謂善丈夫在彼樹上如是種種色懸住彼樹我手摩觸欲取彼衣而我爾時即生恐怖若不馳走即於彼方當取命終時彼丈夫而語之言丈夫汝大愚癡汝不知是劫初衣也謂言丈夫汝應可來今共汝去與汝是衣時彼丈夫作如是念我先以手所摩觸者應當是彼劫初衣也還復如是心生恐怖不肯隨

從莫今我等在於彼處當劈裂我心而取命終阿難如是如是於未來世有諸比丘等聞如是修多羅名有如是修多羅名陀羅尼如來所說彼等當復作如是念我等今者求此修多羅故發勤堅固彼勤求時便當求初生得瞋恚以瞋恚故心不喜見阿難如彼丈夫欲求衣者瞋恚惡心觸劫初衣已即生疑惑之想起大恐怖捨已背走如是如是阿難彼等如是修多羅初發欲心讀誦修習當作疑惑而有恐怖生恐怖已當背馳走於是法中而作妄語於中所有諸餘比丘生陀羅尼者彼等當作如是語汝長老等何故如是等修多羅而不讀誦攝取受持而背馳走彼報之言汝等長老若欲知者汝等無有如此能辯如彼丈夫被彼第二丈夫所問謂言丈夫汝

以何故如是馳走如是語已彼報之言謂言丈夫若汝丈夫若欲知者如是汝今亦不能辯彼等作如是言我等當欲求彼善根長老輩汝等應向我説彼等復言此非佛説時諸比丘復告是言汝長老輩莫作是語我等於此諸佛法中先已修學汝長老輩但修學如是如是諸佛法中爾時彼等諸比丘輩復作是念此等亦復如是邪見若如是修多羅受持因此次第當作誹謗正法復當訶責持戒諸比丘輩何以故如是等癡丈夫輩著於世間麤弊利養當作信心而作勤求彼等於是甚深諸佛聖教中而作恐怖如彼丈夫於黑褐衣中當作信著而彼微細劫初衣中反生恐怖如是如是阿難彼等癡丈夫輩於世間利養中反生信著而作勤求已彼等於諸佛語中諸佛教中當作恐怖阿難若有來世曾種善根諸衆生輩彼等於是甚深佛菩提中不作恐怖彼等能生實想於是法中當度彼岸彼等於是作中當度彼岸於一切中當度彼岸阿難如是諸法如來已如是知汝等應當如是生信如劫初衣莫復當作唯有黑毛㲲衣也於中何者是五痛謂身痛心痛業痛熟果痛世間思痛是爲五痛於中身痛者若作身想若有此身彼即愚癡無所識別亦無所知於身本性若有身痛不實取者此爲最痛於中何者是心痛意爲首行故心痛復有心痛若以心思於諸法中聞他所説住處憶念思惟譬如根本廣大鎮石何者是根本廣大鎮石言根本廣大鎮石者是即愛也阿難愛所有名字如諸國聚落中言愛者彼有如

是名字言

怛差那　斯婆耶　婆那娜　帝栗瑟那

闍黎尼　阿羅夜　尼歧蹬　阿地耶婆婆

喃　阿羅伽　尼槃陀　螺黎謩波伽磨

謩羅跋帝　娑羅帝　娑囉跋帝　優鉢剃

迦羅四　尼雞多跋帝　娑陀目大邏

波耶跋悉鬚比牟達邏　陀伽拏　鞞大鞞

大跋帝　娑迷帝　比謩呵那　闍陀　三

謩伽

阿難此等爲愛名字以此等故當有心痛愛別離時取事不實故思惟分別故於中所有業痛者此漏業於中何者是漏謂身業口業意業何以故以意多故意爲首故次有語言名字於彼中所有善身業口業意業然彼意業如來猶尚說爲有漏何以故彼即是業若有彼業不受果報盡煩惱者如來說業盡煩惱盡於中所有熟果畢應當受若黑若白者若有所受彼即是苦若即是苦彼即是痛以因痛故即有痛處依處而住復有略說有五種痛如來所說何等爲五生死流轉煩惱中地獄畜生閻羅世天人此爲五痛

大威德陀羅尼經卷第十

音釋

詛 側占切沮也　癨 呼郭切吐瀉也　髆 補各切肩髆也　疞 古巧切　髀 補爾步米二切股骨也　踝 胡瓦切腿兩旁也　闇 衣廉切　腋 羊益切肘脇之間曰腋　齩 五狡切齧也　毞 布莽切斜文劉也　擘 博陌切分擘也　蹬 徒亘切　謩 莫胡切

大威德陀羅尼經卷第十一 十二同卷

隋北天竺三藏法師闍那崛多等譯

於中何者是五種痛斷見佛痛斷聞法痛斷見僧痛斷法中順行痛斷一切法寂滅痛斷是爲五痛斷復有餘五斷諸痛何等爲五善知識者斷諸痛不生煩惱處者斷諸痛勸持禁戒斷諸痛不作無間業斷諸痛滅諸有斷諸痛是爲五斷諸痛復別有五種斷諸痛何等爲五商人方便善成就斷諸痛於國中隨意而住斷諸痛孝順養父母斷諸痛捨家出家爲菩提斷諸痛捨諸欲斷諸痛是爲五種斷諸痛於中何者是五闇五無間業爲闇何等爲五殺母害父殺阿羅漢破和合僧惡心出如來血此等爲五闇復有五生趣闇何等爲五地獄闇畜生闇閻羅世闇生不閑處闇被他欺闇是爲五闇於中何者爲五闇盲處取我是闇盲處於欲中極生貪著爲闇盲嬾墯懈怠爲闇盲多睡眠處爲闇盲未至方處爲闇盲此爲五闇盲於中何者爲五速疾波浪瞋恚爲速疾波浪得四禪者若作想言我是羅漢我慢自高是速疾波浪小性攝受未曾得者已得故速疾波浪持戒因戒起慢是速疾波浪不滅煩惱故於有爲中攝受速疾波浪此爲五速疾波浪於中何者是五羅刹淵無明爲淵睡眠爲淵生死流轉爲淵無智爲淵愛爲淵於此之中爲第一淵若於三界流轉於彼此五淵中何者是五種羅刹惡知識羅刹不閑處生羅刹親承婦女羅刹不善思念羅刹我想羅刹是爲五羅刹淵於彼五羅刹淵中業者所謂承事婦女也於中何者

是難度五波浪行欲界難度波浪行色界難度波浪行無色界難度波浪行若此三界不觀察不正念難度波浪行彼不正念衆生樂求時不能知處是爲五難度波浪行何故言難度波浪行然彼難起難住處是故言波浪行於中何者是五乏少處戒乏少多聞乏少世間果報乏少閑處生乏少善知識乏少此爲五乏少處於彼五乏少中多聞乏少於一切處最爲乏少多聞比丘者捨離一切障蓋諸法一切邪道皆能除滅出生一切白淨諸法於諸佛所而不遠住於佛菩提而不捨離最爲近住何者在近如上座舍利弗如大目連如上座須菩提如汝阿難比丘阿難如是多聞比丘當不生地獄中亦不生畜生中亦不生閻羅世在所生處於一切處恒有大智有何大智彼大智者所謂不作五無間業多聞比丘能散憂悲苦惱所有毒箭最大瞋恚亦能拔斷無有現在及未來世無有功德不入身者是故阿難欲取我教者應當勤求多聞比丘勤求之時當作三事當受正法他生疑惑即能除散彼等決定因彼諸修多羅而取涅槃此多聞因比丘若勤求多聞時當取四法何等爲四能令他住彼多聞中能說種種語義諸天不捨亦不殺生巧知業報是等爲四比丘求多聞時當取五處何等爲五取命終時心念諸法此處捨身已上生善處以諸法義令天歡欣不被天人之所輕賤彼處捨身還生人間不墮地獄畜生及閻羅世生人中已以般若行當作國王何以故阿難如來說此一切施中最爲第一所謂法施能作

如法治世王已當受大果報多諸眷屬有大智慧於王治中能正思惟如是次第以五法故當得多聞於諸天人無輕賤想是故若有智比丘於多聞中應作勤求於中何者是無乏少處多聞爲無乏少處阿難近多聞故當近般若近般若故於一切煩惱中不被蹴蹋於多聞處有如是果而不自高亦無瞋恚及與毒結不作調戲亦無放逸曾不輕躁審諦安詳不作毒害及我慢事無有恐怖亦不怯弱至諸大衆無有畏懼於大衆中不作輕躁若他所問能爲解釋以善言辭令彼滿足又令大衆皆悉歡喜不爲諸欲所牽亦復不爲瞋恚所牽亦復不爲愚癡所牽亦復不爲貪心所牽他輕慢已而不愧赧得他讚歎亦不自高得舌根業其舌輭薄言辭吐納音旨典正於辯論中無能過者衆人遵仰統御大衆善能教示常有諸天隨護而行常爲他人智慧施主及禁戒施主布施施主生天施主涅槃施主如是之等所說功德於中所作能施正法能令住功德中阿難是故多聞能作最勝施主當爲與樂施主乃至能與涅槃施主亦復能作善行施主以彼般若少布施故能使增多心不怯弱亦不輕薄彼等他人無作惡者亦不違背於作教師語言具足能攝正法於他問難報答斷絕如來爲如是等諸善丈夫大利益故轉大法輪阿難是故若見如是諸功德已應求多聞作是語已長老阿難白佛言世尊若如來已說此多聞功德能者世尊若有令住於多聞中彼當得幾所善根作如是語已佛告長老阿難阿難若然者我

爲汝作譬喻智者以譬喻得解義語阿難此三千大千世界所有若樹若草若木乃至一指大踊出者假使彼等一切皆有具足葉華果實於彼中若有一指大踊出草彼還生若干果實猶如恒河中沙然彼所有芽假使從地踊出二指大彼還有生若干果猶如有二恒河中沙如是次第第三指大踊出所有木還有若干彼木還有三恒河沙等果阿難於汝意云何彼等果樹豈可能取邊數以不阿難報言不也世尊佛復言阿難能得彼木一指大者所有果可有取邊數於彼等所有福聚不可得邊數若有善男子善女人乃至爲他說四句偈等以不染著心不求果報心住爲利益事故云何此等衆生因此法施願當得須陀洹果乃至當得阿羅漢果假令乃至發菩提心乃至發攝受心心爲他說勸受乃至受四句偈等此爲前福德譬喻所有已當受者百分不及一千分不及一俱胝百千分不及一不可算數阿僧祇不及一歌羅分數分譬喻分優波尼沙陀分不及一如是彼善男子當生善根若當令他住於多聞中乃至四句偈中作如是語已長老阿難白佛言希有世尊乃至世尊善說善男子善女人當於法及法師邊當云何作尊重作如是語已佛告長老阿難言阿難莫令衆生不尊重不欲法阿難復白言世尊我欲法當於法中作尊重令欲作尊重而我今者共世尊朋友以來未聞如是法然我世尊然我今當作如是尊重者世尊若諸外道若善男子善女人當作尊重者世尊若有少分求樂住於食前貧家

所生卑賤家中生出家當欲得法彼等雖復求佛法而行然世尊彼等所有眞卑小下賤體彼等決當示現世尊但我今爲自利益問我等云何住作如是語已佛告長老阿難言阿難於此中若當欲法者若善男子若善女人當受持讀誦教若欲詣向和尚阿闍梨邊至已應如是欲問佛語言隨彼所心行處若爲彼教處彼應從彼邊而乞依止雖有減十夏若有十二夏但爲法尊重故應當受彼依止何以故雖復如來説五夏比丘不須依止但爲彼第一於欲法中尊重何以故彼欲學故阿難於彼時彼阿闍梨當應如是與依止雖不合與依止若如是若如教若當得利若教授令莫放逸令具威儀應當如是勸教彼應當如是與依止如是諸法具足比丘者與

他依止彼當善能依止若如是莊嚴文字句能與依止者雖復有比丘百夏然不知如是文字句莊嚴彼應當他邊受依止彼復何能與他依止若有比丘未有一夏然彼有如是法具足堪有沙門然以彼爲法有依止百夏比丘不知此法行彼當應受依止然若有比丘從他受教者應向和尚阿闍梨所曾作尊重當應隨順彼欲受教者住在和尚阿闍梨前不得現示齒應不得交脚應不得觀脚應不得舉肘應不得動肘應不得舉踝應不得高處坐不問不應語若有語不得違背於阿闍梨邊常須觀看面彼若住應住三肘遠不得在上風亦不得坐若得教然後坐已於阿闍梨邊當生慈心欲受教者應先誦舊者誦法已於法中所有疑處於先乞求解釋然後

受教受已右膝著地以二手接師足禮師已然後而去若彼地方有險者應當背去求平正路如是行處若彼地方有平正若禮師足已面前應却行而去可十肘遠住於他方禮已所有道處應順彼道行而彼應作如是念我阿闍棃在我後我更能詣向已不或時不能非不能向阿闍棃邊彼應須知時應三時至阿闍棃邊若不來者應當作如法若來而不見阿闍棃彼應若以土若以木若以草應當作記若阿闍棃在內屋行處彼應圍繞行處應頂禮彼行處而去或復應當作別事唯除大小便業向阿闍棃不得作麤言被訶已不得報語阿闍棃所坐牀榻或眠卧處應當拂拭安隱若整頓已應更作餘事日在初分應來隨時隨時來已當應問阿闍棃何所須作阿闍棃入村落阿闍棃所有衣洗已手已拭畢已以已衣拭手已以二手授彼衣至已正住處應安置善作安置已應與洗面水於後應安斗篩安斗篩已應奉與應爲其覆身次更奉餘衣彼所受用爲彼應作如是敬重於阿闍棃前不得棄捨洟唾於常行處不得覆兩肩亦不得覆頭阿闍棃所在處於經行處應拼掃治應三時洗浴阿闍棃應三時行水爲彼阿闍棃應須乞食若爲阿闍棃所經營處者能盡身力當作勤劬當應求爲洗盋若應爲洗應先洗阿闍棃盋後自洗已盋苦不與洗更不得語何以故阿難有如是諸比丘應作如是念如來盋無有人洗彼等隨我學已當應自作然如來許彼等熱時作涼事寒時作暖事彼當所須者彼爲當應奉亦不

應阿闍棃前嚼楊枝於阿闍棃所有惡事不得向他說遥見阿闍棃應須起迎故阿難假使受四句偈處即爲阿闍棃誰邊誦聞四句偈若讀若抄寫若當聞彼爲彼阿闍棃邊應當敬重若向阿闍棃邊若不作如是敬重者當名不敬重墮於不敬處住不正道已當爲說不善事然彼不應取我爲教師何以故阿難彼不敬佛說彼說非法者不敬重者當爲受法彼亦不得入於僧中何以故彼癡人不住正行然阿難諸佛語言正行爲眞爾時長老阿難涕泣瀝淚復作如是言世尊當來世少有彼等衆生若住於如是行中亦應作如是念應須住如是行中然世尊我當住此行中世尊若有比丘於阿闍棃邊若和尚邊不生敬重心復說不善事彼當得何果報佛告言阿難若有比丘於阿闍棃邊若和尚邊不生敬重心者復爲說不善事彼非須陀洹彼是凡夫無有智應當如是說何以故阿難實有無功德阿闍棃猶不得向人說況復有實阿難於中彼若爲阿闍棃當不作敬重有一邊地獄名曰尼訶南於彼處生彼生已身有四頭彼中身熾然火焰猶如火聚彼處有諸蟲名曰熾然口食彼舌根從彼捨身已生於畜生中若狼若野干彼生於彼處有得名狼彼於彼處得名狼已復當得名野干何以故彼以罵阿闍棃和尚故如是彼多人見已不喜如於往昔以作舌過故以是彼當食糞而復捨身已當生人中於邊地聚落中生當不成就一切諸功德捨離一切諸功德不成就又趣不得人好色不似父母彼不爲父母所

愛常爲他誹謗常有多病患當背諸佛世尊當無有智當速還墮諸地獄中何以故當有如是若有言者與閑處者如法阿闍梨者真實阿闍梨者當不作敬重阿難更復當得衆苦諸法阿難若有受四句偈若於誰邊抄寫四句偈等安置於經中彼中所有文字還若干諸劫彼阿闍梨若置肩上若置頭上負重而行復與一切樂具阿難當如是時猶不稱可供養阿闍梨何況貴重阿闍梨者阿難於未來世有諸比丘若得如是脩多羅已作不敬重當作不正依於阿闍梨和尚邊當說不善處我說彼等癡丈夫向惡苦法墮處阿難我告汝我語汝如來已說有道及非道處如諸比丘當有行彼等還如是當得趣阿難汝等作敬重恒常慙愧阿難若有善男子善女人若有敬重當有如是法所謂愛佛愛法愛僧於中有幾種食有幾種依倚有幾種持有幾種無畏世間有幾種智何者是第一義所言智聚有幾聚相所言智慧何者智聚何者聚應知智者若以煩惱若以盡智有幾盡智俱胝百相不攝諸法中於阿字不合中彼以阿字應當合以百俱胝阿字與羅字合所有囉字而不合處彼即盡相是名盡智彼所分別是爲盡智以寂靜法我等當攝亦非如言說智智之次第是智爲地非語言者也所有諸佛應正徧知棄捨者於中無有別法可名名爲盡於中所有智慧是則名明彼明及彼明以滿足故當見諸佛何者爲佛何者是不和合於二十俱胝佛名字以世間語言中往昔已行曾行諸佛世尊以名字和合彼等以

一字應當攝受所謂遮字名名者以遮字共煩惱和合當知攝受有幾眞荼（此云嚴熾）有八天眞荼一是人眞荼二是天眞荼三是地獄眞荼四是一切眞荼彼八天眞荼者彼等當墮邪道違背九十諸佛世尊當墮地獄惡熱惱中一人眞荼者當復違背二十俱胝諸佛世尊九十九種煩惱之處諸法具足共地獄眞荼一時棄捨爲五百煩惱之所覆障彼當隨順畜生所害彼遮字門破分別故當滿百俱胝世界煩惱具足如是東方南西北方亦復如是其人眞荼者捨離九十九種破壞語言以二千種相當入鬬陣五十五百那由他相爲他降伏彼等文字已遮字和合所有名字當有墮落其人眞荼當墮邪道中三種地獄眞荼者共天眞荼而作親近其眞荼眞荼共相和合有五十五相眞得眞荼名字不知方便至地獄亦不解脫六十句俱胝歌字名句諸佛世尊以一名字說於此名字中諸衆生輩多背諸佛其世間中二處依倚多種眞荼無明及癡中此三眞荼亦當墮邪道彼等俱胝數劫以遮字門當應教化彼等一切當應成就第一聲聞應說一法所謂眼識其眼無常爲佛教化衆生非是聲聞所能教化有四種眞荼所在不定聚處爲彼人等諸佛世尊出現於世彼一切處眞荼句者與平等智二十俱胝句應以阿字門應令和合四十俱胝句以囉字攝六十俱胝句以遮字攝二十三俱胝句以婆字攝彼等當違背二十俱胝諸佛世尊於彼中四十俱胝句以羅字攝彼當違背六俱胝諸佛世尊所有六十俱胝以遮

字攝彼等當違背八十俱胝諸佛世尊八十俱胝劫於流轉生死中共天諸眞荼共天眞荼及地獄眞荼少有一切眞荼多有天眞荼多有地獄眞荼有一人眞荼在定聚中已共天眞荼及地獄眞荼不相捨離是故名爲人中所有眞荼行彼人乘不行眞荼乘故名爲人幾所解行諸乘事阿難有俱胝那由他解諸乘事應知於中有百俱胝所有平等智是故彼等名爲智者自餘無智者彼等一切滿足眞荼處阿難彼天眞荼及地獄眞荼彼等共人眞荼不等是故名不平等捨離其一切眞荼以二眞荼天眞荼及人眞荼阿難天眞荼者是魔波旬阿難地獄眞荼者是魔家眷屬何者是魔家眷屬所謂人眞荼和合遠離者阿難有九十九俱胝句當應說煩惱雜法

彼等已遮字門攝取彼於實際中動移於一切眞荼中亦復動移當具足八十二種不定聚及邪定聚是故名爲眞荼也遮字門最勝處應當攝四十相遮字門隨順應知有千俱胝阿字門所有言辭文字不具足也以滅文字滅少故當有我不具足以我滅少故當有語言於諸王中不可信受何況三藐三佛陀邊復當違背諸佛世尊無有勝處故當不得涅槃阿難少有衆生住於無勝之處依住住勝衆生背其天眞荼當得彼便得彼便已不曾猒於地獄生趣不曾得度三世眞荼非如諸阿羅漢見生死患見實入向如實實際中諸阿羅漢以如是見故故言度彼岸也見實際已更不復觀故言已度彼岸也已於行處善觀見故不思惟已滅愛煩惱是故言已至

彼岸也囉字門有百千俱胝諸字門以十分破毛道凡夫等猶尚不及波囉字門故名波囉字也那字門三十分減少有十種諍鬬義六十九往相續返義七十七虛妄語言五其間所有諸患造作之者有九十九百千俱胝欺誑語言爲彼苦處有六十九當作隨順說法處有二十龍結十種天結十八種人結難知至處以少法行故闕少法故當至不至處煩惱際中不得淨眼二俱胝阿字門爲天眼障住嬾惰所縛其嬾惰所縛者以歌字爲因作障礙縛何者歌字因謂不善知識何者不善知識那字門是何者是那字門若不教示此道此非道若輕若重如是不教名惡知識其惡知識者有何因其惡知識以無明爲因何者無明教破明處復有無明說九十九名字復有無明十五種事何者爲事謂念不善有三十種不善念六十種莊嚴諸凡夫輩不思念處分別五十五欲之毒箭六十四瞋恚毒箭阿字門俱胝數癡毒箭五百生中處違背諸佛出現於世二十九種柱三十種樹四十娑羅一毒藥九十九相覆藏四十種火以一因故應當見因有九十八瞋恚事二十種眼翳破分五十五種福伽羅如尸陀林四十一種說九爲癡者九種爲闇人有二閉塞耳事五種相爲百舌事九患處爲老業有十種相當盡命四十種相遠離暖氣有八千婦人名字有二十俱胝般若名字有一大信行有五種過患以心不淨故有十種覆藏患以心不定故闇人有十種樂患是故一心不解脫九十九煩惱爲生者當有二十二業兩相調

戲有七十四迷惑行當滅初禪有一爲般若滿足譬如覩電亦如金剛有十一種耳識以一法應當說彼等不知於佛菩提彼等不知失覺分有何名何者覺分若無彼何者無彼所有名字何者是名字若未曾有何者是未曾有謂覺分名字即世所名若世所名彼顯覺分非如凡夫輩所受執著有八種名字具足覺分者有二十過患覺分有十種有五百字事於中智者不起鬪諍有一名字當滿惡趣有十種染著有三十種世名字染著有一行爲聖聲聞有九十九種法具足者名曰聖聲聞也以一句應當攝有爲名字有九十九種說彼是無爲如諸佛所知於中何者爲所知謂不證也何者爲不證謂佛諸法也

大威德陀羅尼經卷第十一

大威德陀羅尼經卷第十二

隋北天竺三藏法師闍那崛多等譯

阿難其佛諸法阿難譬如駛流河中畫諸綵色阿難或時有人百由旬至而覺知不阿難言世尊而彼自下筆畫畫師猶尚不知況遠來者佛復告言如是如是阿難諸佛之法應如是見阿難譬如空中足跡不現如是如是如來諸法不可度量此是阿字門入義之處以八百千俱胝相說那字門義於四種說中有不知阿字者阿字門於那由他數中當滿足夜叉語言應知迴捨處應知二和合應知二不和合應知四十道別離應知九十九減少事應知二十一方便所言應知二言辭應知四言辭應知一言辭應知不一言辭應知十六言辭應知三十二言辭應知六十言辭應知五百言辭應知千言辭應知四十千言辭應知東方所受音聲南西北方四維所受音聲婦人語言四十種煩惱四十種失利四十種堅固四十種顛倒取一出已應當知若復多者以三十二種方便語言分應知應知負重應知三十二時若清淨已捨應淨三千種取味從一門出聲應三處出應觀丈夫最勝語言有九十九煩惱所有口業不淨我欲說丈夫勝言婦人勝言有三十口業以一心攝取應知有九十五作和合法若如是法和合已當有利智衆生猶如今因汝阿難也當有九十九作和合法當有利智衆生觀他面已當得慈忍當得十種相應作是語應欲作是語此心中應作是思念當如實知應生九十九正念巧智於一言中應生二十正念巧

智方便於丈夫言中應生二十解脫印於三世中應當生七十七不退轉輪不爲他降於諸輪中當生二十種無畏應欲觀一面應當出生四十種眼應知六十四種惡眼瞋恚丈夫有十種面與面相應當知齧下脣瞋恚之時瞋恚之人有十種相以五十二種相當生瞋恚若言有八種意患當生七十七種於身中輩捨身有十種名復有六十百身名有二十二種超越語言身有一定心有一定非身有定以心定故則得身定以心勝故心得寂定有七十七種詐稱聖事以二十五種法具足詐稱言聖當墮地獄十句名字以一名取失十種味於是味中應當消行有二十二心毒箭之所覆住覆藏心詐示現聖有十種入起乞食乞食受有二十種心諂曲當滿足迴轉時生四種想行想食想得想足想於四想中有入二十種煩惱四種顛倒中我慢衆生有此等心患非聖共住有十種亂不問他當得十種意以彼惡意鈍意以彼等十惡意故得惡意名刹利人有十信婆羅門得一信有信者得見二十種功德以信分別以信行故生四十種事若當捨家出家者彼十種相生一眞相四十種渴愛不可清淨彼等捨已住於梵行見功德者無有涅槃見過患者便有涅槃有十種痛行有一慢緩一明十種無智九十九相具足之者處在家內當生天眼有八十因緣生巧方便應當知彼七食方便佛有十力聲聞四力辟支佛七力婆羅門一力凡夫二力母村（梵名母村此名婦人）有五力應當證知非身力也有七十七因緣應知母村狀猶如

海彼以幻行毋村有十種心別不和合也毋村有九十九百種誑行六十諂曲有於三十虛空中取智慧者應觀毋村譬如虛空毋村有六十種生死流轉過患一百莊嚴二十破失故言毋村也有十種虛空黑闇稠林二十九種分別諸比丘入不善處所觀察已生五百分別不教示比丘故有九十九種住處具足不教比丘以自在行故違背戒律捨禁戒已有所損減比丘依利養故生九十九俱胝數煩惱得無間地譬如提婆達多愚癡丈夫有一信墮落一信墮落故違背十佛如來世尊譬如我第七佛脩那剎多羅七十七於欲果報若生已諸凡夫有執著故而起害毋害父殺阿羅漢破和合僧發彼惡心出如來身血六十種欲染九十九種諍鬪根諸比丘等

有一種行者於住行處彼作諸欲生猒患者求滅諸有神通經行有五十種魔王眷屬比丘後住一一魔身起千數分別於中得智比丘當不作相有何因緣不作相也以其一因緣故爲無相也所有因緣於彼之中以無所得彼名無相也空行比丘思空解脫在經行處求索道者行精勤者在空閑者有六十魔王天身隨順後行彼彼天生二十種分別復次於彼三摩耶時若有空行諸比丘等於四禪中而得自在彼從禪起已是諸天等於面門中示現面像即生羨樂譬如阿難陀渠比丘何以故如空行想者如是欲想彼則不可名空行者何以故誰空想者如是欲想彼不可名名空行者何以故若我如是生心彼亦如是心生是名想行不名空行脫是想已當

言空行空行比丘有五十五想内有欲故住於一地不得禪定不住於地得阿羅漢法住受持經行得二功德有四種功德住經行處受持經行有八種功德住持經行有十六種功德住持經行復有三十千功德受持經行不食之者有一果報三昧於一處中魔不能至經行受持三昧之者於十處中不可得到何等爲十歌聲諸天讚歎聲經行受持三昧乃至不到一切禽獸及諸鳥聲以經行受持三昧中故應見九十九俱胝諸功德也迴轉遠離非安隱法他不得便亦不聽聞五分音聲當得滿足比波舍那地經行住持三昧有二十種滿擇法覺分精進喜滅當得滿足捨覺分經行住持三昧當得滿足七覺分經行住持三昧當得五百名字以一名攝以精進故應當遠離二十二捨故五十七因縁諸聲聞人於諸法中當驚怖應入慈三昧百千俱胝種數如來境界生轉法印如來成就大悲何者法印彼有一印隨有所須有八萬四千破壞印如來滅後愚癡比丘執持受行彼等七十七種捨背佛相有百千種當捨離諸法復四十種相當捨離衆僧九十九種因縁不能得果百千議論而生驚怖百種相鼓吹法螺於墮落中而墮落也有六十六俱胝生中受用果報於人身中丈夫根具巳有三十種病不生子息有四十相當生二根十惡眼相少年者於四大中身體顔容普徧端正至年中時身體容狀成一瘡肉一切醫師不能療治何以故阿難彼業果報不可失故其業果報有九十九名字入一名中所謂觸病二十

種口門有一明二十種名以一名爲因一切諸法無有根本如如來所知不以別智故如來八萬四俱胝那由他界智生轉因緣如來往昔行菩薩行時斷除殺生攝受持戒彼所有果報一切衆生難可得知唯除諸佛如來世尊阿難彼諸世尊於彼諸法所可知者汝莫作疑有二十二頭惡應以刀害有九十九眼病譬如栴檀那猫子當屎眼手有二十種行布施慢有二十種修持戒慢有二十種行頭陀慢有二十種空行慢三種不倒有有大慢者當生迷惑生迷惑已得彼十種嚴熾之處以迷惑故得二十損減受二十損減已當復渾雜佛塔僧物彼得九十九諸疥癩事當得二十五饑惱事當得三十種嚴熾事當得十五種朋友別離法當得二種繫縛項頸當得二十種捨棄語言既棄捨已當得十種食具於自身中住著食想彼自食肉而取命終彼命終已當得二十二惡處當得四十五趣向地獄法生地獄已當得十種出生處法當得十四種逼切處當得九十種煩惱門當得十種近事當得一由旬身當得其身上出焰過百由旬當得九十九種守地獄報一一處當得五百羣衆當得十四種灰色之身兩手相拍揚聲叫喚當滿八大地獄於彼生處百千俱胝年歲壽命違背二十俱胝諸佛世尊此則略說我慢行者當得九十九種貪欲毒箭當得二十一種下賤果報如是智慧減少諸佛世尊所爲事者所謂世間語言也有二十五俱胝名字非有名字佛世尊知何者無名字尼流薩多羅聲（此云無上聲）此略說爲陀羅

尼方便若得入已當熟千偈亦不違背阿難汝今應當熟誦令利以此陀羅尼應爲多得覺悟能如名字於法業中阿難如此法教過去諸佛世尊之所宣說我今亦說所說衆偈若所得者當種菩提善根種子彼應滿足阿難是爲多聞初因阿難於中何者是四種食如來所說如是所說我爲何因故如是說所言食者彼爲立志所言食者有四種食摶食或麤大或微細觸爲第二意思念爲第三識爲第四復有四種食色是眼食聲爲耳食香爲鼻食味爲舌食意不可見若言見意彼即邪見以邪見故生我有身言此爲身是邪見身爲一切衆生乃至未證知者何故言邪見爲一切衆生食從邪見故生取我處以取我故即有趣處當得地獄畜生及閻羅世天身人身等所當得者彼即諸有以是義故於中諸有不可得離若不離者彼等當得滿諸苦法苦法滿已當向苦趣是以當殺生乃至邪見彼成就不善因故諸有不斷如是闇處黒闇輪轉故於生死中而流轉也於彼之中是爲大食所謂邪見以邪見故而生我體言摶食者彼住我想及摶食想已住一切想已所謂麤食或復微細言觸食者彼猶如火是聖聲聞所不喜念以無我想故言意思食者彼如來說無有形色亦復無善何以故以思所生一切諸法是意境界所有意者彼即是識若得想者彼即生受若樂若苦不樂不苦乃至爲彼所牽若意所生諸法是則彼名爲諸有食是故邪見取流轉故是名爲食如來所說名爲食者是不正念爲無明食所言意者

說意爲食所言調戲說調戲爲食所言悔者說悔爲食所言疑者說疑爲食所言嬾惰者說嬾惰爲食所言少精進者說少精進爲食所言小發心者說小發心爲食所言小入處者說小入處爲食阿難殺生者殺生爲食爲取我者取我爲食邪見者爲五趣爲食阿難無有天等世間若魔世若梵世若沙門世若婆羅門世及天人阿脩羅世中若有一天若一龍若一夜叉若一乾闥婆若復一人能於此等諸食如是略說者唯除如來應正徧知彼等一切名字諸食等於此之中皆悉攝入是故如來知一切衆生著名字故著諸食故墮名字句以染著名字故憶念未來名字於名字中受觸生已知一切世間染著名字已爲聲聞說如是諸法是名字體中無復有名字爲名一法故此等皆隨行爲彼聲聞說自體性其凡夫輩著於名字是故名爲住於食中其聖聲聞彼無有食滅除不正思念故乃至滅除貪著我故是聖聲聞輩於心生中無有我取況復因我而作殺生無有是處況復乃至當有邪見無有是處何以故其聖聲聞尚無正見何況邪見若聖聲聞有正見者應生諸有所謂欲有色有無色有若聖聲聞有邪見者應墮邪見或墮地獄及與畜生閻摩羅世既聖聲聞無有正見無有邪見以是義故彼聖聲聞爲不食故而著鎧甲若聖聲聞或有正見或復邪見是即有食何以故所有見處即爲邪見既有邪見即取邊見斷見常見非見而見無我有我無壽命中有壽命無戒中有戒無明中有明無解脫中有解脫無

滅中有滅於畢竟中無有生處畢竟中無有食以是義故彼聖聲聞無有食也其彼無食聖聲聞等若住一劫若滅一劫不爲他人受衣服飲食卧具湯藥是等諸物亦不經行不一處住假使劫燒之時亦不因彼而生恐怖亦不因彼爲身爲心而受苦樂彼悉無有何以故其聖聲聞一切愛憎悉皆滅故阿難若有菩薩以摶食住者其聖聲聞則亦不能或住一劫或滅一劫不破跏趺亦不說語言亦不動身亦無愁感亦無愛憎而得住也阿難如來既知叚食能與貪欲能與瞋恚能與愚癡能令諸有不斷絶故是故如來阿羅呵三藐三佛陀說彼摶食是其顛倒說無真實彼等衆生以顛倒故不知此等四分之食若有衆生不顛倒心能捨摶食若不斷者彼等是則名顛倒也若有衆生知已見已如佛世尊滅憎愛已若住一劫若滅一劫彼亦不曾生於身想況復能生摶食想也何以故此凡夫輩攝取執著所謂摶食阿難如來欲一跏趺坐中一向受樂若住百千俱胝劫或過於彼欲住無量阿僧祇劫不以爲難何以故阿難如來阿羅呵三藐三佛陀以滅諸分別故以滅身故以滅見我身故滅彼摶食滅色滅聲滅香滅味滅觸滅法何以故以方便相續說諸法故而佛如來無有法想無有我想如來一切諸想悉滅無餘不作非不作非過去亦不念過去無未來亦不念未來無現在亦不念現在亦不念名亦非不念名不順念亦非不順念不隨念非不隨念亦不言不說亦不可以過去見亦不可以未來見亦不可以現

在見何以故如來無有色可以色而作名字受想行識亦不可作名字如來無識可以識作名字者若有實者如來亦無有色如一切衆生有色阿難莫作是見何以故如來畢竟不得是色若色是我若我是色如來說色猶如泡沫畢竟無色何者色性唯有音聲何者爲聲謂言道分但如來說色如世語言

大威德陀羅尼經卷第十二

音釋

蹴（七六切蹋也）躁（則到切輕疾也）赧（奴板切面慚而赤也）瀝（郎擊切滴瀝也）覢（失冉切矆睒也）齧（五結切噬也）

大威德陀羅尼經卷第十三 第十四同卷

隋北天竺三藏法師闍那崛多等譯

何者世間語言謂色色處及色生處是故名色爲老死生故若作色及色處所有作處彼無有物言無物者彼無有性是義不可說言如來有色受想行識亦復如是以盡色故諸佛如來而得解脫不生不滅非不生滅是亦無體何者色盡是色畢竟無性彼何所盡彼即盡體彼無生處何者無生處以無處可生故言無生無生生處是悉無有故言無生是無生者即見如來亦無生處亦無滅處不優不劣何故言不優不劣諸佛如來不共世諍而彼世間共如來諍諸佛如來無有優劣以是義名無優劣言無優劣者窮盡無明滿足明故其明無種若無種子即佛世尊諸佛世尊無有渴愛諸佛世尊已度彼岸諸佛世尊穿徹通達諸佛世尊不起鬪諍諸佛世尊無可譏嫌諸佛世尊無說惡處諸佛世尊無害他處諸佛世尊無有邊際諸佛世尊本性寂靜何者如來本性寂靜無眞性是名世尊本性寂靜諸佛世尊窮盡寂靜故名寂靜問曰世尊何因緣故名如來也答言如如如來故言如來復問言世尊是義要略我不廣解答言阿難汝言不解者是即此義何以故諸法難知難解甚深難見難覺何以故諸佛世尊過心境界諸佛世尊不可思議諸佛世尊已度諸食言過度者謂過不善思念乃至取我者諸佛世尊無意思想是故如來不可名求諸佛如來如如來無有來也如是彼等諸法如如示現何者如如如如者無有變異猶如

虛空無有說處無詐諂者無言語者無有濁者無攀緣者無有縛者如來之體狀如虛空不可以名字說何以故如前如來未來亦然現在亦然如來體性今如是說其如來者三世平等以是義故名爲如來亦無去處故名如來復無處可來故名如來爲如來也既無處來亦無處去故名如來爲如來也如一切法如如如是如來故名如來過去世空以過去世空故未來亦空未來空故現在亦空以現在空故過去亦爾如彼過去未來亦爾現在亦然而不捨作行清淨常住無畏寂靜故名如來無有異說何者無異說如四倒涅槃亦爾是故阿難如實說者何者不異說凡所希望無有異處遠離鬪諍如來離故是則爲智即是如如以無識故即是如如以有明故即是如如即是虛妄無明如如是無如如是無異體是故如來名阿羅呵三藐三佛陀也亦名無有黑闇如如來無黑闇處不可得闇亦不可得黑如來既除如是黑闇故阿羅呵三藐三佛陀欲住恒河沙等劫不說語言何以故如來無有分別之處既無分別亦無如如既無如如亦無世間諸佛世尊無和合處故名如如阿難此是少分譬喻令證知義故若汝等欲知者亦不可以譬喻以說令汝得知如來所說爲於汝等雖然阿難言恒河沙等劫者所有恒沙假使有爾所恒河所有沙數若干劫中如來能住而彼等劫以一彈指頃即能念知何以故如來之力無有長遠生死故如來有智如來長遠無有生死如來無有度彼岸事得眞如體故名無食也阿難此

第一食者謂生死不斷故所謂無明無明緣行略說乃至生死有如是苦惱聚集生起言聚集者阿難何故聚集言聚集者阿難此是迷惑衆生等法若不聚集者即是生巳即是頭生白髮彼既見巳作如是言我髮白耶語治鬚人言以金鑷子拔此白髮著我右手爾時彼治髭鬚人即以金鑷拔彼白髮著摩訶提婆王（此云大天王）右手中爾時摩訶提婆王說此偈言

今我頭上分　如是生白髮　故名爲天使
出家時到也

阿難於汝意云何豈可一人頭上生天使巳餘人頭上亦生天使乎阿難汝莫作是見阿難所言天使者謂渴愛也阿難若以頭生白髮爲天使者所有諸人以被衰老故而取命終彼等一切應生天上阿難其摩訶提婆王生白髮者非天使也阿難彼摩訶提婆王即於八萬四千歲中行於梵行以善行梵行因緣故時摩訶提婆王命終巳後生梵王宮阿難以是義故汝應當知言渴愛者謂天使也阿難以分別故言渴愛者天使也阿難其渴愛者生乾竭也當生恐怖故名畏也亦言現前爲何現前謂地獄現前畜生閻摩羅世現前故言渴愛爲現前也阿難復言渴愛現前者有二種身成就故更無異體言無解脫無解脫者謂流轉生死也以是義故言染著也故名不照也亦名鬪諍亦名上孔亦名知者亦名燒然亦名惡生阿難略說所有諸苦皆緣渴愛故名渴愛爲恐怖也阿難何者爲緣謂妄語也阿難其妄語衆生說我作緣彼觀

察已所有緣者彼是渴愛若有緣者彼言緣滿足阿難怨者爲一切衆生向種子處言渴愛者趣向愛處愛者以愛故有於中以何因緣得名以立名故行故故名名也誰有有故具足阿羅漢彼衆生能覆藏以何事故彼可覆藏言信解脱何者名信解脱謂解脱也何者名解脱若自解脱已令他解脱諸習滅故以不見故名滅諸習其滅諸習名無滅習於中無法可得而可滅者其外道等以我慢故執著滅處而言有滅彼如是説者彼等所有果報之處如來悉知彼等有何果報謂有地獄名爲熱惱是等生彼順邪見法有何因緣名曰順法隨順眠故趣向地獄亦隨順眠故趣向生死隨流順行彼等衆生不能逆流行故名隨順也若見如是隨順之法彼等還復如是隨順而行隨順展轉以是義故彼癡人輩故名隨順法也復以何故名行行也彼無行行是離行行墮失諸佛及諸聲聞失戒定慧聚是故彼等名非正人故名集聚也亦名墮迷名墮迷者名曰失也亦名人間諂也阿難所有衆生作諂濁者彼等皆名妄語從妄語起何者妄語取得無物何者名無物所謂集滅何者名法謂無有集如來如是之法皆説邪見其言集者謂能聚集無有處來無處來者亦不可來亦無來者誰當爲滅若言有集即執有常若言有滅彼即有斷是等諸法無有執處彼等如來之所宣説所謂空曠空曠是何言空曠者所謂虛空本無所有言虛空者謂上虛空無覆虛空無覆虛空者更不可覆故名虛空如來所説一切諸法猶如虛

空以第一義故更復宣說不可得異不得說者不得智者若異知者名爲無智言無智者謂言我得彼名外道言外道者彼皆妄語無明所闇若無明闇者彼等以無明闇迷墮無明闇中不可以名字說此是阿字門初眞如義次第所言阿字者即言生處亦言無智如是言者是即當有生大食也謂多無明以何相故名爲煩惱所謂阿字名爲無明亦名爲王亦名爲行亦名不墮落隨順不違諍論於方便中亦名婆耶斯迦(此云黑闇)當滿法門爲無染著法故無上聖中不發精進故彼等言無有朋友不得解脫故名食也求覓勝處起違背事謗佛菩提遠離威儀無有正行故名難共事言難共事者欺誑惡言不隨順教所供養處不隨順取行行雜穢失彼戒行顏色麤

澀觀不齊整墮他言中言惡口者不捨疑惑疑惑積聚所言疑者積聚疑心又言至愚癡處亦名使者以魔使故名惡語者復當更造惡業之行身口意中以是因緣名爲破者從何所破於聖道中具非聖法故名無聖行亦名行者亦得名食亦名造行亦名妄語亦名渴愛亦名集聚亦名無明亦名諸有亦名無正住如是一切法持受持隨眠起生住故名食也阿難又言食者是至愚處阿難何者至愚處不捨行行作結縛處住墮落處我慢增慢增造節縛諂曲顛倒難與共事貪求利養無有信行語言優劣言語麤澀現前麤語習獼猴禪於四方中無有正行恒常欲見婬泆之人如是之等一切諸法自之所作不隨他教厚煩惱故是故名食此廣縛根本所謂五

欲娛樂親近染著迷之受苦以不正摶食故隨眠三界何者遠離摶食謂知五欲之事所著渴愛一切一切處一切皆悉遠離不熱不惱故名盡渴愛也滅彼得處於第一義亦復不得於中此滅所謂無得何以故其執著者有名字處彼可捨離若無執處彼無可捨若可得處應當捨離若無得處亦無捨處如出覨雷衆生當知必有天雷如是如是有所得處佛世尊知當滿足食其覨不出衆生即知不起雷相況復電也如是如是既無得處亦無可滅何以故得處既無竟何所滅其學人輩彼體生思想是無智執所有澄寂無實攀緣於是之中無有學名況復學人學寂滅者若有螺聲於先可捨螺名既無故無實聲若有人言我眼見聲彼實無有彼非善丈夫即有妄言無有實處如是如是若有人言有我之者即非成我即是無義彼求我時理不可得況復文字若有我者即無我處既無有我以是義故一切諸法本無有我譬如有一丈夫作如是言斫頭亦無有人而可斫頭亦無破傷亦不見人誰被斫者邪念刀刃故亦無刀刃亦復無彼被斫頭者如是語中彼之丈夫豈不作彼妄語之乎無有實言如是如是若言有我如是言時豈不妄語何以故一切諸法皆悉無我猶如有人作如是言有彼風聚彼無有聚如是言者豈復非是妄語之乎無有是處如是如是若如是言色是我耶其色如聚彼作是言豈復非是妄語之耶若言有彼色聚但有譬喻不言是色如彼聚沫不説是識猶如彼幻其有因緣若言如幻言幻

者無實虛妄妄語之法其涅槃者非妄語法以是義故其五陰聚言如彼幻彼輩如實不知是五陰聚猶如彼幻所不知者彼即可說爲姧猾也亦名無實語也名能幻化者是名幻師若有作語言想彼名幻想也彼名無正體彼名戲論彼名無定性彼名爲癡無有智者彼至癡處以是義故名爲癡也彼於何處受癡報也謂地獄畜生閻摩羅世中阿難是故如來不與陰聚想者出家亦不與俱如來昔作如是之說若智人來不曲不諂無諸過患可與出家阿難何因何緣言有智者有智有慧故言智者何者名智以解實故名之爲智何者解實若知有世間妄語彼如來教中言有智者何者世間中知妄語耶五陰聚如是言時世間妄語諸界諸入無有如是說時即是世間妄語於聖教法中諸界諸入皆悉不實彼等諸法應如是知彼於世中是則爲實無有妄語於諸聖中亦爲實語以是因緣故如來作如是說世間共我諍我不共世間諍況復別有陰聚也別有世間也阿難汝莫作是見諸行皆空阿難其福德者是爲五陰聚義是方便名能作有爲諸行故言作行也如是色聚受想行識聚造作即言是色何以故誰有作者彼還受者如是受想行識作者彼即受者何以故誰爲作者還爲受者如來如是不得色受想行識如來既不得者彼若當作無有是處以此因緣如來說一切諸法無有諸行諸法生時自生諸法滅時自滅若有生者若有滅者此是凡夫之所取著如諸聖人所受取於彼之中無生滅者何以故一

切諸法畢竟悉空一切諸法皆畢竟虛若持諸法不實之者彼等轉實於不實中轉既爲不實即無有食無有倚處不依十大故心亦不起受持財物若識不淨意爲前行故是故一切諸法意爲前行以意持義故於後無恐畏故言食也阿難雖然所言食者所欲得食五十四種色爲食想是諸蟲戶所生之食八十疽戶還以色爲食是諸人輩以業爲食爲煩惱故煩惱食者爲受果報果報者爲諸法食如是業果報以爲意食其意食者爲諸善法以受持故名之爲食色想故乃至法想故故言爲食有爲之中畜生等輩各相食噉其閻羅世及諸地獄以鐵丸爲食諸人等輩有二十一心功德爲食無明心爲煩惱其外諸仙意濁爲食以濁心故成就滿足不歡喜處分別滿足如是色聲香味觸乃至意以法爲食有四種食染著者說十二緣生爲食勤求禪定者以寂滅歡喜爲食空相者以寂滅爲食無所念者以空爲食若於是身無彼物者所有彼食何者爲食四正念處四正斷四如意足四禪定五根五力七菩提分八聖道分善逝明解脫乃至略說解脫想者解脫爲食復次乃至隨有彼想若所隨想者殺生者不與取者妄語者乃至略說邪見者邪見爲食於色渴愛於聲香味觸法渴愛以法渴愛爲食所有無明以無明爲食所有不正念以不正念爲食以有食故生於三界求覓有者復次如是等食如來所說以有所愛以愛爲食有眼著處是爲煩惱非無煩惱處爲煩惱所濁者如來失念者非不失念者普失念者非

不普失念者有取者非不取者何者是取有四種取欲取見取戒取我取有何緣故取說我取以欲因緣故說我取何者是欲若於欲縛著何者欲體事爲欲體及諸煩惱爲欲體於中所有若非事者謂諸煩惱欲何以故所有煩惱事不可得故於中所有煩惱欲體彼非事欲是故正有一欲無有二種有事欲者彼即顛倒若有顛倒彼即無實若無實者彼是意法復次若有彼意意之所生彼即分別一切分別悉爲非善以不正念故生欲無住處何有事也譬如有一丈夫作如是言我作屋宅覆上虛空出入無礙阿難於汝意云何彼丈夫所言之處可信以不未安基址於上空中能著覆不阿難言不也世尊如是如是阿難無分別住處豈可能生不正念分別也不也世尊阿難其分別者諸聖聲聞知其不實彼則不爲分別所牽以是義故諸聖聲聞無有分別是故名爲無有他法之所牽攝凡夫如是爲諸煩惱之所牽攝是故言不可牽攝謂聖聲聞無有食也是故不作三昧分別更不著鎧豈得復名須陀洹也豈得復在須陀洹位今已斷滅須陀洹道於上不復更有修作此等諸食爲凡夫輩以於生死迷惑流轉住不正道故名凡夫具足尸法常有所作忘失正念業言諸法執持刀劒詐爲聖相具煩惱濁隨順煩惱多諸瞋恚心無定性隨順憍慢爲魔所使住無定處面向將墜地獄畜生及閻羅世空重未來所見之法雖有皮覆無利壽命譬如駛風吹兜羅毦凡所得處即於中住於彼生愛於彼生縛未得解脫五種

無間所有作處常説有我説有衆生説有壽命説富伽羅彼等猒背不樂聖人大乘梵行凡所作處多喜鬬諍惡口駡詈猶如怨家可猒可離如是凡夫煩惱之法成就具足復此以上更有煩惱故名凡夫爲凡夫也於中有何義説言凡夫也各别有體若駞面若牛面若驢面世間種種因緣故故言凡夫也彼等各受身體名捨身故故名凡夫也無四種食非不離欲者何以故誰盡離欲彼亦欲盡彼三界中是欲亦盡何者三界欲界色界無色界食者於三界中滅阿羅漢滅五種縛故不樂食故不爲諸食之所牽攝如是以食故當有諸食如是等食可歎地中别名種種食也何者可歎地謂無相想何者爲相想有五種何者爲五阿那般那念熏出息入息因緣念我遊行我因緣我行若干出入息數息因緣身不濁垢是身因緣我應當得涅槃涅槃因緣此等五相以滿足故當生邪見

大威德陀羅尼經卷第十三

大威德陀羅尼經卷第十四

隋北天竺三藏法師闍那崛多等譯

若初相行我遊行我相故若干出入息此等五相當有七十七患何者七十七瞋者相烏居摩相(此云不急)不曲相不受果報相身相色聲香味觸法相語言相捨相滅相治罰攝取來去他處非處淨處住身處我身體我所他所及他方闍羅世天世人世盔囉朋伽(此云破壞)婆闍尼娑婆啉(此云音聲)胡盧多于陵伽(此云聲分)尼伽利賀(此云治罰)阿闍你波羅盔多(此云心知處)伊舍多多囉提舍(此云此處彼處方處)波羅提舍(此云邊處)何囉伽(此云欲)提鞞沙(此云瞋恚)慕何(此云癡)慰蹉婆(此云多饒)彌何囉(此云行)阿藍婆那(此云攀處)嚩婆訖利沙吒(此云濁也)阿薩那(此云近)波羅那耶(此云清)鞞夜伽(此云施)三大屣伊陀利達羅阿娑比阿那婆帝摩訶毗釋雞居盧薩闍娑何啉嚩阿濕婆娑波羅濕婆娑比嚣盔多伊迦伽囉阿迦舍優波達那鞞耶佛陀達摩僧伽修多羅蘇提舍修多羅涅提舍羅睺迦俱盧迦尼彌多旃陀羅尼彌多蘇利尼彌多乃至略說如是一切想當應宣說乃至所有想中比丘具足當有狂顛其錯亂心於三昧中而生迷惑彼八十想當得本心因善知識不離教還聞彼地方處何等八十種當得本心以食息具足除斷之業彼安住已作彼所作靜坐無語柔輭手足應身無乏於彼地方勿令有彼諸鳥獸聲念出入息應當念作虛空之想如是等想勿令少一不具足者若復之卧起已應當向善知識所恭敬而立恐食不消而致病患命看病者令得將息或能自起與食令足能作語言若

能觀察作如是語已長老阿難白佛言世尊何者食應當觀察佛告阿難言觀察食者破陀羅尼行阿難何者破陀羅尼行過度精進及三昧行阿難其過度精進三昧之者唯上座舍利弗成就具足阿難假使若天世界若魔若梵若沙門婆羅門天人等世界得如是神通力具足譬如上座大目揵連彼等於上座舍利弗智慧之力或神通中百分中不及一千分不及一乃至算數譬喻所不能及其上座舍利弗有如是神通智慧具足若入精進最上三昧時於一切衆生如目揵連等不能令起亦不能動一毛道等若舍利弗入最上精進三昧之時假使能動一千世界亦不能令舍利弗動阿難問言世尊其上座目揵連豈可不得最上精進及三昧也佛言不也無有一聲聞能得最上精進及三昧者唯除上座舍利弗阿難復問言世尊何因何緣上座舍利弗得上精進三昧之力餘聲聞無也佛告阿難上座舍利弗已於往昔五百生中如是心想思惟學已能入四禪阿難其上座舍利弗若不值佛即應當得成辟支佛因阿難問言世尊何故如來所說上座須菩提最上第一具足福田佛告阿難有三昧名無有上尊者須菩提具是三昧以是故如來說爲第一福田阿難復問言世尊其上座舍利弗豈不具足彼三昧耶佛告阿難其上座舍利弗亦不具足彼之三昧阿難復問言世尊自餘聲聞頗有具足彼之三昧如上座須菩提不世尊曾說上座大雲得是三昧如是三昧甚難可得無有三昧力上座大雲不具足耶

佛告阿難其上座大雲有如是念念須菩提想其須菩提無有上座大雲之想其上座須菩提於此想中無有名字不說名字其上座須菩提入三昧時不作是念我入三昧亦不作念我於今者已入三昧於三昧中無著無縛其須菩提於一切法中不縛不著其上座舍利弗不能量度上座須菩提亦不能思如是等想得禪比丘有是果報離一切思想如來所說出入息念言入者是常言出者是斷以何義故以取著故故言出入息念言出者無明言入者是欲其隨眠者彼三世方便念者觸三世平等是名出入息念言入者是意言出者名諸相彼所念處是名出入息念言入者是意言出者是意若於中所有思念處是名邪見著出入念想者於諸行中無有盡想言入息者隨眠也言出息者諸有渴愛令墮三界中故言出入息也言入息者謂怯弱言出息者是懈怠若於此等無有得處是名精進三昧言精進三昧者此是證道又言入息者名為少食言出息者名為多食若於是中平等平等是名精進三昧言入息者無去處言出息者是名去處若於是中有所得處思惟亂心得平等故而得解脫盡諸漏故言差別者隨順諸行復言過去若過去者是即名此所言此者何故言此無勝作處唯一思念生時即生生及與滅此不可得此是超越超越誰耶謂於三界何者三界所謂欲界色界無色界此是世間麤分語言若有微細分中三界可說我今欲說所言入息者是名欲界言出息者是為色界有所得者彼悉是著

若悉著處彼即難度以是義故上地難超是故名爲無色界也或令染著未來還去故言邪見也如是等諸相如是等諸色是爲不善何者是如來說出入息念墮無明中遠離者是名清淨已捨離故既無有根即無有果除無生故先不有生若於是中不求生者是則名爲如來所說名曰我不生耶言入息者是不覆虛空言出息者無有住處不覆虛空相及不住相彼相平等是故言出入息念其五種相此等諸法亦名篋藏或名爲雙於中若作親近或作念者彼即行想彼即爲念彼以念故即親近愛憎以無根故即盡渴愛信一切諸法信已復信一切煩惱愛爲根本能生一切憂愁啼哭一切諸苦是故說言渴愛爲食也言食者有四種何等爲四遍行面門爲

食普遍轉住爲食諸有順眠爲食不動爲食復次具足懈怠故滿足三種食譬如優陀羅何羅摩子復次有四種食病患爲食所謂生死流轉住國内爲食以技藝醉故老死滿足讁罰爲食謂所不喜法何等所不喜法謂怨讎所與彼力者以是故滿惡趣因緣爲食父母和合故是爲四種食復次有一種食破和合女何者破和合若猒他婦爲行欲故身壞命終當生惡趣是爲一食阿難復有二種食何者爲二一切諸法中不知過患不知過去最上語言不知未來最上語言不知現在最上語言不知一最上語言不知多最上語言不知婦女最上語言不知丈夫最上語言不知黄門最上語言不知不生子者最上語言不知出聲處不知遮制呵食不知求索食者

不知足食不知苦方便不知食相不知護實處不知不和合諸法不知示現諸法不知不住道此等言辭名字若於中覺知者言辭者所謂不住尊重彼等如是修多羅文句莊嚴受持已當知住處非住處一切住處一切非住處一切住處解脫皆悉覺知十八言辭處應爲巧知若於此等言辭中不巧知者不信者彼名無智者若有我慢言有智者彼等貪著世間語言失於正見彼等自知我已誤錯於中智者當知此是縛著彼等不錯我等誤錯彼等以語言錯彼等名著末伽棃義彼等名爲邪見彼等以邪見爲食生諸有中故趣不善處故地獄爲食邪見諂曲縛故何者是諂曲諂曲有三種欲爲諂瞋恚爲諂癡爲諂如是三諂諸衆生等之所縛著以欲所縛不得解脫爲魔所縛瞋恚所縛不得解脫爲魔所縛癡所縛不得解脫爲魔所縛何以故名爲欲也見欲在近而不見遠言近者是彼現前尊重之法不見長遠造作業行以造行故於三惡處不得解脫言瞋恚者不相和合自相違反伺求他過何者名爲自相違反伺求他過有二十種自相違反伺求他過遠離愛處自相違反伺求他過事不喜處自相違反伺求他過親近欲樂自相違反伺求他過不作知足自相違反伺求他過言不知足者兄弟姊妹朋友親舊宗族知識朝廷同侶父母於彼彼處所有苦惱而生隨喜是則名爲自相違反伺求他過如來何緣讃歎朋友應當於一切衆生邊而作朋友不應彼邊而作怨仇如來曾説世間無有衆生易可得者若於

此長遠道路流轉之中於彼前世不曾作母者不作父者兄弟姊妹朋友知識共事者不作共居者如來種種方便以於往昔行菩薩行時有相破壞諸衆生等悉令和合住和合法中其佛如來於佛智中無有不知若於往昔愁憂苦惱凡所作已無不報者如來爲一切衆生而生朋友畢竟朋友若有不隨順者彼名畢竟伺求他過此是第四自相違反伺求他過當成求過何故成求過也當取地獄中住是故名爲自相違反伺求他過而復云何名爲自相違反成何他過住地獄中阿難以於見色數數覩見多有所作聞衆音聲或聞歌曲多作惡法墮大地獄多有善報尚自迷惑況復有彼少善根者以此義故名爲伺求他過復次阿難復有諸大城中以尊重人

共居故而共行欲若共母共姊妹若共舅母或叔伯母共應不行處行行已還復共已婦或有於彼他所攝者强壓伏之或比母者或比婦母者或比女者然彼於彼是具足煩惱或被他捉即當斷命若有如是流類等者猶嫌彼惡況復餘者及孝養父母邊者彼亦違背趣向地獄復次阿難彼諸大城違背之處有人睡眠夢見他人受歡欣樂踊躍之時隨喜之時遊戲之時作音聲時聞歌詠聲彼人覺已愛念彼聲因發欲心即行欲事乃至共已婦行婬欲事彼非爲善阿難如此亦是城違背處伺求他過復次阿難復更有城違背之處諸佛世尊出世之時於世間中有諸比丘尼然彼比丘尼輩在大城中居住比丘尼寺中然彼等尼衆於俗家事常作勤求於善

法中恒有欲少彼諸尼等於善法中少求欲故當速捨離半波羅分(半加趺也)彼等以食豐足故而得豐美端正可喜他人喜瞻多有肉血身體肥滿所有勤作者勤作者多有煩惱彼諸尼等向丈夫處而作喜樂歡笑光明何況丈夫向彼語者時彼俗人相染著已共諸比丘尼行非梵行而作欲法彼等汙染比丘尼輩令比丘尼輩破壞諸戒彼等人輩當向地獄雖欲出家應當莫與令彼出家何以故如來說彼不生法中若有持戒諸比丘尼令破戒者彼違背七佛世尊於地獄中盡受諸苦寧使自身投火聚中不以欲心共比丘尼語阿難此亦是彼大城之中違背之處阿難彼等諸城爲諸丈夫諸惡人輩成大火業是故諸城言諸城也彼等於聖教中失已復失彼等諸人不得勝處如所造業乃至欲生天上而不得生阿難彼等失已復失是故彼等言城也諍鬭違處當取種種生趣之處違背諸佛是故言食也阿難言食者心有二十一煩惱於當來世有諸比丘不勤修身不勤修心不勤修戒不勤修般若彼等作如是念我等當住阿蘭若空閑之處亦如過去諸佛世尊住彼空閑阿蘭若處作於勝業彼等即住空閑阿蘭若處然彼等不用多力自然多得利養名聞四部之衆皆悉恭敬比丘比丘尼優婆塞優婆夷諸比丘尼當來向彼彼等數見瞻故非法見故而生欲想即欲彼等行非梵行行於欲法諸比丘尼欲見彼等諸比丘等而不得見諸比丘尼等即作是念使諸弟子數數參承常來見故因相染著諸弟子等知

已師主於戒慢故即於戒中而生慢緩以是因緣多諸慢緩朋友彼等多取勸化信施以利養多故即便捨戒住卑賤中彼等爲欲所縛爲恚所縛爲癡所縛彼等癡人名爲凶者阿難何因何緣彼名凶者隨於誰邊平等一心受彼信施即在彼前捨離戒法住卑賤中彼等當復多有損減各各離背阿難汝看如來功德之聚如有一種輩人彼雖下賤所住惡者而與種種少物施彼愛念令住以念佛故而作是言汝既見如是諸衆生輩云何違背諸佛教法阿難彼等如是非善丈夫墮於咄處彼等非丈夫故名爲咄也於卑賤中被欲所劫我如是說彼等如是違背人輩非是丈夫以五種欲取爲功德以是義故名爲卑賤彼等人輩非善丈夫縱恣放逸於彼五欲功德中醉是故言彼名卑賤也阿難譬如三十三天宮殿之中有諸天子從彼墮已生豬豕中生已食糞當被刀殺如是如是彼非丈夫於法王教中從彼墮已住在豬陸涂著臭穢阿難如大龍象常在山林中被堅牢皮繩所縛將出向城在廚舍處而受飲食常念大山林藪之中意樂處所而生苦惱如是如是阿難彼等人輩是不善丈夫以五欲故爲彼所縛當住惡處卑下賤中彼等於先串受樂故念於如來功德之處還當欲住於彼樂中彼等已住卑賤之中不能爲王作使驅役彼等還憶先比丘身亦復憶念往昔所住空閑林野省事之處即復還念具足諸欲如彼病兒爲治病故住在室中心作是念不用功力求湯藥具如是彼住於屋室中共彼大小諸

眷屬等憶念欲求受諸苦惱不隨心故彼等人輩捨是身已後當生於彼諸地獄中阿難此則名爲住阿蘭若空閑違背伺求過也阿難於未來世著阿蘭若滿此世間阿難此是沙門違背求過阿難復有名爲論師違背過患之者汝應當知阿難何者名爲論師違背過患之者言論師者樂欲恐怖愛喜恐怖信淨恐怖阿難言論師者於如是如來之所宣說諸修多羅唯有口言受持然此等人不知眞義阿難何者是眞義何者非眞義眞義非眞義者何者無明若無有明無有明見是名邪見阿難於當來世有諸比丘彼等言我自已見明爲他說法如來所說法於眞如中不知彼等妄語以妄語中爲他說法何者妄語名妄語者以犯彼捨墮故名爲妄語彼等癡丈夫輩破壞禁戒以求果報故唯以口言我是法師然彼法師輩似像法師何以故名爲似像法師言似像者不似像故彼等癡丈夫輩當墮惡趣彼等是此果報若見色像已當爲他說法彼不善丈夫犯捨墮者當墮惡趣故名流轉諸地獄中彼等如是似像者何所似像無似像者言不似像者阿遲瞿流伽摩（此云樹榦堅結）故言阿遲瞿流伽摩亦名調伏也亦名白羊也亦名泥沙鋪沙也（此云亦名白帝喻）復名頭羅浮羅也（此云不正聲）復名呵梨翅（居祈切）摩也（此云尼牛）復名恒河牟伽也（此云恒河口）復名浮耶娑他也（此云癡斷事者）復名那盧奢耶也（此云不實讚歎也）復名阿俱不多叉也（此云瞑眼者）復名阿荼輸伽也（此云愁不知者）復名婆羅跋那也（此云色力）復名伽伽遮婆也（此云呵牛）復名伽羅摸頭多也（此云被村越）復名

婆梨師陀耶也（此云他者）梵復名毗娑婆羅也（此云浮雲）復名毗梨虱吒牟伽也（此云欣面）復名畢梨耶伽婆也（此云愛牛）復名脩羅丘婆也（此云酒醉）復名呵耶毗荼也（此云諂罵）復名瞿盧吒求波也（此云似駝）復名阿那他也（此云非正佞人）復名毗求致也（此云蹙眉）復名申陵祁也（此云戴角）復名似像法師也如來猶如牛王眞實所說而彼等非善丈夫住不如法中作如是說彼等可言娑伽吒也（此云蜀者）復言伽娑吒取（此云羅酒帒）阿難此等名爲四洲世間中諸法師名字若一切諸法說不正者一切皆墮於惡趣中是故阿難我語汝我勑汝不得說法如彼酒帒當莫受持增法而說阿難我般涅槃後此閻浮提中當有受持增法具滿阿難我涅槃後當有如是等法師違背求過亦言違背難降自違背已復說違背語

言不斷是故言違背也阿難彼違背其三十三天名達舍俱吒（此云十種椓打）阿難此等違背臭穢沙門應如是說當趣向彼不閑之處當向諸有當向生處當向老處乃至略說憂惱之處阿難諸有聚集是食聚集是故此食爲衆生輩住有聚集復有別四種食力威爲食著涅槃爲食婦女相爲食忘念爲食是爲四種食忘失念食若有忘念者彼無有沙門處若無有沙門處亦無涅槃無有涅槃故即造漏業彼即造作身漏業口漏業意漏業若有漏業彼等即有造諸行食此等名爲四種食也復別有四種食如法得爲食若能念者過去住念者未來有住念者於彼之中所有染著此名爲食此等爲四種食更復有四種食無明爲食無生爲食不生調戲爲食不生悔爲

食何處名言食者當地獄生故名向阿鼻脂故名向下也此爲四種食阿毗娑羅也(此云不留行)娑娑薄迦羅(此云唱戾)阿娑羅耶(此云留行)今娑摩娑羅耶娑牟後何囉囉耶　娑頭婆那故言爲食也(此他方語不可翻)

大威德陀羅尼經卷第十四

音釋

覢(式冉切與睒同矆睒也)　眲(仁志切扇也)　啉(力耽切)　盋(北末切鉢同)　鞞(駢迷切)　屣(所綺切)　謫(陟革切責也)　呞(書之切食已復出嚼也)　䁥(尼質切近也)　猪阹(猪陟魚切與猪同阹去居切圈也)

大威德陀羅尼經卷第十五

隋北天竺三藏法師闍那崛多等譯

復有別四種食行住處爲食穢相爲食行步爲食行淨爲食於中何者行淨而爲食若初覓食求善根果願我得是處所願我得如是行願我得如是發處願我得有如是時願我得如是語願我得如是辯才願我得如是取處願我得如是殘願我得如是刧壽餘殘彼歡喜心而不和合以不和合故不得造作與誰和合謂與惡道和合何者是惡道欲是惡道瞋是惡道愚癡是惡道此極惡道者謂染著處以染著故當有諸有若得諸有處是爲食也復有別四種食何等爲四少愛離著取鎖一切想是爲四種食於中所有一切想食者從無明生凡有見處即念於彼若有念處即有渴愛若有愛處彼即墜下何者是下言下者所謂爲垢何者是垢貪欲是垢瞋恚是垢愚癡是垢又言垢者所謂幻也又復垢者所謂是魔何者爲魔取我是魔何者取我謂取他法何者取他謂執法也於中更無餘法能令速入滿阿鼻脂如執我者言執我者是作怨讎言作怨讎者是共鬬諍若鬬諍者彼非我聲聞彼等乃至共如來鬬諍彼無別解脱唯除值遇如來而共和合若值遇如來共和合者彼等於無餘涅槃入般涅槃譬如有人有屋宅而有七門然彼丈夫於七門中有種種食及諸果報諸調度等時彼丈夫有承事者若奴若客若使者然彼惡口所欲使處而不隨順彼人逼切訶責已彼承事者作如是念言我走去即入宅內然彼丈夫見其入

已默無所言亦不憶念唯見在内是時内中若食若飲將向外置將外置已彼等衆門皆悉閉塞善作藏隱然彼癡人作如是念我已走也我已走也彼住或時五夜或時六夜飢渴逼切至彼門下觀視喚呼大叫揚聲復作是言我在於此我在於此也然彼丈夫即告彼言汝道何也彼復答言我今飢渴我在於此時彼丈夫從彼出已與其飲食令得充飽復語彼言我更當走時彼丈夫語彼人言汝當莫走復作是念我要當走然彼人於後即便逃走爾時丈夫亦不趂逐阿難如是如是如來爲諸衆生利益故安樂故而爲説法於彼之中有癡人輩作惡口者背走恐怖不受如來佛菩提法彼等思念我已走也當至藏處阿難如來所説藏處者是阿鼻脂大地獄彼等被火所逼受大苦惱爲火所然椎胷叫喚復作是言彼沙門瞿曇善説惡行還得惡果唯願我等還當得值如來教法於彼之中當如教住阿難如是發心得具足故地獄之中諸衆生輩速得出離除滅渴愛以利智故無有爭競阿致迦羅業比丘具足者還速墮於阿鼻地獄何故名阿致迦羅也言阿致者是摩致言摩致者是諂言諂者是幻言幻者是惡念言惡念者是枳致耶多彼等以幻諂曲具足故是故言作迦致迦何故言幻無有身體故言幻也至於幻處故言幻有慢處來慢處去故言幻也以誑來誑去故名幻者彼何所來彼何所去謂非去處作去非來處作來是説第二食處以是故言命也復别有四種食濁是食不濁是食海是食有頂是食何

以故言有頂爲食無有衆生從有頂處捨是身已生天人中多有呌喚已墮於阿鼻中盡一切善根故彼處捨身已具不善根故當墮阿鼻中作如是語已長老阿難白佛言世尊有何因緣彼阿鼻大地獄中捨是身已彼無有善根復無功德何故從彼生天人中佛告阿難言若有諸佛世尊出現世間爾時彼大地獄以光明照彼光明所觸味彼觀察已生愛念心生欣愛已從彼捨身出大地獄即生人中以七十七相中當應教示雖無諸佛如來世尊出於世間然諸菩薩有得順忍者時諸菩薩等當得順忍於彼時中一千世界光明遍滿彼等受是光明觸味於觀察者即生愛喜彼等發心生喜愛已即時從彼大地獄處捨身當生人中雖復諸佛如來世尊不出世間亦非菩薩得順法忍但劫初盡乃至有地獄諸衆生輩若復畜生若閻羅世或天或人彼等皆生光音天中所有地獄諸衆生等業未盡者彼等擲置於別世界地獄之中令盡彼業雖諸佛世尊不出世間亦諸菩薩於諸法中不得順忍亦復無有劫燒之時但有諸天子往昔曾見諸佛世尊者彼等觀看大地獄中見諸衆生作諸惡事彼等當作如是之言南無彼世尊如來阿羅訶三藐三佛陀也然彼地獄衆生念彼如來曾聞是聲聞已心淨得如是心即便命終當生人中阿難亦有此因此緣所有彼處捨是身已當生人中言有頂食者是取著名字亦如織經迭相縛著故名爲食又何故名織經縛著從此至彼從彼至此於流轉中不出不迴是名織經義

故言食也復有四種別食作限梵行爲食得道爲食得財是爲食迷惑爲食以何義故以迷惑爲食以迷惑故名迷惑爲食言迷惑者謂分別以分別故心散亂不得解脫以不解脫故從此世流轉來向彼世流轉從彼世流轉向此世流轉已復轉猶如莎草猶如蘆根相縛相著不知自理不知他理亦復不知忘失本念不得自心牽取不實取不實已即滿惡趣生彼惡趣故言遠行也復以何義故言遠行也於先不信遠離沙門婆羅門是故生惡處言遠行也彼言汝遠來者欲何所須彼即答言仁者輩我飢渴也即撲仰卧於鐵地上令大張口即取鐵丸内其口中彼等於時即便當受極大苦惱是故彼等言遠來食也亦言遠來也經暫時過言暫時暫時者隨幾時作不善業還爾所時爾所時受極苦惱故言暫時食言見者何言見者苦言苦者不善何者不善而無有善何者復無有善若諸佛世尊不值遇故彼等不善丈夫言卒作事是故不善者也亦復不成閑豫生處亦不能成滅無明處雖常共住各相違背所言住者是塵言塵者是業是煩惱是渴愛然渴愛者牽取是故言食也復有別四種食破壞作各別想濁病無有處染著何者是無有處染著言無有處染著者是色於彼之中所染著處是名爲食言無有者是受想行識於彼之處有所愛著是名爲食也復有別四種食牢硬縛爲食別離爲食世間思爲食發起爲食於彼中何者是牢硬縛食言牢硬者謂極牢業牢已復牢業彼造作已當有和合何者和合謂

自身體和合諸骨和合筋依肉血生凡有生者彼名爲色然彼色者不從東方來不從南西北方來唯因業煩惱果報故彼無有相不可以我所見於彼之中無所取執言我體也從他來者還至他身當知此是凡夫所見是爲邪見言我身體以是故言我體也何者是更造作者作不喜處於中所有執著未來所得以生分別故即成他物以是故言如是我體有如是他體攝取住持是故言取色也若無取者彼是邪見以無明行成就是色以其色故有所造作受想行識識亦造作於造作處而生我想彼以爲色所縛受想行識以識色所縛故言爲縛受想行識所縛故名爲縛當作有物當得成就當作我所分別我所分別已復起分別分別分別分別所牽牽已復牽以

有牽故言牢硬所縛其牢硬者謂三種縛欲縛恚縛癡縛彼牢硬縛纏者何者爲後言後者背面造業彼等諸業不現面前應先作者而於後作作彼業已於後命終當有悔恨以有悔故無善命終不得好時至彼惡時即便滅没隨順司命以魔波旬隨意所作復言縛者謂相續不斷故言被縛也以是故言牢硬所縛此等四食所順眠處取愛味處彼是流轉流行不能越度攝取種種受生之處是故言食也復別有四種食無畏處恐怖相恐怖處無畏相嬾惰者我者於彼之中所有此食無畏處有恐怖相言無畏者所謂涅槃言恐怖者謂得諸有得諸有者無有涅槃無般涅槃者彼即可言有諂曲也言諂曲者東方諸人輩言摩奴沙羅閻浮提人輩語言即彼瞿

耶尼人輩言阿伽奢也其欝單越人輩彼無賊盜若當有者彼皆知醜此等四種是大賊也猶可治罰若此教中偷法賊者彼不可治何者法賊言法賊者如來法言不異不別若分別不分別法此合此不合如是之人名爲自辯以自辯說言佛所說當知彼人於妄語中而作誹謗假使一切衆生成辟支佛有人謗毀種種訶責不實語中而作誹謗或有信者或不信者作分別行以自辯才演說諸法此名誹謗如來也假使誹謗爾所辟支者如來所謗法之罪此重過彼若人作如是言我毁戒也我毁佛也我毁法也我毁僧也若以自辯置立言辭捨教師語者當知一切皆已毁謗阿難此名法賊何以故安慰諸佛子已捨佛語言以自辯才爲他解說此是佛語此非佛語阿難若復有人於一切衆生所奪取一切財寶及穀米等若復有人如來所說修多羅中乃至一句等捨已或諸師所作或自辯中自語言中意欲具滿如是人輩最爲大賊名偷法也亦名壞法也阿難若有具足偷法賊者彼於佛邊有清淨心及法僧中有清淨心無有是處復應當知彼暫所聞諸修多羅即生誹謗此合此不合此著此不著如是彼人有不善根具足成就有智我慢彼捨身已命終之後當生諸地獄中雖生人間得鈍瘂報語言謇吃或復無舌或有兩舌或有少舌或有塊舌當得硬舌當得缺舌無有滑利語言之業當復墮落無節度中當得瘂吃當得失語喉中咽塞口中臭膿氣口生重舌或得齒痛或復喉痛口如滿鑪得白羊口當得

舌濁當得惡色如被索縛當得滅色無有醫師爲説藥法得洟唾病或得乾病彼以如是無善根故誹謗修多羅具足故有四種蟲生舌根中口利如針於舌根中復生二蟲一名不知足二名毗茶途呼是舌根中復生二蟲一名阿輸吒蒲二名優婆斯那迦此等四蟲常爲彼作不淨面門以膿血故復於上下齒行之中復有四種疽蟲出生上齒行中生一疽蟲名曰娑都遮耶於下齒行中有一疽蟲名曰阿覺那摩下齒行中復生二疽蟲一名娑婆茶二名浮耶吒復於咽下邊生二疽蟲一名波盧沙吒二名毗婆羅迦此等疽蟲被彼食已住於面門譬如豬口上唇反出而覆鼻孔有如是等不善事住若以自意測量佛語以自語義安置建立是故阿難所有諸師具足受持諸修多羅於彼之中欲求佛菩提者莫缺莫少莫覆莫藏文句莊嚴教化衆人令他建立阿難汝等應如是學阿難問言世尊有何等法當淨道佛言阿難即此陀羅尼法本若如來所説受持已當應正念當應正行當應生智當善言辭復次阿難諸脩羅教證四諦義此處言若有第一實諦彼處言阿羅遲耶尼阿難諸阿脩羅攝持有第二實諦彼云毗羅茶婆茶阿難阿脩羅復第三攝持當有實諦阿難彼云波梨尼師絺多毗伽闍呼者即爲第四攝持當有實諦如來爲諸阿脩羅説而復言道也此四種實諦於九十世間中於東方有一攝持一安置立南西北方一相置立是故阿難於實諦中我説第二汝應善受善思已應爲他説阿難如此中定共

聖諦者彼覆鉢足夜叉中言毗荼婆阿難若此中言第二聖諦彼覆鉢足夜叉中言阿盧荼尸阿難若此中言第三聖諦彼覆鉢足夜叉中言毗毗梨毗迦阿難若此中言第四聖諦彼覆鉢足夜叉中言波荼盧訶阿難若有諸衆生輩能知此等名字語言彼等當得疾智利智若知此等語言者是等當知彼未受胎當知種種印行阿難此四種實諦如來爲彼婆伽羅龍王所說爲孫陀龍王爲阿那婆達多龍王爲伊羅鉢多羅龍王爲難陀跋難陀龍王如來巳說阿難若有如是言辭所作印中墮落之者彼等當如野干作鳴吽嚮復作鳴聲如毗羅梨（此野狐類殺人食噉獸也）彼等當受種種陰聚阿難彼等法賤以彼缺少故住於卑賤缺少之中無有牢固無明之中無有牢固我慢之中無有牢固流轉之中以是之故名爲食也復別四種食阿婁哆偰婁多食阿羅訶謨訶都食宿旵利波食怨讎繫縛食有何因何緣而言怨讎縛食也言怨讎者有二十種何等爲二十婦女怨讎丈夫怨讎生處所怨讎起發怨讎無羞愧發起怨讎相欺誑怨讎兩破壞怨讎在國土怨讎墮落怨讎所聞怨讎爲阿闍黎怨讎爲和尚怨讎破戒怨讎捨爲怨讎遠離朋友怨讎選擇利養歡喜朋黨怨讎相欺爲怨讎望方怨讎王被驅怨讎遠離聚落爲怨讎此等爲二十種怨讎名爲怨讎也阿難上虛空有諸風名曰毗嵐婆阿難彼毗嵐婆諸風等高九十九百千俱致由旬彼等諸風是何由旬是人間由旬復有幾許大由旬若人輩百千俱致由旬是彼風家

一由旬阿難如是由旬有六十八萬千俱致由旬其毗嵐婆風高如所也阿難於毗嵐婆上虛空之中復有諸風名曰尼僧何羅（此云可扠）阿難彼等諸風如是牢硬若須彌山王在彼處者彼等諸風能破壞之如散土一掬阿難彼尼僧何羅諸風高二十百千俱致由旬阿難大鐵圍山在彼處者雖不破散而擲置諸方所有第二四洲天下上虛空中不可收風等彼將大鐵圍山如是擲之從此向彼從彼向此如乾樹葉亦不墮落爾時彼等諸風次第來已少分觸地而於大鐵圍山上如少沙墮彼大須彌山王峯聚破壞或百由旬大或二百由旬大或三百由旬大聚皆吹破譬如巧調象師取象縛勒一日令行四十由旬彼象脚中擲置銅盤而彼象龍如是速行如是

四十由旬彼一銅盤不令墮地如是如是大鐵圍山彼諸風吹擲置彼處從於彼處擲置此處阿難彼諸風上於虛空中復有諸風名曰阿鳩羅迦羅（此云作亂）其作亂風上虛空中復有諸風名曰上行阿難彼上行諸風高七十一百千俱致由旬其上行諸風上虛空中復有諸風名曰婆吒三毗多那其婆吒三毗多那風上虛空中復有諸風名曰地奮目佉（此云動方）無量百千俱致由旬阿難彼諸風上虛空中復有諸風名曰須斯湊羅（此云善住）無量百千俱致由旬乃至略說其善住風上虛空中復有諸風名曰避荼那避荼那諸風上虛空中復有諸風名曰闍婆那輸陀那（此云疾走淨）其疾走淨諸風上虛空中復有諸風名曰毗多毗盧遮那其毗多毗盧遮那風上虛空中復有

諸風名曰富吒避陀那（此云片破）略說如上應知復有諸風名伽帝尼避奢伽伽那揭波復有諸風名遏顛多悉洟帝迦復有諸風名阿迦奢毗奢毗迦多復有諸風名阿住枳囉復有諸風名避多博叉復有諸風名施利伽摩復有諸風名伽多婁惡復有諸風名娑那帝囉那復有諸風名阿毚呵伽復有諸風名阿輸伽阿多羅復有諸風名波利延多施沙婆多阿難我於波利延多施沙婆多風晝夜說時亦不可盡阿難其波梨延多奢沙風等上虛空中復有諸風名刪尼覆婆那復有風名曰阿嵐婆婆蘇都（此云發事）阿難此風名字如來悉知如彼名字已上所有風輪名者阿難復有二十千種風輪如來所知普知數知此最後風輪上有上非想非非想諸天於其中間中間所有風名字乃至如來所知於彼非想非非想天上虛空之中有六萬八百千俱致由旬以上復有風輪名曰毗毗梨洟（此云開示）於彼最上復有風輪名曰首楞伽摩（此云健行）高六十萬八百千俱致由旬彼上虛空中有水聚高六十八百千俱致由旬如是數如是大小如是作事中大千世界中如是水聚悉皆遍滿復於此上復有地界厚六十八百千俱致由旬彼處復有閻浮提無畏之處豐樂廣大甚可愛樂於彼閻浮提中有七十百千諸城皆悉無畏安隱豐樂意喜可樂多有人民充滿於彼是諸人輩現在壽命九十九百千俱致歲彼處現有如來說法名曰大燈明如來彼世尊初會有四十百千俱致比丘衆然彼世尊爲於聲聞如是說法我於今者以劫濁時

出現於世汝等發勤精進以未得者應令得之以未至者當令得至以未證者當令證故

大威德陀羅尼經卷第十五

音釋

趂丑刃切逐也　㼚徒古切瓶也　謇吃謇紀偃切吃居乙切謇吃言語蹇難也　絺丑知切　遏烏葛切

大威德陀羅尼經卷第十六

隋北天竺三藏法師闍那崛多等譯

阿難彼佛世尊有一大智比丘於聲聞衆中最爲第一名曰降勝猶如我今上座舍利弗彼佛世尊有一神通比丘名曰寂行譬如我今上座目揵連彼佛世尊有一侍者比丘名曰善生譬如汝今爲我侍者阿難我今於彼一切比丘衆能稱名字一切比丘尼衆一切優婆塞一切優婆夷亦能說其名字及彼世尊如來阿羅訶三藐三佛陀所有法住乃至彼佛世尊隨所住世未般涅槃九十五百千俱致歲正法住世一日一夜彼佛世尊如來阿羅訶三藐三佛陀般涅槃後六十一劫中空過無佛即彼佛刹所說實諦如此處言苦聖諦者彼處即言烏奢羅迦聖實諦若此處言苦集聖諦者彼處即言婆蘇姤毗耶若女迦切聖實諦若此處言苦滅聖實諦者彼處即言叉耶何利他那聖實諦如此處言苦滅道行聖實諦者彼處即言阿訶羅佛地姤聖實諦阿難此等四種聖實諦我說彼聖諦彼說我聖諦譬如我與汝對面共坐各各相知汝今知我我亦知汝彼亦如是彼亦知我我亦知彼如我念彼如彼念我阿難我若一劫若百劫若千劫若百千劫若百千俱致劫若復過彼無量諸世界一切世界之數及以無量無邊若干諸佛佛悉能知佛眼無礙佛智無礙於彼之處如來入涅槃者尚不可盡阿難如來有如是智不可思議無有邊際阿難我今當說是義爲證知此故阿難所言風風者有諸比丘欲有風者爲彼等故方便而說此

義以是義故當成就如是大智此方便爲名字若如是者大智當不成就呵難若以世間語言故說般涅槃我如是說時過百千俱致劫說復過於彼阿難汝等當取實義於實義中當勤方便莫爲文字莊嚴莫共諍鬭莫共相競言相諍競者皆是風也凡有怨讎皆從競起爲諍競者無有盡邊凡所諍競皆令墮戒令墮三昧令墮智慧阿難如來涅槃之後當來之世多有諸法師等彼自欲風謗教師法彼等癡人縛在於彼色渴愛中於聲香味觸法渴愛之中爲欲風所縛阿難住渴愛中以欲縛故當向地獄爲食因緣多作種種妄語阿難此食名破論師名從風起名爲維陀義名怨讎本根也復有別四種食和合爲食鬧爲食災怪爲食業果報爲食是故衆生得

住壽命言和合食者處處和合言鬧食者所謂聲鳴言災怪食者若不捨無明何者不捨無明謂住處不和合何者是業報食若未來處中欲求果報求果報者當無有施以此諍鬬當名執著富伽羅者是等癡人當名增上作復有別四種食如法所得爲食施物爲食施法是爲食（梵本脫一種食）此等四種是名爲食彼四種食中法施爲最爲勝爲精爲妙爲無上爲上上何故言法施爲食爲不生貪性故法施爲食爲不罵辱故法施爲食何者爲不貪性言不貪性者是不罵辱言不貪性者是無所求言不貪性者於甚深諸修多羅如實所說捨離非法不欲非法逼切於他言不罵辱者不罵辱佛菩提亦不誹謗云何不罵辱不誹謗如所聞法隨順受持精細非不精細爲

自降伏故爲自寂靜故自般涅槃故比丘有十種事故如是修多羅罵毁誹謗何等爲十自言我是多聞我未曾聞如是等修多羅彼作是言此從誰來此非佛說我是持法人我本於先不聞是等彼以多聞慢故當誹謗此修多羅復次阿難雖復比丘不住如是多聞慢中但彼和尚阿闍黎等作如是言我等今者久行梵行我等未曾聞此彼從聞已還作是說復次阿難比丘不以多聞故住於我慢亦不隨和尚阿闍黎意故住於我慢但彼朋友所共事者彼有多聞或彼朋友和尚阿闍黎亦復當有多聞久行梵行多人所讚亦有多人說彼名聞然彼等作如是言此非教師所說於彼之中我等不信彼不信樂故不生希有作如是言我等當作如是如尊者教於

彼時間當所尊重者彼命終已生驢胎中於彼之中魔王波旬作勤方便願作助護願諸婆羅門長者居士爲彼沙門造立寺舍彼造立已彼等當得供養飲食阿難彼中所有和尚阿闍黎尊重之者命終生驢胎者令彼負重鞭杖捶打背負世間種種財具造立寺舍阿難有是因緣於彼時間受驢報者遍滿寺舍阿難於彼時間諸俗人輩作如是念我已造寺我今已與世間果報我今已與世間負乘財物果報今復應與守護之者即於彼寺境界之中不遠之處於一界中於一寺內施與女人及諸丈夫供養僧故阿難於彼之時有諸癡人穢濁汙染沙門法者當作是念今日檀主已與我等寺舍供給供養衆僧已與奴婢今者彼等皆悉由我我於今者應取此

已隨我所用行非梵行遂向彼邊作如是語我已得汝汝是我物我所語者隨我意不時彼婦人而作是言如尊者意當作如是如汝所言我不敢違隨爾心想阿難如是次第彼等癡人於彼時中當有隨順滑利而行違背禁戒於下賤中隨順而行是等即於彼處而作僧奴或有即住彼中作比丘身供養衆僧如彼昔日奴婢供彼亦不悔彼下賤等事彼等命終已生驢胎中爲他作乘如彼過去他與作乘阿難汝可觀察於彼時中當尊重者和尚阿闍黎還復爲彼而作驢身極負重擔以杖拷打彼等捨驢身已當生阿鼻大地獄中阿難此等誹謗從和尚阿闍黎相傳教來各各相承或從寺主知事各各相承當作增長滿地獄事復次阿難是魔波旬於諸比丘作是住持願此等修多羅不作光顯若有於中勤求方便雖初勤求後還退失不復勤進初安置已後不安置初勤方便於後當行欲向他國或有病患或多事業彼以念諸業故損失正念初正行已後不正行初發趣已後不發趣既安置已還不安置我當欲信還復不信於如此等修多羅處當欲勤求作究竟業行即於是處心生猒離生猒離已求餘業行彼等被魔作是住持以住持故而生瞋恚生瞋恚已復當誹謗如是修多羅阿難誹謗法者最爲大惡阿難是故我告汝等我敕汝等若有智慧正梵行者爲求此等諸修多羅故或應當行若一由旬若百由旬若千由旬若百千俱致由旬何以故阿難假使於一切處有極苦惱亦應當行爲欲求此陀羅尼法

本故阿難如來手者所謂此陀羅尼法本是阿難正法手者所謂此陀羅尼法本是阿難正法意者所謂此陀羅尼法本是阿難言世父世父者此陀羅尼法本是言世間世間者其智慧人凡所求者皆悉得之故不誹謗所言智者若能求此陀羅尼法本是名智者此陀羅尼法本爲於智者阿難若人發心求此修多羅法本故於彼時中有障礙者阿難於彼時中決作是念今此障礙是魔事也此是魔業所起阿難以魔業故於未來世諸比丘等當有誹謗如是修多羅阿難於後當來五百歲中正法滅時此陀羅尼法本於彼北方出現於世還復速滅有一比丘意欲修習自餘諸比丘初欲修習此修多羅彼於後時復不修習阿難爲此陀羅尼法本最後之時當

有誹謗阿難若有諸比丘等此修多羅至彼手者或復耳聞彼等來世當得作佛如來已知彼等已成就具足種諸善根阿難彼智者於彼時中應作是念願種善根發是心已當得涅槃阿難於彼智者正梵行者我付囑此陀羅尼法本阿難於彼時間有諸比丘多求利養及與名聞以念利養及名聞故彼等勤求利養及與名聞聞此修多羅已而生疑悔復生疑惑彼等以墮疑惑中具足不信不信滿故即不受持何以故阿難於彼時中諸比丘輩多有愚癡少有意欲如於今時諸比丘輩若晝若夜意樂經行即於彼時飽飲食已於牀眠睡乃至日沒彼等比丘以被大小便逼切急故從重睡眠於牀起已放大小便大小便已還詣牀臥設當睡覺彼等當作滑利

談話談說國事論其利養說其男子婦人之事唯當愛樂種種言談亦當不念如法談話猶如劫賊羣隊之話當話戰鬬村落城邑市肆飲食衣服香鬘婦人婬女而作雜話防邏鎮戍話世間處及話自身如是等種種所不應話而作話也從初夜話意專樂已方取睡眠以身重故或復展轉懶惰纏身以長夜中於深夜中還復睡眠以展脚足乃至第三更至於後夜彼於爾時從睡覺已依倚俗家爲諸分别之所齩齧應從此處當至某處應從某處還至此處從彼處所應將某物彼等以求果報故於日初分中當入村落城邑王家市肆等處彼等入已於彼多種不淨之處作犯戒已更復於彼不生止心而出去也阿難於彼時中俗人白衣尚不如是於諸欲中而重貪求彼癡人輩作如是言我是沙門釋種之子作如是知彼等癡人至寺內已晝夜常作是非善事彼等癡人當復何用如是等修多羅及正思處若如來今者說三種業所有讚歎彼等癡人於彼時中捨此三業皆已遠離於三業中作勤方便求美飲食牀上卧眠大小便業等此三業者所有眷屬彼共親近已皆悉當墮地獄阿難汝諦觀彼諸癡丈夫懈怠懶惰故如是等諸修多羅文句如來所說當不受持亦不勤求亦不意樂誰是陀羅尼法本所爲不知此義阿難譬如有人無力少力無護助者亦無朋友無子無婦無倚著處無有飲食苦惱壽命彼至空閑阿蘭若處爲求食故負極重物彼求物時忽然遇值三種大藏諸寶悉滿彼既見已生大恐怖捨彼

重擔即背馳走時復迴顧向後觀察觀已復觀作如是念莫復有人欲來害我阿難於汝意云何彼癡丈夫得彼大藏而更背走得為善不阿難白言不也世尊佛復告言如是如是阿難於彼時中諸比丘等聞如是諸修多羅已捨已背走生大恐怖當得墮落於大墮中若諸比丘作是方便勤求如是修多羅者於彼之處不生淨信當不用心彼等見已當作惡意欲作害想亦復不作勤劬不設最勝所須鋪具亦不與彼勝好衣服飲食湯藥等及隨時恒鉢那(漿麨)或復別與羹飲漿水彼逼切已當速捨背遠離而去見彼去已當生歡喜默然而住復作是言汝一去已願更莫來阿難如來見此義故為彼智者諸善丈夫當付囑如此陀羅尼法本乃至令不滅沒故阿難此法品名勝大將若有比丘於此法本中觀察者勤劬者彼當印護守護此修多羅法本故當得千偈陀羅尼之所利益阿難於此品中無穢濁偈應如是知阿難應莫生恐怖如被杖捶當應忍受勿生惱悔阿難我念往昔於彼時中有一如來阿羅呵三藐三佛陀名曰寂行然彼寂行如來應正徧知涅槃之後有一比丘名勝身分彼人受持此陀羅尼法本具足無缺時有一王名曰勝然彼勝王從他人聞有一比丘名勝身分有陀羅尼法本具足受持聞如來所說當能增長般若我於今者應當往求爾時勝王遂即向彼勝身分比丘之所到已頂禮其足而白彼言尊者我聞大德有陀羅尼法本具足受持若尊者不倦我欲諮問阿難時彼比丘為彼勝王說

此陀羅尼法本於彼會中五百衆生遠塵離垢於諸法中得法眼淨爾時勝王即發無上菩提之心從彼聞已即施比丘六萬具衣及四種兵力於彼比丘兩手接足布身頂禮而作是言善哉尊者於彼時中有八萬四千諸衆生等見彼勝王布身頂禮彼等亦皆布身頂禮咸作是言善哉尊者爲王説陀羅尼法本願莫停住於上虛空復有八十百千諸天復作是言尊者大德願爲勝王説是陀羅尼法本莫暫停住時有一魔名曰怖畏即作是念此陀羅尼法本若當至彼多人之所此即不善我於今者應當住持此比丘身尋即住持彼比丘身爾時勝王及四兵力并彼八萬四千諸衆及彼無量百千諸天即於晝夜伏地不起慇懃請之然彼比丘不許爲説爾時勝王過晝夜已即作是念如我今者應當如是如是承事今此比丘儻能與我此陀羅尼法本爾時恐怖魔王知彼勝王心所思念知已還作如是之願我今亦當不捨此比丘身恐畏與此陀羅尼法本爾時勝王從伏而起捫面及膝歸命頂禮彼比丘足圍繞三帀合十指掌在比丘前及八萬四千衆生之類亦復如是從伏而起捫面及膝合十指掌頂禮彼比丘足圍繞三帀合十指掌却住一面爾時勝王合掌已白彼比丘而作是言尊者我於今日更白尊者爲攝受我故受此夏中四月日請彼以魔王住持力故不許受請時彼比丘王三請已亦復不許時王向彼而問之曰尊者今欲詣何方所我等隨尊者至於彼處即報彼言隨我所之當有樂處阿難爾時

勝王即作是念我若於後比丘之所逼問至三今者欲往何所坐夏若逼切已或有是處儻不與我共相見也我應今者私令訪察隨在何處我應詣彼爾時勝王共彼八萬四千衆生頂禮彼足圍繞彼比丘三帀已而白彼言尊者隨意所須我等皆爲給侍供奉作是語已合十指掌背面而去離於比丘眼所不見彼既去已勑令安置二十丈夫隨所去處必奏我知乃至彼比丘住於彼處若干時節彼王四部兵馬勢力往至彼處見彼比丘乃與羹食時彼比丘即從彼處不諮彼王移徙而去至二十由旬外非勝王境而夏安居爾時彼王守護比丘彼諸人輩見彼比丘去已速報王知彼王聞已共四部衆兵馬勢力還至彼處供養比丘經夏四月然彼比丘雖得王供猶不爲王說佛所說乃至四句偈等雖復如此王心不異唯於内心常作是念今日應說明日應說今者應當作如是耶今者應當與如是耶彼王既見過四月已白比丘言尊者豈不憐納我等彼即答言我於今者不能與汝應汝所作隨汝意作爾時彼王白比丘言隨尊者心安隱我住爾時勝王復作是念我於俗法已作供養我今應當於比丘所捨家出家爲此陀羅尼法本故即白比丘尊者我今意欲爲此陀羅尼法本棄捐三位捨家出家此陀羅尼世間希有我念意樂受持讀誦爾時彼比丘嘿然而住王復白言尊者有何意故而嘿然也彼復白言我於今日不逼尊者今決與我如是法施世間富伽羅希有事也尊者我意如是願仁家内爲受我食

彼答之曰若爾之者隨汝意作爾時勝王復作是念我於今者應自將此比丘而去於白法中多障礙故爾時彼王與四兵衆勢力圍繞比丘置令在前漸漸次第至巳宮殿至宮殿巳恭敬尊重以諸飲食供養彼巳集諸宮內諸婇女等作如是言愼莫放逸當修習法我於今者此比丘邊捨家出家時彼勝王作是語巳爾時彼處上虛空中無量諸天千數衆等即稱善哉善哉汝善丈夫如是應當修習善法說是語巳彼婇女衆即大悲哭咸作是言仁既出家我等今日亦隨出家所隨眷屬諸童子等亦復皆作如是言曰我等亦復隨父出家諸臣百官亦作是言我等今者隨王出家時彼勝王身有一息童子名曰勝持彼作是言我不出家當用出家竟作何事我今當知王之庫藏建立王事爾時勝王及以八萬四千衆捨家出家巳如是承事彼之比丘行坐之中如是供養方始爲說陀羅尼法本時彼勝王既出家巳爾時怖魔哭泣悶絕背之而去阿難汝莫疑惑爾時彼王名曰勝者爲此陀羅尼法本因緣故捨愛妻子及其王位供給承事彼之比丘種種供具調伏彼魔未證菩提爲菩提故出生精進求佛勝法及菩提分豈異人乎阿難汝莫作異見何以故爾時彼王名曰勝者我身是也時彼比丘者於今現在名曰薩波達多（此云虼德）是也於彼之時所有魔王名恐怖者彼即魔王波旬是也而於彼時彼勝王息名勝持者而不出家受王位者彼難陀比丘是也難陀比丘於彼時間恒請我等施諸飲食衣服卧具種

種等物皆悉與之請已皆悉供奉所須我於爾時爲彼八萬四千諸衆生輩爲讀誦陀羅尼法本故讀誦陀羅尼法本時彼所聞者彼等皆悉發心作願願同菩薩所生之處我等亦願於彼中生若仁當證阿耨多羅三藐三菩提時願我等輩亦爲仁者作其眷屬阿難我之所有此一千二百五十諸比丘等於彼之時此等是也在彼八萬四千衆生之數所有現在瞿多彌等五百比丘尼者當知彼時勝王宮內諸婇女輩是也彼時所有自餘諸衆生輩四部兵馬勢力者今如來於摩伽陀國中所有人輩調伏者是也及伊羅鉢龍王幷諸眷屬詣我所時調伏者是及上天時所有衆生彼等是也自餘所有衆生如來現在說法令得解脫彼皆證法及得果者得信利者是也如來世尊一切皆知往昔已曾供養諸佛若有於未來世後五百年中諸比丘輩心意喜樂如是甚深修多羅者彼等爾時一切爲勝王子孫次第是也何以故阿難彼時勝王於金葉上抄寫此陀羅尼法本置於衆寶篋藏是法本王秘藏中若當有次第相承王位得聞此已當種善根如是次第有八萬四千諸王從秘藏中出此陀羅尼法本已受持讀誦如來滅後藉彼善根於後五百歲中以無餘涅槃中當般涅槃一切所有發菩提心者彼等往昔因陀羅尼法本修諸善根因緣力故彼於後時還復發心於彼之時如來世尊亦曾念我彼慈行者從久遠來已攝我等阿難應當精勤莫捨重擔阿難應當學我往昔之行爲欲受持佛正法故阿難如是學

者當有是食欲求白法不得虛誑阿難無有彼法可虛誑者若黑若白我已往昔行極苦行證佛菩提唯爲汝等應廣受持莫令後悔如是名爲眞實食者莫隨懈怠放逸之中阿難如來所說食之事者是爲欲也欲爲一切諸法根本是故如來所說法者名爲食也阿難誰有如是法者彼則無有具足違背之事彼當欲斷違背事故復有四種食於眞實中違行爲食離師宿住無所依止爲食毀謗和尚爲食破戒者作布薩業爲食於彼中何者爲破戒有十種破戒何等爲十煞生是爲破戒凡所作業念護諸有是爲破戒其心一向決定缺少是爲犯戒一向起誹謗諍鬪是爲破戒一向於戒磨觸初不了知後則分別憶追來果是爲破戒一向決定汙比丘尼是爲破戒一向決定有其諂曲是爲破戒一向決定偷奪物利及與根本一向僻戲及造賊行是爲破戒一向決定烏羅羅耶是爲破戒（烏羅羅耶者謂一向念種種戲樂也）一向決定謨陀荼磨是爲破戒（謂一向作樂遊戲也）一向決定波嗏彌羅伽是爲破戒（謂處處求衣）一向決定烏迦邏哆毗耆囉是爲破戒（謂一向執著外道心廣遍作之）一向求覔種種雜物是爲破戒此等十種爲破戒佛告阿難何者是無諍義言無諍義者是名一業是爲一生又無諍義者名爲非義又無諍義者名破諸有胎於上行趣復有一向五種破戒何等爲五殺母殺父殺阿羅漢破和合僧於如來所惡心出血此等爲五一向破戒爾時世尊作是語已長老阿難白佛言世尊若爾此五破戒十種破戒世尊有何等異有何勝劣有何差

別何緣是等名爲無間彼不得名也佛言阿難如來若説十五種皆無間者如來則不付囑教詔令尊重父母亦不付囑令使恭敬諸阿羅漢及諸衆僧亦不付囑供養如來此五種付囑中如來付囑何者所謂父母非諸羅漢亦非衆僧亦非如來所以者何夫僧者不可破壞衆僧牢固不動而住其阿羅漢自身已作歸依之處其如來者爲一切世間之所親友復次阿難但如此等名爲重法於彼之所應作尊重復次言破僧者謂破戒已毀謗佛所教戒彼名爲破僧也以評論故名爲僧也彼等人輩於評論處不攝是數故非僧也彼等破戒何者不攝僧謂若有犯處若不犯處而不能知故彼自念言我住沙門法也如是思已亦不知念我如斬首忽復值遇多聞之人巧知律者方知自身狀如斬首彼等在空閑處毀呰自身嗚呼我身嗚呼我身失於善行非正師非正和尚非正朋友是惡知識嗚呼法王之教既值遇已當復斷絶夫違背破壞此是我破此是我壞我於此處當無救護我於今者當趣何方有能散壞憂愁箭處在空閑時作如是言嗚呼佛陀善教説者嗚呼達摩猒離欲者嗚呼僧伽善住諸行中者我今已鈌諸佛戒行我今已少諸三昧行我今已鈌佛之智慧我今已鈌佛身解脱我已鈌少解脱知見我已現前惡處遊行善行之中今已閉塞我當必死我當無有我當不渡諸有流轉我今當聞不甜美聲墮地獄已我身當然被獄卒逼我時叫喚當馳何方誰當與我無恐無畏誰信者邊受取飲食彼等在

我前手執杖棒我當求及誰當瞻仰誰若復獄卒若狗若烏若鐵觜口若執鉗者我所走處隨其方面唯見恐怖見蘭若者當作如是言嗚呼此為快樂而在空閑阿蘭若處無所悕望而住其無心患亦無身病我等今者無一吉祥我今少福如我今者共諸俗人受用産業隨宜活命為佛出家應當欲樂沙門信法今值破戒丈夫富伽羅輩我若親近入持戒衆於彼之處當被憎猒當被分別若我彼處住宿之者濡善比丘當見我已當觀察我當瞻視我此從何也此是誰許此是誰也或時持戒或時破戒我當彼時被他瞻視我時慚愧卑下羞恥我時儜弱在彼輩前我不娛樂背面而迴譬如獼猴於日出時從窠張口觀察四方此無烏也彼時夜出從夜出已所

應見者彼不能見唯見大山往詣彼處如是去來遂便夜盡時獼猴還未至窠中然彼復有若烏若鷹若鷄趂逐飛走彼恐怖已還求闇處復觀諸處大恐怖已瞻烏群隊如是如是破戒比丘如彼獼猴若在沙門衆僧之中共布薩業若沙門業各各議論無俗人故彼破戒者生大怖畏恐被驅逐畏人言道是人在彼比丘衆中彼問夏臘不道多少亦不問他不觀他面低頭視地而在彼坐若彼應說我報何言當何所作也比丘散已彼隨後行恐我出時有所言語如是破戒比丘於彼時中從說欲中出已觀察四方譬如殊迦薄迦多囉在稠閙處宿其若見濡弱比丘彼如是說今此比丘如是彼中諸長老輩不得信彼是人知已觀比丘衆於此之中誰是我例誰

與我等有如是者我當依住彼當住於此若復不得如是之者彼恐諸比丘逼切於已向非道去而彼之處無有言道者無有說者汝當如是彼當如是阿難此是破戒比丘名如虱也如飲殺毒飲何以故譬如將殺者最後與食最後與飲最後戴髮最後鼓聲如是如是破戒比丘而信處受食而食如是如是如最後受食亦於後聞佛之音聲後聞法聲後聞僧聲後得人間住處此處捨身當墮阿鼻地獄阿難是故我語汝我告汝此所作業具足成就一向行處阿難如彼之食攝出家者必應至彼阿鼻地獄

大威德陀羅尼經卷第十六

音釋

邏 郎佐切巡也
齩噉 齩五巧切齧也噉徒覽切食也
捫 莫奔切摸也
訾 將几切譏也
悕 香依切與希同
儜 女耕切困弱也
鵂猴 鵂許鳩切猴戶鉤切鵂猴即鵂鶹也
稠 直由切密也

大威德陀羅尼經卷第十七

隋北天竺三藏法師闍那崛多等譯

阿難復有四種食承事尊重者是爲食摩訶羅所作業者是爲食調戲是爲食覆藏者是爲食於中所有作摩訶羅業者是名爲毒何者名毒所謂不自在何者名不自在墮不教示上氣不安隱不吉祥被抑怖畏被捨被棄故名不自在是爲摩訶羅毒也又言摩訶羅者若有如是等果報滿足已及俗家諸業等復欲滿是沙門之業彼等捨家出家已見有慚愧悔作惡者年少比丘訶責彼等而爲示現不隨順法以幻惑法中令他歡喜種種語言中入在家色何者名爲幻惑法言幻惑者謂在俗家時住放逸地所犯諸法彼等當皆悉示現然和尚阿闍黎告彼等言汝今已得出家莫作如是作是語已彼猶不悔是故和尚及阿闍黎欲棄捨彼彼等即作是念今者善哉今者快哉今者快賢我今前後久已猒棄所謂多有語言相似故捨妻子已來入佛教云何和尚及阿闍黎更復調伏訶責我等應作如是應不作如是作是語故名不自在又不自在者是謂破戒也既不自在即便破戒者彼名無所希望亦名羸弱言羸弱者謂摩訶羅雖持袈裟於沙門法中虛無所得空食他食亦當不取他隨順事乃至獼猴威儀之中依倚佛已說俗語法不隨王業此第一摩訶羅力以如是摩訶羅力具足故向摩訶羅地何者爲摩訶羅地謂地獄閻羅世是也若有和尚及阿闍黎於彼邊作如法教示語者爾時彼即不受復語和尚阿闍黎作如是

言我家所有足自活命何用汝邊衣食汝衣食而更縛我我於今者不用汝教若自作終無休悔若其不爾我更至他處豈當無有如是不隨順教佛刹寬曠我已受持袈裟衣服隨我意欲當至彼處阿難其摩訶羅有是難受隨順教如是於諸梵行持戒行中捨遠戒已行卑下中還復承事妻子眷屬此是第二摩訶羅力其摩訶羅如是力具足至摩訶羅行我之所說爲何縁故作如是說爲彼等故因彼等故縁彼等故何者彼因何者彼縁謂地獄畜生閻羅世故名因縁何者爲縁所謂爲惱何者爲惱所言惱者所謂無色何者無色所謂無財何者無財所謂黃色衆生色非正色金色不缺少不可拔濟於地獄聚中住大地獄故言生於彼處譬如餘諸地獄輩有立住者不得橫卧身壞命終已生於彼處生彼處已故名攀縁爲攀縁也以其先世不能隨順食他信施是故言因和尚及阿闍黎所不重教誨是故言因此是攀縁以攀縁故多失諸法故名攀縁也以是因縁受地獄身意持彼處故名攀縁也我昔者有何義以自作惡業故當生惡處在地獄中口自唱言我我也苦也極苦也彼等以自作業生是智相我等先世不受正教棄捨正教故得最後法意順彼是故如來說彼處年少之時不修學故故名年少摩訶羅也得他教已若彼若此若輕若重當有當作如此等五種法具足故名不受順法摩訶羅也彼無此法故故當生大熱惱地獄之中阿難又何因縁言摩訶羅也以彼具足作摩訶羅法故名摩訶羅也何者

作摩訶羅法摩訶羅法有五種何等爲五於苦行處懶惰懈怠被他訶責摩訶羅惡戾眼視瞬摩訶羅橫有語言不作正說摩訶羅蹲坐低頭摩訶羅樂不正道行摩訶羅此等爲五種摩訶羅復有五種摩訶羅何等爲五住處不正行處斷絕不問自語非正方行於波羅提木叉中不能正行此等五種摩訶羅垢也復有五種摩訶羅垢何等爲五非時入村落好毀訾他恒喜欲往他方之處好噉多食勤向天祠及祭神處是爲五種摩訶羅垢復有五種摩訶羅垢何等爲五所食殘餘不立淨施所造食處不知護淨先巳淨處而觸彼淨處受本生地隨自心行不可遮止是爲五種摩訶羅垢此等具足五摩訶羅垢法當得羸弱形體瘦悴被他棄捨言羸弱者作諸惡法故名羸弱彼以穢濁而取塔物及衆僧物若得若取三寶之物復至村落慈心與他是食彼當至食行中言食行者當趣地獄畜生閻羅世等故言食也當生種種陰聚決定成就彼等以如是染著故名染欲垢瞋恚垢愚癡垢至如是處而爲彼等幻僞所牽言牽者謂無明也爲於三界業煩惱所牽是故言牽取也復有四種食烏羅哆吒伊陀阿伽帝伽彌比（此云此岸欲去者不去）薩浮彌薩奴薩多羅拏（此云言彼岸難度）婆適伽呵拏薩烏析底（攝取名字而說）娑制婆耶制婆弗利莫句也烏析帝（此云如彼還爾如前所說後復爾）所言俗人無有修作相續威儀若有具足成就威儀可得令彼坐布薩業所言初者未曾依倚彼應當說是故名爲初未曾有故譬如丈夫當發如是心我於某處當作屋宅

爲捍風雨故彼發心已然不造作時遇天雨走向於彼造屋宅處至彼處已還被苦厄阿難於汝意云何彼人爲有利益爲無利也阿難白言世尊無利益也佛言如是如是阿難若有人被俗家逼切已彼等作如是念我當出家彼等出家已還在俗家造作俗法阿難彼捨家出家已當作利益也非利益也阿難白言世尊彼作利益非無益也佛問言作何益也阿難答言於他人處得食而食而於其身無所乏少世尊今有如是作利益處佛言阿難莫作是語阿難莫作是語當知是彼名無利益若食他食已當至阿鼻大地獄中當知如前後亦復爾阿難以是義故先行無明作諸惡業彼於後時無明還滿今復入此佛教之中捨家出家當養育身彼等如大函滿復寫穀聚如先在俗後亦復還作前業先發信心捨家出家已於後還悔我何所作也若我捨家出家應所作者而不作耶阿難此食大重行處滿足當滿驢趣滿自違背處滿惡趣處滿野干地處阿難此等比丘名不住戒如鵰鷲在籠不細精行至於亂行有穢濁行名向惡處向惡處者名爲破壞爲破壞者名向三種破及有穢濁故名向惡破壞當作叫喚彼作稱天於和尚及阿闍黎所當生貴重恭敬之心彼得脫已心念勤求讀誦修習正心當欲入於涅槃等五法具足是摩訶羅在少年時應置教故譬如有丈夫走時復有一人作如是言汝於今者欲何處走彼時即住如是如是摩訶羅被他教示言如是作應如是行彼即還作如是順事彼摩訶羅當言取

隨順也言破者佉那地也此云崛毗娑牟吒阿提迦囉拏去聲此云破壞增作波度陀鞞馱那去聲此云破住處毗復夜伽闍師哆此云高作事如象頭阿難如來已知如是諸法於未來世中當有年少摩訶羅輩法阿難彼等非善丈夫不正活命若於此教中信心捨家出家已而起貢高當入娑他浮陀中言娑他浮陀者當墮於阿陀浮陀地獄中是故言娑他浮陀也言貢高者馳向不善處謂村落中向非沙門所作諸法中何者非沙門所作法阿難於未來世有諸比丘彼等以取塔廟莊嚴之具取已莊嚴城邑村落若於今者如來所說正攝威儀應入俗家彼於後時種種調戲無正威儀或跳或擲至村落中觀看諸鳥及蚊蝱等或觀流星於彼之處而生愛喜樂於彼中當作勤劬彼等比丘身壞命終定當墮落諸地獄中阿難我今與汝骨肉兄弟所有如來況所用者及袈裟衣我不捨與亦不許與汝能用不阿難言不也世尊佛復告言阿難我之所有衣鉢應捨施者應當無有別異之人可捨施與唯除於汝何以故汝爲如來侍者亦是兄弟共佛世尊居住一處故阿難若爲如來凡有所施乃至一線縷等彼天等世應好藏舉尊重供養阿難若爲如來諸塔廟等施諸衣物而盜取者彼當滿足非沙門法除作是心欲爲藏舉若洗若染若熏若香自餘諸事何以故彼等尊重物所布施者云何戲笑而受用也阿難彼等所有諸戲笑事必定當墮於苦逼中阿難何者苦逼言苦逼者於鐵地獄中當被鎮壓爾時世尊作如是神通令大地劈裂彼阿鼻

脂極大地獄忽來顯現眼前此地獄處建立諸幢一切所有地獄衆生普皆集聚幢頭熾然身體懸住彼等懸時有大鐵釗燒烙彼身爾時世尊告長老阿難言汝見此等五百幢頭極大猛火熾然一向如焰盛以不阿難白言如是世尊佛言阿難此等衆生於迦葉如來阿羅訶三藐三佛陀世尊塔處取諸莊嚴種種具已莊嚴村落城邑舍宅彼時所有破戒之者若取如來塔上諸物今生此中阿難於未來世我涅槃後有如是時如是三摩耶有諸俗人信敬佛者爲供養如來故若施諸蓋或幢或旛於我塔中用作莊嚴彼等沙門凡出家者從彼塔中取物造作蓋裝飾幢頭或於村落城邑舍宅而作端嚴當爲糞穢之所汙染彼中所有或餘殘者或時自著或與他著彼等衆生身壞命終當生惡趣諸地獄及阿鼻大地獄中阿難有百千俱致幢頭從此教中捨是身已當生地獄彼等以取如來塔廟之物嚴飾幢故如是如是身在鐵幢而住阿難以此因緣如來故說阿難如來所有若衣若鉢彼爲無等世界爲作支提世間無有堪受用者阿難如來所有欲供養者應著勝處合掌禮拜所得利益所有果報彼一切衆生於千劫中受不可盡阿難如來幢旛十指爪等合掌供養所說善根尚有爾許勝妙果報況復有爲如來支提懸旛幢蓋阿難其如來禁戒三昧智慧解脫解脫知見無有邊際阿難是故如來支提之中所施物者汝等莫取如來不許如是之事如來所有支提物者彼應頂戴荷負供養阿難我非是彼摩醯

首羅天主之天如來殘華一切衆生不得取著應當莊嚴如來支提不得以彼如來支提裝飾之具而用莊嚴城邑村落阿難出家之者於當來世有如是業有如是等非法之事非是俗人所作事業所以者何阿難彼三摩耶所有俗人當施衣服及諸供具而出家者反盜支提供養之具而自受用阿難有如是食當作怨仇非爲慈處阿難如來宣説所作福事莊嚴之具修供養者將來獲福有如是等裝飾之具自供養者如來説彼當墮地獄何以故阿難誰有莊嚴供養訖已阿難彼等於彼還自取用阿難彼等比丘於後世時依佛出家已欲供養故或衣服等而自著用阿難其釋子沙門等當有是食當復結集地獄陰聚阿難誰所愛者豈不尊重而供養耶我

於彼時而爲彼等不作愛重若於彼時愛重我者如來支提幢等諸物莊嚴之具應當守護不得侵犯阿難當彼時白衣有是勝異非同出家剃除鬚髮著袈裟者阿難於彼之時出家之人多饒煩惱非諸俗人在家之者阿難彼三摩耶時出家之人所作生活種種具度如在家人譬如侍者若奴若僕或有水器或復酥器或有脂器彼等觸已復還洗淨無所揀擇自取受用阿難如是如是彼於後時有出家者一切非善法中具足當行於俗人所而作諂曲作出家垢彼等以意垢具足故身壞命終次第當生於諸地獄中阿難此食當破皮破皮已破肉破肉已破筋破筋已破骨破骨已破髓阿難所言食者若於彼時令墮非法行者彼名食也復有四種食捨勤精

進此由法寶不攝取故棄捨遠離不正威儀故名爲食也所有語言彼還詶答如來語中不正言說於中有疑此名爲食事尊重者是名爲食言尊重者謂欲是也所言欲者謂不正行復言欲者謂苦聖諦是也所有聖諦彼少染著若少染著彼處無貪若無貪者此是諸食斷處若有此等四種聖諦以聖諦順眠者彼等貪欲順眠增長以順眠增長於三界中隨順流轉故名爲流隨眠住處爲食此等爲四種食也復有四種食觀察般若是名爲食呼喚法是名爲食修正梵行是名爲食住於障礙患中是名爲食阿難如來所說患者謂不滿法想此四種患具足滿者當生三界此四種患有可除滅而有眷屬而諸衆生不能覺知唯除如來也五法具足能生食愛阿耶吒陀耶波梨挐摩多夜(此云雖行布施不如法迴向)弗婆若多夜(此云於是知故)摩羅波羅余伽多夜(此云承事魔故)彼有八十戶疽蟲啖食故所以生飢此等四種食如此諸法以爲眷屬言眷屬者若今勇猛或復發起故言眷屬又言眷屬者由被他食由他活命爲他利益由他缺少是故此食名爲食也復有四種食依欲界爲食依色界爲食依無色界爲食(章中有四列名梵本中少一)是爲四種食復有四種食尼祇多舍羅爲食(此云嗽毒箭爲食)勝住處爲食及棄捨鉤釣爲食染著爲食是爲四種食復有四種食般遮多婆瑳爲食(此云五種苦行爲食)阿那舍荼爲食(此云不諂曲爲食)慰提沙吒都利也爲食(此云相似故說爲食)淨信瞋恨爲食於中所有淨信瞋恨食者此食具足沙門釋種子於今時中及未來世乃至正法滅時云

何淨信瞋恨爲食謂沙門釋種子輩諸沙門釋子輩而自念言我是沙門彼等開示商道彼等於商道中私竊覓勝而作商事勿令有人知我復次何者是彼沙門釋種子販賣物也謂販賣佛語以爲賣物及諸威儀以爲賣物云何販賣佛語以爲賣物阿難諸沙門釋種子作是念我當求法以此法故令他歡喜願使有人請我與食彼人依倚糞穢法住糞穢已勤覓如是佛菩提法彼人至彼俗人之間作如是言如是應當思惟憶念以菩提法如是出入息念應當憶念如是念處如是正斷處如是神足處如是諸根如是諸力如是菩提分如是八聖道分我能知此我於此中身已得證若能思惟如是等法汝於彼時當生光明或見害輪汝於彼時極須閉目若閉眼已或有眼痛汝於彼時當應如是憶念思惟此是魔業我應不久當得果證吾若來已隨其所有還如是說如是沙門釋種子商道方便彼去已後至空閑處作如是思惟我於今者已生朋友當應隨時觀看親近彼過夜已行狗道中非自威儀不正威儀行道路中如是思惟我今應當作如是語我應此語我應語彼不住正念不住諸根行狗行中彼人行時所有正信諸天龍夜叉彼等見已戲弄毀辱彼貪迷惑輿觀而行彼人去時但感自身以漫看故生瘡出血彼至村落若見信家諸沙門釋種子所即往彼家入彼舍時除其狗行作悉利伽羅野干之行譬如悉利伽羅以飢渴逼求覓飲食遙見群羊心生恐怖即便反擲遍行圍繞見是相已直以舒舌斷

舐而已或來或去其悉利伽羅忽得羊便即捉羊項彼羊即便舉頭怖走至一千步猶懸彼項譬如斛領垂頡以牙利故羊不能行即便倒地時悉利伽羅隨欲所作時驅護羊人或覺知者即便逼切悉利伽羅羊因得活如是如是彼等比丘所至家處攝前語言後以方便令作已事於彼舍中共語言已即便停住示現身瘡於俗人所種種誑惑種種教示彼應與我如來付囑汝病者所須彼即報言汝明日來如已家無異得是言已便即出去彼非善丈夫乃至所見皆悉諂覓彼後次第還到彼舍到彼邊已隨身所須即從彼索俗人見已便起恭敬請令彼坐示現忍相比丘坐已彼俗人言尊者今日爲何所食我今作何也阿難時彼俗人以信敬心請彼以意重故即告彼言我長夜中以果報故恒被人誑惑爲人所呵而問我言汝作何也汝得何也汝今何證也雖然汝等俗人多有事業隨汝所有若多若少而行布施得福無量彼即報言如尊者說實如是耶時比丘報言我阿闍黎和尚亦復如是示我道路令汝具足我住於此十年勤求猶尚不能得是諸法如汝今者於一夜中已得是法善哉丈夫汝今應當生歡喜心汝今已得須陀洹果汝真是佛子汝當亦應堪受一切衆生之所頂禮而汝今者能爲我作最勝福田況復餘者若更有餘善男子等非是沙門而似沙門彼等來已而語汝言此不應也非佛所說汝勿信彼汝莫放逸汝於今者真是須陀洹真是斯陀含阿難是於彼時爲世間果報故爲糞除塗瘡讃

歎自身及說師法復爲他人作如是說汝等亦應當作如是彼爲諸俗人令歡喜故時彼俗人即作是念我實是須陀洹我於今者應供養師時俗人等於彼沙門即生歡喜便請比丘多與衣服飲食卧具湯藥種種諸物時彼比丘既被請已作如是言如來曾說言從信邊應受非不信也若如是者我今應受彼如次第漸漸親近數數來往以數見故作漏語言如前彼亦爾作如是業常來俗家攝受白衣通相染愛捨離戒行在彼俗家作卑下業阿難此是沙門釋子諸弟子等當有如是不淨行業滅損上天及解脫果當滿地獄苦惡果報是惡比丘之所作者若更見餘沙門釋種子等不生信心亦不親近亦不供養亦不承事此亦如彼惡比丘者何假親近莫共語言因是事故損減信心戒行多聞施及般若皆悉損減損減已當墮於惡趣所謂於地獄畜生閻羅世是故阿難莫爲食故作如是諸惡行阿難如是次第如是因緣滅此法教阿難其詐聖者當住六月於後知已移行他處彼惡比丘唯有如是所作方便諸惡沙門釋種子等所在住處具惡方便汙染如來如此法教閉甘露門捨佛菩提毀辱佛教不喜法教當棄捨僧教阿難彼於如來法教作不善事況餘凡夫練行之者具足精進信行之者阿難於彼時中以食故罵辱如來訶責毀謗阿難云何以食故罵辱如來訶責毀謗是惡比丘知此俗人於如來所有信心者故在彼前毀辱如來却付一邊行諂彼所作如是言此爲非善非爲正受此當知僧勝佛不如

也當供養僧當供養僧已即供養佛佛於聖僧中非爲外也彼時無智衆生受不正語故如來曾說爲瞿曇彌施衣具時瞿曇彌汝施僧施僧已有大果報而施僧者我亦在中汝可布施於聖僧中其瞿曇彌即施衆僧以供養故即成波羅蜜如來曾說若有如是聞者信者如是知者彼等即住天勝之處所謂施僧成波羅蜜故若作異者此是顛倒汝莫作二此義是一若供養僧即供養佛何處有一何處有多若如來於僧外者不應坐布薩中如來曾爲衆僧說波羅提木叉如來不爲一人說波羅提木叉如來既坐彼衆當知如來即入僧數阿難如是彼時於世間中唯有二寶佛及法寶一切所有佛法語言當於彼時皆悉棄捨所有僧寶於彼時中彼當無也唯有極大叫喚之聲阿難其彼最大叫喚滅已當惡運起於惡運時和合僧者唯在三年過三年已彼皆破壞既破壞已時有一比丘多聞持力年已老邁生來百歲當今是人入一朋黨作如是言我前聞說於惡運中無有大僧名和合之者唯有空名如此空名應善受持阿難此大僧者最後得名阿難汝當觀察彼三摩耶唯有空名無和合行時有如是諸惡比丘彼等多有俗人及惡比丘共結朋黨互相佐助於惡運時入諸寺舍執持器仗捶打比丘阿難如是惡運世中所有僧衆諸沙門等自無力故唯當空有大僧之名阿難彼三摩耶無一比丘行梵行者彼布薩中各立制約汝等不得言有梵行若復言我行梵行者彼即斬首或時撾罰阿難如是次第於八

聖道當被誹謗彼等於彼布薩之中當共行籌誰有梵行若言我有梵行者彼可取籌若有自言我有梵行取籌之者彼惡比丘即不共彼同布薩業阿難彼三摩耶有五百許比丘作如是言我是梵行阿難彼等五百比丘一夜之中皆悉斷命至夜曉已時城中王既聞此事即大瞋忿捉彼所有三千比丘一時斷命復作是聲號誰爲城王捉得沙門將來之者賜與金鬘彼於是時有貪衆生處處走趂沙門釋子隨其所在諸有沙門釋種子處或阿蘭若或復山林曠野之處皆悉詣彼處處求覓當時諸寺山林靜處諸阿蘭若皆悉空曠其諸弟子不知和尚去住之處亦不守護依止侍者亦復不知阿闍黎處亦不守護阿難其沙門釋種子於彼時間此閻浮提内

甚大窄狹無走避處阿難當知彼時所有比丘摩訶羅者彼王捉得皆悉奪命阿難唯有金錢彼得度河阿難如是於彼三摩耶時有五百比丘無金錢故爲大水聚之所漂没無得度河阿難彼三摩耶時諸比丘等至北道多刹尸羅城作和合住面向北觀觀看和尚及阿闍黎彼等各各議論作如是念我等今者可共彼王作大戰鬬彼三摩耶處處普方各各來者諸比丘衆爾時當有九十百千諸比丘等悉著鎧甲還向北方相隨而去共彼城王極相戰鬬如是阿難彼三摩耶布沙波祇（此云華主）王所居城中極爲戰鬬阿難彼戰鬬處有三千許諸沙門衆皆悉爲彼刀仗所害當時彼王被諸沙門之所逼切即便逃走爲諸沙門之所奪命阿難如是彼王所有采女

及諸軍衆被彼三摩耶爲彼沙門釋種子輩於半月中之所受用阿難彼三摩耶於荼蘇地（此云邊地）當有一王名曰婆睺羅舒婆（此云多馬）時彼王聞沙門釋子輩斫殺燈王斯有是處若彼等來必奪我位令我墮落及失四部兵時邊地王即來向彼布沙波祇城其釋種子輩因離彼城阿難如是彼三摩耶於北道中當最後見諸沙門等諸比丘等當還向彼特叉尸羅大城（此云削石埈）

大威德陀維尼經卷第十七

音釋

瞬（舒閏切目動也）蹲（徂尊切踞也）捍（侯旰切抵也）劈（普擊切破也）唼（子合切齧也）舐（神紙切餂也）頶（户吾切牛頸下垂皮也）撾（陟瓜切擊也）

大威德陀羅尼經卷第十八

隋北天竺三藏法師闍那崛多等譯

時彼城中所有人民皆悉聚集而作誓言今者不聽沙門釋種弟子入城爾時彼中復有於佛教中信行之者有淨心者作如是言佛出世難但令沙門釋種弟子入城還共此沙門釋子等打邊城王令我等勝以其逼切沙門釋種弟子輩於彼城中諸人衆等或作如是或作如是言論不定爾時魔波旬勤求方便願彼沙門釋種弟子莫令得入彼特叉尸羅大城阿難若沙門釋種弟子得入特叉尸羅大城者於三年中諸沙門等應作城主阿難於彼時中魔王波旬化作大軍莊嚴畢已出特叉尸羅大城北門次第巡行復作是聲汝等好打沙門釋種弟子汝等急捉汝等當令墮落汝等令破諸沙門釋種弟子輩其諸沙門釋種弟子聞如是聲及見是相怖怕逃走不能在彼於前而住亦不能入特叉尸羅大城阿難如是彼三摩耶帝釋天王及四大天王幷八萬諸天子速下閻浮提如來所有支提之中有舍利者皆悉收取擎持而去阿難即於彼中淨居天等見阿蘭若空閑之處幷諸塔廟及僧伽藍作如是言嗚呼嗚呼此釋迦牟尼法教於此破壞（加是三說）阿難於法教中當有淨信諸龍王等於一夜中遍閻浮提所有一切諸塔精舍皆悉收入龍宮殿中所有禪窟經行之處及阿蘭那一切所有彼三摩耶皆悉空曠無復人居其多馬王將其部伍來至逋沙波婆帝王所居城時沙門釋種諸弟子皆悉逃走時多馬王既知走已所有

伽藍放火燒然何以故畏其沙門釋種諸弟子輩還復來歸住此處故於彼時中放火燒然即於彼時地居諸天當作是聲嗚呼此如來教於此破壞此如來教於此破壞其地居諸天作是聲已四天王天復作是聲復作大聲令遠處聞此如來教於茲失耶此如來教於斯破散如是彼時一切諸天展轉相呌乃至梵世彼悉聞知沙門釋種諸弟子被苦逼切一切諸方各各馳走向拘睒彌王所居之城於彼而去時彼拘睒彌王即與沙門施彼無畏及諸飲食彼三摩耶名最後食亦名最後沙門聚集亦名最後般遮之會（此云五年大會）彼三摩耶當有二十百千比丘聚集彼三摩耶四大佛塔隱沒不現以首陀婆諸天護故其帝釋天王不能收取於中舍利菩提道場轉法輪處及阿羅摩村塔此方特叉尸羅大城之中所有法塔此四大塔於閻浮提中隱沒不現時拘睒彌國有一比丘名曰脩羅多（此言柔調）唯此一人是阿羅漢彼三摩耶復有第二比丘名曰尸梨沙迦（此言頭者）多學三藏時尸利沙迦於布薩內在彼比丘大衆之前從座而起作如是言此大衆中頗有一比丘當依世尊學戒者不若有學者彼向我說作是語已時彼一切諸比丘衆皆悉默然如是再三復作是言若有依世尊戒學之者彼即應說第二第三亦復如是其脩羅多阿羅漢即告彼比丘僧言我學世尊戒我於今者是阿羅漢善得心解脫善得證知爾時脩羅多比丘即從座起合掌而住作如是言我即是彼如來世尊阿羅訶三藐三佛陀實學中學而我今

者無有憍慢我是阿羅漢阿難彼三摩耶彼尸梨沙迦比丘之所有一比丘侍者名曰波婆遮吒（此言惡諂）復有第二比丘名曰陀那婆羅羅（此言財力）復有第三比丘名曰何羅奴殊迦（此言不直）其脩羅多比丘作如是語已又作是言我是世尊如來阿羅訶三藐三佛陀依教戒中而修學也爾時彼等三惡比丘遂斷脩羅多比丘命根所作三段彼三摩耶金剛手夜叉時有一弟名曰難提牟佉（此言鼓面夜叉）雪山王中復有一夜叉名曰摩羅毗闍耶（此言髮勝）當來彼處其海龍王時有長子名曰摩訶毗盧遮那（此言大顯赫）來彼處爾時海龍王長子取彼波婆遮吒惡比丘身擎高三十由旬已然後擲放憂悲啼哭向波吒羅弗多羅城而去将波吒羅弗多羅城中大支提塔向巳宮殿其難提牟佉共摩羅毗闍夜叉同共殺彼二惡比丘遂令斷命阿難如是之時一切世間大地震動可怖可畏身毛皆竪無量百千一切諸天於彼時中呻號啼哭大叫大喚作大憂惱其尸梨沙迦惡比丘等共拘睒彌王即向北方欲逼切婆睺奢波迦王因欲斷彼命其拘睒彌王亦復斷彼尸梨沙迦惡比丘命時彼比丘即墮阿鼻脂大地獄中阿難於此之時所有比丘無供養者無貴重者無恭敬者無承事者無羞無恥從於酒肆還至酒肆爲酒椀故阿難復有如是如來教中當生大惡阿難此食還從沙門所來非從外道所來阿難如是之食沙門釋種諸弟子輩具足成就增長身聚阿難當知此等四食極爲大苦極爲大惡阿難何者是取我巳於前所説因緣此等

因緣我已說訖阿難復有四種食不和合爲食高下不平等爲食迷惑爲食讚歎生趣爲食於中若有讚歎生趣食者彼則毀佛毀法毀僧所以者何阿難如來應正遍知而不讚歎說有生趣唯除一者發勤方便勝菩提中者彼應勤教勸阿難除此一衆生已阿難若有比丘不行大乘作如是念我今復欲取後有生彼不得言我爲教師所以者何阿難於世間中發勤精進具足法者彼等一切如來攝受聽爲出家受具足戒阿難若有比丘爲第二比丘讚歎取生彼中勸化我等當作如是我等當復作此彼中取滅（正本云欲取隨生處以爲滅度謂涅槃也）彼長夜當得欲箭得瞋恚箭得愚癡箭得憍慢箭當得具足順入愚癡取卑賤身增長卑賤朋友知識卑賤諸趣彼長夜中當得多食彼長夜中多生貪欲言多欲者所謂惡欲言惡欲者令其墮落何者墮落謂墮戒聚及阿鼻脂地獄之處復言多欲者多諸住宿多有貪性多覓歡欣於惡不善根中當得具足以貪不善根中瞋不善根中癡不善根中當得具足復言多欲者饒諸煩惱被諸思念之所纏覆佛所讚教不受不行譬如惡馬不受鎧甲調御阿難如是如是彼不善丈夫當不隨順多不觀察住不正道阿難言不正道者若於無我法無衆生法如實不知說有我者如是名爲非正道處不正觀察第二持法比丘欺詐降伏發覺說惡令彼憶念或破戒中或墮邪見或墮不正威儀中此等名爲取不正道彼如是等不見事中於持法比丘所發覺令念又復何者爲非正道謂住非正道

言不正道者謂遠離和尚及阿闍黎於諸罪中不知得失不知有殘及非殘者亦不巧知罪之與福第一罪中不知十處第二罪中不知三處第三罪中不知一處第四罪中不知罪處亦復不知堅牢之因不知不和合處七犯罪聚不知所起如來曾說五十七種犯罪之處第一罪中第二罪中六十九中第三罪中四十一中第四罪中九十九中不住諸法不和合行諸法出處别離之行彼悉不知亦不能知失沙門事不知初禪中十種智方便不知第二禪中有三種障礙不知第三禪中二十五種作歡喜處不知起調戲不能了知第四禪中五種隨眠行處不知爲彼作懈怠處不知比丘向飲食時當有十種失沙門法不知親近如是尊重巧知比丘欺教示者不知心有十種救護不能了知二十五種入村落事不知十種受乞食法不知受食有二十五過失諸想彼等不知十種心行不知與他戒法有五過患不知十種住於經行如是等分非善住處持非道已名爲比丘不在正道不順教師所有教法恒常犯罪食他國中所有信施阿難少有比丘見知此等所有事者或當知者阿難唯優波離比丘能知此等諸法諸事若承事者彼等亦知此等諸法阿難比丘此食不巧知者當令滿向阿鼻脂地獄阿難汝應觀察彼等自言我是持戒亦當不問他諸智比丘此等諸法能行知者阿難是故我告汝我今語汝若有比丘如是修多羅等文句莊嚴知出入者彼則名爲智慧比丘爲善欲者欲涅槃者欲求解脫於地獄中求

自樂者假令身盡肉血雖羸無力應詣彼處所以者何阿難寧住於人間雖羸無力當求如是諸勝妙法不用當受向惡道處阿難此食當損沙門之行是食分別品中今已說訖阿難如是言語有幾尼迦沙（此云磨瑩選擇）我如是言說因緣有十種尼迦沙何等爲十爲自許尼迦沙爲他尼迦沙爲自他尼迦沙邊境尼迦沙姓尼迦沙佛陀尼迦沙達摩尼迦沙僧伽尼迦沙持戒尼迦沙三摩提尼迦沙斷尼迦沙及詐聖尼迦沙歌詠者尼迦沙多尼迦沙一分生處尼迦沙調柔尼迦沙比丘尼迦沙比丘尼尼迦沙此等爲十尼迦沙於中此比丘尼尼迦沙者彼二種因緣應作尼迦沙若比丘戒中清淨若墮大罪中此等二種應作尼迦沙法言尼迦沙者隨惡變悔一者欲沙門法亦不見他人雜種諸罪亦不可得義別說有比丘從罪起出及爲經營煩惱清淨故乃至身命因緣不得妄語比丘有如是者應作尼迦沙羯磨何者爲事事有五種不知淨業此是第一事不知善不知五種嚴熾義利五口不知漏不知輩忍亦有離結界比丘具足此五種法當不得作尼迦沙羯磨作是語已長老阿難白佛言世尊頗有如是因緣若是等五法具足者比丘不可教示亦不可作尼迦沙法佛告言阿難有一因緣若一千比丘衆有一比丘欲發作尼迦沙羯磨彼別因緣不可作尼迦沙何者爲離一切衆事故不可得作尼迦沙若有比丘具隨順忍者彼亦不能作尼迦沙所以者何犯罪相者應知舉處若無罪相彼即是行處比丘具足此法

不能作尼迦沙阿難有五種尼迦沙處如來所說假令比丘住一由旬或有比丘在此住處應作尼迦沙於彼處亦應作尼迦沙何等爲五若有比丘爲諸比丘所聞某甲比丘犯某甲罪或有比丘爲彼比丘欲作尼迦沙羯磨彼比丘先遣一朋友比丘往至彼處彼比丘遣衆出河道然彼河道用繩度量以爲結界或一揄闍那或半揄闍那彼朋友比丘令出已住於彼繩界門彼等作量議已彼迦羅中彼三摩耶中彼呼律多中令彼比丘住彼繩境界中然彼各各別異契約令罪比丘至彼界處彼等比丘令諸比丘作尼迦沙若一揄闍那中若半揄闍那中所有繩頭安置者面向彼處然彼繩頭若以脚大指若手指若脚掌或蹈或壓然彼等各各應當作如是言大德等聽某甲比丘今在綖邊住犯某甲罪如是我等今日爲彼作尼迦沙應如是作次第因緣成就具足一揄闍那中間不令罪比丘得見尼迦沙比丘不分別者作尼迦沙羯磨比丘五法具足當作尼迦沙羯磨稱和尚名作非義說無問自語建立惡義愚癡人故如來所說愚癡之人應當捨離愚癡人者不可令學應當遣住結界之中彼罪過人一因緣不得著羯磨處攝住支提耶莊嚴中即於是時其比丘舉罪已將比丘來教羯磨處墮罪法中若比丘尼被舉者亦應入結界中然彼比丘有朋友者彼來已應告彼言汝捨支提迦莊嚴汝欲去者隨汝意欲若比丘彼教說中不巧知恐怖法者彼應告言若舉者若未舉者應生歡喜復次阿難復有比丘雖不

說和尚名字非義緣故而說和尚作阿闍黎名於法教說而不順行此第二法比丘具足者當應堪作尼迦沙也復次阿難若有比丘尼有事者受佛法已念教師法念欲學知而彼比丘既不顛狂亦不散亂亦不瞋恚亦不被賊捉亦復不爲諸國王之所逼切入婬女家行梵行衆應當遮斷以彼比丘不取佛教及與僧法而不背彼若有比丘具足是法雖念佛教如是非法行中心不毀壞若和尚若阿闍黎欲益彼故應須教示汝當獨住阿蘭那也彼若答言我能住彼師主應言汝莫求伴不得更覔第二之人而住彼處若作是言我不能在彼師復語言佛法難遇隨汝去處使善法增長於白法中當令滿足不得語言汝應還俗所以者何我是一切天人世間教師如來尚不作如是說令人還俗但以慈悲教誨令不入僧中

阿難菩薩在家有何名也阿難菩薩在家無有人能作名字者阿難而虛空中首陀娑娑訶諸天來已作如是言此童子者極大端正觀者無猒有大威德光明具足我於彼時有是名字號大莊嚴大莊嚴者是爲菩薩在宫殿中諸天神等安立名字也而過去世然燈如來安立名字者彼是如來捨家出家成阿耨多羅三藐三菩提時安置名字號曰釋迦牟尼也以是義故天人世間知我如此娑伽婆名曰釋迦牟尼名也成阿耨多羅三藐三菩提既成佛已復有如是名字出生我亦不曾念知如是若梵摩娑婆世界主若帝釋天主及四大天王若復别有諸天子等若喚如

來名字者唯作是言是教師婆伽婆天人世間爲見佛故我等可詣彼婆伽婆所作是語已長老阿難作如是言世尊名婆伽婆者何故名婆伽婆也佛告言阿難是爲讚歎如來非如來名也阿難如來已滅諸有度衆和合破煩惱聚故名婆伽婆也阿難復白言世尊豈可人少智慧而非天也而人喚如來名字也佛告阿難人少智慧非爲天也而非一切何以故所有於身正見比丘彼爲命因緣終亦不喚如來名字況復瞋罵而彼不信諸比丘輩求活命道彼須臾時或二或三乃至第四日五日十日二十日乃至百千日喚如來名於如來所若虛若實毀罵如來意欲求過阿難復白佛言世尊於是義中我少辯問佛告言阿難應知是時隨意辯問阿難言世尊若有於如來若實若不實毀罵若求誹謗或復求過世尊此當得幾所罪聚世尊而彼實語及不實者寧復平等俱獲罪耶佛言善哉善哉阿難汝爲多人欲作利益故阿難汝爲多人欲作安樂故而汝今問如來如是義是故阿難我還問汝此義如汝所忍還當如是爲我解說阿難於汝意云何其布沙他羯磨（此云戒增長）爲誰作耶爲販雞者爲販豬者爲當爲彼捨家出家者阿難答言世尊於中販雞販豬等當作何世尊爲勤方便修禪比丘等說布沙他羯磨佛復告言阿難今者何因何緣復問如來如此之義所以者何若有妄語和合具者我不爲說而實語者我爲說之阿難復白佛言世尊其破戒果報可無言乎佛言阿難於中有可說阿難若破戒妄語罵毀

如來及誹謗佛彼乃至其身正分及非分中所有毛孔還如是等百千歲於阿鼻脂大地獄中受爾時長老阿難悲泣流淚而作是言嗚呼如來大德嗚呼諸衆生輩墮極罪處爾時長老阿難即從座起四支布地頂禮佛足以口嗚足惟願世尊受我懺悔惟願修伽多受我懺悔我或於如來所說名字行所作業者雖尊重稱言南無婆伽婆而成毀駡南無婆伽婆而作是已復爲毀謗爾時長老阿難頂禮佛足時上空中無量千數諸天子等稱最善哉作是語已佛告長老阿難言汝阿難起就坐於是長老阿難從地而起以土坌身而以兩手捧按世尊足而禮世尊拭面及膝却坐一面長老阿難坐一面已而自抆淚爾時世尊告長老阿難言阿難汝勿悔惡阿難我不見汝若實若虛若毀駡佛若誹謗佛作是語已長老阿難白佛言世尊我有少分入白法中以是故我實不敢毀謗如來世尊我自思忖不曾知見若實若虛駡辱毀謗如來世尊爾時世尊仰觀虛空仰觀虛空已爾時虛空有八萬諸天子等在世尊前合掌恭敬爾時世尊告彼八萬諸天子言汝諸天子以何義故住於虛空爲長老阿難稱最善哉爾時彼天衆中有首陀婆娑身天名曰摩醯奢婆囉集在彼會彼却住一面告彼諸天衆言如來世尊所問之義爲汝等釋爲我解乎彼等報言汝應解說如來所問汝既現前何須我輩爾時摩醯奢婆囉天子整理衣服偏袒右臂合掌向佛而作是言世尊我有所辯說修伽陀我有所辯說佛告彼言摩醯奢婆囉

汝當辯說佛作是語已摩醯首囉言世尊我念往昔長老阿難前宿命中於五百生處世尊我不曾見亦不曾聞長老阿難而作妄語世尊我爲長老阿難持如是未曾有法唯然世尊我作如是念如是善藏如是善護世尊如是衆生善覆藏口業者如是善護口業者彼聞如是名字已即作是悔世尊是故我見如是熾盛衆生已今故稱舉最上善哉作是語已佛告摩醯奢婆羅天子言汝摩醯奢婆囉汝少見也摩醯奢婆囉我念往昔九十一劫已來而長老阿難於彼處生中不曾爲妄語故而作妄語於爾時衆中有五百比丘集坐彼會彼等復爲長老阿難稱最善哉爾時長老阿難白佛言世尊若有比丘修持禁戒未證果者若復戲笑或實不實隨所有處欲

誹謗罵辱如來世尊彼得幾所無福德聚當生何所作是語已佛告長老阿難言阿難若有比丘持禁戒者知犯罪處於智者邊當悔作惡後更不作彼勤方便時勤精進時應得須陀洹果若得斯陀含果若向證阿那含彼等爲魔波旬見欲向證阿那含變化作佛如來威儀來在其前彼人因即承事於彼彼人當得二種果報以業報故若發舉時更復於彼若實若不實意欲誹謗如來世尊彼身壞已當墮阿鼻脂大地獄中隨說幾所語言還若干歲於阿鼻脂大地獄中當受燒煮如來說此語已彼時衆中有六十許諸比丘衆來集會坐時六十許諸比丘衆從外道中所出家者以得邪故吐大熱血彼因命終墮阿鼻脂大地獄中爾時世尊即便微笑時長老阿

難整理衣服偏袒右肩右膝著地而白佛言世尊如來阿羅訶三藐三佛陀所作微笑非無因緣世尊有何因緣而現此微笑作是語已佛告長老阿難言阿難此等六十諸比丘輩從外道中而出家者以得虛妄故向於如來若實若非實毀謗罵辱彼等作如是念若如來世尊作如是言於如來邊毀罵誹謗墮地獄者無有是處彼等悔過亦無是處彼等身壞命終即墮阿鼻脂大地獄中阿難問言世尊彼等當於幾所時間而受燒煮佛言阿難一一比丘當二萬歲中當受燒煮阿難是故我語汝等阿難汝等捨於非善當念諸善作大利益阿難當來世有諸比丘彼等聞是甚深所出修多羅已當作大不善根彼於後時如是修多羅當來彼前是等聞已而生輕笑作名字說所以者何彼等已多輕笑如來彼等自住下賤之業自知瘡已當言此非然也非如是也彼等身壞命終已當墮阿鼻脂大地獄中彼等身體節及非節分中隨所有毛彼等還復若干百千歲於大地獄中受極燒煮作是語已長老阿難復白佛言世尊一一衆生有幾許毛作是語已佛告長老阿難言善哉善哉阿難人所有毛還有如許無毛者阿難若有饒毛彼於頭上有九十九百千俱致毛孔於彼九十九百千毛孔之中而不生毛亦不出毛阿難復問言世尊是何處所佛言謂脚足手掌之內口中及眉間除是以外有八萬四千毛孔阿難又除項中及兩足下不生毛處其間節及非節依倚毛孔者二十百千俱致阿難此等已爲一一衆生若童

男若童女若婦人若丈夫我今已說若干毛孔作是語已長老阿難白佛言世尊何因緣故諸婦女人無有髭鬚於彼身中亦不遍滿諸毛等耶作是說已佛告阿難言阿難婦人饒欲彼以欲火燒毛孔故以被燒滅諸毛孔處譬如有人以炭火滿坑持草覆上於上種樹阿難於汝意云何彼樹能增長根不增長莖不增長葉不增長華不增長果不頗有如是諸樹影不能斷熱惱不阿難白言不也世尊佛告阿難言豈不種彼樹也阿難言種也世尊佛言何故不與果實若葉若華何故不生何故不增長莖也阿難白佛言世尊此樹種已火坑熱故熏令盡滅下有火界多饒乾燥半被燒燼云何當得增長根耶云何當得增長莖也況復生葉及與華果世尊彼亦心解而種彼樹根在空虛佛言如是如是阿難其婦女人多饒煩惱欲所惱故正節及節分生諸毛處而不增長所以者何以有欲火燒然其身阿難復言世尊豈可婦人多諸煩惱非丈夫也

大威德陀羅尼經卷第十八

音釋

睒（失冉切）　豎（臣庾切立也）　綖（私箭切與線同）　坌（蒲悶切塵坌也）　抆（無粉切拭也）

大威德陀羅尼經卷第十九 第二十同卷

隋北天竺三藏法師闍那崛多等譯

佛告阿難此非正問雖然阿難我今爲汝而作譬喻爲明此義令汝知故阿難於汝意云何若於春末月中正熱惱時大火坑内鐵鍱擲中析一毛道以爲百分取一滴水置彼鍱上阿難彼之水滴當滅盡不阿難報言世尊日之熱惱猶能盡滅況大火聚世尊我意觀察彼之水滴未至鐵上滴在虚空如是火熱尋時即盡佛告言阿難汝意分别寧以少水滴此大火聚當可應滅阿難莫復分别未見實諦諸婦人等若干數人以受欲故令歡喜者阿難譬如有大沙聚針孔之中有一水滴墮此沙聚阿難於汝意云何彼一滴水能潤彼沙大聚以不可徹過不阿難白言不也世尊佛復告言阿難汝意分别此一滴水潤此沙聚可令徹過阿難汝莫分别若一婦人以千數丈夫受欲果報令知足者阿難譬如苗稼徧滿大地下諸種子於三月中極大旱熱阿難於汝意云何此之大地爲渴以不阿難言渴也世尊渴也修伽陀佛告言阿難若上虚空蚊子飛行所放屎滴能令大地得潤澤不又令生長大苗稼不一切藥草諸樹木等若大地中一切水滿始從此岸至彼岸不阿難言不也世尊佛告言阿難汝意分别寧以蚊尿潤洽大地增長苗稼及諸藥草諸樹木等并諸園林置一切水始從此岸復至彼岸阿難汝莫分别若一婦人以千丈夫若百千丈夫受欲果報令歡喜者阿難婦人無有二法怖及慙者乃至半由旬地眼道之所及方

處追逐丈夫爲多欲故阿難其婦女人三法具足不知厭足而命終也何者爲三自身莊嚴於丈夫邊所受欲樂哀美言辭此爲三種阿難譬如丈夫身有癩病諸根純熟而彼支節及非節處有八萬四千瘡一一瘡門有八萬四千疽蟲悉如針鋒兩頭有口彼等疽蟲食不知足無須臾時而得停住常於彼人所有瘡處鑽刺唼食食已復食唼已復唼而彼丈夫設有四手在火聚前爾時諸蟲更得火熱以熱惱故復動馳走走已復走搔故復搔阿難於汝意云何彼之丈夫爲諸蟲所食噉不阿難白言世尊我聞是已身毛皆豎況彼丈夫蟲在其支節及非節處耶佛言阿難彼丈夫爲彼諸蟲之所食噉以四手搔自身體時無有猒足然無有樂爾時瘡間以手搔刮如是如是蟲更開張以蟲取味指甲頭搔瘡癢不止阿難於汝意云何彼之丈夫猒汙身不以膿血臭穢猒惡不喜觀察之者亦不喜見阿難白言如是婆伽婆如是修伽陀佛告言如是如是阿難然其婦人多有煩惱可猒可汙不喜觀察不喜覩見婦人多欲常不知足以愛欲故得復欲得更復欲得欲欲不止常求常覓無知猒足阿難其婦女五疽蟲戶而丈夫無此復次婦人五疽蟲戶在陰道中其一一蟲戶有八十蟲兩頭有口悉如針鋒彼之疽蟲常惱彼女而食噉之令其動作動已復行以彼令動是故名惱其婦女人此不共法以業果報求欲方便發起欲行貪著丈夫不知猒足阿難其白精道最爲穢汙內空不淨臭穢可惡阿難勿須親近如是女人亦

莫承事所以者何阿難無有如是不淨之坑如女人者極大臭穢最爲可惡於世間中如爛狗屍阿難如爛狗屍不淨爛臭其青惡色身體薄皮諸蟲所滿如臭酪漿而狗屍上復天注雨然彼狗屍更復濕潤時彼諸蟲被雨漬已轉更增動動已遍動處處普行行已復行其雨復雨於彼方處有諸住人聞彼臭氣阿難於汝意云何彼等丈夫取彼味不聞彼氣不阿難言世尊我已聞彼即欲嘔吐況復在彼地方住者世尊應當覆也修伽陀應當覆也所以者何世尊如是彼爛狗屍最爲臭穢阿難於汝意云何若復有人於如是等爛臭狗屍不淨膿血臭穢青惡之色身體薄皮諸蟲所滿殘臭酪漿若取若持若抱若擎持已豈彼丈大應得他人歡喜供養禮事以不或得恭敬或得尊重或得親近爲得多人所讚歎不阿難言不也婆伽婆不也修伽陀應當遠離應不喜見應不親近應不讚歎世尊如是丈夫應不須見何況有人而讚歎者所以者何世尊如爛狗屍不淨臭穢青惡之色身體薄皮諸蟲徧滿狀如殘酪懷裏擎舉佛告言阿難如來如是許彼丈夫若爛狗屍不淨膿血臭青惡色身體薄皮諸蟲徧滿如殘酪漿若取若持若抱擎持阿難如來亦不許彼亦不讚歎彼之丈夫或以財寶諸瓔珞具莊嚴婦人栴檀塗體猶如香篋細滑柔輭善巧莊嚴年盛色美無病無痛耳目端正乃至不讚彼之丈夫以脚母指觸彼婦人何以故阿難我說彼之丈夫甚可惡猒或以財寶諸瓔珞具莊嚴婦人栴檀塗體猶如香篋細滑

柔輭善巧莊飾年盛色美無病無痛耳目端嚴乃至不讚彼之丈夫以脚母指觸彼婦人而不毀彼丈夫抱爛狗屍不淨膿血青臭惡色身體薄皮諸蟲徧滿似殘酪漿若取若持若抱乃至置於懷裏以手擎舉所以者何阿難其婦女人最劇臭穢最可棄捨何以故阿難不爲抱爛狗屍地獄畜生及閻摩羅世之所出生阿難諸衆生輩於世間中所出生者所謂杻械枷鎖若生貫穿或稱上稱關絞以木用鋸支解若以斵斷或以針穿爭鬪相競截其脚足推黒闇井或推擲坑埳然此等所作不爲抱持臭爛狗屍之所出生阿難爲衆生輩於世間中所有損害或苦或惱種種災怪所謂割手截脚刵耳斷頭一切皆爲諸欲所生因欲持欲之所出生阿難如來爲此因縁作如是說寧使丈夫臭爛狗屍不淨膿血青臭惡色身體薄皮衆蟲徧滿如是之體應取應持若抱若置懷裏擎舉勿欲丈夫乃至以脚大母指觸彼婦人阿難譬如毒樹若根有毒根亦能殺若莖有毒莖亦能殺若歧有毒歧亦能殺若枝有毒枝亦能殺若葉有毒葉亦能殺若華有毒華亦能殺若果有毒果亦能殺若影有毒影亦能殺阿難如是如是一切婦人爲不除欲諸丈夫輩若來若去若住若坐爲不除欲諸丈夫輩皆能取心若睡若覺若欣若笑若歌若舞若復音樂若行若步爲不除欲一切丈夫皆能取心若莊嚴若不莊嚴若著好衣若不著好衣若裸形不裸形爲不除欲一切丈夫皆能取心若命終若依時過若開示若燒爲不除欲諸丈夫等皆

能取心所以者何阿難我念往昔時有二人共行在路於中一人告第二人言謂言丈夫此地方處有婦女人端正可喜觀者無猒壽盡命終彼如是說旣聞是已心生别異是故阿難若實言時若正言時言毒樹者喻彼婦人是正言說是實言說所以者何阿難不以臭爛狗屍有衆生抱當向地獄若向畜生及閻摩羅世阿難以有衆生抱彼婦人當向地獄及畜生中或閻摩羅世阿難如來見此過故作如是說寧以臭爛狗屍不淨膿血青臭惡色形體薄皮諸蟲徧滿似殘酪漿若取若持若抱若置懷裏不得以諸財寶莊飾婦人衆瓔珞具之所莊嚴栴檀塗體猶如香篋細滑柔輭盛年色美除諸病苦眼目端正乃至不欲令彼以脚大母指觸婦女人所以者何

阿難譬如工匠要以鞴囊以風滿故吹出風氣阿難如是如是諸婦女人他不搖動未發言時而自呻吟動氣出風是故阿難若有智者當知婦人如匠鞴囊應如是持阿難其婦女人若見丈夫即作美言瞻視熟視視已復視瞻仰觀察意念欲事面看邪視欲取他面齒銜下脣面色青紫以欲心故額上汗流若安坐時即不欲起若復立時復不欲坐木枝畫地搖弄兩手或行三步至第四步左右瞻看或在門頰嚬呻出息逶迤屈曲左手舉衣右手拍髀又以指爪而刮齒牙草枝剔齒手搔腦後宣露脚脛嗚他兒口平行而蹶急視諸方阿難如是等相智者當知婦女之人欲事已發猒離棄捨所以者何勿令於我流轉生死大闇中住是故阿難應當住彼勤觀行

中阿難當如是學阿難婦女之人其五種相於彼沙門釋種弟子而作染著於彼之所欲心最生非餘丈夫何等爲五此沙門釋種弟子恒常梵行未曾經共婦人爲其欲事如是丈夫甚難可得手脚柔輭少作事業阿難此等五相婦女之人最爲染著沙門釋種弟子生極欲心非餘丈夫之所比類復次阿難復有五相成就具足婦人最極染著沙門釋種弟子生最欲心非餘諸丈夫之所比類何等爲五此沙門釋種弟子輩多有善根具有福業有多氣力多有勢望多有精進多聞巧知諸論阿難此等爲五相婦女之人最爲染著沙門釋種諸弟子極生欲心非餘丈夫之所比類阿難復有五種相具足婦女之人向沙門釋種諸弟子極生染著生極欲心最生欲心非餘丈夫之所等比何等爲五此等沙門釋種諸弟子等普徧端嚴具足威儀覆藏諸根隱密諸事不令他人有所疑念應數數來我當得子及與財物阿難此等五相婦女之人最爲染著最生欲心非餘丈夫之所等比作是語已長老阿難白佛言希有世尊乃至穢汙婦人所有欲行如來所說爾時阿難白佛言世尊於中所有希有之事我心有疑云何一切世間最上世尊未得成就行菩提前菩薩之身從兜率天降神母胎住其右脅世尊我不能作如是宣說如其菩薩從兜率天降神下生入母右脅在胎而住佛告言阿難汝今欲見菩薩所受胎處以不如其菩薩在右脅中所受胎藏阿難言世尊今正是時修伽陀此是三摩耶如來於先菩薩之身在母

右脅菩薩所受處毋胎中示現令見見已我等將大歡喜爾時世尊作是神通作神通已于時梵天王娑婆世界主與六萬八十百千等數諸梵天輩詣向佛所到已頂禮佛足圍繞三帀却住一面合十指掌向佛恭敬爾時佛告梵天大王娑婆世界主言汝梵天王受我往昔菩薩身時所用樓閣寶臺以不梵天白言如是如是婆伽婆如是如是修伽陁佛言汝梵天王今在何處梵王言世尊在梵世間佛言若爾汝梵天今者可以顯現樓閣寶臺我等當知云何莊嚴之所住也時梵天王娑婆世界主告於彼等諸梵衆言汝等且住乃至我等將彼菩薩先所受用寶莊嚴具樓閣來也爾時梵王娑婆世界主頂禮佛足已乃至住梵宮殿爾時梵王娑婆世界主告善梵天子言汝梵者來從此已下乃至三十三天告語令知今者欲將菩薩先所受用樓閣臺等示現如來若欲見者應勤方便作行向彼爾時善梵天子從梵天宮以下乃至三十三天即發聲言菩薩樓閣先所受用今將詣向如來之所欲有示現若欲見者應勤方便作精進行爾時梵王娑婆世界主與八萬四千百千俱致等數將彼菩薩先所受用寶臺樓閣置大梵宮是梵宮殿三千由旬中央安置中央安置已與無量諸天百千俱致諸天圍繞將來詣下閻浮提中又於彼時欲界色界一切諸天皆悉聚會爲彼菩薩先所受用樓閣臺等作天音樂散諸天鬘及諸天香諸天末香諸天妙華諸天受用諸天圍繞而帝釋天王在大海中遠處觀瞻以手遮面眼或

開合而不能覩所以者何諸梵天等有大威德三十三天於彼天處甚極卑下夜摩諸天兜率諸天彼等諸天尚不能見況釋王也爾時世尊作是神通已而彼音樂翳滅不現不令閻浮提人所得聞也所以者何恐閻浮提人聞天樂已悉迷悶心亂爾時四大天王白帝釋王言帝釋天王我等今者欲作何也我等不能得見菩薩先所受用寶臺閣等釋報彼言我於今者亦何所作我於今者亦不能見雖然我等今者且觀如來四王報言應速往見釋王報言若可速見即應得見而今我等且待須臾乃至令彼勝威力天慰喻如來先共語論彼時帝釋王等却住一方以手映面瞻仰如來爾時梵天王娑婆世界主將彼寶莊嚴具菩薩昔所受用詣向佛所彼寶莊嚴具菩薩先受用者可愛端正甚可瞻覩有四寶柱上有樓閣如是大小譬如六月所生童子如是高大彼臺閣中有一牀榻譬如六月所生童子所卧之板彼寶莊嚴具菩薩往昔所受用者有如是色有如是形而天等世無有如此比類色者然諸天輩見彼菩薩所受用已生希有心彼等眼轉不能正觀

大威德陀羅尼經卷第十九

大威德陀羅尼經卷第二十

隋北天竺三藏法師闍那崛多等譯

彼時樓閣在世尊前譬如新融閻浮檀金巧師磨瑩無諸垢穢如是如是彼於三摩耶菩薩輦輿明曜顯赫於彼菩薩所受用榻而天等世中無有如是比類色者若金若寶除菩薩項（正本云鉗蒱其梨婆）彼梵身等所著衣服在彼榻前無有光色譬如風雨久漬羖羊毛毾然彼輦輿牛頭栴檀之所成就以末一捻價直千世界以彼如是牛頭栴檀圍繞臺閣彼普徧間錯其内更有第二重閣在彼第一樓閣臺中不著不縛自然而住復更有榻在彼第二樓觀臺中衆香所覆重更覆彼牛頭栴檀然彼牛頭栴檀有如是色如青瑠璃最勝最妙彼香臺閣周帀所有最勝天華彼等不種以菩薩業報力故自然出生彼臺閣中復有最勝最上妙鬘間錯圍繞周帀四邊彼等一切於彼處所皆現出生以菩薩往昔業果報故彼臺閣中有十千數妙淨食名具足威力天等世中無有如是衆生生是食力唯除菩薩世間無有如是喜者世間無有如是樂者若彼臺閣中先無有者以彼菩薩往昔業報力故然彼臺中自然如是成就具足内外善成如是柔軟譬如迦眞隣提衣此是非分説喻彼寶臺閣菩薩所住價直三千大千世界及諸天人等一切所有爾時菩薩以往昔業報力故作如是念菩薩決定當生人間生已出家決定當成阿耨多羅三藐三菩提若生家中若在右脅中於彼之處先須有此寶莊嚴閣毋右脅中又彼菩薩從兜率天降神下巳

在臺閣寶牀榻中結跏趺坐其母夢見大白象龍入普處念彼如是坐已帝釋天王及四大天王二十八部大夜叉主有一夜叉種姓名曰密主金剛執手夜叉所生彼知菩薩在母右脅恒常隨順親近守護及四天王常逐菩薩隨順守護復有四守菩提道場婦女神天所謂一名郁丘梨二名目丘梨三名陀婆闍四名頗羅頗婆帝是等四神知彼菩薩在母胎内常來守護而彼帝釋天王共五百天王亦知菩薩在母胎中常隨後住親近守護其梵天王娑婆世界主乃至三千大千中所有神天威德勢力皆悉將與彼菩薩身安置而住復次菩薩在母胎内其身譬如大山頂處夜闇之時有大火聚彼能照見一由旬内亦能照見乃至四由旬内如是如是菩薩在母胎中身相如是成就具足可喜端正甚可瞻覩彼之菩薩在彼妙香樓閣之上結跏趺坐如淨瑠璃藏眞金色彼菩薩母亦見菩薩在母胎中譬如從大雲聚出於覢電曜大光明如是如是菩薩在母胎中以大威勢以功德色力照彼香樓閣已復照第二大寶樓閣照彼第二寶樓閣已普照母身普照一切母身體已復照母座照彼座已復照一切諸寶宫殿既照一切諸宫殿已從下出光照于東方南西北方皆悉遍照菩薩在母胎中周帀一拘盧奢也以功德威力及以色力皆悉徧照時四天王及二十八部大鬼神等時共五百夜叉周帀圍繞日初分時欲見菩薩故來詣彼所是時菩薩在母胎中先舉右手而共議論其菩薩母亦見菩薩在右脅内如眞金

形伸手轉時徐舉手時安置手時而四大天王欲還本處菩薩及菩薩母圍繞三帀菩薩放捨麾動右手爾時四大天王作如是念菩薩今已放捨我等我等應去此第一因此第一緣若菩薩日初分時共四大天王言詞慰喻伸舉右手周帀轉已正念安置復次若菩薩見有人來若婦女若丈夫若童男若童女菩薩是時先語慰喻後菩薩母亦復慰喻彼等即生希有之心此是誰也彼時菩薩在母胎中於先已能慰喻他人若天若龍若夜叉若人若非人無有能作於先慰喻菩薩之者但以菩薩於先慰喻彼諸人等日初分過已至中分時爾時帝釋天王及大天子欲來見菩薩者爾時菩薩遥見帝釋天王及三十三天已即舉右手眞金色臂慰喻帝釋天王及

三十三天即以一指指示座處其帝釋天王於菩薩教不能遠離帝釋天王受教而坐敬念菩薩時菩薩母即面向彼所隨其菩薩欲向何處麾動手時其菩薩母預知童子共誰言語慰喻誰耶彼之樓閣見帝釋天王及三十三天影無别餘影如是善好清淨菩薩受用在母胎中而帝釋天王若欲還者菩薩即知爲動右手示發遣相爾時帝釋天王知發遣已圍繞菩薩及菩薩母然後而去是時菩薩思惟正念安手本處日西分時其梵天王娑婆世界主與無量無數諸梵天王共相圍繞在菩薩前以天最勝味向菩薩邊其菩薩正念梵天王娑婆世界主來已爾時菩薩還舉右手慰喻梵天王娑婆世界主及諸梵天并諸天子是時菩薩梵天王娑婆世界主欲

有所去菩薩知已還復示現發遣相貌而舉右手彼時梵天王娑婆世界主梵身諸天三帀圍繞菩薩及菩薩母已然後乃去復有四大天王還來親近守護菩薩勿令惡心向彼菩薩而得便者爾時菩薩在母胎時其母不爲欲火所燒亦復不爲恚火及以癡火所燒其菩薩母於彼之時受持五戒不於丈夫而生欲心亦無丈夫向菩薩母生欲心者若有婦女若復丈夫若復童子若復童女被諸病苦其菩薩母即授彼藥彼等衆生皆得安樂無復病苦乃至從地取一草葉與諸病人彼等衆生皆得安樂無諸病惱阿難菩薩具足有是神通住母右脅滿十月已從母右脅正念而出無有汙染不如餘人爲胎所汙是時帝釋天王及梵天王娑婆世界主在菩薩前

起正念已敬受菩薩菩薩在母胎時所居臺閣於中住者即時梵身諸天將向梵宫以爲支提爲供養故爾時菩薩無人堪受唯有諸天爾時菩薩降下地中已觀視四方猶如師子如大丈夫彼時菩薩業報力故即生天眼而彼菩薩具天眼已菩薩觀視大千世界及城邑聚落村巷國土一切衆等地及天人地獄畜生閻摩羅世是時菩薩即知一切衆生心之所行爾時菩薩觀察思惟一切衆生心於中或有衆生若當似我者若持戒若三摩提若般若行善根爾時菩薩即見大千世界中無有衆生與我等者何況有勝爾時菩薩猶如師子無有恐怖無畏無怯心正思惟正思惟已稱量選擇一切世間一切衆生知心行已無人扶持即行七步至第七步猶如師

子觀察諸方作如是言我於世間最爲第一我於世間最爲殊特我當作盡生老死邊際菩薩作如是語時大千世界其聲徧滿此是菩薩業行果報眞所生法是爲菩薩最後補處生已當成阿耨多羅三藐三菩提以是故彼有如是等諸神通於彼之時一切衆生身毛皆豎大地震動甚可怖畏身皆戰掉一切世界光明遍滿爾時虛空有大音樂歌舞等聲普雨無量種種諸華阿難略說彼時有不可思議希有之事以是菩薩出現於世一切衆生皆得安樂阿難汝今見寶莊嚴臺閣以不此是菩薩母之右脅菩薩處母右脅經行之處世尊爲彼天帝釋王及四大天王及諸天龍夜叉等示現衆寶莊嚴最勝臺閣菩薩先受用處爾時長老阿難即從座起整衣服偏袒右臂右膝著地合掌向佛而白佛言世尊菩薩於一切衆生具足希有未曾有法況復今者已成阿耨多羅三藐三菩提世尊我於今者第四第五乃至無量百千歸依佛陀作如是語已佛告長老阿難言阿難於未來世有諸比丘不熏修身不熏修戒不熏修心不熏修慧猶如小兒愚癡無智言我是智我慢貢高無正威儀疑惑不信沙門垢膩彼等不信菩薩有如是清淨入胎彼等各各聚集作如是言汝等觀菩薩在母胎中彼有糞穢垢濁彼從母右脅生時胎垢不汙染以胎垢不汙染故彼即非丈夫輩和合當如是知成就善業諸衆生輩不住糞穢身無垢染如是衆生善入胎住爲諸衆生起憐愍故菩薩生於人間不以天身當轉法輪所以者何勿令

衆生當墮懈怠彼作是念世尊是天我等是人我等不能具足成就彼等諸法如彼成就諸法是故即生懈怠之心彼癡人輩爲偷法者當不作是念而彼衆生不可思議我等不可作彼稱量我得菩提時猶不觀察我之菩提及與神通況復菩薩諸神通也阿難汝當觀察彼癡人輩若當誹謗諸佛功德卑賤生盲染著糞穢名聞利養當作幾多無福德聚阿難問佛言世尊於未來世諸比丘等要誹謗如是賢直修多羅也佛告言彼如是等相修多羅要當誹謗亦不隨順復當更作無量惡業不用沙門法也阿難復白世尊彼等非善丈夫當生何處於未來世受何果報佛告言隨所有人壞滅佛菩提所生處若於過去未來現在諸佛世尊而誹謗者彼癡人輩所得生處亦復如是爾時長老阿難徧身毛豎嗚呼佛陀作如是已復白佛言世尊我今身心迷悶熱惱聞彼等輩非善丈夫如是行故佛告阿難彼非善行唯有惡行阿難彼等以不正行故當墮阿鼻脂大地獄中阿難若有比丘比丘尼優婆塞優婆夷於如是修多羅不信而生誹謗者彼等捨身已當墮阿鼻脂大地獄阿難汝等於如來所莫作限量阿難如來深廣無有邊際不可限量阿難若復有人得聞如是修多羅已歡喜踊躍彼等衆生善得利益彼等不但空得人身及以善行彼等已得至真脱諸惡趣彼等不但空得壽命已自關閉一切諸惡趣門彼等當作佛子已得一切善業彼等福利信不虛也彼等善食國中所有摶食已於最勝衆生之所已得淨

信斷諸魔網已得度脫長路曠野捨離憂悲
毒箭已得歡喜之事已到善受歸依之處已
是應供養者於世間中難可出現最爲福田
者所以者何彼等於佛難法一切世間不可
信處而生正信阿難彼等衆生善根具足無
有缺少阿難彼等衆生非一生得我朋友者
阿難有人聞已有愛而生歡喜不以見故阿
難有人以見故有愛而生歡喜不以聞故有
人見聞已有愛及喜復有人雖復見聞不生
愛喜阿難若有人見我聞我生愛喜者阿難
汝等應作是念彼等衆生非一生處爲我朋
友彼等衆生如來親近當令解脫彼等衆生
於如來所等共分者彼等已到我歸依處如
來已攝彼衆生而彼等衆生應爲如來之所
攝受阿難我於往昔行菩薩行時一切衆生
有怖惱者來至我邊求乞無畏我於爾時施
彼無畏況復今者成阿耨多羅三藐三菩提
阿難汝等於信法中應勤劬方便如來唯告
如是事耳阿難若汝等所應作業當欲乾竭
我慢網者阿難聞朋友處應到一由旬見朋
友已當得安樂況復因我當種善根耶阿難
如來阿羅訶三藐三佛陀當知彼等衆生先
爲如來朋友彼等如來亦爲我朋友以朋友
故更相愛喜隨彼愛喜亦還愛喜彼等衆生
阿難是故我今告汝我今語汝汝等但生信
心我當付囑未來諸佛如來阿羅訶三藐三
佛陀彼等如來知我朋友已當滿所欲願阿
難譬如有一丈夫唯有一子隨順語言隨順
受教而彼丈夫多有朋友彼命終之後彼之
一子當應不困以父朋友多攝受故如是如

是阿難若有衆生當信我者彼等我當攝受付囑彼是我子已歸依我阿難如來多有朋友阿難如來彼諸朋友皆實語者不妄語者我當付囑彼實語者所謂如來諸朋友未來三藐三佛陀也阿難汝等但於信分中勤劬方便於汝等邊我有如是教勑爾時世尊說此經時彼等諸比丘聞佛所說歡喜奉行

大威德陀羅尼經卷第二十

音釋

鍱（與涉切）尾（奴弔切與尿同）釿斵（釿舉欣切斧也斵竹角切削也）埳（苦感切與坎同）刵（而志切斷耳也）裸（郎果切赤體也）韛（蒲拜切吹火韋囊也）逶迤（逶於為切迤余支切逶迤委曲貌）髀（傍禮切股也）脛（胡定切）羖（公戶切牡羊也）毲（土朗切罽毲也織毛曰罽邪文曰毲）捻（奴協切指捻也）

觀察諸法行經

隋北天竺三藏法師闍那崛多譯

清刻龍藏佛說法變相圖

觀察諸法行經卷第一

隋北天竺三藏法師闍那崛多譯

無邊善方便行品第一

爾時婆伽婆更遊王舍鷲鳥丘中共大比丘衆滿千比丘共菩薩摩訶薩有八十俱致菩薩摩訶薩種種佛刹來集皆得陀羅尼忍三摩地一生補處證得過去未來智道言說清淨不作詐善不自稱讚無有貪婪外道不勝過魔羅業得諸佛法具成無畏法障已過業障已滅於法本性已得無疑說歌頌句心無窮盡不可思劫願鎧莊嚴笑顏先語面無顰慼辯才不斷已得等忍三摩地陀羅尼具成無邊辯才及勝無畏百千俱致那由多劫善說一句信解諸法猶如幻焰水月夢影響等無來無去無生無滅空無相無願顯不可取

無有障礙善知無邊智慧善覺諸衆生心行智如彼衆生信解隨其信解善爲說法禁攝自心離法渴愛具無慢忍善巧勝妙如本性法攝取佛刹功德莊嚴無邊作願善能案行無數世界念佛三摩地常現在前善勸請無量佛善知滅纏順眠煩惱善知遊戲非一百千三摩地海彼謂慈氏菩薩摩訶薩曼殊尸利童眞觀世自在菩薩摩訶薩大勢至菩薩摩訶薩雲音菩薩摩訶薩善百千開華智菩薩摩訶薩無邊攀縁出意菩薩摩訶薩電莊嚴鳴音王菩薩摩訶薩無數俱致劫普生智菩薩摩訶薩師子吼王菩薩摩訶薩等不等觀菩薩摩訶薩淨密金無疑王菩薩摩訶薩寂觀菩薩摩訶薩智王菩薩摩訶薩不空見菩薩摩訶薩賢護爲首十六大善丈夫象香

手者菩薩無邊寶藏菩薩智積菩薩辯積菩薩師子吼鳴音王菩薩珠莊嚴瓔珞行菩薩師子行步菩薩陀羅尼自在王菩薩得無邊辯才無畏菩薩名稱菩薩摩訶薩喜王菩薩摩訶薩如是爲首共八十俱致菩薩摩訶薩若此三千大千世界大王或釋或梵或大梵或天王或龍王或夜叉主阿脩羅伽留茶緊那羅摩睺羅伽人非人主彼共眷屬圍繞執持華鬘塗香衣蓋幢旛鼓樂詣於佛所到已頂禮佛足作三帀繞隨所執持華鬘香塗香末香衣蓋幢旛鼓樂於世尊所作供養已尊重受教合掌而住爾時喜王菩薩摩訶薩七日斷食已若經行若立若坐不臥不睡精勤求法何等三摩地令菩薩摩訶薩於無上大乘轉取徧智大寶智等彼作此因縁已即起

於坐一肩整衣右膝著地合掌向佛而白佛言大德世尊我於如來應正徧知隨分欲問若婆伽婆賜我空閑如我問已即爲解説如是語已佛告喜王菩薩摩訶薩言喜王如來應正徧知常作空閑解説問難喜王汝若如是欲問如來應正徧知我即於汝彼彼所問如問解説當令歡喜如是語已喜王菩薩摩訶薩而白佛言世尊何等三摩地菩薩摩訶薩具成三摩地故菩薩摩訶薩如實知諸衆生心行能入諸佛世尊説意所説無倒順入隨音實智能見現在諸佛世尊無有障礙順得無瞋諍法於如聞如念法奉行而住雖於世法中行而不爲世法所染雖行徧智定中而於彼自在不生雖行涅槃法中而不於中間涅槃以未滿諸佛法故雖行聲聞獨覺法中實行而不於彼乘涅槃出無邊念心不忘失入諸衆生種種界門無窮盡問辯説相續攝取無邊功德莊嚴佛刹於别智中得無餘智雖成熟衆生不依衆生想而説法彼無有見住而將置涅槃亦無一法可欲寂靜雖行菩提而不依作大智具成捨離有無二邊故雖知諸法緣生而於緣生法中不著速證阿耨多羅三藐三菩提降伏魔羅及與徒衆諸他論師以法屈伏當轉無上法輪爲天等世作法吼鳴世尊然佛法不可思菩薩法不可思菩薩行不可思甚善世尊我向問如來者世尊以無數不可思諸種勝具佛智爲我演説若我於世尊邊聞已如實當行如實行已當滿諸種勝具佛智喜王菩薩摩訶薩如是語已復以歌頌問佛此歌頌者所謂

我問論師月　世親人上者　若諸菩薩行
次第爲解説
多衆等來無有邊　人天夜叉衆如信
聞勝功德佛法已　多百欲與覺相應
佛勝德中生信已　我問度諸功德岸
名稱無邊知我心　他非我證除勝者
解散分别十力行　人天渴樂勝者德
菩提德行最無比　百大方便説智行
如破黒親共力者　如速放出智光明
如動三千所有地　如菩薩行當爲説
婆吒勝覺樹　住此而抖擻　如放光照剎
俱致那由他　如大地震動　觸證最勝智
善行於行者　如行當爲説
如有當得開華相　如生無邊音住持
如得正定等迷留　如菩薩行當爲辯
如有開華相無垢　如有善巧聞持意
如有不動似迷留　滿百功德如行説
無等無稱無諂詐　無我應供無三垢
智衆所讃勝沙門　我今問彼勝人行
善意行持開華言　勝言無錯無濁語
善夫牛王利除垢　如速作佛爲我説
若有多人來集此　晝夜精勤無異心
彼等聞此勝行已　當住如實菩提行
此多人天樂佛德　晝夜決力勤不餘
彼聞此行當奉行　當得十力破他力
如當得於三摩地　如得通智及辯才
如佛光照無邊方　當問智慧無邊稱
笑顔如如説如是　善知如如諸法中
如得智通廣住持　見十方佛百無垢
云何當得無比智　善那由多俱致經

當於說時無有錯　如菩薩行當爲辯
我不問有樂　去離有趣者　我不問小行
去離諸行者　如得最勝德　百種功德圓
爲我如是說　顏容喜笑者
我今不問有樂道　我今不問境界依
勝者我欲生甘露　十力所行如實說
善逝云何當淨施　云何持戒振去塵
云何忍慈皆欲樂　如有精進彼當說
云何愛智樂斷惑　云何智度斷名言
當如智海不可動　如菩薩行當爲說
若我不得問善逝　於中我智盡不超
得度徧智功德岸　爲我皆說無邊德
如是語已佛告喜王菩薩摩訶薩言甚善喜王甚善喜王汝今發行爲多人利益故爲多人安樂故爲憐愍世間故以義利益安樂天人故亦爲此時及未來菩薩摩訶薩不斷佛種性故不斷法種性僧種性故汝於如來應正徧知今問此義如汝於恒伽河沙等佛世尊邊已曾問難出生解說喜王彼宜善聽善作正念我當爲說菩薩因何三摩地得此及異功德知諸衆生心行喜王菩薩摩訶薩言世尊如是樂聞佛言喜王有三摩地說名決定觀察諸法行菩薩摩訶薩若因此三摩地得八十四千三摩地得八十四千陀羅尼得八十四千波羅蜜速證阿耨多羅三藐三菩提已轉無上法輪爲天人等世當作嗚吼喜王彼何者是說名決定觀察諸法行三摩地彼所謂如說如作如作如說身淨語淨心淨求於利益作朋友心不爲求欲不捨於悲不爲取法十一不失於信自誓不動善入衆生言

辭作調順業順斂於身捨離惡語心無欺誑苦者令潤樂者教修十二放逸者覺察發勤者令決合法悔者令出散不住法想離衆生想不分別事想捨諸取著觀知於相取戒不動十三常求於智離世所言求出世語自進不忘順念於法入如所作順作儀式於業必信捨離不信十四多有信解於佛作念有罪顯説於福隨喜勸請於佛應禮者禮無有高慢不猒善根常勤相應不捨勤合十五通出生句信因作業而受其報於緣覺察不著虛實有所言説十六不住欲界不同色界不著無色界於業報果隨之而信均與物分有平等心不害法教合不合中無有瞋恚他得利中亦不有嫉滿其所望十七度於法誓不捨戒聚除慢離瞋普割愚癡不生貪行隨得知足不求眷屬得

利不高無利不下十八法利喜分不作貯積惡言不報自護口言顯明菩提察發勤合顯明解脫問於智者不放斂攝不捨住阿蘭拏十九於頭多功德及以減省普有喜樂信解於空不著諸事聚中不依界中不念入中不見境中不愛除滅顛倒心令念持智慧發生一百行於聖行順斂於心隨順到福田地除捨諸行施不求報戒中不念不分別忍不覆精進不依定意智知諸法一百十入六度地不念自德不惡他德不依諸行不稱量行於涅槃中無有攀緣走避流轉於解脫中無有怖想於受聚中有害者想愛於滅度一百二十安住於忍顏容喜笑先言問訊面無顰蹙敬老少中其心淨信不逼惱他作主滅諍讚説取靜勤教和合一百三十愛憎等心求陀羅尼諸衆生中如父

母兄弟姊妹兒子親屬尊長朋友平等愛念愛聖如父於近親中如愛尊重於菩薩中愛念如佛法中愛念亦如自我於多聞中無有猒足行中奉行供養如來一百四十上妙信解無有縮小作三寶種忍不定言身中不惜命中不惜清淨淨命於乞食行而不捨扼平等乞食以爲愛美善住阿蘭拏處一百五十捨離在衆心常喜樂不雜俗家於出家者亦喜不雜不作詐善不自稱讚說於愛語菩薩乘中教化衆生入於方便常順念佛一百六十思惟於法常尊重僧供養智者親近解者守護定意者扶持勤合者說菩提道念修於法信於福德於衆生所教以善根一百七十愛念信者出散苦者淨於威儀慙而有畏懼見慙悔離於惡人住如法行向於除滅求於聖行熏修念處一百八十

恒住正斷普得神足取於諸根成就於力觀菩提分道不顛倒入舍摩他察發毗撥舍那於心不喜法中普喜一百九十超過攀緣地中而能不住不驚無見生不墮想護菩薩行於佛行中作無量想猒棄惡行捨先所作淨於自業二百祕毗那耶禁別解脫不毀法教以時而行離於非時善巧入出知於顧量活命事中足而等喜入諸智通修三摩地入於所行二百一十入於妙寶如來所說取不可得勤合者喜顯明佛子令聲聞者聞行令獨覺者順知一道菩薩財物聲聞遊處智者所行是調順者所趣二百二十重說法者察多信者示現佛道求財者藏求果者甲三火熱惱者園得三摩地者華池生白法者母不信身者令止繫緣於相二百三十布置諸好等住佛剎得陀羅尼出種

種智重修勤合超魔羅境勇健鬪戰割斷煩惱摧滅不善熾然於善二百四十勤作願者瓔珞魔羅所不能破所說無盡世間不等外道不知已過聲聞法中已出獨覺安住遍智中衆生入道之所趣到善朋友言二百五十如實覺察是受報者等喜欲飲者味欲喜樂者鬘向涅槃者乘趣岸者船欲渡者筏生盲者燈欲見者眼說法者炬二百六十不虛者誓欲施者財欲解脫者方便求戲者喜樂等喜者淨信歡喜者愛求聞者性處得三摩地者迷留望得眼者帝釋入鬪戰者勇健欲住者窟自心行者梵心勤合者喜樂二百七十不退轉者遊處得無生法忍者淨心智行者念初業者方便丈夫智者橦弩三摩地者弓說無我者那羅延徧智者道令解脫者生平等智諸天所禮二百八十

諸龍奉華衆人供養學者所難作無學者向禮菩薩所讚法主所念覆藏根者城善方便者道勤合者利疑者令散二百九十欲者令斷煩惱者吐欲度者浮病者良藥不顛倒見者治箭者拔出欲作淨者自在欲作吼者無畏相欲聞者所趣三百涅槃者道惡趣者遠離欲色無色者超過嚴佛土者瓔珞金剛喻三摩地者生因最後生者坐師子座令福德者不失求者令取退者策進墮者令起懈怠者令發力三百一十發事者建立過發事者令止於定令入諸事令捨取鬪諍者令其棄除於遍智者令其滿足得出生無邊門說勝義者令其不失令說空者畢竟寂靜信無相者令滅分別信無願者止斷急務三百二十令信捨者超過三世順至諸處善方便中於覺爲燈於未學者

心不輕賤於說法者無有所求其錯法中不生瞋恚於等乘者無有謗毀不望其物而爲說法於說法者諸事供養於聽法中心不散亂三百三十於徒衆所無有欺念於法施中無有斷絶於純直者難可爲問於瞋恨者住於忍心悔者令散於道不息求於智聚令依取者而得解脫惡者令調無住處者令捨三百四十欲順念者令其正念發起菩薩顯示諸佛令四衆喜味勝者美味欲戲者雷於甘露爲門涅槃行者所趣令欲得不怖者有涼無熱是得道者解脫繫縛三百五十於樂心所請與利益其心放息意樂身樂智者所取堅受不捨不轉如來方便道行熏諸善根害諸不善根是無智者所學入方便中者所成不誑者相順佛教者所行智聚者明示現佛刹禮拜俱致諸佛能作俱致問難斷其所疑生長諸白淨法棄捨助黑不失諸福喜福者愛生喜樂者勇健欲說者辯說法者護令諸因者生愛於諸法中而有善巧知於生滅示現如如於徒衆中自心調伏令方便者令喜慢者令散方便成就者坐令思察者飽足四百觀視無惡法主者雷名稱丈夫者勇步煩惱垢者令止諸見行者令害聞者令持總持於法令說法者無錯不轉菩提善諸入門善根者聚不斷佛眼熾然法眼攝於聖衆伏他論師善作法語菩薩所行等心者月求業者日欲學者師諸修多羅者護智者將導白法種子甘露熟果順念於生不染流轉癡凡業者猒棄如來功德者眞實讃歎者得無邊報持者徧智因來讀者利得所趣四百三十書寫者入無邊功德智說

者無量福德是不來者度津是不動者住處諸世欲受者爲說諸佛已說稱揚過去佛衆滿未來佛所望是現在佛智藏諸衆生行入門聲聞乘者普燈獨覺乘者燈明佛乘者持諸出生者不失示現佛手者印是不覆藏者實得疾智者轉生能令問佛功德令欲作者無猒令煩惱火寂滅（四百五十）得方便智令解地界令入水界等入火界不住風界出生解脫虛空界淨於智界順入法界猒棄諸行遮斷隨眠散於瞋癡除捨愛憎善巧自行善巧他行令欲說者辯才無盡諸出生中令不入著令相應者不可言說捨於我相除我所相遠離入著（四百七十）下心如大最妙入門善繫於定是乏者蔭令度於流外論所不能破於純直者不可說惡遠離睡眠親近說法者超過掉悔除滅於疑散於貪欲遠離嬾惰不見於我顯明無我不建立命法中不觸說中不諍所辯合理善於思惟不作於行有調順體有不怯弱畢竟信解入衆不縮自德不譽他德不嫉其心常行徧智不取住處（五百）離不合言常淨等行不愛其身斂攝其心於行善巧思惟順念不毀不慢求於解脫欲得無疑念修梵行於慈等心於悲順攝於喜當念捨滅憎愛於戒順攝定皆出生慧悉覺知所出生字言辭善巧（五百二十）入諸說音不爲財利廣演說法不喜共衆一宿移行既不舉取亦不下置其中覺知不著諸法顯明於如不誑諸衆生不斷三寶種性於法攝取（五百三十）滿牢固願不羨小乘與定相應晝夜不捨滿諸淨心智慧功德（依梵本合有五百三十五句其中分句長短離合無一定准極少乃至二字爲句極

多乃至五字始成一句此乃隨義分句故也不可一一句後記數宜好詳之喜王

此謂說名決定觀察諸法行三摩地是菩薩摩訶薩境界入衆生行取徧知智此中法本說時九十二那由多菩薩無生法中忍生五千衆生先未發生阿耨多羅三藐三菩提心於今悉生三十那由多畢竟淨心天及人等遠塵離垢煩惱中出諸法中法眼生十百千比丘不受故無漏心解脫此三千大千世界六種震動大光徧世爾時世尊復令此義無量顯明即說歌頌

所有清淨聖者道　其心解脫隨順法
菩提分眼辯法中　此三摩地善逝行
降伏摩囉遠離垢　除我瞋障斷有愛
名稱及智善具德　此三摩地德智幢
於智爲地及善道　諸聖者姓彼摩囉
解脫於有善逝讚　此三摩地德智財
細入法行諸際門　順覺過惡已作斷
除滅於苦入勝樂　此三摩地善逝行
此是覺念覺分華　慚愧具足攝於善
菩提分鬘善逝趣　勝三摩地此已說
菩提分場解脫光　過彼星宿作明照
作於光明超三有　讚彼如是法勝月
三種方便望得淨　親近解脫最勝王
捨知識利及詐善　此三摩地應成就
於他毀辱當遠離　莫因知識自讚譽
常行乞食但三衣　勿作貯積與此合
望得諸聖等分戒　常應尊敬問知者
問已如實修行住　彼故當得寂靜定
若有戒美諸世中　遠衆欲喜舍摩他
勿作詐善莫慢生　彼故速當得勝定

於尊師所常恭敬　若老若中如初者
諸處如是常受教　欲求善逝所有財
勿作瞋面莫羞怯　見諸世人常共語
勿作貢高慢自在　彼故當得寂靜定
應當捨身莫愛惜　勿有嬾惰多睡眠
晝夜修念意相應　彼於勝定則當得
等心諸世喜於慈　以悲意行菩提行
喜捨平等稱量意　彼於勝定則當得
應常守護十力財　於法破盡苦世時
若常守護法財物　彼當得此寂靜定
意常不著三界中　隨順憶念流轉苦
欲求涅槃安隱處　速得最勝無比身
隨順憶念無我空　於諸相中普遠離
亦離三有所作願　彼即速得大悲者
行施自守若調伏　持戒及忍如精進
常喜於定解脫智　此三摩地彼速得
如我昔行數百劫　如我說此菩提行
如我得覺寂靜安　如是等行速已觸
我是徧智善牛王　學我諸勝所有行
若行如我往昔行　彼當得佛人勝者
衣慙及食解脫味　心信於定喜空閑
無我歌詠常愛作　云何他智當觸樂
擔負罵詈堪忍他　勿懷怨恨不供養
應於業報當普信　彼於勝定則當得
遠離有見及惡道　當親近空聖所趣
晝夜精進力發起　彼於此定則當得
遠離二邊不愛道　近平等道若實路
如此修行佛所愛　若觀不生不作法
最勝不求妙華香　妙衣及以幢蓋等
若於法空隨順行　此是最勝第一供

觀察諸法行經卷第一

音釋

婪(盧含切貪也) 抖擻(抖當口切擻蘇后切抖擻振舉也) 扼(於革切與軶同) 橦(傳江切)

觀察諸法行經卷第二

隋北天竺三藏法師闍那崛多譯

先世勤相應品第二之一

爾時世尊復告喜王菩薩摩訶薩言喜王又復菩薩應覺諸法不依應覺諸法不出不滅不作不生遠離輕虛自空不牢不取不捨十一應覺諸法無常苦無我寂靜應覺諸法空無相無願應覺諸法無我無衆生無命無富伽羅十二應覺諸法不合不可作無自體無相無有應覺諸法離染不行離戲論不行到最勝不種種十三無戲論離戲論不可取不持無住處不來不去不住無字不可說十四諸法不可言不可將來無業無報應覺諸法不分別無種種分別斷普分別諸想及念皆已除斷破天等世得度五趣度於衆生勝魔羅衆超過煩惱魔羅出聚魔羅斷死魔羅滿無著智攝取三世勝色爲諸衆生所愛爲智者所供養能於諸法見其法體得肉眼淨到天眼明到智眼行不動法眼具足佛眼如月顯照知諸衆生心行不勤合者當作覺察捨諸所取十五於三千大千世界中爲諸天人作支帝相隨順得淨行地通無我際知於出界諸衆生所當作親尊離增上慢有於忍力超五障礙能於名色知其本性順覺諸佛所說言辭順覺三十二相十六於得不得心有所取皆已超過於世間行而得世法不染於諸衆生當爲作舍開涅槃門令諸衆生入無畏城與甘露味演說於法覺煩惱睡散衆生熱斷其所著諸見縛等六根不染而爲衆生說法得十六字門所出陀羅尼何者是彼十六種陀羅尼所

謂阿字不生義故波字最勝義故遮字四實義故那字知名色生義故陀字調伏義故沙字超過著義故迦字不失業報義故娑字諸法平等義故伽字甚深義故他字勢力義故闍字超過生老死義故車字斷煩惱無餘義故蹉字高出義故詫字住義故嗏字教化邊地彌黎車義故梵本亦少一字善家子此是得十六字所出陀羅尼名得陀羅尼所出巧智解知諸法自空選擇諸衆生心出離諸煩惱吐諸凡夫所取通彼法相度流轉海善說令喜設法施會巧生諸字音智解知於空樂佛解脫捨愛不愛而無悋惜於諸外道他論如法降伏說師子吼得於佛智與於法施吐諸煩惱破怨惡義信諸佛轉法輪通達於如乃至知法瞋慢已離欲泥不染調御衆生除去於垢能以悲水洒於衆生統領徒衆順得勢力超過老死念千數劫總持法藏通達寂界得空等智順覺盡法諸衆生等所應讃歎滿無障智得無熱惱熏習順行摧魔羅軍蔭覆三千大千世界順念前世招涅槃地作依止趣其在家者盡皆覆護知處非處不捨先誓於諸衆生以慈徧滿知聚無生所念聞意當作正眞得栴檀那戒香斷生死道順得涅槃知諸法如那字觸住喜王彼如那字已上無字彼亦無名亦不可說亦無有聲不施設名不知名說彼諸聲言辭中彼不過去不未來不現在彼諸佛不已說不今說不當說不生不出如是等相諸法菩薩當知喜王復有十六字陀羅尼所入門所謂覺字行相說勝義法度於四流說無有名色法善巧布施自守住忍

不倚六根行於六度令滅欲煩惱故而爲衆生說法巧知諸法差别得深無疑說處非處知諸衆生所行忍麤惡言捨皮肉髓知念意行安住法界解知那字盡入諸法喜王此是十六種字陀羅尼入門喜王若菩薩摩訶薩正覺如是十六種字陀羅尼入門如阿字無生義故波字最勝義故遮字度四流義故那字說名色義故陀字布施自守和合義故沙字六通智義故迦字不見業報義故娑字諸法平等義故伽字甚深義故他字示現勢力義故闍字示現生死義故叉字示現忍力義故車字吐極惡煩惱義故娑摩字自大證覺義故娑他字說處非處義故多字說盡邊義故彼則得此說名決定觀察諸法行三摩地因此十六種字陀羅尼菩薩摩訶薩不爲智者所呵棄欲瞋癡演說到彼岸道得四無畏受那羅延身利割欲枝得十力力值遇妙音得滅熱惱授聲聞獨覺記遠離左道得如來地如所言說如作即得高慢衆生當令解脫作佛事業順得聚智疑得衆生斷其疑惑以有和善共住安樂滿足大悲超魔羅境滿足美音除慢放逸而得於忍善入深定令度諸趣而爲說法於諸法中令得淺處爲付彼岸令到陸處知諸衆生所行知諸法方便行念無數劫持諸法體寂滅諸惡清淨諸疑得空等智順到滅煩惱處速踐覺場天龍當讚順覺諸智巧滅燒熱說諸衆生自體食甘露食斷諸疑睡捨離隨著所有習氣以其大悲覆諸衆生念前宿世見於涅槃功德順覺凡夫所行得密大智害諸異念鳴於法螺令住佛

智超種種相順覺出生知衆生處能使佛剎豐滿無彼熾然離於老病速能順覺方便密語斷生死道順到安隱涅槃於惡魔羅速能降伏於無量世界中見佛世尊離欲已而聽法亦不忘智如所希望攝取佛剎巧知遊戲出生諸三摩地喜王菩薩摩訶薩若得此說決定觀察諸法行三摩地當知亦得薩婆若何以故然彼何時欲證阿耨多羅三藐三菩提若一生若二若三若四若五若十若二十若百生若千生若百千生若劫若百劫若千劫若百千劫乃至欲於久時彼亦久乃證覺以願自在於流轉中盡後際劫何以故然彼於諸法中自在故又佛說此陀羅尼字門品法本時三十二千菩薩得忍彼時此三千大千世界六種震動爾時世尊說此歌頌

無錯無濁無穢雜　離非趣行到甘露
應天地供作無等　持此方便十力行
喜作離怨滅荒塵　面如開華人天樂
應勝者德度有海　持此方便十力行
除滅他衆善他行　人天愛重佛陀意
分別他行善巧意　此道中行十力行
捨憎有取不如行　覺察人天如意決
行顯示如空中月　此有眼行智者行
人天常愛彼意者　不樂有趣境無錯
分別百行衆中吼　此智者行照諸方
得十二十復有二　諸相妍妙人天奉
得失不著離二取　彼得此行照諸方
甘露施主善行施　常與勝財世牛王
十力大力降他力　不久得此智者行
分別多德勝念意　寂滅多苦與多樂

多人尊重善奉事　喜佛功德智學此
降衆不久如牛王　滅百熱惱離諸熱
飛虛空道多百刹　行此方便照諸方
信處善巧諸世信　信慙意住念無等
振去百著作世香　持此方便百德聚
分別多德吐三垢　彼有潤膩美妙言
善說百分天地中　持此德財勝無等
度人天住無畏城　振去闇塵如言說
如行無惱行如行　持此方便十力行
甘露財勝名聞至　勝德無等如行得
如意人天如言說　智者學此甘露道
無塵至處照十方　脱慢衆生直無曲
至無畏城離荒慢　持此方便十力行
言說善合化人天　不喜樂欲喜樂法
說作作者說百行　學此方便善意者

等意等行淨衆生　善合善美善行說
諸法中巧常與樂　行此方便喜甘露
惡魔羅力不久降　振去荒垢散三垢
行於此地與大財　持此方便十力行
超過惡趣行勝趣　象馬獸主戲行者
讚德持德百德滿　不久得此智者行
善巧處行不住有　勢力示現決勝力
至陸住水離諸膩　若學此行十力行
捨城及與村落地　捨愛不愛不樂境
及捨勝樹捨怨衆　智者學此決進力
憶念過去多百劫　念諸世中生及死
及念已先所聞法　持此寂靜勝定意
法炬熾然常令有　喜法彼施於財法
及持十力所行者　持此寂靜勝定意
住舍摩他有慈意　寂靜止意寂靜根

淨戒甜美愛語音　當有持此三摩地
喻如犀行無我所　得到閑方與閑道
離八不閑隨處住　持此寂靜勝定意
於念覺知自性行　亦當善巧知盡法
示現最勝堪忍力　於此中學勝義行
應得諸世所讚歎　多百數天當讚彼
作處作者作寂靜　於此智海親近住
鳥飛足跡當順行　於諸煩惱得寂滅
魔羅不行彼方便　此寂難見勤相應
說決定覺善逝行　拔斷有愛作無有
得彼世中常供奉　持此寂靜勝定意
所應斷者於此淨　斷煩惱已照三有
彼作蔭覆徧諸方　若持此勝三摩地
念他所行及自所　念已爲說如順行
無慢行體勝者行　持此寂靜勝定意
有施捨已調伏意　善逝所趣速能行
施與無畏說無畏　此勝上定則便得
於諸世中當作親　錯誤已脫復令解
共集言議有善巧　若人修此三摩地
身等金剛全一合　速能破散魔羅軍
純白淨照無有垢　持此寂靜勝定意
是處而住處所應　於處不住上意得
於處非處有善巧　若此定意人能持
無著辯說佛功德　出生俱致多覺解
彼無疑惑不正意　此勝寂定有能持
於彼甘露速能信　亦常信於與樂者
得到果已護他世　此勝寂定有能持
解知於聚常自空　彼無錯誤無迷惑
諸行行到三有中　若人持此三摩地
當得捨離於老病　不被他降巧爲直

其心相續喜持戒　若此定意人能持
割斷生樹是聖道　涅槃寂靜速能觸
彌黎車地彼不多　若人持此三摩地
不自讚揚巧妙語　功德名稱上普德
端正顯現衆中入　如昴宿月月淨空
眷屬衆具家姓名　善逝親眷彼時得
彼所有辯如水王　謂當持此三摩地
法自性相無我行　於諸世中順覺已
速作三千勇健王　此經希有平等行
乃至三千世界林　人姓三種衆生行
於彼勝上得智門　此勤相應觸甘露
毒刀及火不行入　不畏枷縛諸逼惱
夜叉羅刹不生害　若淨信心此相應
財無所失財不離　無病無憂無業執
不盲不瞎亦不瘂　如是有持此四句
六十三億二足上　普念於此相應者
彼所若與總持藏　此寂難見已相應
若於菩提欲疾觸　最安隱德若欲取
應合此勝經典行　諸所希望則滿足
彼故聞已善喜樂　若人於中求菩提
彼勤相應若四日　彼當得此勝寂定
八十俱致二足上　餘勝六十那由多
普念與此相應者　轉誦作此三摩地
若聞於此善得利　聞已若有作信解
佛功德中彼無惑　如到菩提如是持
彼故聞已此實行　莫得懶惰喜無德
諸福決定到手中　若持此經若書寫
我念於先百數劫　有最勝者名辯幢
彼說此勝三摩地　王子月妙聞彼已
疾捨王位而出家　彼聞一夜及一日

於後分中死時到　至餘刹土而復生
如恒伽沙復多彼　見已復見無邊勝
諸處聞此三摩地　於三劫中證勝覺
名曰寶焰最勝者　勝者然燈爲說記
如是大利由聞此　彼故聞已莫嬾惰
我今欲作告汝等　天人所有美妙音
我於此中開寶藏　十力財物汝當取

又喜王先過去世不可數劫過不可數廣遠無量不可思不可量於彼時節有名辯才瓔珞莊嚴雲鳴出吼顯音如來應正徧知出世明行具足善逝世間解無上士調御丈夫天人教師佛婆伽婆其佛刹土名無邊實功德莊嚴世界名無垢劫名愛見又喜王彼辯才瓔珞莊嚴雲鳴出吼顯音如來應正徧知有無量聲聞有七十二俱致菩薩摩訶薩普皆得忍到灌頂地又喜王於彼菩薩衆中有菩薩說法者名無邊功德辯幢遊戲鳴音彼有過量念行慙辯於陀羅尼中遊歩盡至得五通智彼白彼佛令其觀已爲四部衆廣說此說決定觀察諸法行三摩地又喜王於彼時節有王子名福報清淨多人所愛鳴聲自在而彼妙形端正可觀最勝淨色成滿具足於無上正覺中久已發行喜王福報清淨多人所愛鳴聲自在王子聞有無邊功德辯幢遊戲鳴音菩薩說法者說此名決定觀察諸法行三摩地若入村城聚邑王都中說時彼王子於彼說法者邊聞此三摩地聞已歡喜踊躍愛悅滿意善意更生詣向彼說法者菩薩摩訶薩所到已頂禮彼說法者足尊重受教合掌而住於此三摩地中復過量喜欲聞此

三摩地彼説法者復知彼過量淨信已彼時廣説此三摩地喜王如是彼王子於彼説法者邊聞此三摩地已又復過量歡喜踊躍愛悦滿意善意更生隨所著衣而以奉覆説如是言令諸衆生得此三摩地實如此説法者菩薩摩訶薩彼以於彼説法者所捨施善根於現法中承事八十恒伽河沙等諸佛世尊於彼諸佛世尊邊聞此三摩地彼諸佛世尊所皆作最勝供養於彼諸佛世尊教法中出家攝受正法諸所不聞百千俱致修多羅而能辯説生念常滿受變化生得五通智得陀羅尼無著辯才彼順次第行諸助菩提法滿已於無邊功德寶莊嚴佛刹中證覺阿耨多羅三藐三菩提壽量無量聲聞衆無量菩薩衆無量光明無量願功德莊嚴無量又喜王

彼時節中有名無邊功德辯幢遊戲鳴音説法者汝意莫作異見何以故喜王彼天眼如來是也不動如來爲記菩提又彼王子名福報清淨多人所愛鳴聲自在者彼無量壽如來即是彼時王子也又喜王彼王子聞此三摩地已七十千劫業障皆悉滅盡即得分别諸法句品出無邊門名陀羅尼及不遠離三摩地乃至菩提場喜王彼因緣故如是當知此三摩地於諸菩薩摩訶薩所如是多作淨諸業障轉莊嚴淨刹功德轉速滿佛法轉又喜王先過去世不可數劫過不可數廣遠無量不可思不可量於彼時節有名淨面無垢月妙威藏如來應正徧知出世明行具足善逝世間解無上士調御丈夫天人教師佛婆伽婆又喜王彼淨面無垢月妙威藏如來應

正徧知所有佛刹功德莊嚴我今不可一劫廣說乃有如是無量功德莊嚴聚集佛刹清淨菩薩摩訶薩衆於佛法中皆悉決定喜王於彼時節有長者子名曰顯妙廣身彼詣淨面無垢月妙威藏如來所到已頂禮彼世尊足即以無量摩尼寶珠瓔珞百千間錯奉覆彼佛在前而住以欲法故彼如來知彼淨信已於此三摩地初中後善說喜王如是彼長者子於彼佛邊聞此三摩地已歡喜踊躍愛說滿意善意更生得大法力得法力已不用求天人中彼七十千婦女捨已普一踰闍那四大藏無邊寶滿捨已八百園林捨已諸所受用衆具捨已於彼世尊教中剃除鬚髮著袈裟衣以信出家非家而行又喜王彼長者子先在家時地不敷衣不曾足蹈既行出家已十千歲中仍不敷衣足不蹈地中不坐不臥唯除食受用時十千歲中睡眠不久乃至於彈指頃亦不曾分別欲分別瞋分別害十千歲中異心不生唯於徧智相應發行精進得諸辭聲攝諸佛語名陀羅尼成就普音入門名陀羅尼彼如是熾然精進具足乃有六十那由多天於彼菩薩所勤行給侍起作相應令其身心安樂精進堪能彼如是行出家已熾然精進聞此三摩地故九十九俱致百千劫流轉皆悉背捨現在值遇七十千佛於諸處中行出家已此三摩地持讀思惟爲他廣說彼發行精進故不放逸行故成就此三摩地於八劫中證覺阿耨多羅三藐三菩提逮得如是佛刹功德莊嚴相住如彼世尊淨面無垢月妙威藏如來所有刹土我今見彼

於南方分中四十四百千佛剎過已名大莊嚴世界彼中作佛有名善意喜樂如來說法無量菩薩摩訶薩衆集數不可盡喜王彼諸菩薩摩訶薩若欲速於諸法隨順得自在者此三摩地當聞當持當說當念爾時世尊復欲過量讚說此三摩地功德令高出故即說歌頌

我念先世無邊劫　猶如恒伽沙無量
時有智者世間導　辯才鳴聲諸方聞
彼勝教中有比丘　持法智人說法者
此寂靜定彼說已　王子已於彼邊聞
即以自衣而奉覆　迴向最勝菩提道
復見無邊諸導師　得道彼號無量命
彼先所有慧作業　皆盡無餘無報果
聞此大妙三摩地　有辯才者具功德
彼於後時中　若有欲求道　應當聞此定
諸惡自當除　又佛無垢月　說此三摩地
長者子聞已　即取行出家　彼於十千年
思惟三摩地　足不蹈無衣　亦不入眠寢
此得勝菩提　惟有共聽故　不愛於家中
亦無欲財物　彼至諸佛剎　於彼皆已問
諸行所入門　順覺已不久　其心彼先滿
亦滿彼意車　彼速得菩提　此何不勤作
後時當來世　多有求菩提　無資財無樂
不欲行出家　瞋罵而叱責　毀辱說惡語
各各共聞已　而言當作佛　千數非一苦
忍受爲欲故　爲愛欲作奴　而言當作佛
夢中見佛已　彼暫得穌息　於他常欺慢
菩提我不疑　此經彼聞已　言聲不會義
而穌息自心　不久當作佛　彼等聞此實

若所聞此已　彼無有所著　亦如空中風
有此出家已　多有求菩提　爲知識故瞋
各各而生起　彼貧窮少福　限聞即喜樂
於他有欺心　我到菩提岸　見光得界已
衆生而供養　以此少等喜　知當到菩提
彼菩提大遠　若嫉妬諂曲　我到智數數
大遠最勝者　聞此經典已　知當得菩提
見無量壽剎　作佛當不久　大遠彼菩提
依止有得見　心若不相應　我當不記彼
及此長者子　財聚已捨離　於後出家已
後著乞食家　如此三摩地　於先然燈所
若聞好當作　不復渴愛生　彼剃髮出家
繫縛知識利　海中取麻擔　而捨於珍寶
聞中非決淨　無戒非出家　修行菩提道
彼故莫放逸　後時若有處　說時當聽聞

彼爲知識故　復行不讚說　在前當禮拜
及當與稱善　如是以衣散　復行不讚說
泣淚灑作已　奉施於自身　彼復在衆中
而說其惡行　不愛阿遮梨　不重近誦者
爲少而相破　以家相嫉惡　唯信他福德
自德不思惟　當生猛毒惡　知他富供養
華香及末香　幢蓋旛鬘等　鼓樂供養我
當言得菩提　此我實供養　聞此勝定已
當捨知識利　修行則相應　何供養色身
諸聚我已捨　應供養法身　亦如善實供
愛命捨離已　常宿阿蘭拏　念此修多羅
當盡於命世　喜王我告汝　修行此已聞
決莫共彼輩　諂曲作伴黨　於中我不讚
在衆中當言　此實此不實　於中莫欲信
不於境界所　有欲佛菩提　所有破諸行

彼菩提大遠　我所有神通　此見大體力
諸此有禁戒　修行我得已　愛戒作分者
衆中似野獸　已捨知識利　獨宿阿蘭拏
我無有是處　我不説無實　久後末世時
此經付汝手　無量壽放光　及不動法王
六十三億佛　衆會皆已見　教師皆付彼
久後令護法　如此經智印　我普持在後
三千即震動　諸天稱善言　多有華雨落
聞此付囑故

觀察諸法行經卷第二

音釋

詑（丑亞切）嗏（直加切）昴（莫飽切　星名）

觀察諸法行經卷第三

隋北天竺三藏法師闍那崛多譯

先世勤相應品第二之二

爾時喜王菩薩摩訶薩共三十千菩薩聞如此等夂後末世五十年正法破滅淚出身動毛竪𦡱汗即起於座一肩整理上衣右膝著地向佛合掌共一咽喉而白佛言世尊我等於夂後末世五十年正法没時彼中大厄至時各各破時說法者遍切時徧智滅時白法散時空無命時正法教破滅時謗正法時少智言語現時共住雜話滿時惡求活命時各各行不讚譽時魔羅嚴仗熾盛時彼中轉大逼惱時世尊我等捨自身命及棄諸知識樂如犀牛行若林若小林中離諸愛著於如此等修多羅所取如來智到大法體智藏種性不顛倒行所印攝受無量善根陀羅尼經所印破諸外論順覺徧智攝受正法示現諸衆生樂我等皆當寫讀持說世尊我等堪忍住泥羅耶爲此三摩地寶故我等亦復不捨如來法僧及不捨無上正覺爾時彼諸菩薩摩訶薩喜王爲首一意一聲於佛及諸天等世前無上大法師子吼說已說此歌頌

應知我等心　如我欲求覺　無有異證明
惟除丈夫上

自然已知我等心　如我欲求勝佛智
我三有中無異證　如勝衆德到岸者
身命已棄捨　無餘兩足上　持此三摩地
於後大怖時

於身不愛及離命　諸親利樂捨無餘
行此無塵三摩地　後時中難有大惡

若劫無邊不可量　住泥羅耶惡苦畏
持此無塵三摩地　我當堪忍恒時中
如是苦惱無有邊　住泥羅耶因無護
持此無塵三摩地　我當堪忍惡害苦
於中我堪忍　不動牢精進　我請諸衆生
法施不求物　親利衆生利　供具諸所有
名聞及讚毀　我已忍捨離　我請諸衆生
實法不求物　我當廣說法　衆生法足飽
清淨既已有　當行菩提行　當作廣義利
為憐愍衆生　皮肉及以骨　髓血皆枯燥
我當不懈怠　以見苦衆生　皮肉與薄皮
及血我令燥　我今破此身　不生小精進
見此衆生苦　病觸大畏中　當令度苦海
陸處安無畏　我住阿蘭拏　捨離諸愛已
慈想已徧滿　與藥令無熱　閑林阿蘭拏
少聲我住止　捨離諸雜言　不共彼為愛
我當有慈意　與諸衆生樂　甘露勝樂與
病斷得樂性　彼所不順學　若彼離如言
我當修行住　如此經中說　我等不復彼
順學其所行　若彼凡非行　不實離如道
我等當常住　實語自境中　如此經中說
我當有彼意　我當不放逸　如佛陀所知
於衆生與力　於中我前行
我當常有不放逸　如勝者知遍知見
諸衆生中我與力　我當前行佛智中
我當墮火聚　若當食毒食　不為知識供
不說佛菩提
我為法故墮火中　食於毒食我入苦
不復繫縛知識利　無上菩提不廣說
魔羅若無量　作礙於我邊　已捨諸魔羅

當作世支帝
魔羅百千不可量　於中彼爲我作礙
我皆已離無煩惱　無上支帝世當生
又於中喜王菩薩摩訶薩以師子孔說時此三千大千世界六種震動大光徧世諸衆皆以散華奉散上虛空中非一諸天乃有俱致那由多百千出聲稱善復作無量無數俱致那由多百千音樂說如是言此喜王菩薩摩訶薩不久向菩提場當作如來師子吼說如如來吼諸天世前爾時世尊於喜王菩薩摩訶薩所與稱善言甚善甚善喜王汝能攝受正法說此無上大師子吼如汝已於恒伽河沙等佛世尊邊如是師子吼說喜王善聽善聽正念作意當爲汝說所有菩薩摩訶薩攝受正法所生福聚喜王我今爲汝作譬以此譬故於中有一智者丈夫知所說義喜王如彼東方分中恒伽河沙等佛刹如是南西北方及下上方分中如是十方及不正方中恒伽河沙等佛刹彼等皆作一城垣牆圍繞然其牆量至有頂際彼乃至爾許大縱廣大城蔓菁子滿尖頭繫住不槩令平時有異丈夫出生以分別故若彼諸蔓菁果右手取已擲於上空所擲無間彼大蔓菁子聚乃至彼時如是風吹彼大蔓菁子聚動散破已擲至十方一一刹中一一蔓菁子墮終無有二乃至所有大蔓菁子聚諸佛刹中一一蔓菁子墮喜王於意云何彼佛刹數能得方便知邊際不答言不爾婆伽婆不爾修伽多唯有如來逮如是知佛言喜王若復有信解施菩薩乃至無量無數復不可數佛刹以七寶滿作已

而用施與若有其餘尊重正法菩薩攝受正法乃至一日夜中堪忍為令正法久住故此如是於彼過多福生何以故喜王於一如來所攝受正法已即於過去未來現在佛世尊所而得攝受正法喜王諸寶捨時共漏共取喜王又法施時無漏無取諸苦轉滅喜王彼故汝等當信解法施莫信解世財汝等應以法供養供養於我莫以世財供養以法恭敬恭敬於我莫以財物恭敬何以故喜王諸佛世尊菩提從法而出不由財出爾時喜王菩薩摩訶薩而白佛言世尊我等亦當尊重正法不尊重財何以故世尊必以法故菩薩摩訶薩證覺阿耨多羅三藐三菩提不以財物又財令煩惱長故法令煩惱盡故而轉佛告喜王菩薩摩訶薩所與稱善言甚善甚善喜

王善說此言法令煩惱滅故而轉又喜王善聽善聽正念作意當為汝說如先菩薩摩訶薩攝受正法勤與相應不惜身命捨離諸樂及以知識財利恭敬而於正法攝受喜王菩薩摩訶薩言如是世尊我甚樂聞佛言喜王於先過去世時不可數劫復過無數無量廣不可量不可思惟於彼時節有名廣淨厚金普無疑光威王如來出世應正徧知明行具足善逝世間解無上調御丈夫天人教師佛婆伽婆又喜王彼廣淨厚金普無疑光威王如來應正徧知壽量無量及有無邊功德莊嚴佛刹及有七十俱致百千聲聞眷屬圍繞幷無量菩薩衆悉巳出無邊行順入法界喜王如是彼世尊廣淨厚金普無疑光威王如來過去滅巳於久後時正法沒時有說法者

名無邊寶振聲淨行聚其說法者盡到行處得五通智總持自在不斷辯才順入法行彼入村城坊邑王都而爲衆生說法所謂亦說此決定觀察諸法行三摩地以爲發起彼隨次第建立六十俱致那由多百千衆生於無上正覺於彼時中多比丘出似下入道謂外道著富伽羅彼等不用此三摩地亦不能忍彼以妬慳所纏於彼說法者比丘所諸王治境諸處村城坊邑王都不聽知不令入不共言不比數喜王爾時彼說法者被驅出村無怯避心無小劣心無瞋動心無厚濁心無雜汙心惟於正法如是順護不惜身命捨諸財利恭敬已有大林王其名二生二生者鳥也初產卵一生也後出殼二生也凡卵生者皆應二生以鳥卵生者多故獨得二生之號振聲散華而往趣彼到已入坐共三十千俱致菩薩彼

於彼林王中遊行其四大王天乃至色究竟天爲聞法故來詣其所彼於大天衆中說法彼邊三踰闍那百千天人滿中顯現於彼林王中爲四大王天衆如是說法令九十九百千天不退轉阿耨多羅三藐三菩提及無量百千天子證見道智彼所四大王天三十三天主及梵天娑訶主勤來給侍隨其所爲若彼說法者給侍亦有三十千俱致菩薩喜王於彼時節有王名多人無憂普欲喜音出閻浮洲法王以法於四洲中自在轉輪七寶具足喜王又彼多人無憂普欲喜音王滿足千子然悉化生跏趺中出正念不失内宮婦人八十四千皆有梵行又彼多人無憂普欲喜音王常順梵行常入正定喜王爾時無邊功德寶振聲淨行聚說法者知彼王心已於先

世相應成就決定發行阿耨多羅三藐三菩提彼於寂靜夜中變化自身作摩那婆象入月輪中彼王在殿諸內宮圍繞時從彼林王昇虛空中猶如鴈王而無所著詣彼多人無憂普欲喜音王所已出月輪中作梵色象於彼王前空中而住普徧宮殿作光明已即爲彼王而說歌頌

莫非法行人地主　名聞稱譽必不增
以非法行不得樂　現在無樂人中主
地主汝先亦法行　四洲自在利今得
護法種姓無令斷　人主順護於法行
於正法眼應順護　正法護已樂歡喜
多比丘出無禁行　誹謗善逝及菩提
我等發行佛菩提　如是衆生及見捨
若爲此等行行時　如是衆生墮惡趣
此閻浮洲有比丘　無邊聚地振聲者
觀察於義說正定　無我無命富伽羅
彼說此寂三摩地　比丘諸世而驅遣
振聲淨妙林王中　於中宿住善護法
彼住彼林善喜樂　色究竟等天悉來
彼說此寂三摩地　多天俱致發行道
王象若汝何處欲　聞功德海三摩地
及爲衆生多作利　今應詣彼說法者
如來出生甚難得　說正法友復甚難
求法衆生常最難　護法人生最難得
此閻浮洲汝自在　攝受正法汝應爲
常與無畏說法者　如是說法城中到
若我所言王當作　當來多利必恒得
及爲衆生當作利　復當得攝佛菩提

喜王如是彼說法者於彼王所覺察作已如

是還虛空道入於月輪復詣彼林王所彼王聞此覺察已歡喜踊躍愛悅滿意善意更生彼夜過已共滿千子及四兵力衆幷餘大多人衆詣彼二生振聲散華大林王到已向彼說法者所於彼時分彼說法者爲彼大天衆及菩薩摩訶薩廣說此三摩地爾時彼王及子與人圍繞共見彼說法者及菩薩摩訶薩即得大愛淨信歡喜彼等以淨信心頂禮彼說法者足及頂禮彼菩薩摩訶薩足已於一邊坐彼隨坐已彼說法者爲說此三摩地彼聞此三摩地已得大踊躍愛悅淨信爾時彼王即得此三摩地及彼大多人衆中八十四千衆生皆發無上正覺之心及彼千子皆亦順得不斷辯才喜王如是多人無憂音欲喜音王歡喜踊躍徧滿其意即起於座以得無價二衣奉覆彼比丘說法者王諸所有皆以與之及施無畏穌息乃至盡壽給侍隨其所爲請與衣食作如是言比丘汝宜下入村城坊邑王都我爲侍者令諸衆生當得此智喜三彼王如是語已頂禮彼說法者及眷屬足已出還本宮喜王爾時無邊功德寶振聲淨行聚說法者從彼林王中起出已入於村城坊邑王都中發起爲衆生等說法彼王於諸人處宣教勑云莫有一人於此比丘不愛念不意喜不敬重不比數彼王千子隨彼說法者後相續擁護爲於法利及餘三十千人王子眷屬亦爲彼菩薩摩訶薩而作給侍隨其所爲令觸諸樂行故喜王如是彼說法者爲成熟衆生故自身命量持經半劫彼令無量衆生於三乘中皆已成熟彼王及子幷衆眷

屬若彼王子給使作彼菩薩給使者於中皆已發菩提心彼以聞此三摩地善根前行故皆共於八十劫中承事六十頻婆羅諸佛世尊諸處皆聞此三摩地如其所欲攝取佛刹於中或有到菩提者或有現行菩薩行者爲成熟衆生故喜王如彼時節中有説法者名無邊功德寶振聲淨行聚汝意疑謂異耶莫如是見何以故無量壽如來是彼時節中説法也又喜王如彼時節中有王名多人無憂普欲喜音汝謂異耶莫如是見何以故不動如來是也又喜王彼時節中彼王千子汝謂異耶莫如是見何以故此賢劫中菩薩摩訶薩若於賢大劫中千佛當出是也又喜王彼時節中彼無邊功德寶振聲淨行聚説法者所有彼三十千菩薩朋友隨彼後後相續圍繞汝意疑謂異耶莫如是見何以故彼諸菩薩摩訶薩於一劫中證覺無上正覺喜王如是攝受正法勤與相應菩薩摩訶薩爲無量無數衆生而作義利及速得此三摩地喜王彼故若我現前若我滅度此三摩地應當受持讀説思惟爲他廣演速當破魔羅軍爾時世尊欲令此義過量高出即復説此歌頌

於諸衆生若與樂　千那由多不思歳
不得譬此福德量　若此心生菩提因
所有衆生十方中　彼等皆成勝獨覺
千俱致劫供養彼　淨心以樂常與之
若此菩提生欲已　云我當得二足上
此三摩地持一頌　此於彼福勝有餘
彼諸衆生得佛世　千俱致劫供養彼
彼亦不得喻此福　若一心生勝菩提

若於佛法守護者　此三摩地四句頌
非菩提心爾許福　如彼守護正法者
此世界中衆生等　若有化彼以菩提
於不受道若聞已　不生恐怖此福勝
若有菩薩行施與　如恒伽沙俱致劫
以諸珍寶滿於刹　亦不聞此三摩地
如是若有聞此定　四句歌頌智者持
過多取於福德聚　非多億劫而施與
若護菩提勝者可　此不可思無塵定
不可以言皆具説　若彼有福攝取者
於死時中見多佛　彼所有念未曾忘
於中所欲行刹上　此三摩地應書持
身所有樂如心樂　得生天上會聖者
當生未曾得苦惱　三摩地王隨喜故
千那由多所入門　無邊光明勝者許
我已住於勝力説　要由此定得菩提
如總持門得辯才　得三摩地如神足
智所得者聖無流　若演説此三摩地
智者所生諸刹中　彼當現前見諸佛
及聞彼法并受持　由於此定誦習轉
若得端正不少根　三十二種百福相
衆生見已得踊躍　由於此定誦習轉
智者美音悦意言　具六十分音岸到
攝取佛音淨衆生　由聞此定誦言善
彼當得慧而善利　彼亦得智而無濁
彼又知諸衆生心　若持此寂三摩地
無有一聲所入門　彼於其中不生辯
於諸聲中得善巧　由誦無塵三摩地
得不小心不羞怖　又得歡喜生踊躍
彼所喜樂未曾減　由廣説此三摩地

我今所見如到手　汝等今應作正心
汝等是子順我教　發行此定當令得
此有爾許我能說　汝等淨心行相應
至我今住應勤作　莫於後時當熱惱

說諸法無邊行三摩地中攝受正法
讚歎先世勤相應品分第二竟

受記品第三之一

爾時喜王菩薩摩訶薩白佛言希有婆伽婆最善希有修伽多乃至如來此攝受正法菩薩摩訶薩所有功德稱說讚歎世尊何法具足菩薩得此三摩地佛言喜王一法具足菩薩得此三摩地何者爲一喜王於中菩薩牢固誓願住阿耨多羅三藐三菩提中彼所若有破壞若對前調弄若向他毀呰若違諍若瞋罵若呵責彼於其中無忿無嫌無結恨生於上觀察自心而住我發菩提心時無人請我若天若龍若夜叉阿脩羅伽留荼揵闥婆緊那羅摩睺羅伽及非人非非人亦不有一世間他人請我惟我自心思惟生阿耨多羅三藐三菩提心然我彼心生時諸佛皆知我今不應如此若我爲他自在所破若他對前調弄若瞋罵若呵責若輕欺若戲學若害言若打欲令恐怖捨於菩提或捨衆生若復我作小意或聲聞心或獨覺心生我則欺誑諸佛世尊若此心生菩提我今須住牢禁誓願彼心生時終不放捨乃至未坐菩提場喜王此是一法具足菩薩得此三摩地爾時世尊欲令此義過量普明即復說此歌頌

智者常生牢固誓　爲求無上大菩提
我於中間不疲乏　以不疲心行菩提
若被調弄及違諍　瞋罵呵責不供養

自心如是順安慰　於中無有瞋破生
若我菩提心生時　非天龍等而請我
諸衆生中我生悲　生心緣於菩提故
若復我今作小意　我則欺誑諸世尊
我當牢進不作疲　守護誓願而作佛
如是行者大名稱　此三摩地有現前
根本住立菩提心　行法菩提不難得

喜王又別二法具足菩薩得此三摩地何者爲二如言如作諸白法行取而不猒喜王於中何者如言如作此菩薩聞有菩薩行聞有佛法普滿彼則取此而作我亦行此菩薩行已因此當覺無上佛法彼如所言即取而作如行成就所行清淨此是如言如作云何諸善行中不猒此菩薩作是念徧智無量如是衆生無量我作義利彼不可以少善根少行於無量徧智而得普滿爲無量衆生而作義利彼若發起如是善時彼諸無量迴向而以迴向當如大海求聞不猒喜王此是二法具足菩薩得此三摩地於中又說此言

如言即如作　彼無不如言　彼亦不言說
若有別異此
彼菩薩者如言說　如是相行聞已行
智者如說即如作　彼得此定佛功德
不猒足白法　彼等無有猒　彼無量菩提
無量功德性
又不猒足於白法　意常不足猶如海
無量無邊衆生界　不可小意而猒足
如所言說即如作　又不猒法於法求
於此二法順學時　彼得此定佛功德

王又別三法具足菩薩得此三摩地何者

爲三此菩薩三種禁戒成就何者爲三彼謂身語意戒又無三種煩惱燒熱何者爲三彼謂貪欲燒熱瞋惡燒熱愚癡燒熱及三界中不依而行梵行此三法具足菩薩得此三摩地於中又説此言

禁閉三種處　身語及意等　已寂三煩惱
不依三界中

禁閉身語及意等　三種煩惱意復寂
及三界中不作依　彼故速得三摩地

喜王又別四法具足菩薩得此三摩地何者爲四彼謂知因生法知彼因已及知因生法已即捨其因及不著因生法彼如是智具足菩薩不見有一法非因生者彼如是念若彼法因緣生者彼空本性不生又彼如是智具足已不起無明令滅無明故爲衆生説法不起諸行令知諸行故爲衆生説法如是乃至不起老死令超老死故爲衆生説法喜王此四法具足菩薩得此三摩地於中又説此言

既知於因緣　亦知因生者　彼則無有見
如斷及以常　及因亦普知　若相若自體
若法屬於因　於中智不著　因緣所生者
若有實是空　於中若智轉　彼得三摩地
普知無明已　諸行則不生　如知亦如説
利益衆生故　若有此四法　菩薩諸勝者
彼不難得此　佛讚三摩地

喜王又別五法具足菩薩得此三摩地何者爲五喜王彼謂菩薩知作知合知門知行知道於中何者是作所言作者若於諸衆生中等心捨種種想諸衆生中以一味慈此名爲作於中何者是合若知身中報熟所作善業

迴向菩提於中不觸此名爲合於中何者是門所言門者空門及甘露門（依梵本名云不死昔來義名甘露門）於中亦不由他此名爲門於中何者是行彼謂空行獨行如行諸法本性普淨之行此名爲行於中何者是道所謂離於我作及我所作聖正見者此名爲道喜王此五法具足菩薩得此三摩地於中又說此言

等心衆生中　彼等作如是　亦信業報熟
則合此無上
非道小法普離已　求於善法不休廢
皆以迴向於菩提　而於菩提無所觸
知於解脫門　謂空及無相　亦不作於願
此是無上門
於諸法中有善巧　於諸法中常不依
獨自合於無生境　我及我所彼不生
知者所作合與行　及道四中恒住者
是合菩提不難得　況復此寂三摩地

喜王又別六法具足菩薩得此三摩地何者爲六彼謂知眼及知眼自性彼知眼已及知眼自性已於意喜色不意喜色中無有著礙到於等量此色眼根不燒如是知耳鼻舌身意及知意自性彼知意已知意自性已於意喜法不意喜法中無有著礙到於等量此法意根不燒喜王此六法具足菩薩得此三摩地於中又說此言

知於眼自性　非自性自性　彼不礙色中
若空若不淨　色中到等量　彼無有欲染
知本性體已　彼無有燒然　如是耳鼻所
舌身及以意　知彼自性已　諸法中不著
禁六境界中　令不走於外　自性智成眞

非欲非離欲　如是智等最　是菩薩勝者
彼不難得此　佛讚三摩地

喜王又別七法具足菩薩得此三摩地何者爲七彼謂不諂故純直故欲法故求法故觀察法故開法故行法故喜王此七法具足菩薩得此三摩地於中又說此言

無有諂曲恒時直　及無異言意無異
如意所念如言說　智者自樂復與他
順法行法而住中　未曾以聲爲最勝
如是勤合則得定　疾觸無上大菩提
彼有欲法大名稱　求聞未曾有猒足
如聞正念而觀察　彼還廣說爲多人

喜王又別八法具足菩薩得此三摩地何者爲八彼謂戒聚普淨故諸愛著遠離故常出家心故樂住寂靜處故不用諸利養故不惜身心故高大信解故於愛不愛等心故喜王此八法具足菩薩得此三摩地於中又說此言

普淨於戒聚　善淨中住止　已離諸愛著
勝教中出家　善逝教比丘　應捨於利養
而求住此寂　此定最難見

若念修此最上行　愛不愛中無有別
攝取八法而轉行　彼得此上三摩地

喜王又別九法具足菩薩得此三摩地何者爲九喜王彼謂此菩薩捨九瞋事超九衆生住處成就九次第定過八邪倒入八正中離八不閑證八解脫知七識住修七覺分喜王此九法具足菩薩得此三摩地於中又說此言

衆生九住處　於中衆生依　斷離諸見故

彼無有依間　斷離八不閑　已觸八解脫
於七識住處　以正念普知　喜
智者修念七覺分　斷諸分別拔煩惱
如是勤合則得定　亦復疾觸勝菩提
喜王又別十法具足菩薩得此三摩地何者
爲十彼謂捨諸所有故堪忍純直攝取無量
流轉故滿足出世智故不得諸衆生而大慈
故持諸所聞以多聞故超諸施設而大悲故
不用諸樂方便善巧故普念諸佛故此十善
業道乃至夢中亦不忘失故說法依菩提心
不羨異乘故喜王此十法具足菩薩得此三
摩地於中又說此言
捨諸所有而歡喜　亦有忍語純直心
俱致劫行無有乏　彼速得此三摩地
有智慧者無煩惱　有慈心者無希求
攝受諸聞不忘失　彼得此寂三摩地
悲諸衆生不戲論　諸巧方便不受樂
普念諸佛正念者　彼得此寂三摩地
護諸十善皆清淨　乃至夢中不曾失
心念到於菩提行　未曾羨慕小乘中
若有如此法最勝　於諸佛法不難得
速得破壞魔羅衆　當觸最勝淨菩提
又此法本世尊說時七十千衆生遠塵離垢
法中法眼清淨七千衆生皆發無上正覺之
心皆與不退轉記三十千菩薩無上法中得
忍彼於後時欲護法城無量衆生善根成就
此三千大千世界六種震動大光徧世三惡
寂止諸衆生前皆見如來世尊從身復放光
明以此光故無量無數世界大光徧滿彼等
衆生光到身已彼皆於佛隨順正念與樂相

應去雜熱惱彼世尊光於十方中無邊珍寶莊嚴非一百千種色俱致那由多百千葉蓮華出生諸處蓮華中有似世尊奢迦牟尼如來像然彼似如來像彼蓮華中端坐顯現彼諸處蓮華中蓮華臺上有似喜王菩薩摩訶薩右膝住於蓮華臺已亦如是問此三摩地彼諸如來亦如是廣說此三摩地一一如來覺悟成熟無量俱致那由多百千衆生爾時世尊告喜王菩薩摩訶薩言喜王汝見普十方中如是無量無數如來蓮華中坐及似喜王菩薩摩訶薩者不答言我見婆伽婆我見修伽多而我不知數量佛言喜王能取恒伽河沙等數量而不能知彼等諸佛世尊數量所有如是諸佛世尊汝所見者也如是彼等似汝菩薩摩訶薩亦復不能知其數量爾時世尊攝希有神力已告喜王菩薩摩訶薩言喜王於意云何如來從此佛土有處去耶於坐動耶汝亦有處去耶答言不也婆伽婆不也修伽多佛言喜王以是因緣應知諸法皆如生作住相分別起出無來無去如所欲如所作以無主者故應見彼等皆空分離喜王是故汝於諸法應當信解見如焰夢影響水月電泡汝等應如是學何以故深深信解菩薩當得此三摩地

觀察諸法行經卷第三

觀察諸法行經卷第四

隋北天竺三藏法師闍那崛多譯

受記品第三之二

於中世尊又告喜王菩薩摩訶薩言喜王若復菩薩依我衆生恒伽河沙等劫施與護戒念忍發進入定修智若復菩薩信解諸法無我此過多彼福德聚生及速證覺無上正覺何以故喜王昔過去世不可數劫復過無數廣不可量無量不可思彼迦羅彼三摩耶有名寶光威輪王如來出世應正徧知明行具足善逝世間解無上士調御丈夫天人師佛婆伽婆世界名有寶劫名應往又喜王彼迦羅彼三摩耶彼世尊寶光威輪王如來有寶世界富滿豐足甚可喜樂多人雜鬧平如手掌無有瓦礫多饒金銀如觸迦真鄰泥迦衣八道交連純青鞞瑠璃夜及有閻浮那多金體蓮華大地分中自然出生量如車輪香色妙好彼世界寬廣有六十四俱致百千洲一一四洲中有六十四俱致百千城彼諸大城普廣三十二踰闍那皆有七寶垣牆有多俱致那由多百千衆生所住一一大城有十二千村戍坊邑圍繞彼諸大城一一有五百受用園種種諸華果香寶樹圍繞莊嚴彼諸園中一一有三十二華池八分具足水普滿其中金沙布散寶欄圍繞鞞瑠璃夜別以間錯及有寶體憂波羅波頭摩究牟陀奔荼利華而生其中彼憂波羅波頭摩究牟陀奔荼利中鵝鴈鵁鶄孔雀鴛鴦迦羅頻迦命命鳥衆住已各各出音喜王彼迦羅彼三摩耶彼世尊寶光威輪王如來有園名愛見彼中世尊

所遊王所治處名爲有月依止而住共七十二俱致聲聞八十四俱致菩薩皆不退轉喜王有月王所治處有七十二俱致衆生所住彼諸處中八道相通又喜王有月王所治處廣六十四踰闍那七重垣牆七寶欄楯種種諸寶門柱及行列多羅樹普掛鈴網又喜王彼迦羅彼三摩耶彼中有月王所治處有王名寶月於四千洲中轉輪自在爲法行法王又喜王彼寶月王於彼有月王所治處造立宮舍七寶所成普廣四踰闍那七重垣牆乃至七寶鈴網懸掛圍繞及摩尼網以覆其上彼宮舍中四方有四大園一名雜畫車二名常開華三名喜見四名正行樂彼大園中有種種樹生彼謂寶樹華樹香樹果樹瓔珞樹衣樹音樂樹富沙樹月上樹日上餤樹彼大園中一一有四大華池栴檀那水普滿其中寶樹周帀閻浮那多金沙布散諸寶憂波羅波頭摩究牟陀奔荼利華以覆其上鴛鴦和鳴又喜王彼寶月王有四十二千婦女類如諸天童女於中有一最大天婦謂名有福其色明顯過於諸天又喜王彼寶月王有十二千子形色勝妙見者信愛最上淨色圓滿具足有二十八大丈夫相普莊嚴身喜王時寶月王出詣意喜見園中遊戲行樂最大天婦名有福者懷中忽有小兒化生跏趺而住形色勝妙見者信愛有二十八大丈夫相具足彼於生時如是說言諸行無常無住無有安止顛倒向法彼順相續說此伽他

諸行無常無安止　無住無牢倒向法

凡小念此爲常安　以欲放逸無正念

諸天及人隨有欲　皆是無常盡法體
於欲未曾有猒足　無牢欲苦是苦根
有名寶光人中上　彼說無垢無爲法
諸根於中寂無餘　及菩提樂聖無漏
尊今聽我此言語　如來出生好難得
宜共往詣善逝邊　天勝於天光明作

喜王爾時寶月王向彼童子復說伽他

汝是天龍夜叉神　童子爲我說此義
汝生即說如是語　於佛法所讚歎言
汝何處死此間來　汝名何等向我說
光明皆徧此園中　勝德威神汝顯照

童子報言

東方有於丈夫上　修迷留聚導師名
我於彼死此間來　欲見法王寶光者
我名法上如是知　我今發行勝佛智
尊若復欲聽聞法　宜共往詣善逝邊

喜王爾時寶月王共法上童子幷諸婦女與諸王子及餘大多人衆圍繞在前詣愛見園向彼世尊寶光威輪三如來應正遍知所到已頂禮佛足三币右繞一邊退住彼大多人衆亦頂禮彼世尊寶光威輪王如來應正徧知足已一邊退住法上童子禮彼世尊足已口嗚其足說如此言世尊修迷留聚如來致問世尊少病少惱起居輕利氣力樂觸行不法上童子說已於彼世尊寶光威輪王如來前住已向彼世尊而說伽他

思義應供無上尊　最勝演說無諍行
度脫無量多衆生　人主在座我今禮
此三千界作教主　世尊能以法寶施
爲他廣說法藏寶　破魔羅王羅刹軍

衆中如月光普照 廣説行度彼岸道
教師五根及五力 五眼善逝我歸命
教師離諸煩惱盡 行此地中轉輪王
除却三垢猶如眼 世間離垢眼普淨
摩睺羅伽衆生人 無有不向人上者
最勝無高亦無下 我今敬禮諸世親
得與不得平等行 諸相華開丈夫月
不染世法如蓮華 世親能令愛枝斷
具足善調心已伏 施戒平等心無瞋
難伏衆生多已調 伏心善逝人中月
言語輭美善順意 説時能動於三千
天龍脩羅及人等 彼各念此爲我説
無衆生性此是空 無有於相願亦離
尊説此中無處去 亦無有來及無死
法界不動無住處 前際後際皆不著
於其中間如虛空 尊説此法無思念
世尊常説於實際 此中諸世迷亂轉
如盲煩惱瞋恚滿 彼等作念我及人
此法似如幻與雲 眼所見者空不動
若有得此勝妙忍 彼等教師常隨逐
猶如種種畫虛空 無處無有一處住
如是處住覺自然 故彼無有一處似
諸聲聽時無有實 亦不可見無住處
若聞若説亦復然 彼等本性空不動
勝者法體相亦無 當見如幻所示現
若見如體無分別 當見善逝亦如是
諸土平等土非土 諸佛平等佛功德
諸法平等法空寂 諸衆生等無衆生
不盡盡没於盡中 不盡盡没無盡中
其盡不盡盡不盡 此忍如是常隨順

分別分別起分別　諸法亦復無處起
若所起者常不起　此忍如是常隨順
見見常無有見體　若見不如如是觀
若其此等法空虛　此忍如是常隨順
未曾有能知前際　實際最勝以不知
若知於際常無際　彼之前際則隨斷
於邊無邊中不依　此岸彼岸常不住
若三有中無住處　彼則住於實際中
若其住於實際中　彼三有中無住處
若三有中無住處　彼則常住實際中
若色似如水聚沫　知受亦如浮漚等
想念猶如於陽焰　若知則住實際中
諸聚非固是有爲　若知似於芭蕉等
知意與彼幻相似　彼聚殺者則已滅
若於慈悲善修念　於自及他無依止
修念最上清淨行　彼當作佛如淨天
若離普廣諸煩惱　彼則未曾有取著
捨諸所有無不捨　彼施善逝所讚歎
若身似如水中月　知語言道如山響
知心亦如空中電　彼戒殊勝三有中
若於忍調到彼岸　彼意外事不能損
能知六根如空村　彼忍善逝所讚歎
若樂閑獨無所畏　明智數行境界所
身心寂靜純直行　彼進殊勝三有中
若人煩惱本性滅　空無分別寂智者
若三有中想不轉　彼定善逝所讚歎
若知此中無有人　彼於上智則當得
應離戲論而寂靜　彼智殊勝三有中
若於有中無疲倦　俱致劫中行時苦
未曾羨慕下劣乘　彼魔羅衆皆恐怖

如於海中取滴水　我說最勝爾許德
佛法寬廣無有邊　未曾得於彼邊際
喜王爾時法上童子於彼世尊寶光威輪王如來前說此伽他時遍諸三千大千世界六種震動百千俱致那由多音樂同時皷作及雨諸香華鬘塗香末香八千菩薩皆於無生法中忍生其王寶月與諸婦女及諸童子幷彼大衆皆發無上正覺之心喜王爾時法上童子向彼世尊寶光威輪王如來如是白言世尊何等三摩地令菩薩摩訶薩當得攝取諸法故當得攝取佛土功德莊嚴故當得滿足聲聞菩薩衆故當得無上受用資財故當得超諸魔羅諸煩惱惡故當得滿足正念正意正趣慙愧住持智慧故當得攝取諸所聞故當得滿足五通勝智故當得無著樂說總持故當得滿足辯才故當得滿足六波羅蜜故當得滿足生家種姓形色受用故當得悅意言音作業故當得滿足諸功德故當得善知入起諸定解脫三摩地故當得滿足諸種功德智故未得普智恒作佛事爲衆生故而住其前如是語已彼世尊寶光威輪王如來向彼法上童子如是告言童子善聽善聽善作意念當爲演說若三摩地具足菩薩摩訶薩當得此及其餘無量無數不可量勝功德亦當速疾向菩提場童子有三摩地名說決定觀察諸法行若得三摩地已菩薩摩訶薩超諸魔羅境界當速證覺無上正覺時彼如來爲彼童子以伽他音廣說此三摩地
如言如所作　作已不妄說　身口意清淨
利益有慈心　於悲不忘失　及猒諸欲行

爲法常樂求　菩智亦不捨　善巧言辭中
下入衆生智　不惜於身業　身中亦不貪
當離麤惡語　於心不戲論　給濟苦衆生
常覺放逸者　勤者教相應　悔者令散出
不住衆生想　梵本少一句　事想不分別
遠離於舉取　諸相亦當滅　不動所受中
常當求智慧　遠離世事語　當求於出世
正念不忘失　順念於諸法　如是當善巧
所作行具足　及順世間行　應當信業報
遠離不信心　應當信諸佛　彼等宜順念
常應說罪過　福聚當隨喜　及勸請諸佛
禮拜復迴向　常降伏憍慢　作善無猒足
亦常勤相應　數作莫放捨　成就正修行
當知所作因　莫逐施設名　被呵勿起恚
莫著於言語　勿念此爲實　不求住欲界
色無色諸種　如業所受報　應當信彼果
分施所用物　於教不毀傷　等心於衆生
一人亦不害　勤懈並勿瞋　莫妬他所得
當滿心所欲　如法護誓願　於戒莫捨離
憍慢當滅除　皆轉瞋恚過　愚癡亦拔斷
貪欲不發行　隨得便知足　捨離諸親知
無利心不下　得利亦不高　唯喜得法利
常作平等分　當離於藏積　所聞惡言辭
忍故能舍受　常護於言語　當說菩提乘
常勤勤相應　恒近精勤者　常應問智者
增修細正定　莫捨空閑宿　住少欲頭多
應當信解空　於事無觸著　聚中不依止
界中亦不貪　不見得內我　不愛著境界
滅諸顛倒意　於心常住持　應當生智慧
常行正行業　其心不怯小　當念淨福田

諸行當放捨　施已無求望　亦不念持戒
於忍莫分別　不發起精進　定中亦不依
不忘失諸法　常應覺智慧
應當入諸波羅蜜　自功德中未曾念
聞他功德不瞋惡　有爲無爲心平等
恒時攀緣於涅槃　常於有爲當走離
解脫安隱恒時知　聚中想似於殺者
於涅槃處常生愛　恒時住於和忍中
笑面莫爲顰蹙顏　見於他人先問訊
於老宿中慈尊重　及心智慧常善續
於他亦未曾謫罰　諸有鬪諍令寂靜
於寂靜所常談讚　等和衆生常教合
愛不愛中心常等　常當求於總持門
如母愛於諸衆生　如父愛於諸聖衆
愛所尊重如近誦　愛於菩薩如佛陀
愛法亦如愛自身　及求所聞無猒足
既聞法已正修行　亦常供養於如來
於勝上法當信解　無羞怯心無懈怠
常當供養於三寶　常當堪忍不正言
常不愛戀於自身　壽命亦復不貪惜
清淨活命常乞食　不捨頭多常次第
宿住空閑未曾離　當捨徒衆遠復遠
莫樂共住在家者　莫作雜亂出家人
莫愛莫詐先善言　教化多人入佛智
說法時心無怯小　方便善入觀知他
於佛數數作意念　及常思法不放逸
亦於僧所常尊重　及於智者常供養
亦常親近巧便智　常作無諍於定者
於精勤者助好心　亦念修法信福事
教化衆生令作善　信者當愛心無曲

若觸苦事能開散　常依時行捨非時
常行恐畏及羞恥　彼罪惡中生慙怖
諸不正行遠離已　得正行者常親承
守護於戒爲解脫　亦復常求於聖行
常當念修四念處　亦常親近四正斷
及常成就如意足　亦當出生於諸根
應當求力亦如定　於七覺分常觀察
常當修行八分道　亦求聚集奢摩他
毗鉢舍那常生諦　心所隨喜而觀察
法中歡喜復生喜　亦當超越諸攀緣
聞無住處不驚怖　不可得處莫放逸
常當求望菩提行　佛行當作信稱量
常當猒棄境界行　先作行中亦當捨
自業清淨莫說他　律行不破恒時作
善學禁戒別解脫　常依時行捨非時
巧能籌量應來去　好物知量自禁止
及於聖種皆知足　亦復求入勝智通
三摩地中當攀緣　及於定行數知入
當入衆生心所欲　隨如導師所說言
亦應攝取無我說　若勤合者令歡喜
如最勝體所念修　常當念此三摩地
聲聞正行聞已信　於獨覺道當順覺
諸佛種性破魔羅　常當求此三摩地
發行勝覺由於施　不退轉者佛所行
多俱致劫智者行　是聞海者法行處
此境界法尊重者　若當信解是實財
此示現佛所住處　於此法藏求實者
於此田中彼求果　煩惱熱者喜園中
樂持法者此爲苑　彼愛見者三摩地
欲求白法此毋生　有所欲得無依者

勝妙諸相當繫取　隨相諸好亦布置
國土莊嚴此安住　此亦當得諸聞持
種種所出此順覺　清淨言說實聲語
亦能超越魔羅境　攝取久遠著鎧甲
殺害煩惱調伏依　此亦摧破諸不善
欲得諸善令熾盛　欲得求願作莊嚴
衆多魔羅不破斯　此於說時亦無盡
此求與等諸世間　外道論師不正說
此能超過聲聞法　獨覺勝者此爲緣
一切智智此住持　衆生所趣亦此住
此能如實教誨他　此選時中善友語
無垢根者此天眼　及於法眼普欲求
求說法者此然炬　求眞誓者此誠諦
求財施者此爲捨　求脫見者此勤合
求喜定者此淨信　欲聞法海此正行
求迷留定此爲力　欲求法海彼等主
爲欲淨妙莊嚴者　自心調伏彼是梵
方便求法此喜心　及不退者此所行
此是言說行所趣　常念智慧利根者
此是初業力便事　丈夫牛王彼智幢
欲求勝者彼等弓　求無我者那羅夜
若向普智此爲路　求善脫者戒平等
此爲天等常禮拜　此爲龍等常散華
及爲人等作供養　夜叉希有作讚美
百數羅漢亦作禮　菩提勝天亦稱歎
若如來等自所念　欲護根者彼等城
如法住者合方便　依止定者彼等得
諸有疑者令破散　有迷惑者悉令斷
高慢煩惱令滅除　欲度彼岸能令度
病纏逼者此良藥　其有病者此實治

煩惱毒箭能拔出 欲合理者作思念
衆中無畏師子吼 於善逝所求聞法
及爲涅槃常此道 能斷所有諸惡趣
於三界所等超越 求功德土此莊嚴
金剛喻定彼於此 及最後生師子座
所求福德此不失 諸所欲求此攝受
常疲乏者令渴仰 未有精進此發欲
依攀緣者令安立 別異發行遮令住
有平等體此成就 依物憍逸此棄除
倒取取物此放捨 普知諸種周遍智
求智慧者此出生 求福設會此不失
依三有者令斷願 常無有相求菩提
三世空諸法 知已而不捨 方便智時時
爲諸世間作 嗟慨佛種性 佛智是所由
莫求於錯失 於彼說法者 亦復莫欺款

所見於未學 勿瞋說法者 當尊重近住
實聞當知實 莫毀謗智者 法施莫求物
說法亦勿慳 聞法共尊重 心意莫散亂
盡心爲說法 若見樂欲者 莫斷法施說
勿緣於餘事 堪忍純直問 若問爲解說
若惡心見者 彼中忍當作 悔及於疑惑
彼皆汝爲斷 若見未得道 以道爲彼說
思惟此定時 易得於佛智 諸所作諸供
於說法者邊 求八分勝道 勿緣於餘事
若諍競惡心 難伏常令伏 無依彼等足
神足若欲求 念慧及行趣 彼等求法者
發起彼等說 若發行菩提 示現俱致佛
俱彼國土住 說化諸衆生 若彼說法者
此味是最美 若彼蘭拏行 及求遊戲通
而作師子吼 彼等智者行 爲讃於寂滅

斷熱有清涼　此是不墮句　脫縛利益說
喜樂發於身　其心亦驚喜　智者遊戲智
彼求周遍智　淨信是等法　住不退佛智
決定爲菩提　白法順熏習　諸惡皆當捨
殺害於黑助　白法即自來　彼等學戒者
若欲求福德　彼等此成就　若求則相應
彼等於此得　身中端嚴相　此行佛順知
諸聖親近已　明照智智中　佛智普智得
住此已當見　俱致端嚴土　此中彼大力
智者問於疑　除斷此諸疑　諸惑皆捨滅
此中生佛法　勝人所讚歎　捨離諸惡世
所有煩惱染　不失諸福德　於福若欲求
彼等智者緣　愛法爲最上　及喜此法眼
親近猛健人　辯藏法泉流　欲求巧言語
已說彼等護　所有說法人　及知諸因緣
愛見依倚者　巧應諸法中　和合不和合
智體方便分　說於諸法已　如是現諸法
眞實智思惟　於中斷渴網　當捨諸愛著
無明於中散　當得明現前　於中普知數
彼所說無著　知意種種心　於此廣說已
攝取色與名　彼等於中說　觀察六根所
猶如見空村　於觸知外者　佛智當得見
若離三種言　彼等於中取　及滅三種愛
彼等於中說　於中說棄捨　若彼所生處
彼等斷於有　於此定中說　絕生與病合
及離死毒箭　諸苦於中寂　諸流分別者
諸憂令歡喜　惡意令解散　成就淨方便
若彼法行者　飽足所觀察　若所有求勝
瞋惡中作明　若所有迷眼　此中佛雷震
轉於法輪時　健行此稱揚　若彼世間智

此中普洗除　若濁亂煩惱　此中害諸見
若所有我依　受取及與持　此中皆已說
不錯佛智中　如是當得勝　常增長諸法
此是巧智道　白法常積聚　遠離諸惡業
佛法常念修　說當無慳悋　莫斷佛種性
當住於彼中　熾然法種性　聖衆普能攝
應伏諸論師　外道欲起者　說法稱言善
彼等當興讚　常行菩提行　於彼無念心
如月諸衆生　常作朋友意　如目於諸法
恒持正思惟　常作教師想　於中思此定
此定猶如王　爲衆生廣說　爲智人導師
白法心正信　成熟甘露果　令念往昔生
受胎無染汙　猒棄癡兒法　大仙佛功德
讚時無邊者　持時佛智慧　善逝所說時
及智書寫時　說時當得福　遠離諸外道
此是不動處　所說世間受　諸佛之所說
過去佛功德　希望於未來　現在住諸佛
此是諸寶藏　令衆生入行　爲說聲聞乘
於智不忘失　佛法此爲印　此出彼猛健
此實無變改　及速得諸智　欲問佛功德
欲法無猒足　散諸煩惱火　當得方便智
地界別思惟　當入水界中　入於火界定
風界無住處　空界不迷惑　示現智界中
令入於法界　猒離於諸行　令散諸愛染
憎惡諸有海　除滅諸臟患　令捨於諸法
自分別巧知　亦巧知他行　欲說無有盡
方便中無濁　出處當順知　我見應當捨
我所亦遠離　染著當棄捨　憍慢常應伏
爲食行如狗　施中等無貪　所食應飽滿
訖已當知樂　在陰莫爲乏　大水當急度

諸論不能破　純直無攀緣　遠離於睡眠
親近說法者　超過於掉戲　亦應滅疑惑
及令散諸欲　嬾惰亦遠離　不見得我處
無我令明顯　不住於命者　法亦不應觸
不鬪諍法中　平等說合義　以心善思惟
諸行無所有　當親近智者　諸處無怯弱
彼中當信解　在衆莫怖畏　當說他功德
自身勿高舉　遍智所行處　恒時應須行
莫愛著住處　應去如飛鳥　莫行爲利養
亦勿計我身　心亦不減劣　巧知經行處
當隨順念修　莫思亦莫憶　亦當求解脫
常應在靜地　常念修梵行　於定速當得
慈於平等心　悲者順攝受　以喜爲樂法
捨處當捨之　以戒憐愍他　以定當覺法
以智作應作　於後無悔惱　當出無盡智
亦應善巧辭　我說入語言　說處莫求利
莫樂衆雜語　是住無疲乏　不捨亦不取
諸法是菩提　莫壞滅諸法　如是說明顯
於衆生不誑　於寶當歸依　應攝受正法
作願當牢固　莫羨於小乘　晝夜應勤合
爲求諸法故　遍智所由來　諸佛此爲庫
三摩地如海

喜王爾時寶光威輪王如來爲彼法上童子
以伽他歌廣說此諸法行決定觀察說三摩
地彼說此三摩地時寶月王及諸子眷屬得
不退轉於無上正覺滿足一千衆生發無上
正覺之心無量衆生學地增長喜王汝意彼
迦羅彼三摩耶名法上童子者謂是異乎莫
作如是異見何以故汝善家子即是彼迦羅
彼三摩耶名法上童子也善家子彼迦羅彼

三摩耶名寶月王者今慈氏菩薩摩訶薩即是彼迦羅彼三摩耶名寶月王也若復彼諸王子即此菩薩摩訶薩衆集會坐者是喜王爾時彼法上菩薩摩訶薩與父母尊長及朋友知識滿足三十六千俱致衆生共於世尊寶光威輪王如來教中捨家出家喜王愛樂彼世尊教作比丘比丘尼優波娑迦優波斯迦者甚多爾時世尊此義知已復欲過量顯明即於此時說此伽他

我念昔多俱致劫　時有最勝名寶光
彼有僧衆亦廣多　諸漏已盡及菩薩
彼之國土淨可愛　自然莊嚴如天宮
城邑聚落園莊嚴　以華布散平如掌
彼中有王名寶月　自在王於多千洲
福慧具足是智者　無邊庫藏廣神足
彼於園林樂遊戲　天婦懷抱童子生
名爲法上善可觀　金色勝相聚嚴飾
彼始生已說妙語　說於佛法而讚歎
及在家惡空閑德　諸欲罪過亦廣演
化彼父母及親知　智者念頃令淨信
彼王歡喜而踊躍　發向最勝大仙邊
童子不復入家内　即於彼園與其父
共諸親知及大衆　三十六億詣佛邊
彼大象王詣到已　寶光法王彼已見
增踊躍心第一愛　禮其足已坐於前
法上亦禮最勝足　攝取十指而合掌
如是敬重彼尊已　童子歌頌於伽他
彼於最勝多讚說　導師實德諸法體
王及諸子并徒衆　緣於菩提而發心
法上諮問於世尊　說此寂靜離塵定

猛健住此三摩地　證覺菩提伏魔羅
二足上尊知請已　知童子心已淨信
即爲說此難見定　大威德者歌伽他
彼尊說此三摩地　諸佛菩提離塵寂
王及諸子共臣民　即住佛智不退轉
彼處多住學無學　如是已聞於寂定
彼餘衆生多俱致　緣於菩提而發心
王及諸子并徒衆　皆令猒離五欲福
彼時童子爲上首　於此捨家行出家
所有愛樂於教師　諸天及人皆普滿
彼善逝所衆甚多　於中數量不易得
喜王汝於往昔時　是彼童子名法上
若於彼中作父王　今此慈氏菩薩是
彼時所有諸王子　即是坐此諸衆會
衆生常在相續界　知已令淨行行中
是故聞此寂定已　應當受取常淨信
常爲他說莫慳惜　當有佛智得不難
彼福之量不易得　說時多劫俱致數
若能持此勝上定　爲衆當說莫放逸

爾時喜王菩薩摩訶薩白佛言希有世尊此三摩地多作利益乃能與諸菩薩諸功德法令其轉生世尊菩薩欲得此三摩地何等法應當親近應當念修應當多作何等法應當不親近應當不念修應當不多作甚善世尊有何等法無何等法婆伽婆願爲廣說修伽多願爲分別菩薩何法有何法無佛言喜王菩薩於流轉中無有疲倦菩薩於衆生中無有差別菩薩於資財中無有受取菩薩於施無不平等菩薩於學無不敬重持戒無有生處心無熱惱心無怯弱無有邪覺無不思惟

而有所作於衆生中無有殺害於他財中無有偷盜於他婦中無有愛著無語業惡無破壞言無有惡口無有綺語不貪他財無隨瞋恚無有見行稠林無有過菩提愛不毁謗法不欺慢僧於諸尊中無不敬重於解脱門無有恐怖於他作中無有疲倦不自稱譽不毁呰他流轉行中無有隨順非流轉行中無不隨順所發誓言終不移墮於已作事終不重毁他作知恩自作無求於無力中無有欺欵於未學中無有輕賤不戀妻子無有愛憎於教師中無有私密法中作師無有藏隱於諸法中無害破想於法施中無有疲倦於求法中無有懈猒不以利縛而有所説不以報施而作朋友不諂承事無有兩舌不以幻惑親近承事不惡於法無我我所不戀於身不愛於命無有我見無有作怨實不實中無有毁謗於墮法中無瞋發覺非少時愛不負朋友於親附所無有欺妄實不實中不舉墮犯不虛爲證不非時遺他衆生中無諍競想於發事中無有懈怠不損於忍不報惡言不縛於怨不欺卑下隨聲戲言無有羡慕於精妙中無有不捨於所食中無有不分於布施時不以惡物於婦女所無有非行於丈夫所無有涂汙正信不捨學戒不緩無不慙愧無不羞恥無有少福無有少聞施已不悔於智不錯於三寶中無不敬重於世諦中不爲牢固於勝義中無有入著無有見行稠林無有我取不忘正念於正斷中無有異作於神足中無有醉味根中不輭力中不羸於覺分中無有不知於道無倒三摩地中無有著相奢摩他

中無有牢住於毗撥舍那無有分別於明解脫無有獨證於諸諦中無有障礙度彼岸中無不發起聚中不著界中不依非時不得於聲聞中無有見證一百於諸菩薩無非教師於諸入中無有意念於諸境界無有依止不以自業而生惡趣於住胎中無有苦惱於流轉中無有喜樂於流轉中無有苦想於諸生中無有驚怖於諸衆生無非是田無少種子於所種處終不希望於諸福田受者無有空缺於布施中不縛限量於持戒中不縛限量忍進定智亦不縛量流轉亦不縛量慈不分斷大悲無偏無有家慢無資財慢無有色慢無自在慢無眷屬慢無多聞慢無持戒慢無有住空閑慢無有頭多功德少欲之慢無有慢慢無有瞋礙無隨眠愛於顛倒中不以爲實淨不淨中不以爲二不羨生天不喜樂欲非同業者終不親近無不勸合不持世論於外道中無不悲愍於事物中無有想縛於其自身不欲求樂無有詐愛不依魔羅喜王諸菩薩摩訶薩所發誓言終不移墮乃至竟菩提場一百五十喜王諸菩薩摩訶薩此等皆無自餘所有不得作者應當莫作於中何者有可作法喜王諸菩薩當不毀謗菩薩不毀謗他自得安定諸作事中不動不緩當負重擔於黒事中當不隨作於白事中當作利益少分行中當作超過無量行中亦當巳入愛潤事中當作遠離於法量中當不遠離於生死苦當得解脫於諸生中思惟故生當不解脫不善業中當不攝取於諸善根當作攝取煩惱施中菩薩當慳於法施中菩薩當不慳悋外道

學中當不修學諸佛所許學中當善修學不平等見忍中當作不忍正見忍中當具足忍惡作業中當作懈怠善作業中當發精進於非想非非想生中當忘憶念於五通遊戲中當有定味於起尸蠱道可畏呪術中當作無智出世智中當作智慧當如於月於諸衆生等心白法增長故當如於日遠離黑暗作智光明故當如於地遠離於二於諸衆生等心故當如於水淨與不淨諸垢無惡故當如於火諸煩惱燒故當如於風於諸法無所著故當如虛空無量智故當如於海求善根無猒足故當如迷留山諸他論師不能降伏故當如蓮華世間八法不染著故當如於樹無分別故當如種性無盡法故諸煩惱不能蹴蹋故衆生行中當趣向故不著諸趣當向涅槃中故當作善田除去瞋恨惡棘刺故當善選擇信爲初行故當得大果說四諦故當得大利於佛法中故當得無障於智解脫三摩地三摩提諦中故當得歡喜以法善故當得已度於諸生死苦泥中故當隨相應巧方便故當作善業脫離不相應故當觀察善忍於諸中故當作愛語以內淨信故當作牢固朋友乃至涅槃最勝朋友故當作淳厚無幻惑故當作質直無諂曲故當作柔輭易共住故當作可樂內潤信故當至諸處隨順轉故當作潤澤以大悲故當作渴仰於善提場故當作不渴於諸欲中故當令飽足於諸聲聞故當作教化於諸緣覺故當作憶念於諸善根故當作發覺於不善中故當作守護於正法故當作不斷於三寶種故當作熾然於諸善法

故喜王諸菩薩摩訶薩當寂滅諸惡業故喜王略說不善法諸菩薩無有也諸行諸善法應當說有也如是汝等當學我有如是教勑

佛說此時喜王菩薩摩訶薩歡喜及彼自餘諸方來集菩薩摩訶薩及諸大衆天人阿脩羅乾闥婆等聞佛所說莫不隨喜歡喜踊躍不能自勝勤作供養於佛所說皆大歡喜

觀察諸法行經卷第四

音釋

礫郎擊切小石也　鵁鶄鵁古肴切鶄子盈切鵁鶄鳥名　㱥力膺切與陵同侮也　蹴蹋蹴七六切蹋徒合切

佛說華手經

姚秦三藏法師鳩摩羅什譯

清刻龍藏佛說法變相圖

佛說華手經卷第一 亦名攝諸善根經

姚秦三藏法師鳩摩羅什譯

序品第一

如是我聞一時佛在王舍城迦蘭陀竹園其中閑靜宜修遠離行空無相無願定者所應住處爾時慧命舍利弗於日晡時從禪定起往詣佛所頭面禮足却坐一面大目揵連摩訶迦旃延摩訶俱絺羅摩訶劫賓那摩訶均陀須菩提摩訶羅闍婆耆舍難陀難提伽跋難陀阿難金毗羅那羅陀婆私詫摩醯羅優波離有如是等五百比丘皆於晡時從禪定起往詣佛所頭面禮足却坐一面爾時復有名聞比丘護國比丘天敬比丘樂名聞比丘樂衆比丘樂欲比丘有如是等五百比丘於舍衛國夏安居已趣王舍城詣竹園中頂禮

佛足却坐一面爾時彌勒與二萬菩薩於瞻婆國夏安居已來詣竹園頂禮佛足却坐一面跋陀婆羅菩薩寶積菩薩導師菩薩星得菩薩那羅達菩薩因陀達菩薩水天菩薩梵天菩薩善力菩薩大意菩薩勝意菩薩增意菩薩不虛見菩薩善發菩薩大力菩薩常精進菩薩不休息菩薩日藏菩薩持世菩薩持地菩薩持甘露味菩薩善住意菩薩無量意菩薩堅意菩薩越三界菩薩無邊力菩薩無量力菩薩金剛力菩薩無等力菩薩無動力菩薩疾辯菩薩利辯菩薩深辯菩薩無邊辯菩薩無量辯菩薩文殊師利法王子華德藏法王子曇無竭菩薩寶手菩薩持寶菩薩轉無量劫莊嚴菩薩轉女相願菩薩轉男相願菩薩轉衆生相願菩薩無邊自在菩薩無量自在菩薩壞諸緣自在菩薩是諸菩薩能隨無量衆生行願而度脫之各於其處夏安居已遊行諸國遇集中路俱詣佛所頭面作禮却坐一面爾時世尊知諸大衆皆悉雲集以神通力令摩伽陀國舊住比丘比丘尼優婆塞優婆夷皆詣竹園頂禮佛足却坐一面爾時長老摩訶迦葉在韋提訶山帝釋石室五百比丘俱止其中皆行頭陀乞食納衣受常坐法隨敷樹下少欲知足樂遠離行時大迦葉以佛神力於彼石室忽然不現現於竹園行詣佛所世尊遙見告諸比丘汝等且觀見大迦葉今從彼來是人常修阿蘭若行乞食納衣麤弊三衣邊外遠住少欲知足樂遠離行於一切法心不與合聲聞功德皆悉具足我諸弟子於是法中無能及者汝等當知是

大迦葉尚不樂與諸天言說何況人耶爾時世尊遥命之曰善來迦葉久乃相見汝當就此如來半座佛移身時大千世界六反震動有大光明遍照世界大音普聞如擊金鐘摩訶迦葉偏袒右肩右膝著地長跪合掌白世尊曰佛是大師我爲弟子佛之所有衣鉢坐處爲弟子法不應受用所以者何如來衣者一切世間諸天及人供養恭敬如宗塔廟我昔從佛受僧伽梨恭敬尊重未曾敢著我從是來不生欲覺瞋覺惱覺不生欲熱恚熱癡熱以自燒惱世尊以要言之我於學地受世尊衣以頂戴時即得無學我順佛教受如來衣而實不敢生高下心但手執持不親餘身若未澡手亦不敢捉豈敢輕慢枕於頭下常與身俱未曾遠離我持此衣敬如舍利佛捨與我我不敢著自持衣來心常念佛除入餘定入餘定時無有地想水火風想亦無今世後世之想於諸所有見聞覺知心之所行於中無想亦無無想世尊諸無想行及無想定過諸想行過諸想定及衆想行我於是中不見學行若無學行不見如來若如來法及如來行譬如虛空有種種名名曰虛空虛誑無住亦無所有無取無捨無諍無受又名如實亦稱清淨無色無形不可得見雖以如是等種種名字名字虛空而虛空相不可得示若大若小若高若下有邊無邊世尊聖智慧名能知一切而是聖慧亦不能知虛空界數若干形色如是相緣世尊如來亦爾或言爲佛或言大師又稱世尊爲炬爲燈爲歸爲救爲世間舍爲照明者爲將導者療衆病者示說

道者究竟道者一切智者雖以是等世俗假名稱讚如來我於是中不見有法無受無得所以者何一切諸法本自空故譬如幻師幻作灌頂轉輪聖王有四種兵七寶具足遊四天下其諸民衆見種種差别形相若干言音世尊是轉輪王不作是念我爲尊貴統四種兵遊諸天下是四種兵亦復不念王是我主我爲從者雖有所爲而無心念世尊此諸法相亦復如是無有如來亦無聲聞若學無學無辟支佛亦無凡夫世尊是法相中若如來法及如來相皆不可得亦不可知不可得取辟支佛法辟支佛相若聲聞法及聲聞相凡夫心法及凡夫相皆不可得亦不可知不可得取是法相中色相色法皆不可得無知無取受想行識識法識相亦不可得無知無取世尊又是相中所謂色空以是故空是處色空皆不可得受想行識空以是故空是處識空亦不可得世尊又是相中謂如來空如來法空以是故空及此處空皆不可得乃至凡夫凡夫法空以是故空及此處空皆不可得猶如幻化轉輪聖王及四種兵是中實無轉輪聖王無四種兵無幻幻事無地地種無水火風水火風種無虚空識虚空識種世尊我觀諸法皆亦如是我從本來不在此法於是法中亦無分别我以此法念佛功德是名正道世尊若善男子善女人入如是道而行餘法隨順餘師敬從教誨謂有正見則無是處世尊我於是法無有所疑我入此門知一切法皆是一相所謂離相無所受相我於帝釋石室中住承世尊命故來到此欲於佛法請

質所疑而今如來顧命分坐大千世界六反震動我即惟曰如來希有成就甚深清淨大法自然無師成無上道住大慈悲摧憍慢幢今乃顧命弟子分座如貧賤人以尊敬心見轉輪王時轉輪王命之共坐是貧賤人生希有心我見聖王尚以爲難況復得與分牀共坐佛亦如是一切智人有大威德法王無師自然逮覺一切聲聞及辟支佛無能勝者況餘世間一切天人阿脩羅等我今得見親近諮請以爲大利況乃見命分牀共坐甚爲希有我作是念如來深具大慈大悲大喜大捨不自矜高我爲最尊世間中上如來功德而自顯現是名不與一切聲聞辟支佛共爾時世尊讚迦葉言善哉善哉如汝所言如來無量亦能成就無量大法謂不可量爾所布施施波羅蜜爾所持戒戒波羅蜜爾所忍辱忍辱波羅蜜爾所精進精進波羅蜜爾所禪定禪定波羅蜜爾所般若般若波羅蜜爾所三昧三昧波羅蜜爾所功德功德波羅蜜爾所行願行願波羅蜜爾所方便方便波羅蜜爾所解脱解脱波羅蜜爾所解脱知見知見波羅蜜迦葉如來成就四無等智能於大衆正師子吼何謂爲四戒品無等定品無等慧品無等佛法無等是名如來四無等智爾時世尊欲明此義而説偈言

諸佛智無等　世所難思議　心業清淨故
能正師子吼　當作師子吼　怖畏諸外道
聞佛甚深法　當墮於大坑　若人住我相
及住衆生相　是人於佛法　我説爲外道
若人依法相　依我我所相　是人於佛法

我說爲外道　若人貪著戒　及餘諸功德
著多聞自高　我說爲外道　若著人少欲
知足遠離行　及麤弊納衣　我說爲外道
如空無觸礙　煙塵所不汙　我說沙門法
無染亦如是　如人以名華　塗香及燒香
供養於虛空　虛空不生喜　若汙以塵埃
不染虛空性　以本清淨故　沙門法亦爾
若以惡口毀　虛空無恚恨　沙門法無染
其喻亦如是　若人於是法　已學今當學
其心無染著　是名眞沙門　如空無障礙
煙塵不能染　沙門法如是　本淨無變異
如月在空中　其明無翳礙　亦不生是念
我光能悉照　比丘入他家　不染世八法
亦如月無念　我能無所染　比丘入他家
不應懷憍慢　自大自高心　若生皆當滅
當以慈愍心　無欲無所求　說法廣饒益
淨行於世間

神力品第二

爾時世尊告迦葉曰汝且就坐請問所疑當爲汝說令得解脫爾時迦葉即從地起頂禮佛足隨次而坐是時世尊復現神力令諸國界所有比丘比丘尼優婆塞優婆夷皆承佛力來詣竹園頂禮佛足却坐一面時四部衆天龍夜叉乾闥婆阿脩羅迦樓羅緊那羅摩睺羅伽人非人等來入竹園皆見廣博不相逼礙爾時世尊又現神力令此三千大千世界諸四天王帝釋梵王光音諸天遍淨天廣果天無誑天無熱天喜見天善見天阿迦尼吒天皆承佛力至王舍城行詣竹園合掌禮佛却住一面爾時世尊復以神力令娑伽陀

龍王阿耨達龍王欠婆羅龍王輸陀羅龍王橋陀龍王難陀龍王跋難陀龍王摩那斯龍王德叉迦龍王孫陀羅龍王伊羅鉢龍王有如是等億千龍王承佛神力來詣竹園頂禮佛足却住一面爾時三千大千世界天龍夜叉乾闥婆阿脩羅迦樓羅緊那羅摩睺羅等上至阿迦尼吒天皆承佛力來入竹園并先在座諸菩薩衆比丘比丘尼優婆塞優婆夷皆悉容受不相妨礙爾時世尊告目連曰汝與如來敷置高座吾今當説斷衆疑結悉知一切衆生深心皆令歡喜得入法海説諸菩薩摩訶薩行及淨佛國化衆生業亦説成就檀波羅蜜尸羅波羅蜜羼提波羅蜜毗梨耶波羅蜜禪波羅蜜般若波羅蜜亦説成就諸法門行能知一切衆生諸根及處非處令諸比丘比丘尼優婆塞優婆夷天龍夜叉乾闥婆阿脩羅迦樓羅緊那羅摩睺羅伽人非人等皆得歡喜我於過去業縁果報及心所願智無有礙當爲汝等説其少分時大目連即從座起頂禮佛足爲佛敷座高至梵天又於空中作經行之處七寶莊嚴柔軟細滑如加陵伽長千由旬廣七百由旬經行坐處皆有窻牖七重行列七重寶窻七重欄楯七重寶網羅列圍繞其座左右寶樹行列金銀瑠璃玻瓈所成金樹銀葉玻瓈爲華瑠璃爲果銀樹金葉瑠璃爲華玻瓈爲果瑠璃樹者銀葉金華玻瓈爲果玻瓈樹者金葉銀華瑠璃爲果諸寶樹間皆有浴池八功德水充滿其中其池四邊有四寶階金銀瑠璃玻瓈所成底有金沙青黄赤白雜色蓮華彌覆水上鴛鴦

衆鳥相和而鳴七寶羅網覆諸池上竪諸幢旛燒衆名香於經行處華深七仞其衆華上有化比丘皆如目連爾時目連以神通力化作座訖還詣佛所白世尊曰我以敷座唯聖知時佛告目連雖設此座如來不於變化座上爲衆說法爾時佛告示無量緣菩薩汝爲如來敷置法座我今當說斷衆疑結時示無量緣菩薩承佛教已欲敷法座於時三千大千世界其中菩薩各以上衣積爲高座於時如來而作是念我今當現神通之力令諸菩薩自知所願發心行道淨佛世界成就衆生及成佛時國界嚴淨聲聞菩薩衆數如是演說正法度人如是壽命長短佛法如是形色相好正行如是滅度之後法住久近令諸菩薩各於衣中見如是事得斷所疑爾時世尊安詳而起昇于高座入佛三昧其三昧名示無量緣時諸菩薩各於衣中自見所得嚴淨佛土成無上道聲聞菩薩衆數如是壽命長短色相如是精進正行功德如是演說正法度人如是滅後舍利流布如是法住不壞久近如是各於衣中見如是事時諸菩薩同時發聲而說偈言

淨行最高尊　諸法中自在　以功德莊嚴
禪定力無礙　聖主無諂曲　無憍慢戲調
得聖明解脫　住深三昧故　住佛深三昧
現無上聖通　以無礙智慧　悉現未來事
我等得見已　其心安不動　則爲坐道場
降魔具三昧　我等便爲得　諸佛無上眼
以是無上眼　見諸法皆空　名眼而無礙
名見而無見　達諸法無礙　是名無上眼

等心於有無　因是得佛眼　能於三界中
普見無障礙　佛入三昧故　令我得是眼
及諸總持門　遍入一切法　我等始於今
見佛無盡智　因本修無量　清淨行所得
非少施戒慧　能逮是果報　故處師子座
光明照十方　令諸天龍神　皆知我作佛
亦悉知我等　本行業因緣　佛處無畏座
說法斷衆疑　猶如師子王　處林而獨吼
本從無量劫　修習是智慧　今以三昧力
普令天人知　本求兼利故　修無量施戒
忍精進定慧　行是爲衆生　以是行因緣
故處師子座　我等今合掌　唯願斷衆疑
隨法住久近　令衆得法明　悉斷諸疑網
通達一切法

於時衆中有法王子名華德藏即從座起偏袒右肩右膝著地合掌向佛作是念言我欲從佛問諸法門金剛句門重句門不斷句門修集一切諸法句門若善男子善女人學是句門於一切法當得無礙眼智方便唯願如來觀我先世所種善根深心求道發大莊嚴於時如來觀此菩薩從初發意所種善根深心求道大莊嚴已顧視衆會口出妙光明如熾燄遍照無量無邊世界山林墻壁地水火風及虛空界皆一金色八方上下流布無礙爾時三千大千世界所有衆生皆自見身如真金色衆生多爲欲火所燒自覺其身婬欲意息多爲瞋恚火所燒者自覺其身瞋恚意息多爲愚癡火所燒者自覺其身愚癡意息普此三千大千世界大地獄中苦惱衆生以佛神通本願力故暫得休息爾時三千大千

世界其中衆生業障報障煩惱障覆以佛神力及華德藏本願力故皆得暫息爾時如來身諸毛孔普放無量業報光明皆令衆生增長善根所放光明過于東方無量無邊恒河沙等阿僧祇世界南西北方四維上下亦復如是佛放光巳舉聲謦欬其聲遍聞一切世界

網明品第三

爾時東方過無量無邊阿僧祇世界國名一蓋是中有佛號一寳嚴現在說法與網明菩薩授阿耨多羅三藐三菩提記作如是言今是菩薩摩訶薩次於我後當得作佛爾時網明白彼佛言今此大光及大音聲誰之所爲彼佛答言西方去此過于無量阿僧祇國有世界名娑婆佛號釋迦牟尼今現在爲菩薩說攝一切法斷衆生疑令衆歡喜菩薩藏經彼有菩薩名華德藏欲問彼佛攝一切法能起無量功德法門網明當知彼世界中所有菩薩皆發大願無限之行俱集彼會餘諸世界尠有如是大莊嚴者彼菩薩衆若有得見聞其名者尚得大利況復供養親近諮問爾時網明白彼佛言唯然世尊我欲詣彼娑婆世界供養禮覲釋迦文佛及見彼土具足莊嚴諸菩薩衆彼佛報言汝自知時當以一心遊于彼國所以者何彼諸菩薩威德難勝一寳嚴佛以衆蓮華與網明言汝以是華供養彼佛并稱我意致敬問訊少病少惱起居輕利氣力安耶網明菩薩禮彼佛足右繞三帀即與無數菩薩大衆前後圍繞如大力士屈伸臂頃於彼國界忽然不現到此世界行詣

竹園頂禮佛足而白佛言唯然世尊我是網明佛言善哉今汝安隱網明菩薩頭面禮已却住一面白世尊曰一寶嚴佛問訊世尊少惱少病起居輕利氣力安耶以此蓮華奉上世尊佛即受之轉與彌勒彌勒受已告跋陀婆羅等五百菩薩言諸善知識如來與我此衆蓮華今與汝等時跋陀婆羅菩薩實積菩薩導師菩薩星得菩薩水天菩薩善力菩薩大意菩薩勝意菩薩增意菩薩不虚見菩薩住意菩薩過力菩薩常精進菩薩不休息菩薩日藏菩薩持世菩薩持地菩薩越三界菩薩無量力菩薩金剛力菩薩堅意菩薩無邊自在菩薩有如是等五百菩薩皆從彌勒受蓮華已白世尊曰我等本願若有衆生得聞我名及見我者皆得畢定於阿耨多羅三藐三菩提世尊彌勒菩薩與我此華我等今以散於東方過去未來現在諸佛亦以供養南西北方四維上下過去未來現在諸佛願所散華遍至十方無量世界其中衆生若見此華聞其香者當隨我等本所志願深心所行不捨一切衆生力故皆當必得阿耨多羅三藐三菩提時諸菩薩以此蓮華欲散十方佛以手摩一一華中佛身半現此諸化佛從空而去亦作是言若有衆生不信諸法空如幻化無相無緣是諸衆生佛不爲師非佛弟子即說偈言

諸法空無相　無取無所緣　一切如幻化
亦如水中月　不以空故空　性本常自爾
是名佛所說　最上微妙法　諸法空無相
亦復無有我　若人如是知　則爲無貪諍

若人樂是法　佛則是其師　我等以佛力
當遊於十方
時諸化佛各說此偈遍至十方網明菩薩白
佛言世尊此諸菩薩本願清淨至未曾有能
令此土苦惱衆生并餘世界多惱患者聞其
名字皆得畢定阿耨多羅三藐三菩提但爲
如來及諸菩薩不應生此雜惡世界所以者
何譬如無價摩尼寶珠能除一切衆生衰惱
得安隱樂若有智人善識寶相聞此寶珠有
大功德心念想像周行推覓見在不淨糞穢
坑中有諸工巧貧窮下役弊惡之人止住其
邊猶尚不識此寶珠名況復能知所有功德
時求寶者見如是已即作此言是珠不應在
斯穢處時貧賤者語此人言何等是珠今爲
所在時求寶者指珠示之其人無智不識寶
相便作此言汝雖如是讚此寶珠我等不見
是珠功德汝言無實誰當信者時求寶人即
於其處出珠持去其後貧人遭諸衰惱疾病
諍訟衆苦不安世尊娑婆世界亦復如是皆
相殘食貧窮下賤成就惡法亦如寶珠所住
之處穢惡充滿世尊是摩尼珠能滅衰惱與
衆安樂當知是佛及此世界具足莊嚴諸菩
薩衆寶珠四邊貧窮下賤當知是爲娑婆世
界諸惡衆生其諸男女聞珠功德便行求覓
見在穢處作如是言此珠不應在是處者則
是我等聞十方國現在諸佛稱揚世尊及此
世界具足莊嚴大菩薩衆故來欲見禮敬問
訊而見此土多諸苦惱濁亂罪垢薄福衆生
充滿其中世尊如此寶珠在不淨處光明不
現猶如如來及大莊嚴諸菩薩衆今在此土

功德不現如摩尼寶珠雖在穢處亦能少利諸貧賤者如今世尊於此世界但現大光如來真實光明色相功德勢力自在神通及本願力皆悉不現世尊此土衆生善根薄少尚不能信如來所現光明功德何況能信諸大菩薩所有功德則無是處世尊如求寶者從不淨處出此寶珠持之而去其後貧人遭諸衰惱疾病諍訟衆苦不安佛滅度後讀誦修習如是經者生餘國已此世界中有大衰惱乃至不聞佛法名字所以者何是諸衆生樂處惡法共相殘食没在種種諸衰惱中無有淨行福行慧行則失大利世尊若善男子及善女人欲求善利成佛道者不應生此求聲聞者猶尚不應生此世界何況菩薩所以者何猶如阿鼻地獄活地獄黑繩地獄大熱地獄小熱地獄等其中衆生無須臾樂世尊彼土如來及諸菩薩見此娑婆世界衆生猶如在此諸地獄中受諸苦惱彼土衆生生便常樂我若說之未曾受故無能信者世尊我爲聞法入淨法門來詣佛所何用稱說彼土樂爲所以者何一切苦樂皆悉無常無決定相我等欲聞無苦無樂無常非常無相分別無修非修非爲無爲無說非說無有世間及出世間無漏非漏無實無虛無有菩提及菩提分無力非力無闇無明無道非道無果非果無發無住無所至處唯然世尊我等今者欲聞是法所以者何一切樂事皆從虛妄福德因緣現於世間如來法空無形無相無有十力四無所畏無諸神通亦無說法無苦無樂離諸動念及心所行得如是相故名如來諸

動念者是實是虛是漏無漏是名世間是出世間是戒非戒是力非力是畏無畏是聖福田非聖福田是名如來是菩薩衆是諸聲聞是辟支佛是通是願如來悉斷此諸戲論以是無礙無畏力故能於大衆作師子吼現佛大音世尊如來亦能於猒惡中生無猒想淨不猒中生猒離想又能俱離一心行捨是名佛行聖自在行不共聲聞辟支佛行世尊不共行者餘無能及亦不能壞所以者何餘人智力不能及知諸佛世尊如是諸行若干分數如是深遠如是因緣如是寂滅如是安樂世尊如來諸行無行衆生所不能行是故世尊如來諸行一切聲聞及辟支佛非所能行非所行者非行非不行一切聲聞及辟支佛於是法中本無行力是故世尊如行所行名無邊行無邊行者諸佛如來本所志樂無有邊際世尊是法不可以文字說以文字說則離此行是法名爲義趣法門能開六萬六千法門皆令照明世尊一寶嚴佛常爲衆生說是法門說是法門時七萬七千諸菩薩衆皆逮得是無礙法門便能隨順如來之行此諸菩薩同聲唱言我等今者則爲已逮無上正覺六萬衆生皆發無上正覺之心即時如來便爲授記八百萬那由他衆於諸法中遠塵離垢得法眼淨復有二萬比丘尼衆不受諸法漏盡意解時佛微笑放大光明普照世界地大震動爾時阿難即從座起偏袒右肩右膝著地白世尊曰以何因緣而現微笑放大光明普照世界地大震動佛告阿難網明菩薩說是法門七萬七千諸菩薩衆皆得是門

網明菩薩於此世界虚空分中曾從八萬諸如來所聞是法門聞已逮此無礙法門逮此門已常能遊化無量佛國

如相品第四

爾時東方過七百八萬阿僧祇國有世界名一寶聚有佛號曰無邊寶力於今現在無量大衆恭敬圍繞而爲説法是無邊寶力佛與不虚行力菩薩授阿耨多羅三藐三菩提記作如是言今是菩薩次於我後當得作佛時不虚行力菩薩於彼衆中見大光明聞大音聲白彼佛言是爲何佛光明音聲彼佛報言西方去此過七百八萬阿僧祇國有娑婆世界彼中有佛號釋迦文今現在爲大莊嚴諸菩薩説斷衆生疑令衆歡喜菩薩藏經時不虚行力菩薩白彼佛言我欲詣彼娑婆世界供養禮敬釋迦文佛及見彼土具足莊嚴諸菩薩衆彼佛報言汝自知時當以一心遊彼世界所以者何彼諸菩薩有大威德難勝難及汝以我言問訊彼佛少惱少病起居輕利氣力安耶以此蓮華供養彼佛時不虚行力菩薩從座而起頂禮佛足右繞三帀即與七萬八千菩薩於彼世界忽然不現到此世界令此三千大千世界樹木非時皆生華實雨衆名華香氣普熏上妙妓樂同時俱作時不虚行力菩薩行詣竹園頭面作禮手摩佛足三自稱言我是不虚行力菩薩佛言且止明汝至心時不虚行力菩薩頭面禮已而白佛言無邊寶力佛問訊世尊少病少惱起居輕利氣力强耶以此蓮華供養世尊佛受華已而問之曰無邊寶力佛安隱無恙氣力康耶

答言世尊無邊寶力佛少病少惱安隱無爲佛以此華與彌勒菩薩爾時彌勒手執蓮華作如是言以此蓮華善根福德因緣力故令善男子若善女人發阿耨多羅三藐三菩提心者得淨佛土成就衆生所以者何若諸衆生不種善根難可教化善根不具難可教化善根微淺難可教化樂小法者難可教化所以者何是衆華中若人欲見十方諸佛即皆得見亦能得見無邊寶力佛寶聚世界諸菩薩衆及見彼土得共解脱三明六通大聲聞衆世尊是華從深善根因緣報生是故我今以供諸佛令衆發心求佛道者得無障礙未發心者亦令得發心如如來通達諸法無有壞相得無上道我以是心持華供養爾時佛告跋陀婆羅何謂爲法如來以法通達不壞

得無上道跋陀婆羅白佛言世尊無有是法如來以法通達不壞得成佛道所以者何如來不得是諸法相若佛不得是不名法不名非法世尊無所得中若有法者則爲如來起此法相所以者何諸所生法皆因六入如來尚自不得諸入況無得中而得相耶有如是觀即復爲相是故佛説一切諸法無取無捨亦無隨順如應行者得是相故名爲如來所以者何佛所欲法皆於如中若取諸法則爲壞如如無如來而因如故名爲如來是如無相因無相故名爲如來是如無盡因無盡故名爲如來是如不壞因不壞故名爲如來諸法如實因如實故名爲如來如是世尊一切法如即是如來如來即是一切法如是故世尊無所住處是如來義於正通達亦不住故

是故佛說若人於法無取無捨無順無諍是名一切世間福田佛告跋陀婆羅汝住何處能作是說答言世尊一切世間諸所住處我住其中作如是說世尊我不貪著如凡夫住所以者何凡夫所住即是貪著敗壞之相若著壞相是人即爲敗壞變異世尊實相不如世間所住賢聖於此世間相中無諍無二名住世間凡夫於此無有行處世間如餤過諸入故世間無常從緣生故世間不淨起惡業故是故世間世間住處世間壞相皆悉住於無所住中是故我住無二法中能作是說爾時佛告跋陀婆羅汝住此法作是說耶答言世尊佛所得法自捨如來無能說者跋陀婆羅吾得何法唯然世尊佛坐道場所得之法若法非法無有是處佛告跋陀婆羅善哉善哉如汝所說如來道場所得法者是法非法亦非非法我於此法智不能行目不能見無有行處慧所不通明不能了問無有答於此法中無受無取無垢無淨若我說是自所得法若以相行行是法者則皆迷悶跋陀婆羅我於是法唯除諸佛無證明者現身菩薩一生菩薩於我是法亦不能證聞如是法尚懷驚怖況斯已下能證明者

不信品第五

佛告跋陀婆羅來世當有比丘比丘尼優婆塞優婆夷不修身不修心不修戒不修慧聞是經說諸佛菩提無得無失無有分別無垢無淨隨順於如佛所囑累驚疑怖畏墜大深坑作是念言如來名爲得一切智而今此經說智不行慧不能通明不能了問無有答無

可知相是諸人等見有讚誦說是經者反加憐愍或生恚慢起怨賊心跋陀婆羅汝觀末世有是顛倒違逆我者是法中賊反得尊貴能說如來正智慧者而被輕賤不得住止僧坊精舍我以是法自然無師於大衆中作師子吼是諸惡人不識如來及如來法以不識故可呵法中生稱讚想可譽法中生呵責想何謂可呵若人於法有所貪取乃至善法是名如來之所呵責是人以此所呵責法而生稱讚是則名爲沙門中賊汙沙門者於沙門中爲旃陀羅僧中敗壞衆之糟糠隨逐外道深計斷常起貪著法分別之心跋陀婆羅如來所說世間正見可戲論法順生死理欲令衆生知業果報此諸癡人於是法中生第一想跋陀婆羅結髮梵志亦說世間罪福因緣若如是知名菩提者則是梵志應得菩提跋陀婆羅如是梵志我滅度後自矜所知見有過失生猒離心於我法中而求出家既出家已能得佛法跋陀婆羅汝觀來世是諸癡人尚不能及事火梵志如是癡人當如末迦梨富蘭那等以我所說世間正見順生死理業緣果報可戲論法爲上智慧是人則爲毀謗如來及如來法不能見知出生死要我說此人不堪道器所以者何是人於我無量無邊阿僧祇劫所集佛法以微因緣而毀壞之是人則爲生如來過如來之賊跋陀婆羅何等名爲稱讚如來隨如來意而爲說法若於諸法無貪無諍無起無作無相無爲出過三世而演說法是人名爲稱讚如來隨意行者是名佛子從佛口生從法化生跋陀婆羅是人

則能稱誦問答如來等經是則名爲隨意行者如法說者隨法行者我加神力是人昔曾受我教誨我所勸請能建法幢吹大法螺擊大法鼓張設法旛爲諸如來之所知識是人則著功德華鬘住常樂處降諸魔怨世間希有見者獲利堪任住持無上道器爲諸菩薩諸佛所念能淨法眼於一切法無所障礙悅可佛意佛聽是人親近禮事諮受正法以諸功德而自莊嚴智慧深遠爲諸學者雨大法雨增長佛法敷覺意華成解脫果爲坐道場得佛菩提示衆生道能演法施滿衆生願跋陀婆羅我今略說是人功德若廣說者少能信受是人名爲稱揚如來讃佛法者跋陀婆羅如人未見阿耨達池若見餘池作如是言與彼大池等無有異是人雖欲讃美彼池乃更毀損跋陀婆羅此諸癡人無是功德無如是法無如是智慧以諸世間有漏正見生死染著而稱讃我作如是言如來智慧於此法中無有障礙雖欲讃我而實毀辱又如愚人聞金色黃後聞人說閻浮檀金殊勝相貌不肯信受語其人曰汝止勿言眞金色黃不如汝說此諸癡人亦復如是無目盲冥若聞人說佛名法名又聞如來三十二相八十種好生在王家眷屬具足出家學道戒定具足不聞眞實佛法身相及眞法相但以是法名一切智名爲如來又亦不聞如來演說以何相故諸法非法是人或時聞如是經說佛眞身如實法相則生疑怪有是法耶先相應不如彼盲人聞金色黃後聞人說閻浮檀金生疑不信爲如是不又如愚人聞說大海其量彌

廣三萬由旬淵深八萬四千由旬有無量寶其水一味不增不減是人不信作是念言衆流皆注云何不溢深廣如是雖有珍寶誰能得者便謂大海無如是德癡人亦爾但聞人說佛名法名不聞甚深功德智慧眞實法相或聞人說如是等經究竟涅槃無量法寶得大解脫令衆生得佛無礙眼於一切法無增無減一切智慧無邊無際功德甚深難得崖底一切餘衆無能測量亦無壞者譬如大海不宿死屍佛法亦爾邪見惡人失慧命者不得止住又如大海同一鹹味佛法亦爾同趣涅槃一解脫味癡人聞是不能信解謂無斯事非眞實法跋陀婆羅覩是癡人尚不自知生從何來死至何所於過去世爲行何行不知業緣不知果報於將來世當行何法得何果報爲行智道爲行識道若是癡人於是法中生非法想我所呵法生眞實想於我滅後不能依止如是等經跋陀婆羅我經中說如來滅後若人謗毀佛法僧者汝等不應瞋恨憂惱應作是念我等若生瞋恨心者則非沙門非沙門法不隨順道若爲沙門而不隨法終不能得信解通達阿耨多羅三藐三菩提法

佛說華手經卷第一

音釋

晡（奔模切申時也）詫（丑亞切）矜（居陵切驕矜也）謦欬（謦去挺切欬苦蓋切謦欬逆氣聲也）鬘（莫還切）

佛説華手經卷第二

姚秦三藏法師鳩摩羅什譯

念處品第六

佛告跋陀婆羅於爾時世諸善人等應作是念我等當自依四念處四念處者於聖法中一切諸法皆名念處所以者何一切諸法常住自性無能壞故是念處門法所住門入法初門八聖道門三解脱門解脱門者以不二法捨離二邊得聖解脱不二法者是無所有若無所有即是無盡是名正見遠離二邊邊即自空無有眞實跋陀婆羅當知如來不以見邊而得離邊本無有邊故曰離邊諸佛世尊離一切法智者不如凡夫所受跋陀婆羅求法眞相實不可得故名爲離是法虚妄無得無失跋陀婆羅以是義故昔曾有天來問我言沙門喜耶即答之言我得何法而有喜耶又問憂耶我又答言爲失何法而有憂耶又問不喜亦不憂耶答言如是天言善哉善哉不喜不憂又問天曰得吾何意天曰我謂沙門安處寂滅跋陀婆羅汝觀是天速得我法彼時天者今在此會知一切法本性寂滅當知是天昔曾供養五百佛故於我法中速得通達是故佛説不種善根善根未熟於聲聞法尚不能解況於我法能通達耶跋陀婆羅若聞是法能速解者功德極少猶於千佛植諸善本所以者何善根廣大則能通達甚深智慧跋陀婆羅菩薩寶積菩薩導師菩薩星得菩薩那羅達菩薩帝天菩薩水天菩薩善力菩薩大意菩薩益意菩薩增意菩薩不虚見菩薩善住意菩薩過力菩薩常精進菩

薩不休息菩薩日藏菩薩等五百菩薩各以衆華共散佛上而作是言世尊若有衆生求如是經及得聞者皆令必定佛菩提道又以是緣當令十方現在諸佛得請久住及說法者令衆具足助菩提法爾時佛問跋陀婆羅衆生於汝有何等利而能爲之發是大願及爲請佛久住說法令衆具足助菩提道跋陀婆羅白世尊曰不以衆生損益我故而發莊嚴不作是念此諸衆生利益我故令住佛法於我有損不住佛法諸菩薩等不以如是分別莊嚴譬如世尊波梨質多拘毗羅樹華葉盛時忉利諸天見其敷榮心大歡喜於此樹下五樂自娛世尊忉利諸天於此樹王有何損益而令諸天心生愛樂常詣其下五欲自娛見之便得無比喜樂諸菩薩等亦復如是不以衆生有利有損而發莊嚴但作是念何時當得具佛智慧爲十方界無量衆生之所歸趣如彼天樹其華敷開諸天所樂當令衆生以佛五根法喜自娛如彼樹王諸天於下五樂自娛復次世尊離衆生故而發莊嚴非得衆生以離我故而發莊嚴非得我也以離法故而發莊嚴非得諸法以離陰故而發莊嚴非得諸陰以離界故而發莊嚴非得諸界以離入故而發莊嚴非得諸入世尊是莊嚴中無有諸果莊嚴離故以得果空當於諸法無取無捨而發莊嚴世尊如是莊嚴相不可得是莊嚴處莊嚴所爲皆不可得世尊若有所得則爲得我是故菩薩不貪不受若我無我若受無我則爲是我不名無我無所受者世尊以如此義是大莊嚴現於世間是莊嚴

中無此彼相佛告跋陀婆羅如是莊嚴見有何利答言世尊我發莊嚴不見凡夫及學人法於我爲遠佛法爲近我亦不見是諸佛法如是佛法世尊我發莊嚴於中不見有利有損如是莊嚴以此相故現於世間時諸菩薩所散衆華現神通力遍到十方供養諸佛教化衆生令住佛法

發心即轉法輪品第七

爾時東方去此世界過無量無邊阿僧祇國有世界名相德聚佛號無相音現在說法爲發心即轉法輪菩薩授無上道記作如是言今此菩薩次於我後當得阿耨多羅三藐三菩提時此菩薩見大光明聞大音聲白彼佛言世尊是爲何佛光明音聲彼佛答言西方去此過于無量阿僧祇國有世界名娑婆佛號釋迦牟尼今現在是爲彼佛光明音聲令彼如來爲菩薩說斷衆生疑令衆歡喜菩薩藏經彼諸菩薩成就無量具足莊嚴時發心即轉法輪菩薩白彼佛言世尊我欲詣彼娑婆世界供養禮覲釋迦文佛及諸菩薩摩訶薩衆所以者何是諸大士尚難得見何況親近彼佛報言汝自知時時彼菩薩既蒙聽許即從座起頂禮佛足右繞已去時無相音佛與一蓮華而告之曰汝持此華與釋迦文佛此蓮華中見無相音佛本爲菩薩所修功德如是等華遍彼世界令諸衆生皆得受用時彼菩薩從佛受華來詣此土時此世界所有卉木華葉果實乃至毫末皆於發心即轉法輪菩薩手中悉現及諸衆生所有音聲皆出法音無常苦空無我之音根力覺道禪定解

脱諸三昧音時舍利弗白佛言世尊今見如來大神通力佛告舍利弗非我所爲從此東方過于無量阿僧祇國有世界名相德聚佛號無相音現在説法有菩薩名發心即轉法輪從彼發來至此世界是彼菩薩本願果報神通之力舍利弗白佛言世尊發心即轉法輪菩薩於過去世種何善根能有如是果報神力佛告舍利弗善哉善哉汝以佛力能問如來發心即轉法輪菩薩從過去佛種諸善根汝今一心聽是菩薩於過去世所植德本若十方佛坐於道場初得佛時此菩薩或爲梵王轉輪聖王五通仙人來詣道場供養諸佛請轉法輪其數多少舍利弗如我初得無上道時有梵天王來請我言唯願世尊轉于法輪有諸衆生於過去世深行善法利根智

慧能知佛意若不聞法則爲永失舍利弗是發心即轉法輪菩薩勸請諸佛轉于法輪此諸功德更無所爲但爲請佛轉於法輪舍利弗我今當説譬喻以明此義智者有以譬喻得解假使三千大千世界百億日月百億四大海百億四天下百億那由他眷屬四天下諸小國界百億須彌山王百億鐵圍山皆爲一器狀若海坑滿中芥子若麻若米有大力士盡能把持灑散四方大風普吹令一芥子墮一世界汝意云何是諸芥子所墮世界寧爲多不答言世尊甚多無量不可稱數舍利弗我今爲汝明了此義爾許芥子所墮世界合爲一器縱廣正等高亦如之其譬堅固如此大器滿中細沙如以升斛㪷量米麮如是沙數寧爲多不甚多世尊不可稱數佛告舍

利弗是諸沙數尚可數知而此菩薩所可勸請道場諸佛轉于法輪度脫衆生是不可數此諸善根猶不迴向阿耨多羅三藐三菩提又以七寶珠輪上佛請轉法輪其數倍多又以衆寶華輪上佛請轉法輪數復倍多又以香輪上佛請轉法輪數亦轉多況以金銀綵畫木輪供養諸佛請轉法輪而是善根亦不迴向佛菩提道但爲請佛轉于法輪又舍利弗是後有佛名過智力時有轉輪聖王號名闥力大千世界威勢自在後宮園館五欲自娛諸婇女等歌詠稱讃隨五欲事而自然出無常苦空不淨之音王即怖畏生猒離心時便往詣過智力佛過智力佛令自憶本所種善根王聞佛言便作是念諸佛如來至未曾有智慧無礙令我得知若干佛所種諸善根我以自恣五欲覆心統理國事衆務所纏尚不自知於一佛所種諸善根我昔雖從爾所諸佛植衆德本而不迴向佛無上道令此善根在不定中我今當以所集善根爲無上道利益衆生在所生處遊諸佛國其中所有衆生語言皆是無常苦空無我之音及諸世界卉木叢林華葉果實皆出無常苦空無我之音我此善根與衆生共當得如今過智力佛所得智慧作是念已即從座起於佛前立發如是言世尊今我所有一切國土奉佛及僧唯願受用既奉施已出家爲道四兵聞已亦隨出家四十那由他諸婇女等皆隨出家及八十億那由他人亦隨出家過智力佛諸四部衆於是增廣是諸出家皆得五通各以神力至于東方恒沙佛土勸請無量坐道場佛

轉尊法輪度脱衆生南西北方四維上下勸請無量恒沙諸佛轉于法輪度脱衆生皆亦如是名聞力王從是以後更不受胎亦常不生不淨世界所遊世界其中衆生卉木叢林皆出無常苦空無我之音舍利弗汝謂爾時名聞力王於過智力佛自聞先世所種善根出家修道得五神通遊於十方無量世界勸請諸佛轉于法輪度脱衆生者豈異人乎今此發心即轉法輪菩薩是也

現變品第八

爾時發心即轉法輪菩薩至王舍城詣竹園中頂禮佛足却住一面而白佛言無相音佛問訊世尊少惱少病起居輕利氣力康耶以大蓮華奉上世尊佛即受華而告之曰無相音佛安隱無恙善教化耶答言世尊無相音佛氣力康强衆生易度所以者何彼世界中大衆集會有四淨法何謂爲四善根清淨爲菩提故無量戒淨正發願故無量見淨不得法故所觀清淨不取相故世尊彼衆無有毁禁破戒壞威儀者亦無有是三毁之名彼世界衆觀此世界所有衆生如獄拷掠我今請還唯願如來至彼世界時佛告言止善男子至彼世界欲何所爲我今於此亦化衆生發心即轉法輪菩薩慇懃三請唯願如來至彼世界若不臨顧我當自以果報神力接此世界如一念頃置于彼土空虚分中時佛嘿然聽此菩薩現大神通自在之力欲令衆生具足善根亦爲示現度知見力時此菩薩即以右手斷取三千大千世界猶如陶師以杖轉輪持之而去時舍利弗覺此三千大千世界

皆大震動白世尊曰持此世界并我等去持此世界并我等去爾時世尊以隨智音柔輭和雅悦可衆心具足深遠不高不下簡要不亂能示義趣答舍利弗非我所爲其音普聞大千世界時有衆生貪著我心依止有見皆大驚怖得猒離心餘諸四衆但見如來菩薩圍繞而爲説法如轉輪王安處正座如大梵王在衆梵中時發心即轉法輪菩薩皆持十方無量世界令集一處以示衆生爾時世尊以神通力令大風起吹諸世界互相觸摶壞裂破碎皆悉散滅佛現神力諸大梵王及諸梵衆於見聞法計常不壞所謂梵王諸梵宮殿令皆自見宮殿散壞甚大驚怖生猒離心各作是念此諸宮殿先自成立而今悉皆相摶毀壞如水波蕩鼓浪成沫若水竭盡日爆風飄皆悉磨滅則是我等無常相也俱懷戰悚合掌禮佛爾時世尊告舍利弗我從昔來常爲汝説世間虛妄無有眞實譬如有人與空共諍世間如是但從憶想分別故有無牢無固猶如聚沫世間如幻能誑衆生世間如餤無實體相不除渴愛世間如影不可得取世間如響虛誑起業世間如實性無顛倒舍利弗我坐道場如實通達如世間相空無所有無所依止以無障礙得世間相舍利弗我本末知世間味世間患世間出不自唱言我得佛道我既如實知世間相及世間集知世間滅世間滅道便自唱言我得佛道舍利弗何謂世間其世間者所謂五陰何謂爲五色陰受陰想行識陰舍利弗何謂色陰或有衆生作如是念若過去者不名爲色未來現在

不名爲色是故佛説諸所有色若於過去未來現在若内若外若麤若細若好若醜若近若遠皆名色陰而是色陰實無有相譬如空陰風陰火陰水陰地陰但有是名色陰受陰想行識陰亦復如是以此因緣説有諸陰舍利弗凡夫癡冥貪著於身不知色相謂色是我是我所有取相分别而生著心受想行識亦復如是舍利弗我坐道場於此事中不謂是有不謂是無而生法眼凡夫於此無所有法生渴愛心是事散壞便生憂惱是人深著失所著故轉增癡惑重起黒業若以瓦石杖楚刀䂍種種兵器共相加害以癡惑故起是罪業如來通達諸法平等諸見平等故説正見謂正見者平等正直無有高下正行道者正修習者正解脱者得是見故名爲正見舍利弗佛説正見不可以言爲汝等説但可隨順如説修行舍利弗汝等皆當如法修習當得無量無邊智慧是則名爲八萬四千諸法藏中一法藏門謂諸起作非起作相如來説此法藏門時七萬七千那由他數諸梵天王於諸法中遠塵離垢得法眼淨欲界諸天八萬四千那由他衆於諸法中遠塵離垢得法眼淨及無量人亦於諸法遠塵離垢得法眼淨百億閻浮提中百千萬億諸菩薩衆皆於此會得無生忍及餘無量無邊衆生皆發阿耨多羅三藐三菩提心爾時世尊還攝神力諸四部衆梵世梵住梵衆諸天及欲界中天龍夜叉乾闥婆阿脩羅迦樓羅緊那羅摩睺羅伽人非人等皆自見身還此世界

如來力品第九

爾時大目揵連從座而起偏袒右肩合掌向佛白世尊曰未曾有也是發心即轉法輪菩薩有大神力接此忍界及以如來置於他方世界中間世尊持我至彼及還來此我於爾時神尚不在何況有通我復生念令此菩薩具大神通接我往還都不覺知遲速遠近我又生念令此菩薩未成佛道有是神力何況成佛佛告目連汝或謂是發心即轉法輪菩薩能接如來有往還耶勿造斯念所以者何我不見有沙門婆羅門阿羅漢辟支佛及餘衆生天龍夜叉乾闥婆阿脩羅迦樓羅緊那羅摩睺羅伽人非人等能動如來衣一角者何況接舉至餘世界及還置此無有是處目連置是世間一切天人若此三千大千世界所有衆生有色無色有想無想非有想非無想若可見若不可見假令一時皆得人身以信出家得阿羅漢具六神通皆如目連於意云何是等所有神通智力寧爲大不甚大世尊佛告目連是諸羅漢手接三千大千世界遊於十方恒沙世界假令如來以一芥子置于空中是大神通衆阿羅漢尚不能動如毫末許目連且復置此大神通衆假令一人有大神力佛聽此人能以一吹吹大千界皆使散壞令諸微塵散遍無量恒沙世界又以一吹令諸微塵還成三千大千世界目連於意云何是人具足大神力不甚大世尊目連假使有人皆得如是大神通力滿此三千大千世界猶如甘蔗稻麻叢林皆同一心盡現神力尚不能動如來衣角況舉如來置於餘界而復還耶目連我處此座能動東方無量無

邊不可思議阿僧祇界其中衆生都不自覺有往來相是諸衆生不能覺知世間成敗及以散滅目連當知如來所現神力隨衆所應而爲說法或有衆生應見佛身而得度者或有衆生應見天身而得度者或有衆生應見龍身而得度者或有衆生應見夜叉乾闥婆阿脩羅迦樓羅緊那羅摩睺羅伽身而得度者或有應見男身女身而得度者或有應見大身小身而得度者目連如來所有力無所畏自在神通當知皆悉攝在此經南西北方四維上下皆亦如是目連汝若得見如來所行及大神力汝則不能有所問答目連我教阿難陀羅尼門爲令受持十二部經修多羅祇夜闍伽羅那伽陀優陀那尼陀那阿波陀那伊帝目多伽闍陀伽廣經未曾有經優婆提舍令不忘失而令阿難尚不能知如來神力所以者何佛以一言一字一句一切聲聞及辟支佛若於一劫百千萬劫乃至無量阿僧祇劫猶尚不能盡讀誦持思量演說況能悉知如來所爲大神通力無有是處目連如來所爲種種因緣種種威儀種種道門教化衆生及演說法但著衣時一切聲聞及辟支佛尚不能知其中所盈幾所衆生云何說法況能盡知如來所行如來神通如來智慧無有是處爾時世尊從發心即轉法輪菩薩取蓮華已告跋陀婆羅菩薩寶積菩薩導師菩薩星得菩薩那羅達菩薩帝得菩薩水天菩薩善力菩薩如是等能於後世護法藏者諸善男子汝等能護如來法藏善能信解如來所行而演說耶唯然世尊我等皆能佛言汝

等從今若有所説先觀如來所行意趣所入法門然後乃説若有人言何者名爲具足佛智汝等當於如是經中觀如來行然後乃答汝等若聞諸所説門皆應觀察如來意行爲是事故説如是法汝等若見衆生所行亦當應觀如來法藏謂諸衆生有如是行佛以是行如是轉除衆生行者謂有九萬九千諸根如來悉知貪欲多者有如是根瞋恚多者有如是根愚癡多者有如是根似多欲者有如是根似多恚者有如是根似多癡者有如是根似多貪恚者有如是根似多貪癡者有如是根似多恚癡者有如是根似貪瞋癡有如是根如是諸根能淨於道能起諸事如是諸根從本緣生如是諸根從習行得有作業根是起黑業是起白業是起黑業白業是根順道是根順定是根順慧是根順盡智順無生智是根隨順盡無生智是根順諦諸善男子是中有二萬諸根和合先世因緣力故能起諸業若黑若白以是業緣得種種色若黑若白不黑不白若上若雜如是諸色有二萬根能生諸身若長若短若麤若細若中庸等有二十萬根能表内相若於眼耳鼻舌身中知是人貪心是人瞋心是人癡心是人離貪是人離瞋是人離癡有三萬根差别業報謂人死時情識迷悶形色變異手足瘲縮諸根錯亂支節相離臨抒氣時知是諸根應入地獄知是諸根應墮畜生知是諸根應生餓鬼是根應生天上人中是根應生他方佛土得見諸佛是根應斷生死相續不受後身有七萬根以信解力能攝善本二萬諸根攝不善法

死時可知諸善男子是名佛力如來所行如來法藏如來住此能演諸法不增不減

功德品第十

爾時會中有一菩薩名曰堅意從座而起恭敬合掌白佛言世尊我於此門得法光明是故我當修是法門令得具足所以者何我今當發如是莊嚴推求習行具足是法終不懈息於未來世還復得聞如來法藏佛告堅意善哉善哉汝能勤求諸佛如來無量無邊阿僧祇劫所集大法堅意若此三千大千世界所有衆生若色無色有想無想非有想非無想假令一時皆得人身若善男子及善女人給此衆生一切樂具隨其所須色香味觸即皆能與持此衆生悉置掌中若至一劫若減一劫又以一手除其臭穢遠棄他處堅意於意云何是人所爲寧爲大不甚大世尊堅意若復有人發阿耨多羅三藐三菩提心若佛現在若滅度後能求如是助菩提法菩薩藏經作如是念我修集此大乘法藏爲衆生說斷貪恚癡離生老死憂悲苦惱如是求時若得是經一四句偈能爲衆生讀誦解說比前福德百分千分百千萬分尚不及一乃至譬喻所不能及如是菩薩以求此等深法因緣能大利益一切衆生堅意是事誰能信者唯有諸佛究竟通了若聖弟子及餘深心求佛道者乃能信受所以者何諸菩薩等初發阿耨多羅三藐三菩提時自願當爲無救衆生而作救護無洲者作洲無導者作導我當修習是大乘法佛之智慧當令無量無數衆生住無漏法堅意假使令此人從旦至食以諸

珍寶積若須彌與一一人中時晡時初中後夜盡其形壽晝夜六時以大寶聚施與衆生堅意於意云何是衆生心得滿足不不也世尊或因是故墮三惡道菩薩念言我當勤求無上妙法與諸衆生令觀三千大千世界珍寶之聚猶如洟唾生怖畏心大智菩薩觀此寶聚皆是三毒煩惱衆生生死往來地獄畜生餓鬼人中苦惱之本求時苦本守護苦本怨憎諍訟起諸罪業衆苦之本菩薩如是於大寶聚生猒離心又作是念此非寶聚但是惡道苦惱之聚或有衆生貪著是故墮三惡道堅意置是三千大千世界所有衆生十方無量如恒河沙世界衆生若色無色有想無想非有想非無想假令一時皆得人身若有一人發心欲與一切樂具隨其所須色聲香味等即皆能與若置頭上若肩荷負若至一劫若減一劫隨意坐卧亦以一手除其臭穢遠棄他處堅意於汝意云何是人所爲寧爲多不甚多世尊堅意我今告汝誠言若善男子若善女人發阿耨多羅三藐三菩提心求如是等助菩提法菩薩藏經發足一步福不可量至得阿耨多羅三藐三菩提猶不能盡比前福德百分千分百千萬分尚不及一乃至譬喻所不能及所以者何前樂具者是諸結使有漏因緣不能離苦畢竟安隱諸菩薩等求法因緣增長戒品定品慧品亦能具足一切佛法能得無量不可思議方便之力成就衆生淨佛世界是故堅意佛説菩薩求法因緣得阿耨多羅三藐三菩提復次堅意若四天下滿中如來猶如甘蔗稻麻叢林若有

一人盡其形壽供養衣服卧具湯藥種種所須是諸如來般涅槃後起七寶塔方一由旬表刹莊嚴華香旛蓋然燈供養若至百劫若過百劫堅意於意云何是人得福寧爲多不甚多世尊無量無邊堅意我今告汝誠言是人供養爾所如來起爾所塔於爾所劫種種供養若善男子及善女人發阿耨多羅三藐三菩提心求如是等助菩提法菩薩藏經受持讀誦比前福德百分千分百千萬分尚不及一乃至譬喻所不能及所以者何於諸施中法施第一於諸求中求法第一是故堅意汝等於後五百歲中受持讀誦如是諸經所得福德無量無邊至得阿耨多羅三藐三菩提猶不能盡堅意我今欲說譬喻粗明此義汝當信受譬如三千大千世界以爲一器滿中芥子如量麻米汝意云何是中芥子爲有幾數甚多世尊不可數也堅意假使復數如此芥子等大千世界合爲一器滿中細沙爲有幾數甚多世尊無量無邊堅意有大力人持此細沙灑散四方時大風起吹此諸沙一一各墮一世界中汝意云何是諸世界爲有幾數甚多世尊無量無邊不可稱數堅意我今明了告汝如來具足無量神通持戒禪定智慧之力能以一步越爾所界而處本座威儀不動於神通力猶不盡現堅意如來以此一步爲一劫爾所劫爲一日爾所日爲一月爾所月爲一歲如是千歲東行不息南西北方四維上下亦復如是若善男子及善女人欲聞是經受持讀誦發足一步所得福德假使有形如來所經爾所世界不能容受如來

但知是人福德無量無邊不可思議堅意此福不可文字筭數之所能知是福攝在無量數中

發心品第十一

爾時東方過阿僧祇國有世界名大名聞佛號須彌肩今現在爲光明威德聚菩薩授阿耨多羅三藐三菩提記作如是言光明威德聚菩薩次於我後當得作佛爾時彼佛大衆圍繞而爲說法是光明威德聚菩薩在彼會見大光明聞聲欬聲見地大動問彼佛言世尊是爲何佛光明音聲彼佛答言西方去此過阿僧祇國有世界名娑婆佛號釋迦牟尼今現在說菩薩藏經彼會菩薩具大莊嚴今於十方恒沙世界少有如是諸菩薩衆若聞是等菩薩名者尚得大利何況目見親近供養即時光明威德聚菩薩白須彌肩佛言世尊我欲詣彼娑婆世界見釋迦文佛禮事供養亦欲見彼具足莊嚴大菩薩衆彼佛答言欲往隨意時彼佛與光明威德聚菩薩七枝蓮華而告之曰汝持此華與釋迦文佛并以我言問訊彼佛少病少惱起居輕利氣力强耶時彼菩薩即持此華頂禮佛足遶已而去如大力士屈伸臂頃從彼佛土忽然不現到此世界至王舍城行詣竹園頂禮佛足於一面立而白佛言須彌肩佛問訊世尊少病少惱起居輕利氣力康耶以此蓮華供養世尊時佛受華而問之曰須彌肩佛少病少惱氣力安耶答言世尊須彌肩佛於彼世界安隱無恙佛以此華與彌勒言阿逸多汝持此華種助佛道善根因緣時彌勒菩薩從佛受華

與跋陀婆羅菩薩寶積菩薩導師菩薩星得菩薩那羅達菩薩帝得菩薩水天菩薩善力菩薩日藏菩薩持世菩薩持地菩薩住意菩薩無邊意菩薩越三界行菩薩無邊行菩薩無量力菩薩普現緣菩薩堅意菩薩無邊力菩薩不虚力菩薩師子力菩薩疾辯菩薩利辯菩薩深辯菩薩無邊辯菩薩無量辯菩薩文殊師利法王子華德藏法王子無邊手菩薩無著手菩薩寶手菩薩寶臂菩薩不虚得菩薩不動行菩薩無憂菩薩離憂菩薩發無分别行菩薩離諸難菩薩離男相菩薩離女相菩薩離衆生相菩薩網明菩薩不入胎菩薩佛華手菩薩華手菩薩香象菩薩成利菩薩上德菩薩實德菩薩珠瓔菩薩珠髻菩薩華耳菩薩雲音菩薩畢竟思菩薩無邊捨菩

薩善思行菩薩不虚願菩薩過願菩薩轉願菩薩深行願菩薩願離難菩薩演華菩薩寶華菩薩不虚稱菩薩不虚讃菩薩普願菩薩諸道不亂菩薩常喜嚴菩薩常悲嚴菩薩化無知願菩薩具戒願菩薩執炬菩薩樂衆菩薩善衆菩薩樂行菩薩愛天菩薩樂佛菩薩願不離佛菩薩願轉法輪菩薩願轉無礙法輪菩薩願捨一切菩薩願無慳菩薩願無差别菩薩願紹佛種菩薩願不亂菩薩月菩薩法菩薩德海菩薩善戒菩薩導師菩薩大導師菩薩上衆菩薩增上菩薩寶嚴菩薩普利菩薩普德菩薩袈裟相菩薩無染菩薩滅相菩薩寂滅菩薩善意菩薩喜見菩薩樂勝菩薩上嚴菩薩常勝菩薩勝衆菩薩勝數菩薩壞魔菩薩壞怨菩薩勝怨菩薩普名聞菩薩

日寶菩薩轉法菩薩增法菩薩善知識菩薩天善友菩薩增友菩薩一蓋菩薩寶蓋菩薩善宿菩薩星宿菩薩法天菩薩淨門菩薩淨勇菩薩勇行菩薩無邊行菩薩不虛行菩薩香德菩薩智德菩薩無邊眼菩薩帝得菩薩梵上菩薩持法菩薩法德菩薩自在力菩薩無迹行菩薩善行菩薩等行菩薩與如是等七萬七千諸菩薩華作如是言諸善知識我從佛所受得此華今以相與汝等取華爲助佛道皆當一心俱發大願時七萬七千菩薩取此蓮華一時俱發方便大願還以上佛佛愍受已告彌勒曰我今安隱能使汝等種大善根阿逸多諸佛難值諸菩薩等亦復難遇所以者何我所得法一切皆從菩薩行生於汝意云何若如來本不發阿耨多羅三藐三菩提心者當有十力出世間不不也世尊阿逸多於汝意云何若如來不發阿耨多羅三藐三菩提心當有四無所畏出世間不不也世尊阿逸多若如來本不發阿耨多羅三藐三菩提心當有大慈大悲大喜大捨出世間不不也世尊若如來本不發阿耨多羅三藐三菩提心當有十八不共法出世間不不也世尊若如來本不發阿耨多羅三藐三菩提心當有不虛行法出世間不不也世尊若如來本不發阿耨多羅三藐三菩提心當有象王觀法出世間不不也世尊若如來本不發阿耨多羅三藐三菩提心當有師子奮迅三昧出世間不不也世尊若如來本不發阿耨多羅三藐三菩提心當有無見頂相出世間不不也世尊若如來本不發阿耨多羅三藐

三菩提心當有三轉十二行法輪出世間不不也世尊若如來本不發阿耨多羅三藐三菩提心當有三十二大人相出世間不不也世尊若如來本不發阿耨多羅三藐三菩提心當有百千無量法具出世間不不也世尊若如來本不發阿耨多羅三藐三菩提心當有聲聞大衆出世間不不也世尊是故阿逸多當知諸佛一切功德皆在初發調伏心中是故菩薩世間難遇佛亦難值阿逸多譬如無牛則無醍醐如是若無菩薩發心則無佛種若有牛則有醍醐如是若有菩薩發心則佛種不斷阿逸多譬如有種則有華實如是若有菩薩發心則佛種不斷是故當知發心爲難發心難故佛亦難得阿逸多譬如海寶無價者少餘寶甚多如是衆生少有能發菩薩心者多起聲聞辟支佛意是故當知菩薩心者第一難得如優曇華時時一現是珍寶心以無價故是心如須彌極高大故是心如空不可壞故是心如海深難測故是心無比勝滿三千大千世界摩尼珠故阿逸多假使是心有形色者世間天人阿脩羅等皆應敬禮是故汝等爲發此心當勤精進深生欲樂

佛說華手經卷第二

音釋

垍 都回切聚也 拷掠 拷苦浩切掠力讓切拷掠捶治也 搏 補各切擊也 悚 息拱切懼也 矟 所角切矛屬 [疒卷]縮 [疒卷]巨員切手屈也縮所六切短縮也 抒 直呂切引而泄之也

佛說華手經卷第三

姚秦三藏法師鳩摩羅什譯

無憂品第十二

爾時佛告彌勒菩薩言阿逸多何等名爲眞菩薩心菩薩心者不可思量不可宣示我今欲說譬喻證明此心阿逸多乃往過去無量無邊阿僧祇劫爾時有佛號曰安王如來應供正遍知明行足善逝世間解無上士調御丈夫天人師佛世尊是安王佛壽八萬四千歲有三大會初會說法七十億人得阿羅漢第二大會九十億人得阿羅漢第三大會滿百億人得阿羅漢諸漏已盡所作已辦棄捨重擔逮得已利盡諸有結正智解脫時有灌頂大王名師子德王大夫人有二太子一名無憂二名離憂一時俱生是二王子共戲殿上見安王佛大衆圍遶入喜見城卽時無憂謂離憂曰見安王佛從彼來耶離憂言見時無憂言我等可作如安王佛卽爲離憂而說偈言

離憂汝且觀　是安王世尊　大衆所敬繞
安詳從彼來　我生如是心　欲求無上道
度生老病死　一切苦衆生　貪嫉恚慢故
而作衆罪業　作衆罪業已　輪轉諸惡趣
我當求佛道　度此等衆生　離憂汝亦當
發此無上心　諸佛甚難值　如優曇鉢華

爾時離憂以偈答曰

言說無所成　世多說不行　我不以言說
但心行菩提　世多言作佛　不能如說行
是人皆虛言　終無實果報　若但以言說
而能得佛道　一切言說者　皆應得作佛

爾時無憂重說偈言

若如汝發心　是則爲慳貪　畏諸乞求故
發心而無言　大人請衆生　等施財法分
一切無所悋　但欲成菩提　若如是發心
名爲懈怠者　恐不如說行　是則爲可耻
汝疑無上道　無量難獨成　預生如是心
故不敢發言

時離憂言當共往問安王如來我等發心誰爲是眞若從佛聞自當知之作是語已即時離憂從梯而下爲供養故持眞珠屐及上寶衣價直一億往詣佛所於時無憂即從殿上自投而下身無所損安隱而立往詣佛所脫身寶衣解髻明珠奉安王佛佛愍受之離憂從後來到佛所時見無憂在佛邊立即問之曰從何道來無憂答言我於殿上自投而下身無傷損安立佛所離憂即以無價寶衣及摩尼屐奉安王佛而說偈言

我得見世尊　而從非道行　今當修正道
諸佛之所讚

爾時無憂又說偈言

若人惜身命　猶汝來求道　是人爲自利
不能益衆生　我不惜身命　願受諸勤苦
爲利益衆生　度衆苦惱者　見佛即是道
不應更餘求　凡夫行正道　實墮邪徑中
衆生在邪道　見是正是邪　貪著即魔縛
則遠離正道　我願常値佛　常願得出家
常淨修梵行　世世度衆生　常安住善法
常持佛法藏　以是所持法　大利益衆生
常發行精進　聞法即解義　常住於禪定
功德故高尊

阿逸多是二王子說此偈已於安王佛所出家修道各相謂言我先作佛時無憂比丘語離憂曰汝以何行欲先作佛離憂答言我發心爲一一衆生於萬億劫受地獄苦而心無悔至得阿耨多羅三藐三菩提我以如是堅固莊嚴又以堪忍柔和之心假使有人從東方來持諸糞火屎尿毒瓶擊我頭上我於爾時不生瞋恨不惡眼視亦不呵罵但作是念我今行忍爲求佛法生佛智慧欲令此人得滅度故若我瞋恨與彼何異我是行人彼非行者我不應起非行者業行者之業我所應起所謂自斷瞋恨亦斷無量衆生瞋恨而爲說法我爲阿耨多羅三藐三菩提故如是莊嚴爾時無憂問離憂曰汝見是心以如是心發莊嚴耶離憂答言若無是心則無莊嚴若無莊嚴云何當有菩薩修道是故當知有是心故菩薩修道出於世間無憂比丘語離憂言莫作此說有是心故故有莊嚴所以者何心空如幻念念生滅若空如幻念念生滅是法無相亦無無相離憂若有若無皆名爲見若有是見皆是邪見若是邪見即是邪道不名菩提是人遠離菩提之道無所希望是故當知有無等法皆是戲論戲論法者菩薩不應親近修習何法菩薩所應習近無法菩薩所應習近所以者何若法可習是則非法是故菩薩於一切法不應樂著所以者何是阿耨多羅三藐三菩提非著法故若菩薩如是得解亦是非法所以者何非得解相是名菩提菩薩有如是知如是觀者亦墮非法所以者何無解脫相是名菩提若菩薩如是修習

我於是法當如是證即墮非法所以者何無性無說是名菩提爾時離憂謂無憂言若菩提有汝當言有無應言無汝何以故於阿耨多羅三藐三菩提中都無所說無憂答言汝善知識菩提名爲非戲論法汝莫戲論若有若無所以者何諸有戲論皆非菩提若無戲論即是菩提時離憂言善知識我於汝說不解義趣謂諸戲論皆非菩提無戲論法是即菩提無憂答言汝善知識可共詣佛請決所疑時二比丘俱詣佛所頂禮佛足於一面坐離憂比丘以先所論具向佛說時安王佛可無憂言善哉善哉既印可已告離憂曰如無憂言謂有戲論皆非菩提無戲論法是則菩提所以者何離諸戲論是名菩提云何爲離一切戲論皆悉寂滅何名戲論色陰戲論受想行陰識陰戲論戒品定品慧品戲論少欲知足苦行頭陀易滿易養空閑靜處皆是戲論是諸戲論從何處起皆從憶想分別故起何謂分別謂分別色受想行識分別戒品定品慧品少欲知足諸善法等若分別色即是非色是分別中則無戒品定品慧品少欲知足行頭陀等是分別中亦無色空又若分別受想行識即是非識是分別中則無戒品定品慧品少欲知足行頭陀等是分別中亦無識空能如此知是慧亦空如是空中無有諸相若一若異是名菩提爾時離憂聞說是法逮無生忍又亦得知是菩提心以是心故名爲菩薩時二菩薩觀如是法信解隨順八萬歲中常勤精進經行不息未曾睡臥八萬歲中不生貪欲恚癡之心是二菩薩於此命終

即生下方第千世界妙肩佛所俱共出家自識宿命精進如前如是展轉從一佛所至一佛所得值六百八千萬億諸佛世尊於諸佛法常得出家精進如前然後無憂先得作佛號上衆嚴離憂菩薩於餘佛國後得作佛號曰上衆佛告彌勒是二佛法廣宣流布壽命無量阿僧祇劫阿逸多是名菩薩摩訶薩心無來無去無所貪著無生無滅無住無動若有衆生起是心者則爲希有爾時世尊欲明此義而説偈言

佛燈出於世　萬億劫難值　如優曇鉢華
時時乃一現　深發菩提心　正行佛道者
如是大菩薩　世間亦難遇　是故若有人
能發此大心　斯人當作佛　處衆師子吼
自在師子吼　能轉淨法輪　佛神通無礙
皆在初心中　佛相三十二　十八不共法
是法及諸相　皆在初心中　諸佛不虚行
象王迴觀法　及無見頂相　皆在初心中
布施持戒忍　精進禪智慧　此諸波羅蜜
皆在初心中　如是等功德　及餘諸佛法
當知是一切　皆在初心中　聲聞戒定慧
及衆神通力　如是諸善法　亦在初心中
若我本不發　無上菩提心　今則不能得
一切佛智慧　尚不能自得　況令衆生聞
聲聞弟子衆　亦不出世間　若深行因緣
證辟支佛道　爲世作福田　入無餘泥洹
是等諸功德　亦在初心中　世間出世間
一切諸樂具　當知此等事　皆由菩提心
汝等觀是心　所得之報果　無量無數劫
不能盡其邊　汝等觀是心　念念常生滅

如幻無所有　而得大果報　是心屬因緣
無一決定相　如是不定心　能得大果報
是心不在緣　亦不離衆緣　非有亦非無
而起大果報　智者知是心　能生佛智慧
誰當不貴重　唯除貪著者　若人依止色
依受想行識　於法作二相　以虛誑自縛
如人在虛空　自謂我有縛　是人自繫故
常縛果報中　是故知心性　虛誑無所有
不應生疑見　是心非定相　是心及衆緣
皆空無自性　若人如是知　終不退菩提
若法性自空　是法即無生　一切無生法
是名眞智種　若人如是知　我授菩提記
不以陰離陰　而可得受記　若知法無相
亦不取此慧　如是正智者　是名眞發心
得是堅固心　斯人則能忍　惡口諸毀辱
刀杖等衆苦　若人得是忍　則無貪恚心
自得利不高　亦不嫉他人　能通達是忍
滅有無二邊　斯人於世間　能行不壞智
是故當修此　空無性法忍　我本亦修習
故得成菩提

中說品第十三

爾時東方過六萬八千阿僧祇界有世界名上意是中有佛號曰空性今現在是空性佛與月菩薩摩訶薩授阿耨多羅三藐三菩提記時月菩薩見大光明聞大音聲問彼佛言是爲何佛光明音聲彼佛答言西方去此過六萬八千阿僧祇界有世界名娑婆佛號釋迦文今現在說菩薩藏經是爲彼佛光明音聲時月菩薩白空性佛言世尊我欲詣彼娑婆世界見釋迦文佛禮事供養及見彼土具

足莊嚴大菩薩衆彼佛答言欲往隨意時月菩薩即從座起頂禮佛足遶已欲去時空性佛持白蓮華與月菩薩作如是言汝持此華與釋迦文并稱我言問訊彼佛少惱少病起居輕利氣力強耶時月菩薩如大力士屈伸臂頃於彼佛土忽然不現到此世界至王舍城行詣竹園頂禮佛足於一面立而白佛言空性如來問訊世尊少惱少病起居輕利遊步安耶以此蓮華持與世尊時佛受華問月菩薩言善男子彼空性佛少病少惱氣力安不時月菩薩白世尊曰空性如來於彼世界安隱無恙東方去此過于四萬阿僧祇界有世界名妙陀羅尼是中有佛號名聞力王今現在爲智流布菩薩摩訶薩授阿耨多羅三藐三菩提記時此菩薩見大光明聞大音聲問名聞力王佛言世尊今此光明及大音聲是誰所爲彼佛答言西方去此過于四萬阿僧祇界有世界名娑婆佛號釋迦文今現在爲諸菩薩說斷衆生疑令衆歡喜菩薩藏經是爲彼佛光明音聲時智流布菩薩白彼佛言世尊我欲往詣彼娑婆世界見釋迦文佛禮事供養及見彼土具足莊嚴大菩薩衆彼佛答言欲往隨意時智流布既蒙聽許頂禮佛足遶已欲去時名聞力王佛即以一裹赤末栴檀而與之曰汝持此香與釋迦文并以我言問訊彼佛少惱少病起居輕利氣力安耶時彼菩薩如大力士屈伸臂頃於彼佛土忽然不現到此世界至王舍城行詣竹園頂禮佛足於一面立而白佛言名聞力王佛問訊世尊少病少惱起居輕利遊步安耶以此

末香持與世尊佛受香已而問之曰名聞力王佛少病少惱氣力安不彼菩薩言名聞世尊於彼世界安隱無恙東方去此過三萬九千阿僧祇界有世界名月出光是中有佛號曰放光今現在爲明輪菩薩摩訶薩授阿耨多羅三藐三菩提記時明輪菩薩見大光明聞謦欬聲問放光佛言世尊是爲何佛光明音聲彼佛答言西方去此三萬九千阿僧祇界有世界名娑婆是中有佛號釋迦文今現在爲諸菩薩説斷衆生疑令衆歡喜菩薩藏經是爲彼佛光明音聲時明輪菩薩白放光佛言世尊我欲詣彼娑婆世界見釋迦文佛禮事供養及見彼土具足莊嚴大菩薩衆彼佛答言欲往隨意時明輪菩薩既蒙聽許頂禮佛足遶已欲去彼佛即以一大蓮華與明輪曰汝持此華與釋迦文并稱我言問訊彼佛少病少惱起居輕利遊步強耶時彼菩薩如大力士屈伸臂頃於彼佛土忽然不現到此世界至王舍城行詣竹園頂禮佛足於一面立而白佛言放光如來問訊世尊少病少惱氣力安不以此蓮華持與世尊佛受華已而問之曰放光如來遊步康耶明輪答言放光世尊於彼世界安隱無恙東方去此度三萬八千阿僧祇界有世界名袈裟相是中有佛號曰離垢今現在爲無邊寶嚴菩薩摩訶薩授阿耨多羅三藐三菩提記時無邊寶嚴菩薩見大光明聞謦欬聲問離垢佛言是爲何佛光明音聲彼佛答言西方去此過三萬八千阿僧祇界有世界名娑婆是中有佛號釋迦文今現在爲諸菩薩説斷衆生疑令衆

歡喜菩薩藏經是爲彼佛光明音聲時無邊寶嚴菩薩白彼佛言世尊我欲往詣娑婆世界見釋迦文佛禮事供養及欲見彼具足莊嚴大菩薩衆離垢佛言欲往隨意即時彼佛以一袈裟而與之言汝持此衣與釋迦文并稱我言問訊彼佛少病少惱起居輕利遊步安耶時彼菩薩如大力士屈伸臂頃於彼佛土忽然不現到此世界至王舍城行詣竹園頂禮佛足於一面立而白佛言離垢如來問訊世尊少病少惱氣力安不持此袈裟以與世尊佛受衣已而問之曰離垢如來於彼世界遊步安耶彼菩薩言離垢世尊於彼世界安隱無恙東方去此過三萬七千阿僧祇界有世界名蓮華是中有佛號雜華生德今現在爲無量精進菩薩摩訶薩授阿耨多羅三藐三菩提記時無量精進菩薩見大光明聞謦欬聲問雜華生德佛言是爲何佛光明音聲彼佛答言西方去此過三萬七千阿僧祇界有世界名娑婆是中有佛號釋迦文今現在爲諸菩薩說斷衆生疑令衆歡喜菩薩藏經是爲彼佛光明音聲時無量精進菩薩白雜華生德佛言我欲往詣娑婆世界見釋迦文佛禮事供養及見彼土具足莊嚴大菩薩衆彼佛答言欲往隨意彼佛即以一大蓮華而與之曰汝持此華與釋迦文并稱我言問訊彼佛少病少惱起居輕利遊步強耶時彼菩薩如大力士屈伸臂頃於彼佛土忽然不現到此世界至王舍城詣竹園中頂禮佛足於一面立而白佛言雜華生德佛問訊世尊少病少惱氣力安不以此蓮華持與世尊佛

受華已而問之曰雜華生德如來在彼世界遊步康耶彼菩薩言雜華世尊於彼世界安隱無恙東方去此過三萬七千阿僧祇界有世界名一蓋是中有佛號離怖畏今現在爲網明菩薩摩訶薩授阿耨多羅三藐三菩提記時網明菩薩見大光明聞謦欬聲問彼佛言是爲何佛光明音聲彼佛答言西方去此過三萬七千阿僧祇界有世界名娑婆是中有佛號釋迦文今現在爲諸菩薩說斷衆生疑令衆歡喜菩薩藏經是爲彼佛光明音聲時網明菩薩白離怖畏佛言我欲往詣娑婆世界見釋迦文佛禮事供養及見彼土具足莊嚴大菩薩衆彼佛答言欲往隨意時彼如來即以百莖五色衆華與網明曰汝持此華與釋迦文幷稱我言問訊彼佛少病少惱起居輕利遊步安耶時彼菩薩如大力士屈伸臂頃於彼佛土忽然不現到此世界至王舍城行詣竹園頂禮佛足却住一面而白佛言離怖畏佛問訊世尊少病少惱氣力安不以此衆華持與世尊佛受華已問網明言離怖畏如來在彼世界遊步康耶網明答言離怖畏世尊於彼世界安隱無恙東方去此過三萬六千阿僧祇界有世界名上清淨是中有佛號曰智聚今現在爲智力菩薩摩訶薩授阿耨多羅三藐三菩提記時智力菩薩見大光明聞大音聲問智聚佛言世尊是爲何佛光明音聲彼佛答言西方去此度三萬六千阿僧祇界有世界名娑婆是中有佛號釋迦文今現在爲諸菩薩說斷衆生疑令衆歡喜菩薩藏經是爲彼佛光明音聲時智力菩薩

白智聚佛言我欲往詣娑婆世界見釋迦文佛禮事供養及見彼土具足莊嚴大菩薩衆智聚佛言欲往隨意時智聚佛持衆蓮華而與之曰汝以此華與釋迦文并稱我言問訊彼佛少病少惱氣力輕強時智力菩薩頂禮佛足遶已而去餘如上說東方去此過三萬五千阿僧祇界彼有世界名曰香聚是中有佛號栴檀香今現在爲離垢菩薩摩訶薩授阿耨多羅三藐三菩提記時離垢菩薩見大光明聞聲欬聲問栴檀香佛言世尊是爲何佛光明音聲彼佛答言西方去此過三萬五千阿僧祇界有世界名曰娑婆是中有佛號釋迦文今現在說菩薩藏經時離垢菩薩白栴檀香佛言世尊我欲往詣娑婆世界見釋迦文佛禮事供養及見彼土具足莊嚴大菩薩衆彼佛答言欲往隨意彼佛即以末栴檀裹而與之曰汝持此香與釋迦文時彼菩薩頂禮佛足遶已而去餘如上說東方去此過三萬五千阿僧祇界有世界名阿竭流香是中有佛號大聲眼今現在爲利世菩薩摩訶薩授阿耨多羅三藐三菩提記時利世菩薩見大光明聞大音聲問大聲眼佛言世尊是爲何佛光明音聲彼佛答言西方過此三萬五千阿僧祇界彼有世界名曰娑婆是中有佛名釋迦文今現在爲菩薩說斷衆生疑令衆歡喜菩薩藏經是爲彼佛光明音聲時利世菩薩白大聲眼佛言世尊我欲往詣娑婆世界見釋迦文佛禮事供養及見彼土具足莊嚴大菩薩衆彼佛答言欲往隨意彼佛以一高大蓮華而與之曰汝持此華與釋迦文

幷稱我言問訊彼佛少病少惱氣力強耶時
利世菩薩頂禮佛足遶已而去餘如上説東
方去此度三萬四千阿僧祇界彼有世界名
無邊聚是中有佛號曰寶積今現在爲重智
菩薩摩訶薩授阿耨多羅三藐三菩提記時
重智菩薩見大光明聞大音聲問寶積佛言
世尊是爲何佛光明音聲彼佛答言西方過
此三萬四千阿僧祇界彼有世界名曰娑婆
是中有佛號釋迦文今現在爲菩薩説斷衆
生疑令衆歡喜菩薩藏經是爲彼佛光明音
聲時重智菩薩白寶積佛言世尊我欲詣娑
婆世界見釋迦文佛禮事供養及見彼土大
菩薩衆彼佛答言欲往隨意時寶積佛即以
一莖五色蓮華而與之曰汝持此華與釋迦
文幷稱我言問訊彼佛少病少惱起居輕利
遊步強耶時彼菩薩頂禮佛足遶已而去餘
如上説東方去此過于三萬阿僧祇界彼有
世界名曰衆香是中有佛號曰香象今現在
爲寶象菩薩摩訶薩授阿耨多羅三藐三菩
提記時寶象菩薩見大光明聞大音聲問香
象佛言此爲何佛光明音聲彼佛答言西方
去此過于三萬阿僧祇界有世界名娑婆佛
號釋迦文今現在是爲彼佛光明音聲餘如
上説

總相品第十四

東方去此過于三萬阿僧祇界彼有世界名
曰廣妙是中有佛號曰上衆今現在爲智衆
菩薩摩訶薩授無上道記餘如上説東方去
此過三萬二千阿僧祇界有世界名雜相是
中有佛號彌樓肩今現在爲自在力菩薩摩

訶薩授無上道記餘如上說東方去此過三萬二千阿僧祇界有世界名華蓋是中有佛號曰一蓋今現在爲一寶藏菩薩摩訶薩授無上道記餘如上說東方去此度三萬二千阿僧祇界有世界名普明是中有佛號無礙眼今現在爲智自在菩薩摩訶薩授無上道記餘如上說東方去此過三萬一千阿僧祇界有世界名善是中有佛號栴檀窟今現在爲重智菩薩摩訶薩授無上道記餘如上說東方去此過三萬一千阿僧祇界有世界名善意是中有佛號曰妙肩今現在爲益意菩薩摩訶薩授無上道記餘如上說東方去此過三萬一千阿僧祇界有世界名寶德是中有佛號曰網明今現在爲智德菩薩摩訶薩授無上道記餘如上說東方去此過三萬一千阿僧祇界有世界名德樂是中有佛號寶華德今現在爲高華德菩薩摩訶薩授無上道記餘如上說東方去此過三萬一千阿僧祇界有世界名讃嘆是中有佛號智華寶明德今現在爲上嚴菩薩摩訶薩授無上道記餘如上說東方去此過三萬一千阿僧祇界有世界名衆善是中有佛號善出光今現在爲寶光菩薩摩訶薩授無上道記餘如上說東方去此過于三萬阿僧祇界有世界名安隱是中有佛號滅諸怖畏今現在爲無怖畏菩薩摩訶薩授無上道記餘如上說東方去此過于三萬阿僧祇界有世界名彌樓相是中有佛號彌樓肩今現在爲妙肩菩薩摩訶薩授無上道記餘如上說東方去此度二萬九千阿僧祇界有世界名度一切憂惱是中

有佛號曰安王今現在爲梵音聲菩薩摩訶薩授無上道記餘如上説東方去此過二萬九千阿僧祇界有世界名法是中有佛號曰法積今現在爲智積菩薩摩訶薩授無上道記餘如上説東方去此度二萬八千阿僧祇界有世界名安立是中有佛號增十光今現在爲增百光菩薩摩訶薩授無上道記餘如上説東方去此過二萬八千阿僧祇界有世界名千明是中有佛號增千光今現在爲普明菩薩摩訶薩授無上道記餘如上説東方去此度二萬八千阿僧祇界有世界名多伽樓香是中有佛號曰智光今現在爲妙眼菩薩摩訶薩授無上道記餘如上説東方去此過二萬七千阿僧祇界有世界名妙香是中有佛號寶出光今現在爲無邊明菩薩摩訶

薩授無上道記餘如上説東方去此過二萬七千阿僧祇界有世界名明嚴德是中有佛號無邊光今現在爲藥王菩薩摩訶薩授無上道記餘如上説東方去此過二萬六千阿僧祇界有世界名上善德是中有佛號無礙音今現在爲梵音聲菩薩摩訶薩授無上道記餘如上説東方去此過二萬五千阿僧祇界有世界名法是中有佛號曰網光今現在爲自在菩薩摩訶薩授無上道記餘如上説東方去此過二萬五千阿僧祇界有世界名衆華是中有佛號曰寶意今現在爲智香菩薩摩訶薩授無上道記餘如上説東方去此過二萬四千阿僧祇界有世界名上清淨是中有佛號無邊陳今現在爲寶陳菩薩摩訶薩授無上道記餘如上説東方去此過二萬

四千阿僧祇界有世界名優鉢羅是中有佛號無邊自在今現在爲曇無竭菩薩摩訶薩授無上道記餘如上說東方去此過二萬三千阿僧祇界有世界名覺意處是中有佛號優鉢羅德今現在爲華德菩薩摩訶薩授無上道記餘如上說東方去此過二萬三千阿僧祇界有世界名蓮華處是中有佛號曰智住今現在爲寶滿菩薩摩訶薩授無上道記餘如上說東方去此過二萬二千阿僧祇界有世界名智力是中有佛號釋迦文今現在爲寶牟尼菩薩摩訶薩授無上道記餘如上說東方去此過二萬二千阿僧祇界有世界名方流布是中有佛號智流布今現在爲無邊精進菩薩摩訶薩授無上道記餘如上說東方去此過二萬一千阿僧祇界有世界名無邊是中有佛號娑羅王今現在爲寶娑羅菩薩摩訶薩授無上道記餘如上說東方去此過二萬阿僧祇界有世界名月是中有佛號寶娑羅今現在爲普守菩薩摩訶薩授無上道記餘如上說東方去此過二萬阿僧祇界有世界名娑呵是中有佛號曰調御今現在爲調御菩薩摩訶薩授無上道記餘如上說東方去此過于二萬阿僧祇界有世界名一蓋是中有佛號寶行列今現在爲列宿菩薩摩訶薩授無上道記餘如上說東方去此過于二萬阿僧祇界有世界名離一切憂惱是中有佛號不虛稱今現在爲不虛名菩薩摩訶薩授無上道記餘如上說東方去此過一萬九千阿僧祇界有世界名離憂是中有佛號曰德生今現在爲無邊威德菩薩摩訶

薩授無上道記餘如上說東方去此過一萬八千阿僧祇界有世界名寂滅是中有佛號流布王今現在爲勇德菩薩摩訶薩授無上道記餘如上說東方去此過一萬七千阿僧祇界有世界名不虛見是中有佛號不虛力今現在爲不虛嚴菩薩摩訶薩授無上道記餘如上說東方去此過萬六千阿僧祇界有世界名妙香是中有佛號曰香明今現在爲寶明菩薩摩訶薩授無上道記餘如上說東方去此過萬五千阿僧祇界有世界名梵音聲是中有佛號無礙音今現在爲無差别嚴菩薩摩訶薩授無上道記餘如上說東方去此過萬五千阿僧祇界有世界名月光是中有佛號名聞力今現在爲大智菩薩摩訶薩授無上道記餘如上說東方去此過一萬五千阿僧祇界有世界名普明是中有佛號須彌頂髙王今現在爲智力菩薩摩訶薩授無上道記餘如上說東方去此過一萬五千阿僧祇界有世界名寶嚴是中有佛號寶生德今現在爲大導師菩薩摩訶薩授無上道記餘如上說東方去此過萬四千阿僧祇界有世界名法是中有佛號曰華上今現在爲得力菩薩摩訶薩授無上道記餘如上說東方去此過萬四千阿僧祇界有世界名華住是中有佛號曰寶髙今現在爲名德菩薩摩訶薩授無上道記餘如上說東方去此過萬四千阿僧祇界有世界名妙陀羅尼王是中有佛號曰香明今現在爲陀羅尼自在王菩薩摩訶薩授無上道記餘如上說東方去此過萬三千阿僧祇界有世界名金明是中有佛

號方流布嚴今現在爲智流布嚴菩薩摩訶薩授無上道記餘如上說東方去此過萬三千阿僧祇界有世界名高智是中有佛號普守增上雲音王今現在爲宿王菩薩摩訶薩授無上道記餘如上說東方去此過萬二千阿僧祇界有世界名常明是中有佛號無邊明今現在爲大明菩薩摩訶薩授無上道記餘如上說東方去此過萬二千阿僧祇界有世界名錠光是中有佛號無邊慧成今現在爲德王明菩薩摩訶薩授無上道記餘如上說東方去此過萬一千阿僧祇界有世界名然燈是中有佛號無邊功德智明今現在爲功德王明菩薩摩訶薩授無上道記彼世界有無量寶池池中皆有青黄赤白種種雜色千葉蓮華皆悉廣大從水而出上高八萬四千由旬一一華葉出千光明遍照十方諸巷陌中皆悉平正寶繩連綿以界道側此諸巷中皆有寶樹其樹皆高七千由旬枝葉廣大能覆八萬四千由旬一一樹上皆有八十億摩尼珠以爲果實如是諸樹無量無數蓮華光明常照世界釋迦文佛淨光所蔽悉不復現時功德王明菩薩見此大光問無邊功德智明佛言世尊是何光明映照此界彼佛答言西方去此過萬一千阿僧祇界有一世界名曰娑婆是中有佛號釋迦文今現在爲諸菩薩說斷衆生疑令衆歡喜菩薩藏經是其光明時功德王明菩薩白無邊功德智明佛言我欲往詣娑婆世界見釋迦文佛禮事供養彼佛報言欲往隨意是時即以一大蓮華而與之曰汝持此華與釋迦文并稱我言問

訊彼佛少惱少病起居輕利遊步康耶時彼菩薩如大力士屈伸臂頃於彼佛土忽然不現到此世界至王舍城行詣竹園頂禮佛足却住一面白佛言世尊無邊功德智明如來問訊世尊少病少惱氣力安不持此蓮華以與世尊佛受華已而問之曰無邊功德智明如來於彼世界少惱少病遊步康耶彼菩薩言無邊功德智明世尊在彼世界安隱無恙從然燈剎至此中間有世界名雜相是中有佛號曰上衆今現在爲那羅延菩薩摩訶薩授無上道記餘如上說從雜相剎至此中間有世界名方流布是中有佛號佛華生德今現在爲不虛力菩薩摩訶薩授無上道記餘如上說從方流布剎至此中間有世界名金剛住是中有佛號佛華出王今現在爲寶火菩薩摩訶薩授無上道記餘如上說從金剛住剎至此中間有世界名栴檀窟是中有佛號曰寶像今現在爲觀世音菩薩摩訶薩授無上道記餘如上說從栴檀窟剎至此中間有世界名藥是中有佛號不虛稱今現在爲不虛嚴菩薩摩訶薩授無上道記餘如上說從藥剎至此中間有世界名藥生是中有佛號無邊功德精進嚴今現在爲持戒菩薩摩訶薩授無上道記餘如上說從藥生剎至此中間有世界名普莊嚴是中有佛號發意即嚴一切衆生心今現在爲佛華手菩薩摩訶薩授無上道記餘如上說從普莊嚴剎至此中間有世界名一蓋是中有佛號蓋行列今現在爲寶行列菩薩摩訶薩授無上道記餘如上說從一蓋剎至此中間有世界名上華

光是中有佛號明德王今現在爲安立菩薩摩訶薩授無上道記餘如上說從上華光刹至此中間有世界名妙莊嚴是中有佛號德王明今現在爲住諸功德菩薩摩訶薩授無上道記餘如上說從妙莊嚴刹至此中間有世界名無邊德嚴是中有佛號度功德邊今現在爲無邊功德稱菩薩摩訶薩授無上道記餘如上說從無邊德嚴刹至此中間有世界名十方流布是中有佛號曰然燈今現在爲轉諸行嚴菩薩摩訶薩授無上道記餘如上說從十方流布刹至此中間有世界名燈行列是中有佛號曰然燈今現在爲寶積菩薩摩訶薩授無上道記餘如上說從燈行列刹至此中間有世界名珊瑚牙是中有佛號曰作明今現在爲德積菩薩摩訶薩授無上道記餘如上說從珊瑚牙刹至此中間有世界名衆善是中有佛號曰無畏今現在爲寶樂菩薩摩訶薩授無上道記餘如上說從衆善刹至此中間有世界名衆善是中有佛號曰德味今現在爲得無畏菩薩摩訶薩授無上道記餘如上說從衆善刹至此中間有世界名上善是中有佛號曰無畏今現在爲離怖畏菩薩摩訶薩授無上道記餘如上說從上善刹至此中間有世界名蓮華是中有佛號曰華德今現在爲智手菩薩摩訶薩授無上道記餘如上說從蓮華刹至此中間有世界名優鉢羅是中有佛號智華德今現在爲無行行菩薩摩訶薩授無上道記餘如上說從優鉢羅刹至此中間有世界名寶生是中有佛號曰寶積今現在爲法積菩薩摩訶薩

授無上道記餘如上說從寶生刹至此中間有世界名妙月是中有佛號無邊願今現在爲演華菩薩摩訶薩授無上道記餘如上說從妙月刹至此中間有世界名安住是中有佛號無邊功德王安立今現在爲曇無竭菩薩摩訶薩授無上道記餘如上說從安住刹至此中間有世界名住林是中有佛號曰寶肩今現在爲藥王菩薩摩訶薩授無上道記餘如上說從住林刹至此中間有世界名衆香是中有佛號娑羅王今現在爲益意菩薩摩訶薩授無上道記餘如上說從衆香刹至此中間有世界名華德是中有佛號曰寶明今現在爲日德菩薩摩訶薩授無上道記餘如上說從華德刹至此中間有世界名一聚是中有佛號曰寶聚今現在爲火德菩薩摩訶薩授無上道記餘如上說從一聚刹至此中間有世界名過諸憂惱是中有佛號曰上衆今現在爲上嚴菩薩摩訶薩授無上道記餘如上說從過諸憂惱刹至此中間有世界名離憂是中有佛號無邊德嚴今現在爲善思嚴菩薩摩訶薩授無上道記餘如上說從離憂刹至此中間有世界名諸功德處是中有佛號觀世音今現在爲普守菩薩摩訶薩授無上道記餘如上說從諸功德處刹至此中間有世界名寶明是中有佛號須彌明今現在爲安住菩薩摩訶薩授無上道記餘如上說從寶明刹至此中間有世界名一切功德莊嚴是中有佛號無邊自在力今現在爲樂善菩薩摩訶薩授無上道記餘如上說從一切功德莊嚴刹至此中間有世界名覺意

莊嚴是中有佛號極高行今現在爲善思益意菩薩摩訶薩授無上道記餘如上說從覺意莊嚴刹至此中間有世界名無塵垢是中有佛號寶華德今現在爲益意得菩薩摩訶薩授無上道記餘如上說從無塵垢刹至此中間有世界名雲陰是中有佛號無量神通自在今現在爲得念菩薩摩訶薩授無上道記餘如上說從雲陰刹至此中間有世界名華網覆是中有佛號隨衆願嚴今現在爲益意菩薩摩訶薩授無上道記餘如上說從華網覆刹至此中間有世界名列宿是中有佛號高寶蓋今現在爲無憂菩薩摩訶薩授無上道記餘如上說從列宿刹至此中間有世界名寶華是中有佛號曰上衆今現在爲自在菩薩摩訶薩授無上道記餘如上說從寶華刹至此中間有世界名普香是中有佛號無量華今現在爲香象菩薩摩訶薩授無上道記餘如上說從普香刹至此中間有世界名華是中有佛號寶華自在今現在爲離憂菩薩摩訶薩授無上道記餘如上說從華刹至此中間有世界名雜寶相是中有佛號月出德今現在爲轉諸難菩薩摩訶薩授無上道記餘如上說從雜寶相刹至此中間有世界名衆歸是中有佛號發心即轉法輪今現在爲轉不退法輪菩薩摩訶薩授無上道記餘如上說從衆歸刹至此中間有世界名多安是中有佛號十方流布今現在與智流布菩薩摩訶薩授無上道記餘如上說從多安刹至此中間有世界名金剛是中有佛號拘陵王今現在爲利益行菩薩摩訶薩授無上

道記餘如上説從金剛刹至此中間有世界名樂是中有佛號曰日燈今現在爲月菩薩摩訶薩授無上道記餘如上説從樂刹至此中間有世界名安隱是中有佛號曰上寶今現在爲火得菩薩摩訶薩授無上道記餘如上説從安隱刹至此中間有世界名娑婆是中有佛號智生德今現在爲智德菩薩摩訶薩授無上道記餘如上説從娑婆刹至此中間有世界名純樂是中有佛號安立功德王今現在爲離怖菩薩摩訶薩授無上道記餘如上説從純樂刹至此中間有世界名列宿開是中有佛號無礙眼今現在爲妙眼菩薩摩訶薩授無上道記餘如上説從列宿開刹至此中間有世界名妙金剛是中有佛號曰無畏今現在爲巨山菩薩摩訶薩授無上道記餘如上説從妙金剛刹至此中間有世界名月出是中有佛號曰智聚今現在爲堅力菩薩摩訶薩授無上道記餘如上説

佛説華手經卷第三

佛説華手經卷第四

姚秦三藏法師鳩摩羅什譯

上清淨品第十五

從月出刹至此中間有世界名上清淨是中有佛號無相嚴今現在爲多精進菩薩摩訶薩授無上道記餘如上説從上清淨刹至此中間有世界名普明是中有佛號明德聚今現在爲上行菩薩摩訶薩授無上道記餘如上説從普明刹至此中間有世界名高相是中有佛號曰因意今現在爲淨因菩薩摩訶薩授無上道記餘如上説從高相刹至此中間有世界名歡喜是中有佛號那羅延今現在爲調御菩薩摩訶薩授無上道記餘如上説從歡喜刹至此中間有世界名離垢是中有佛號離垢相今現在爲持明菩薩摩訶薩授無上道記餘如上説從離垢刹至此中間有世界名善寶是中有佛號求金剛今現在爲破疑菩薩摩訶薩授無上道記餘如上説從善寶刹至此中間有世界名一切樂是中有佛號曰淨意今現在爲無量嚴菩薩摩訶薩授無上道記餘如上説從一切樂刹至此中間有世界名憂惱所纏是中有佛號求利安今現在爲世德菩薩摩訶薩授無上道記餘如上説從憂惱所纏刹至此中間有世界名無邊德充是中有佛號善思嚴今現在爲上嚴菩薩摩訶薩授無上道記餘如上説從無邊德充刹至此中間有世界名平等是中有佛號曰壞賊今現在爲無礙嚴菩薩摩訶薩授無上道記餘如上説從平等刹至此中間有世界名安隱是中有佛號優鉢德今現

在爲常發精進菩薩摩訶薩授無上道記餘如上説從安隱剎至此中間有世界名方明是中有佛號流布力王今現在爲帝王菩薩摩訶薩授無上道記餘如上説從方明剎至此中間有世界名常照明是中有佛號無邊明雲香彌樓今現在爲智象菩薩摩訶薩授無上道記餘如上説從常照明剎至此中間有世界名常莊嚴是中有佛號曰雜華今現在爲唱甘露味菩薩摩訶薩授無上道記餘如上説從常莊嚴剎至此中間有世界名白蓋是中有佛號無邊明今現在爲不休息菩薩摩訶薩授無上道記餘如上説從白蓋剎至此中間有世界名常嚴是中有佛號轉男女相今現在爲無邊音菩薩摩訶薩授無上道記餘如上説從常嚴剎至此中間有世界名阿竭流香是中有佛號上香德今現在爲香象菩薩摩訶薩授無上道記餘如上説從阿竭流香剎至此中間有世界名栴檀香是中有佛號寶高王今現在爲無量光菩薩摩訶薩授無上道記餘如上説從栴檀香剎至此中間有世界名普香是中有佛號香彌樓今現在爲寶彌樓菩薩摩訶薩授無上道記餘如上説從普香剎至此中間有世界名普樂是中有佛號知見一切衆心所樂今現在爲大導師菩薩摩訶薩授無上道記餘如上説從普樂剎至此中間有世界名無相是中有佛號無相音今現在爲離一切法行菩薩摩訶薩授無上道記餘如上説從無相剎至此中間有世界名佛華嚴是中有佛號曰智德今現在爲智光菩薩摩訶薩授無上道記

餘如上說從佛華嚴刹至此中間有世界名華是中有佛號無礙音聲今現在爲妙眼菩薩摩訶薩授無上道記餘如上說從華刹至此中間有世界名月是中有佛號純寶藏今現在爲一蓋菩薩摩訶薩授無上道記餘如上說從月刹至此中間有世界名堅固是中有佛號無動力今現在爲善意菩薩摩訶薩授無上道記餘如上說從堅固刹至此中間有世界名堅牢是中有佛號曰迦葉今現在爲明燈菩薩摩訶薩授無上道記餘如上說從堅牢刹至此中間有世界名一蓮華蓋是中有佛號示一切緣今現在爲華身菩薩摩訶薩授無上道記餘如上說從一蓮華蓋刹至此中間有世界名栴檀是中有佛號曰調御今現在爲智慧菩薩摩訶薩授無上道記餘如上說從栴檀刹至此中間有世界名眞諦是中有佛號曰成利今現在爲現諦菩薩摩訶薩授無上道記餘如上說從眞諦刹至此中間有世界名衆月是中有佛號曰生德今現在爲無邊菩薩摩訶薩授無上道記餘如上說從衆月刹至此中間有世界名離衰惱是中有佛號曰名稱今現在爲華德菩薩摩訶薩授無上道記餘如上說從離衰惱刹至此中間有世界名妙喜是中有佛號壞衆疑今現在爲喜自在菩薩摩訶薩授無上道記餘如上說從妙喜刹至此中間有世界名離塵垢是中有佛號曰智德今現在爲觀華菩薩摩訶薩授無上道記餘如上說從離塵垢刹至此中間有世界名離生是中有佛號曰德味今現在爲壞諸論菩薩摩訶薩授無

上道記餘如上說從離生刹至此中間有世界名雜華是中有佛號曰宿王今現在爲善擇菩薩摩訶薩授無上道記餘如上說從雜華刹至此中間有世界名極廣是中有佛號無量相今現在爲寶相菩薩摩訶薩授無上道記餘如上說從極廣刹至此中間有世界名恐怖是中有佛號曰栴檀今現在爲月德菩薩摩訶薩授無上道記餘如上說從恐怖刹至此中間有世界名衆網是中有佛號網明今現在爲無畏音菩薩摩訶薩授無上道記餘如上說從衆網刹至此中間有世界名無畏是中有佛號曰梵音今現在爲梵聲菩薩摩訶薩授無上道記餘如上說從無畏刹至此中間有世界名可歸是中有佛號無量性德今現在爲無量聲菩薩摩訶薩授無上道記餘如上說從可歸刹至此中間有世界名離諸緣是中有佛號不緣一切法今現在爲無礙嚴菩薩摩訶薩授無上道記餘如上說從離諸緣刹至此中間有世界名常稱是中有佛號無能斷嚴今現在爲無邊辯才菩薩摩訶薩授無上道記餘如上說從常稱刹至此中間有世界名常喜是中有佛號無邊自在今現在爲不斷辯才菩薩摩訶薩授無上道記餘如上說從常喜刹至此中間有世界名普現是中有佛號示一切法今現在爲無相嚴菩薩摩訶薩授無上道記餘如上說從普現刹至此中間有世界名普見是中有佛號普現諸法今現在爲眼名聞菩薩摩訶薩授無上道記餘如上說從普見刹至此中間有世界名生諸功德是中有佛號無邊德

生今現在爲淨眼菩薩摩訶薩授無上道記餘如上說從生諸功德刹至此中間有世界名離垢是中有佛號智出光今現在爲無法行菩薩摩訶薩授無上道記餘如上說從離垢刹至此中間有世界名青蓮華覆是中有佛號曰華上今現在爲赤蓮華相菩薩摩訶薩授無上道記餘如上說從青蓮華覆刹至此中間有世界名赤蓮華覆是中有佛號曰方生今現在爲方彌樓菩薩摩訶薩授無上道記餘如上說從赤蓮華覆刹至此中間有世界名華覆是中有佛號華生德今現在爲壞諸法菩薩摩訶薩授無上道記餘如上說從華覆刹至此中間有世界名天世是中有佛號於衆堅固今現在爲無垢菩薩摩訶薩授無上道記餘如上說從天世刹至此中間有世界名妙明是中有佛號曰智明今現在爲妙生菩薩摩訶薩授無上道記餘如上說從妙明刹至此中間有世界名樂德是中有佛號曰智衆今現在爲上衆菩薩摩訶薩授無上道記餘如上說從樂德刹至此中間有世界名樂衆是中有佛號曰離胎今現在爲轉諸難菩薩摩訶薩授無上道記餘如上說從衆樂刹至此中間有世界名無濁是中有佛號曰醫王今現在爲尸棄菩薩摩訶薩授無上道記餘如上說從無濁刹至此中間有世界名無量是中有佛號壞諸煩惱今現在爲無差別嚴菩薩摩訶薩授無上道記餘如上說從無量刹至此中間有世界名普讚是中有佛號無邊智讚今現在爲無邊功德生菩薩摩訶薩授無上道記餘如上說從普讚

剎至此中間有世界名衆堅是中有佛號栴檀窟德今現在爲智窟德菩薩摩訶薩授無上道記餘如上說從衆堅剎至此中間有世界名具威德是中有佛號具佛華生今現在爲高生菩薩摩訶薩授無上道記餘如上說從具威德剎至此中間有世界名衆寶是中有佛號娑羅王安立今現在爲安住律儀菩薩摩訶薩授無上道記餘如上說從衆寶剎至此中間有世界名方主是中有佛號月出光今現在爲月菩薩摩訶薩授無上道記餘如上說從方主剎至此中間有世界名大海是中有佛號曰調御今現在爲無憂意菩薩摩訶薩授無上道記餘如上說從大海剎至此中間有世界名安住是中有佛號須彌肩今現在爲止菩薩摩訶薩授無上道記餘如上說從安住剎至此中間有世界名無怖畏是中有佛號施名聞今現在爲巨山菩薩摩訶薩授無上道記餘如上說從無怖畏剎至此中間有世界名愛香是中有佛號轉諸難今現在爲稱名離結菩薩摩訶薩授無上道記餘如上說從愛香剎至此中間有世界名諸功德住是中有佛號曰名親今現在爲智親菩薩摩訶薩授無上道記餘如上說從諸功德住剎至此中間有世界名一切福住是中有佛號名堅固今現在爲法上菩薩摩訶薩授無上道記餘如上說從一切福住剎至此中間有世界名無憂意是中有佛號曰離憂今現在爲寶火菩薩摩訶薩授無上道記餘如上說從無憂意剎至此中間有世界名名聞是中有佛號華生德王今現在爲華王

菩薩摩訶薩授無上道記餘如上說從名聞剎至此中間有世界名華布是中有佛號演華相今現在爲香德菩薩摩訶薩授無上道記餘如上說從華布剎至此中間有世界名流布十方是中有佛號普放香光今現在爲必成菩薩摩訶薩授無上道記餘如上說從流布十方剎至此中間有世界名衆方是中有佛號曰聲眼今現在爲大聲菩薩摩訶薩授無上道記餘如上說從衆方剎至此中間有世界名衆燄是中有佛號曰放燄今現在爲燄熾菩薩摩訶薩授無上道記餘如上說從衆燄剎至此中間有世界名大音是中有佛號名流十方今現在爲大音菩薩摩訶薩授無上道記餘如上說從大音剎至此中間有世界名明是中有佛號曰高明今現在爲須彌山菩薩摩訶薩授無上道記餘如上說從明剎至此中間有世界名寶明是中有佛號寶照明今現在爲寶德菩薩摩訶薩授無上道記餘如上說從寶明剎至此中間有世界名常熏香是中有佛號曰火然今現在爲火明菩薩摩訶薩授無上道記餘如上說從常熏香剎至此中間有世界名有吉是中有佛號三界自在力今現在爲三有吉菩薩摩訶薩授無上道記餘如上說從有吉剎至此中間有世界名無畏是中有佛號曰明輪今現在爲無畏施菩薩摩訶薩授無上道記餘如上說從無畏剎至此中間有世界名常懸是中有佛號空性自在今現在爲象菩薩摩訶薩授無上道記餘如上說從常懸剎至此中間有世界名安王是中有佛號盡自在力

今現在爲生德菩薩摩訶薩授無上道記餘如上說從安王剎至此中間有世界名普離是中有佛號鼓音今現在爲演香菩薩摩訶薩授無上道記餘如上說從普離剎至此中間有世界名安隱是中有佛號普自在今現在爲無行行菩薩摩訶薩授無上道記餘如上說從安隱剎至此中間有世界名方流布是中有佛號智流布今現在爲無病菩薩摩訶薩授無上道記餘如上說從方流布剎至此中間有世界名陀羅尼是中有佛號曰山王今現在爲陀羅尼自在王菩薩摩訶薩授無上道記餘如上說從陀羅尼剎至此中間有世界名妙陀羅尼是中有佛號明力高王今現在爲自在力菩薩摩訶薩授無上道記餘如上說從妙陀羅尼剎至此中間有世界名妙等是中有佛號曰安立今現在爲波羅延菩薩摩訶薩授無上道記餘如上說從妙等剎至此中間有世界名一嚴是中有佛號佛自在嚴今現在爲具足意菩薩摩訶薩授無上道記餘如上說從一嚴剎至此中間有世界名倚思是中有佛號積諸功德今現在爲無相嚴菩薩摩訶薩授無上道記餘如上說從倚思剎至此中間有世界名愛是中有佛號佛寶德成就今現在爲善思行菩薩摩訶薩授無上道記餘如上說從愛剎至此中間有世界名列宿是中有佛號智生德今現在爲歡喜菩薩摩訶薩授無上道記餘如上說從列宿剎至此中間有世界名列宿嚴是中有佛號智生明德聚今現在爲妙宿菩薩摩訶薩授無上道記餘如上說從列宿嚴剎

至此中間有世界名蓮華是中有佛號華生王今現在爲佛法生菩薩摩訶薩授無上道記餘如上說從蓮華刹至此中間有世界名衆華是中有佛號上法自在今現在爲智轉諸難菩薩摩訶薩授無上道記餘如上說從衆華刹至此中間有世界名白蓮華覆是中有佛號半月光今現在爲須彌德菩薩摩訶薩授無上道記餘如上說從白蓮華覆刹至此中間有世界名廣是中有佛號曰香象今現在爲不動菩薩摩訶薩授無上道記餘如上說從廣刹至此中間有世界名上妙是中有佛號無量明今現在爲無礙音菩薩摩訶薩授無上道記餘如上說從上妙刹至此中間有世界名衆香是中有佛號蓮華聚今現在爲弗沙菩薩摩訶薩授無上道記餘如上說從衆香刹至此中間有世界名衆華是中有佛號華生德今現在爲頂德菩薩摩訶薩授無上道記餘如上說從衆華刹至此中間有世界名瞻蔔衆是中有佛號栴檀德今現在爲妙眼菩薩摩訶薩授無上道記餘如上說從瞻蔔衆刹至此中間有世界名寶藏是中有佛號曰寶聚今現在爲喜見菩薩摩訶薩授無上道記餘如上說從寶藏刹至此中間有世界名明慧是中有佛號上明慧今現在爲善覺菩薩摩訶薩授無上道記餘如上說從明慧刹至此中間有世界名上安是中有佛號曰作安今現在爲安王菩薩摩訶薩授無上道記餘如上說從上安刹至此中間有世界名善住是中有佛號無邊德生今現在爲安立菩薩摩訶薩授無上道記餘如上

說從善住剎至此中間有世界名衆多是中有佛號曰明相今現在爲普明菩薩摩訶薩授無上道記餘如上說從衆多剎至此中間有世界名愛香是中有佛號無邊德積今現在爲德生菩薩摩訶薩授無上道記餘如上說從愛香剎至此中間有世界名愛惜是中有佛號衆德生今現在爲畢竟功德成就菩薩摩訶薩授無上道記餘如上說從愛惜剎至此中間有世界名可愛是中有佛號一切功德生今現在爲淨功德畢竟成就菩薩摩訶薩授無上道記餘如上說從可愛剎至此中間有世界名衆蓮華是中有佛號華生德今現在爲樂施菩薩摩訶薩授無上道記餘如上說從衆蓮華剎至此中間有世界名金網覆是中有佛號曰持炬今現在爲無貪手

菩薩摩訶薩授無上道記餘如上說從金網覆剎至此中間有世界名寶網覆是中有佛號寶生德今現在爲寶積菩薩摩訶薩授無上道記餘如上說從寶網覆剎至此中間有世界名離畏是中有佛號極高王今現在爲轉諸難菩薩摩訶薩授無上道記餘如上說從離畏剎至此中間有世界名一蓋是中有佛號曰宿王今現在爲列宿菩薩摩訶薩授無上道記餘如上說從一蓋剎至此中間有世界名衆雜是中有佛號無邊彌樓今現在爲寶彌樓菩薩摩訶薩授無上道記餘如上說從衆雜剎至此中間有世界名妙喜是中有佛號虛淨王今現在爲不思議德菩薩摩訶薩授無上道記餘如上說從妙喜剎至此中間有世界名可迎是中有佛號無量音今

現在爲無憂菩薩摩訶薩授無上道記餘如上說從可迎剎至此中間有世界名妙音香是中有佛號無量明今現在爲無憂德菩薩摩訶薩授無上道記餘如上說從妙音香剎至此中間有世界名上清淨是中有佛號寳彌樓今現在爲眞妙音菩薩摩訶薩授無上道記餘如上說從上清淨剎至此中間有世界名照明是中有佛號雜寳華嚴今現在爲無邊意菩薩摩訶薩授無上道記餘如上說從照明剎至此中間有世界名勢德是中有佛號曰上衆今現在爲衆香菩薩摩訶薩授無上道記餘如上說從勢德剎至此中間有世界名寳華是中有佛號離垢嚴今現在爲作明菩薩摩訶薩授無上道記餘如上說從寳華剎至此中間有世界名金明是中有佛號曰金華今現在爲照明菩薩摩訶薩授無上道記餘如上說從金明剎至此中間有世界名金光是中有佛號曰寳窟今現在爲安住菩薩摩訶薩授無上道記餘如上說從金光剎至此中間有世界名衆堅固是中有佛號雜華生今現在爲勇德菩薩摩訶薩授無上道記餘如上說從衆堅固剎至此中間有世界名解脫是中有佛號曰放光今現在爲彌勒菩薩摩訶薩授無上道記餘如上說從解脫剎至此中間有世界名放華是中有佛號華生今現在爲妙華蓋嚴菩薩摩訶薩授無上道記餘如上說從放華剎至此中間有世界名衆華是中有佛號曰華蓋今現在爲金蓋菩薩摩訶薩授無上道記餘如上說從衆華剎至此中間有世界名衆蓮華是中有

佛號不虛嚴今現在爲無垢嚴菩薩摩訶薩授無上道記餘如上説從衆蓮華刹至此中間有世界名衆妙華是中有佛號流布力王今現在爲樂智菩薩摩訶薩授無上道記餘如上説從衆妙華刹至此中間有世界名梵德是中有佛號曰梵音今現在爲妙音菩薩摩訶薩授無上道記餘如上説從梵德刹至此中間有世界名幢相是中有佛號自在力今現在爲淨目菩薩摩訶薩授無上道記餘如上説從幢相刹至此中間有世界名相是中有佛號無邊衆今現在爲無邊性菩薩摩訶薩授無上道記餘如上説從相刹至此中間有世界名妙是中有佛號曰調御今現在爲妙衆菩薩摩訶薩授無上道記餘如上説從妙刹至此中間有世界名住處是中有佛號無礙眼今現在爲過行菩薩摩訶薩授無上道記餘如上説從住處刹至此中間有世界名無有是中有佛號壞諸道今現在爲善思嚴菩薩摩訶薩授無上道記餘如上説從無有刹至此中間有世界名疑悔是中有佛號曰破疑今現在爲壞諸見菩薩摩訶薩授無上道記餘如上説從疑悔刹至此中間有世界名妙禪是中有佛號無相音今現在爲無量明菩薩摩訶薩授無上道記餘如上説從妙禪刹至此中間有世界名德住是中有佛號無邊功德成就今現在爲寶步菩薩摩訶薩授無上道記餘如上説從德住刹至此中間有世界名寶住是中有佛號寶生德今現在爲金剛行菩薩摩訶薩授無上道記餘如上説從寶住刹至此中間有世界名喜是

中有佛號蓮華生德今現在爲寶華菩薩摩訶薩授無上道記餘如上說從喜刹至此中間有世界名蓮華生是中有佛號曰寶上今現在爲梵上菩薩摩訶薩授無上道記餘如上說從蓮華生刹至此中間有世界名妙生是中有佛號三世無礙嚴今現在爲勇衆菩薩摩訶薩授無上道記餘如上說從妙生刹至此中間有世界名妙明是中有佛號無邊明今現在爲樂出要菩薩摩訶薩授無上道記餘如上說從妙明刹至此中間有世界名覺是中有佛號寶彌樓今現在爲大彌樓菩薩摩訶薩授無上道記餘如上說從覺刹至此中間有世界名月燈是中有佛號曰燈高德今現在爲光輪菩薩摩訶薩授無上道記餘如上說從月燈刹至此中間有世界名星宿德是中有佛號智生德今現在爲淨生德菩薩摩訶薩授無上道記餘如上說從星宿德刹至此中間有世界名炬是中有佛號曰炬燈今現在爲增意菩薩摩訶薩授無上道記餘如上說從炬刹至此中間有世界名智積是中有佛號無上光今現在爲德積菩薩摩訶薩授無上道記餘如上說從智積刹至此中間有世界名出生是中有佛號德王明今現在爲提舍菩薩摩訶薩授無上道記餘如上說從出生刹至此中間有世界名蓮華蓋是中有佛號曰弗沙今現在爲鼓音菩薩摩訶薩授無上道記餘如上說從蓮華蓋刹至此中間有世界名一蓋是中有佛號無邊眼今現在爲梵音菩薩摩訶薩授無上道記餘如上說從一蓋刹至此中間有世界名善

是中有佛號曰德味今現在爲有德菩薩摩訶薩授無上道記餘如上說從善剎至此中間有世界名方是中有佛號曰方等今現在爲照方菩薩摩訶薩授無上道記餘如上說從方剎至此中間有世界名德積是中有佛號佛華生德今現在爲宿王菩薩摩訶薩授無上道記餘如上說從德積剎至此中間有世界名娑羅是中有佛號娑羅王今現在爲雨菩薩摩訶薩授無上道記餘如上說從娑羅剎至此中間有世界名住是中有佛號曰師子今現在爲無驚菩薩摩訶薩授無上道記餘如上說從住剎至此中間有世界名勸助是中有佛號寶彌樓今現在爲耶舍菩薩摩訶薩授無上道記餘如上說從勸助剎至此中間有世界名蓮華是中有佛號頻婆尸今現在爲陰雲菩薩摩訶薩授無上道記餘如上說從蓮華剎至此中間有世界名攝處是中有佛號曰醫王今現在爲藥王菩薩摩訶薩授無上道記餘如上說從攝處剎至此中間有世界名娑呵是中有佛號曰上衆今現在爲照明菩薩摩訶薩授無上道記餘如上說從娑呵剎至此中間有世界名善德是中有佛號上善德今現在爲妙善菩薩摩訶薩授無上道記餘如上說從善德剎至此中間有世界名處是中有佛號自在力今現在爲恒菩薩摩訶薩授無上道記餘如上說從處剎至此中間有世界名妙香是中有佛號上香德今現在爲香德菩薩摩訶薩授無上道記餘如上說從妙香剎至此中間有世界名香德是中有佛號上香相今現在爲華藏

菩薩摩訶薩授無上道記餘如上說從香德剎至此中間有世界名栴檀是中有佛號栴檀窟今現在爲德守菩薩摩訶薩授無上道記餘如上說從栴檀剎至此中間有世界名寶網覆是中有佛號無邊明今現在爲無邊意菩薩摩訶薩授無上道記餘如上說從寶網覆剎至此中間有世界名金網覆是中有佛號增十光佛華出今現在爲寶德菩薩摩訶薩授無上道記餘如上說從金網覆剎至此中間有世界名蓮華網覆是中有佛號無邊自在力今現在爲無邊嚴菩薩摩訶薩授無上道記餘如上說從蓮華網覆剎至此中間有世界名衆華是中有佛號威華生高王今現在爲無邊音聲菩薩摩訶薩授無上道記餘如上說從衆華剎至此中間有世界名照明是中有佛號曰寶網今現在爲勇德菩薩摩訶薩授無上道記餘如上說從照明剎至此中間有世界名月燈是中有佛號安立王今現在爲不忘念菩薩摩訶薩授無上道記餘如上說從月燈剎至此中間有世界名栴檀香是中有佛號上香王今現在爲富足菩薩摩訶薩授無上道記餘如上說從栴檀香剎至此中間有世界名樓閣是中有佛號施一切樂今現在爲求利世菩薩摩訶薩授無上道記餘如上說從樓閣剎至此中間有世界名雜窟是中有佛號見一切緣今現在爲無邊願菩薩摩訶薩授無上道記餘如上說從雜窟剎至此中間有世界名雜相是中有佛號不虛稱今現在爲無邊嚴菩薩摩訶薩授無上道記餘如上說從雜相剎至此中

間有世界名可敬是中有佛號壞諸驚畏今現在爲師子菩薩摩訶薩授無上道記餘如上說從可敬剎至此中間有世界名淨是中有佛號安立王今現在爲珠髻菩薩摩訶薩授無上道記餘如上說從淨剎至此中間有世界名金明是中有佛號曰寶明今現在爲寶藏菩薩摩訶薩授無上道記餘如上說從金明剎至此中間有世界名上淨是中有佛號利一切衆今現在爲無憂意菩薩摩訶薩授無上道記餘如上說從上淨剎至此中間有世界名衆樂是中有佛號無邊空嚴德今現在爲衆生無礙嚴菩薩摩訶薩授無上道記餘如上說從衆樂剎至此中間有世界名一華蓋是中有佛號曰善嚴今現在爲寶相菩薩摩訶薩授無上道記餘如上說從一華蓋剎至此中間有世界名無垢是中有佛號曰空相今現在爲空嚴行菩薩摩訶薩授無上道記餘如上說從無垢剎至此中間有世界名廣大是中有佛號威華生德今現在爲選擇菩薩摩訶薩授無上道記餘如上說從廣大剎至此中間有世界名善積是中有佛號上善德今現在爲上音菩薩摩訶薩授無上道記餘如上說從善積剎至此中間有世界名作方是中有佛號無邊自在積今現在爲大自在力菩薩摩訶薩授無上道記餘如上說從作方剎至此中間有世界名妙華香是中有佛號曰淨眼今現在爲妙眼菩薩摩訶薩授無上道記餘如上說從妙華香剎至此中間有世界名善住是中有佛號大調御今現在爲大海菩薩摩訶薩授無上道記餘

如上說從善住刹至此中間有世界名無量無邊是中有佛號最高德彌樓今現在爲無量意菩薩摩訶薩授無上道記餘如上說從無量無邊刹至此中間有世界名喜生是中有佛號無勝相今現在爲最勝菩薩摩訶薩授無上道記餘如上說從喜生刹至此中間有世界名無塵是中有佛號曰衆歸今現在爲無畏菩薩摩訶薩授無上道記餘如上說從無塵刹至此中間有世界名阿竭流香是中有佛號無邊香彌樓今現在爲上香德菩薩摩訶薩授無上道記餘如上說從阿竭流香刹至此中間有世界名多伽流香是中有佛號月間王今現在爲持炬菩薩摩訶薩授無上道記餘如上說從多伽流香刹至此中間有世界名上妙是中有佛號上彌樓今現在爲善住菩薩摩訶薩授無上道記餘如上說從上妙刹至此中間有世界名喜是中有佛號寶生德今現在爲次德菩薩摩訶薩授無上道記餘如上說從喜刹至此中間有世界名明是中有佛號名聞彌樓今現在爲寶彌樓菩薩摩訶薩授無上道記餘如上說從明刹至此中間有世界名輭美是中有佛號曰美德今現在爲大美德菩薩摩訶薩授無上道記餘如上說從輭美刹至此中間有世界名善香是中有佛號曰梵德今現在爲梵音菩薩摩訶薩授無上道記餘如上說從善香刹至此中間有世界名帝相是中有佛號無礙眼今現在爲帝得菩薩摩訶薩授無上道記餘如上說從帝相刹至此中間有世界名善處是中有佛號無邊德積今現在爲得

功德菩薩摩訶薩授無上道記餘如上說從善處剎至此中間有世界名不思議德是中有佛號威德王今現在爲智高菩薩摩訶薩授無上道記餘如上說從不思議德剎至此中間有世界名離相是中有佛號善思願成今現在爲無邊願菩薩摩訶薩授無上道記餘如上說從離相剎至此中間有世界名星宿王是中有佛號曰淨王今現在爲聞彌樓菩薩摩訶薩授無上道記餘如上說從星宿王剎至此中間有世界名智明是中有佛號曰智出今現在爲智出德菩薩摩訶薩授無上道記餘如上說從智明剎至此中間有世界名金剛是中有佛號曰勇衆今現在爲智擇菩薩摩訶薩授無上道記餘如上說從金剛剎至此中間有世界名智香是中有佛號曰智聚今現在爲智生德菩薩摩訶薩授無上道記餘如上說從智香剎至此中間有世界名方彌樓是中有佛號曰作方今現在爲方流布菩薩摩訶薩授無上道記餘如上說從方彌樓剎至此中間有世界名德處是中有佛號娑訶主今現在爲法燈菩薩摩訶薩授無上道記餘如上說從德處剎至此中間有世界名愛是中有佛號曰上離今現在爲娑訶主菩薩摩訶薩授無上道記餘如上說從愛剎至此中間有世界名愛趣是中有佛號曰調御今現在爲愛趣菩薩摩訶薩授無上道記餘如上說從愛趣剎至此中間有世界名妙思是中有佛號曰智守今現在爲無上智菩薩摩訶薩授無上道記餘如上說從妙思剎至此中間有世界名蓮華出是中有

佛號最高德今現在爲離垢菩薩摩訶薩授無上道記餘如上說從蓮華出刹至此中間有世界名無邊德生是中有佛號示衆生深心今現在爲自燈菩薩摩訶薩授無上道記餘如上說從無邊德生刹至此中間有世界名歡喜是中有佛號無邊德寳今現在爲勇健菩薩摩訶薩授無上道記餘如上說從歡喜刹至此中間有世界名倚息是中有佛號滅諸受自在今現在爲常發嚴菩薩摩訶薩授無上道記餘如上說從倚息刹至此中間有世界名樂樂是中有佛號無礙光今現在爲妙眼菩薩摩訶薩授無上道記餘如上說從樂樂刹來過恒河沙等國土中間有世界名善成是中有佛號無礙光佛華最高生德今現在爲陀羅尼自在王菩薩摩訶薩授無上道記餘如上說

散華品第十六

從善成刹來過恒河沙等國土中間有世界名普德成就是中有佛號一切縁中自在現佛相今現在爲觀佛定善根莊嚴菩薩摩訶薩授阿耨多羅三藐三菩提記時此菩薩見大光明聞大音聲白一切縁中自在現佛相如來言世尊是爲何佛光明音聲彼佛答言善男子西方去此過萬二千阿僧祇刹彼有世界名曰娑婆是中有佛號釋迦文今現在爲諸菩薩說斷衆生疑令衆歡喜菩薩藏經是爲彼佛光明音聲時觀佛定善根莊嚴菩薩手執衆華進散此界以其本願因縁力故於諸國土無所罣礙進來到此娑婆世界至王舍城詣竹園中時會四衆怪未曾有是衆

蓮華遶佛三帀於佛前住各説一偈稱揚如來及菩薩言

世尊大智慧無邊　自然逮覺無量法
示現無礙神通力　普照十方諸世界
大智慧明諸菩薩　善於問答無所畏
遠聞佛名欲供養　以神通力普集此
皆是一生紹尊位　勇猛堅固大莊嚴
名稱遠聞振十方　皆來集此娑婆界
能爲衆生起大心　深發莊嚴無所畏
我等今請問世尊　云何得證無上道
云何修習諸佛法　能壞魔軍成佛道
爾時世尊釋迦文　與此後來化華語
衆華見佛身無比　又從佛聞眞要言
便發勇悅隨喜心　稽首禮佛一面立
即於其處滅不現　衆會見此咸驚疑
是爲何人從何來　問世尊已即不現
時四部衆敬感顔　無敢問佛決所疑
佛即化作比丘像　狀如阿難起發問
爲是何人問世尊　旣請問已即不現
唯願世尊決所疑　此事何故所由然
佛言此華從東方　過筭數等世界來
汝觀勇猛大莊嚴　菩薩神通之所爲
此菩薩本行道時　深發如是大莊嚴
是故有人求佛道　斯等若念得必定
若爲是等所見者　即能深樂諸善法
離諸懈怠淨持戒　廣博多聞如大海
能善修學權方便　更不受胎常化生
世世往來生死中　常不忘失正法念
在在所生值諸佛　與衆賢聖俱集會
常生猒離五欲心　能於佛法信出家

即於見時獲斯利　亦得餘利未盡說
是等大士諸功德　若欲稱揚無窮盡
若有女人以信心　聞是菩薩大莊嚴
永不復受女人身　必爲衆生無上尊
若有男子若女人　聞其名稱心歡喜
發願欲見此菩薩　身壞命終即生彼
若諸男女餘衆生　聞此菩薩大功德
能以淨心信樂者　即於菩提不退轉
若有衆生入法位　聞此菩薩奇特名
是人雖不得佛道　亦獲無量諸功德
如有藥樹名喜見　能療衆生百千病
周迴皆去一由旬　災火猛燄所不燒
若諸毒蟲入其内　毒氣即時皆消歇
若聞此樹香氣熏　即便悶絕喪其身
根莖枝葉及華實　寂然無作無所爲
而其勢力能有用　皆悉消滅諸毒害
此樹遠能消衆病　況取根莖而服用
是大菩薩亦如是　十方聞名作佛事
況得目見加供養　親近諮問決所疑
時佛所現化阿難　即復加敬問世尊
如佛所說大菩薩　能以名聞作佛事
娑婆世界有是不　唯願世尊爲我說
佛言我壽不久留　今此衆生福微淺
諸佛菩提甚難信　如來所說深無極
阿難當知有菩薩　今現在此大會中
是諸菩薩大莊嚴　十方諸佛讚不盡
阿難觀是跋陀婆　又觀寶積法寶積
導師智者及星得　并婆羅門那羅達
又觀帝得善比丘　婆樓那天婆樓那
亦觀善力大比丘　是等行願難思議

是諸菩薩稱不虛　皆發不虛大莊嚴
若有見者尚獲利　況復親近受教誨
若有衆生得見者　或復聞其大名稱
則於佛道無所疑　常不復墮諸惡趣
常能發行勤精進　能善修習眞智慧
常能安住淨持戒　能深志樂無上乘
阿難所有十方界　諸佛世尊今現在
皆共稱揚是菩薩　所發莊嚴大誓願
稱讚是等廣名聞　令餘菩薩生貴心
皆言欲見釋迦尊　及諸具足莊嚴者
即時諸佛皆聽許　各禮佛足敬遶已
於彼佛土沒不現　皆來到此娑婆界
聞是菩薩具足願　於無上道轉精進
如來即記當成佛　國土壽量號如是
此等無量無數劫　所有不善業因緣

以是行業因緣故　與我生此濁世中
我今雖得無上道　猶不喜見未來世
當有破戒諸比丘　急性惡口麤獷言
是諸菩薩聞此事　而加精進大莊嚴
於饑饉中行大施　法欲壞時演眞教
今於佛前發誓言　我要當以無上法
於後恐怖惡世中　不惜身命利衆生
但發是願尚爲難　況能成就如願行
如是等經及持者　於惡世中被輕賤
阿難觀彼顚倒世　聞如是等諸經法
於是中生非法想　皆言是法非佛說
以我菩提得供養　而便勤造破法緣
如是甚惡濁亂世　誰能堪忍住是中
斯人從佛聞是語　即時悲泣淚交流
念佛曠劫所修習　此法如何便散滅

時諸學人生猒心　覺了有爲無定相
如救頭然勤精進　漏盡無餘得涅槃
諸天神聞惡世中　正法毀滅皆憂慼
我等寧於今命終　勿見如是法壞時
我等今見如世尊　能大法施無畏者
此等現前瞻仰佛　聽說甚深無上法
又見比丘修諸禪　定慧神通悉究竟
於後惡世法壞時　此等賢聖難復見
諸惡比丘反熾盛　持淨戒者無勢力
乃不得暫止塔廟　時諸天神大憂惱
皆悲呼言柰何哉　佛法毀滅甚可惜
佛爲是等修苦行　而爲惡人所輕毀
自共朋黨相親友　誹謗善人生過咎
自言佛是我等師　而違佛意毀正法
與清信女爲因緣　共結要誓同事業
併心共毀我正法　於佛法中無敬心
是衆惡等毀三寶　爲諸賢聖所遠離
如兕逸牛角鋒利　則爲衆人之所避
於爾時世惡比丘　而反輕笑修善者
來世當有是顛倒　應生猒離莫放逸
於佛法中勤精進　勿見如是濁亂世
莫與此等相值遇　與此同止甚苦惱

佛說華手經卷第四

音釋

獷 古猛切惡也　鋒 敷容切鋒銳也

佛說華手經卷第五

姚秦三藏法師鳩摩羅什譯

衆相品第十七

爾時東方過萬一千阿僧祇刹有世界名衆相是中有佛號樂無相今現在爲梵音聲菩薩摩訶薩授無上道記餘如上說從衆相刹至此中間有世界名無相是中有佛號妙化音今現在爲樂一切相菩薩摩訶薩授無上道記餘如上說從無相刹至此中間有世界名無相海是中有佛號曰華上今現在爲雨華菩薩摩訶薩授無上道記餘如上說從無相海刹至此中間有世界名雜相是中有佛號曰寶德今現在爲雜頂菩薩摩訶薩授無上道記餘如上說從雜相刹至此中間有世界名寶生是中有佛號海彌樓今現在爲妙眼菩薩摩訶薩授無上道記餘如上說從寶生刹至此中間有世界名廣大是中有佛號無垢意今現在爲尼民陀羅菩薩摩訶薩授無上道記餘如上說從廣大刹至此中間有世界名華是中有佛號智華生今現在爲善威儀菩薩摩訶薩授無上道記餘如上說從華刹至此中間有世界名虛空淨是中有佛號極高德聚今現在爲寶蓋菩薩摩訶薩授無上道記餘如上說從虛空淨刹至此中間有世界名無相是中有佛號曰寂滅今現在爲優鉢羅菩薩摩訶薩授無上道記餘如上說從無相刹至此中間有世界名妙樂是中有佛號離世自在今現在爲定意菩薩摩訶薩授無上道記餘如上說從妙樂刹至此中間有世界名金剛境是中有佛號滅諸趣今

現在爲轉胎菩薩摩訶薩授無上道記餘如上說從金剛境刹至此中間有世界名德積是中有佛號不思議德生今現在爲持世菩薩摩訶薩授無上道記餘如上說從德積刹至此中間有世界名大安是中有佛號喜生德今現在爲勝衆菩薩摩訶薩授無上道記餘如上說從大安刹至此中間有世界名無受是中有佛號到無畏今現在爲勇健菩薩摩訶薩授無上道記餘如上說從無受刹至此中間有世界名散赤蓮華是中有佛號曰流香今現在爲彌樓香菩薩摩訶薩授無上道記餘如上說從散赤蓮華刹至此中間有世界名阿竭流香是中有佛號無礙香光今現在爲無邊嚴菩薩摩訶薩授無上道記餘如上說從阿竭流香刹至此中間有世界名

衆歸是中有佛號雲鼓音今現在爲持地菩薩摩訶薩授無上道記餘如上說從衆歸刹至此中間有世界名功德積是中有佛號功德生今現在爲增長菩薩摩訶薩授無上道記餘如上說從功德積刹至此中間有世界名純樂是中有佛號無邊行自在今現在爲迦葉菩薩摩訶薩授無餘道記餘如上說從純樂刹至此中間有世界名妙香是中有佛號須彌堅今現在爲帝德菩薩摩訶薩授無上道記餘如上說從妙香刹至此中間有世界名香相是中有佛號上香彌樓今現在爲妙莊嚴菩薩摩訶薩授無上道記餘如上說從香相刹至此中間有世界名助香是中有佛號無邊光今現在爲妙姓菩薩摩訶薩授無上道記餘如上說從助香刹至此中間有

世界名調御是中有佛號曰普觀今現在爲
無邊力菩薩摩訶薩授無上道記餘如上説
從調御刹至此中間有世界名大揞是中有
佛號曰無畏今現在爲大力菩薩摩訶薩授
無上道記餘如上説從大誓刹至此中間有
世界名離怖畏是中有佛號得無畏今現在
爲方聞菩薩摩訶薩授無上道記餘如上説
從離怖畏刹至此中間有世界名月是中有
佛號日月燈今現在爲衆歸菩薩摩訶薩授
無上道記餘如上説從月刹至此中間有世
界名照明是中有佛號曰明燈今現在爲持
明菩薩摩訶薩授無上道記餘如上説從照
明刹至此中間有世界名作明是中有佛號
振威德今現在爲流布王菩薩摩訶薩授無
上道記餘如上説從作明刹至此中間有世

界名隨斷是中有佛號極高行今現在爲慧
宗菩薩摩訶薩授無上道記餘如上説從隨
斷刹至此中間有世界名衆香是中有佛號
曰善衆今現在爲妙意菩薩摩訶薩授無上
道記餘如上説從衆香刹至此中間有世界
名金剛是中有佛號金剛生今現在爲積德
菩薩摩訶薩授無上道記餘如上説從金剛
刹至此中間有世界名音聲是中有佛號智
自在王今現在爲那羅延菩薩摩訶薩授無
上道記餘如上説從音聲刹至此中間有世
界名喜生是中有佛號智力流布今現在爲
願流布菩薩摩訶薩授無上道記餘如上説
從喜生刹至此中間有世界名安生是中有
佛號曰上安今現在爲弗沙菩薩摩訶薩授
無上道記餘如上説從安生刹至此中間有

世界名阿樓那是中有佛號德王明今現在爲導師菩薩摩訶薩授無上道記餘如上說從阿樓那刹至此中間有世界名阿樓那積是中有佛號曰妙眼今現在爲持明菩薩摩訶薩授無上道記餘如上說從阿樓那積刹至此中間有世界名柔輭是中有佛號娑羅王今現在爲寶婆羅菩薩摩訶薩授無上道記餘如上說從柔輭刹至此中間有世界名善立是中有佛號須彌王今現在爲須彌肩菩薩摩訶薩授無上道記餘如上說從善立刹至此中間有世界名清淨是中有佛號虚彌樓今現在爲力流布王菩薩摩訶薩授無上道記餘如上說從清淨刹至此中間有世界名威德生是中有佛號寶威德今現在爲善思願菩薩摩訶薩授無上道記餘如上說從威德生刹至此中間有世界名善相是中有佛號上善德今現在爲釋衆菩薩摩訶薩授無上道記餘如上說從善相刹至此中間有世界名梵德是中有佛號梵音聲今現在爲寶德菩薩摩訶薩授無上道記餘如上說從梵德刹至此中間有世界名華德是中有佛號曰寶華今現在爲寶光菩薩摩訶薩授無上道記餘如上說從華德刹至此中間有世界名蓮華德是中有佛號蓮華生德今現在爲蓮華藏菩薩摩訶薩授無上道記餘如上說從蓮華德刹至此中間有世界名栴檀窟是中有佛號栴檀香今現在爲栴檀德菩薩摩訶薩授無上道記餘如上說從栴檀窟刹至此中間有世界名華是中有佛號如須彌今現在爲聲德菩薩摩訶薩授無上道記

餘如上說從華剎至此中間有世界名金華是中有佛號曰上嚴今現在爲金蓋菩薩摩訶薩授無上道記餘如上說從金華剎至此中間有世界名寶明是中有佛號曰寶蓋今現在爲寶步菩薩摩訶薩授無上道記餘如上說從寶明剎至此中間有世界名香彌樓是中有佛號曰香象今現在爲無礙明菩薩摩訶薩授無上道記餘如上說從香彌樓剎至此中間有世界名離相是中有佛號無邊自在力今現在爲不虛力菩薩摩訶薩授無上道記餘如上說從離相剎至此中間有世界名清淨是中有佛號不虛德今現在爲不虛見菩薩摩訶薩授無上道記餘如上說從清淨剎至此中間有世界名功德處是中有佛號不思議功德王明今現在爲明音菩薩摩訶薩授無上道記餘如上說從功德處剎至此中間有世界名有德是中有佛號曰雜華今現在爲智精進菩薩摩訶薩授無上道記餘如上說從有德剎至此中間有世界名安隱是中有佛號曰安王今現在爲作安菩薩摩訶薩授無上道記餘如上說從安隱剎至此中間有世界名最高是中有佛號華最高德今現在爲妙華菩薩摩訶薩授無上道記餘如上說從最高剎至此中間有世界名動是中有佛號曰常悲今現在爲常憂菩薩摩訶薩授無上道記餘如上說從動剎至此中間有世界名常動是中有佛號曰藥王今現在爲大悲莊嚴菩薩摩訶薩授無上道記餘如上說從常動剎至此中間有世界名堅固是中有佛號求利世今現在爲智力菩薩

摩訶薩授無上道記餘如上說從堅固刹至此中間有世界名不動是中有佛號無邊心行今現在爲善住菩薩摩訶薩授無上道記餘如上說從不動刹至此中間有世界名普虛空是中有佛號無邊自在力今現在爲衆助菩薩摩訶薩授無上道記餘如上說從普虛空刹至此中間有世界名瑠璃明是中有佛號無邊光今現在爲無量心莊嚴菩薩摩訶薩授無上道記餘如上說從瑠璃明刹至此中間有世界名金明是中有佛號無邊明今現在爲妙眼菩薩摩訶薩授無上道記餘如上說從金明刹至此中間有世界名無相是中有佛號言音自在今現在爲難提菩薩摩訶薩授無上道記餘如上說從無相刹至此中間有世界名蓮華蓋是中有佛號無邊虛空自在今現在爲觀定嚴菩薩摩訶薩授無上道記餘如上說從蓮華蓋刹至此中間有世界名蓋行列是中有佛號曰宿王今現在爲蓮華德菩薩摩訶薩授無上道記餘如上說從蓋行列刹至此中間有世界名寶網覆是中有佛號上香德今現在爲華手菩薩摩訶薩授無上道記餘如上說從寶網覆刹至此中間有世界名眞金是中有佛號虛空德今現在爲淨眼菩薩摩訶薩授無上道記餘如上說從眞金刹至此中間有世界名清淨是中有佛號極高德今現在爲德眼菩薩摩訶薩授無上道記餘如上說從清淨刹至此中間有世界名無憂是中有佛號曰作方今現在爲作明菩薩摩訶薩授無上道記餘如上說從無憂刹至此中間有世界名星宿

是中有佛號極高彌樓今現在爲安立菩薩摩訶薩授無上道記餘如上説從星宿刹至此中間有世界名雜相是中有佛號無礙眼今現在爲雜衆菩薩摩訶薩授無上道記餘如上説從雜相刹至此中間有世界名流香是中有佛號娑伽羅今現在爲三牟陀菩薩摩訶薩授無上道記餘如上説從流香刹至此中間有世界名衆香是中有佛號曰持炬今現在爲破疑菩薩摩訶薩授無上道記餘如上説從衆香刹至此中間有世界名栴檀香是中有佛號曰火相今現在爲衆稱菩薩摩訶薩授無上道記餘如上説從栴檀香刹至此中間有世界名善喜是中有佛號善淨德光今現在爲破賊德菩薩摩訶薩授無上道記餘如上説從善喜刹至此中間有世界名喜生是中有佛號曰智聚今現在爲善利意菩薩摩訶薩授無上道記餘如上説從喜生刹至此中間有世界名流布是中有佛號流布力王今現在爲勇健菩薩摩訶薩授無上道記餘如上説從流布刹至此中間有世界名大德是中有佛號功德王明今現在爲利意菩薩摩訶薩授無上道記餘如上説從大德刹至此中間有世界名堅固是中有佛號曰現智今現在爲行精進菩薩摩訶薩授無上道記餘如上説從堅固刹至此中間有世界名不退是中有佛號華高生德今現在爲德念菩薩摩訶薩授無上道記餘如上説從不退刹至此中間有世界名善分別是中有佛號曰寶火今現在爲勇健菩薩摩訶薩授無上道記餘如上説從善分別刹至此中

間有世界名優鉢羅是中有佛號赤蓮華德今現在爲德守菩薩摩訶薩授無上道記餘如上說從優鉢羅剎至此中間有世界名疑蓋是中有佛號壞一切疑今現在爲無畏菩薩摩訶薩授無上道記餘如上說從疑蓋剎至此中間有世界名妙是中有佛號曰善衆今現在爲得聲菩薩摩訶薩授無上道記餘如上說從妙剎至此中間有世界名衆德是中有佛號拘留孫今現在爲持炬菩薩摩訶薩授無上道記餘如上說從衆德剎至此中間有世界名妙善是中有佛號曰相王今現在爲慈心菩薩摩訶薩授無上道記餘如上說從妙善剎至此中間有世界名妙香是中有佛號蓮華德生今現在爲上智菩薩摩訶薩授無上道記餘如上說從妙香剎至此中

間有世界名善相是中有佛號曰放光今現在爲慈衆菩薩摩訶薩授無上道記餘如上說從善相剎至此中間有世界名雲陰是中有佛號曰彌勒今現在爲華手菩薩摩訶薩授無上道記餘如上說從雲陰剎至此中間有世界名光明是中有佛號蓮華光明今現在爲法上菩薩摩訶薩授無上道記餘如上說從光明剎至此中間有世界名名稱是中有佛號上法王相今現在爲阿疇那菩薩摩訶薩授無上道記餘如上說從名稱剎至此中間有世界名帝釋是中有佛號無邊力今現在爲名聞慈菩薩摩訶薩授無上道記餘如上說從帝釋剎至此中間有世界名蓮華是中有佛號勝山海今現在爲寶積菩薩摩訶薩授無上道記餘如上說從蓮華剎至此

中間有世界名喜是中有佛號釋迦文今現在爲帝王菩薩摩訶薩授無上道記餘如上說從喜刹至此中間有世界名常嚴是中有佛號不虚見今現在爲勇德菩薩摩訶薩授無上道記餘如上說從常嚴刹至此中間有世界名流布是中有佛號無礙音聲今現在爲善住菩薩摩訶薩授無上道記餘如上說從流布刹至此中間有世界名常言是中有佛號無量名德明今現在爲歡喜菩薩摩訶薩授無上道記餘如上說從常言刹至此中間有世界名自相是中有佛號無分別嚴今現在爲無礙嚴菩薩摩訶薩授無上道記餘如上說從自相刹至此中間有世界名栴檀香是中有佛號無邊光今現在爲淨德菩薩摩訶薩授無上道記餘如上說從栴檀香刹至此中間有世界名袈裟相是中有佛號曰妙眼今現在爲寳手菩薩摩訶薩授無上道記餘如上說如是等一生補處菩薩摩訶薩無量無邊阿僧祇衆從東方來集此世界到王舍城行詣竹園頂禮佛足問訊訖已於一面坐

諸方品第十八

南方去此過于無量阿僧祇刹有佛號純寳藏爲列宿菩薩摩訶薩授阿耨多羅三藐三菩提記時列宿菩薩見大光明聞大音聲問純寳藏佛言世尊是爲何佛光明音聲彼佛答言善男子北方去此過于無量阿僧祇刹彼有世界名曰娑婆是中有佛號釋迦文今現在爲諸菩薩摩訶薩說斷衆生疑令衆歡喜菩薩藏經是爲彼佛光明音聲彼衆會中

有大菩薩具足成就大願莊嚴十方恒河沙諸世界中尠有如是大莊嚴者時列宿菩薩白純寶藏佛言世尊我欲往詣娑婆世界見釋迦文佛禮事供養亦欲見彼不可思議具足莊嚴諸大菩薩摩訶薩衆彼佛答言欲往隨意汝以我言問訊釋迦文佛少病少惱氣力安不汝當一心以安審慧遊彼世界所以者何彼娑婆世界諸菩薩等難勝難壞時列宿菩薩禮彼佛足遶三帀已於彼佛土忽然不現如大力士屈伸臂頃到此世界至王舍城詣竹園中頂禮佛足却住一面白佛言世尊純寶藏佛問訊世尊少病少惱起居輕利遊步康耶時佛問言純寶藏如來於彼世界遊步康耶彼菩薩言純寶藏世尊在彼世界安隱無恙有如是等一生補處諸菩薩摩訶

薩無量無邊阿僧祇衆從南方來集此世界到王舍城行詣竹園頂禮佛足覲問訖已於一面坐西方去此過無量無邊阿僧祇刹有世界名普樂是中有佛號離垢三世無礙莊嚴今現在爲無邊自在現佛華莊嚴菩薩摩訶薩授阿耨多羅三藐三菩提記是普樂世界一切所有蓮華光明摩尼珠光及珠樹光常照彼刹諸大蓮華一一皆廣一千由旬種種雜寶以爲嚴飾諸蓮華香普熏十方無量世界彼土所生諸菩薩衆其身長大一萬由旬有大光明具足相好端嚴殊妙見者心歡若發心欲遊諸世界覲見諸佛彼佛本願神通力故即時東方所有世界乃至法性盡現其前南西北方四維上下所有世界乃至法性盡現無餘如一佛土一切皆以瑠璃爲地

寶樹行列而爲莊嚴或有菩薩初發無上菩提之心能行種種難行難捨或有菩薩離諸法故得無生忍皆悉具足諸波羅蜜深修佛法能現菩薩無量神力或有菩薩處兜率天或從兜率降神母胎及生出家或坐道場成無上覺或有能轉大法寶輪及大菩薩圍遶說法究竟佛事而般泥洹普樂世界諸菩薩衆不動本處皆悉能見彼佛世界於諸國土最爲高顯釋迦文佛光明照彼其中所有諸蓮華光摩尼珠光及珠樹光以佛光故蔽不復見謦欬音聲亦遍彼界時無邊自在力現佛華莊嚴菩薩見大光明聞是音聲問離垢三世無礙嚴佛言世尊是爲何佛光明音聲彼佛答言善男子東方去此過于無量阿僧祇剎彼有世界名曰娑婆是中有佛號釋迦

文今現在爲諸菩薩說斷衆生疑令衆歡喜菩薩藏經是爲彼佛光明音聲時無邊自在力現佛華莊嚴菩薩白離垢三世無礙嚴佛言世尊我欲往詣娑婆世界見釋迦文佛禮事供養亦欲見彼具足莊嚴諸大菩薩摩訶薩衆彼佛答言善男子汝今當自現爲小身去諸所有蓮華莊嚴所以者何是諸蓮華娑婆世界所不容受彼菩薩言唯然世尊當現小身去諸蓮華彼佛答言欲往隨意汝以我言問訊彼釋迦文佛少病少惱起居輕利遊步安耶時彼菩薩頂禮佛足遶三帀已於彼佛土忽然不現如大力士屈伸臂頃到此世界至王舍城行詣竹園頂禮佛足却住一面白佛言世尊離垢三世無礙嚴佛問訊世尊少病少惱起居輕利遊步康耶時佛答言離

垢三世無礙嚴佛於彼世界遊步安耶彼菩薩言如是世尊離垢三世無礙嚴佛在彼世界安隱無恙佛復問言汝見何利來至此土彼菩薩言我以如來神通力故能來至此世尊我在彼土亦見十方一切諸佛彼諸菩薩常不生心欲至他土覲見諸佛所以者何在彼國土悉見十方無量世界及一切佛世尊我隨佛意以佛力故如一念頃於彼世界忽然不現來到此土如是西方從普樂刹至此中間次有無量華佛無量明佛無量光佛無量光明佛無量自在力佛無量力佛一蓋佛蓋行佛寶蓋佛宿王佛善宿佛明輪佛明王佛高廣德佛無邊光佛自在佛自在力佛無礙音聲佛大雲光佛網聚佛覺華光佛蓮華自在佛山王佛月衆增上佛放光佛妙肩佛不虛見佛頂生王佛蓮華生佛如是無量阿僧祇等佛世界中一生補處諸大菩薩摩訶薩衆從西方來集此世界到王舍城行詣竹園頂禮佛足覲問訖已於一面坐爾時北方過于無量阿僧祇刹彼有世界名善行列是中有佛號不虛稱今現在爲發心即轉不退法輪菩薩摩訶薩授阿耨多羅三藐三菩提記是菩薩見是光明聞是音聲問不虛稱佛言世尊是爲何佛光明音聲彼佛答言善男子南方去此過于無量阿僧祇刹有世界名曰娑婆是中有佛號釋迦文今現在爲諸菩薩說斷衆生疑令衆歡喜菩薩藏經是大會中有諸菩薩具足成就不可思議大願莊嚴十方衆生稱其名者即住阿惟越致時發心即轉不退法輪菩薩白不虛稱佛言我欲往

詣娑婆世界見釋迦文佛禮事供養亦欲見彼不可思議具足莊嚴大菩薩衆彼佛答言欲往隨意汝以我言問訊釋迦文佛少病少惱起居輕利遊步康耶時發心即轉不退法輪菩薩頂禮佛足遶三帀已於彼佛土忽然不現如大力士屈伸臂頃到此世界至王舍城行詣竹園頂禮佛足却住一面而白佛言不虛稱佛問訊世尊少病少惱起居輕利氣力安不時佛問言不虛稱佛於彼世界遊步康耶彼菩薩言不虛稱佛在彼國土安隱無恙如是北方從不虛稱佛世界中間次有不虛力佛不虛自在力佛不虛光佛無邊精進佛娑羅王佛寶娑羅佛一蓋嚴佛寶肩佛栴檀窟佛栴檀香佛無邊明佛明輪佛彌樓嚴佛無礙眼佛無邊眼佛寶生佛諸德佛覺華生德佛善住意佛無邊力佛不虛德佛寶力佛無邊嚴佛無邊德嚴佛虛空光佛無相音佛藥王佛無驚佛離怖畏佛德王明佛觀覺華生佛虛空性佛虛空音佛虛空嚴生佛有如是等無量無邊阿僧祇佛皆遣一生補處菩薩從北方來集此世界到王舍城行詣竹園頂禮佛足覲問已訖於一面坐爾時下方過于無量阿僧祇刹彼有世界名虛空淨是中有佛號曰大目今現在爲拘留孫提菩薩摩訶薩授阿耨多羅三藐三菩提記時拘留孫提菩薩見大光明聞大音聲問大目佛言世尊是爲何佛光明音聲彼佛答言善男子上方去此過于無量阿僧祇刹彼有世界名曰娑婆是中有佛號釋迦文今現在爲諸菩薩說斷衆生疑令衆歡喜菩薩藏經彼世界

中有大菩薩具足成就不可思議大願莊嚴皆集彼會時拘留孫提菩薩白大目佛言世尊我欲往詣娑婆世界見釋迦文佛禮事供養亦欲聞說斷衆生疑令衆歡喜菩薩藏經及見彼土不可思議具足莊嚴大菩薩衆彼佛答言欲往隨意汝以我言問訊釋迦文佛少病少惱氣力安不時拘留孫提菩薩頂禮佛足遶三帀已於彼佛土忽然不現如大力士屈伸臂頃到此世界至王舍城行詣竹園頂禮佛足却住一面白佛言世尊大目如來問訊世尊少病少惱起居輕利遊步康耶時佛問言大目如來在彼世界少病少惱氣力安不彼菩薩言大目世尊在彼國土安隱無恙如是下方從大目佛世界中間次有上德佛大德佛蓮華德佛有德佛師子德佛成利佛師子護佛師子頰佛安立王佛梵彌樓佛淨眼佛不虛步佛香象佛香德佛香彌樓佛無量眼佛香聚佛寶窟佛寶彌樓佛安住佛善住王佛梵彌樓佛娑羅王佛明輪佛明燈佛不虛精進佛善思嚴佛師子佛衆眞寶佛妙善住王佛有如是等無量無邊阿僧祇世界諸佛世尊皆遣一生補處菩薩摩訶薩從下方來集此世界到王舍城行詣竹園頂禮佛足觀問訖已於一面坐爾時上方過于無量阿僧祇剎有世界名栴檀香明是中有佛號無邊高力王今現在爲無量音菩薩摩訶薩授阿耨多羅三藐三菩提記是無量音菩薩見大光明聞大音聲問無邊高力王佛言世尊是爲何佛光明音聲彼佛答言善男子下方去此過于無量阿僧祇剎有一世界名

曰娑婆是中有佛號釋迦文今現在爲諸菩薩說斷衆生疑令衆歡喜菩薩藏經是爲彼佛光明音聲彼世界中有諸菩薩具足成就大願莊嚴時無量音菩薩白無邊高力王佛言世尊我欲往詣娑婆世界見釋迦文佛禮事供養亦欲見彼不可思議具足莊嚴大菩薩衆彼佛答言欲往隨意汝以我言問訊釋迦文佛少病少惱起居輕利遊步安耶時無量音菩薩頂禮佛足遶三帀已於彼佛土忽然不現如大力士屈伸臂頃到此世界至王舍城行詣竹園頂禮佛足却住一面白佛言世尊無邊高力王佛問訊世尊少病少惱起居輕利氣力安不時佛問言無邊高力王佛於彼世界遊步安耶彼菩薩言如是世尊無邊高力王佛在彼世界安隱無恙時彼菩薩問訊佛已於一面坐從無邊高力王佛剎來次有精進最高力王佛破疑佛善宿王佛然燈佛作明佛明彌樓佛明輪佛淨明佛白蓋佛香蓋佛寶蓋佛栴檀窟佛栴檀德佛須彌肩佛寶明佛娑羅王佛梵德佛淨眼佛無驚怖佛離怖佛妙肩佛上寶佛山王佛轉女相嚴佛無邊嚴佛無上光佛網明相佛因王佛如是無量阿僧祇等諸佛世界一生補處諸大菩薩摩訶薩衆從上方來集此世界到王舍城行詣竹園頂禮佛足覲問訖已於一面坐時東南方過于無量阿僧祇剎彼有世界名佛華生是中有佛號一切緣中能現佛相今現在爲離憂菩薩摩訶薩授阿耨多羅三藐三菩提記時離憂菩薩見是光明聞是音聲問一切緣中能現佛相佛言世尊是爲何

佛光明音聲彼佛答言善男子西北方去此過于無量阿僧祇刹彼有世界名曰娑婆是中有佛號釋迦文今現在爲諸菩薩說斷衆生疑令衆歡喜菩薩藏經是爲彼佛光明音聲彼世界中有大菩薩具足成就不可思議大願莊嚴時離憂菩薩白彼佛言我欲往詣娑婆世界見釋迦文佛禮事供養亦欲見彼不可思議具足莊嚴大菩薩衆彼佛答言欲往隨意汝以我言問訊釋迦文佛少病少惱起居輕利遊步康耶時離憂菩薩頂禮佛足遶三帀已於彼佛土忽然不現如大力士屈伸臂頃到此世界至王舍城行詣竹園頂禮佛足却住一面白佛言世尊一切緣中能現佛相如來問訊世尊少病少惱氣力安不時佛問言一切緣中能現佛相如來於彼世界少病少惱遊步康耶彼菩薩言一切緣中能現佛相世尊在彼世界安隱無恙從一切緣中能現佛相佛世界中間次有無邊緣中現佛相佛蓮華敷力佛網明佛無邊明佛華佛寶娑羅佛發心即轉法輪佛華聚佛增千光佛無上光佛不動力佛無邊步力佛無邊願佛無量願佛無邊自在力佛無定願佛轉胎佛轉諸難佛一切緣修行佛無緣莊嚴佛虛空佛有德佛如是無量阿僧祇等諸佛世界一生補處諸大菩薩摩訶薩衆從東南方悉來集此娑婆世界到王舍城行詣竹園頂禮佛足覲問訖已於一面坐時西南方過于無量阿僧祇刹有世界名善吉是中有佛號曰吉利今現在爲成一切利菩薩摩訶薩授阿耨多羅三藐三菩提記時成一切利菩薩見

大光明聞大音聲問吉利佛言世尊是爲何佛光明音聲彼佛答言善男子東北方去此過于無量阿僧祇刹彼有世界名曰娑婆是中有佛號釋迦文今現在爲諸菩薩説斷衆生疑令衆歡喜菩薩藏經是爲彼佛光明音聲彼世界中有大菩薩具足成就不可思議大願莊嚴若有衆生聞其名者必得不退轉法時成一切利菩薩白彼佛言我欲往詣娑婆世界見釋迦文佛禮事供養亦欲見彼不可思議具足莊嚴大菩薩衆彼佛答言欲往隨意汝以我言問訊釋迦文佛少病少惱起居輕利遊步安耶時成一切利菩薩頂禮佛足遶三帀已於彼佛土忽然不現如大力士屈伸臂頃到此世界至王舍城行詣竹園頂禮佛足却住一面白佛言世尊吉利如來問訊世尊少病少惱起居輕利遊步安耶時佛問言吉利如來安樂行不彼菩薩言吉利世尊在彼世界安隱無恙時成一切利菩薩覲問訖已於一面坐如是西南方從吉利佛刹來次有吉利嚴佛尸棄佛常精進佛善住佛無邊嚴佛無相嚴佛普嚴佛作燈佛作明佛一藏佛一聚佛無邊像佛無邊精進佛網光佛大神通佛明輪佛觀智佛不虚稱佛壞衆怖畏佛無邊德王明佛離怖畏佛壞諸怨賊佛過諸魔界佛無量華佛持無量德佛無量音聲佛光聚佛明德佛離二邊佛無量覺華光佛無量聲佛明彌樓佛娑羅王佛日面佛妙明佛上德佛寶華佛寶生佛月華佛一切衆生嚴佛轉一切生死佛無邊辯才佛無諍怖佛緣一切辯才佛如是無量阿僧祇等諸

佛世界一生補處諸大菩薩摩訶薩衆從西南方悉來集此娑婆世界到王舍城行詣竹園頂禮佛足覲問訖已於一面坐時西北方過于無量阿僧祇刹彼有世界名栴檀香是中有佛號普香光今現在爲普明菩薩摩訶薩授阿耨多羅三藐三菩提記時普明菩薩見大光明聞大音聲問普香光佛言世尊是爲何佛光明音聲彼佛答言善男子東南方去此過于無量阿僧祇刹彼有世界名曰娑婆是中有佛號釋迦文今現在爲諸菩薩說斷衆生疑令衆歡喜菩薩藏經是爲彼佛光明音聲彼世界中有諸菩薩具足成就不可思議大願莊嚴時普明菩薩白普香光佛言我欲往詣娑婆世界見釋迦文佛禮事供養亦欲見彼不可思義具足莊嚴大菩薩衆彼佛答言欲往隨意汝以我言問訊釋迦文佛少病少惱起居輕利遊步安耶時普明菩薩頂禮佛足遶三帀已於彼佛土忽然不現如大力士屈伸臂頃到此世界至王舍城行詣竹園頂禮佛足却住一面而白佛言普香光佛問訊世尊少病少惱遊步康耶時佛問言普香光佛氣力安不彼菩薩言普香光佛在彼國土安隱無恙時普明菩薩頂禮佛足覲問訖已却住一面如是西北方從普香光佛世界中間次有香明佛香彌樓佛香象佛香自在佛香窟佛明輪佛光王佛蓮華生王佛法自在佛無邊法自在佛可樂佛愛德佛散華佛華蓋行列佛華窟佛金華佛香華佛彌樓王佛善導師佛一切衆生最勝嚴佛轉諸難佛善行嚴佛妙華佛無邊香佛普放光佛

普放香佛普光佛散華佛散華生得佛寶網手佛極高王佛普照一佛土佛宿王佛妙見佛安立王佛香流佛無邊智自在佛不虛嚴佛不虛見佛無礙眼佛不動佛初發意佛無邊眼佛燈上佛普照明佛光照佛一切世界一切衆生不斷辯才佛無垢力佛無跡行佛如是無量阿僧祇等諸佛世界一生補處菩薩摩訶薩從西北方悉來集此娑婆世界至王舍城行詣竹園頂禮佛足問訊訖已於一面坐時東北方過于無量阿僧祇刹有世界名衆歸是中有佛號滅一切憂今現在爲不虛稱菩薩摩訶薩授阿耨多羅三藐三菩提記時不虛稱菩薩見大光明聞大音聲問滅一切憂佛言世尊是爲何佛光明音聲彼佛答言善男子西南方去此過于無量阿僧祇刹中有世界名爲娑婆是中有佛號釋迦文今現在爲諸菩薩說斷衆生疑令衆歡喜菩薩藏經是爲彼佛光明音聲彼世界中有諸菩薩具足成就不可思議大願莊嚴時不虛稱菩薩白滅一切憂佛言世尊我欲往詣娑婆世界見釋迦文佛禮事供養亦欲見彼不可思議具足莊嚴大菩薩衆彼佛答言欲往隨意汝以我言問訊釋迦文佛少病少惱起居輕利氣力安不時不虛稱菩薩頂禮佛足遶三帀已於彼佛土忽然不現如大力士屈伸臂頃到此世界至王舍城行詣竹園頂禮佛足却住一面白佛言世尊滅一切憂佛問訊世尊少病少惱遊步安耶時佛問言滅一切憂佛少病少惱氣力安不彼菩薩言滅一切憂佛在彼世界安隱無恙時不虛稱菩薩

頂禮佛足問訊已訖於一面坐東北方有世界名離一切憂是中有佛號曰離憂今現在爲大明菩薩摩訶薩授無上道記餘如上説從離一切憂刹來過六萬刹中間有世界名喜樂是中有佛名喜生德今現在爲報恩菩薩摩訶薩授無上道記餘如上説從喜樂刹至此中間有世界名安隱是中有佛號曰安王今現在爲無難菩薩摩訶薩授無上道記餘如上説從安隱刹至此中間有世界名金網覆是中有佛號上彌樓今現在爲師子彌樓菩薩摩訶薩授無上道記餘如上説從金網覆刹至此中間有世界名香明是中有佛號曰妙香今現在爲聲德菩薩摩訶薩授無上道記餘如上説從香明刹至此中間有世界名寳聚是中有佛號憍陳若今現在爲火聚菩薩摩訶薩授無上道記餘如上説從寳聚刹至此中間有世界名堅固是中有佛號曰勢德今現在爲梵德菩薩摩訶薩授無上道記餘如上説從堅固刹至此中間有世界名青蓮華是中有佛號赤蓮華德今現在爲華生菩薩摩訶薩授無上道記餘如上説從青蓮華刹至此中間有世界名曰白蓮華是中有佛號曰蓮華生今現在爲無有菩薩摩訶薩授無上道記餘如上説從白蓮華刹至此中間有世界名大音是中有佛號大音眼今現在爲無上衆菩薩摩訶薩授無上道記餘如上説從大音刹至此中間有世界名香嚴是中有佛號曰上衆今現在爲善來菩薩摩訶薩授無上道記餘如上説從香嚴刹至此中間有世界名衆明是中有佛號無邊明

今現在爲德藏菩薩摩訶薩授無上道記餘如上說從衆明刹至此中間有世界名栴檀香是中有佛號月出光今現在爲方等菩薩摩訶薩授無上道記餘如上說從栴檀香刹至此中間有世界名明是中有佛號名流十方今現在爲十方流布力王菩薩摩訶薩授無上道記餘如上說從明刹至此中間有世界名月是中有佛號星宿王今現在爲稱衆菩薩摩訶薩授無上道記餘如上說從月刹至此中間有世界名普明德是中有佛號無邊光明今現在爲無垢相菩薩摩訶薩授無上道記餘如上說從普明德刹至此中間有世界名香明是中有佛號上香彌樓今現在爲選擇菩薩摩訶薩授無上道記餘如上說從香明刹至此中間有世界名無畏是中有佛號離怖畏今現在爲喜月菩薩摩訶薩授無上道記餘如上說從無畏刹至此中間有世界名上安是中有佛號安隱生德今現在爲定意菩薩摩訶薩授無上道記餘如上說從上安刹至此中間有世界名無邊明是中有佛號無邊功德月今現在爲喜月菩薩摩訶薩授無上道記餘如上說從無邊明刹至此中間有世界名莊嚴是中有佛號一切功德嚴今現在爲妙威儀菩薩摩訶薩授無上道記餘如上說從莊嚴刹至此中間有世界名蓮華散是中有佛號曰華王今現在爲華生高德菩薩摩訶薩授無上道記餘如上說從蓮華散刹至此中間有世界名離相是中有佛號不壞相今現在爲無勝菩薩摩訶薩授無上道記餘如上說從離相刹至此中間

有世界名堅固是中有佛號宗守光今現在爲普守菩薩摩訶薩授無上道記餘如上說從堅固剎至此中間有世界名樂戲是中有佛號大威德蓮華生王今現在爲智樂菩薩摩訶薩授無上道記餘如上說從樂戲剎至此中間有世界名樂是中有佛號無異生行今現在爲無異行嚴菩薩摩訶薩授無上道記餘如上說從樂剎至此中間有世界名喜是中有佛號一切上今現在爲上菩薩摩訶薩授無上道記餘如上說從喜剎至此中間有世界名樂德是中有佛號虛空淨王今現在爲彌樓王菩薩摩訶薩授無上道記餘如上說從樂德剎至此中間有世界名喜樂是中有佛號無相音聲今現在爲觀音定嚴菩薩摩訶薩授無上道記餘如上說從喜樂剎至此中間有世界名娑婆是中有佛號寶最高德今現在爲甚深菩薩摩訶薩授無上道記餘如上說從娑婆剎至此中間有世界名衆梵是中有佛號曰梵德今現在爲梵子菩薩摩訶薩授無上道記餘如上說從衆梵剎至此中間有世界名衆香是中有佛號無礙香象今現在爲帝德菩薩摩訶薩授無上道記餘如上說從衆香剎至此中間有世界名衆華是中有佛號彌樓明今現在爲娑伽羅菩薩摩訶薩授無上道記餘如上說從衆華剎至此中間有世界名然燈是中有佛號曰大燈今現在爲雲光菩薩摩訶薩授無上道記餘如上說從然燈剎至此中間有世界名作名聞是中有佛號華上光今現在爲樂法菩薩摩訶薩授無上道記餘如上說從作名

聞刹至此中間有世界名多樂是中有佛號作名聞今現在爲彌樓德菩薩摩訶薩授無上道記餘如上說從多樂刹至此中間有世界名安立是中有佛號曰名慈今現在爲師子力菩薩摩訶薩授無上道記餘如上說從安立刹至此中間有世界名娑婆羅是中有佛號娑羅王今現在爲山王菩薩摩訶薩授無上道記餘如上說從娑婆羅刹至此中間有世界名照明是中有佛號無邊光今現在爲不虛步力菩薩摩訶薩授無上道記餘如上說如是無量阿僧祇等諸佛世界一生補處菩薩摩訶薩從東北方悉來集此娑婆世界到王舍城行詣竹園頂禮佛足覲問訖已於一面坐時此三千大千世界諸大威德天龍夜叉揵闥婆阿修羅迦樓羅緊那羅摩睺羅伽人非人等及一生補處諸大菩薩摩訶薩衆充滿其中無空缺處而此大衆以佛神力皆悉容受不相妨礙

佛說華手經卷第五

音釋

疇（直由切）　窟（苦骨切）　頰（古協切）